JOHANNA
VON WILD

DAS
ERBE
DERER VON
THURN UND TAXIS

JOHANNA VON WILD

DAS
ERBE
DERER VON
THURN UND TAXIS

Historischer
Roman

Immer informiert

Spannung pur – mit unserem Newsletter informieren wir Sie
regelmäßig über Wissenswertes aus unserer Bücherwelt.

Gefällt mir!

Facebook: @Gmeiner.Verlag
Instagram: @gmeinerverlag
Twitter: @GmeinerVerlag

MIX
Papier | Fördert
gute Waldnutzung
FSC® C014496

Besuchen Sie uns im Internet:
www.gmeiner-verlag.de

© 2023 – Gmeiner-Verlag GmbH
Im Ehnried 5, 88605 Meßkirch
Telefon 0 75 75 / 20 95 - 0
info@gmeiner-verlag.de
Alle Rechte vorbehalten
1. Auflage 2023

Herstellung: Mirjam Hecht
Umschlaggestaltung: U.O.R.G. Lutz Eberle, Stuttgart
unter Verwendung der Bilder von: © https://upload.wikimedia.org/wikipe-
dia/commons/0/01/Flugblatt_1648.jpg und
https://commons.wikimedia.org/wiki/File:Workshop_of_Ferer_Bassa_-_
Ceremonial_of_consecration_and_coronation_of_the_kings_and_queens_
of_Aragon_-_Google_Art_Project.jpg und https://commons.wikimedia.org/
wiki/File:Thurn-und-Taxis-Wappen.png
Karte: © Iris Rist
Druck: GGP Media GmbH, Pößneck
Printed in Germany
ISBN 978-3-8392-0434-4

Ralf – Die beste Nachricht bist du.

Briefe haben schon ebenso viel geheimes wie öffentliches
Unglück gebracht.

Honoré de Balzac (1799–1850)

»Ich komm von Münster her gleich Sporensteich geritten,
und habe nun das meist deß Weges überschritten.
Ich bringe gute Post und neue Friedenszeit,
der Frieden ist gemacht, gewendet alles Leid.
Man bläst ihn freudig auß mit hellen Feldtrommeten,
mit Kesselpaucken Hall, mit klaren Feld=Clareten.
Mercur fleugt in der Lufft und auch der Friede, Jo.
Gantz Münster/Oßnabrugg und alle Welt ist froh,
die Glocken thönen starck, die Orgeln lieblich klingen,
Herr Gott, wir loben dich, die frohen Leute singen.«

*Beginn des Originaltextes des Flugblatts aus Münster mit dem
friedensbringenden Postreiter, 25. Oktober 1648.*

Personenverzeichnis

Historische Persönlichkeiten sind mit * gekennzeichnet

Familie von Maringer

Silas	reitender Bote
Karl	sein Stiefvater
Lina	seine Mutter
Hella	seine Halbschwester
Meta	seine Halbschwester

Familie von Taxis

Lamoral I.*	Generalpostmeister
Leonhard II.*	sein Sohn
Alexandrine de Rye*	Leonhards Frau
Lamoral Claudius Franz*	ihr Sohn
Genoveva Anna*	ihre Tochter

Erzbischöfe von Mainz

Johann Schweikhard von Kronberg*	1604–1626
Georg Friedrich von Greiffenclau*	1626-1629
Anselm Casimir Wambolt von Umstadt*	1629–1647

Familie Wambolt von Umstadt

Baron August	Bruder des Erzbischofs
Amalia	seine Tochter
Margaretha	seine Frau

Familie Wagner

Leopold	Waffenschmied
Ludwig	sein Bruder, Küfer
Hedwig	Ludwigs Frau
Lukas	Ludwigs Sohn

Weitere Personen

Viktor von Eisenberg	Reiter der Mainzer Hofgarde
Benedikt Grotheer	Verwalter derer von Taxis
Dr. Fabian Ponzon*	Rechtsgelehrter in Wien
Christoph Rieder	Bauer bei Trebur
Diethard Neustadt	Wirt in Frankfurt/Main
Sigismondo Sfondrati*	Generalkapitän der Spanischen Niederlande
Claude de Rye de la Palud*	Baron von Valançon
Armand Dubois	Verwalter der Burg in La Roche-en-Ardenne

Reiter und Hauspersonal in Diensten derer von Taxis

Raimund
Gottlieb
Amadeo
Gabriel
Lebrecht
Anike
Elise
Louise
Jean

8

Einige weitere historische Personen

Ferdinand II.*	Kaiser im Hl. Röm. Reich
Ferdinand III.*	sein Sohn
Maximilian I.*	Herzog von Bayern
Ferdinand*	Erzbischof von Köln
Gustav II. Adolf*	König von Schweden
Bernhard*	Herzog von Sachsen-Weimar
Isabella Clara Eugenia*	Infantin, Statthalterin von Brüssel
Manuel de Moura de Corte-Real*	Statthalter in Brüssel ab 1644
Albrecht von Wallenstein*	Kaiserlicher Heerführer
Johann T'Serclaes von Tilly*	Kaiserlicher Heerführer
Axel Oxenstierna*	Schwedischer Kanzler

Postverwalter

Jacob Henot*	Köln bis 1625
Johann von den Birghden*	Frankfurt (1615–1627 und 1631–1635)
Gérard Vrints*	Frankfurt (1627-1631 und ab 1635)
Johann von Coesfeld*	Köln ab 1626

Teil I

1623–1629

»Hat diese Zipollenjungfer dich endgültig deines Verstandes beraubt, sodass du nur noch mit deiner Rute denkst?«
Leonhard schäumte vor Wut. Seit geraumer Zeit unterhielt sein Vater eine Liebschaft mit der blutjungen Jolanda, die er mit teuren Geschenken überschüttete. Jetzt stand Leonhard II. von Taxis ihm im holzvertäfelten Brüsseler Kontor vor dem riesigen Schreibtisch mit den gedrechselten Beinen, den sein Großvater in Augsburg hatte fertigen lassen, gegenüber.

»Wie kannst du es wagen?«, herrschte sein Vater ihn mit zorngerötetem Gesicht an und hob den Arm, als wollte er zuschlagen.

»Du wirst deine Kraft noch für Jolanda brauchen«, bemerkte Leonhard höhnisch. Dann wandelte sich seine Miene. Aus Verachtung wurde Mitleid. »Denkst du auch mal an meine Mutter?«

Lamoral von Taxis ließ den Arm sinken. »Genoveva ist eine alte Frau«, schnaubte er verächtlich. »Das Postamt in Frankfurt wird an Johann von den Birghden verpachtet, ob es dir gefällt oder nicht. Noch bin ich der Generalerbpostmeister, und nun scher dich raus.«

Leonhard blieb stur stehen. Da nannte sein Vater Genoveva eine alte Frau, völlig vergessend, selbst nur wenige Jahre jünger zu sein.

»Reicht es nicht, dass Jacob Henot das Kölner Postamt vom Kaiser wieder zugesprochen bekam und unser geschätzter Johann von Coesfeld das Feld räumen musste?«

Sein Vater schüttelte unwillig den Kopf. »Ich habe mich mit Henot vertraglich geeinigt. Und von den Birghden ist ein guter und verlässlicher Mann, der viel zuwege gebracht hat. Ihm haben wir die Einrichtung der Stafetten von Frankfurt bis nach Leipzig in Kursachsen und von Köln nach Hamburg zu verdanken.«

»Und uns hat er seinen Reichtum zu verdanken, vergiss das nicht. Innerhalb von zehn Jahren ist sein Vermögen um ein Vielfaches gestiegen. Das Haus Zum Kranich, das er jüngst erworben hat, soll zweihunderttausend Gulden gekostet haben. Es sollte keine unabhängigen Postmeister geben, vielmehr muss alles von Brüssel aus gelenkt werden«, erwiderte Leonhard missmutig. »Johann von Coesfeld hat beim Kaiser auf meinen Rat hin ein Gesuch zur Wiedereinsetzung eingereicht.«

Lamoral sah ihn scharf an.

»Hattest du deine Finger im Spiel, als die kurmainzischen Räte von den Birghden in Aschaffenburg festsetzen ließen?«

»Und wenn? Er ist längst wieder ein freier Mann. Ich denke eher, er hat diesen wenn auch unfreiwilligen Aufenthalt seinem protestantischen Glauben zu verdanken. Kurfürst Schweikard von Kronberg schätzt es ebenso wenig wie der Kaiser, wenn man dem Winterkönig zugeneigt ist.«

Leonhard spielte auf den protestantischen Wittelsbacher Kurfürsten Friedrich von der Pfalz an, der kurz vor Beginn des Krieges die böhmische Krone angenommen und sich damit gegen Ferdinand II. gestellt hatte. König von Böhmen war Friedrich längst nicht mehr, der Spottname »Winterkönig«, den ihm der Kaiser gegeben hatte, aber war geblieben.

Fünf Jahre war es her, dass die königlichen Statthalter unter der Führung des Grafen Heinrich Matthias von Thurn-Valsassina in der Prager Burg aus dem Fenster geworfen worden waren. Der böhmische Adel hatte genug von den Habsburgern und ihrer seit einem Jahrhundert währenden Herrschaft, zumal die Beschlüsse des Augsburger Religionsfriedens mehr und mehr unterlaufen wurden. Die Auflösung der Versammlung der protestantischen Stände hatte das Fass zum Überlaufen gebracht, und ihre Vertreter waren nach Prag marschiert, um deutlich zu machen, was sie davon hielten.

Seitdem herrschte nicht nur in Böhmen Krieg, sondern auch im Süden Deutschlands, nachdem der Mönch Dominicus a Jesu Maria mit einem geschändeten Gemälde aus einem gebrandschatzten böhmischen Schloss im Lager der Kaiserlichen aufgetaucht war. Die Protestanten hätten der Mutter Gottes die Augen ausgestochen, behauptete er, was solch einen Zorn unter den Soldaten des Heerführers Graf Johann T'Serclaes von Tilly hervorgerufen hatte, dass sie die böhmischen Stellungen am Weißen Berg überrannt und den Sieg davongetragen hatten. Von dort war Tilly mit seinem Heer nach Westen gezogen und hatte die Städte Heidelberg und Mannheim erobert. Vor nicht allzu langer Zeit war dann auf dem Fürstentag in Regensburg Friedrich von der Pfalz die Kurfürstenwürde aberkannt worden. Diesen Titel trug nun Herzog Maximilian von Bayern, ein Gefolgsmann des Kaisers. Zudem war ihm die Oberpfalz zugesprochen worden, was den Unmut der protestantischen Kurfürsten erst recht hervorgerufen hatte. Die habsburgischen Truppen unter Graf von Tilly waren derweil nach Norden gewandert, um den Herzog von Braunschweig, den man den »Tollen Halberstädter« nannte, einzuholen, bevor er in die Niederlande zum Winterkönig gelangen konnte, welcher sich dort im Exil befand.

Längst hatten die von Taxis erkannt, was ein Nachrichtendienst wert war. Schon seit mehr als hundert Jahren stand die Familie in habsburgischen Diensten. Kaiser Maximilian I. hatte die Möglichkeit der Taxis'schen Reitposten genutzt und Franz von Taxis eine erste Stafette von Innsbruck bis nach

Mechelen sowie weitere nach Rom und Frankreich eingerichtet. Je schneller, desto besser, das war das Ziel gewesen und war es immer noch. Mehr und mehr Poststationen waren so im Laufe der Zeit entstanden, und aus den einzelnen West-Ost- und Nord-Süd-Kursen hatte sich durch Querverbindungen ein regelrechtes Wegenetz entwickelt.

Doch es waren viele Jahre der Ungewissheit und hoher Schulden vergangen, bis endlich Kaiser Matthias Leonhards Vater das Reichspostlehen als Mannlehen verliehen hatte. Bis zur Ausstellung dieses Lehensbriefes hätten sowohl der Kaiser als auch der spanische König Philipp III. den von Taxis das Lehen entziehen können. Doch jetzt war es ein Erblehen. Der jetzige Kaiser, Ferdinand II., hatte es vor zwei Jahren gar um ein Weiberlehen erweitert, was bedeutete, auch Töchter konnten die Amtsnachfolge antreten. Leonhard von Taxis war seiner Frau Alexandrine noch immer dankbar dafür, war es doch ihr Einfall gewesen, darauf zu drängen. Nach seines Vaters Tod würde nun Leonhard oberster Postmeister im Heiligen Römischen Reich Deutscher Nation, in Burgund und den Spanischen Niederlanden werden. Es gab Tage wie heute, an denen er es nicht erwarten konnte.

»Ich hoffe, von den Birghden zahlt genügend Pacht, damit du Jolanda zufriedenstellen kannst.« Leonhard wandte sich zum Gehen, die Türklinke bereits in der Hand.

»Sechshundert Reichstaler scheinen mir eine erkleckliche Summe, und nun verschwinde endlich«, brummte sein Vater und schenkte ihm einen finsteren Blick.

Gräfin Alexandrine von Taxis stand auf einem Podest vor dem großen Kristallspiegel in einem der vielen Zimmer, die das Brüsseler Palais beherbergte. Sie regte sich nicht, während der Schneidermeister und sein Lehrjunge letzte Hand an ihr neues Reitkleid legten. Alexandrine ritt im Herrensitz, auch wenn dies für Frauen verpönt war. Unter dem Kleid trug sie Breeches und lange Lederstiefel. Nur so konnte man sich zu Pferd in schnelleren Gangarten fortbewegen. Auch Elisabeth I., Diane de Poitiers, Johanna von Kastilien und noch viele andere Frauen hatten den Herrensitz vorgezogen und sich nicht darum geschert, ob deswegen hinter ihrem Rücken über sie getuschelt worden war.

»Ich hoffe, Ihr seid zufrieden, Comtesse«, presste Peer van Snijder hervor, zwischen dessen Lippen drei Nadeln klemmten.

»Verschluckt Euch nicht, Maître, es wäre zu schade um Euch«, lächelte Alexandrine. »Wie immer verehre ich Eure Handwerkskunst. Allerdings wünsche ich noch Stickereien an den Ärmeln, so erscheinen sie mir zu fade.«

»Sehr wohl, Comtesse. Dachtet Ihr an ein bestimmtes Muster?« Nachdem er die Nadeln in den noch zu kürzenden Saum gesteckt hatte, war Peer van Snijder nun besser zu verstehen. Ächzend richtete er sich auf und rieb sich die schmerzenden Knie.

»Joris, setz die Nadeln weiter ringsum im Abstand von einer grote palm«, wies er seinen Lehrjungen an, der bisher die Spitze an den Handgelenken festgesteckt hatte. Jetzt kniete sich der Junge vor Alexandrine und markierte jede Handbreit Rocksaum mit einer Nadel.

»Ich wünsche Windhunde«, beantwortete die Gräfin des Schneidermeisters Frage. »Sie sollen rund um den Ärmel dahinjagen.«

Van Snijder hob die Augenbrauen, dachte kurz nach. »Diese Arbeit wird meine Frau übernehmen, sie ist eine ausgezeichnete Stickerin.«

»Gut, seid Ihr dann für heute fertig?«

»Ja, Comtesse.«

Alexandrine stieg vom Podest, kaum dass Joris die letzte Nadel gesetzt hatte, und winkte ihrer Zofe, die stumm in der Ecke wartete.

»Louise, hilf mir beim Ausziehen.« Sie zogen sich hinter den Wandschirm zurück, und vorsichtig entledigte sich Alexandrine des Rocks, um nicht von einer der Nadeln gepikt zu werden. Louise kam hinter dem Schirm hervor und reichte das Kleidungsstück dem Schneidermeister.

»Votre serviteur dévoué, Comtesse«, verabschiedete sich van Snijder und scheuchte seinen Lehrjungen vor sich her. »Los, los, Joris, wir müssen weiter zu Madame ...« Mehr war nicht mehr zu verstehen, denn die beiden Männer waren bereits aus dem Zimmer geeilt.

»Louise, bring mir das dunkelblaue Kleid mit dem hohen Samtkragen«, forderte Alexandrine.

Die Zofe half ihr hinein, ordnete die Falten über den drei verschiedenen Unterröcken. Wohlwollend betrachtete sich die Gräfin im Spiegel. Für ihre vierunddreißig Jahre sah sie bemerkenswert jung aus, selbst die Schwangerschaften hatten ihrer schlanken Figur nichts anhaben können.

Erst vor sieben Jahren hatte sie Leonhard II. von Taxis geheiratet und ihm zwei Kinder geboren. Genoveva Anna, benannt nach ihrer Großmutter, und Lamoral Claudius Franz, dessen Rufname an seinen Großvater erinnerte. Niemand hatte damals daran geglaubt, Alexandrine würde noch in den heiligen Stand der Ehe treten. Ihr Vater, Graf Philibert de Rye von Varax, war schon lange tot, gefallen in der Schlacht von Turnhout, ihre Mutter nur drei Jahre später gestorben. Elf war Alexandrine gewesen und standesgemäß schon als Stiftsdame im einen Tagesritt von der Grafschaft Varax entfernten Mons aufgenommen worden, nur um gänzlich unverhofft den fünf Jahre jüngeren Leonhard zu ehelichen.

Sie war keine Schönheit, besaß nicht die feinen Züge einer Maria de' Medici oder deren Tochter, der spanischen Königin Isabella. Alexandrines Nase war zu groß geraten, ihr Mund zu breit, und der Amorbogen ihrer Oberlippe war kaum zu erkennen. Dafür besaß sie ein unwiderstehliches Lächeln, ein strahlendes graues Augenpaar mit langen, seidigen Wimpern, und ihre dunkelbraunen Locken fielen bis knapp über ihre schmalen Schultern.

»Alexandrine, du wirst es nicht fassen.«

Leonhard kam mit gerötetem Gesicht hereingestürmt, gefolgt von seinem Windhund Vasco. Wie immer scherte er sich nicht darum, vorher anzuklopfen.

Alexandrine entstammte altem, burgundischem Adel, war hochgebildet, sprach mehrere Sprachen fließend und wusste, was sich geziemte. Leonhards Benehmen dagegen ließ oft zu wünschen übrig. Oft hatte sie darüber nachgesonnen, ob er sie nur zur Frau genommen hatte, damit er irgendwann selbst einen Grafentitel erhielt.

»Hat dein Vater dich einmal mehr verärgert?«, fragte sie, ohne in ihren Betrachtungen innezuhalten. »Louise, die Perlenkette mit dem Topas, bitte.«

Die Zofe legte ihr den Schmuck um, und der goldgefasste Anhänger mit dem blauen Halbedelstein kam in Alexandrines Halsgrube zu liegen. Ein zufriedenes Lächeln umspielte die Mundwinkel der Gräfin.

»Mein Vater hat von den Birghden die Frankfurter Station verpachtet. Ich habe den Eindruck, ihm entgleitet mehr und mehr die Führung, nur weil er jedem Rock hinterhersteigt«, erwiderte Leonhard aufgebracht.

Alexandrine wechselte im Spiegel einen Blick mit ihrem Gatten. »Wie heißt sie dieses Mal?«, fragte sie fast gelangweilt.

»Jolanda, gerade einmal zwanzig Jahre alt. Es macht mich fassungslos. Denkt er auch nur ein Mal an meine Mutter?«

Die Gräfin wandte sich um und bedeutete Louise, sie solle sich zurückziehen. Als die Zofe das Zimmer verlassen hatte, räusperte sich Alexandrine.

»Zwanzig? Sie werden immer jünger. Mon Dieu, dein Vater ist sechsundsechzig. Nun, deine Mutter ist seine Eskapaden gewohnt, ich glaube nicht, dass sie noch irgendeinen Gedanken an ihn verschwendet.« Unbewusst spielte sie mit einer Haarlocke. »Warum bist du nicht längst unterwegs nach Wien?«

Leonhard ließ sich in einen Sessel fallen, neben ihn setzte sich Vasco, verharrte dabei reglos wie eine Statue.

»Was meinst du damit?« Er zupfte einige hellbraune Hundehaare von seinem schwarzen Wams.

Alexandrine rollte mit den Augen.

»Sprich mit dem Kaiser. Sag ihm, dein Vater verprasst dein Erbe. Es steht Lamoral nicht zu, ein Afterlehen zu vergeben. Ferdinand wird dies sicher nicht gefallen, zumal du der nächste Generalerbpostmeister sein wirst und Habsburg für die Postdienste bezahlt.«

»Was habe ich nur für eine kluge Frau.« Leonhard lächelte breit, stand auf und zog sie an sich. Der Hund verfolgte jede Bewegung seines Herrn, entschied, dass dessen Tun nicht wichtig war, und ließ sich nieder. Leonhard bedeckte Alexandrines Hals mit Küssen, neckte sie mit seiner Zunge und schob sie zur Tür des angrenzenden Schlafgemachs.

Sanft, aber bestimmt legte ihm Alexandrine die Hände auf die Brust. »Dafür ist keine Zeit, pack deine Sachen und reise nach Wien.«

Widerstrebend ließ er sie los, hauchte ihr einen Kuss auf die Wange. »Komm, Vasco, die Comtesse verzichtet auf unsere Anwesenheit.« Der Windhund streckte den Rücken durch, gähnte ausgiebig und folgte seinem Herrn nach draußen.

Alexandrine warf einen letzten Blick in den Spiegel, zupfte ein paar widerspenstige Locken zurecht und machte sich auf den Weg zu ihren Kindern, die mit der blutjungen Kindsmagd im Innenhof spielten. Ihre Miene verfinsterte sich, als sie bemerkte, wie Anike, ein zuckersüßes Lächeln zeigend, mit einem Bediensteten plauderte, anstatt auf die Kinder zu achten. Blass und teilnahmslos saß Lamo auf einer Decke im Gras, die vor ihm ausgebreiteten Spielsachen rührte er nicht an. Alexandrine lief zu ihm, bückte sich und nahm ihn auf den Arm, berührte seine Wange mit ihren Lippen.

»Lamo, mein Kleiner, du hast Fieber.«

Niemand nannte ihn Lamoral. Der Zweijährige schlang die dünnen Ärmchen um ihren Hals und drückte seinen Kopf an ihre Schulter. »Hast du nicht bemerkt, dass er krank ist?«, zischte sie die Kindsmagd an, die erst jetzt ihrer gewahr geworden war und hastig herbeikam.

»Nein, Comtesse, verzeiht«, antwortete Anike und senkte schuldbewusst den Kopf.

Alexandrine hätte ihr am liebsten eine Ohrfeige verpasst. Es war nicht das erste Mal, dass Anike ihren Pflichten keine besondere Bedeutung beimaß.

»Veva«, rief sie nach ihrer Tochter, die selbstversunken ein Sträußchen in den angelegten Beeten pflückte. Die Fünfjährige sah hoch und strahlte.

»Sieh nur, Mutter, diese sind für dich.« Genoveva kam angelaufen und reichte ihr die ersten Frühlingsboten.

»Das ist sehr lieb von dir, doch du solltest nicht wie ein Gassenkind rennen, und die Blumen sind nicht dafür gedacht, Sträuße zu sammeln«, tadelte sie sanft und strich ihr übers Haar. »Dein Bruder ist krank, Veva, bleib bei Anike.« Sie warf der Kindsmagd einen warnenden Blick zu, nicht erneut ihre Sorgfaltspflicht zu verletzen.

Damit machte sie auf dem Absatz kehrt und trug ihren

Sohn eilig hinein. Sie beauftragte eine Magd, den Arzt zu rufen, heißes Wasser zu bereiten, und brachte Lamo in das Kinderzimmer. Dort entkleidete sie das Kind bis auf das Unterhemd und steckte es ins Bett, deckte es bis zum Hals zu. Inzwischen war der Junge glühend heiß. Alexandrine tauchte ein Leinentuch in die nahe stehende, mit Wasser gefüllte Waschschüssel und legte es Lamo auf die Stirn, betupfte seine unnatürlich rot glänzenden Lippen.

Ohne anzuklopfen, kam Doktor Ingenhousz ins Zimmer, eine lederne Tasche in der Hand. Ihm auf dem Fuß folgte die junge Küchenmagd mit einem Krug dampfenden Wassers und einem Becher und stellte beides auf einen kleinen Tisch neben dem Bett.

»Hier bin ich, Comtesse, à votre service«, grüßte der Arzt, warf seinen breitkrempigen Hut auf das himmelblaue Polster eines aus feinem Nussbaumholz gedrechselten Stuhls und öffnete seine Tasche.

»Lamo hat wieder Fieber«, seufzte Alexandrine und machte Ingenhousz Platz.

»Sehr bedauerlich, Comtesse, Euer Sohn ist leider von schwacher Natur«, sagte er und fühlte Lamos Puls. Schnell und flach. »Mach auf, Lamo, lass mich in deinen Rachen sehen.«

Folgsam öffnete das Kind seinen Mund. Der Rachenraum war gerötet, ebenso die Zunge, deren Oberfläche der einer Erdbeere ähnelte. Ingenhousz ließ Lamo den Mund wieder schließen und zückte einen Beutel mit einer Mischung verschiedener getrockneter Heilpflanzen: Gelber Enzian, Weidenrinde, Pfefferminze, Brennnessel, Linden- und Holunderblüten und Mädesüß. Es war nicht das erste Mal, dass er zu Lamo gerufen wurde, der Junge fieberte immer wieder auf. Doch dieses Mal kamen noch diese seltsam aussehende Zunge und die stark geröteten Lippen hinzu. Der Arzt gab zwei Löffel der Mischung in den Becher und übergoss sie mit heißem Wasser. Dann kramte er erneut in seiner Tasche und förderte eine Flasche zutage.

»In Antwerpen habe ich endlich diese Arznei erstanden, sie schmeckt sehr bitter, aber sie wird Lamo gegen das Fieber helfen.«

»Was ist das?«, wollte Alexandrine wissen.

»Tinktur aus Chinchonarinde. Es handelt sich um eine Baumrinde aus dem Vizekönigreich Peru.«

Misstrauisch beäugte die Gräfin die Flasche. »Und Ihr seid sicher, dieses fremdartige Gebräu hilft Lamo?«

»Comtesse, vertraut mir, unter Ärzten und Apothekern erzählt man sich, das Elixier habe die Gattin des Vizekönigs vom Wechselfieber befreit.«

»Also schön, dann gebt ihm auch davon.«

Vorsichtig legte Ingenhousz seine Linke unter Lamos Hinterkopf und flößte ihm einen halben Löffel der Tinktur ein. Der Junge verzog angewidert das Gesicht und spuckte die bittere Flüssigkeit wieder aus. Der Arzt ließ den Kopf zurück in die Kissen sinken.

»Dann soll er zuerst von den Kräutern trinken. Könntet Ihr für Honig sorgen? Er wird die Bitterkeit der Chinchonarinde verschleiern.«

»Du hast gehört, was Doktor Ingenhousz gesagt hat, geh in die Küche und bring einen Topf Honig hierher«, befahl Alexandrine der Magd. Diese knickste und eilte hinaus. Derweil trank Lamo kleine Schlucke von dem inzwischen abgekühlten Kräutersud.

»So ist es gut, mein Junge«, lobte Ingenhousz.

Nachdem Lamo knapp die Hälfte des Bechers geleert hatte, kehrte die Magd mit dem Honig zurück. In der anderen Hand hielt sie einen weiteren Becher und stellte ihn neben den Wasserkrug.

»Ich dachte, Ihr könntet noch einen zum Mischen gebrauchen, Doktor«, sagte sie leise.

»Sieh mal einer an, das findet man auch nicht alle Tage. Wie heißt du, mein Kind?«, freute sich Ingenhousz, goss ein wenig von dem bitteren Trunk in den Becher und gab einen Löffel Honig hinzu.

»Elise.«

»Du hast gut mitgedacht, Elise«, lobte er die junge Frau. »Comtesse, Ihr solltet Euch glücklich schätzen, so ein kluges Mädchen in Euren Diensten zu haben.« Dann flößte er dem kranken Jungen den gesüßten Trank ein. Zwar verzog Lamo erneut das Gesicht, aber er behielt die Arznei bei sich.

Alexandrine lächelte dünn. »Ich wünschte, Anike besäße genauso viel Verstand wie sie. Vielleicht sollte ich dich an ihre Stelle setzen. Was meinst du, Elise, möchtest du die Magd meiner Kinder werden?«

Das junge Mädchen starrte sie mit offenem Mund an.

»Ich … ich … weiß nicht, doch, sehr gerne, seid bedankt, Comtesse«, stammelte es dann. Ein Kindermädchen wurde besser entlohnt als eine einfache Küchenmagd, und jede Münze mehr im Geldbeutel war kostbar.

»So sei es«, bestimmte Alexandrine. »Doktor, wie oft muss Lamo davon bekommen?«

»Er soll von dem Kräutersud und dem bittersüßen Elixier so oft wie möglich trinken, bevor Ihr Euch zur Nachtruhe begebt. Elise soll ihm Essigwickel um die Waden legen und ihn nicht aus den Augen lassen.«

»Geh und kümmere dich um die Wickel, Elise«, scheuchte die Gräfin die neue Kindsmagd hinaus. »Ich danke Euch einmal mehr, Doktor. Albert, unser Kämmerer, wird Euch entlohnen.«

»Stets zu Euren Diensten, Comtesse.« Ingenhousz warf noch einen Blick auf Lamo, der inzwischen eingeschlafen war, und verabschiedete sich von Alexandrine.

Seufzend strich sie ihrem Sohn mit dem Zeigefingerrücken sanft über die blasse Wange. Jedes Mal wenn der Junge krank wurde, fürchtete sie um sein Leben, sollte Lamo doch später einmal Generalerbpostmeister werden. Sie wünschte, sie würde einen weiteren männlichen Erben gebären, doch bisher hatte Gott ihr keinen zweiten Sohn geschenkt. Erst im vergangenen Jahr hatte sie ein drittes Kind verloren und seither nicht wieder empfangen. Zwar hatte der Kaiser ein Weiberlehen vergeben, und sollte Lamo jung sterben, würde Veva an seine Stelle treten, um die Compagñia zu leiten. Doch Alexandrine sah das Erblehen lieber in den Händen eines Mannes. Vor allem in solch ungewissen Zeiten.

»Silas, sieh dir dieses Pferd an. Was hältst du davon?«, fragte Karl von Maringer seinen Sohn. Von Mainz waren sie zum Frankfurter Rossmarkt gereist, um Pferde für den Reichserzkanzler zu erstehen.

Eigentlich war der zwanzigjährige Silas kein Spross seiner Lenden, aber er liebte ihn, als wäre er sein eigen Fleisch und Blut. Nachdem die schwangere Magd Lina Hafner aus einem herrschaftlichen Haus in Umstadt geworfen worden war, hatte Karl sie geehelicht, obwohl sie keine standesgemäße Wahl gewesen war. Dem Oberstallmeister des Mainzer Kurfürsten, Erzbischof Johann Schweikard von Kronberg, hatte es nicht viel ausgemacht, dass die hübsche weizenblonde Frau nur eine einfache Magd gewesen war und zudem noch das Kind eines anderen unter ihrem Herzen getragen hatte. Hals über Kopf hatte er sich in Lina verliebt, als er einst zwei Pferde nach Umstadt gebracht hatte. Es war ein sehr heißer Tag gewesen, und Karl war in der gleißenden Sonne beinahe aus seinen Stiefeln gekippt. Lina, die in diesem Augenblick den Hof gequert hatte, hatte ihn bemerkt, ihm sogleich einen Krug mit verdünntem Wein zu trinken gegeben und ihm zu einer Bank im Schatten einer alten Buche geholfen. Das hatte gereicht, und um Karl war es geschehen gewesen. Wer jedoch Silas gezeugt hatte, darüber hatte sich Lina immer ausgeschwiegen.

Prüfend betrachtete Silas den Rappen, der regungslos neben einem Händler stand und von diesem angepriesen wurde.

»Ein Prachtkerl, eines Königs würdig. Drei Jahre alt, kerngesund und schnell wie der Wind.«

Neben Silas und Karl umringten weitere Männer den Verkäufer und begutachteten den Wallach.

»Seinen Vater lobte schon Hofstallmeister de la Broue, der sagte, Fier sei das beste Blutpferd, das er jemals unter dem Sattel gehabt habe. Und noch immer versieht Fier seinen Dienst als Beschäler im Zuchtstall des französischen Königs«, warb der Mann für den Rappen.

»Der Kerl ist ein Rosstäuscher«, raunte Silas seinem Vater zu.

»Sag mir, was dich zu diesem Urteil bringt«, wollte Karl wissen.

»Ich kann in diesem Ross keinen Tropfen spanischen Blutes erkennen. Außerdem ist der arme Kerl nicht gesund, seine Augen sind trübe, und sieh nur, wie flach seine Atmung ist. Die Flanken bewegen sich schnell, aber kaum wahrnehmbar«, murmelte Silas.

»Zwanzig Reichstaler«, rief ein bärtiger Mann.

Der Verkäufer schüttelte ungläubig den Kopf. »Dafür bekommt Ihr vielleicht einen Huf dieses Prachtburschen.«

»Fünfundzwanzig«, bot ein weiterer Kerl.

»Meine Herren, vierzig sind das Mindeste«, gab der Pferdehändler zurück.

»Du hast ein gutes Auge, Silas«, murmelte Karl.

Silas von Maringer lächelte. »Das hast du mir beigebracht.« Dann sah er wieder hinüber zu dem schwarzen Pferd.

»Ich biete fünfunddreißig.« Ein gut gekleideter Mann mit einem Spitzbart hob die Rechte.

»Nicht genug«, erwiderte der Verkäufer. »Was ist mit Euch dort drüben? Ihr seid jung und scheint mir ein geübter Reiter zu sein, der mit einem solchen Ross umzugehen weiß.« Er sah mit einem breiten, eine Zahnlücke enthüllenden Grinsen zu Silas und seinem Vater.

»Was sagtet Ihr noch, wie alt der Wallach ist?« Silas fragte sich, wie man einem Mann ansehen konnte, ob er ein guter Reiter war, wenn er nur herumstand. Dummes Geschwätz, nichts weiter.

»Drei Jahre, jung und kräftig. Nur zu, seht ihn Euch genauer an.« Der Mann winkte ihn herbei.

Silas schüttelte den Kopf. »Ich schaue mich lieber nach einem anderen Pferd um.«

»Ihr werdet kein besseres finden, glaubt mir.«

Der Rappe prustete durch die Nüstern, aus einem Nasenloch rann eine hellgelbe, leicht schleimige Flüssigkeit.

»Gesund soll er sein? Dieses Pferd hat den Rotz, und ich würde einen Reichstaler darauf verwetten, dass er älter als drei Jahre ist«, gab Silas zurück.

»Wollt Ihr etwa behaupten, ich sage die Unwahrheit?« Erbost starrte ihn der Mann an.

»Der Junge hat recht«, rief einer der Umstehenden, »das Ross ist nicht gesund. Sucht Euch andere, die Ihr täuschen könnt.«

»Und verschwindet, bevor der Gaul noch weitere Pferde ansteckt«, forderte ein anderer.

Der Händler öffnete den Mund zur Erwiderung, sah sich aber plötzlich einem Dutzend grimmig dreinblickender Männer gegenüber, die drohend auf ihn zukamen. Abwehrend hob er die Hände. »Ich gehe schon, aber seid versichert, er hat keinen Rotz.« Dann machte er kehrt, zerrte den Rappen hinter sich her und verließ den Rossmarkt.

Karl und Silas wandten sich ab und schlenderten über den Markt. Plötzlich tippte jemand Silas von hinten auf die Schulter.

»Verzeiht, ich wollte mich bei Euch bedanken. Ihr habt mich vor einem Fehler bewahrt.«

Sie blieben stehen, drehten sich um und sahen sich dem gut gekleideten Mann mit dem Spitzbart gegenüber, der vorhin fünfunddreißig Reichstaler geboten hatte.

»Sehr freundlich von Euch«, erwiderte Silas, »ich habe nur gesagt, was ich dachte.«

»Ihr scheint Euch gut auszukennen, die anderen Herren haben den Mangel nicht bemerkt. Diethard Neustadt«, stellte er sich vor.

Karl nannte ihre Namen und lachte.

»Die Mitbieter hätten irgendwann festgestellt, dass sie belogen wurden, doch vermutlich zu spät. Ihr habt recht, mein Sohn kann schnell ein gutes Pferd von einem schlechten unterscheiden.«

»Was haltet Ihr davon, mir beim Pferdekauf zu helfen? Ich bezahle Euch gut«, schlug Diethard vor.

Silas und sein Vater wechselten einen Blick.

»Warum nicht? Was sucht Ihr für ein Ross? Ein Arbeitstier? Ein Ross für die Jagd oder für den Krieg?«, wollte Karl wissen.

»Pferde für die Poststation«, lautete die Antwort.

»Ihr arbeitet für die von Taxis?« Neugierig musterte Silas den Mann.

»Für Johann von den Birghden, er ist der Postmeister von Frankfurt«, erwiderte Diethard.

»Wie viele Pferde braucht Ihr?«, fragte Karl.

»Zwei.«

»Was springt für uns dabei heraus?«, wollte Silas wissen.

Diethard Neustadt überlegte und rieb sich den Bart. »Ein Reichstaler.«

Karl hob die Augenbrauen. »Für jeden von uns.«

»Nein, für Euch beide«, wehrte der Mann ab.

Silas grinste. »Ich habe Euch davor bewahrt, fünfunddreißig Reichstaler für ein unbrauchbares Pferd auszugeben. Entweder für mich und meinen Vater je einen oder Ihr müsst Euch auf Euren Pferdeverstand verlassen, mit dem es ja offenbar nicht weit her ist.«

Neustadt sah ihn verblüfft an und begann schallend zu lachen. »Ihr seid nicht nur ein Pferdekenner, sondern auch ein guter Verhandler. So sei es, Ihr bekommt das Geld.« Zur Bekräftigung hielt er Silas die Hand hin und dieser schlug ein.

Gemeinsam bahnten sie sich einen Weg durch die unzähligen Menschen, gingen vorbei an der Pferdeschwemme, wo Knechte durstige Tiere tränkten. Meist waren die Verkaufspferde an Pfählen angebunden, doch dazwischen gab es Gatter, in denen sich manche Tiere frei bewegen konnten. Rund um den riesigen Rossmarkt hatten sich zahlreiche Gasthöfe angesiedelt, ebenso Buden, in denen Lederwaren wie Sättel und Zäume verkauft wurden. Aber auch andere Handwerke waren zu finden: Töpfer, Schmiede und Wagner.

Karl blieb stehen und deutete auf ein großes Gatter neben einer kleinen Sandbahn.

»Diese Rösser sollten wir uns ansehen.«

Sechs Pferde wurden innerhalb der Umzäunung gehalten. Trotz des um sie herum herrschenden Trubels standen sie gelassen da. Zwei Grauschimmel kraulten sich gegenseitig den Widerrist.

»Spanisches Blut«, sagte Silas mit leuchtenden Augen.

»Welches würdet Ihr auswählen?«, fragte Diethard.

»Auf den ersten Blick den Apfelschimmel und den Dunkelfuchs«, antwortete Silas. »Doch ich möchte sehen, wie sie sich bewegen.«

Ohne ein weiteres Wort schritt Silas zum Gatter und auf einen kleinen, dürren Mann zu, der entspannt am Zaun lehnte. Gesicht und Unterarme waren sonnengebräunt, zahlreiche Fältchen um seine Mundwinkel vervielfältigten sich zu einem breiten Lächeln, als Silas ihn ansprach.

»Seid Ihr für diese Pferde zuständig?«

»Ja, ich bin Anton. Wie kann ich Euch zu Diensten sein?« Dunkle Augen blitzten unter dem schwarzen, teils ergrauten Schopf hervor.

»Ich möchte den Fuchs und den Apfelschimmel in Bewegung sehen.«

Anton nahm ein Zaumzeug von einem ins Holz geschlagenen Nagel, schob die untere Stange des Einlasses zurück und tauchte unter der oberen hindurch. Silas beobachtete den Alten, der sich dem Fuchs näherte. Ruhig strich dieser dem jungen Hengst über die Nase, zog ihm mit einer flüssigen Bewegung den Kopfzaum über die Ohren und schob das Gebiss zwischen die Zähne auf die zahnfreie Lade. Erfreut stellte Silas fest, dass es sich um ein, wie man es nannte, lindes Mundstück für ein zartes Maul handelte. Er mochte die oft scharfen Gebisse nicht, die viele Reiter nutzten. Willig kam der Dunkelfuchs mit. Silas nahm sich der oberen Stange an und ließ Anton mit dem Pferd hindurch. Dann verschloss er das Gatter. Inzwischen waren auch Neustadt und sein Vater hinzugekommen.

»Gebt ihn mir«, verlangte Silas. »Wie lautet sein Name?«

»Nabil«, antwortete Anton, während er eine Lederleine am Gebissring befestigte, die er anschließend Silas in die Hand drückte. Silas streichelte die samtweiche Nase, klopfte den Hals und führte Nabil zur Sandbahn. Die drei Männer folgten ihm, und nachdem Silas das Tier zwei Runden im Schritt hatte gehen lassen, hob er die Hand. Nabil sprach sogleich darauf an und trabte schwungvoll los. Kurz darauf forderte Silas ihn zum Galopp auf. Was er sah, gefiel ihm. Er wechselte die Richtung, achtete genau auf jede Bewegung des Tieres.

»Das reicht, Silas«, rief sein Vater.

Das Pferd fiel in Schritt und blieb schließlich auf Silas' Kommando hin stehen. Zufrieden lächelnd lobte er den Fuchs. »Nabil, du bist nicht nur ein hübscher Kerl, sondern auch ein sehr gutes Pferd«, raunte er.

»Seid Ihr zufrieden?«, wollte Anton wissen.

»Wie alt, sagtet Ihr, ist Nabil?«, fragte Karl.

»Kaum vier Jahre alt«, erwiderte der kleine, drahtige Mann.

»Das ist zu jung«, mischte sich Diethard ein. »Ich brauche ältere Pferde, keine fast rohen wie dieses hier. Was ist mit dem Apfelschimmel?«

Während die Männer sich unterhielten, sah Silas Nabil ins Maul. Die oberen Schneidezähne waren in Reibung mit ihren Gegenspielern im Unterkiefer getreten, die Eckzähne noch nicht, und die Hakenzähne waren gerade dabei, das Zahnfleisch zu durchbrechen. Nabils Verkäufer sprach die Wahrheit.

Anton führte den Apfelschimmel herbei, einen acht Jahre alten Wallach, und nach Begutachtung der Männer entschied sich Diethard Neustadt, das Pferd zu kaufen. Der Schimmel blieb in Antons Obhut, sie zogen weiter zu anderen Händlern, und Diethard erstand noch einen kleinen Braunen. Nachdem Neustadt den Apfelschimmel bei Anton bezahlt hatte, brachten sie gemeinsam beide Pferde in einem Mietstall unter. Diethard ließ die zwei versprochenen Reichstaler in Karls Handfläche klimpern.

»Als Dank für Eure Hilfe lade ich Euch noch auf einen Humpen Bier ein«, bot er an.

»Da sagen wir nicht Nein«, grinste Karl.

Kurze Zeit später saßen sie in einer Gaststube, jeder einen Krug Bier vor sich, und redeten über den Krieg.

»Was denkt Ihr, wie lange das noch geht?«, fragte Karl.

Diethard zuckte mit den Schultern. »Der Krieg wird bald vorüber sein. Tilly und Wallenstein schlagen die Protestanten zurück. Der Tolle Halberstädter hat im vergangenen Jahr ordentlich einstecken müssen«, antwortete er. »Allerdings ist Christian von Braunschweig-Wolfenbüttel noch nicht am Ende, der Verlust seines linken Arms in der Schlacht von Fleurus hat ihn offenbar noch toller werden lassen. Wie man in der Zeitung liest, will er den Niedersächsischen Reichskreis verlassen, um in die Vereinigten Niederlande zu gelangen. Aber Tilly ist ihm auf den Fersen. Ich bin überzeugt, er wird ihn einholen und seine Truppen zum Teufel jagen.«

»Ein Gutes hat dieser Krieg, unser Geld ist wieder etwas wert«, brummte Karl.

In den letzten beiden Jahren war es zu einer sprunghaften Geldentwertung gekommen, immer weniger Silber war in den Münzen enthalten gewesen. Als dann nur noch Kupfermünzen die Prägestätten verlassen hatten, hatten viele Menschen genug von dem anhaltenden Wertverlust gehabt. Bauern hatten es abgelehnt, die Münzen für ihre Getreideernte anzunehmen, und Bäcker hatten ihre Arbeit ruhen lassen. Als schließlich die Söldner das wertlose Zahlungsmittel als Lohn für ihre Kriegsdienste ablehnten, war endlich ein Umdenken in den Köpfen der Obrigkeit erfolgt. Seither wurde wieder nach der alten Reichsmünzordnung geprägt, und die nutzlosen Kreuzer und Pfennige wurden eingezogen.

Silas hörte kaum zu. Seine Gedanken beschäftigten sich mit Nabil. Dieser Dunkelfuchs mit dem weißen Stern auf der

Stirn und den fast golden wirkenden Strähnen in der Mähne, die vermutlich von der Sonne herrührten, hatte es ihm angetan. Er erhielt einen unsanften Rippenstoß von seinem Vater.

»Träumst du? Ich habe dich gefragt, ob du noch ein Bier willst.«

»Nein. Können wir noch einmal zu diesem Dunkelfuchs?«

»Wozu? Unser Freund hier hat zwei gute Pferde gefunden ...«

»Aber wir sind hergekommen, um für den Erzbischof einzukaufen ...«, unterbrach Silas seinen Vater.

»... und wir haben bereits eine Stute und zwei Wallache im Mietstall untergestellt«, beendete Karl ungerührt seinen Satz.

»Wozu haben wir uns dann das Pferd mit dem Rotz überhaupt angesehen? Wir hätten auch einfach unserer Wege gehen und längst wieder zu Hause sein können«, begehrte Silas auf.

Karl musterte ihn mit einem spöttischen Grinsen.

»Ich wollte dich bei dem Rappen nur prüfen. Außerdem schiebst du den Auftrag des Kurfürsten vor. Du willst den Fuchs für dich haben.«

Silas ging nicht darauf ein. »Ein Pferd wie Nabil findet man nicht so oft. Wir sollten ihn mitnehmen, wenn er nicht schon vergeben ist.«

»Na schön, wir gehen noch einmal zu Anton«, gab Karl nach.

Sie verabschiedeten sich von Diethard, der sich erneut überschwänglich für ihre Hilfe bedankte.

Als sie am Gatter eintrafen, befand sich Nabil allein darin. Seine Gefährten hatten offenbar neue Besitzer gefunden. Wiehernd lief der Fuchs unruhig am Zaun auf und ab. Von Anton war weit und breit nichts zu sehen. Silas näherte sich dem jungen Pferd und sprach beruhigend auf es ein. Er war zwar kein Ersatz für die verlorenen Kameraden, trotzdem zeigte seine Stimme Wirkung auf Nabil, der erleichtert schien, dass sich überhaupt jemand um ihn scherte.

»Vater, bitte, lass ihn uns kaufen, über den Preis werden wir uns sicher einig«, bettelte Silas, der den Dunkelfuchs am Hals kraulte. »Er wird sich wunderbar im Rossballett machen, wenn er einmal so weit ist.«

»Ah, die Herren sind zurück«, dröhnte Antons Stimme an ihre Ohren. Der Händler schwankte ein wenig, offenbar hatte er getrunken. »Hab schon gemerkt, dass Ihr nicht von Nabil lassen könnt, junger Herr.«

»Wie viel soll er kosten?«, fragte Karl und erntete einen verblüfften und dankbaren Blick von Silas.

»Vierzig Reichstaler«, erwiderte der Händler mit schwerer Zunge.

»Lass uns gehen.« Karl zog Silas am Ärmel und kehrte Anton den Rücken. Widerstrebend ließ Silas sich mitziehen.

»Haltet ein«, rief Anton ihnen nach.

Karl verkniff sich ein Grinsen und wandte sich um.

»Er ist jung und kann nichts. Ich gebe dir fünfundzwanzig.«

»Was?«, rief der Händler entsetzt. »Wollt Ihr mich ruinieren? Er kennt Sattel und Zaum und einen Reiter auf seinem Rücken. Und er ist kerngesund. Seht nur, wie stolz er aussieht und seinem Namen Ehre macht. Nabil, der Edle, der Erhabene.«

»Bring einen Sattel«, forderte der Oberstallmeister.

Wenig später schwang sich Karl auf Nabils Rücken. Schnell fand er heraus, dass der hübsche Dunkelfuchs zwar einen Reiter kannte, aber kaum mehr. Karl von Maringer war ein exzellenter Pferdemann, sein Lehrer war ein Schüler Pluvinels gewesen. Pluvinel, der Reitlehrer des französischen Königs Ludwig XIII., war vor drei Jahren gestorben, hatte aber durch seine Reitkunst ein großes Erbe hinterlassen, dem etliche nacheiferten.

Karl von Maringer stieg ab und klopfte den anmutigen Hals. »Er kann nichts, wie gesagt. Wie lautet dein neues Angebot?«, fragte er Anton.

»Fünfunddreißig. Ihr macht mich arm«, jammerte der Händler.

»Ich gebe dir dreißig, das ist mein letztes Wort.«

Anton fluchte und zeterte, doch Silas wusste, sein Vater würde Nabil für den genannten Preis bekommen.

In der Wiener Hofburg herrschte wie immer Hochbetrieb. Unzählige Diener, Boten und Amtmänner eilten durch die Gänge. Draußen ging es noch geschäftiger zu, weil die Residenz stetig weiter ausgebaut wurde. Maurer, Steinmetze, Zimmermänner hämmerten, klopften und sägten um die Wette, und der ohrenbetäubende Lärm drang durch die geschlossenen Fenster. Seit Stunden wartete Leonhard II. von Taxis im Schweizerhof darauf, beim Kaiser vorgelassen zu werden. Er unterdrückte ein Gähnen, die lange Reise steckte ihm noch in den Knochen. Immerhin hatte er einen Blick auf die junge Kaiserin werfen können, die umringt von ihren Hofdamen an ihm vorbeigerauscht war. Erst im vergangenen Jahr hatte Ferdinand II. die zwanzig Jahre jüngere Eleonore von Mantua geehelicht, nachdem sechs Jahre zuvor die Mutter seiner sieben Kinder verschieden war, wovon die ersten drei nach ihrer Geburt nicht lange gelebt hatten. Die Wittelsbacherin Maria Anna von Bayern war des Kaisers Cousine gewesen, und selbst Wilhelm Lamormaini, der kaiserliche Beichtvater, hatte die nahe Verwandtschaft mit Ferdinand nicht gutgeheißen.

Leonhard ließ seine Gedanken schweifen. Mehr Posten mussten gegründet werden, um das Netz weiter zu vergrößern, und neue Verbindungen sollte es geben. Der Zeitpunkt dafür war günstig, da die Truppen der Katholischen Liga diejenigen der Protestantischen Union erfolgreich zurückschlugen.

»Seine Majestät ist bereit, Euch zu empfangen«, riss ihn ein Hofdiener aus seinen Überlegungen.

Ferdinand saß in einem prunkvollen Sessel hinter einem prachtvoll gearbeiteten Schreibtisch. Gekleidet nach der spanischen Mode, trug er nur Schwarz, und um seinen Hals lag eine schwere Gliederkette, an der ein goldener Widder baumelte. Das Zeichen des Ritterordens vom Goldenen Vlies. Leonhard beugte das Knie und trat auf einen Wink des Kaisers näher.

»Leonhard von Taxis, seid willkommen. Was verschafft mir die Ehre Eures Besuchs?«, fragte Ferdinand und sah ihn aufmerksam an.

»Majestät, es geht um die Umtriebe meines Vaters«, antwortete Leonhard und erntete hochgezogene Augenbrauen.

»Fahrt fort.«

»Lamoral vergibt Posten als Afterlehen und verschleudert so mein Erbe. Vor wenigen Wochen hat er die Frankfurter Station an Johann von den Birghden verpachtet. Für sechshundert Reichstaler im Jahr. Und Frankfurt ist nicht der einzige Posten, den er verpachtet oder gar verkauft hat.«

Ferdinand runzelte die Stirn. »Weswegen tut er das?«

Leonhard schnaubte durch die Nase. »Er braucht Geld, um seine Gespielin, die gut und gerne meine kleine Schwester sein könnte, bei Laune zu halten.«

Der Kaiser war strenggläubig und fromm, verabscheute außereheliche Beziehungen. Ferdinand II. schob seine Unterlippe vor, die dadurch noch größer wirkte, als sie ohnehin schon war. Die prominente Lippe war ein Erbe seiner Vorfahren, denn viele seiner Sippe zeigten dieses Merkmal der oft zu nahen Verwandtschaft in der Habsburger Ehepolitik. Er schlug mit der flachen Hand auf den Tisch.

»Das kann ich nicht gutheißen, ich werde den Generalerbpostmeister zur Ordnung rufen. Sein schimpfliches Benehmen eines liederlichen Weibes wegen dulde ich nicht. Wie kann er es wagen, mit einem kaiserlichen Regal nach seinem Gutdünken zu verfahren?«, ereiferte sich Ferdinand. »Geht zur Kanzlei und nennt einem der Schreiber die Namen der betroffenen Posthalter. Dann schickt ihn zu mir. Sorgt Euch nicht, Leonhard, Euer Erblehen wird keine weitere Schmälerung erfahren.«

Leonhard bedankte sich, und der Kaiser bedeutete ihm, er dürfe sich nun entfernen. Eigentlich hatte er die Hoffnung gehegt, mit Ferdinand erneut über die Wiedereinsetzung von Johann von Coesfeld in Köln sprechen zu können. Nach wie vor gefiel es ihm nicht, dass Jacob Henot sich das Kölner Amt zurückgeholt hatte. Der Niederländer hatte schon zu Lebzeiten von Leonhards Großvater versucht, das Postgeneralat an sich zu reißen, und gar einen Streik unter den Posthaltern heraufbeschworen, weil er ihren berechtigten Geldforderungen nicht nachgekommen war.

Nun denn, Henot war alt, und Leonhard musste nur dafür sorgen, dass dessen Sohn Hartger seinem Vater nicht als Postmeister von Köln nachfolgte, wenn Jacob eines nicht allzu fernen Tages vor seinen Schöpfer trat.

Während Leonhard am kaiserlichen Hof weilte, sah Alexandrine in der Kanzlei des Brüsseler Palais die Post durch. Vierteljährlich wurde zwischen den Postmeistern der einzelnen Stationen und Brüssel abgerechnet. Außerdem waren die

Avisi, die Begleitschreiben der Postreiter, zu prüfen. Alles wurde schriftlich festgehalten: das Gewicht der zu befördernden Sendungen, die Portokosten und wie viel Zeit die Reiter für ihre Strecke benötigten.

Ihrem Schwiegervater war ihre Beschäftigung mit den Abrechnungen ein Dorn im Auge. Viel lieber sollte sie sittsam am Kaminofen sitzen, sticken und lesen oder sich von Poeten und Musikern unterhalten lassen. Doch nur durch ihr Wissen konnte sie ihren Gatten unterstützen, alles andere langweilte sie ohnehin.

»Wo ist Leonhard?« Grußlos kam ihr Schwiegervater in die Schreibstube.

»Grüß dich Gott, Lamoral«, sagte Alexandrine, ohne von den Papieren aufzusehen.

»Bekomme ich nun eine Antwort?«, brummte der Generalerbpostmeister.

Alexandrine legte ein Schreiben auf den kleinen Haufen links neben sich und nahm sich den nächsten Zettel vor.

»Er ist nicht hier, und jetzt lass mich allein.«

»Das sehe ich selbst, und sei nicht so hochnäsig. Was denkst du, wer du bist, so mit mir zu sprechen?«, fauchte Lamoral.

Nun sah sie auf, ihre Augen sprühten Funken. »Ich bin eine Gräfin, und nur durch die Heirat mit Leonhard bist du samt der ganzen Familie die Gesellschaftsleiter eine Sprosse höher geklettert. Also lass mich zufrieden und mach die Tür hinter dir zu, wenn du gehst.«

Der Alte trat näher, stützte sich mit den Händen auf der glänzenden Schreibtischplatte auf und lehnte sich zu ihr. »Du wirst mir jetzt sagen, wo ich meinen Sohn finde.«

»Beim Kaiser. Und jetzt verlass meine Schreibstube. Hier in diesem Teil des Palais habe ich das Sagen, nicht du. So wurde es vereinbart. Ach, und richte deiner Frau meine besten Grüße aus, sofern du dich neben all deinen Gespielinnen erinnerst, wer Genoveva ist.« Ein spöttisches Lächeln legte sich auf ihre Lippen.

Lamoral stieß sich vom Tisch ab. »Spar dir deinen Hohn. Was will Leonhard von Ferdinand?«

»Ich weiß es nicht«, gab sich Alexandrine unwissend. »Vielleicht ist er unzufrieden damit, dass du sein Lehen schmälerst, und klagt dem Kaiser sein Leid. Oder er schlägt ihm neue Postlinien im Norden vor, jetzt, wo die Protestanten vor Tilly zurückweichen und Niedersachsen uns gute Gewinne bescheren könnte. Du dagegen kümmerst dich schon länger lieber um andere Dinge oder soll ich sagen Röcke, anstatt dich mit Wichtigerem zu beschäftigen.«

Ihre Worte hatten ihr Ziel nicht verfehlt, das konnte sie ihrem Schwiegervater ansehen. Ohne eine Erwiderung verließ er grußlos das Schreibkontor. Alexandrine genehmigte sich ein zufriedenes Grinsen und widmete sich wieder ihrer Arbeit. Hier und da fielen ihr kleine Unregelmäßigkeiten bei den Reitzeiten auf. Das sollte nicht sein und wurde mit einer Geldstrafe geahndet. Kam ein Postreiter zu spät an, wurde der nächste zusätzlich mit dessen Briefen belastet. Meist geschah dies in den Wintermonaten, wenn die Straßen schlammig waren und die Pferde langsamer gehen mussten, um nicht zu stürzen. Manche Reiter allerdings machten einen kleinen Umweg, um sich um persönliche Dinge zu kümmern. Ansonsten schien alles in Ordnung zu sein.

Sie begann, Zahlenreihen niederzuschreiben, um den erwirtschafteten Gewinn der jeweiligen Posthalterei zu errechnen. Der Postmeister erhielt seinen Lohn aus Brüssel, von dem er Reiter und Pferde bezahlen musste, dazu kamen die Einkünfte der Porti und, je nachdem, auch aus dem zugehörigen Herbergsbetrieb. Ausgaben für Papier, Schreiber und Siegelwachs waren eher gering und gingen zulasten derer von Taxis. Meist reichte das Geld bei den kleinen Streckenposten für den Posthalter jedoch nicht aus, um gut davon leben zu können. So waren mehr und mehr Gasthöfe Zur Post entstanden, die sich in unmittelbarer Nachbarschaft zu den Stationen befanden. Reisende kamen dort mit ihren Pferden unter, und die Einkünfte aus der Herberge flossen in die Kassen der Posthalter. Den Löwenanteil des erwirtschafteten Überschusses strich jedoch Brüssel ein. Jahr für Jahr beträchtliche Summen, die es der Familie ermöglichten, hier und da Höfe und Wald- und Forstgebiete zu erwerben. So mehrten sich die Reichstaler zusätzlich durch Pachterträge. Doch das meiste Geld wurde bei Weitem mit der Beförderung der Post verdient. Denn auch die Bürger hatten das Briefeschreiben für sich entdeckt, und Jahr für Jahr wurde das Sendungsaufkommen größer und füllte die Kassen derer von Taxis.

Alexandrines Ehemann hatte hochfliegende Pläne, das Wegenetz weiterzuspinnen, nämlich die Nord-Süd-Linie zu erweitern und neue Querverbindungen in allen Reichsterritorien zu schaffen. Schneller und weiter bedeutete noch mehr Einnahmen. Müde rieb sich die Gräfin die Augen und legte die Dokumente in eine Schublade. Zeit, nach den Kindern zu sehen. Lamo hatte wieder einmal tagelang unter hohem Fieber gelitten, und an dem schmalen Jungenkörper hatte sich ein Ausschlag gezeigt. Doch nun ging es ihm langsam besser, wofür sie Doktor Ingenhousz fürstlich entlohnte. Täglich schaute der Arzt nach dem Kind und mahnte, auch wenn Lamo nun wieder aufstehen dürfe, solle die Kindsmagd darauf achten, ihn nicht allzu lange herumlaufen zu lassen. Alexandrine vertraute der jungen Elise, die sich rührend und aufmerksam um die Kinder kümmerte. Die junge Frau war bei Weitem eine bessere Wahl als Anike, die Alexandrine herabgestuft hatte und die nun einfache Arbeiten wie die Reinigung der Zimmer verrichten musste.

»Du wirst deine Aufgaben nicht vernachlässigen und jeden Kreuzer, den dieses Pferd gekostet hat und noch kosten wird, bezahlen. Ich weiß nicht, was mich geritten hat, dir nachzugeben«, brummte Karl, als er in den Stall kam und Silas bei Nabil vorfand.

»Das werde ich«, gab Silas zurück und lächelte verzückt, als der Fuchs ihm durch seine samtweichen Nüstern in die Haare blies. Schon lange sparte er auf ein eigenes Pferd, und sein Lohn für die Arbeit in den kurfürstlichen Ställen war nicht schlecht. Bald würde er die Schulden bei seinem Vater beglichen haben.

»Warum bist du dann hier und kümmerst dich nicht darum, das Lederzeug zu putzen?«

Silas arbeitete als Reitknecht. Neben ihm gab es noch fünf weitere junge Männer, die die gleiche Arbeit verrichteten. Als Oberstallmeister hatte Karl die Aufsicht über sie, ebenso wie über die Fuhr- und Stallknechte, Kutscher, Schmiede, Wagenmacher, Heubinder und Futterschreiber und selbstredend über die Pferde. Karl von Maringer oblag es auch, Strafen zu verhängen, wenn notwendig. Nur er und der unter ihm stehende Stallmeister verfügten über die Herausgabe von Pferden und Wagen. Peinlichst genau wurde Buch geführt: über Löhne, Futterkosten, Ausgaben für Anschaffungen neuer Sättel, Zäume oder Kleidung. Jeder Reitknecht war für mehrere Pferde und die Fuhrknechte für die Gespanne zuständig. Karl achtete genau darauf, dass mit den Tieren gut umgegangen und die Stallordnung eingehalten wurde. Zu alldem kam noch die Reitausbildung junger Adelssprösslinge. Silas bewunderte seinen Vater für seine Umsicht, sein Wissen und sein Können. Dafür wurde Karl auch gut entlohnt. Sechshundert Reichstaler im Jahr waren ein ordentliches Sümmchen. Doch noch mehr blickte Silas zu den stolzen Reitern auf, die die Pferde tanzen lassen konnten.

»Ich mach mich gleich an die Arbeit«, erwiderte er und drückte seinem Pferd einen Kuss auf die samtige Nase.

»Nicht gleich, sondern auf der Stelle. Bald ist eine Aufführung des Pferdeballetts vorgesehen, und unser Kurfürst hat jede Menge Gäste von Rang und Namen geladen.«

Nahezu jeder fürstliche Hof leistete sich eine Reitschule, wo das Können der Reiter und ihrer Pferde nach italienischem Vorbild unter Beweis gestellt wurde. In ihren tadellosen Wämsern in den Wappenfarben des Kurfürsten mit den polierten, glänzenden Knöpfen erweckte die Hofgarde samt ihren stolzen Tieren einen Zauber, dem sich kein Zuschauer entziehen konnte.

Silas ließ von Nabil ab und trollte sich. Er ging zur Sattelkammer und gesellte sich zu den anderen Knechten, die sich schwatzend um Sättel und Zäume kümmerten. Auch jede Menge Stiefel standen herum, die noch geputzt werden mussten. Silas griff sich einen Lappen und einen Topf mit Bienenwachs. Als er sich einen Sattel von der Stange holen wollte, bemerkte Arnold: »Du kommst zu spät, also bist du es, der sich der Stiefel annehmen wird.« Der ältere Mann stand den Reitknechten vor, und jeder hatte sich seinen Anordnungen zu fügen.

Die Pflege der Reitstiefel war eine unliebsame Aufgabe, und wer konnte, drückte sich davor. Stanken doch die meisten Stiefel nach den schweißigen Füßen ihrer Träger bis zum Himmel.

»Aber ich ...«, hob er an, doch Arnold fuhr ihm über den Mund.

»Hör zu, Silas, nur weil dein Vater der Oberstallmeister
ist und du ein eigenes Ross besitzt, heißt das nicht, dass du
Anspruch auf eine Sonderbehandlung hast. Du wirst tun, was
ich sage, und jetzt mach dich an die Arbeit.«

Silas verzog den Mund, angelte mürrisch ein Stiefelpaar
aus dem Regal und rümpfte die Nase, als er den Gestank
wahrnahm. Stundenlang reinigte und bürstete er Stiefel, bis
sie glänzten, tilgte Schweiß und Schmutz von Lederzäumen.
Finger und Rücken schmerzten, und sein Magen knurrte ver-
nehmlich. Kein Wunder, denn er hatte das Morgenbrot ausgelassen, um gleich nach dem Aufstehen nach Nabil zu sehen.
Jeden Morgen und nach getaner Arbeit pflegte und bewegte
er das junge Pferd. Der Hengst war gelehrig und besaß ein
sanftes Wesen, und inzwischen brummelte er leise, wenn er
nur die Tritte seines Herrn auf der Stallgasse vernahm.

Endlich war Zeit für das Mittagsmahl, das die Knechte
gemeinsam einnahmen. Einige Frauen und Mädchen, darunter Silas' Mutter und seine siebzehnjährige Schwester Hella,
kümmerten sich darum, dass die Männer etwas in den Bauch
bekamen. Heute gab es eine dicke Suppe aus Erbsen, dazu für
jeden ein fettes Stück Speck und einen Kanten Brot. Hungrig
schlang Silas das Essen in sich hinein. Als er mit dem letzten Stück Brot seinen Teller auswischte, kam Hella zu ihm.

»Vater braucht dich, soll ich dir ausrichten.«

Seine Schwester besaß die gleichen dichten blonden Haare
wie er, die sie von ihrer Mutter geerbt hatten, und Silas war
stolz auf seine Schwester, die nicht nur hübsch, sondern auch
klug und gewissenhaft war und ein großes Herz für ihre
Mitgeschöpfe besaß. Morgens half sie der Mutter, und ab
der ersten Stunde nach Mittag arbeitete sie im Alexiusspital,
wo sie alte und krank gewordene Bedienstete des kurfürstlichen Hofs versorgte, die dort ihren Lebensabend verbrachten.

»Was will er? Es gibt in der Sattelkammer noch genug

zu tun, und die Pferde müssen auch noch bewegt werden«, erwiderte Silas.

Hella zuckte mit den Schultern. »Geh und frag ihn, ich muss zum Spital.«

Seufzend stand er auf und ging hinüber zu Arnold. »Mein Vater ruft nach mir, ich komme so schnell wie möglich zurück.«

Der ältere Mann runzelte verärgert die Stirn, sparte sich aber eine Erwiderung. Auch er hatte sich dem Oberstallmeister unterzuordnen. Silas fand seinen Vater bei der Reitbahn. Fünf Schüler ritten auf einem Zirkel um Karl von Maringer herum und versuchten, seinen Anweisungen zu folgen. Einer von ihnen würde wohl nie ein guter Reiter werden, stellte Silas fest. Aber die anderen machten ihre Sache bereits ziemlich ordentlich.

»Vater«, rief er, »du wolltest mich sprechen?«

Karl gönnte seinen Schülern eine Pause.

»Roland von Reiseck hat sich den Arm gebrochen, außerdem den Knöchel verstaucht und passt in keinen Stiefel. Du wirst deshalb statt seiner an der Aufführung teilnehmen und reitest Ariald«, beschied ihm sein Vater kurz und bündig.

Silas war wie vom Donner gerührt. Wie oft hatte er sich gewünscht, mitreiten zu dürfen. Dank seines Vaters saß er fest im Sattel. Doch nicht nur das, ihm war es gegeben, eine Einheit mit dem Tier zu bilden. Von Kindesbeinen an.

»Aber ich kenne die Figuren doch gar nicht«, wandte er mit klopfendem Herzen ein, »und der Tanz der Pferde findet bald statt.«

»Hör auf zu jammern, Roland wird dir helfen. Außerdem reitest du nicht an der Spitze, sondern in der Mitte. Du wirst dir schon alles merken können. Und nun geh zu Roland, er wartet im Stall auf dich.«

»Und was ist mit meiner Arbeit? Arnold wird …«

»Nichts wird er«, unterbrach ihn Karl. »Ich rede mit ihm.«

Kurz darauf stieg Silas in den Sattel. Ariald war ein fünfzehn Jahre alter feinfühliger Schimmelhengst, der sämtliche Lektionen beherrschte. Roland von Reiseck beschrieb Silas den Ablauf des Tanzes, während er auf dem Weg zur Bahn auf einen Stock gestützt mürrisch nebenher humpelte, den linken Arm trug er in einer Schlinge.

»Viktor von Eisenberg gibt die Kommandos, und der alte Knabe hier macht das fast von allein«, erklärte Roland mürrisch und klopfte den starken Pferdehals. Sie übten eine Stunde, und Silas stieg schwitzend ab. Zwischen Arialds Hinterbeinen hatte sich weißer Schaum gebildet, auch für ihn war die Arbeit anstrengend gewesen.

»Morgen reitest du mit den anderen, und nun reib den Burschen gut ab.« Kein Lob, nichts. Dabei war Silas stolz darauf, mit Ariald so gut zurechtgekommen zu sein.

»Habt Dank«, antwortete er, stieg aus dem Sattel und tätschelte den Hengst an der Schulter. Von Reiseck wandte sich ab und hinkte wortlos davon.

»Und, was hat Ferdinand gesagt?«, fragte Alexandrine.

Leonhard war vor zwei Stunden aus Wien zurückgekommen, hatte sich gewaschen und frische Kleider angezogen. Jetzt saßen sie im Salon bei gebratenen Rotaugen und Krebsen aus der Senne, dazu gab es frisches weißes Brot und Mangold. Goldgelbe, nach Zimt duftende Apfelküchlein und eine Mandel-Rosinen-Torte standen an der Seite, bereit, verzehrt zu werden.

Leonhard zog eine Gräte zwischen seinen Lippen hervor und legte sie an den Tellerrand.

»Der Kaiser wird Vater eine Ermahnung schreiben, dass es ihm nicht zusteht, ein Afterlehen zu vergeben.« Ein Schluck Torbato spülte den nächsten Bissen hinunter. Leonhard ließ den kühlen Weißwein im Glas kreisen und grinste seine Frau an.

»Es war ein guter Einfall, nach Wien zu reisen. Endlich wird mein Vater in die Schranken gewiesen.«

Alexandrine hob vielsagend die Augenbrauen. »Du weißt schon, wem du das zu verdanken hast.«

»Ich bin dir zutiefst verpflichtet, Comtesse«, spöttelte Leonhard, um gleich darauf zu fluchen. »Dieser verdammte Fisch besitzt mehr Gräten als Fleisch. Sag der Köchin, sie soll künftig Flussbarsche kaufen, keine Rotaugen mehr.«

»Du wirst schon nicht daran sterben«, erwiderte Alexandrine und nahm sich ein Stück Torte. Genüsslich spürte sie mit der Zunge dem feinen Geschmack nach, schmeckte das Rosenwasser heraus. »Morgen brechen wir nach Mainz auf, der Reichserzkanzler hat uns eingeladen.«

»Morgen?« Leonhard seufzte. »Ich habe genügend Stunden im Sattel verbracht, eigentlich wollte ich …«

»Nichts da, ausruhen kannst du dich später. Eine solche Einladung schlägt man nicht aus«, unterbrach ihn Alexandrine.

Als Erzbischof von Mainz und Kurfürst war Schweikhard von Kronberg gleichzeitig auch Reichserzkanzler und damit der wichtigste Mann neben dem Kaiser. Ihm oblag es, die anderen Kurfürsten zusammenzurufen, wenn nach dem Ableben eines Kaisers eine neue Wahl anstand. Er verwahrte das kaiserliche Siegel, leitete die Versammlung auf den Reichstagen, ernannte Amtmänner für die Reichskanzlei und übte die Schutzgerechtigkeit der Reichspost aus. Allein deswegen sollten die von Taxis ihn nicht vor den Kopf stoßen.

»Der Erzbischof ist tatsächlich in Mainz? Meist hält er sich doch in Aschaffenburg auf. In seiner dortigen Residenz und umgeben von den Wäldern des Spessarts verweilt er lieber, wie man sich erzählt, weil er dort der Jagd und dem Wein besser frönen kann«, erwiderte Leonhard belustigt.

Von Kronberg hatte vor einigen Jahren die im Zweiten Markgrafenkrieg zerstörte Burg in Aschaffenburg zu einem fürstlichen Schloss aus Rotsandstein für fast eine Million Gulden wiederaufbauen und nach sich benennen lassen. Seither führte er meist von dort aus seine Geschäfte. Einzig durch das Siechenhaus in Leider auf der anderen Flussseite wurde der Blick von Schloss Johannisburg über den ruhig dahinfließenden Main, über Wiesen und Wälder getrübt. Doch daran ließ sich nun nichts ändern.

Alexandrine lachte leise.

»Wohl wahr, der gute Johann ist ein trinkfester Bursche.«

Leonhard naschte von einem Apfelküchlein und schenkte seiner Gattin und sich Wein nach.

»Gut, reiten wir bei Tagesanbruch los, wir brauchen ohnehin neue Geleitbriefe, also ist der Weg nicht umsonst.«

Die *Salvae guardiae*, die Schutzbriefe, garantierten den Poststationen und Reitern den kaiserlichen Schutz vor räuberischen Übergriffen. Auch Kaufleute genossen dieses Privileg, um in Kriegszeiten ihre Waren sicher über die Grenzen zu bringen, und ebenso galten sie für bestimmte Häuser und Städte. Mit den gesiegelten Papieren gelangte man gefahrlos über Grenzen, und wurden ihre Halter trotzdem überfallen, drohten den Übeltätern harte Strafen.

Silas war noch nie so aufgeregt gewesen. Heute fand der Tanz der Pferde statt, und noch abends vor dem Einschlafen hatte er die zu reitenden Aufgaben vor sich hin gemurmelt. Eine Stunde lang hatte er Ariald gestriegelt und gebürstet, Mähne und Schweif gekämmt, bis die weißen Haare geschimmert hatten. Eigentlich übernahm ein Pferdeknecht diese Arbeit, aber Silas entspannte sich dabei und genoss die Zweisamkeit mit dem Pferd. Doch jetzt, kurz vor Beginn des Balletts, kehrte die Aufregung zurück. Alles war perfekt, einzig das Wams saß nicht ganz so tadellos wie es sollte, denn Roland von Reisecks Schultern waren breiter. Die Zeit war jedoch zu knapp gewesen, um Silas ein passendes Wams schneidern zu lassen. Seine Stiefel glänzten mit dem Zaumzeug um die Wette, und die Sporen funkelten im Sonnenlicht. Es wurde Zeit, die Pferde aufzuwärmen. Ariald spürte Silas' Aufregung, als er ihn gesattelt nach draußen führte, und wurde unruhig.

»Wollen wir ein Stück zusammen reiten?«, fragte Viktor von Eisenberg, der gerade auf seinen Hengst stieg. Der Fünfzigjährige war ein abgebrühter Mann, den so schnell nichts erschüttern konnte, und Silas nahm das Angebot dankbar an. Sie lenkten ihre Tiere zum Rheinufer, und während sie nebeneinanderher ritten, erzählte von Eisenberg, wo er die Reitkunst erlernt hatte.

»Ich hatte das große Glück, bei Pluvinel selbst zu lernen. Ein unglaublicher Mann. Sein Leitsatz lautete: ›Wir sollten die Anmut des jungen Pferdes bewahren, denn sie ist wie der Blütenduft, der, einmal entschwunden, nie wiederkehrt.‹ Ist das nicht fabelhaft?«

»Ein schöner Gedanke«, erwiderte Silas und spürte, wie seine Anspannung langsam nachließ und der Schritt seines Pferdes gemäßigter und raumgreifender wurde.

»Wir Schüler haben uns Antoine de Pluvinels Ansicht zu Eigen gemacht: Strafe niemals ein Pferd, sondern belobige es, und es wird dir ein treuer Gefährte sein.«

»Sie sind die wunderbarsten Geschöpfe der Welt, und viel zu oft wird ihnen Leid zugefügt«, seufzte Silas und strich sanft über Arialds Hals.

»Wir sollten umkehren«, meinte Viktor nach einer Weile einvernehmlichen Schweigens und wendete sein Pferd. Silas folgte ihm und dachte darüber nach, Nabils Ausbildung in Viktors Hände zu legen.

Die Aufführung fand in der Reitbahn vor dem Schloss auf der Rheinseite statt. Auf den Tribünen der zwei langen Seiten hatten der Erzbischof und seine Gäste bereits Platz genommen. Die anderen acht Reiter der Hofgarde gesellten sich zu Silas und Viktor, waren gut gelaunt und ihre Pferde in einem Zustand aufmerksamer Gelassenheit. Als die Musiker zu spielen begannen, ritten sie paarweise hintereinander ein und stellten sich nebeneinander auf, um vor Johann Schweikhard von Kronberg die Hüte zu ziehen. Flöten, Posaunen, Theorbe, Pommer und Dulzian verstummten. Wohlwollend neigte der Erzbischof den Kopf. Viktor von Eisenberg nahm seine an einer Kette um seinen Hals hängende Pfeife und blies hinein. Das Zeichen zum Beginn. Bei den ersten Tönen trabten die Reiter aus dem Stand an, reihten sich wieder hintereinander ein, teilten sich bei Erreichen der kurzen Seite in zwei Gruppen, querten die Diagonale, sodass immer abwechselnd ein Reiter von links und einer von rechts kam. Beim nächsten Pfiff wechselten sie in einen gesetzten Galopp. Es folgten zwei ineinandergreifende Kreise. Silas hatte Mühe, Ariald zurückzuhalten, damit genug Platz für den entgegenkommenden Reiter blieb. Doch ansonsten genoss er es, den wunderbaren Hengst unter sich zu spüren.

Zu schnell war der Ritt vorbei, und sie zogen erneut die Hüte vor dem Kurfürsten. Die Gäste applaudierten, und Silas' Blick fiel auf eine reich gekleidete Dame mit dunkelbraunen Haaren, die nur wenige Plätze entfernt vom Kurfürsten saß. Ihre Augen trafen sich, und die Lippen der Fremden verzogen sich zu einem unwiderstehlichen Lächeln. Scheu lächelte Silas zurück und konnte sich von den strahlenden Augen kaum losreißen, vergaß beinahe, den Hut wieder aufzusetzen und gemeinsam mit den anderen aus der Bahn zu reiten.

Nur Viktor von Eisenberg und der Hengst Areion blieben zurück, denn nun würde der Meister den Gästen zeigen, was das ein Tier noch alles beherrschte. Die Piaffe, das Traben auf der Stelle, und die Passage, der verzögerte Trab, der den Eindruck erweckte, als schwebte der Hengst über dem Boden. Gebannt sah Silas zu. Als Viktor den Schimmel vor dem Kurfürsten auf die gebeugten Hinterbeine setzte, die Vorderbeine an den Rumpf gezogen, entfuhr Silas ein begeisterter Schrei der Bewunderung für die perfekte Levade. Einige Köpfe wandten sich ihm kurz zu, darunter auch der der dunkelhaarigen Frau. Verlegen senkte er sein Haupt und wandte sich dann wieder dem Schauspiel zu, das Viktor und Areion darboten.

Als sie später im Stall die Pferde den Knechten übergaben, verkündete Viktor von Eisenberg, der Erzbischof habe die Hofgarde eingeladen, sich zum fürstlichen Mahl zu gesellen. Silas zitterte vor Aufregung, er war doch nur ein Reitknecht, und jetzt durfte er mit den Reichen und Mächtigen speisen!

Im Ehrenhof waren lange, weiß gedeckte Tafeln aufgestellt worden, darauf teures Porzellangeschirr aus dem fernen China und im Sonnenlicht funkelnde Weingläser. Man wies ihnen am Ende einer der Tafeln Plätze zu, wo sich auch der niedere Adel, der Stadtrat und das Großbürgertum eingefunden hatten. Bedienstete brachten unzählige Speisen, andere füllten Wein in die Gläser. Silas lief das Wasser im Munde zusammen, alles sah köstlich aus und roch verführerisch. Ganze Spanferkel wurden herbeigeschleppt. Wo einmal das Hirn gewesen war, hatte man das Loch mit Äpfeln und Zwiebeln gefüllt und die glänzende Haut wieder übergezogen. Die Mägen der Spanferkel waren mit in Milch eingeweichten Wecken, kleingehacktem Speck und Kräutern bestückt und in Butter gebraten worden. Lammschultern, Kapaune, verschiedene Fische, mit Zimt und Nelken gespickte Rebhuhnpasteten und silberne Platten, angefüllt mit Spargel, Mairübchen und Möhren, ließen die Tischplatten sich biegen. Doch damit nicht genug. Süßspeisen, die mit fremdländischen Gewürzen verfeinert worden waren, Marzipantörtchen, buntes Zuckerwerk und Kuchen rundeten das Festmahl ab. Silas aß, bis er zu platzen glaubte, und genoss die lobenden Worte der anderen. Dann wurde die Tafel aufgehoben, und die Musiker spielten zum Tanz auf. Der junge Reiter beschloss, es sei an der Zeit für ihn, die Gesellschaft unbemerkt zu verlassen, denn tanzen konnte er nicht. Als sich immer mehr Gäste von ihren Sitzen erhoben, stand er auf und strebte dem Hofausgang zu. Unverhofft fand er sich der Frau mit den strahlenden Augen gegenüber.

»Angesichts Eurer jungen Jahre habt Ihr Eure Sache sehr gut gemacht. Erstaunlich, in Eurem Alter schon bei der Hofgarde zu sein«, sagte sie und lächelte. »Und nun wollt Ihr uns schon verlassen?«

Silas merkte, wie ihm die Röte ins Gesicht stieg und er heiße Ohren bekam. Die Dame hatte einen französischen Akzent, doch ihr Deutsch war ansonsten tadellos.

»Seid bedankt, Madame, für Eure freundlichen Worte«, erwiderte er stockend. »Ich muss noch nach meinem Pferd sehen.« Das war nicht einmal gelogen, denn Nabil wartete sicher auf ihn, zumal er den ganzen Tag schon zu kurz gekommen war.

»Comtesse«, berichtigte sie ihn spitzbübisch. »Aber geht nur und kümmert Euch um ...«

»Nabil«, fiel Silas ihr ins Wort und schimpfte sich stumm dafür. Seine Mutter hatte ihn eigentlich besser erzogen. »Und ich bin nicht bei der Hofgarde, zu meinem Leidwesen. Man benötigte Ersatz für einen verletzten Reiter, und die Wahl fiel glücklicherweise auf mich.«

»Eine gute Wahl, meine ich. Nabil, der Edle, was für ein hübscher Name. Er ist sicher auch ein schönes Tier«, erwiderte sie und erweckte nicht den Eindruck, verstimmt zu sein.

Diese Frau war etwas Besonderes, das spürte er. Eine Gräfin, die sich mit einem Mann niederen Adels unterhielt, ohne hochnäsig zu sein wie so viele. Sein Herz flog ihr zu, obwohl er sie erst wenige Augenblicke kannte.

»Er ist wundervoll, noch jung, bildschön und gelehrig. Eines Tages wird er für mich tanzen wie Areion für Viktor von Eisenberg«, platzte er heraus. Bestimmt war der Gräfin dies gleich, sie hatte nur höflich sein wollen. Aber der Wein hatte offenbar seine Zunge gelöst.

»Davon bin ich überzeugt, Ihr seid ein vortrefflicher Reiter. Und diese sind überall willkommen, nicht nur an den fürstlichen Höfen. Wie lautet Euer Name?«

»Silas. Silas von Maringer«, antwortete er und überlegte, ob es sich geziemte, nach dem ihren zu fragen.

»Ich würde Nabil gerne kennenlernen«, überraschte sie ihn, und Silas schlug das Herz bis zum Hals.

»Tatsächlich? Jetzt gleich? Ich … ich fühle mich geehrt«, stammelte er. »Wenn Ihr mir bitte folgen wollt, es ist ein Stück zu gehen.«

Das schien sie nicht zu stören, im Gegenteil.

»Das ist Nabil«, sagte Silas stolz und aufgeregt, als sie beim Stand angelangt waren und der Hengst neugierig den Kopf wandte.

Auf ihr Gesicht legte sich ein Leuchten. »Ihr habt nicht zu viel versprochen, er hat einen wunderschönen Kopf. Würde es Euch etwas ausmachen, ihn aus dem Stand zu holen?«

Silas wusste nicht, wie ihm geschah. Diese Frau schlug ihn

in ihren Bann. Er band Nabil los und ließ ihn rückwärts auf die Stallgasse treten.

»Ich beneide Euch, Silas von Maringer, ein solches Pferd findet man nicht alle Tage.« Sie trat näher, stand so dicht neben ihm, dass er ihr Parfum wahrnahm. Rosen. Sie duftete nach Rosen. Unauffällig sog er die Luft ein.

»Darf ich?«, fragte sie und streckte gleichzeitig ihre Hand aus, um den Hengst zu streicheln, berührte dabei seine Rechte, die Nabils Strick hielt. Heiß durchzuckte es Silas.

Die Gräfin strich dem Dunkelfuchs über die Nase. »Was bist du doch für ein feiner Kerl«, sagte sie leise und sah dabei Silas tief in die Augen.

Meinte sie etwa ihn und nicht das Pferd? Oder sie beide? Ihm wurde noch heißer, winzige Schweißperlen bildeten sich auf seinem gesamten Körper. Was geschah hier?

Eine raue Stimme brach den Augenblick des Zaubers.

»Alexandrine, hier steckst du. Ich habe dich schon gesucht. Ein Diener hat gesehen, wie du zu den Stallungen gegangen bist. Ich hätte es wissen müssen. Kaum siehst du ein paar schöne Pferde, vergisst du, weswegen wir hier sind.« Ein elegant gekleideter Herr mit einem Spitzbart betrat die Gasse. Die Haare wie bei den meisten Männern kurz geschnitten, sodass sie die Ohren freiließen. »Von Kronberg gewährt uns eine Unterredung in seiner Kanzlei.« Flüchtig musterte er Silas, schien das Knistern zwischen ihm und seiner Frau nicht zu spüren. Er legte der Comtesse die Hand auf den Arm. »Komm, wir lassen Seine Exzellenz lieber nicht warten.«

Die Gräfin nickte Silas kurz zu, dann kehrte sie ihm den Rücken. Sehnsüchtig schaute er ihr nach, wollte nicht, dass sie ging. Plötzlich wandte sie den Kopf über die Schulter und sah sich noch einmal nach ihm um, schenkte ihm einen tiefen Blick, was seinen Pulsschlag weiter erhöhte. Bedauern machte sich breit, als sie aus seinem Sichtfeld verschwand, denn Silas

gefallen? Von meinem eigenen Fleisch und Blut? Ferdinand wird das zurücknehmen, das schwöre ich dir.« Lamoral warf Leonhard das Schriftstück vor die Füße und die Tür hinter sich ins Schloss. Kaum war er entschwunden, öffnete sich die Nebentür zur Schreibstube, und Alexandrine kam herein, gefolgt von beiden Kindern.

»Habt ihr euch gestritten? Dem Türknallen zu urteilen nach sicherlich«, sagte sie mit einem verschmitzten Lächeln und legte eine Zeitung auf den Tisch.

Der Postmeister von Frankfurt, Johann von den Birghden, war nicht der Einzige, der Nachrichten verbreitete. Mehr und mehr Postmeister ließen die Neuigkeiten der letzten Tage drucken. Meist erschienen sie einmal in der Woche und waren heiß begehrt. Erfuhr man doch alles, was sich in jüngster Vergangenheit in Prag, Venedig, Wien und in Deutschland zugetragen hatte, ebenso in Rom, Antwerpen und an den Königshöfen Frankreichs, Spaniens und Englands.

Alexandrine nahm auf einem dunkelgrün gepolsterten Stuhl Platz. Veva lehnte sich an sie, und Lamo forderte, auf den Schoß genommen zu werden. Alexandrine hob ihn hoch und setzte ihn sich auf die Knie.

»Du solltest ihn nicht so verzärteln«, brummte Leonhard und wies mit dem Kinn auf seinen Sohn.

»Er ist zwei Jahre alt und dein einziger männlicher Nachkomme«, entgegnete sie hitzig, »und ich sorge dafür, dass er sein Erbe auch irgendwann antreten kann. Um seine Gesundheit ist es nicht zum Besten bestellt, wie du weißt, er verfügt leider nicht über die Rossnatur seiner Schwester.«

»Und seiner Mutter«, fügte Leonhard augenzwinkernd hinzu, den Alexandrines schnell erregbares Wesen nicht störte. »Der Alte ist vor Wut beinahe geplatzt, Ferdinand hat ihn abgemahnt. Jetzt wird er hoffentlich die Finger von fremden Röcken lassen.«

Alexandrine hob zweifelnd die Augenbrauen. »Gregor ist tot«, sagte sie dann.

»Wer?«, fragte Leonhard, der in Gedanken noch bei seinem Vater weilte.

»Der Papst.« Alexandrine rollte mit den Augen.

»Oh, seine Zeit war nicht von langer Dauer, nicht einmal drei Jahre saß er auf dem Stuhl Petri«, erwiderte Leonhard und warf einen Blick auf die Zeitung.

Gregor XV. war tatsächlich erst vor zweieinhalb Jahren zum Papst gewählt worden. Ein Unterstützer des Bayernherzogs Maximilian, der von Ferdinand II. die Kurfürstenwürde zugesprochen bekommen hatte. Zum Dank hatte ihm Maximilian die wunderbare Heidelberger Bibliotheca Palatina geschenkt, nachdem die Stadt im vergangenen Jahr von den Truppen der Katholischen Liga erobert worden war. Wobei, vielmehr hatte er Gregors Wunsch entsprochen, der die sagenhafte Sammlung für sich beansprucht hatte. Und so waren Tausende Handschriften, Bücher und Drucke von Heidelberg nach Rom gebracht worden.

»Immerhin hatte er den Heiligen Stuhl erheblich länger inne als Leo XI. Dieser hat nach seiner Wahl zum Papst keinen Monat mehr gelebt. Auf jeden Fall dürfen wir gespannt sein, wer ihm nachfolgt«, sagte Alexandrine. »Das erste Mal wird eine geheime Wahl getroffen.«

Leonhard erinnerte sich.

»Richtig, Gregor hat dies als Neuerung eingeführt.«

Er griff nach den Blättern und überflog die Zeilen. In Graz hatte die Pest Einzug gehalten, Graf von Tilly marschierte mit den Kaisertreuen durch Hessen, und Graf von Mansfeld, der für den protestantischen Gegner kämpfte, war mit einem achttausend Mann starken Söldnerheer in Meppen angelangt.

»Ich frage mich, wie lange dieser Krieg noch währen wird«, murmelte Leonhard. Seine Augen huschten über die Zeilen.

»Hoffentlich nicht mehr allzu lange, und Gott möge geben, dass die Ernte in diesem Jahr besser ausfällt. Die Menschen haben jetzt schon nicht genug zu essen«, meinte Alexandrine.

»Seit wann sorgst du dich um die kleinen Leute?« Stirnrunzelnd sah Leonhard hoch.

»Du hast ein Herz aus Stein, mein Lieber. Mir tun die Bauern leid. Nicht nur gedeiht zu wenig auf ihren Äckern, sondern die Söldnerheere nehmen ihnen noch das letzte Brot. Die Dörfer entvölkern, weil viele mit ihren Familien keinen anderen Ausweg sehen, als sich den Trossen anzuschließen. Diese Männer können mit einer Mistgabel und einem Pflug umgehen, aber nicht mit Waffen. Sie werden alle zugrunde gehen, und wer bitte bestellt dann die Felder?« Sie schüttelte den Kopf über so viel Unüberlegtheit.

»So weit wird es nicht kommen. Die Katholische Liga verzeichnet einen Sieg nach dem andern, und der Habsburger sitzt wieder fest im Sattel.«

»Ich bete, dass du recht behältst.«

1624

ALEXANDRINES HOFFNUNGEN AUF einen baldigen Frieden schwanden. Inzwischen mischten sich die Dänen ein, und Frankreichs König Ludwig XIII. hatte vorsorglich ein Bündnis mit Venedig und Savoyen geschlossen. Zudem gab es Bestrebungen Ludwigs, gemeinsam mit den protestantischen Königen von England, Dänemark und den Vereinigten Niederlanden ein Bollwerk gegen den Habsburger Kaiser zu errichten. Der König von Dänemark und Herzog von Schleswig und Holstein, Christian IV., hatte bereits Truppen in den Norden Deutschlands gesandt, denn die Angst, der Habsburger Kaiser würde zu mächtig, saß tief.

Alexandrine stand neben ihrem Gatten in der altehrwürdigen Kirche Notre-Dame du Sablon, wo sich auch die Grablege der Taxis'schen Postmeister befand. Sie betrauerte den Tod ihres Schwiegervaters, der nur einen Monat nachdem Lamoral und seine Nachkommen vom Kaiser in den Reichsgrafenstand erhoben wurde, verstorben war. Seit er den Adelstitel führte, lief Leonhard mit stolzgeschwellter Brust herum, zog er doch endlich mit seiner Frau gleich. Eigentlich beklagte Alexandrine Lamorals Ableben nicht, stellte ihre Betroffenheit nur zur Schau. Nie hatte sie sich mit ihm verstanden, und Alexandrine und Leonhard waren den ewigen Streit mit ihm leid gewesen.

»Was glaubst du, wie lange dauert es, bis der Kaiser das Lehen an mich überträgt?«, raunte Leonhard ihr zu.

»Das ist nicht wichtig. Es ist ein Erblehen, also mach dir keine Gedanken. Außerdem ist das hier weder der richtige

Zeitpunkt noch der richtige Ort, um darüber nachzudenken«, flüsterte Alexandrine und strich über den Scheitel ihres Sohnes, der sich an sie drückte.

»Als ob du zu Tode betrübt wärest«, spöttelte Leonhard.

Sie verkniff sich eine Erwiderung und stimmte in das Vaterunser ein, das dem Bußpsalm *De profundis* vorausging. Alexandrine hatte Lamoral vielleicht nicht gemocht, dennoch betete sie für sein Seelenheil. Doch sie war nicht ganz bei der Sache, immer wieder schweiften ihre Gedanken ab, denn sie dachte an den jungen Reiter in Mainz. Sie konnte sich ihr Verhalten selbst kaum erklären. Es hatte sich nicht geziemt, ihn anzusprechen und ihn wie zufällig zu berühren. Aber sie hatte nicht widerstehen können. Silas von Maringer hatte sie mit seinen Augen verschlungen, dabei war er etliche Jahre jünger als sie und sollte sich eher nach gleichaltrigen Mädchen umsehen. Die Erinnerung schmeichelte ihr. Nein, irgendwie war es mehr als nur eine Schmeichelei, denn sie spürte ein Flattern in ihrem Magen, wenn sein Gesicht vor ihrem inneren Auge auftauchte.

»Du bist zu ungeduldig«, rügte Viktor von Eisenberg.

Silas biss sich auf die Zunge, um Widerworte zurückzuhalten. Nabil war fünf Jahre alt und hatte sich gut entwickelt. Er war gewachsen und seine Brust breiter geworden. Andere Pferde in seinem Alter konnten schon mehr, bildete Silas sich ein. Sein Traum, ein Reiter der Hofgarde zu werden, zerplatzte mindestens einmal in der Woche, wenn Nabil sich nicht fügte und scheinbar vergaß, was er schon gelernt hatte. Zudem wurde der Hengst frech, bockte hin und wieder, und Silas war schon zweimal im Dreck gelandet, sehr zur

Erheiterung seines Lehrers. Von Eisenberg hatte sich Nabils Ausbildung angenommen, und Silas bezahlte ihm zehn Kreuzer im Monat. Wenig war das nicht, denn dafür bekam man zwei Pfund Butter. Noch, denn die Preise stiegen stetig. Als er einmal laut darüber nachgedacht hatte, Nabil legen zu lassen, hatte Viktor ihm eindringlich abgeraten. Einen solchen Hengst zu kastrieren grenze an Sünde, waren seine Worte gewesen.

»Noch einmal Schulterherein«, kommandierte Viktor.

Die Übung förderte die Geschmeidigkeit des Pferdes und die Verlagerung seines Gewichts mehr auf die Hinterhand. Dieses Mal kreuzte Nabil die Vorder- und Hinterbeine, und Silas lobte sein Pferd.

»Morgen forderst du ihn vom Boden aus dazu auf«, gab ihm Viktor zur Aufgabe, als der Unterricht zu Ende war. »Nur wenige Male. Wenn Nabil es gut macht, lass ihn zufrieden und reite die nächsten Tage eine andere Übung.«

Silas nickte und stieg aus dem Sattel. Viktor war ein ausgezeichneter Lehrer und erklärte stets, wozu die Lektionen dienten. Als er Nabil versorgt hatte, begann es zu regnen. Der dritte nasse und zu kühle Sommer in Folge und damit ein weiterer, der die Getreideernte nicht allzu gut hatte ausfallen lassen. Jetzt im September konnte man nur noch auf Äpfel, Birnen und Zwetschgen hoffen, und mit viel Glück auf Pilze, sollte sich die Sonne doch noch öfter zeigen. Der Regen durchnässte seinen Umhang auf dem kurzen Nachhauseweg. Die Familie von Maringer bewohnte mehrere Räume in einem Nebengebäude nahe den Stallungen, damit Karl jederzeit nach dem Rechten sehen konnte, sollte ein Pferd krank werden. Nur wenige Schritte weiter erreichte man von Silas' Zuhause die Herberge Zum Weißen Großen Ross mit ihren Ställen und Hinterhofhäusern, wo der Wirt Antonius von Düren auch öfters Gäste des Kurfürsten unterbrachte.

Nördlich des Marstalls befanden sich die Scheune und die kurfürstlichen Speicher sowie weitere Stallgebäude. Schräg gegenüber an der Ecke waren im Haus Zum Rabenold das Zeughaus und die Münze untergebracht.

Hungrig und fröstelnd stieß Silas die Tür auf. Drinnen war es warm und behaglich, und es roch nach Essen. Sein Weg führte ihn zur Küche, wo seine Mutter am Herd stand. Emma, die Magd, teilte frisch gebackenes Brot und legte es auf eine Platte.

»Wie lange dauert es noch? Ich sterbe vor Hunger«, sagte Silas und spähte über die Schulter seiner Mutter in den Kessel. In einem Sud schwammen fette Würste, die ihm das Wasser im Munde zusammenlaufen ließen.

Sie schubste ihn mit dem Ellbogen zur Seite. »Es gibt erst zu essen, wenn Hella nach Hause kommt. Du kannst Holz nachlegen.«

Seufzend wandte er sich um, zwinkerte der Magd zu und stopfte sich ein Stück Brot in den Mund, bevor er hinaus in den Hof ging, um Holzscheite zu holen. Sein Vater kam ihm entgegen, den Hut tief ins Gesicht gezogen, Wasser tropfte von der Krempe.

»Ariald ist lahm«, brummte er verdrossen.

»Wurde er getreten?«, fragte Silas und stapelte die Scheite in einen Weidenkorb, deckte sie mit einem gewachsten Lederlappen ab, um sie vor der Nässe zu schützen.

»Nein, ich denke, der Schmied hat ihn vernagelt«, antwortete sein Vater und ging ins Haus. Silas folgte ihm hinein und legte Holz für den Kachelofen nach.

»Lina, ich brauche heißes Fett und zerstoßene Hirse«, hörte er seinen Vater sagen.

»Die Hirsekörner muss Silas zermahlen«, antwortete seine Mutter.

»Nein, ich brauche ihn im Stall. Wo ist Meta?«

»Bei Marie, sie hilft ihr flechten«, erwiderte Lina.

Meta, Silas' jüngere Schwester, war dreizehn und verdiente sich in der Nachbarschaft ein paar Pfennige. Silas klappte die Ofentür zu und schob den Korb in die Ecke.

»Und Emma?«

»Emma muss zum Brunnen, Wasser holen.«

»Dann musst du dich um die Hirse kümmern, Lina«, befahl Karl. »Silas, wir müssen das Eisen abnehmen«, wandte sich sein Vater an ihn.

»Ja, Vater.«

»Lina, die Hirse!« Ungeduldig sah Karl seine Frau an, die Pastinaken und Rüben in grobe Stücke zerteilte und in den Topf gab.

Lina knallte das Messer auf den Tisch und wischte sich die Hände an ihrem Rock ab. »Kann das nicht warten? Ihr wollt zu essen, und der Eintopf ist noch nicht fertig. Gleich kommt Hella und ist sicher hungrig und müde von der Arbeit im Spital.«

»Die Pferde gehen vor, durch sie verdiene ich unser Brot, und wir können gut davon leben. Essen können wir später«, gab Karl unwirsch zurück. »Und jetzt mach dich an die Arbeit.« Dann stapfte er aus der Küche, und Silas beeilte sich, ihm zu folgen. Er warf seiner Mutter über die Schulter einen verwunderten Blick zu, dann schloss er die Tür hinter sich. Sein Vater schlug selten einen rauen Ton gegenüber seiner Mutter an, meist ging er freundlich mit ihr um.

Karl holte den Hengst aus seinem Stand und führte ihn auf die Stallgasse. Deutlich zeigte Ariald, dass er Schmerzen litt. »Geh und bring die Zange und den Unterhauer«, trug er Silas auf und band den Hengst an einen eisernen Ring.

»Wo ist Reinald, der Schmied? Und warum hast du nicht einen der Knechte gefragt, dann hätte ich die Hirse mahlen können?«

»Reinald hat ein Glas zu viel getrunken, der kann sich morgen auf was gefasst machen. Und jetzt tu, was ich dir sage.«

Silas zuckte mit den Schultern und ging das Werkzeug holen. Wenig später hielt er den rechten Vorderhuf auf, während sein Vater die Nägel löste und schließlich das Eisen herunterzog. »Geh nach Hause, hol die Hirse, das heiße Fett und Leinentücher.«

Die Behandlung kannte Silas aus dem Rossarzneibuch, das sein Vater in seiner Schreibstube verwahrte. Man vermengte die Hirse mit dem Fett und verband den Huf über Nacht damit. Als Karl den Huf versorgt und Ariald wieder in seinen Stand gebracht hatte, zog er den Hut vom Kopf und wischte sich mit dem Ärmel über die Stirn.

»Lass uns gehen, mein Sohn, mein Magen knurrt.«

»Du warst so schroff zu Mutter ...«, traute sich Silas zu sagen.

»Sie wird es wohl nie verstehen, wie sehr mir die Pferde am Herzen liegen, und manches Mal macht mich das zornig.«

»Ist das wirklich der Grund?«, zweifelnd sah Silas ihn an.

Karl stieß pfeifend die Luft aus. »Nein. Ich mache mir Sorgen.«

»Worüber?« Noch immer standen sie auf der kalten Stallgasse, nur das Mahlen der Pferdezähne und das Rascheln der Hufe im Stroh waren zu hören.

»Mich beunruhigen die Nachrichten. Der Kaiser hat befohlen, dass in Böhmen nur noch eine Religion gelten soll, und aus Spanien wird berichtet, Kriegsvolk zu Ross und zu Fuß wird angeworben. Frankreich schickt Leute, den Veltlinpass zu versperren ...«

»Woher weißt du das alles?«, unterbrach Silas seinen Vater erstaunt.

»Aus der Ordinari-Zeitung.«

Gemeinsam verließen sie den Stall und strebten dem Nebengebäude zu.

»Aber ich verstehe nicht, worüber du dich sorgst«, sagte Silas.

Inzwischen waren auch seine Schwestern eingetroffen. Lina stellte den Topf auf den Tisch und schöpfte Karl zuerst den Teller voll, dann folgten Silas, die Mädchen und schließlich sie selbst. Emma war wie jeden Abend nach Hause gegangen, um sich um ihre eigene Familie zu kümmern. Alle falteten die Hände, senkten den Kopf in Demut, während Lina das Tischgebet sprach.

»Das Brot vom Korn, das Korn vom Licht, das Licht aus Gottes Angesicht. Amen.«

»Amen«, murmelten die anderen, dann tauchten sie ihre Löffel in den Eintopf. Die Würste stupften sie mit ihren Messern auf und bissen davon ab. Meta verbrannte sich die Zunge und jaulte. Lina mahnte sie, einen Schluck verdünnten Wein zu trinken, nahm die Wurst und zerteilte sie. »Jetzt ist sie nicht mehr so heiß.«

»Meta, du bist dreizehn und kein kleines Kind mehr. Muss Mutter dir denn wirklich noch das Essen klein schneiden?« Hella schüttelte den Kopf über ihre Schwester. Meta zog einen Flunsch und blickte finster auf ihren Teller.

»Silas, zu deiner Frage von vorhin: Ich frage mich, wie dieser Krieg bald vorbei sein soll, während überall Söldner angeheuert oder in Marsch gesetzt werden«, nahm Karl den Faden wieder auf.

»Der Krieg betraf die Pfalz und Böhmen, was hat das mit uns zu tun? Hier in Mainz ist es ruhig, viele Menschen haben Dank des Erzbischofs Arbeit.«

Johann Schweikhard von Kronberg ließ seit einigen Jahren eine nach ihm benannte Befestigungsanlage rund um das Benediktinerkloster bauen, und in der Stadt wimmelte es neben Handwerkern aus Mainz und Umgebung von Festungsbauern aus Italien.

»Sohn, denkst du wirklich, die Protestanten geben Ruhe, vor allem jetzt, wo der Kaiser einmal mehr den Religionsfrieden bricht? Und wozu sollte von Kronberg auf dem strategisch gelegenen Jakobsberg eine Burg samt Bastionen errichten lassen? Er verbringt die meiste Zeit in Aschaffenburg. Ich bin kein Gelehrter, aber verfüge über einen gesunden Verstand. Glaub mir, wir werden noch schlimme Zeiten erleben.« Düster starrte er in seinen Eintopf.

»Karl, was redest du denn da, du machst uns Angst«, meinte Lina und wischte ihren Teller mit einem Stück Brot aus.

»Müssen wir Mainz verlassen?«, fragte Meta.

»Nein, Kind, hier sind wir sicher«, beruhigte Lina ihre Tochter.

»Wenn sich bewahrheitet, was du sagst, Vater, was geschieht dann mit den Pferden?« Silas nahm sich noch ein Stück Brot und zerpflückte es in kleine Stücke, die nach und nach in seinen Mund wanderten.

»Die Pferde werden unsere geringste Sorge sein. Wenn der Krieg hierhergetragen wird und die Stadt nicht standhält, werden die Pferde beschlagnahmt. Und wenn sie nur dazu dienen, die Soldaten satt zu machen, sollte den Befehlshabern das Geld ausgehen, um den Sold zu bezahlen.« Karl von Maringer schob seinen Teller von sich und legte die Hände auf den Bauch.

Hella entfuhr ein leiser Schrei.

»Die Söldner werden sie doch nicht wirklich essen, oder?«

»Niemals, das werde ich nicht zulassen«, fuhr Silas auf.

»Genug jetzt!«, sagte Lina laut. »Komm, Meta, hilf mir, räum das Geschirr zusammen und reib es aus.« Sie warf ihrem Mann einen verärgerten Blick zu. »Die Protestanten sind auf dem Rückzug und wurden geschlagen. Dem Herrn sei Dank für Graf von Tilly.«

Während Meta und Lina sich darum kümmerten, die Küche aufzuräumen, verzogen sich die anderen in die Stube. Hella öffnete eine Schublade der Anrichte, holte Nadel und Faden hervor.

»Ich muss noch einen Riss in meinem Rock nähen«, erklärte sie, setzte sich in die Nähe des wärmenden Kachelofens und begann zu flicken.

Karl rückte näher an seinen Sohn heran und raunte: »Einer der Boten hat erzählt, in der Reichsstadt Dinkelsbühl lagerten kaiserliche Truppen vor der Stadtmauer. Ihre Anführer hatten sich innerhalb der Mauern eingenistet. In nur drei Tagen wurde das ganze Vieh geschlachtet. Die Söldner schlugen die Fensterscheiben ein, machten aus den Bleirahmen Kugeln und schossen die Tauben von den Dächern, bevor sie von dannen zogen. Glaubst du mir jetzt, dass sie vor Pferden nicht haltmachen werden? Du kannst nichts dagegen tun, nur um Leib und Leben bangen. Wir sind keine Kämpfer, Silas.«

»Dann müssen wir welche werden, um die Familie beschützen zu können«, flüsterte Silas. »Möge Gott verhüten, dass deine Worte wahr werden.«

Hella legte ihre Nähnadel beiseite. »Wir sollten uns mehr Sorgen über andere Dinge machen«, sagte sie laut. »Die Pest ist schon in Essenheim, nicht einmal zwei Stunden Wegmarsch von hier.«

Die Männer fuhren herum und starrten sie an.

»Was glaubt ihr, wie lange es dauert, bis die Seuche auch die Tore von Mainz erreicht? Doktor Contzen war heute im Spital, um nach einem Erkrankten zu sehen …«

»Was sagst du da? Die Pest ist im Alexiusspital?«, unterbrach Silas seine Schwester.

»Nein, der alte Mann hatte nur einen juckenden Ausschlag und Schmerzen. Contzen hat uns aber vorgewarnt, und er habe dem Stadtrat bereits Bericht erstattet, damit umgehend Vorkehrungen zum Schutz getroffen werden können.«

Silas lief ein eiskalter Schauer über den Rücken. Ein drohender Krieg und dazu noch die Pest. Als er zu Bett ging, geisterten schaurige Bilder durch seine Träume.

1626

VOR EINEM JAHR war Dänemark in den Krieg eingetreten. König Christian IV. war zum Kriegsoberst des Niedersächsischen Reichskreises gewählt und Albrecht von Wallenstein bereits ein Jahr zuvor vom Kaiser zum Generalissimus ernannt worden. Heerscharen zogen gen Norden, dem Dänenkönig entgegen.

Leonhards Pläne, das Wegenetz weiter auszubauen und neue Poststationen einzurichten, gingen langsamer voran, als ihm lieb war. Grübelnd saß er in seinem Schreibkontor in Brüssel, sah die Briefe durch, als ihm eine Nachricht aus Köln ins Auge fiel. Er brach das Siegel, und während er las, breitete sich ein Grinsen auf seinem Gesicht aus.

Alexandrine kam herein, die Ordinari-Zeitung in der Hand, und setzte sich auf einen gut gepolsterten Stuhl aus Walnussholz.

»Wallenstein lässt in Schlesien fünfhundert Dragoner anwerben, und sein Generalwachtmeister hat weitere tausend Pferde gekauft. Kurfürst Johann Georg von Sachsen bemüht sich um Frieden im Niedersächsischen Reichskreis zwischen Dänemark und dem Kaiser«, berichtete sie. »Ich bezweifle, dass er vermitteln kann. Tilly wartet in Hessen auf sechstausend Mann aus Bayern, um dem Dänenkönig entgegenzuziehen, während dieser vierunddreißigtausend Männer zu Fuß und zu Pferd um sich sammelt. Was grinst du denn so zufrieden?«

Leonhard wedelte mit dem Brief in seiner Hand. »Gute Nachrichten für uns, Jacob Henot ist tot. Endlich, hat auch lange genug gedauert. Viel hätte nicht mehr gefehlt, dann wäre er hundert Jahre alt geworden. Aber jetzt hat der Schnitter ihn dahingerafft.«

»Tatsächlich? Gut für uns, um Köln wieder in unsere Hand zu bekommen«, freute sich Alexandrine.

»Ganz richtig, aber das ist noch nicht alles. Henot ist bereits im vergangenen November gestorben und …«

»Was? Warum erfahren wir erst jetzt davon?«, fiel ihm Alexandrine erstaunt ins Wort. »Sein Sohn Hartger wird längst beim Kaiser angefragt haben, um die Postmeisterstelle seines Vaters weiterführen zu können.«

»Und Hartger und seine Schwester Katharina haben Henots Tod verschwiegen. Nicht einmal ein richtiges Begräbnis hat er bekommen«, fuhr Leonhard ungerührt fort. »Sie haben sogar Jacobs Unterschrift gefälscht, um den Posten behalten zu können. Ein Fest für uns. Der Reichshofrat wird dies nicht durchgehen lassen und zu unseren Gunsten entscheiden.« Leonhard rieb sich die Hände.

»Das sind tatsächlich gute Neuigkeiten. Unsere Klage gegen Henots Besetzung als Postmeister erhält neue Nahrung, die die Entscheidung des Gerichts auf jeden Fall beeinflussen wird. Wie konnte Hartger nur so dumm sein?« Alexandrine schüttelte den Kopf. »Jede Lüge kommt irgendwann ans Tageslicht.«

»Unser Spitzel in Köln war jeden Gulden wert. Ich hab dir damals schon gesagt, dass das Geld für seine Dienste gut angelegt ist.« Leonhard lehnte sich entspannt und sichtlich zufrieden in seinem Stuhl zurück.

»Johann von Coesfeld wird entzückt sein«, meinte Alexandrine. Der Genannte war vor Henots erneuter Übernahme der Kölner Postmeister gewesen. Nun standen die Chancen gut für ihn, die Station wieder zu leiten. Wie bei den meisten Taxis'schen Posthaltern bestand eine verwandtschaftliche Beziehung, so auch bei von Coesfeld, dessen Frau Anna einer Linie derer von Taxis entstammte.

»Sicher werden noch einige Monate ins Land gehen, bis eine endgültige Entscheidung getroffen wird, aber dann ist Köln wieder unser«, erwiderte Leonhard und griff nach der Zeitung, die seine Frau auf den Schreibtisch gelegt hatte.

»Wir sollten jetzt schon beginnen, mehr Botenreiter anzuwerben«, schlug Alexandrine vor und erhob sich. »Denk darüber nach, ich sehe noch einmal nach Lamo.«

Leonhard brummte zustimmend und seufzte dann. Sein Sohn war wieder einmal schwach auf der Brust, sodass Doktor Ingenhousz hatte kommen müssen. Dieser Mann war mittlerweile Stammgast im Brüsseler Palais.

Die Mainzer waren davongekommen, die Pest hatte die Stadt verschont. Im nahen Städtchen Essenheim dagegen waren über hundert Opfer zu beklagen gewesen. Aber nicht nur die Seuche hatte den Tod gebracht, es brannten auch mehr und mehr Scheiterhaufen in Kurmainz. Schon von Kronbergs Vorgänger, Johann Adam von Bicken, hatte im ganzen Hochstift mehr als sechshundert Frauen dem Feuer überantwortet. Stets war die Familie von Maringer in tiefer Sorge, Hella und Meta könnten als Hexen besagt werden. Oft waren es hübsche junge Frauen und Mädchen, die in die Fänge der Inquisition gerieten, aus denen ein Entkommen so gut wie aussichtslos war. Doch auch Männer und gar Kinder waren vor den Häschern nicht gefeit. Wie in Miltenberg, wo fast die Hälfte der Hingerichteten männlichen Geschlechts gewesen war. Vor allem bangten die von Maringers um die fünfzehnjährige Meta, die seit einem Jahr einer alten Hebamme zur

Hand ging. Jüngst war von Kronberg in seiner Aschaffenburger Residenz verstorben und Georg Friedrich von Greiffenclau zu seinem Nachfolger gewählt worden. Auch er stand seinen Vorgängern im Amt in nichts nach, und Hexenprozesse waren landauf, landab fast an der Tagesordnung.

Silas verrichtete seine tägliche Arbeit und kümmerte sich um Nabil, der inzwischen seine Flegeljahre hinter sich gelassen hatte und ein verlässliches Pferd geworden war. Seitdem sich die düsteren Vorahnungen seines Vaters mehr und mehr zu bewahrheiten schienen, übte sich Silas auch in der Kunst der Waffenführung. Bei einem Waffenschmied hatte er einen Haudegen erstanden, der ihn ein kleines Vermögen gekostet hatte. Lina hatte gezetert, als er damit nach Hause gekommen war.

»Du bist ein Reitknecht und kein Soldat, wozu gibst du einen Haufen Geld für Waffen aus? Dafür hättest du dir besser ein Paar Stiefel machen lassen. Der Winter steht vor der Tür.«

»Mutter, ich will gerüstet sein und meine Familie und mein Zuhause verteidigen können, wenn der Krieg nach Mainz getragen wird. Glaubst du, ich überlasse euch und unser Heim kampflos den Söldnern? Vater besitzt auch ein Rapier und einen Dolch.«

»Mainz verfügt über Stadtmauern und Streitkräfte. Wir wohnen in einem Gebäude, das dem Kurfürsten gehört, nicht in einer Hütte in der Vorstadt. Dein Vater ist Oberstallmeister und verpflichtet, die Waffen zu tragen«, entgegnete sie heftig. »Erzbischof von Greiffenclau wird uns beschützen, denn Gott steht hinter ihm.«

Silas rollte mit den Augen. Er liebte seine Mutter, aber sie besaß ein schlichtes Gemüt und vertraute in allem auf den Herrn im Himmel. Sicher, auch er war ein gläubiger Mensch, doch manches Mal fragte er sich, warum Gott diesem schrecklichen Krieg tatenlos zusah.

»Hier, für dich«, ließ Viktors Stimme ihn hochschrecken. Silas hatte den älteren Mann nicht kommen gehört, weil er leise vor sich hin summte, während er Nabils Hufe säuberte.

Viktor von Eisenberg hielt die Zeitung hoch und lächelte breit. Er wusste, Silas konnte es kaum erwarten, eine der wöchentlichen Postzeitungen in die Finger zu bekommen.

»Oh, sei bedankt. Was gibt es Neues?«, freute sich Silas und ließ Nabil sein linkes Hinterbein absetzen.

»Lies selbst«, erwiderte Viktor und lehnte sich gegen die ordentlich aufgereihten Strohgarben.

Silas überflog die Seiten. General von Tilly kämpfte im Norden und hatte vor Kurzem den Dänen eine weitere Niederlage beigebracht. König Christian IV. war zunächst über die Elbe geflohen und Tilly nach Verden gezogen. Doch der dänische König rückte nun mit achtzehntausend Mann vor, um Verden nicht in die Hände der Kaiserlichen fallen zu lassen.

Silas las die Neuigkeiten stets genau, auch wenn die Kriegsschauplätze weit entfernt waren. Es gab Nachrichten aus vielen ihm fremden Städten, die er trotzdem verschlang, um die Welt um sich herum zu verstehen. Kämpften doch Protestanten und Katholische nicht nur in Deutschland, sondern es herrschte seit Jahrzehnten auch Krieg zwischen den Spanischen und den Vereinigten Niederlanden. In Frankreich flammten seit Jahren Unruhen auf, und Kardinal Richelieu schloss Bündnisse mit den Protestanten, woraus Silas nicht ganz schlau wurde. Richelieu, erster Minister und rechter Arm des französischen Königs, war doch katholisch. Wie konnte er dann einen Pakt mit dem Feind schließen?

Viktor von Eisenberg war inzwischen zu einem väterlichen Freund für Silas geworden und kümmerte sich nicht nur um Nabils weitere Ausbildung, sondern lehrte Silas auch den Umgang mit den Waffen. Der deutlich Ältere erstaunte ihn immer wieder, wenn er geschmeidig wie eine Katze auswich und sich Silas plötzlich in einer ausweglosen Lage befand, die im Ernstfall den sicheren Tod bedeuten würde.

»Sattle Nabil und Halvor, Silas, heute werden wir wieder den Kampf zu Pferde üben«, überraschte Viktor ihn, als er die Blätter zusammenfaltete.

»Ich hole meinen Haudegen«, gab Silas aufgeregt zurück.

»Nein, wir nehmen immer noch die beiden«, grinste Viktor und hob zwei Holzstangen empor, die in etwa die Länge eines Haudegens besaßen. »Du erinnerst dich an die schmerzhaften Begegnungen mit diesen Knüppeln, und hätten wir die Degen genommen, wärst du verletzt worden oder tot.«

Viktor von Eisenberg hatte als junger Mann im österreichischen Bauernkrieg gekämpft und es bis zum Rittmeister gebracht. Sein Vater, Freiherr von Eisenberg, war zehn Jahre nach Ende des Krieges gestorben, und Viktors Bruder Winfried hatte als Erstgeborener die Ländereien geerbt. Winfried hatte ihm genügend Gulden gegeben, ihm das beste Pferd im Stall überlassen, und Viktor war von dannen gezogen. Bis nach Frankreich, wo er bei Pluvinel seine Reitkünste verfeinert hatte. Danach war er von Hof zu Hof gereist, hatte adligen Sprösslingen das Reiten beigebracht, Pferde ausgebildet, bis er schließlich nach Mainz gelangt war und sich endgültig niedergelassen hatte.

»Dieses Mal bin ich gewappnet, und du landest im Dreck«, erwiderte Silas, der sich an die letzten beiden Male nur zu gut erinnerte. Stürze hatten ihre Spuren in Form blauer Flecke auf seinem Körper hinterlassen, und am nächsten Tag hatte er sich kaum rühren können.

Nachdem Silas die Pferde gesattelt hatte, ritten sie hinunter zum Rheinufer, um die Tiere aufzuwärmen, und trabten zurück zur Reitbahn, wo sie die Übungen aufnahmen.

»Zeig mir, was du kannst«, rief Viktor und ging im selben Augenblick zum Angriff über.

Silas riss den rechten Arm in die Höhe, Holz traf auf Holz. Kaum hatte er den Schlag abgefangen, bedrängte ihn Viktor erneut. Dieses Mal war Silas zu langsam, und der Knüppel landete auf seinem Oberarm. Schmerz durchzuckte ihn, aber Silas biss die Zähne zusammen und schlug seinerseits zu, doch sein Angriff ging ins Leere. Von Eisenbergs nächster Hieb auf den Rücken raubte ihm für einen Moment den Atem. Wütend schwang er seine Waffe, doch Viktor wehrte ihn erfolgreich ab und versetzte ihm einen derben Stoß in die Rippen. Pfeifend stieß Silas die Luft aus, fluchte lautstark vor sich hin. Dann besann er sich auf Viktors Worte.

»Lass dich nicht von der Wut lenken, sie macht dich blind. Du musst lernen, den nächsten Zug deines Gegners vorauszuahnen.«

Silas schlang die Zügel um den hochgezogenen Vorderzwiesel des Sattels und lenkte Nabil nur mit seinen Beinen und durch Verlagerung seines Gewichts. Sein Lehrmeister kam ihm bereits wieder gefährlich nahe. Beidhändig umfasste Silas den Knüppel, schwang ihn durch die Luft, ließ sein Pferd zur Seite weichen, und das Holz fand sein Ziel auf Viktors Rücken. Der Rittmeister krümmte sich zusammen. Nabil vollführte eine Kehrtwendung auf der Hinterhand, und Silas bekam ein weiteres Mal die Möglichkeit zuzuschlagen. Stattdessen ließ er jedoch den Knüppel fallen, beugte sich nach unten, griff mit beiden Händen nach Viktors linkem Fuß und hebelte ihn aus dem Sattel. Mit einem dumpfen Geräusch landete sein Lehrer im Sand. Behände sprang Silas vom Pferd, schnappte sich Halvors Zügel und trat zu Viktor, reichte ihm die Hand, um ihm aufzuhelfen.

Ächzend kam Viktor auf die Beine.

»Ich muss gestehen«, presste er hervor, »du hast nicht zu

viel versprochen. Ich bin alt, Silas. Du hättest etwas sanfter mit mir umspringen können«, zwinkerte er und klopfte sich die Sandkörner von den Hosen. »Halvor, alter Junge, du wirst allmählich zu langsam«, schimpfte er gutmütig und strich dem Pferd über die Nase.

»Dein Respekt gebührt Nabil, Viktor, er ist unheimlich wendig und schnell.«

»Ja, das ist er. Ein wirklich gutes Pferd, das dir im Ernstfall das Leben retten kann.«

»Ich habe nicht vor, in den Krieg zu reiten, alles, was ich will, ist, der Hofgarde anzugehören. Mehr verlange ich nicht«, seufzte Silas, während sie gemeinsam die Rösser zum Stall führten.

»Der neue Kurfürst ist mehr damit beschäftigt, die Burg auszubauen und Hexen zu jagen. Von Kronberg saß selbst gern hoch zu Ross, aber ich fürchte, von Greiffenclau hat nicht viel für die Reitkunst übrig«, entgegnete Viktor.

»Meinst du damit, unter seiner Regentschaft wird es keine Aufführungen geben? Das wäre äußerst bedauernswert. Die Leute strömten aus allen Richtungen hierher, um dich und die anderen zu sehen und brachten damit Geld in die Stadt.« Silas löste den Gurt und wuchtete den Sattel auf einen Holzbock. Dann nahm er Nabil den Zaum ab und hängte ihn an einen Haken an der Wand.

»Vielleicht sollte ich nach Frankreich gehen und versuchen, eine Stelle am königlichen Hof zu bekommen. Ludwig XIII. hat schließlich bei Pluvinel das Reiten erlernt und weiß die hohe Kunst zu schätzen«, überlegte Silas laut und füllte Hafer in Nabils Trog, der sich im Nu darüber hermachte.

»Ich glaube, dein Vater würde sich zu Tode grämen, schließlich hofft er, dass du ihm einmal als Oberstallmeister nachfolgen wirst.« Viktor winkte einem Pferdeknecht und befahl ihm, Halvor mit mehr Heu zu versorgen.

hätte liebend gern weiter die Gesellschaft der Fremden genossen. Ihre strahlenden grauen Augen, das unwiderstehliche Lächeln und ihre warme Stimme hatten eine Saite in ihm zum Schwingen gebracht, die er bisher an sich nicht gekannt hatte. Und noch nie hatte sein Körper auf die Berührung einer Frau so heftig reagiert. Wer sie wohl war? Eine Gräfin, ja, aber derer gab es viele. Stumm schimpfte er sich einen Narren. Nicht einmal nach ihrem Namen hatte er gefragt.

»Du hast mich beim Kaiser schlechtgemacht, was fällt dir eigentlich ein? Wenn ich deine Mutter nicht so schätzen würde, nennte ich dich den Sohn einer räudigen Hündin«, geiferte Lamoral und fuchtelte mit einem Blatt Papier herum.

»Meine Mutter schätzen? Dass ich nicht lache. Reicht es nicht, dass du Hohn und Spott über sie ausschüttest? Weiß nicht fast jedermann, dass du dich lieber mit Frauen vergnügst, die deine Töchter sein könnten?«, erwiderte Leonhard zornig. »Du bist so erbärmlich, Vater.« Das letzte Wort spie er förmlich aus.

»Eine Abmahnung hat er mir geschickt.« Lamoral hielt Leonhard das Schreiben mit dem kaiserlichen Siegel unter die Nase, datiert vom dritten Tag des Monats Juli und damit drei Wochen alt. Lamoral war erst gestern spät in der Nacht aus Prag zurückgekehrt, und sein erster Weg hatte ihn am frühen Morgen zu seinem Sohn geführt. »Bist du nun zufrieden?«

Leonhard warf einen Blick darauf.

»Sehr zufrieden mit seiner Majestät«, grinste er. »Das wird dich lehren, mein Erbe an billige Mätressen zu verschwenden.«

»Du hast mich verleumdet, glaubst du, das lasse ich mir

»Ich weiß nicht, ob ich das möchte. Man sitzt mehr über den Büchern, um sämtliche Ausgaben aufzuschreiben, als im Sattel«, brummte Silas. »Außerdem ist diese Stelle kein Erblehen. Wenn mein Vater sich einmal zur Ruhe setzt, wird der Kurfürst darüber entscheiden, wer Karls Nachfolger wird.«

»Du wirst deinen Weg finden«, war alles, was Viktor dazu sagte, und klopfte ihm auf die Schulter.

1627

ENDLICH IST KÖLN *wieder unser*, schrieb Leonhard an seine Frau aus der Reichsstadt und berichtete von dem neu geschlossenen Vertrag mit dem Kölner Stadtrat. Der wiedereingesetzte Postverwalter Johann von Coesfeld, der Rat und er hätten dies mit einem edlen Tropfen aus den tiefen Kellern unter dem Rathaus begossen und festlich getafelt.

Alexandrine saß an dem großen Schreibtisch im Kontor des Brüsseler Palais, vor ihr lag Leonhards Brief, daneben die neuesten Zeitungen und die eingegangene Post. Schon im vergangenen Herbst hatte der Kaiser die Kölner Station wieder den Taxis zugeschlagen, doch die Freie Reichsstadt hatte sich Zeit gelassen, und deshalb war Leonhard selbst dorthin gereist, um den Vertrag voranzutreiben.

Henots Tochter, Katharina, wurde verhaftet und der Hexerei angeklagt, berichtete Leonhard weiter. *Schwestern des Klarissenklosters in Köln haben Katharina Henot zauberischer Handlungen beschuldigt.*

Alexandrine kannte Katharina und konnte sich nicht vorstellen, dass sie Menschen mit Zaubersprüchen und Flüchen belegte. Anderseits hatte Henots Tochter gemeinsam mit ihrem Bruder den Tod des Vaters verschwiegen, um die Postmeisterei zu behalten. Dazu benötigte es einer ordentlichen Portion Kaltschnäuzigkeit und Durchtriebenheit. Letztlich war dieses Verhalten sehr dumm gewesen. Wären die Geschwister offen und ehrlich damit umgegangen, hätten sie die Station vielleicht behalten können. So aber war dem

Reichshofrat doch kaum etwas anderes übrig geblieben, als sie wieder in die Hände derer von Taxis zu legen.

Sie werden sie der peinlichen Befragung unterziehen, und man wird sehen, ob Katharina der Folter widerstehen kann.

Alexandrine schauderte, wusste, was der Frau bevorstand, und verspürte einen Anflug von Mitleid. Der Brief endete mit einem *Ergebenst, Leonhard.* Sie faltete ihn zusammen, um sich ihrer Arbeit zu widmen.

Immer wieder gab es Beschwerden der Postverwalter, wie die Postmeister seit einiger Zeit genannt wurden, meist über Behinderungen der Reiter an den Stadttoren, vor allem in den protestantisch geprägten Städten. Ebenso beklagte man nach wie vor die Metzgerpost. Alexandrine rieb sich die angestrengten Augen. In den kleineren Städten und Ortschaften hielten sich diese Metzgerposten hartnäckig, obwohl das Kaiserliche Postregal allein dem Generalerbpostmeister die Einrichtung von Posten zugestand. Trotzdem beförderten Metzger oder Kaufleute Sendungen, vor allem im Süden des Landes, was bedeutete, der Familie von Taxis gingen Einnahmen verloren. Herzog Johann Friedrich von Württemberg hatte sogar eigens eine Post- und Metzgerordnung erlassen, um diese Leute in seinem Land zu schützen. Verhandlungsversuche waren bislang gescheitert, denn der protestantische Herzog blieb stur.

Seufzend tauchte Alexandrine die Schreibfeder in das Tintenfässchen und verfasste einen Brief an den Postverwalter einer kleinen, aber wichtigen Station des Tiroler Postenlaufs von Brüssel nach Innsbruck. Lieser lag an der Mosel, und der Verwalter Nicolas Ludwig bat um einen Schutzbrief für seinen Schwiegervater, den Fährmann Henrich Clais. Etwas verwundert, dass der Fährmann bisher über keine *Salva guardia* verfügte, bestellte sie Ludwig, sie werde sich schnellstens darum kümmern. Nicolas berichtete auch von der umhergehenden Angst, da im nahen Bernkastel auf der anderen Moselseite die Pest wütete. Überall im Land kamen immer wieder kleinere und größere Ausbrüche dieser schrecklichen Seuche vor, die jedermann mehr fürchtete als den Krieg.

Alexandrine legte den Brief zur Seite und schrieb einen weiteren an den *protector postarum*, den Reichserzkanzler, in dem sie die Ausstellung eines Schutzbriefes für den Fährmann verlangte. Dann angelte sie sich die nächste Botschaft, die mit dem kurmainzischen erzbischöflichen Siegel verschlossen war.

Hoffentlich will er sich kein Geld von uns leihen, fuhr es ihr durch den Kopf.

Doch es handelte sich um nichts dergleichen. Georg Friedrich von Greiffenclau schrieb, er weihe im Mainzer Dom einen neuen Altar und lade die Gräfin und den Grafen zu diesem Ereignis ein. So könne man sich auch persönlich kennenlernen und die enge Verbindung zwischen Kurmainz und der Familie von Taxis gebührend feierlich erneuern. Das traf sich gut. Sie zog den Brief an den Erzbischof wieder zu sich und setzte unter die Bitte für den Geleitbrief noch ein paar Zeilen: Graf Leonhard und sie freuten sich über die Einladung nach Mainz, der sie gerne nachkämen.

Einmal mehr erinnerte sich Alexandrine an den jungen Reiter, den sie vor Jahren in Mainz getroffen hatte. Immer wieder geisterte der Mann in ihrem Kopf herum. Ob er wohl seinen Traum verwirklicht hatte und sein Pferd, wie er sich ausgedrückt hatte, für ihn tanzte? Vor ihrem inneren Auge erschien sein Gesicht, und sie gab sich mit geschlossenen Augen für einen Moment einem Tagtraum hin, der ihr Blut in Wallung brachte.

Der Mainzer Dom war festlich geschmückt, und die Domherren stolzierten gemessenen Schrittes zu ihren Plätzen im Chorgestühl. Die Kirche war voll besetzt mit geladenen Gästen: Stadträte, Adlige, hoch angesehene Bürger der Stadt. Erzbischof von Greiffenclau, gekleidet in vollem Ornat, sprach einen Segen und begann mit der Altarweihung. In den neuen Altar war eine Reliquie eingelassen, das Schweißtuch des heiligen Bonifatius. Er war selbst einmal Bischof von Mainz gewesen und als Missionar in Nordfriesland den Märtyrertod gestorben. Dort lebenden Christen hatte er das Sakrament der Firmung spenden wollen, doch seine Gegner hatten dem Achtzigjährigen aufgelauert und ihn erschlagen.

Der mehr als sechshundertfünfzig Jahre alte Dom war ein Bauwerk von überragender Größe, dessen Nordseite den angrenzenden Marktplatz beherrschte. Die dreischiffige Basilika verfügte über zwei Chöre und Seitenkapellen und mehrere Türme. Am Rande des Marktplatzes erhob sich ein fein gearbeiteter Brunnen, den einst der Kurfürst von Brandenburg den Mainzern gestiftet hatte. Der Bildhauer war ein wahrer Meister seines Handwerks gewesen. An den Markttagen tummelten sich Hunderte Menschen vor dem Dom, um die Waren der Händler zu erstehen. Körbe und Seile, Wolle, Pelze und Tuche, Backwaren, Fisch und Fleisch. Man traf sich bei den Garküchen, tat sich an einfachen Gemüsebrühen oder Fleischpasteten gütlich und erfuhr nebenbei den neuesten Klatsch. Alexandrine hatte sich gefreut, wieder in die schöne Stadt zu kommen.

Georg Friedrich von Greiffenclau sprengte Weihwasser auf den Altar und salbte ihn mit Chrisam, dem geweihten Öl. Danach folgte an fünf Stellen auf den eingravierten Kreuzen in der glatten und blank polierten Altaroberfläche das Verbrennen von Weihrauch. Diese Handlung symbolisierte die Wunden Jesu, und der Erzbischof sprach das Weihegebet, erbat den Segen des Herrn. Schließlich wurde ein reich mit Goldfäden besticktes Altartuch ausgebreitet, und ein Messdiener entzündete die dicken Kerzen. Ein goldener Kelch, die Brotschale, Wasser und Wein wurden herbeigebracht, und die Eucharistiefeier konnte beginnen.

Alexandrine saß mit gefalteten Händen in der Kirchenbank. Eigentlich lauschte sie stets aufmerksam, wenn die heilige Messe zelebriert wurde, doch heute wanderten ihre Gedanken zu ihrem Gatten, der nach Wien gereist war und sich beim Reichserzkanzler für seine Abwesenheit am heutigen Tag hatte entschuldigen lassen. Leonhard wollte beim Kaiser durchsetzen, dass Johann von den Birghden in Frankfurt das Feld räumen musste. Und dieses Mal würde es gelingen, dessen war sich Alexandrine sicher.

Der Frankfurter Postverwalter brachte seit Jahren ein Nachrichtenblatt heraus, und dem gemeinen Leser fiel es nicht schwer, zwischen den Zeilen seine Gesinnung herauszufinden. Neigte von den Birghden doch in seinen Drucken dazu, die Protestanten in ein günstiges Licht zu rücken. Schon damals, als in Prag die königlichen Statthalter samt Kanzleischreiber aus dem Fenster geworfen worden waren, hatte von den Birghden verständnisvoll geschrieben, seltsame Dinge hätten sich zugetragen, weswegen die Stände sich der Prager Burg bemächtigt hätten, um dem unrühmlichen Treiben ein Ende zu setzen. Mit dem unrühmlichen Treiben meinte er selbstredend die Missachtung des Religionsfriedens und stellte sich damit hinter die Protestanten, die den Fenstersturz verursacht hatten.

Vage bekam Alexandrine mit, dass von Greiffenclau zu Ende gesprochen hatte, und folgte den anderen Gläubigen zu der mit weißen Tüchern gedeckten Kommunionsbank. Als die Reihe an ihr war, den Leib Christi aus den Händen des Erzbischofs zu empfangen, kniete sie sich hin und öffnete den Mund. Alexandrine bekreuzigte sich und machte Platz für den nächsten Gläubigen.

Langsam schritt sie aus dem Dom. Das fürstliche Mahl würde erst in zwei Stunden beginnen, und so nutzte sie die Zeit, nach ihrem Pferd zu sehen. Der Wallach hatte kurz vor Erreichen des Binger Tors zu lahmen begonnen. Notgedrungen war sie abgestiegen und hatte das Ross von einem ihrer Männer genommen, die sie zum Schutz begleiteten. Raimund hatte Alexandrines Braunen mit mürrischem Gesicht bis zu den kurfürstlichen Stallungen geführt. Sie hatte seinen Unmut geflissentlich übersehen, obwohl sie sich geärgert hatte. Was hatte Raimund sich denn gedacht? Dass sie den ganzen langen Weg bis zur Stadtmauer und durch die Gassen hätte gehen sollen?

Sie raffte ihre Röcke, damit nicht allzu viel Straßenschmutz daran hängen blieb, und bewältigte die kurze Strecke zu Fuß. Alexandrine spürte die neugierigen Blicke der Menschen auf sich. Alltäglich war es nicht, eine reich gekleidete Frau ohne Begleitung zu sehen. Es machte ihr nicht viel aus, sie war es gewohnt, angestarrt zu werden. Mal neidisch, mal scheel, mal bewundernd oder keck. Trotzdem war die Gräfin froh, als sie die Stallungen erreichte.

»Kann ich Euch zu Diensten sein?«, drang eine Stimme aus dem Halbdunkel der Stallgasse.

Alexandrine konnte nicht viel erkennen, bis der Mann auf sie zukam. Überrascht und erfreut stellte sie fest, es war der Reiter, an den sie immer wieder denken musste. Und wenn sie ehrlich zu sich war, dann hatte sie gehofft, ihn im Stall anzutreffen.

»Ihr?«, entfuhr es ihm verblüfft, und auf sein Gesicht legte sich ein freundliches Lächeln. Offensichtlich hatte auch er sie wiedererkannt. Ein warmes Gefühl breitete sich in ihr aus, und sie fühlte sich geschmeichelt.

»Lange her, Silas von Maringer, nicht wahr?«, antwortete sie.

»Ihr erinnert Euch gar an meinen Namen, ich fühle mich geehrt. Jedoch weiß ich immer noch nicht, mit wem ich das Vergnügen habe, Comtesse.«

Er war gereift und nicht mehr der schüchterne Junge von damals. Das gefiel ihr. Nein, *er* gefiel ihr, und zwar außerordentlich. Die hohen Wangenknochen, das kantige Kinn, die strahlend blauen Augen, die weizenblonden Haare.

»Alexandrine von Taxis«, klärte sie ihn auf. »Mein Pferd lahmte, und ich habe es in der Obhut des Oberstallmeisters gelassen. Nun wollte ich nach Damien sehen und wissen, wie es ihm geht.«

»Es hatte sich nur ein spitzer Stein zwischen das Eisen und den Strahl geklemmt, nichts weiter. Mein Vater hat ihn längst entfernt, und Euer Pferd frisst genüsslich sein Heu«, antwortete Silas.

»Gute Nachrichten. Euer Vater ist der Schmied?«, fragte sie ungläubig. Ein Adliger, und mochte er auch von niedrigem Rang sein, verdingte sich wohl kaum als Handwerker.

Ein angenehm tiefes und warmes Lachen entrang sich seiner Kehle, das ihr einen wohligen Schauer über den Rücken jagte.

»Nein, Comtesse, er ist der Oberstallmeister. Aber um fremde Pferde hoher Gäste kümmert er sich meist selbst.«

Alexandrine hob überrascht die Augenbrauen, während sie neben ihm die Stallgasse entlangging, bis Silas schließlich vor einem Pferdestand anhielt, wo Damien seinen Platz gefunden hatte.

»Euer Vater nimmt seine Arbeit sehr ernst.«

»Ganz gewiss.«

»Dann wollt Ihr sicher in seine Fußstapfen treten«, meinte die Gräfin und tätschelte die Kruppe ihres Pferdes. Die

Unterhaltung mit dem jungen Mann tat ihr gut. Einmal nicht über die Compañia oder ihren kränklichen Sohn nachdenken zu müssen, war wirklich ein Segen.

»Ich weiß nicht«, antwortete Silas und rieb sich über den Bart. »Eigentlich ist es mein Traum, meine Reitkunst weiter zu verfeinern und an den fürstlichen Höfen die Pferde tanzen zu lassen.«

»Ihr seid jung, und ich möchte Euch Euren Traum nicht nehmen. Doch trotzdem solltet Ihr darüber nachdenken, dass sich vielleicht vieles durch den Krieg verändern wird. Wenn Ihr einmal meine Hilfe braucht, zögert nicht, mir zu schreiben. Ihr seid ein bemerkenswerter Mann.«

Silas schoss die Röte ins Gesicht. »Seid bedankt, Comtesse, und Ihr seid eine verehrenswerte Dame.«

Später saß sie im kurfürstlichen Saal, genoss die Köstlichkeiten, die der Erzbischof auftischen ließ, und plauderte mit Kurfürst Ferdinand von Bayern, seines Zeichens Erzbischof von Köln und zudem Bruder des bayerischen Herzogs Maximilian.

»Unsere neue Kirche St. Mariä Himmelfahrt nimmt Gestalt an«, erzählte er, während er an einer gebratenen Lammkeule nagte. »Ich schätze, in zwei Jahren kann die erste Messe gefeiert werden.«

»Das sind gute Neuigkeiten für die Kölner«, gab Alexandrine zurück und naschte mit spitzen Fingern von den kandierten Apfelsinen. Sie lauschte nur mit halbem Ohr, kreisten ihre Gedanken doch um Silas von Maringer. Dieser junge Mann rührte ihr Herz an, was sie sich schnellstens verbieten sollte. Immerhin gelang es ihr, dem Erzbischof die richtigen Antworten zu geben.

»Einen Hochaltar nach dem Vorbild des Altars in St. Michael werde ich stiften. Eine wunderbare Kirche im Stil von Il Gesù in Rom. Eine dreigeschossige Giebelfassade ziert ihren Eingang, und in ihrem Inneren steht dieser goldgeschmückte gewaltige Altar, der bis unter das mit weißem Stuck verkleidete Tonnengewölbe reicht. Wart Ihr je in dieser Münchner Kirche, die auch die Grablege der Wittelsbacher ist?« Der Kurfürst wischte sich die fettigen Finger an einem blütenweißen Mundtuch sauber.

»Bedauerlicherweise nein, Exzellenz.«

»Wie schade.«

Es mutete seltsam an, eine neue Kirche bauen zu lassen, während die Arbeiten am Kölner Dom seit nahezu hundert Jahren ruhten. Doch Geld war knapp und die Gotik aus der Mode gekommen. Gewünscht waren neuartigere Bauten wie die eben beschriebene Jesuitenkirche. Die Gräfin fragte sich, ob der Dom jemals fertiggestellt werden würde.

»Was gibt es sonst Neues aus der Reichsstadt?«, fragte Alexandrine und konnte es sich nicht verkneifen, noch von der süßen Pastete zu nehmen.

»Katharina Henot wurde der Hexerei überführt und verbrannt«, antwortete Ferdinand von Bayern und tat es Alexandrine gleich. »Ganz vorzüglich, diese Leckerei, nicht wahr? Unser werter Erzbischof verfügt über einen außerordentlichen Koch.«

»Da stimme ich Euch zu«, lächelte sie und leckte sich die Fingerspitzen. »Ich dachte, Katharina hätte nicht gestanden, trotz dreimaliger Folter.«

»Nun, das hat sie auch nicht. Aber Gott hat durch meinen Astronomen ein Zeichen gesandt, und niemand, der des wahren Glaubens ist, kann solche Himmelserscheinungen missachten. Auch der Kölner Rat nicht. Katharinas Bruder Hartger überhäuft seit ihrem Tod den Rat mit Schriften, um den Ruf seiner Schwester wiederherzustellen, schließlich war sie einmal eine fromme Frau.«

»Ja, das soll sie gewesen sein. Vom Klarissenkloster zum Scheiterhaufen. Die Wege des Herrn sind wahrlich unergründlich. Noch ein Glas Wein, Exzellenz?«

Freudestrahlend war Leonhard aus Wien nach Brüssel zurückgekehrt, gute Nachrichten im Gepäck. Die lange Reise an den kaiserlichen Hof hatte sich gelohnt. Der Kaiser hatte mit finsterer Miene seinen Worten gelauscht.

»Ihr behauptet, Johann von den Birghden paktiert mit dem Feind?«

»Der Frankfurter Postmeister ist durch und durch protestantisch. Von den Birghden ist nicht zu trauen, Eure Majestät. Es würde mich nicht wundern, wenn er bestimmte Briefe aus den Felleisen entnehmen würde. Briefe, die für die Heerführer Eurer Majestät von hoher Wichtigkeit sind. In Frankfurt werden die Sendungen neben der Strecke Nürnberg–Wien auch nach Norden und Nordosten verteilt, mitten hinein in die protestantisch gesinnten Lande. Wenngleich Graf von Tilly dem Feind bittere Niederlagen bereitet hat, sind die dänischen Truppen und ihre Verbündeten noch nicht geschlagen«, erläuterte Leonhard.

Ferdinand II. rieb sich den ergrauenden Kinnbart. »Wallenstein ist auf dem Weg nach Norden und wird sich mit Tilly vereinigen, um Christian von Dänemark endgültig zu bezwingen, damit wieder Frieden im Land einkehren kann. Wenn jedoch, wie Ihr behauptet, der Frankfurter Postverwalter wichtige Nachrichten unterschlägt, könnten unsere Armeen mehr Männer als notwendig verlieren.«

»Ganz richtig, Majestät, und ich möchte hinzufügen, dass Johann von den Birghden noch immer Friedrich von der

Pfalz nahesteht, auch wenn dieser in die Vereinigten Niederlande geflohen ist, nachdem Eure ruhmreichen Truppen den Winterkönig und seine Männer damals siegreich geschlagen haben.« Leonhard wusste, bald würde er die ersehnten Worte des Herrschers zu hören bekommen.

Ferdinand II. zog seine Augenbrauen noch weiter zusammen, und auf seiner Stirnmitte erschien eine steile Zornesfalte. »Entfernt diesen elenden Verräter, geschätzter Graf von Taxis, und setzt einen Mann Eures Vertrauens ein. Die notwendigen Schreiben lasse ich ausfertigen.«

»Gute Nachrichten«, freute sich Alexandrine. »Ich schätze, du weißt bereits, wen du an von den Birghdens Stelle in Frankfurt einsetzen wirst.«

Leonhard schüttelte den Kopf. »Noch nicht, aber ich werde eine neue Station eröffnen und selbst leiten, bis ich einen geeigneten Mann gefunden habe.«

»So wie ich Johann von den Birghden einschätze, wird er weiter einen Postkurs betreiben«, überlegte Alexandrine und schob eine widerspenstige Locke aus ihrer Stirn. »Was wird mit den reitenden Boten, die er bezahlt?«

»Soll dieser Hundsfott es doch tun, mir ist es gleich. Es gibt Mittel und Wege, dass die Boten die Briefe für uns befördern und die Porti in unsere Kasse gespült werden. Mit Geld und nachdrücklicher Überredungskunst werden die Reiter sich für unsere Compañía entscheiden.« Seine Geste ließ keinen Zweifel aufkommen, was Leonhard unter »nachdrücklich« verstand.

1628

LEONHARD WAR EINMAL mehr unterwegs. Von Frankfurt
hatte seine Reise ihn bis nach Prag geführt. Streit herrschte
zwischen der Hofpost und den Taxis, und dies nicht zum
ersten Mal. Letztere lieferten die Nachrichten bis nach Prag,
und von dort übernahm die Hofpost die Weiterverteilung
nach Wien. Doch die Dinge hatten sich geändert, seitdem
der Wiener Postmeister auch mit dem Postwesen von Böhmen belehnt worden war. Leonhard befürchtete, der Hofpostmeister Johann Christoph von Paar könnte auch mit
den österreichischen Ländern ob und unter der Enns belehnt
werden und den Taxis somit einen Teil des Niederländischen Postkurses von Augsburg bis nach Innsbruck streitig machen.

Alexandrine, die nun allein den Brüsseler Hauptsitz führte,
hatte ihren Gatten nur wenig zu Gesicht bekommen, nachdem er über Monate das Frankfurter Postamt geleitet hatte.
Inzwischen hatte Leonhard einen geeigneten Mann für die
Frankfurter Poststation gefunden. Gérard Vrints, durch
und durch katholischen Glaubens und ein Mann, der treu
zu Habsburg stand. Genau wie es Kaiser Ferdinand II.
gewünscht hatte.

Wenn sie darüber nachdachte, vermisste sie Leonhard
nicht. Drei Mal war sie in den vergangenen Monaten nach
Frankfurt gereist, um Wichtiges mit Vrints zu besprechen.
Johann von den Birghden hatte seinerzeit gegenüber dem
Stadtrat durchgesetzt, dass der Zeitungsdruck dem Post-
verwalter obliegen sollte. Und diesen Anspruch galt es jetzt

für Vrints erneut beim Kaiser per Dekret bestätigen zu lassen. Zeitungen hatten sich neben der Post zu einem mehr als einträglichen Geschäft entwickelt, auf das man keinesfalls verzichten wollte. Die Menschen gierten nach Nachrichten und waren bereit, dafür zu bezahlen.

Im Anschluss hatte die Gräfin dem Reichserzkanzler in Mainz ihre Aufwartung gemacht, um weitere Schutzbriefe zu erhalten, über die Fortschritte der neu eingerichteten Strecken zu berichten und sich mit dem kurfürstlichen Rat und Verwalter des kaiserlichen Postamtes, Johann Conradus von Gedult, zu treffen. Insgeheim musste sie sich eingestehen, dass die Reisen nach Mainz auch dazu dienten, Silas von Maringer zu sehen. Dieser Mann spukte nach wie vor in ihrem Kopf herum. Für Leonhard hatte sie nie so empfunden. Und auch Silas schien jedes Mal hocherfreut, sie zu sehen. Sie plauderten über Pferde, den Krieg und auch über ihre Vorlieben. Dabei hatten sie Gemeinsamkeiten festgestellt. So genoss Silas ebenso das erste Licht des Tages, wenn noch alles still war und man dem Gesang der Vögel lauschen konnte. Diese Friedlichkeit ließ einen für eine Weile den Alltag vergessen.

Alexandrine studierte die Nachrichten. Aus Prag stammte ein Bericht, dass Männer in Österreich und Mähren angeworben worden waren und sich auf den Weg zum Heer des Herzogs von Friedland, Albrecht von Wallenstein, gemacht hatten, um sich diesem anzuschließen. Der Heerführer stand derzeit vor den Toren Stralsunds und belagerte die Stadt. Zuvor hatten Fischer und Seeleute die vor Stralsund gelegene Insel Dänholm erfolgreich verteidigt. Frieden zwischen Dänemark und den Kaiserlichen schien in weiter Ferne.

Benedikt Grotheer kam herein, ein langjähriger Vertrauter derer von Taxis und seit Jahren als Verwalter im Brüsseler Hauptsitz beschäftigt. Er sortierte die eingehende Post und verteilte sie weiter nach Antwerpen und Spanien, kümmerte sich mit um die Zahlungen und Einnahmen und um vieles mehr.

»Grotheer, mein Lieber, Ihr seht besorgt aus«, begrüßte die Gräfin ihn.

»Comtesse, hier ist ein Brief aus Prag mit der Aufschrift *cito, cito, citissime*.«

Auffordernd streckte Alexandrine die Hand danach aus. Die Nachricht trug das Siegel des Prager Postmeisters. Sie öffnete das Schreiben, überflog schnell die Zeilen, las noch einmal jedes Wort und schluckte.

»Comtesse, was ist geschehen? Ihr seht plötzlich sehr blass aus.« Sorgenvoll runzelte Grotheer die Stirn.

Alexandrine ließ den Brief sinken und räusperte sich.

»Der Graf«, krächzte sie mit trockenem Mund, »ist tot.«

»Heiliger Jesus«, entfuhr es Benedikt, schlug das Kreuz vor seiner Brust und ließ sich unaufgefordert in einen Stuhl fallen.

»Ferdinand Prugger schreibt, Leonhard sei am hitzigen Fieber gestorben.« Hörbar stieß sie Luft aus.

Tausend Dinge schossen ihr gleichzeitig durch den Kopf, und mit einem Mal fühlte sie sich leer. Leonhard und sie waren ein gutes Gespann gewesen, hatten an einem Strang gezogen, vieles erreicht und noch mehr Pläne gehabt. Was würde mit ihren Kindern geschehen? Sobald sich die Nachricht von Leonhards Tod verbreitete, lägen andere Familienmitglieder schon auf der Lauer, um die Vormundschaft über Lamo und Veva zu bekommen und sich so das Postgeschäft unter den Nagel zu reißen. Und auch bei Männern wie Johann von den Birghden und Hofpostmeister Johann Christoph von Paar würden Begehrlichkeiten geweckt.

»Grotheer, dort in der Anrichte stehen Gläser und eine Flasche Rum, die der Graf von einem spanischen Kaufmann geschenkt bekommen hat. Seid so gut und schenkt ein.«

Das starke Getränk brannte in ihrer Kehle, erfüllte ihren Magen mit Wärme.

»Was werdet Ihr jetzt tun, Comtesse?«, fragte Grotheer und goss nach.

»Gemach, gemach.« Alexandrine bedeutete ihm, nicht zu viel einzuschenken, sie musste Herrin ihrer Sinne bleiben. »Kämpfen für das Erbe meiner Kinder, was sonst, Grotheer. Zwar ist die Reichspost ein Weiberlehen, doch dies greift nur, wenn es keinen männlichen Erben gibt. Lamo ist noch klein, und Ihr könnt Euch ausrechnen, was geschehen wird. Die liebe Verwandtschaft wird versuchen, die Vormundschaft über ihn zu erlangen.«

»Seid versichert, Comtesse, was immer geschieht, ich stehe treu an Eurer Seite.«

Sie schenkte ihm ein dankbares und zugleich trauriges Lächeln. »Ich weiß dies sehr zu schätzen.« Sie holte tief Luft und straffte den Rücken. »Es ist Zeit, meinen Kindern den Tod ihres Vaters beizubringen.«

Es bereitete Alexandrine fast körperliche Schmerzen, den Kindern die schlechte Nachricht mitzuteilen. Veva versuchte, tapfer zu sein, doch ihre Unterlippe zitterte verräterisch. Schlussendlich brachen sich die Tränen Bahn, und die Zehnjährige stürzte sich schluchzend in Alexandrines Arme. Ihre Tochter hatte den Vater vergöttert, auch wenn sie ihn oft lange nicht gesehen hatte. Vielleicht eben deswegen, wer wusste es schon. Lamos Tränen benetzten Alexandrines Kleid, als sie ihn auf den Schoß nahm. Im Geiste hörte sie Leonhard schimpfen, sie verzärtele den Sohn. Heilige Mutter Gottes, Lamo war erst sieben, und das Beste, was sie ihm und seiner Schwester in diesem Augenblick der schrecklichen Wahrheit angedeihen lassen konnte, war, sie an sich zu drücken und ihnen Geborgenheit und Liebe zu spenden. Nachdem Lamo und Veva sich etwas beruhigt hatten, überließ sie die Geschwister Elises Obhut, wo Alexandrine sie bestens aufgehoben wusste. Keinen Tag hatte sie die Entscheidung bereut, Anike durch die junge Elise ersetzt zu haben.

Ganz in Schwarz gekleidet verließ sie das Haus und machte sich auf den Weg zu Doktor Fabian Ponzon, der zurzeit in Brüssel weilte, sich meist jedoch in Wien aufhielt. Der Rechtsgelehrte stand den von Taxis seit Jahren zur Seite, wenn es um Streitigkeiten ging, und derer gab es viele. Die Bewegung an der milden Frühlingsluft tat ihr gut. Wie alle Menschen hoffte auch Alexandrine auf einen guten Sommer, nachdem die letzten Jahre zu kühl und zu nass gewesen waren. Sie war noch nicht weit gekommen, als ein hagerer Mann, einen dunklen Umhang um die Schultern und einen breitkrempigen Hut auf dem Kopf, ihr eiligen Schrittes entgegenkam. Überrascht erkannte sie in dem Mann den Rechtsgelehrten. Auch Ponzons Gesichtsausdruck wandelte sich von nachdenklich in verblüfft und dann in bedauernd, als er sich ihr näherte.

»Comtesse, das trifft sich gut, ich wollte zum Palais, um mit Euch zu sprechen.« Er zog den Hut, um ihn sogleich wieder auf sein schütteres hellbraunes Haar zu setzen.

»Doktor Ponzon, und ich war auf dem Weg zu Euch. Ich vermute, es ist kein Zufall, dass wir uns gegenseitig aufsuchen wollten«, sagte sie leise.

Er schüttelte den Kopf. »Comtesse, seid meiner aufrichtigen Anteilnahme versichert.«

»Ich danke Euch«, erwiderte sie und seufzte. »Ihr wisst es also schon. Lasst uns in mein Schreibkontor gehen, dort können wir in Ruhe reden.«

Alexandrine sah Ponzon auffordernd an, als die Tür hinter ihnen ins Schloss gefallen war. »Nun, woher habt Ihr Kenntnis von Graf Leonhards Tod? Ich selbst habe erst vor wenigen Stunden davon erfahren.«

»Ein Eilbote brachte die Nachricht heute früh. Sie trug das Siegel des Grafen. Hier, lest selbst.« Er zog das Schreiben unter seinem Umhang hervor und reichte es ihr.

Verehrter Doktor Ponzon,
der Herr wird mich bald zu sich rufen, ich habe nicht
mehr viel Zeit. In Anwesenheit eines kaiserlichen
Notars und des Zeugen Ferdinand Prugger, Postmeis-
ter von Prag, lasse ich von einem Schreiber mein Tes-
tament verfassen, denn meine Kraft wird nur noch für
die Unterzeichnung mit meinem Namen ausreichen.
Mein letzter Wille wird unverzüglich nach meinem
Ableben auf den Weg zu Euch gebracht.

Den wenigen Zeilen lag ein beglaubigtes Papier bei.

Testament

Sämtliches Vermögen und alle Besitztümer vermache
ich bis zu ihrem Tode meiner Gattin, Gräfin Alexan-
drine von Taxis und Gräfin von Varax. Zudem über-
trage ich ihr die Vormundschaft über meine Kinder,
Lamoral Claudius Franz und Genoveva Anna von
Taxis. Das Erblehen des Postgeneralats soll dadurch
bis zum Erreichen der Volljährigkeit meines Sohnes
oder meiner Tochter, im Falle eines Lamoral ereilen-
den frühen Todes, nicht in andere Hände gelangen.
Mein Leichnam soll einbalsamiert und nach Brüssel
gebracht werden und seine letzte Ruhestätte neben
meinen Ahnen in Notre-Dame du Sablon finden.

Doktor Christian Augustini hat sich verpflichtet, sich
darum zu kümmern.

Leonhard II., Graf von Taxis, Prag, anno domini
XXIII. Maius MDCXXVIII.

Auf einer weiteren Seite hatte Leonhard noch einige Worte
an sie gerichtet.

Geliebte Alexandrine,
mir ist trotz des hohen Fiebers, das mich in seinen
Fängen hält, bewusst, welch gewaltige Aufgabe ich
dir aufbürde. Doch ich vertraue darauf, dass du deine
ganze Kraft und deinen großen Mut sowie deine
außerordentliche Klugheit einsetzen wirst, um diese
zu meistern. Leb wohl, möge Gott dich und unsere
Kinder behüten.
Leonhard.

»Der Herr sei deiner armen Seele gnädig, Leonhard. Sei
versichert, die Compagñia wird in deinem Sinne weiterge-
führt werden, bis Lamo fünfundzwanzig ist. Und nichts
und niemand wird mich daran hindern«, flüsterte Alexandrine bewegt. Noch auf dem Totenbett hatte Leonhard dafür
gesorgt, ihr eine starke Waffe in die Hand zu geben, um das
Lehen für seine Erben erhalten zu können. Ihr Blick ver-
schwamm, und einzelne Tränen lösten sich von den langen
Wimpern. Dann bezwang sie ihre Gefühle wieder, wischte
trotzig mit dem Handrücken über ihre Wangen.

»Ich bitte Euch, Abschriften des Testaments anzufertigen
und von einem Notar beglaubigen zu lassen. Eine für die
Infantin Isabella, eine für König Philipp von Spanien und
eine für seine Kaiserliche Majestät. Morgen sende ich Nach-

richt nach Prag, damit Leonhard heimkehren kann und ein würdiges Begräbnis bekommt.«

»Sehr wohl, Comtesse, ich mache mich sogleich an die Arbeit.«

Als er sich von seinem Stuhl erhob, beugte er sich über den Schreibtisch und legte seine Rechte auf ihren Handrücken. Alexandrine erlaubte ihm diese tröstende Geste und schloss für einen Moment die Lider. Dann war die Hand verschwunden, und Doktor Ponzon verließ grußlos das Schreibkontor.

Im Palast der Infantin Isabella herrschte wie immer reges Treiben. Bedienstete und Amtmänner hasteten durch die Gänge, andere, wie Alexandrine, warteten geduldig darauf, bei der Statthalterin vorgelassen zu werden. Wenigstens konnte man sich die Zeit damit vertreiben, die Fresken zu bewundern und sich an den Gemälden zu erfreuen. Vorherrschend fanden sich Werke des Malers Peter Paul Rubens, der nicht nur ein Künstler, sondern seit Jahren im Auftrag der Infantin als diplomatischer Gesandter unterwegs war. Alexandrine, die Rubens gut kannte und schätzte, wusste, dass sein neuester Auftrag den Maler an den königlichen Hof in Madrid geführt hatte, um dort Friedensverhandlungen zwischen Spanien und England voranzutreiben, die seit drei Jahren Krieg gegeneinander führten, der hauptsächlich an der Südküste Spaniens ausgetragen wurde.

Gedankenverloren betrachtete die Gräfin ein Bild, das Daniel in der Löwengrube zeigte. Sie musste achtgeben, nicht selbst in einer Löwengrube zu landen, denn nach Leonhards Tod waren ihr Neid und Missgunst anderer sicher. Aber genau wie Daniel war sie stark im Glauben an den Allmächtigen und würde gegenüber den ihr nicht wohlgesonnenen Menschen obsiegen.

»Comtesse, Ihre Königliche Hoheit, Infantin Isabella, ist bereit, Euch zu empfangen«, riss ein Jüngling sie aus ihren Überlegungen.

Alexandrine strich ihre Röcke glatt und folgte ihm zum Empfangssaal. Kaum eingetreten, versank sie in einen tiefen Knicks, wartete, bis die Infantin ihr erlaubte, sich wieder zu erheben.

»Comtesse de Taxis, tretet näher«, sagte Isabella mit ihrer klaren Stimme. Sie trug die spanische Hoftracht, und einmal mehr war Alexandrine froh, selbst nicht gezwungen zu sein, diese steifen Kleider und die riesigen Koller um den Hals erdulden zu müssen. Der Mühlenkragen war so breit, dass er über Isabellas Schultern hinausragte. Bis auf zwei schlichte Perlenohrringe und Perlen in ihrer hoch aufgesteckten Frisur hatte sie keinen Schmuck angelegt, nicht einmal einen Ring.

»Welche Angelegenheit führt Euch zu mir?«, fragte die Statthalterin der Spanischen Niederlande.

»Eure Königliche Hoheit, ich bin hier, um Eure Hilfe zu erbitten«, antwortete Alexandrine.

»Fahrt fort«, forderte Isabella.

Alexandrine tat einen tiefen Atemzug. »Mein Gatte, Graf Leonhard, hat vor Kurzem diese Welt verlassen und in seinem Testament verfügt, dass ich die Vormundschaft über unsere Kinder erhalte. Daher wünsche ich bis zur Volljährigkeit meines Sohnes die Geschäfte als Generalpostmeisterin weiterzuführen. In achtzehn Jahren kann Lamoral dann das Erblehen antreten. Ich erbitte dafür Eure Unterstützung beim Kaiser und bei König Philipp.«

Isabellas Mundwinkel umspielte ein trauriges Lächeln. »Ich habe von Eurem Verlust Kenntnis erlangt, und Ihr dauert mich. Graf Leonhard war immer gern gesehen und stand wie seine Familie seit Jahrzehnten treu an unserer Seite. Ein Jammer, dass er in so jungen Jahren schon von unserem Schöpfer abberufen wurde.« Sie leckte sich über die volle Unterlippe. »Auch Euch schätze ich, wie Ihr wohl wisst, und deshalb werde ich Eurer Bitte mit Freuden nachkommen. Ihr seid eine kluge Frau, Comtesse, und ich sähe die Reichspost nicht gern in anderen Händen.«

»Zu gütig, Königliche Hoheit, ich bin Euch auf ewig zu Dank verpflichtet. Möge Gott Euch beschützen«, antwortete Alexandrine, neigte ehrerbietig ihr Haupt und gestattete sich ein verstohlenes Grinsen.

Zwei Monate später empfing Alexandrine das Lehen und die Bestätigung der Vormundschaft durch den Kaiser und den spanischen König. An ihrer Stelle war Doktor Fabian Ponzon nach Wien gereist, um dort den Lehenseid zu leisten, während sie den Treueeid auf Philipp IV. bei Engelbert Maes, seines Zeichens königlicher Staatsrat, in Brüssel ablegte. Der spanische König hatte allerdings eine Bedingung gestellt. Die Gültigkeit des Lehens und der Vormundschaft sollte nur Bestand haben, wenn die Gräfin bis zum Erreichen von Lamos Volljährigkeit Witwe bliebe.

»Wenn das die einzige Bedingung ist, nichts leichter als das«, hatte Alexandrine schulterzuckend gemurmelt, als sie die Zeilen gelesen hatte, bevor sie sich auf den Weg machte, den Eid zu schwören.

1629

SILAS WAR AUSSER sich vor Zorn.

»Wie kann er das tun?«

»Er ist der Kurfürst, und es sind seine Pferde. Von Greiffenclau kann sie verkaufen, wann und an wen er will. Gute Pferde sind in diesen Zeiten mit Gold kaum aufzuwiegen, und er braucht jeden Reichstaler für die Befestigung der Schweikardsburg. Außerdem macht er sich nicht viel aus Pferden, das weißt du«, entgegnete Karl von Maringer und pfiff einen Stallknecht herbei.

»Die Pferde müssen getränkt werden. Wann wirst du endlich lernen, die Zeiten einzuhalten?«

»Verzeiht, Meister«, murmelte der Knecht mit gesenktem Kopf und bekam rote Ohren.

Silas stieg ein Geruch in die Nase. »Du bist betrunken, du stinkst nach Bier.«

Karl starrte den Knecht finster an und packte ihn am Arm. »Anstatt deiner Arbeit nachzukommen, verbringst du deine Zeit in der Schenke. Und das nicht zum ersten Mal. Ich habe dich gewarnt. Pack deine Sachen. Ich will dich hier nicht mehr sehen.« Er stieß den Mann von sich.

»Aber, Meister, bitte«, jammerte der Knecht, »ich brauche das Geld, ich habe fünf Kinder. Es kommt nicht wieder vor, ich schwöre es bei allen Heiligen.«

»Du brauchst das Geld? Dann versauf es nicht am helllichten Tag«, warf Silas erbost ein.

»Silas hat recht, und es bleibt dabei. Such dir eine andere Arbeit, und jetzt sieh zu, dass du verschwindest.«

Mit hängenden Schultern schlich der Mann davon, und Karl seufzte.

»Er ist selbst schuld, trotzdem habe ich die Entscheidung nicht gerne getroffen.«

»Du hast ein gutes Herz, Vater, zweimal hast du ihn verwarnt, und er hat nicht gehört. Ich habe kein Mitleid mit ihm«, entgegnete Silas grimmig. »Einen neuen Knecht brauchst du nicht zu suchen, jetzt, da einige Pferde verkauft werden.«

Sein Vater brummte zustimmend und legte Silas kurz den Arm um die Schultern. »Ich werde auch weniger Reitknechte benötigen, mein Sohn, und frage mich, wen ich entlassen muss. Schwere Zeiten stehen uns bevor. Der Kaiser hat ein Restitutionsedikt erlassen, und ich fürchte, das werden sich die protestantischen Reichsstände nicht gefallen lassen.«

Zwei weitere Knechte kamen in Sicht.

»Kuno, Heribert, seid so gut und tränkt die Pferde, die Hagen hätte versorgen sollen, ich habe ihn eben rausgeworfen.«

Die beiden Männer wechselten einen fragenden Blick und nickten dann. Einer von beiden meinte kopfschüttelnd: »Er hat wieder gesoffen, oder? Hagen war schon immer ein Säufer und wird es bleiben. Gut, dass Ihr ihn endlich hinausgeschmissen habt, Oberstallmeister. Komm, Kuno, machen wir uns an die Arbeit.«

»Ich sag's schon immer: Wer auf einem Scheißhaufen geboren wurde, der bringt es nie zu etwas«, hörten Silas und Karl den zweiten Knecht witzeln und grinsten sich an. Kuno stammte aus Schwaben und war für seine derben Sprüche bekannt. Vater und Sohn gingen die Stallgasse entlang, sahen nach jedem Pferd, prüften, ob die Einstreu sauber war und genug Heu gefüttert wurde.

»Restitutionsedikt. Was bedeutet das?«, fragte Silas beunruhigt auf ihr Gespräch zurückkommend.

»Friedrich sagt, das Edikt sei nicht rechtens.«

Friedrich war der kurfürstliche Kämmerer und verstand sich gut mit dem Oberstallmeister. Viele seiner Informationen darüber, was am Hof vor sich ging, bezog Karl von ihm.

»Es sieht vor, protestantische geistliche Besitztümer zurückzuführen, sprich zu rekatholisieren. Als ob es den Passauer Vertrag und den Augsburger Religionsfrieden nicht gegeben hätte. Der Kaiser hat die Reichsstände übergangen und sie vor vollendete Tatsachen gestellt. Von Greiffenclau hat sich besonders dabei hervorgetan, denn er hat das Edikt geschrieben«, erläuterte Karl von Maringer.

Silas dachte kurz darüber nach.

»Das würde bedeuten, dass der Krieg nun wieder angefacht wird. Dabei haben Wallenstein und Tilly die Dänen und ihre Verbündeten in Deutschland doch erfolgreich zurückgedrängt. Erst just wurde der Lübecker Friedensvertrag geschlossen. Ich verstehe das nicht.«

»Der Kaiser erhebt einen vollkommenen Machtanspruch, nur einen Glauben soll es im Heiligen Römischen Reich geben«, erklärte Karl.

Silas war immer wieder aufs Neue voller Bewunderung, es kam ihm vor, als wüsste sein Vater auf alles eine Antwort.

»Aber das wird doch kaum mehr möglich sein, oder?« Silas pflückte im Vorbeigehen einen Strohhalm aus einem Pferdeschweif. Das Geräusch der mahlenden Pferdezähne und das zufriedene Prusten durch die Nüstern klangen wie Musik in seinen Ohren.

»Ich fürchte nicht«, seufzte sein Vater. »Komm, es ist Zeit, nach Hause zu gehen.«

Silas hatte lange darüber nachgedacht, was sein Vater gesagt hatte, und sich entschlossen, Mainz zu verlassen, damit Karl ihn nicht entlassen musste. Denn genau das würde geschehen. Silas würde sogar der Erste sein, der gehen müsste, und zwar nur aus einem Grund: Er war der Sohn des Oberstallmeisters. Würde er bleiben dürfen, würde dies ein schlechtes Licht auf Karl werfen. Die Männer würden sagen, er bevorzuge seinen Sohn.

»Ich werde mich auf dem Pferdemarkt in Frankfurt nach einer Arbeit umhören«, eröffnete er seiner Familie eines Abends Anfang Juli, während sie zu Tisch saßen.

»Du willst weggehen? Warum?« Hella sah ihn mit großen Augen an.

»Damit Vater mich nicht fortschicken muss«, antwortete Silas und tauchte seinen Löffel in die dicke Linsensuppe.

Karl von Maringer erklärte seiner ältesten Tochter die Entscheidung ihres Bruders. Silas hatte bereits am Morgen mit ihm darüber gesprochen.

»Aber dann wirst du zu meiner Hochzeit vielleicht schon fort sein«, brach es aus Hella heraus.

Entgeistert starrten drei Gesichter sie an, nur Karl von Maringer sagte nichts.

»Du wirst heiraten?« Verdutzt blickte Silas seine Schwester an.

»Wen? Wann?«, rief Meta.

»Warum wissen wir nichts davon?« Lina leckte ihren Löffel sauber und legte ihn neben ihren Teller.

»Ich wollte es euch heute Abend sagen, in Ruhe. Jetzt bin ich damit herausgeplatzt, weil Silas weggehen will«, erwiderte Hella mit leuchtenden Augen. Ihre Wangen zeigten einen rosigen Schimmer vor Aufregung.

»Vater?«, fragte Meta. »Wusstest du davon?«

»Sicher, aber deine Schwester wollte es euch selbst erzählen. Ihr zukünftiger Gatte war gestern bei mir und hat um Hellas Hand angehalten«, lächelte Karl verschmitzt.

»Und wer wird der Glückliche sein?«, wollte Lina wissen, die etwas verschnupft wirkte, da sie nicht in die Heiratspläne eingeweiht worden war.

»Leopold Wagner, der Waffenschmied aus der Scharngasse«, strahlte Hella.

»Leopold ist ein guter Mann«, meinte Silas. Ebenjener hatte ihm damals den Haudegen und den Dolch geschmiedet. »Und er hat Geschmack«, zwinkerte er seiner Schwester zu.

Meta klatschte in die Hände. »Oh, wie wunderbar, ich freue mich für dich, Hella.«

»Und wann soll die Hochzeit stattfinden?« Silas kratzte den letzten Rest Linsensuppe aus dem Topf.

Bevor Hella eine Antwort geben konnte, begann die große Domglocke zu läuten, kurz darauf stimmten die Glocken von St. Quintin mit ein, gefolgt von denen von St. Stephan, St. Peter und St. Emmeran.

»Das ist Totengeläut. Gütiger Vater im Himmel, wen hast du zu dir gerufen?«, murmelte Lina und bekreuzigte sich.

»Es muss jemand von großer Wichtigkeit sein, wenn so viele Glocken geläutet werden. Gütiger Jesus, ob womöglich der Erzbischof abberufen wurde?« Hella schlug das Kreuz vor ihrer Brust.

Meta und die beiden Männer taten es ihr nach. Die fröhliche Stimmung war dahin. Silas bemerkte Tränen in Hellas Augen und fasste tröstend nach ihrer Hand.

»Wenn das mal kein böses Vorzeichen ist«, flüsterte sie erstickt. »Ich erzähle euch von meiner bevorstehenden Hochzeit, und dann erklingt das Totengeläut.«

»Rede keinen Unsinn«, entgegnete Silas. »Du und Leopold werdet glücklich werden und viele gesunde Kinder haben.« Doch seine aufmunternden Worte verfingen nicht.

Am nächsten Tag wusste die ganze Stadt, was Hella schon geahnt hatte. Der Herr hatte Erzbischof und Kurfürst Georg Friedrich von Greiffenclau zu sich gerufen. Nach nicht einmal drei Jahren im Amt war das Domkapitel gezwungen, einen neuen Erzbischof zu wählen.

Im ganzen Land war die düstere Stimmung beinahe mit Händen greifbar. In den Schenken und Gaststuben galt das vorherrschende Gespräch dem Edikt. Ferdinand hatte den Bogen überspannt, so die Meinung vieler.

»Der Kaiser hat nicht nur die protestantischen Reichsstände mehr als verärgert. Auch die katholischen Kurfürsten stellen sich gegen ihn, weil Ferdinand sie übergangen hat. Das gab es seit über hundert Jahren nicht mehr. Er muss vollkommen von Sinnen sein«, ereiferte sich Karl.

Karl, Silas und Leopold, Hellas Verlobter, saßen bei einem Krug Bier im Wirtshaus Specht in der Rotekopfgasse. Alle Tische waren besetzt, und der Lärm, den die durcheinanderredenden Leute verursachten, war kaum auszuhalten. Über den Köpfen der Gäste waberten Schwaden aus der angrenzenden Küche, es roch nach saurem Kohl, verschüttetem Wein und Bier.

»Pscht«, zischte Silas, »wenn dich andere so über den Kaiser reden hören, landest du noch im Eisenturm.« Er trank einen Schluck und wischte sich den Bierschaum von seinem Oberlippenbart.

»Mir hat jemand geflüstert, die Kurfürsten stellen ein Heer auf«, raunte Leopold den beiden zu.

»Das glaube ich nicht«, erwiderte Karl, »die Protestanten vielleicht, aber die Kaisertreuen? Nein, ich denke, es wird ein Reichstag einberufen werden.«

Leopold bedeutete der Schenkmagd, ihm noch einen Krug Bier zu bringen.

»Da magst du recht haben, Karl. Hoffentlich. Hast du übrigens schon bemerkt, dass die Schenkmagd dir schöne Augen macht?«, wandte er sich dann an Silas.

»Tatsächlich? Sie ist ganz hübsch, oder?«, antwortete Silas, der in Gedanken bei Nabil weilte. Große Fortschritte hatten sie beide gemacht, und Viktor war heute früh voll des Lobes gewesen.

Leopold stieß ihn in die Seite. »Du solltest dich allmählich nach einem Weib umsehen, sonst endest du noch als einsamer Greis.«

»Mir ist noch keine begegnet, die ich hätte freien wollen.« Er legte ein paar Münzen auf den Tisch. »Ich bin müde und gehe nach Hause. Gute Nacht.« Sein Vater und Leopold nickten ihm zu, und Silas trat den Heimweg an.

Seine Worte hatten nicht ganz der Wahrheit entsprochen. Eine Frau geisterte sehr wohl durch seine Gedanken und Träume. Doch sie war unerreichbar. Gräfin Alexandrine von Taxis. Sie hob sich ab von all den Frauen, die er kannte. Die Mädchen, mit denen er hin und wieder verstohlene Küsse oder auch mehr getauscht hatte, waren zwar hübsch gewesen, aber einfältig. Alexandrine dagegen war gebildet, besaß Humor und war wie er ein Pferdenarr. Wenn die Gräfin ihm einen ihrer viel zu seltenen Besuche abstattete, verspürte er ein Kribbeln in der Magengegend und ein Ziehen in den Leisten. Und jedes Mal schmerzte es, sie gehen zu sehen. In der Hoffnung, Alexandrine vielleicht bald wieder zu Gesicht zu bekommen, schlief er ein.

Zwei Tage später machten sich Silas und sein Vater sowie drei Pferdeknechte auf den Weg nach Frankfurt zum Rossmarkt. Fünf schöne Tiere sollten sie verkaufen. Obwohl der Erzbischof verstorben war, galt der Auftrag immer noch. Von überall strömten die Menschen herbei. Neben den Pferden und Maultieren gab es jede Menge andere Waren zu erstehen, wie das begehrte blau-graue Steinzeug aus dem Kannenbäckerland. Auch die Pfeifenbäcker hatten ihre Stände auf dem Rossmarkt. Aus dem niederländischen Gouda kamen die meisten Tonpfeifen, samt verschiedenen Tabakmischungen aus Amsterdam, denn das Rauchtrinken erfreute sich immer größerer Beliebtheit.

Silas liebte das bunte Treiben auf dem Markt und sog tief den Atem ein. Es roch nach Pferden und ihrem Mist, vermischt mit dem verlockenden Duft von heißen Fleischpasteten. Der Rossmarkt lag in der Neustadt und diente nicht nur als Marktplatz, sondern auch als Richtstätte. Schaudernd sah Silas zum Galgen hinauf, dann wandte er schnell den Blick ab. Tausende Pferde wurden alljährlich in Frankfurt gehandelt, und die Luft war erfüllt von den Schreien der Händler, Pferdewiehern und Hufgetrappel.

»Dort drüben sind freie Plätze, Oberstallmeister«, sagte Heinrich, einer der Pferdeknechte, und deutete mit dem ausgestreckten Arm nach Süden.

Karl nickte und lenkte sein Ross in die angezeigte Richtung. Dort angekommen, stiegen sie ab, banden die mitgeführten Pferde und ihre Reittiere an die Pfähle.

»Ihr drei bleibt hier. Sattelt ab und kümmert euch um Futter und Wasser für die Pferde. Silas und ich suchen eine Bleibe für die Nacht«, wies Karl an. Dann kramte er einige Münzen hervor. »Holt euch ein paar Pasteten und einen Krug Bier, wenn ihr die Tiere versorgt habt.«

Dankbar nickten die Männer ihm zu, dann drängelten sich Silas und sein Vater durch die Menge.

»Wir versuchen es im Gasthof Zum Roten Adler«, schlug Karl vor.

Der Wirt bedauerte, keine Kammern mehr zu haben.

»Aber wenn Ihr mit der Scheune zufrieden seid, könnt Ihr dort die Nacht verbringen, so habt Ihr wenigstens ein Dach über dem Kopf. Die Gasthäuser am Rossmarkt haben alle keine freien Zimmer mehr.«

Sie entschieden sich für die Scheune und machten sich auf den Weg zurück zu den Knechten.

»Mir knurrt der Magen, Vater, lass uns etwas zu essen auftreiben«, schlug Silas vor.

Plötzlich rief jemand ihre Namen. Silas blickte sich suchend um und entdeckte einen Mann, der den Arm erhoben hatte und winkte.

»Sag, ist das nicht derjenige, dem wir einst beim Pferdekauf geholfen haben?«

Karl kniff die Augen zusammen.

»Tatsächlich, wie war noch sein Name?«

»Dietwolf, nein, Diethard«, überlegte Silas. »Diethard Neustadt.«

Wenige Augenblicke später standen sie sich gegenüber und begrüßten sich mit festem Händedruck.

»Was für ein Zufall«, freute sich Diethard, »ich bin immer noch froh, euch beide damals getroffen zu haben. Die Pferde sind nach wie vor im Dienst und gesund und munter.«

»Schön zu hören. Falls Ihr weitere Rösser benötigt, dann endet Eure Suche bei mir. Die besten Pferde aus dem kurfürstlichen Stall haben wir vor einer Stunde hergebracht«, grinste Karl.

Auf Diethards fragende Miene hin klärte Silas den Mann auf. »Mein Vater ist der Oberstallmeister des Mainzer Erzbischofs.«

»Aber meiner Kenntnis nach gibt es noch keinen Nachfolger für von Greiffenclau, oder täusche ich mich? Und trotzdem verkauft Ihr Pferde?«, fragte Diethard verdutzt.

»Der Kämmerer hat es so verfügt, es war eine der letzten Anordnungen des Kurfürsten«, erwiderte Karl. »Kommt mit und seht sie Euch an.«

»Nein, nein, ich brauche keine Pferde, ich arbeite nicht mehr für von den Birghden, seit er abgesetzt wurde. Heutzutage verdiene ich mein Geld bei Gérard Vrints, dem Postverwalter der Taxis. Graf Leonhard hat nur wenige Monate vor seinem Tod Vrints in dieses Amt berufen. Im Augenblick vertreibe ich mir aber gerade nur ein wenig die Zeit, nachdem ich eine neue Pfeife erstanden habe und nun zum Warten verdammt bin. Meine Frau und meine Tochter, die bald heiraten wird, verhandeln seit geraumer Zeit mit einem Hafner über Schüsseln, Krüge und Becher aus Steinzeug. Ihr wisst ja, wie die Frauen sind«, zwinkerte er.

»Graf Leonhard ist gestorben? Wann?«, fragte Silas.

»Vergangenes Jahr, jetzt ist seine Witwe Generalpostmeisterin. Eine erstaunliche Frau, die Gräfin.«

Silas stimmte ihm stumm zu, dann kam ihm urplötzlich ein Gedanke. »Sagt, braucht Ihr noch Reiter in Frankfurt?«, fragte er Diethard.

»Nein, nicht dass ich wüsste«, antwortete Neustadt.

Karl sah Silas entgeistert an. »Postreiter? Du? Was um Himmels willen ist in dich gefahren?«

Silas zuckte mit den Schultern. »Warum nicht? Ob der neue Kurfürst, wenn er dann einmal gewählt ist, weitere Reitpferde verkaufen lässt, wer weiß? Ich habe gesagt, ich werde mich umsehen, damit es nicht irgendwann so weit kommt und du mich entlassen musst. So kann ich wenigstens ...«

»Postreiter zu sein, ist kein Vergnügen, es ist gefährlich«, fuhr ihm sein Vater über den Mund.

»Verzeiht, wenn ich mich einmische, aber Euer Vater hat recht. Immer wieder werden die Reiter überfallen, oder es kommt zu unglücklichen Stürzen«, meinte Diethard.

»Siehst du? Und jetzt Schluss damit, lass uns gehen.« Karls Stimme duldete keinen Widerspruch. »Erfreut, Euch wiedergesehen zu haben«, verabschiedete er sich von dem Frankfurter.

Schweigend bahnten sie sich einen Weg zurück zu den Pferdeknechten. Silas war der Appetit vergangen.

Ich bin sechsundzwanzig Jahre alt und kein kleiner Junge mehr, dachte er verärgert. Ich werde Postreiter, ob es dir passt oder nicht, Vater.

Und es gab noch einen Grund, warum er unbedingt ein berittener Bote werden wollte: Gräfin Alexandrine von Taxis. Vielleicht könnte er sogar in Brüssel anfangen, dann würde er sie öfter zu Gesicht bekommen. Sie war Witwe und frei für einen neuen Mann an ihrer Seite, einen Mann, der sie liebte und beschützte. Er wollte dieser Mann sein, für diese Frau würde er alles tun.

Tage später kehrten sie nach Mainz zurück, die Taschen gut gefüllt mit dem Erlös der verkauften Rösser. Der Kämmerer würde zufrieden sein.

»Wir haben einen neuen Erzbischof«, erzählte der Fährmann, der die Männer und ihre Reittiere über den Rhein setzte.

»Wer ist er?«, wollte Karl wissen.

»Den Namen konnte ich mir nicht merken.« Bedauernd zuckte der Fährmann mit den Schultern.

»Ich hoffe, er mag Pferde«, murmelte Silas vor sich hin.

Hungrig und müde gelangten sie eine Stunde später zu ihrem Heim. Nur Meta und Hella trafen sie an, die sich gemeinsam um das Abendbrot kümmerten. Emma hatte über Fieber und Husten geklagt, woraufhin Hella die Magd nach Hause geschickt hatte.

»Wo ist eure Mutter?«, fragte Karl und lüpfte den Topfdeckel. Würzig riechende Schwaden stiegen empor, und Silas sog beglückt die Luft ein. Bohneneintopf mit Würsten und fettem Speck, eines seiner Leibgerichte.

»Sie ist zur Beichte«, antwortete Hella und gab noch etwas Salz in die dicke Suppe.

»Zur Beichte? Jetzt?«, entfuhr es Karl verblüfft.

Meta zerteilte einen Brotlaib und legte die Stücke in einen geflochtenen Weidenkorb. »Ja, warum nicht?«

»Es ist spät, und zur Beichte geht sie sonst immer am Sonnabend«, entgegnete Silas und genehmigte sich einen Apfel aus einer Schale. »Ich hoffe, sie hat nichts angestellt«, grinste er und grub seine Zähne herzhaft in die Frucht.

Hella gab ihm einen gutmütigen Rippenstoß.

»Was redest du da? Unsere Mutter ist einer der frömmsten Menschen, die ich kenne. Niemals würde sie etwas tun, was ihr Seelenheil gefährden würde, du dummer Kerl.«

Während die Familie auf Lina wartete, saß diese stocksteif im Beichtstuhl und sprach leise zu dem Mann hinter dem schwarzen Vorhang.

»Ich habe gesündigt. Es ist lange her, doch es lastet auf meiner Seele.«

»Sprich weiter, meine Tochter«, drang die Stimme dumpf hinter dem schweren Stoff zu ihr.

»Viele Jahre sind vergangen, siebenundzwanzig, um genau zu sein«, fuhr Lina fort. »Ich war damals eine junge, unschuldige Magd und diente in einem herrschaftlichen Haus im Odenwald. Eines Tages kam der Sohn des Hauses aus Rom, wo er studierte, für einige Wochen zu Besuch, und wir verliebten uns. Ich werde diese Zeit nie vergessen, denn sie gehört zur schönsten meines Lebens. Doch unser Glück sollte nicht ewig währen. Als ich merkte, dass ich ein Kind empfangen hatte, schrieb ich meinem Geliebten einen Brief, denn längst war er wieder in der Ewigen Stadt. In seiner

Antwort, auf die ich seit Wochen wartete, beteuerte er zwar seine Liebe zu mir, doch niemals würde sein Vater ihm erlauben, mich zu ehelichen, um aus mir eine ehrbare Frau zu machen. Er habe alles versucht, um ihn zu überzeugen, aber er müsse sich dem Willen seines Vaters beugen. Als Zeichen seiner Liebe sandte er mir einen Ring, der das Wappen seiner Familie zeigt. Ich habe meinen Geliebten nie wieder gesehen.« Ohne dass sie es verhindern konnte, kamen ihr die Tränen, und ein ersticktes Schluchzen entrang sich ihrer Kehle. Sie vernahm ein Räuspern.

»Wie heißt du, mein Kind?«

»Einst lautete mein Name Lina Hafner. Ein guter Mann hat mich geheiratet, obwohl ich das Kind eines anderen unter dem Herzen trug. Er liebt meinen Sohn wie sein eigen Fleisch und Blut.« Geräuschvoll zog sie die Nase hoch.

»Und warum kommst du erst heute mit der auf dich geladenen Schuld zur Beichte?«

»Ihr wisst, warum.«

Sie verließ den Beichtstuhl, hörte noch leise die Worte »Ego te absolvo« und strebte mit gesenktem Kopf dem Ausgang der Kirche zu.

»Was gab es denn zu beichten, Mutter?«, wollte Silas wissen, als Lina endlich zur Tür hereinkam.

»Das geht nur Gott und mich etwas an«, erwiderte sie und setzte sich, während Hella den Topf vom Herd nahm, auf den Tisch stellte und ihrem Vater zuerst auf einen Teller schöpfte. Schnell wurde ein Gebet gesprochen, dann begannen alle gierig zu essen.

»Nun, du hast hoffentlich keinen umgebracht, wenn du dir mitten in der Woche die Beichte abnehmen lässt«, brummte Karl missmutig und trank seinen Weinbecher leer. »Was lastet denn so schwer auf dir?«

»Es geht euch nichts an«, knurrte Lina und stopfte sich ein Stück Brot in den Mund.

Karl schenkte sich nach und nahm einen ordentlichen Schluck. Silas hob vielsagend die Augenbrauen und wechselte einen Blick mit Hella. Ihr Vater trank sonst nur mäßig, aber heute hatte er schon zu viel. Dann erzählte Silas von Frankfurt und dem gelungenen Pferdeverkauf, um das unangenehme Schweigen zu brechen.

»Außerdem habe ich beschlossen, Postreiter zu werden. Was sagst du dazu, Hella?«

»Wirklich? Ist das nicht gefährlich?«

»Ach, halb so wild«, tat Silas großspurig. »Auf jeden Fall werde ich bis nach deiner Hochzeit damit warten, mich umzuhören, wo Reiter gebraucht werden.«

»Fängst du schon wieder damit an? Ich dachte, ich hätte dir deutlich gemacht, was für ein Unsinn dies ist«, warf sein Vater grimmig ein. »Du wirst nicht zu den Postreitern gehen.«

»Oh doch, das werde ich«, fuhr Silas auf. »Du kannst es mir nicht verbieten.«

Karl hieb mit der Faust auf den Tisch, dass die Teller hüpften. »Denkst du, ich habe dich großgezogen wie meinen eigenen Sohn, nur damit du dir irgendwann den Hals brichst? Oder von üblen Gesellen erschlagen wirst, die dein Geld und dein Pferd rauben wollen?«

Silas erstarrte. »Wie meinen eigenen Sohn«, hämmerte es in seinem Kopf. Was sollte das bedeuten? Wollte sein Vater damit sagen, dass er, Silas, gar nicht sein Sohn war?

»Karl!«, rief Lina und schlug die Hände vor den Mund.

Als Erste nach diesen ungeheuerlichen Worten fasste sich Hella.

»Vater? Ist das wahr? Vater?«

Karl warf den Löffel auf den Tisch und stürmte hinaus in die Dunkelheit. Lina begann zu schluchzen, und Meta versuchte, ihrer Mutter Trost zu spenden, indem sie ihr die Hand tätschelte.

»Mutter, ich bitte dich, sag mir die Wahrheit«, forderte Silas, der die Worte seines Vaters immer noch nicht glauben konnte.

Lina wischte sich die Tränen aus dem Gesicht und schniefte.

»Es ist wahr«, krächzte sie dann. Sie griff über den Tisch nach Silas' Hand. »Aber gleich, wer dich gezeugt hat, Karl ist dein Vater. Er hat dich an Kindes statt angenommen, du trägst seinen Namen, und er liebt dich.«

Silas atmete tief ein und ließ die Luft langsam durch die Nase entweichen.

»Wer war er? Hat dieser Mann dich …?« Er brachte es nicht über sich, das schreckliche Wort auszusprechen, das ihm durch den Kopf schoss.

»Nein! Nein, wir haben uns geliebt, aber seine Familie duldete mich nicht. Ich bitte dich, bei allem, was dir heilig ist, dring nicht weiter in mich.«

»Weiß Karl, wer mein wirklicher Vater ist?« Er entzog ihr seine Hand und verschränkte die Arme vor der Brust.

Lina schüttelte stumm den Kopf, und die Tränen flossen erneut.

»Aber ich muss wissen, wer mein …«, begehrte Silas auf.

»Silas, du bist unser Bruder, und daran wird sich nichts, aber auch gar nichts ändern«, mischte sich Hella nun ein, die die Teller zusammenräumte. »Lass Mutter zufrieden, du siehst doch, wie sehr sie leidet.«

»Hella, was glaubst du, wie ich mich fühle? Mein ganzes Leben zerbricht gerade in Tausend Scherben wie ein fallen gelassener Tonkrug.« Aufgewühlt vergrub er sein Gesicht in den Händen.

Hella stellte die Teller ab, schlang die Arme um ihn und zog seinen Kopf an ihre Brust.

»Silas, bitte, wir sind deine Familie und niemand sonst.«
Beruhigend strich sie ihm über die blonden Haare, und er
ließ es geschehen. Nach einer Weile machte er sich von seiner
Schwester los, stand auf, nahm wortlos seinen Umhang und
verschwand in den Stall. Bei Nabil hoffte er, Ruhe zu finden.

Alexandrine bereiste die Poststrecken landauf, landab. Es
gab so viel zu tun. Jeden Abend fiel sie erschöpft in ein einfaches Bett einer mal besseren, mal schlechteren Herberge.
Oft waren sie schlechter. Schmutzig und staubig, muffig und
düster. Die Kinder hatte sie in Brüssel gelassen, sie waren
bei Elise gut aufgehoben. Für solche Anstrengungen waren
Veva und Lamo noch zu jung, und ungefährlich war das Reisen obendrein auch nicht, obwohl sie bewaffnete Begleitrei-
ter bei sich wusste.

Am frühen Morgen war sie in Bobenheim gewesen, einer
kleinen Ortschaft entlang des Niederländischen Postenlaufs.
Die Zustände der Station hatten sie entsetzt.

»Warum liegt hier ein Felleisen in der Ecke? Seid Ihr von
Sinnen?«, hatte sie den dicken Mann angefahren.

»Der reitende Bote ist noch nicht angekommen, es gibt
immer wieder Schwierigkeiten auf dem Weg von Maudach
hierher«, jammerte der Posthalter Siegbert Feist. »Die Herren von Hirschhorn sorgen dafür, dass die Boten oft vor den
Stadttoren warten müssen.«

Alexandrine stieß pfeifend die Luft aus. »Diese elenden
protestantischen Aufrührer. Warum habt Ihr nicht längst
Nachricht nach Brüssel gesandt?« Dann bemerkte sie das
Weinfässchen unter dem Tisch. »Ihr trinkt zu viel, Feist.«

»Nur zwei Becher am Tag«, stammelte der Dicke.

»Eure Nase und Euer Bauch erzählen eine andere Geschichte.« Sie trat einen Schritt näher. »Und der Dunst, den Ihr verströmt, auch. Zeigt mir den Stall und die Postpferde.«

»Wollt Ihr Euch nicht zuerst ein wenig Ruhe gönnen, Gräfin, der weite Weg …«

Alexandrine packte ihn am Kragen und blitzte ihn an. »Auf der Stelle«, zischte sie und stieß ihn von sich.

Wie erwartet, waren Stall und Pferde in einem erbärmlichen Zustand.

»Ihr verprasst das Geld, das ich Euch bezahle, für Wein und wahrscheinlich auch für die eine oder andere Hure. Dafür kümmert Ihr Euch nicht um anständiges Futter für die Tiere.« Sie griff nach der Mistgabel, die an der Wand lehnte. »Ihr macht jetzt diesen Stall sauber und holt Hafer, Heu und frisches Wasser. Einer meiner Männer wird Euch nicht aus den Augen lassen. Habt Ihr das verstanden?«

Der Dicke schluckte, wagte jedoch keinen Widerspruch.

»Raimund, du kommst mit mir nach Maudach, dort werden wir dafür sorgen, dass unsere Boten künftig durch die Stadttore gelassen werden. Und Gottlieb, du passt auf, dass dieser Nichtsnutz hier Ordnung macht.«

Seit Leonhards Tod hatte sie sich durch ihre zupackende Art den Respekt der Männer verschafft. Ohne Widerrede oder heimlichen Spott führten sie ihre Befehle aus, wichen ihr wie Wachhunde kaum von der Seite.

Ein Posthorn ertönte, Hufschläge näherten sich. Alexandrine verließ den Stall, gefolgt von Raimund. Der reitende Bote war angekommen, zügelte sein Pferd und stieg fluchend ab. Das Fell des Pferdes dampfte vom schnellen Ritt, weißer Schaum quoll unter der Satteldecke hervor.

»Diese vermaledeiten Maudacher«, schimpfte er laut, während er die ledernen Gurte löste, die das Felleisen am Sattel gehalten hatten, und setzte den eisenbeschlagenen Lederbeutel auf den Boden. »Wo verdammt noch mal ist der nächste Bote? Sollte er nicht längst abreitbereit sein? Und wo zum Teufel ist Feist?«

»Hört auf, so gotteslästerlich zu fluchen«, fuhr Alexandrine ihn an. »Schlimm genug, dass Ihr so spät kommt.«

Der Mann starrte sie feindselig an. »Was glaubt Ihr, wer Ihr seid, verehrte Dame? Ich fluche, wann es mir passt. Und es geht Euch nichts an, ob ich zu spät bin.«

Alexandrine setzte ein feines, höhnisches Lächeln auf. »Ich denke doch, dass mich dies etwas angeht. Ich bin Gräfin Alexandrine von Taxis, Generaloberpostmeisterin im Heiligen Römischen Reich, und Ihr solltet Eure Zunge hüten.«

Der Mann erbleichte. »Verzeiht, Gräfin, ich … ich …«, stammelte er und senkte den Blick.

»Gebt mir das Aviso.« Auffordernd streckte Alexandrine die Hand aus. Jeder reitende Bote musste ein solches Begleitschreiben mit sich führen, seine Reitzeiten eintragen und es dem nächsten Reiter übergeben. So ließ sich nachvollziehen, wie lange Briefe und andere Sendungen unterwegs waren. Wurden die vorgeschriebenen Zeiten nicht eingehalten, wurde eine empfindliche Strafe fällig. Der Mann griff unter sein Wams und förderte einen zusammengefalteten Bogen Papier hervor. Alexandrine warf einen Blick darauf.

»Wie lange, sagtet Ihr, hat man Euch hingehalten?«

»Fast eine Stunde«, antwortete der Bote wahrheitsgemäß. »Und wegen dieser verd…«, er räusperte sich, »Torwächter muss ich nun teuer bezahlen, weil ich zu lange bis nach Bobenheim gebraucht habe. Mit Verlaub, Gräfin, gerecht ist dies nicht, schließlich ist die Verzögerung nicht meine Schuld. Nur wenig Zeit konnte ich gutmachen, ohne den Gaul ganz zu Schanden zu reiten.«

Alexandrine war beeindruckt. Kaum jemand sprach so offen aus, was er dachte. Schon gar kein Mann von niederem Stand gegenüber einer Adligen. Sie beschloss, gnädig zu sein. »Ich erlasse Euch dieses eine Mal die Geldstrafe, und nun gebt diesem armen Pferd etwas zu fressen.«

Der Mann bedankte sich überschwänglich, und während er sein Pferd zum Stall brachte, nahm Raimund den Postsack auf.

»Der Bote hat recht, schon längst sollte ein weiterer Reiter da sein«, meinte er.

»Sei so gut und bring das Felleisen zu dem anderen. Ich rede mit Feist.«

Alexandrine raffte die Röcke und betrat den kleinen Stall. Stechender Uringeruch fuhr ihr in die Nase. Stumm verfluchte sie Siegbert Feist, der die Pferde in dem harngetränkten Stroh hatte stehen lassen. Das würde kein weiteres Mal geschehen, dessen konnte er sicher sein. Sie betrachtete den Boten, der sich gut um das Pferd kümmerte, es abrieb und klopfte. Dann wandte sie sich an den dicken, schwitzenden Posthalter, dessen Gesicht durch die harte Arbeit eine ungesunde Röte angenommen hatte. Schnaufend schaufelte er den Mist auf eine kleine Karre, während Gottlieb ihm spöttisch grinsend dabei zusah, die Arme vor der Brust verschränkt.

»Feist, kommt her«, befahl sie.

Ächzend lehnte der Posthalter die Mistgabel an die Wand.

»Wo ist der nächste Reiter?«

»Er schläft über der Posthalterei, ich geh ihn wecken«, entgegnete Feist mürrisch und wischte sich mit dem Ärmel den Schweiß von der Stirn.

»Das erledigt mein Begleiter. Gottlieb, mach ihm Beine.« Dann funkelte sie den Dicken an. »Feist, wenn Ihr hier fertig seid, könnt Ihr Eure Sachen packen. Posthalter seid Ihr die längste Zeit gewesen. Und ich ziehe Euch zehn Reichstaler von Eurem Lohn ab, weil Ihr Eure Pflichten vernachlässigt habt«, fuhr Alexandrine fort. Der Mann hatte keine Familie, wie sie wusste. Sie hatte sich über alle Posthalter auf der Niederländischen Strecke erkundigt, bevor sie zu dieser Reise aufgebrochen war. Grotheer hatte darüber den Kopf geschüttelt, doch nun war sie froh über ihr Wissen. Hätte Feist Frau und Kinder gehabt, wäre ihr die Entscheidung, ihn hinauszuwerfen, nicht so leichtgefallen.

»Was? Das könnt Ihr nicht tun«, entfuhr es Feist entsetzt.

»Doch. Bote«, rief sie, »wie lautet Euer Name?«

»Bernhard Scheel, Gräfin«, kam die Antwort zurück.

Sie winkte ihn zu sich. »Ich ernenne Euch vorübergehend zum Posthalter von Bobenhausen, bis ich einen geeigneten Mann gefunden habe.«

Wer eine Poststation übernahm, musste über genügend Geld verfügen, um Reiter, Pferde und Futter bezahlen zu können. Der Mann vor ihr tat dies sicher nicht, außer sie griff ihm mit ihrem eigenen Geld unter die Arme, bis sich jemand fand, der vermögender als Scheel war. Doch sie konnte es sich nicht leisten, die Posthalterei so lange zu schließen.

Scheel starrte sie wie vom Donner gerührt an und wechselte einen Blick mit Feist, der ihn hasserfüllt anstarrte.

»Wollt Ihr etwa nicht?«, fragte die Gräfin. »Ihr verdient damit mehr als ein Bote und könnt Euch meiner Unterstützung sicher sein.«

»Doch, doch, ich weiß nur nicht, was ich sagen soll«, erwiderte er immer noch verblüfft.

»Ein Vertrag wird Euch von Brüssel aus zugesandt werden, ich leite alles in die Wege. Um die Maudacher kümmere ich mich auch, damit die Zeiten wieder eingehalten werden können. Stellt einen weiteren Reiter ein und seht zu, dass die Pferde es gut haben.«

»Seid bedankt, Gräfin von Taxis, ich werde Euch nicht enttäuschen. Dann geh ich meine Habe holen«, freute sich Scheel und verschwand.

»Das lasse ich mir nicht gefallen«, ereiferte sich Feist.

»Und was wollt Ihr dagegen tun? Dort drüben liegt noch ein Haufen Mist, der weggeschafft werden muss«, erwiderte Alexandrine ungerührt.

Unvermittelt packte Feist die Mistgabel und machte einen Schritt auf die Gräfin zu, die Zinken berührten ihr Kleid.

»Und nun? Stecht zu, wenn Ihr Euch traut. Dort draußen sind zwei meiner Begleiter, bewaffnet und bereit, ihre Haudegen einzusetzen. Macht Euch nicht noch unglücklicher.«

Alexandrine blieb äußerlich gelassen, fragte sich aber, wo Gottlieb und Raimund so lange blieben.

Feist drückte die Gabel gegen ihren Bauch, sie spürte die einzelnen Zinken. »Bis Eure Männer Egbert wachgerüttelt haben, seid Ihr längst tot und ich verschwunden. Der gute Egbert hat einen verdammt tiefen Schlaf«, raunte Feist ihr zu. Sein Gestank stieg ihr in die Nase.

»Dafür wird man Euch hinrichten. Kein schöner Tod, wenn die Schlinge sich zuzieht, und man am Galgen zappelnd vergeblich nach Luft ringt. Verschwindet, und wir vergessen, was gerade geschehen ist.«

Plötzlich erschien Raimund im Stall, packte mit einer Hand die Mistforke und mit der anderen Feist am Kragen. Einen Augenblick später fiel die Gabel scheppernd zu Boden, sodass die Pferde zusammenschraken. Ihr folgte Feist, den Raimunds Faust niedergestreckt hatte. Erleichtert wischte Alexandrine sich den Schmutz vom Kleid.

»Steh auf, du elende Ratte.« Raimund trat nach ihm.

Mühsam rappelte Feist sich auf, fuhr sich mit dem Handrücken über die blutende Nase und stürmte hinaus.

»Soll ich ihm nach?«

Alexandrine schüttelte stumm den Kopf.

»Seid Ihr unversehrt, Gräfin?«

»Mir ist nichts geschehen, dank dir. Was ist mit diesem Egbert, dem Boten?«

»Gottlieb hat ihm sozusagen den Kopf gewaschen. Ich werde mal eines dieser Pferde satteln.«

Kaum hatte Raimund ausgesprochen, erschienen Gottlieb und Egbert, dessen dunkle Haare nass glänzten. Alexandrine konnte sich vorstellen, was ihr Begleiter getan hatte, und unterdrückte ein belustigtes Grinsen. Egbert machte mehrere kleine Verbeugungen vor ihr, bat um Verzeihung und übernahm das gesattelte Pferd. Draußen stieg er auf, ließ sich die beiden Felleisen geben und galoppierte davon.

»Eigentlich wollte ich weiter nach Worms und dort die Nacht verbringen«, seufzte Alexandrine. »Daraus wird wohl nichts werden, also müssen wir in diesem Nest bleiben. Und die einzige Herberge ist dieser heruntergekommene Schuppen von Feist.«

Ihre Begleiter zuckten hilflos mit den Schultern. »Wenigstens gibt es in der kleinen Schenke anständiges Essen. Sie liegt nicht weit von hier. Das hat zumindest Egbert behauptet, wobei ich mir nicht sicher bin, ob er nicht eher vom Bier gesprochen hat.«

Seit dem Abend, an welchem Silas erfahren hatte, dass Karl nicht sein leiblicher Vater war, sprachen sie nur wenig miteinander. Eigentlich redeten sie nur über die Arbeit. Auch zu Hause herrschte eine bedrückte Stimmung. Die Familie nahm die Mahlzeiten schweigend ein, einzig das Gebet wurde gemeinsam aufgesagt. Silas sehnte den Hochzeitstag seiner Schwester mehr herbei als Hella vermutlich selbst. Er wollte sein Versprechen halten und erst nach der Heirat Mainz verlassen. Was ihn aus seiner düsteren Stimmung riss, waren die Stunden, die er mit Viktor verbrachte. Immer öfter saß er mit dem älteren Freund in der Gaststube Zur Traube auf ein Glas Wein zusammen. Silas hatte sich Viktor anvertraut, und dieser hatte ihm den Rat gegeben, auf Karl zuzugehen. Doch der Stachel saß zu tief. Dabei war sich Silas im Klaren darüber, dass Karl ihn nur hatte beschützen wollen und ihm deshalb abgeraten hatte, Botenreiter zu werden. Trotzdem. Sollte doch sein Vater oder vielmehr Stiefvater den ersten Schritt tun.

Gedankenverloren bürstete er Nabils Schweif, zupfte einzelne widerspenstige Halme aus den langen Haaren.

»Dieses will ich reiten, Onkel, es ist wunderschön«, hörte er eine begeisterte Frauenstimme.

Silas hielt mit dem Bürsten inne und sah auf. Vor ihm standen der neu gewählte Erzbischof Anselm Casimir Wambolt von Umstadt, eine junge Dame, eine ältere Frau und ein in die Jahre gekommener Mann.

»Bursche, sattle dieses Pferd, meine verehrte Nichte Amalia wünscht auszureiten«, befahl der Kurfürst mit schnarrender Stimme.

»Verzeiht, Exzellenz, dieses Pferd kann Eure geschätzte Nichte nicht bekommen«, wagte Silas mit klopfendem Herzen zu widersprechen.

»Was fällt dir ein? Du bist nur ein einfacher Stallknecht!«, brauste von Umstadt auf.

Silas straffte den Rücken. »Nabil ist mein Eigentum, und ich bestimme, wer ihn reitet. Ich bin Reitknecht und der Sohn des Oberstallmeisters. Und nur er entscheidet, welches Pferd gesattelt wird, das ist eine seiner Aufgaben«, gab Silas zurück und fügte stumm hinzu: Oder wisst Ihr das etwa nicht?

Anselm von Umstadt musterte ihn scharf, dann meinte er entschieden: »Du musst ein anderes Ross nehmen, meine Liebe.«

Amalia, die vielleicht zwanzig Lenze zählte, zog ein trotziges Gesicht.

»Ich will dieses hier. Ihr seid der Kurfürst, es kann doch nicht sein, dass ein Oberstallmeister mehr zu sagen hat als Ihr.«

»Ich fürchte, der junge Mann hat recht, Amalia«, wandte nun der ältere Mann ein.

»Vater, es ist mir gleich, ich will diesen Fuchs! Sieh doch nur, wie schön er ist.«

Silas fühlte sich geschmeichelt und hörte sich plötzlich sagen: »Ich werde eine Ausnahme für Euch machen, was sagt Ihr dazu?«

Amalia strahlte ihn an, jetzt sah sie wirklich bezaubernd aus. Was ein Lächeln doch ausmachte.

»Das ist sehr freundlich von Euch«, sagte Amalias Mutter. »Nun, dann brauchen wir noch drei weitere Pferde für uns.«

»Dort kommt mein Vater«, erwiderte Silas und wies mit dem Kinn ans Ende der Stallgasse. Während Karl von Maringer geeignete Pferde auswählte und Knechte beauftragte, diese zu satteln, blieb Amalia bei Silas.

»Wie heißt er? Wie alt ist er? Und gehört er wirklich Euch?«, plapperte sie auf ihn ein.

Silas gab bereitwillig Auskunft und legte Nabil einen Damensattel auf. Dann führte er ihn nach draußen und half Amalia aufzusteigen.

»Er kennt keinen Damensattel und ist sehr fein im Maul, gebt bitte acht«, bat er und fragte sich, ob er nicht beharrlicher bei seinem Nein hätte bleiben sollen.

Amalia sah auf ihn hinunter, ihre Miene nun überheblich. »Ich reite, seit ich laufen gelernt habe, ich weiß schon, was ich tue.«

Karl hatte drei brave Schimmel für den Kurfürsten und Amalias Eltern ausgesucht. Die Knechte Kuno und Heribert halfen ihnen in die Sättel. Nabil war unsicher, als er das ungewohnt verteilte Gewicht auf seinem Rücken spürte. Und das lange Gewand seiner Reiterin behagte ihm offensichtlich auch nicht, bemerkte Silas beunruhigt. Er fing Karls Blick auf. Bist du von Sinnen, war darin zu lesen, und insgeheim fragte sich Silas dasselbe. Doch nun konnte er nicht mehr zurück.

»Dann kann es ja endlich losgehen«, jauchzte Amalia und klatschte mit einer kurzen Gerte an Nabils rechte Schulter. Der Fuchs machte einen Satz nach vorn, und Amalia zerrte heftig an den Zügeln. Der Hengst riss den Kopf hoch, und Silas konnte das Weiße in den Pferdeaugen sehen. Mit drei Schritten war er bei Amalia und fasste ihr in die Zügel. Nabil schnaubte kräftig durch die Nüstern, feine Tröpfchen landeten auf Silas' Wange.

»Ich glaube, wir suchen Euch doch ein anderes Pferd, eines, das Peitsche und eine harte Hand ertragen kann«, fauchte er leise, damit ihn die anderen nicht hören konnten. Er ließ die Zügel los und tätschelte beruhigend den Pferdehals.

»Was erlaubt Ihr Euch?«, zischte die Nichte des Erzbischofs. »Ich bin noch mit jedem Gaul fertiggeworden, also auch mit diesem hier.« Dann nahm sie die Lederleinen kürzer und versetzte dem Fuchs erneut einen Schlag mit der Gerte. Dieses Mal konnte sie das Pferd nicht halten, und Nabil galoppierte los, hinunter zu den Rheinwiesen.

»So tut doch etwas«, rief Amalias Vater erschrocken und setzte seiner Tochter nach, gefolgt von Anselm Wambolt von Umstadt. Amalias Mutter war schreckensbleich geworden, blieb aber zurück. Den Schimmel, auf dem sie saß, beeindruckte es nicht, dass die anderen davonstoben.

»Mein Kind, mein armes Kind«, jammerte sie. »Helft mir herunter.«

Heribert kam ihrem Befehl nach, während Silas und Kuno den Reitern hinterherrannten. Silas war wütend auf dieses hochnäsige Geschöpf namens Amalia und vor allem auf sich selbst. Warum hatte er verdammt noch mal den Mund nicht halten können? Wenn diesem Mädchen etwas geschah, würde er allein die Schuld auf sich nehmen müssen, gleich, ob diese dämliche Gans Nabil gepeinigt hatte oder nicht. Keuchend erreichten Kuno und er die Wiesen.

»Gütiger Jesus, seht nur«, rief Kuno und zeigte flussabwärts. Silas blieb beinahe das Herz stehen. Amalias Vater kniete im Gras neben seiner am Boden liegenden Tochter, während der Erzbischof die drei Pferde hielt. Als Anselm Wambolt von Umstadt den Kopf wandte und sie entdeckte, schrie er: »Holt einen Wagen, Amalia ist nicht bei sich, und schickt nach meinem Leibarzt!«

Kuno machte auf dem Absatz kehrt. Silas dagegen ging eilig auf den Kurfürsten zu.

»Dieser verdammte Gaul ist gestiegen«, fuhr von Umstadt ihn an. »Jetzt steht er da, als ob ihn kein Wässerchen trüben könnte. Was habt Ihr Euch dabei nur gedacht, meine Nichte auf solch einen Teufel zu setzen?«

Silas nahm ihm Nabils Zügel aus der Hand. »Verzeiht mir, Exzellenz, ich wollte ihr nur eine Freude machen«, antwortete er leise.

»Ist es nicht eher so, dass Ihr mit voller Absicht gehandelt habt und wusstet, was geschieht? Ihr wart zuvor schon aufsässig. Geht mir aus den Augen und bringt diese Gäule zurück.«

Drei Tage später wurde Silas von einem Hofbediensteten gerufen.

»Kommt mit, Amalia Wambolt von Umstadt wünscht Euch zu sprechen.«

Verblüfft folgte Silas dem Mann. Niemand hatte ihm sagen können, wie es dem Mädchen ging, und er hatte deswegen schlaflose Nächte verbracht. Eigentlich war er der festen Überzeugung gewesen, der Kurfürst würde ihn fortjagen, doch nichts dergleichen war geschehen. Noch nie war er in der Residenz gewesen.

Georg Friedrich von Greiffenclau hatte während seiner Amtszeit begonnen, den Ostflügel der Martinsburg errichten zu lassen, und der jetzige Erzbischof trieb die Bauarbeiten weiter voran. Ein Schloss sollte daraus werden, ganz im Stil der Spätrenaissance wie jenes in Aschaffenburg. Staunend sah Silas sich um, beeilte sich, mit seinem Führer Schritt zu halten. Über eine breite Treppe gelangten sie ins zweite Obergeschoss, der Bedienstete pochte kurz an eine Tür, öffnete und meldete Silas an. Dann ließ er ihn eintreten und zog sich zurück.

Amalia saß aufrecht in einem aus dunklem Walnussholz gedrechselten Bett, die senfgelben Vorhänge waren zurückgeschoben und an den dünnen Säulen, die den Betthimmel trugen, zusammengerafft. Die Bettdecke hatte sie fast bis unter das Kinn gezogen, damit so wenig wie möglich von ihrem Nachtgewand hervorlugte. An ihrer Seite hatte ihre Mutter Platz genommen, die Hände im Schoß gefaltet. Silas zog seinen Hut, deutete eine Verbeugung an und wartete unschlüssig an der Tür.

»Tretet näher«, sagte Amalias Mutter und unterstrich ihre Worte durch eine Geste.

Zögernd tat Silas ein paar Schritte und hielt geziemenden Abstand. Amalia setzte ein Lächeln auf und niedliche Grübchen umspielten ihren Mund.

»Ich bin erfreut, Euch so munter zu sehen, Baronesse. Es tut mir leid, was geschehen ist. Vergebt mir und Nabil«, bat er.

»Es ist an mir, um Verzeihung zu bitten. Ich muss gestehen, meine Reitkünste überschätzt zu haben, was mir wahrlich nicht leichtfällt.« Sie holte tief Luft. »Ich hätte auf Euch hören sollen. Weder Euch noch Euer Pferd trifft eine Schuld.«

Silas hob anerkennend die Augenbrauen. Das hatte er nicht erwartet. »Eure Ehrlichkeit weiß ich zu schätzen, ich danke Euch.«

Amalia strahlte ihn an. »Darf ich Nabil besuchen, wenn ich wieder aufstehen darf?«

»Jederzeit, Baronesse«, erwiderte er und schenkte ihr einen tiefen Blick.

»Ihr dürft Euch jetzt entfernen, meine Tochter muss sich ausruhen«, mischte sich Amalias Mutter ein.

»Sehr wohl. Baronin, Baronesse.« Silas sah kurz von einer zur anderen, dann setzte er seinen breitkrempigen Hut mit der Fasanenfeder auf und verließ das Zimmer. Draußen wartete der Diener, um ihn zum Ausgang zu geleiten.

Auf dem Weg zu den Stallungen begegnete er dem Erzbischof und mehreren Domkapitularen, die ins Gespräch vertieft waren. Als der Kurfürst ihn erblickte, hielt er inne und winkte Silas zu sich.

»Verehrte Herren, lasst uns einen Moment allein.« Kaum waren die Männer weit genug entfernt, wandte er sich an Silas. »Nun, was habt Ihr mir zu sagen?«

»Baronesse Amalia hat mir verziehen, und ich hoffe, Eure Exzellenz auch«, antwortete Silas nicht ganz wahrheitsgemäß. Denn es stand zu befürchten, dass, wenn er Amalias Worte wiederholte, ihn von Umstadt der Lüge bezichtigen würde.

Anselm musterte ihn eindringlich. »Gelobt sei der Herr, dass sie sich keine Knochen gebrochen hat. Ich schätze Euren Vater sehr, sonst hättet Ihr längst Euer Bündel schnüren müssen. Die von Maringers sind seit Langem in kurfürstlichen Diensten, und bisher gab es nie Grund zur Klage. Ihr scheint aus der Art zu schlagen, seid hochfahrend und eigenwillig. Ein wenig mehr Bescheidenheit stände Euch besser zu Gesicht.«

»Jawohl, Eure Exzellenz.« Silas senkte demütig den Kopf.

Stolz führte Leopold seine frisch angetraute Ehefrau aus der Kirche.

»Hübsch sieht sie aus, nicht wahr?«, raunte Silas seiner kleinen Schwester zu, die neben ihm stand.

Hella trug ihr bestes Kleid aus hellgrünem Stoff, dessen Ärmelenden und Ausschnitt mit einfacher Spitze verziert waren. Die langen blonden Haare hatte die Mutter geflochten und hochgesteckt, nur an Hellas Schläfen kringelten sich ein paar wenige Locken. Auf den Wangen der Braut zeigte sich ein zarter rosafarbener Schimmer, ihre Augen funkelten, und man konnte ihr die Aufregung anmerken.

»Ja, sehr sogar. Aber Leopold kann sich auch sehen lassen«, flüsterte Meta. »Er hat sich sogar neue Stiefel gegönnt.«

Der Bräutigam trug dunkelgrüne Hosen, die über das Knie reichten und in den weiten Stulpenstiefeln verschwanden. An seinem schwarzen Wams glänzten Messingknöpfe, und auf seinem Kopf saß ein Filzhut mit breiter Krempe, geschmückt mit einem grünen Band.

»Ich bin gespannt, was sie zu ihrem Hochzeitsgeschenk sagen«, meinte Silas.

Als er in Frankfurt gewesen war, hatte er einiges an Steinzeug erstanden und dies bis zum heutigen Tag in seiner Kammer in einer Kiste unter dem Bett versteckt. Die Begegnung mit Diethard hatte ihn draufgebracht. Seine Mutter war entzückt gewesen, als er sie einen Blick auf die salzglasierten Teller, Schalen und Becher mit ihren kobaltblauen Mustern hatte werfen lassen. Gesprochen hatte er trotzdem kaum mit ihr, zu tief saß der Stachel ihrer Heimlichtuerei um seinen leiblichen Vater.

Silas und Meta reihten sich hinter Lina und Karl ein, um dem Brautpaar nach draußen zu folgen. Die ganze Hochzeitsgesellschaft marschierte Zum Schwarzen Bären in der Grebenstraße, der über genügend Platz für die Gäste verfügte. Karl von Maringer hatte sich nicht lumpen lassen. Gastwirt Hans Velten Heußlin tischte Braten vom Ochsen und Lamm, ein Spanferkel, verschiedene Gemüse und mehrere große Laibe Brot auf. Sogar eine Mandel- und eine Apfeltorte wurden gereicht. Dazu jede Menge Wein von den Lagen der Niersteiner Glöck, unmittelbar am Rhein gelegen, und Bier aus dem Brauhaus Zur Sonne. Erst wurde herzhaft gegessen und getrunken, danach wurden Reden geschwungen, bald darauf Tische und Stühle beiseitegeschoben, um Platz zum Tanzen zu schaffen. Leopold hatte Musikanten bezahlt, die fröhliche Weisen spielten und Volkslieder, die jeder mitsingen konnte. Natürlich durfte das ein oder andere Trinklied nicht fehlen.

»Den liebsten Buhlen, den ich han, der leit beim Wirt im Keller, er hat ein hölzern Röckchen an und heißt der Muskateller ...«, grölten vor allem gerade die Männer. Aber auch einige Weiber scheuten sich nicht, lauthals mit einzustimmen.

Hella hakte ihren Bruder unter und zog ihn in eine etwas ruhigere Ecke.

»Bevor Leopold und ich verschwinden, um ...«, sie stockte und die Schamesröte stieg ihr ins Gesicht, »du weißt schon, möchte ich dich um etwas bitten.«

»Alles, was du willst, Hella. Hab ich dir schon gesagt, wie schön du aussiehst?« Silas fühlte sich leicht und beschwingt. Der Wein war ihm zu Kopf gestiegen.

»Ja, mehrere Male«, lächelte sie, dann wurde sie ernst. »Bitte rede wieder mit Mutter und Vater, sie leiden darunter. Meta und ich übrigens auch.«

»Das ist viel verlangt ...«

»Du hast gesagt: ›Alles, was du willst, Hella.‹ Steh zu deinem Wort«, forderte sie, die Hände in die Hüften gestemmt.

Silas nickte widerwillig und seufzte. »Also schön, ich tu's.« Dann küsste er sie auf die Stirn und raunte: »Und nun geh zu Leopold und genieße die Freuden der Liebe.«

Silas löste sein Versprechen noch in der Nacht ein, zumindest bei seinem Vater, denn Lina war müde und schon nach Hause gegangen.

»Ich will, dass es wieder so ist wie früher, Vater«, sagte er ohne Umschweife und stieß seinen Bierkrug an Karls.

»Ja, das möchte ich auch, mein Sohn. Lass uns darauf trinken«, antwortete Karl und hob seinen Krug an die Lippen.

Silas glaubte, im Kerzenlicht Tränen in Karls Augen schimmern zu sehen, als Karl ihm seinen Arm um die Schultern legte.

»Du weißt, ich könnte es nicht ertragen, dich zu verlieren, Silas. Dich, deine Mutter und deine Schwestern. Wir sind eine Familie, gleich, wer dein leiblicher Vater ist.«

»Wer auch immer der Kerl war, du bist es, den ich liebe und ehre, Vater. Und jetzt lass uns nicht mehr davon sprechen.«

Sie gesellten sich zu den anderen Gästen, und bald drehte sich das Gespräch um die Neuigkeiten aus den Zeitungen. Bei Wein und Bier verlor der Krieg seine Schrecken, zumal in den deutschen Landen wieder mehr Ruhe herrschte. Dafür kämpften die Polen noch immer gegen die Schweden, und in Italien belagerte der Kaiser Mantua, das er sich unbedingt einverleiben wollte. Schließlich war er mit Eleonora Gonzaga verheiratet, einer Schwester des verstorbenen Herzogs von Mantua. Doch der Ehegatte von Eleonoras Nichte, ein Verwandter der in Frankreich ansässigen Linie, erhob selbst Anspruch auf das Herzogtum. Und deshalb mischte sich nun auch Frankreich unter Kardinal Richelieu ein.

»Lasst sie sich doch dort unten die Köpfe einschlagen«, lallte Hubert, der Schumacher. »Dann haben wir wenigstens unseren Frieden. Und ob der Schwede an der Ostsee regiert, ist mir gleich.«

»Jawoll, darauf noch einen Becher Bier, Hans«, rief einer nach dem Wirt, »schenk ein.«

Silas erwachte am nächsten Morgen mit dröhnendem Schädel und quälte sich aus dem Bett. Am liebsten hätte er sich die Decke über den Kopf gezogen, doch den Pferden war es gleich, ob er bis spät in die Nacht gefeiert hatte. Sie mussten versorgt werden, jeden Tag zur gleichen Zeit. Er tauchte sein Gesicht tief in das kalte Wasser der Waschschüssel, prustete laut und stieg in seine Kleider.

Unten in der Küche hatte seine Mutter schon das Morgenmahl bereitet. Einem plötzlichen Gefühl folgend, umfasste er sie von hinten und drückte ihr einen Kuss auf die Wange.

»Es tut mir leid, Mutter. Du weißt schon.«

Sie wandte sich zu ihm um und strich ihm über den Bart.

»Silas, auch für dich ist es nicht leicht.«

Er nahm den Teller Getreidebrei aus Emmas Händen entgegen und schickte sie hinaus. Nicht alles war für die Ohren der Magd bestimmt.

»Mit Vater habe ich mich gestern Abend ausgesöhnt.«

»Du hast gut daran getan, mein Sohn. Ihr seid beide Sturschädel.«

»Aber jetzt ist alles wieder so wie zuvor«, sagte Silas mit vollem Mund und erntete ein Lächeln, das er lange vermisst hatte.

Einige Stunden später tauchte unverhofft Amalia in den Stallungen auf, gefolgt von ihrer Zofe, die als Anstandsdame diente.

»Der Arzt hat mir erlaubt, aufzustehen, und nun möchte ich Nabil besuchen«, begrüßte die Baronesse Silas fröhlich. In der Hand hielt sie einen Apfel, den der Hengst genüsslich verspeiste.

»Wann dürft Ihr wieder reiten? Oder fürchtet Ihr Euch nach dem Sturz davor, in den Sattel zu steigen?«, fragte Silas.

»In ein paar Tagen. Onkels Leibarzt, Doktor Sartorius,

sagte, ich hätte wahrhaftig einen Schutzengel gehabt. Und nein, ich habe keine Angst.«

»Was haltet Ihr davon, wenn Nabil und ich Euch begleiten?« Er mochte sie gern, stellte er fest.

»Das würdet Ihr tun? Ich werde auch jeden Rat von Euch befolgen«, zwinkerte Amalia.

Karl von Maringer gesellte sich zu ihnen. »Baronesse, ich bin erfreut, Euch wohlauf zu sehen«, grüßte er, dann wandte er sich mit ernster Miene an seinen Sohn. »Komm mit, wir müssen reden.«

Bedauernd verabschiedete sich Silas von Amalia und folgte seinem Vater nach draußen.

»Richard war bei mir«, eröffnete ihm sein Vater. »Schon lange leidet er unter Ölschenkeln und kann oft keine Stiefel ertragen. Doch jetzt hat er auch Geschwüre an den Beinen, die aufbrechen und nicht mehr heilen wollen. Der Stadtarzt hat schon alles versucht: Bäder mit Eichenrinde, Umschläge mit Johanniskraut, Ringelblume und Honig. Aber all dies hilft nur wenig. Der arme Kerl hat fürchterliche Schmerzen.«

»Er dauert mich, aber warum erzählst du mir das?«, wollte Silas wissen.

»Richard kann sein Amt als mein Stellvertreter nicht mehr versehen. Deshalb wünsche ich, dass du in seine Fußstapfen trittst«, erwiderte Karl.

Silas wusste nicht, was er darauf antworten sollte. So vieles auf einmal schoss ihm durch den Kopf.

»Es ehrt mich, Vater, aber ich muss darüber nachdenken, lass mir Zeit«, meinte er schließlich und sah die Enttäuschung in Karls Gesicht.

»Wenn du dich entschieden hast, Richards Nachfolge anzutreten, rede ich mit dem Kurfürsten.« Sein Vater klopfte ihm kurz auf die Schulter und ging seiner Wege.

Zwei Tage darauf ritt Silas mit Amalia an den Ufern des Rheins entlang. Es war ein trüber Herbsttag, doch es störte sie nicht. Ihnen folgten Amalias Eltern, damit der Anstand gewahrt wurde. Silas gestand sich ein, dass er sich in der Gesellschaft der Baronesse wohlfühlte. Sie schmeichelte ihm, als sie seine Reitkunst lobte.

»Ich muss Euch einmal zeigen, was Nabil schon alles gelernt hat, dank meines Lehrers Viktor von Eisenberg«, schwärmte Silas.

»Nur zu gern, ich bewundere, wie reglos Ihr im Sattel sitzt und wie stolz Nabil seinen Kopf trägt.«

»Werdet Ihr länger am Hof weilen?«, fragte Silas.

»Ich weiß es nicht, wenn es nach mir ginge, noch lange«, sagte sie leise und schenkte ihm einen Augenaufschlag. »Was ist mit Euch? Wollt Ihr Eurem Vater einmal als Oberstallmeister nachfolgen?«, gab sie dem Gespräch eine andere Wendung.

Silas, dessen Gedanken sich seit dem Gespräch mit Karl fast ausschließlich um diese Frage drehten, schüttete Amalia sein Herz aus. Er hatte mit Viktor schon darüber reden wollen, doch der alte Freund lag mit Husten und Fieber nieder.

»Ich hatte mich mit meinem Vater überworfen, und erst seit Kurzem ist es zwischen uns wieder wie früher. Aber ich möchte weder sein Stellvertreter werden noch sein Amt übernehmen, wenn die Zeit gekommen ist.«

»Warum nicht?« Amalia zog die Schultern hoch, als der kalte Wind auffrischte.

»Weil alle mit dem Finger auf ihn und mich zeigen würden. Die Männer würden denken, er hat mich bevorzugt Eurem Onkel vorgeschlagen. Seine Exzellenz hat schließlich das letzte Wort. Außerdem sitze ich nicht gerne über Zahlenreihen, und das müsste ich, denn über alles wird Buch geführt. Mein Vater oder sein Stellvertreter verbringen mehr Zeit damit, als dass sie sich um die Rösser kümmern können.

Ja, ich weiß, dafür gibt es Pferde- und Reitknechte. Trotzdem, ich möchte meinen eigenen Weg finden, andererseits will ich meinen Vater nicht vor den Kopf stoßen.« Unbewusst spielte er mit Nabils langen Mähnenhaaren.

»Aber Ihr hättet eine sichere Arbeit, einschließlich eines guten Jahreslohns, und würdet später zum Oberstallmeister aufsteigen können. Das ist viel wert, oder nicht? Denkt daran, nicht jeder hat solche Möglichkeiten wie Ihr.«

Sie war nicht die dämliche Gans, für die er sie anfangs gehalten hatte, befand Silas. Amalia war ein besonnenes und liebenswertes Geschöpf.

»Lasst uns umkehren, Euch ist kalt. Seid bedankt für Euer Ohr und Euren Rat.«

Als der Winter hereinbrach, hatte Silas endlich eine Entscheidung getroffen und dem Wunsch seines Vaters entsprochen. Bewogen hatte ihn dazu allein die Tatsache, dass er Amalias Gesellschaft nicht missen mochte. Wann immer möglich, ritten sie gemeinsam aus, oder er unterrichtete sie in der feinen Reitkunst, freute sich über ihre Fortschritte. Es war Amalias Wunsch gewesen, mehr zu lernen, und sie hatte ihren Vater, Baron August Wambolt von Umstadt, darum angebettelt. Dies war nicht weiter schwierig gewesen, zum einen war Amalia sein einziges Kind, zum andern hatte er Silas schätzen gelernt. Nur bei dem Wunsch, im Herrensitz reiten zu dürfen, hatte er sich gesträubt und erst nach einer Weile schließlich zähneknirschend nachgegeben.

»Morgen reisen wir ab, dabei würde ich viel lieber hierbleiben«, gestand Amalia. »Dies wird unser letzter Ritt sein.«

Silas starrte sie an. »Aber ich dachte …, nein, ich weiß nicht, was ich dachte. Ich habe einfach in den vergangenen Wochen Eure Gesellschaft sehr genossen«, gestand er. »Es betrübt mich, wenn Ihr Mainz verlasst.«

»Vater kann nicht ewig hierbleiben, er muss sich um seine Güter kümmern, viel zu lange war er fort. Meine Mutter drängte schon länger darauf, nach Umstadt zurückzukehren.«

Eine Weile ritten sie schweigend nebeneinanderher, bis sich Amalia ein Herz fasste.

»Kommt mich doch auf unserem Schloss besuchen, es ist nur einen guten Tagesritt entfernt.«

Überrascht sah er sie an. »Das würde ich sehr gern, doch ich fürchte, ich kann nicht einfach von hier weg.«

»Bittet um Erlaubnis, sie wird Euch sicher gewährt werden. Und jetzt lasst uns um die Wette reiten.«

Teil II

1630–1636

REICHSERZKANZLER ANSELM CASIMIR Wambolt von
Umstadt hatte zum Kurfürstentag nach Regensburg geladen. Die katholischen Fürsten aus Köln, Bayern, Böhmen
und Trier waren mit großem Gefolge in die Freie Reichsstadt an der Donau gereist, ebenso wie zahlreiche Vertreter der Reichsstände. Nur die Oberhäupter Sachsens und
Brandenburgs, der Wettiner Johann Georg I. und Georg
Wilhelm aus dem Hause Hohenzollern, hatten an ihrer statt
Gesandte geschickt.

Die Stadt quoll über von Menschen und Pferden, jede noch
so kleine Kammer war besetzt. Kein Stall war mehr zu finden, ohnehin grasten bereits die meisten Rösser auf den Wei-
den vor der gewaltigen Stadtmauer mit ihren vorgelagerten
starken Bastionen. Am Dom schritten die Bauarbeiten voran,
die lange Zeit brachgelegen hatten. Noch immer waren die
Türme unvollendet, aber Bischof Albert von Toerring-Stein
hatte den Baumeister damit beauftragt, das Mittelschiff ein-
wölben zu lassen. Schon von Weitem waren die zahlreichen,
die Dächer überragenden Geschlechtertürme zu sehen. Reiche Kaufleute hatten sie einst errichten lassen, und je höher
der Turm war, für desto wichtiger und einflussreicher hielt
man sich. Den einzigen Zugang von Norden über den majes-
tätischen Fluss bot die jahrhundertealte Steinerne Brücke mit
ihren vielen Bögen. Der Brückenzoll für Reisende und Han-
deltreibende spülte der Stadt nicht unerheblich Geld in die
Kassen, war doch die Donauquerung die einzige weit und
breit zwischen Wien und Ulm.

Auch Alexandrine hatte den langen Weg nach Regensburg auf sich genommen, nachdem Ende des vergangenen Jahres überraschend eine Anfrage des Kaisers in Brüssel eingetroffen war. Darin schrieb Ferdinand, ob die Gräfin nicht den Böhmerwaldpostkurs von Augsburg über Regensburg nach Waldmünchen übernehmen wolle. Allerdings sei für die zehn Posten eine aufgelaufene Schuld von etwas mehr als zweitausendsiebenhundert Gulden zu begleichen. Bisher unterstand die Strecke dem Hofpostmeister Johann Christoph von Paar, doch dieser hatte auf den Befehl des Kaisers, die Schulden zu übernehmen, nicht einmal geantwortet. Die Gräfin hatte sich mit dem Augsburger Postverwalter David Frey besprochen und schließlich zugestimmt, die zehn Postämter zu besolden.

Alexandrine genoss an einem Abend die Einladung des Mainzer Kurfürsten, der sich unweit des Gasthofs Goldenes Kreuz einquartiert hatte. Außer ihr saßen der bayerische Kurfürst und dessen Bruder, der Kölner Erzbischof, mit am Tisch, die im selben Haus untergekommen waren.

»Eure Gastgeber im Baumberger Turm lassen es an nichts mangeln, wie ich sehe«, sagte die Gräfin angesichts der reich gedeckten Tafel. Köstlichkeiten aus dem nahen Forst und der Donau wetteiferten mit allerliebst aussehenden Leckereien vom besten Zuckerbäcker Regensburgs auf silbernen, im Kerzenschein funkelnden Platten.

»Dem kann ich nur zustimmen, Benedikt Ingelstetter ist wirklich sehr zuvorkommend. Auch der Wein ist nicht zu verachten. Wobei ich gestehen muss, dass mir das Weißbier aus der Spitalbrauerei noch besser mundet. Ich weiß, unser Herzog von Bayern hört dies nicht gern«, zwinkerte der Mainzer Erzbischof Maximilian zu, als dieser eine säuerliche Miene zog.

»Dies entspricht nicht ganz der Wahrheit, Gräfin«, wandte sich der Herzog an Alexandrine, die fragend von einem zum anderen sah. »Das Bier ist zugegebenermaßen vorzüglich, nur liegt die Brauerei auf dem einzigen Stück Land am nördlichen Donauufer, das nicht zum Kurfürstentum Bayern gehört.«

»Schon seit vielen, vielen Jahren ist ein Streit um diesen Flecken Erde mit der Reichsstadt entbrannt«, mischte sich sein Bruder Ferdinand ein. »Das Katharinenhospital samt seinen Wirtschaftsgebäuden gilt als Vorposten von Regensburg, umgeben von Bastionen, um den Zugang zur Stadt von Norden her zu schützen.«

»Und da dieses Weißbier, wie ich gehört habe, mundet und obendrein den Durst wahrscheinlich Tausender Kehlen stillt, entgeht Euch die nicht unerhebliche Biersteuer«, spöttelte Alexandrine.

Die Männer lachten, selbst Herzog Maximilian. Dann drehte sich das Gespräch um das Geschehen im Reich.

»Der Schwede hat dreizehntausend Mann zusammengezogen, Schiffe sind auf dem Weg nach Pommern. Die Lage ist besorgniserregend. Wie konnte der Kaiser nur Wallenstein mit dem Herzogtum Mecklenburg belehnen?«, stöhnte Maximilian von Bayern. »Nach Mantua schickt dieser böhmische Emporkömmling kaum Söldner, dafür verstärkt er sein Heer im Norden. Kein Wunder, dass sich Frankreich und die Niederlande verbündet haben.«

»Du darfst nicht vergessen, dass Herzog Adolf Friedrich von Mecklenburg heimlich den Dänenkönig unterstützt hat. Seine Kaiserliche Majestät hat den Mecklenburger entsetzt und sein Land Wallenstein als Lehen vergeben. Es ist nicht erstaunlich, dass der Generalissimus einen Einfall des Verräters vermeiden will«, wandte Ferdinand ein.

»Ja, ja«, winkte der Bayernherzog ab, »trotzdem gefällt mir dieser Wallenstein immer weniger.« Er stach mit seinem Messer in ein Stück Lammbraten und schob es sich genüsslich in den Mund. »Wallenstein hat den Schwedenkönig mit seinen Machtbestrebungen doch erst herausgefordert. Nichts weniger als die Beherrschung der Ost- und Nordseegebiete ist Gustav Adolfs Ziel.«

»Da stimme ich dir zu. Die Kontrolle der Handelswege würde dazu führen, die Niederlande zu schwächen und den spanischen Habsburgern den Weg zu ebnen, den Widerstand der Protestanten zu brechen. Die Machtverhältnisse in Europa würden dadurch verändert«, gab Ferdinand zu bedenken. »Das ist zwar im Sinne des Kaisers, aber ganz und gar nicht das Ansinnen der protestantischen Kurfürsten. Was wir brauchen, ist eine Einigung in den deutschen Landen, um gemeinsam Schweden die Stirn zu bieten.«

»Ich bin ganz Eurer Meinung, Durchlaucht, was Wallenstein betrifft«, gab der Herr über Kurmainz von sich, was Alexandrine erstaunt zur Kenntnis nahm. Der Reichserzkanzler übte tatsächlich Kritik an Ferdinand II. »Wir müssen Seine Kaiserliche Majestät dazu bringen, Wallenstein fallen zu lassen. Außerdem muss das Heer verkleinert werden, die Söldner lagern vor und ihre Anführer in den Städten. Und das auf Kosten der Einwohner, denen es nach den Missernten der letzten Jahre schon schlecht genug geht. Einen Aufstand der Bauern und Bürger kann niemand gebrauchen.«

»Wohl wahr, Eure Exzellenz«, erwiderte der Erzbischof von Köln. »Und du, mein lieber Bruder, stimmt es, dass du die Nähe Frankreichs suchst?« Ferdinand angelte sich eine gebratene Forelle und entfernte gekonnt die Gräten.

»Ich sehe in Kardinal Richelieu einen hilfreichen Unterstützer, um die Reichsverfassung zu schützen. Und ja, ich stehe in Bündnisverhandlungen mit Frankreich.«

»Verzeiht, Durchlaucht«, sagte Alexandrine, die verwundert den Kurfürsten lauschte. Wie offen sie redeten, obwohl sie mit am Tisch saß. Nun, vielleicht steckte hinter der Einladung eine Absicht. »Ihr steht doch treu zu Habsburg, warum tändelt Ihr mit dem Franzosen?«

»Gräfin, es ist nun einmal so, dass der Kaiser versucht, seine Macht auszudehnen, und Bayern liegt sehr nahe an Österreich, oder nicht? Zumal Ferdinand diesen Kurfürstentag doch eigentlich nur zum Vorwand nimmt, um seinen Sohn in Stellung für die nächste Kaiserwahl zu bringen.«

Alexandrine naschte von den frischen Früchten. »Die Kurfürsten sollen Ferdinand Ernst zum römisch-deutschen König machen. Das ist es doch, was Ihr meint.«

»Ganz genau, das ist des Kaisers Plan, Gräfin«, bestätigte der Reichserzkanzler. »Aber nun erzählt, was Euch hierher nach Regensburg führt.«

Alexandrine berichtete über des Kaisers Bitte, die Poststrecke nach Waldmünchen zu übernehmen. »Ich habe zugestimmt, und die Bestätigung soll hier in Regensburg stattfinden. Verhandlungen mit den Stadträten habe ich bereits aufgenommen, um ein Reichspostamt einzurichten.«

»Aber unterstand der Böhmerwaldpostenlauf nicht dem Hofpostmeister?«, hakte Maximilian nach.

»Ihr seid gut im Bilde«, erwiderte Alexandrine. »Allerdings hat Johann Christoph von Paar sich geweigert, die Kosten für die zehn Posten zu übernehmen und die aufgelaufenen Schulden zu begleichen. Wobei, geweigert entspricht nicht ganz der Wahrheit. Von Paar hat auf die kaiserliche Order der Schuldenübernahme nicht einmal geantwortet. Dabei hat Seine Majestät schon zu Lebzeiten meines Gatten dem Hofpostmeister befohlen, sich um die verarmten Posten zu kümmern.«

»Auch wenn Ihr großzügig seid und die Außenstände begleicht, ganz uneigennützig wird Eure Übernahme nicht sein«, spöttelte Maximilian und widmete sich einem gebratenen Sterlet, einem grätenfreien, wohlschmeckenden Fisch.

Sie lächelte. »Selbstverständlich nicht, auf diese Weise kann ich das Streckennetz der Compagñia ausweiten.«

»Euch ist sicher nicht entgangen, dass Johann von den Birghden ebenso in Regensburg weilt«, mutmaßte Wambolt von Umstadt.

»Tatsächlich?« Alexandrine war überrascht. »Davon hatte ich keine Kenntnis. Nun ja, vermutlich möchte er nur darum betteln, dass sein guter Ruf gänzlich wiederhergestellt wird. Dabei hat Seine Kaiserliche Majestät doch die Vorwürfe gegen ihn wieder aufheben lassen. Scheint dem Herrn wohl nicht genug zu sein. Sicherlich will von den Birghden erreichen, das Frankfurter Postamt wieder zugesprochen zu bekommen.«

»Und er wird Wiedergutmachung von Euch verlangen, dies könnte Euch teuer zu stehen kommen«, warf Maximilian ein.

»Ich vertraue ganz auf den Kaiser und die Kurfürsten an diesem Tisch. Sie werden mich doch nicht im Stich lassen«, antwortete sie mit feinem Spott, wohl wissend, dass diese im Winter des vorletzten Jahres die Rechtfertigungsbemühungen Johann von den Birghdens beim Kaiser unterstützt hatten. Und nun saß sie mit dreien von ihnen am Tisch. Alexandrine blickte in verdutzte Gesichter, und der Herzog von Bayern begann herzhaft zu lachen.

»Chapeau, verehrte Gräfin.« Er sah in die Runde. »Bruder, Eure Exzellenz, ich stelle fest, man darf die Generalpostmeisterin nicht unterschätzen. Auf Euer Wohl, Gräfin Alexandrine von Taxis.«

»Du solltest den Baron um Amalias Hand bitten«, sagte Karl von Maringer und klopfte der Stute den Hals. Bald würde sie fohlen, ihr Euter war prall, und an den Zitzen waren die sogenannten Harztröpfchen zu sehen, eingetrocknete Vormilch, die die bevorstehende Geburt ankündigte.

»Er wird einer Heirat nicht zustimmen, die von Umstadt gehören dem Uradel an.«

»Und? Ja, ich weiß, wir gehören zum Briefadel, aber Uradel hin oder her, August von Umstadt wird froh sein, seine Tochter zu verheiraten. Es heißt, es steht nicht zum Besten in Umstadt. Die Besitzungen des Barons bringen nicht genügend Geld ein. Zudem muss er Zins auf einen Erbleihhof bezahlen, wie ich gehört habe. Amalia ist hübsch und gebildet, aber die Mitgift wird eher spärlich ausfallen, und damit wird es schwieriger, sie unter die Haube zu bringen.«

Silas nahm seinen Hut ab und kratzte sich am Kopf.

»Vielleicht will sie mich gar nicht.« Er setzte den Filzhut wieder auf und zuckte mit den Schultern. Und ich bin nicht sicher, ob ich sie will, dachte er. Eigentlich träume ich von Alexandrine. Doch sie ist für mich so unerreichbar wie die Sterne am Himmel.

»Ihr versteht Euch doch, und du warst schon zweimal auf dem Wambolt'schen Schloss eingeladen. Silas, es wird Zeit, dass du heiratest und eine Familie gründest. Ich möchte einmal meinen Enkel auf den Knien schaukeln und ihm das Reiten beibringen«, erwiderte Karl. »Komm, ich muss noch nach Ariald sehen, der alte Knabe gefällt mir nicht. Heute Morgen hat er kaum gefressen.«

Silas begleitete seinen Vater zu dem Schimmel, der sich unruhig nach seinem Bauch umsah.

»Er hat Bauchweh, und Kot abgesetzt hat er auch nicht«, stellte Silas fest und deutete auf das saubere Stroh, in dem kein Pferdeapfel zu sehen war.

»Geh und bring Öl, ich führe ihn so lange im Hof auf und ab«, sagte Karl und holte Ariald aus dem Stand.

Silas eilte zur Sattelkammer, wo sich auch ein großer Schrank angefüllt mit Kräutern, Essigflaschen, Honigtöpfen, Leinenstreifen und vielem mehr befand, um erkrankte Tiere zu behandeln. Er griff sich die Ölflasche und kehrte mit schnellen Schritten zurück zu seinem Vater. Karl gab ihm den Strick.

»Halte ihn, ich werde versuchen, all den Unrat aus seinem Darm herauszuholen.«

Silas strich Ariald über die Nase, redete leise und beruhigend auf ihn ein, während sein Vater Wams und Hemd auszog und sich den rechten Arm bis zur Achsel mit Öl einrieb. Dann bog er den Schweif zur Seite und fasste langsam in den Pferdeafter, tastete sich voran, bis sein Arm zur Gänze verschwunden war. Nach und nach holte Karl den Kot aus dem Pferd, das die Prozedur geduldig über sich ergehen ließ.

»Ich geh mir den Arm waschen und mische Arznei zusammen«, meinte Karl. »Führ ihn noch eine Weile und biete ihm dann warmes, mit Honig gesüßtes Wasser an.«

Nach einer Weile brachte Silas den Wallach zurück in den Stand und ging nach Hause, um Wasser zu erwärmen. Als er mit einem gefüllten Eimer zurückkam, schob sein Vater eine kleine Kugel, nicht größer als eine Haselnuss, in Arialds Maul.

»Was hast du ihm gegeben?«

»Je zwei Unzen Terpentin, weißer und schwarzer Pfeffer, Petersiel, Knobloch, Veigelsamen, Goldkraut, Weinraute, Fieberkraut und Spickanarden, alles vermischt mit Honig, wie Galiberti es empfiehlt. Du solltest deine Nase auch hin und wieder in sein Buch stecken, dann wüsstest du das.«

»Ja, sollte ich«, seufzte Silas, »aber ich muss schon lernen, wie man die Bücher führt, was man über Gestüte wissen muss, wie man die Füllen aufzieht und noch so viel mehr.«

»Aber genau deswegen sollst du Galiberti lesen, dort findest du Antworten«, entgegnete Karl.

»Genauso gut kann ich dich fragen«, grinste Silas, »das ist einfacher.«

Karl knuffte ihn in den Arm. »Du willst Oberstallmeister werden, also lerne, lerne, lerne. Und nicht nur von mir.«

»*Du* willst, dass ich dir nachfolge«, konnte sich Silas nicht verkneifen und machte einen großen Schritt zur Seite, um außer Karls Reichweite zu gelangen, bevor dieser ihm noch einen Nasenstüber verpassen konnte.

»Es war deine Entscheidung, nicht meine. Und nun sag mir, wirst du den Baron um Amalias Hand bitten?«

»Ja, ich denke schon. Obwohl ich mich frage, ob ich in diesen unruhigen Zeiten eine Familie gründen will«, erwiderte Silas nachdenklich.

»Seit wann so grüblerisch und schwermütig?« Karl beobachtete zufrieden, wie der Schimmel das warme, mit Honig gesüßte Wasser trank.

»Das fragst ausgerechnet du? Du bist doch derjenige, der beständig in Sorge ist, nachdem der Kaiser Wallenstein entlassen hat und der Schwedenkönig angelandet ist. Hast du die neuesten Nachrichten nicht gelesen? In Calbe müssen die Kaiserlichen fürchterlich gewütet haben. Tilly, der jetzt das Heer anführt, ist genauso erbarmungslos wie der Herzog von Friedland.«

»Das Restitutionsedikt wird eben mit allen Mitteln durchgesetzt«, seufzte Karl.

»Aber doch nicht auf diese Weise. Warum unterbinden die Heerführer das Plündern, Morden und Schänden nicht? Frauen und Kindern unsägliches Leid zuzufügen, das nennt sich ehrenhaftes Soldatentum?« Silas spie auf den Boden. »Stell dir vor, der Krieg wird bis nach Mainz getragen, und unsere Frauen und Kinder müssen das gleiche Grauen erleben.«

Karl legte ihm die Hand auf die Schulter. »Ich hoffe nicht, bisher spielt sich alles im Nordosten Deutschlands ab. Und ich bete zu Gott, dem Barmherzigen, König Gustav Adolfs Heer möge geschlagen und vertrieben werden.«

Silas hob zweifelnd die Augenbrauen. »Der Kaiser hat das Heer verkleinert. Was glaubst du, wie lange es dauert, wieder genug Söldner anzuwerben, um Gustav Adolf zu verjagen? Der Schwedenkönig hat genügend Verbündete hier im Land, und zudem unterstützt ihn Frankreich. Mich kann niemand mehr glauben machen, es gehe bei diesem Krieg nur um die wahre Religion.«

Allen Bedenken zum Trotz ritt Silas einige Wochen später nach Umstadt. Lange hatte er über Amalia nachgedacht. Er mochte sie gern, und sie schien gar in ihn verliebt. Die Baronesse war hübsch und nicht dumm und mochte Pferde. Sie war zwar nicht so vernarrt wie er in diese anmutigen Tiere, aber zumindest liebte sie es zu reiten. Keine schlechten Voraussetzungen für eine Ehe. Nur sein Herz war nicht dabei. Es schlug nicht schneller, wenn er Amalia begegnete. Wenn er sie sah, freute er sich, aber nicht mehr, als würde er einen lieben Freund wiedertreffen. Doch traf er auf die Gräfin, spürte er eine Erregung wie bei keiner Frau zuvor. Es war zum Verrücktwerden. Noch immer tauchte sie in seinen Träumen auf, und die Sehnsucht, sie einmal in den Armen halten zu dürfen, war so groß wie eh und je. Silas war in die Kirche gegangen, hatte seine unreinen Gedanken gebeichtet, doch Erleichterung hatte ihm dies nicht verschafft. Im Gegenteil. Wann immer er den Beichtstuhl verlassen hatte, waren die sündigen Gefühle mit Macht zurückgekehrt. Dann hatte er sich verboten, an Alexandrine zu denken. Und wenn sie sich doch in seine Gedanken schlich, stellte er sich vor, wie er seinen Hengst unter den Augen des Kaisers in der Reitbahn der Wiener Hofburg die schwierigsten Lektionen zeigen ließ, um ihr Gesicht zu verbannen.

Nabil schnaubte in der kalten, spätherbstlichen Luft, weiße

Dampfwölkchen aus seinen Nüstern pustend. Allerlei Volk begegnete ihm unterwegs. Meist Männer, die sich vermutlich entschlossen hatten, Söldner zu werden. Das Tageslicht begann zu schwinden, und Silas würde sich wohl oder übel in Messel ein Bett für die Nacht suchen oder in der Dunkelheit weiterreiten müssen. Bis nach Umstadt waren es noch etwas mehr als zwei Meilen. Er entschied sich für Messel, nicht nur, weil es immer düsterer wurde, sondern um seinem treuen Pferd die wohlverdiente Ruhe zu gönnen. Am Rande des Marktplatzes fand er das Gasthaus Zur Krone und stieg müde aus dem Sattel.

»Du«, rief er einen Jungen an, der gerade vorbeiging, »kannst du auf mein Ross aufpassen?«

Der rotblonde Knabe hielt erstaunt inne. »Meint Ihr mich?« Als Silas nickte, warf er einen Blick auf Nabil, und seine Augen begannen zu leuchten. »Sicher. Ihr könnt Euch auf mich verlassen. Ein schönes Pferd habt Ihr.«

Silas lächelte, schnippte dem Jungen eine Münze zu, die dieser geschickt auffing und in seiner Hosentasche verschwinden ließ. »Es dauert nicht lange«, meinte er und drückte ihm die Zügel in die Hand.

Wenig später hatte er eine Kammer für die Nacht und einen Stallplatz für Nabil, der durstig trank und sich dann über den Eimer Hafer hermachte, nachdem Silas ihn von Zaum und Sattel befreit hatte. Während Nabil fraß, lieh sich Silas eine Bürste und strich damit über das feuchte Fell. Zufrieden ging er zurück zur Gaststube und setzte sich zu drei Männern, da an den übrigen Tischen kein Platz mehr zu finden war.

»Wer seid Ihr denn? Euch habe ich hier noch nie gesehen«, fragte ein Mann mit pockennarbigem Gesicht.

»Silas von Maringer, ich komme aus Mainz«, antwortete Silas und orderte bei der Schenkmagd einen Teller Bohneneintopf, Brot und einen Humpen Bier.

»Und was führt Euch in diese Gegend? Ihr seht mir nicht wie ein Kaufmann aus«, meinte ein feister Geselle mit rot geäderten Wangen.

»Angelegenheiten eigener Natur«, wich er aus.

»So zugeknöpft?«, mischte sich der Dritte ein, ein hagerer Mann mit schütterem Haar. »Aus Mainz, sagt Ihr? Welches Handwerk betreibt Ihr dort? Oder bekommen wir darauf auch keine befriedigende Antwort?«

Die Schenkmagd brachte das Essen und das Bier. Silas prostete den Männern zu und tauchte seinen Löffel in den dampfenden Eintopf. Er schmeckte fade, stillte aber den Hunger.

»Ich arbeite in den kurfürstlichen Stallungen«, gab er preis und widmete sich wieder seiner Mahlzeit.

»Für einen Knecht seid Ihr zu gut gekleidet«, ergriff Pockennarbe das Wort und musterte Silas argwöhnisch.

»Ich habe nicht behauptet, ich sei ein Knecht«, gab er zurück und biss von seinem Brot ab.

»Raus mit der Sprache, was macht Ihr dort? Sofern Ihr die Wahrheit sagt und für den Erzbischof arbeitet.« Der Mann mit den roten Wangen trank seinen Humpen leer und bedeutete der Schenkmagd, ihm einen weiteren zu bringen.

»Also schön, ich bin der Stellvertreter des Oberstallmeisters. Zufrieden?« Er erntete ein »Hört, hört« und anerkennende Mienen. Silas schob seinen Teller von sich, leckte den Löffel sauber und verstaute ihn in einer Lederhülse an seinem Gürtel.

»Dann gehört Euch der Dunkelfuchs im Mietstall?«, fragte der Hagere. »Ich bin Hufschmied und war gerade dort, um den Gaul eines fahrenden Händlers zu beschlagen«, fügte er erklärend hinzu. »Dabei ist mir dieses schöne Tier aufgefallen. So was sieht man nicht alle Tage.«

»Ja, das ist mein Pferd«, freute sich Silas über das Lob.

»Passt gut darauf auf, solche Rösser finden schnell neue Besitzer, wenn Ihr wisst, was ich meine«, warnte der Pockennarbige. »Ich bin übrigens Rudolf, Gürtel- und Taschenmacher.«

Auch die anderen stellten sich nun vor. Der Schmied hörte auf den Namen Wilfried, der Feiste hieß Konrad und war Wagnermeister. Bald entwickelte sich ein munteres Gespräch, und obwohl Silas hundemüde war, genoss er es, mit den Messeler Handwerkern zu reden. Als er seinen zweiten Humpen Bier zur Hälfte geleert hatte, öffnete sich die Tür zur Gaststube, ein junger Kerl kam herein und ging schnurstracks auf den Wirt zu.

»Ich bringe die neuesten Nachrichten«, sagte er laut genug, dass Silas und seine Tischgesellen ihn hören konnten, und reichte die Zeitung dem Wirt, die dieser bezahlte. Dann machte sich der Überbringer wieder von dannen.

»Wilfried, lies vor«, forderte der Wirt den Hufschmied auf und kam zum Tisch. »Alle wollen hören, was es Neues gibt.«

Wie in vielen Orten und Städten bezogen oft Schankwirte die Zeitungen und ließen daraus vorlesen, da nicht jeder sich eine Ausgabe leisten konnte und auch nicht genügend gedruckt werden konnten. Auf diese Weise gelangten die Neuigkeiten an viele Leute, auch an diejenigen, die des Lesens nicht mächtig waren. Der Schmied nahm die Zeitung, und in der Gaststube wurde es ruhig, jeder wollte lauschen, was es zu berichten gab.

»Aus Regensburg hört man, dass General von Tilly nach Magdeburg ziehen soll«, begann Wilfried. »Aus Leipzig vom zehnten November stammt dies hier: Die Schwedischen haben Kolberg eingenommen und sich eines Platzes vor Berlin bemächtigt. Außerdem hat der Schwedenkönig ein Plakat an die Stadt Rostock publizieren lassen, das verkündet, dass mit seiner Ankunft den Herzögen von Meck-

lenburg ihre zu Unrecht abgenommenen Länder wieder-
gegeben werden und die rechtschaffenen Untertanen ihrer
rechtmäßigen Obrigkeit beispringen sollen.« Er räusperte
sich. »Meine Kehle ist trocken.«

»Ja, ja, Alma bringt dir noch ein Bier«, brummte der Wirt
gutmütig und erntete Gelächter.

Nachdem Wilfried einen Schluck getrunken und sich den
Schaum mit dem Handrücken vom Mund gewischt hatte,
nahm er die Zeitung wieder auf.

»Der König von England will Gustav Adolf zwölftausend
Mann zu Hilfe schicken …«

»Um Christi willen, ist das wahr?«, rief jemand. Der
Schmied tippte mit dem Zeigefinger auf das Papier. »Steht
hier geschrieben.«

Silas sah sich um, blickte in besorgte wie auch wütende
Gesichter.

»In Spanien sei die Teuerung groß«, fuhr Wilfried fort,
»wenn in zwei Monaten kein Korn eingebracht würde, müss-
ten die Menschen hungers sterben. In Castilia hat man deshalb beschlossen, dass alle Fremden sich innerhalb dreier
Wochen hinfort begeben sollen.« Er blätterte weiter. »Hamburg, sechzehnter November. Zu Kiel werden von den Land-
ständen und Ritterschaften dem König und Herzog von Holstein viertausend Fußsoldaten und zweitausend zu Ross
bewilligt. Hier ist noch eine Nachricht aus Venedig: In diesen Wochen sind fünfzehntausend Leute an der Pest gestorben, und noch so viele liegen mit der Seuche darnieder, die
sich in der ganzen Stadt ausbreitet. Deswegen soll jeder Infi-
zierte, der die Gassen betritt, arkebusiert werden.«

Ein Raunen ging durch die Gaststube, viele bekreuzigten
sich. Wilfried faltete die Blätter zusammen und gab sie dem
Wirt zurück. Silas redete noch eine Weile mit den Männern
über die neuen Meldungen, dann befand er, es sei Zeit, vor

dem Zubettgehen noch einmal nach Nabil zu sehen. Der Hengst streckte im Stroh alle viere von sich und schlief. Silas lächelte unbewusst und fiel selbst wenig später auf die dünne Matratze in seiner Kammer.

Nach einem einfachen Morgenmahl sattelte er Nabil und erreichte nach zwei Stunden, begleitet von stetigem Nieselregen, die schützenden Mauern von Umstadt. Die Wachen ließen ihn durchs Tor, und Silas lenkte sein Pferd durch die Stadt in nördliche Richtung. Das Wambolt'sche Schloss befand sich nahe der Stadtmauer und unweit des Pfälzer Schlosses, das im Besitz des Landgrafen von Hessen-Darmstadt war. Amalia hatte Silas erzählt, in Hessen herrsche seit Jahren ein Erbstreit zwischen Hessen-Kassel und Hessen-Darmstadt, dessen Auslöser einmal mehr dem Glauben zuzuschreiben sei. Die Darmstädter waren lutherisch und kämpften trotzdem auf der Seite der Kaiserlichen, die Kasseler Linie hing dem Calvinismus an und stand auf Schwedens Seite. Gestritten wurde um die Gebiete von Hessen-Marburg. Silas hatte der Kopf geschwirrt, als Amalia ihm die verwandtschaftlichen Verhältnisse der Landgrafen geschildert hatte.

Er erreichte den nach Osten ausgerichteten kleinen Innenhof der zweiflügeligen Schlossanlage, und ein aufmerksamer Knecht kam angelaufen, um ihm das Pferd abzunehmen. Silas drückte ihm fröstelnd die Zügel in die Hand. Heute hatte er keinen Blick für die reich verzierten Giebel aus rotem Sandstein. Bei seinem ersten Besuch hatte er bewundernd den Nordflügel mit seinen Volutenhörnern, Obelisken und Pilastern betrachtet, während Amalia ihm erzählt hatte, dass ihr Vater davon träumte, einmal den alten Treppenturm abreißen und einen Südflügel errichten zu lassen.

Ein Diener ließ Silas durch die Rundbogentür in die Eingangshalle treten und hieß ihn, sich zu gedulden. Auch hier drin war es kalt, aber wenigstens trocken. Sein aus Wolle gewirkter nasser Umhang lastete schwer auf seinen Schultern. Es dauerte nicht lange, und Baron August kam die Treppe herunter.

»Von Maringer, seid gegrüßt. Kommt mit in die Stube, dort ist es warm. Was führt Euch zu mir bei diesem Wetter?«

Silas zog den Hut und folgte Amalias Vater, froh, sich am Kachelofen aufwärmen zu können, nachdem ihm der Baron einen Platz davor angeboten hatte.

»Ihr wisst, ich schätze Eure Familie, und sicher ist Euch nicht verborgen geblieben, dass Amalia mir alles andere als gleichgültig ist«, begann er ohne Umschweife und holte tief Luft. »Deshalb bin ich gekommen, um Euch um die Hand Eurer Tochter zu bitten.«

Baron Augusts Miene zeigte Bedauern und eine Spur Überheblichkeit.

»Ich kann Euch meine Tochter nicht zur Frau geben«, erwiderte er langsam und bedächtig. »Wir sind ein altes Geschlecht, unser Stammbaum geht Hunderte Jahre zurück. Ihr dagegen seid lediglich durch eine Urkunde geadelt. Versteht mich nicht falsch, Silas, Ihr entstammt einer ehrbaren Familie, und Ihr seid mir immer willkommen. Trotzdem waren Eure Vorfahren einstmals nur bürgerlicher Herkunft. Eine Ehe mit Euch würde für Amalia eine Rangerniedrigung bedeuten. Sie ist mein einziges Kind, wie Ihr wisst, und ich möchte für meine Tochter einen Ehegatten, der ihr das Leben bieten kann, das sie gewohnt ist. Deshalb habe ich sie schon länger Alfons von Schlitz versprochen. Er entstammt einem alten Adelsgeschlecht, seine Familie besitzt mehrere Burgen in der Rhön.«

Silas stand auf, nahm seinen Hut, deutete eine knappe Verbeugung an. »Ich verstehe. Lebt wohl, Baron, ich finde allein hinaus«, sagte er knapp und ließ Amalias Vater stehen. Er war wütend, gedemütigt und schimpfte sich einen Narren.

Hatte er es nicht geahnt? Hätte er sich nur nicht von Karl dazu verführen lassen, wären ihm ein Ritt durch den Regen und Augusts Worte erspart geblieben. Wenigstens nieselte es nicht mehr. Gesenkten Hauptes nahm er den Weg zum Stall.

»Silas? Bist du es wirklich?«, hörte er Amalias Stimme und wandte sich um. Auf ihrem Gesicht spiegelte sich eine Mischung aus Unglauben und freudiger Überraschung.

»Amalia«, sagte er leise, »es ist schön, dich noch einmal zu sehen.« Eigentlich wäre es ihm lieber gewesen, der Baronesse nicht zu begegnen.

Stirnrunzelnd sah sie ihn an. »Was meinst du damit?«

»Frag deinen Vater. Möge Gott dich beschützen, Amalia. Ich muss weiter.« Er kehrte ihr den Rücken zu und setzte seinen Weg fort.

»Aber, was … Silas …« Ihre Stimme wurde brüchig, doch er bezwang den Drang, sich umzudrehen. Im Stall empfing ihn die warme, nach Heu und Pferden duftende Luft.

»Amalia, geh ins Haus«, drangen die Worte ihrer Mutter an seine Ohren, während er eilig Nabil den Sattel auflegte und den Gurt festzurrte. Als er ihn nach draußen führte, sah er noch, wie sich die Tür hinter Amalias dunkelblauem Rock schloss.

1631

Es war Frühling geworden, aber die Tage blieben nass und kühl, manche Nächte brachten gar noch Frost. Obwohl es Monate her war, kämpfte Silas noch immer mit der Demütigung. Einen Brief von Amalia hatte er unbeantwortet gelassen. Sie sei unglücklich mit der Entscheidung ihres Vaters, doch ihr bleibe keine andere Wahl, als sich zu fügen. Was gab es darauf zu schreiben? Nichts. Es war alles gesagt, und jeder von ihnen musste das Beste daraus machen. Seither war der Wunsch, Mainz zu verlassen und sein Glück woanders zu suchen, wieder stärker geworden.

Silas vergewisserte sich ein letztes Mal, dass alle Pferde gut versorgt waren, dann ging er hungrig nach Hause. Zwei Stunden nach dem Abendbrot würde er einen letzten Rundgang machen, wie sein Vater ihm aufgetragen hatte.

Karl war mit Reitknechten unterwegs nach Aschaffenburg. Dort wurden mehr Reitpferde benötigt, und der Oberstallmeister sollte welche aus Mainz zur dortigen Residenz bringen. Silas hatte nur ungläubig und fassungslos den Kopf geschüttelt.

»Der Adel reitet zur Jagd, während immer mehr Männer sich zur Musterung begeben, um in den Krieg zu ziehen? Ich kann das nicht begreifen.«

»Die Wege des Herrn sind unergründlich«, war Karls bittere Entgegnung gewesen. Nie äußerte sich Karl missbilligend über seinen Dienstherrn, doch offenbar ging auch ihm dies zu weit.

Silas nahm den Hut ab und betrat die Küche, sich gleichzeitig seines Umhangs entledigend. Seltsam, dort war niemand, und im Herd glomm nur noch wenig Glut. Hut und Umhang warf er auf einen Hocker.

»Emma?« Keine Antwort, vermutlich war die Magd schon gegangen. Trotzdem, irgendetwas stimmte hier nicht. Kein Essen war vorbereitet worden, und das Feuer war kurz davor zu erlöschen.

»Mutter?« Silas stieg die Treppe nach oben. Er vernahm ein leises Stöhnen aus der Schlafkammer seiner Eltern. Ging es ihr auf einmal so schlecht? Vor einer Woche war sie kränklich gewesen, kleine Bläschen hatten sich an der Lippe gezeigt. Zudem hatte sie noch einen Zahn verloren und dabei ein wenig aus dem Mund geblutet. Doch dann hatte sie sich wieder erholt. Zaghaft klopfte er an die Tür. »Mutter?«

»Silas«, drang es dumpf durch das alte Holz.

Er drückte die Klinke und betrat die Kammer. Lina lag im Bett, es roch nach Erbrochenem. Der Gestank rührte von der Waschschüssel her, die Lina wohl genutzt hatte, um ihr Bett nicht zu beschmutzen. Mit wenigen Schritten war er bei ihr.

»Jesus, Maria und Josef, was ist mit dir?« Er fasste an ihre Stirn, die glühend heiß war.

»Kopfschmerzen«, stöhnte Lina, »mein Schädel droht zu bersten.«

»Und Fieber hast du auch.«

Hella wüsste, was zu tun wäre. Es gab immer Kräuter im Haus, doch Silas war unsicher, ob er die richtigen aussuchen würde.

»Ich hole den Stadtarzt«, sagte er und fasste kurz nach Linas Hand. Dann rannte er nach unten, schnappte Hut und Umhang und eilte aus dem Haus. Keuchend erreichte er den Wohnsitz des Stadtarztes, pochte wie wild gegen die zweiflügelige Tür. Eine Dienstmagd öffnete mit mürrischem Gesicht.

»Der Doktor ist nicht hier.«

»Wo ist er? Meine Mutter braucht seine Hilfe«, drängte Silas.

»Woher soll ich das wissen? Glaubt Ihr, er sagt mir, wo er hingeht?«

Silas hätte ihr am liebsten eine Ohrfeige für ihre unverschämte Antwort gegeben. Er machte kehrt und hetzte durch die Gassen zum Alexiusspital, um Hella zu holen. Auch nach ihrer Heirat half sie dort aus. Nach Atem ringend gelangte er zur Pforte.

»Ich bin Silas von Maringer und suche meine Schwester, sie arbeitet hier«, stieß er hervor. »Hella, Hella Wagner. Bitte, es eilt.«

»Wartet hier, ich gehe sie suchen«, antwortete die ältere Frau.

Silas erschien es wie eine Ewigkeit, bis Hella mit besorgter Miene an der Pforte auftauchte.

»Du musst auf der Stelle mit mir gehen, Mutter geht es schlecht. Sie fiebert und erbricht sich, und sie sagt, ihr Schädel fühlt sich an, als ob er platzen wollte«, erklärte Silas hastig.

»Aber, ich muss noch …«, entgegnete sie.

Er packte sie am Handgelenk. »Nichts musst du, unserer Mutter geht es hundeelend, und ich weiß nicht, was ich tun soll. Der Stadtarzt ist nicht zu erreichen.«

»Ist es wirklich so schlimm?«

»Ja doch, nun komm endlich!«

Gemeinsam liefen sie durch die Straßen, rempelten versehentlich Leute an, die sie lauthals beschimpften. Silas stieß die Haustür auf, und Hella rannte sogleich die Treppenstufen nach oben.

»Mach Wasser heiß, in den Gefäßen ganz rechts auf dem oberen Brett in der Küche sind Weidenrinde und Mädesüß. Wenn das Wasser kocht, gib davon in den Topf«, rief sie ihm noch zu, bevor sie in der Schlafstube verschwand.

Silas entfachte die Glut im Herd, legte Holzscheite auf und goss Wasser in einen Topf. Wenigstens fühlte er sich nicht mehr ganz so nutzlos. Als es kochte, schob er den Topf an den Rand der Eisenplatte, die den Herd bedeckte.

»Sie faselt wirres Zeug, wusste nicht, wer ich bin«, hörte er seine Schwester besorgt sagen, die gerade in die Küche kam, als er sich die Gefäße angelte. Sie trug die Waschschüssel, die sie offensichtlich schon gesäubert hatte.

Silas bekam eine Gänsehaut, spürte die Furcht nach seinem Herzen greifen.

»Die kühlenden Leinenlappen, die ich auf ihre Stirn gelegt habe, hat sie nicht bemerkt. Ich habe Angst, Silas«, sagte Hella leise.

»Gibt es heute nichts zu essen? Ich sterbe vor Hunger.« Unbemerkt war Meta nach Hause gekommen.

»Mutter geht es schlecht, Meta. Sie hat hohes Fieber und ist nicht ganz bei sich«, erklärte Hella.

»Warum holt ihr nicht den Stadtarzt?«, fragte Meta, riss ein Stück von einem Laib Brot ab, der auf dem großen Holztisch lag, und stopfte es sich gierig in den Mund.

»Was denkst du wohl, habe ich versucht? Er ist nicht zu Hause«, gab Silas unwirsch zurück. »Wie kannst du jetzt nur etwas essen?«

»Weil ich Hunger habe. Ist das verboten?«, fauchte Meta ihn an.

Hella füllte die Waschschüssel mit frischem Wasser. »Ich gehe wieder nach oben, Mutter braucht kühle Wadenwickel. Meta, du musst mir helfen.«

Die beiden Schwestern verschwanden, und Silas stand einen Lidschlag lang unschlüssig herum. Dann fiel ihm ein, dass er den Sud ansetzen musste. Je eine Handvoll der beiden Kräuter gab er in einen Krug und übergoss sie mit dem heißen Wasser.

»Hella, wie lange muss die Arznei ziehen?«, rief er laut genug, dass sie ihn hören konnte.

»Silas! Schnell, hilf uns!«, schrie Meta angsterfüllt.

Er nahm zwei Stufen auf einmal, stürzte zur Schlafkammer. Entsetzt starrte er auf das Bett. Mutter krampfte und nässte sich ein. Offenbar hatte sich auch ihr Darm entleert, denn der beißende Geruch nach Urin vermischte sich mit Kotgestank. Dann plötzlich lag sie ganz ruhig.

»Wir müssen sie säubern und in ein anderes Bett bringen«, sagte Hella gefasst. Doch sie war alles andere als das, wie Silas an ihren zitternden Händen erkennen konnte. »Silas, schaffst du es, sie hochzuheben? Meta, besorg frische Laken und ein anderes Hemd für Mutter.«

Silas schob beide Arme unter den schlaffen Körper, der schwerer wog als gedacht, obwohl Lina von zierlicher Gestalt war. Für einen Augenblick ekelte er sich vor ihr, als er das nasse, beschmutzte Hemd an seinen Händen spürte. Dann trug er sie in Hellas Kammer, die seit ihrer Heirat leer stand. Vorsichtig legte er die Besinnungslose auf das Bett.

»Meta, verdammt, wo steckst du?«

»Hör auf zu fluchen, ich komme schon«, hörte er sie rufen. Einen Moment später erschien sie, über dem Arm hingen ein frisches Hemd und mehrere Leinenlappen, in den Händen hielt sie eine Schüssel mit warmem Wasser. Sie stellte die Schüssel auf einen Stuhl, legte das Hemd über die Lehne und tunkte die Lappen ins Wasser.

»Ich muss sie ausziehen, das schaffe ich nicht allein«, sagte Meta. »Hilf mir.«

»Das soll Hella machen, ich kann sie doch nicht nackt sehen«, gab Silas zurück, dem allein die Vorstellung, seine Mutter unbekleidet betrachten zu müssen, zusetzte.

Meta verdrehte die Augen und rief nach ihrer Schwester. »Silas ist albern. Dafür kümmert er sich um das Bett und wäscht die Laken. Wir säubern Mutter und ziehen sie an«, verteilte sie die Aufgaben, als Hella in der Tür erschien.

Er setzte zum Widerspruch an, doch Hella bedeutete ihm mit einer eindeutigen Geste, besser die Klappe zu halten.

»Bett abziehen, Wäsche waschen. Was kommt als Nächstes? Kochen?«, brummte er vor sich hin, als er sich um die stinkenden Laken kümmerte und sie nach unten brachte. Dann kam ihm eine glorreiche Idee. Er würde die Sachen zu den Bleichwiesen bringen und eine Wäscherin bezahlen. Flugs stopfte er alles in einen Korb und lief aus dem Haus.

Der Zeybach und der Umbach kreuzten die Bleichwiesen, die nicht weit von der kurfürstlichen Residenz entfernt lagen. Es war eine sumpfige Gegend, die vor allem Weber und Gerber für sich zu nutzen wussten. Auch Hühner liefen in Scharen herum, pickten Würmer aus den feuchten Wiesen, abgeerntete Obstbäume hatten bereits die meisten Blätter verloren. Silas sprach eine Frau an, die sich für zehn Pfennige bereit erklärte, die Laken für ihn zu waschen.

»Es ist schon spät. Wenn Ihr noch einmal zehn drauflegt, bringe ich Euch die Wäsche morgen nach Hause, wenn sie trocken ist«, bot sie an.

Silas überlegte nicht lange. »Ich gebe dir fünf jetzt und fünf, wenn du mir die Sachen sauber zurückbringst.«

»Einverstanden«, freute sie sich. Die Wäscherin sah erheblich älter aus, als sie vermutlich war. Die meisten Zähne fehlten, und ihre Hände waren durch die ewige Arbeit im Wasser mit Schrunden übersät. Silas beschrieb ihr den Weg, und ihre Augen wurden groß.

»Dort wohnt Ihr? Dann steht Ihr in den Diensten des Erzbischofs.«

»Ja, ich arbeite in den kurfürstlichen Stallungen. Ich muss weiter, gute Frau«, verabschiedete er sich.

Auf seinem Rückweg begegnete ihm zufällig der Stadtarzt,

an dem er in der aufstrebenden Dunkelheit beinahe vorübergegangen wäre.

»Doktor Aumüller, Euch schickt der Himmel, meine Mutter braucht Eure Hilfe«, rief Silas.

»Was hat sie denn?«, brummte der Arzt, der offenkundig alles andere als erfreut war, noch einen Kranken zu besuchen. Er sah müde und erschöpft aus. »Reicht es nicht, wenn ich morgen nach ihr sehe? Wer seid Ihr überhaupt?«

»Silas von Maringer.«

Nun wurde der Arzt freundlicher. »Ah, ich erinnere mich, Euer Vater ist der Oberstallmeister.«

»Ganz genau. Ich flehe Euch an, ihr zu helfen, ich habe fürchterliche Angst um meine Mutter.«

»Also schön, erzählt mir unterwegs, was ihr fehlt.«

Silas setzte Aumüller ins Bild, der eine besorgte Miene zur Schau trug. Als sie ins Haus gelangten, rief Silas aufgeregt: »Hella, Meta, Doktor Aumüller ist hier. Kommt, Doktor, die Treppe hinauf.«

Mit bleichen Gesichtern empfingen die Schwestern die beiden Männer.

»Sie ist immer noch besinnungslos«, krächzte Hella. »Seit wir sie umgezogen haben, liegt sie da wie tot.« Tränen füllten ihre Augen, und Meta konnte man ansehen, dass auch sie geweint hatte.

Aumüller trat zum Bett, tastete den Puls, brachte sein Ohr nahe an Linas Mund. Sie atmete, wenn auch flach. Der Arzt hob ihre Augenlider an, erkannte, dass die Pupillen nicht reagierten. Dann zwickte er sie in den Oberarm, Lina vollführte unbewusst eine abwehrende Bewegung. Aumüller schüttelte den Kopf.

»Es tut mir leid, aber ich kann nichts für sie tun, außer sie zur Ader zu lassen, aber …«

»Tut es, das ist besser als gar nichts«, unterbrach Hella ihn leise.

»Die Kranken müssen danach zur Stärkung essen und trinken. Wenn sie nicht aufwacht, wird sie durch den Blutverlust noch schwächer sein«, raunte Aumüller.

»Aber vielleicht kommt sie ja dadurch zu sich«, wandte Meta ein, nahm den Leinenlappen von Linas Stirn, tauchte ihn in kaltes Wasser und legte ihn zurück.

Aumüller seufzte. »Nein, das glaube ich nicht. Ich werde sie nicht zur Ader lassen. Seit ich eine neue Schrift von einem Engländer gelesen habe, glaube ich nicht mehr an Galens Lehre. Dieser Mann, William Harvey, hat folgende Entdeckung gemacht: Das Blut fließt wie ein Kreislauf durch den Körper, und zwar in einer solchen Menge, dass es nicht nur in der Leber gebildet werden kann, wie Galen schreibt. Es wird also nicht ständig neuer Lebenssaft hergestellt, behauptet Harvey, sondern durch die Venen und Adern zu den Organen gepumpt und wieder zurück.«

Silas rollte mit den Augen. Mutter brauchte Hilfe und seine Schwestern und er keinen medizinischen Vortrag.

»Das mag für Euch von großem Interesse sein, doch was sollen wir jetzt tun? Ihr seid der Gelehrte, nicht wir. Habt Ihr denn gar nichts, was Ihr unserer Mutter geben könnt?«, fragte er bang.

»Kühlt ihr weiter Stirn und Waden und haltet sie trotzdem warm. Wenn sie aufwacht, dann muss sie trinken, so viel sie vermag«, lautete Aumüllers Rat. »Ich sehe morgen wieder nach ihr.«

Als der Arzt verschwunden war, nicht ohne einen Reichstaler bekommen zu haben, sahen sich die Geschwister stumm an. Schließlich ergriff Hella das Wort.

»Leopold wird sich allmählich wundern, wo ich bin. Meta, mach dir und Silas etwas zu essen, ich muss nach Hause. Wechselt euch die Nacht über ab und bleibt an Mutters Seite.«

Am frühen Morgen noch vor Sonnenaufgang tat Lina ihren letzten Atemzug.

Silas stand mit seiner Familie am offenen Grab seiner Mutter. Karl war nach seiner Rückkehr aus Aschaffenburg fassungslos gewesen, als er erfahren hatte, dass Lina gestorben war, ohne Beichte und ohne Letzte Ölung.

Der Priester hielt die Leichenrede, las die Fürbitten und endete mit Vers zwölf aus dem achten Kapitel des Johannes-Evangeliums.

»Ich bin das Licht der Welt. Wer mir nachfolgt, wird nicht in der Finsternis umhergehen, sondern wird das Licht des Lebens haben. Amen.« Dann versprengte er Weihwasser, schlug das Kreuz und bedeutete den Totengräbern, den Sarg in die Erde abzulassen. »Erde zur Erde, Asche zur Asche, Staub zum Staube.« Er nahm eine Schaufel Aushub und kippte sie auf den Sarg.

Die Familie tat es ihm nach, gefolgt von weiteren Trauergästen. Das Geräusch der auf den Deckel treffenden Erde empfand Silas als ohrenbetäubend. Erst jetzt wurde ihm endgültig bewusst, dass er nie wieder mit seiner Mutter reden konnte. Ein dicker Kloß bildete sich in seinem Hals, schien ihn ersticken zu wollen. Schwer landete eine Hand auf seiner Schulter.

»Gott sei ihrer armen Seele gnädig, Silas«, sagte Viktor mitfühlend. »Ein Jammer, dass sie so früh gehen musste.«

»Danke, mein Freund.« Silas fasste kurz nach Viktors Hand. »Mein Vater hat zum Leichenschmaus in den Specht geladen. Du kommst doch mit? Es würde Vater und mir viel bedeuten.«

Viktor nickte. »Sicher, mein Junge.«

Seit zwei Wochen war Lina unter der Erde, und Meta hatte neben ihrer geburtshilflichen Tätigkeit auch häusliche Aufgaben übernommen. Emma hielt zwar das Haus in Ordnung, aber Kochen und Einkaufen war Metas Sache. Als Silas und Karl von den Stallungen kamen, tischte sie geräucherte Würste, Brot und Käse auf, dazu gab es Bier. Hungrig griffen die Männer zu.

»Silas, das ist für dich.« Sie reichte ihm ein fest verschnürtes Päckchen und einen versiegelten Bogen Papier. Über dem Siegel prangte der Name »Silas«. »Mutters Kleider passen weder Hella noch mir, deshalb wollte ich sie weggeben, ebenso die Schuhe, und dabei habe ich dies gefunden.«

Karls Miene verfinsterte sich. »Deine Mutter ist kaum kalt, und du verhökerst ihre Sachen? Du hättest mich vorher fragen müssen.«

Meta holte tief Luft, zwang sich, ruhig zu bleiben. »Verhökern? Wer spricht von verhökern? Ich will sie dem Almosenamt überlassen, Mutter hätte das sicher so gewollt. Nächstenliebe war ihr immer wichtig, und sie hat stets den Armen geholfen, wenn es ihr möglich war.«

»Was weißt du schon, was sie wollte«, brauste Karl auf.

»Vater, wir alle vermissen sie. Aber Meta hat recht, es wäre Mutters Wunsch gewesen«, mischte sich Silas ein.

Karl stieß einen tiefen Seufzer aus und vergrub sein Gesicht in den Händen.

»Gott, sie fehlt mir so. Wann habe ich eurer Mutter zuletzt gesagt, dass ich sie liebe? Ich weiß es nicht. Jeden Tag hätte ich es ihr sagen sollen. Und jetzt ist es zu spät.« Seine Schultern zuckten, und er zog geräuschvoll die Nase hoch.

Silas und Meta wechselten betroffene Blicke.

»Lina wusste das, und sie liebte dich ebenso sehr. Ganz bestimmt«, versuchte Silas ihn zu trösten.

Karl rieb sich über die Augen. »Meta, bring die Kleider

und Schuhe weg. Dort, wo Lina jetzt ist, braucht sie sie nicht mehr, und manch arme Frau ist froh darüber, die Sachen zu bekommen.«

»Willst du das Päckchen nicht öffnen?«, fragte Meta und sah auf Silas' Hände, die damit spielten.

»Nein, jetzt nicht«, antwortete er knapp. »Ich bin satt, dank dir, Schwester. Ich sehe noch mal nach den Pferden.«

Er schob seinen Stuhl zurück und verschwand. Silas wollte allein sein, wenn er das Päckchen öffnete. Im Stall war es ruhig, nur die üblichen Geräusche waren zu vernehmen. Nabil hob den Kopf, als Silas sich seinem Stand näherte.

»Guter Junge, lass dich nicht stören«, brummte er leise und setzte sich in die vordere linke Ecke, die Knie angezogen. »Was denkst du, hat Mutter mir hinterlassen? Einen Goldgulden? Wohl kaum. Und warum haben meine Schwestern nichts bekommen? Meta hätte sicher erzählt, wenn sie auch für Hella und sich Päckchen gefunden hätte.« Er umschlang seine Beine und legte den Kopf auf die Knie. »Mein Leben gefällt mir nicht, mein Freund. Amalias Vater hat mich abgewiesen. Ja, ich weiß, das ist Monate her, aber es stimmt mich immer noch verdrießlich. Mutter stirbt viel zu früh, Vater hat sein Lachen verloren, und eigentlich wollte ich nie sein Nachfolger werden. Jetzt noch weniger als zuvor. Aber wenn ich fortgehe, dann fühle ich mich schlecht, weil ich ihn und Meta im Stich lasse. Um Hella brauche ich mir keine Sorgen zu machen, Leopold ist ihr ein guter Mann. Meinst du, ich sollte jetzt nachschauen, was sich in dem Päckchen befindet?«

Nabil hatte sein Heu mit der Nase in Silas' Richtung geschoben, nun fuhr er ihm mit seinen weichen Lippen durch die blonden Haare und blies hinein.

»Das bedeutet wohl Ja«, lächelte Silas und stand vorsichtig auf, um das Pferd nicht zu erschrecken. Er zupfte sich Strohhalme von Hose und Jacke, streichelte Nabil zum Abschied über die weiche Nase.

Zu Hause stieg er die Treppe zu seiner Kammer hinauf, ohne noch einmal in die Stube zu sehen. Schwer ließ er sich aufs Bett fallen und holte den versiegelten Brief hervor. Im Schein einer Öllampe brach er das Wachs.

Mein geliebter Sohn,
wenn du diese Zeilen liest, wird meine Seele im Para-
dies sein und einen Platz an der Seite unseres Herrn
erlangt haben. Weint nicht um mich. Immer war ich
eine treue Dienerin Gottes, und hier im Himmel finde
ich endlich Frieden. Meine Sünden habe ich gebeich-
tet, selbst die schwere Sünde, unverheiratet ein Kind
empfangen zu haben. Doch sie wurde mir vergeben.
Ich hoffe, auch du vergibst mir, Silas, und deshalb
sollst du das Einzige, was ich neben ein paar wenigen
Zeilen von deinem leiblichen Vater besitze, erhalten.
Gott segne dich, mein Sohn.
Deine Mutter.

Silas faltete eine weitere Seite auseinander.

Geliebte Lina,
ich bin untröstlich, aber es darf nicht sein. Mein Vater
verbietet mir, dich zu heiraten. Vergeblich habe ich
versucht, ihn umzustimmen. Behalte diesen Ring, der
einst meiner Mutter gehörte, er soll dich für immer an
unsere Liebe erinnern. Behüte unser Kind und sorge
dafür, dass es ihm an nichts fehlen wird.
Gott schütze dich.
A.

Das war alles? Sie nannte nicht einmal den Namen? Die Blätter glitten ihm aus den Händen und segelten zu Boden.

»Mutter, ich hoffe, du bist wirklich im Paradies und nicht für ewig im Fegefeuer gelandet, denn eine Beichte wurde dir auf dem Totenbett nicht abgenommen«, murmelte er, während er die Verschnürung des Päckchens mit seinem Essmesser durchtrennte und die Lederlappen auseinanderfaltete. Ein aus Silber getriebener Ring kam zum Vorschein. In der Mitte statt eines Steins ein Wappen. Sechsmal schräg rechts geteilt, im oberen Drittel ein dreilatziger Turnierkragen. Silas drehte den Ring hin und her, schob ihn auf seinen rechten Ringfinger. Zu eng. Über den kleinen Finger passte er, saß dann aber zu locker. Er streckte alle Finger der rechten Hand aus, betrachtete den Reif im Lampenschein. Mit dem Wappen konnte er erst einmal nichts anfangen, doch irgendwo glaubte er, es schon gesehen zu haben. Silas streifte den Ring ab, gab ihn zurück in den Beutel, löschte das Licht, zog die Decke über sich und fiel in einen traumlosen Schlaf.

Der erste Gang nach dem Morgenbrot führte Silas wie jeden Tag zu den Stallungen, während Karl mit dem Futtermeister durch die Scheunen und Speicher ging, um die Vorräte an Hafer- und Gerstensäcken zu zählen. Eigentlich hatte er damit gerechnet, Meta und sein Vater würden ihn nach Linas Hinterlassenschaft fragen. Doch nichts dergleichen, wie er verwundert festgestellt hatte. Aber er war auch auf irgendeine Weise froh darüber. Silas kam gerade hinzu, als ein neu eingestellter junger Knecht dem alten Ariald, der vorübergehend in die Krankenbox gezogen war, auf die Nase schlug. Mit wenigen Schritten war er bei ihm, packte ihn am Ohr und verdrehte es. Der Junge heulte vor Schmerz laut auf, ließ den Besen fallen.

»Wenn ich dich noch einmal erwische, dass du einem Pferd ins Gesicht schlägst, dann gnade dir Gott«, fauchte Silas ihn an.

»Der Gaul wollte mich beißen«, jammerte der Knecht.

»Beißen? Ariald hat in seinem langen Leben noch nie jemanden gebissen. Er war nur neugierig, deshalb hat er den Kopf herausgestreckt, ich habe es genau beobachtet.« Er verdrehte das Ohr noch ein wenig mehr, bis sich die Augen des Jungen mit Tränen füllten. Er ließ den Burschen los, der sich das feuerrote Ohr rieb. »Hast du mich verstanden?«

»Ja, Herr«, antwortete der Junge kleinlaut.

»Pferde sind kostbar und sanftmütig, also behandle sie gut, und nun geh zurück an deine Arbeit.«

Der Bursche hob seinen Besen auf und fegte, als ob der Teufel hinter ihm her wäre. Zufrieden ging Silas weiter, sprach hier und da mit einem Knecht, lobte und mahnte, verharrte eine Weile bei Nabil und kraulte ihm den Hals. Als er seinen Rundgang beendet hatte, querte er den Hof, um zum Amtshaus zu gelangen. Hierher brachten die Boten verschiedene wöchentlich erscheinende Zeitungen: *Aviso, Relation, Continuation der Augsburger Zeitung, Kaiserliche Reichspostamtszeitung Frankfurt, Neuankommender Kurier aus Wien.* Immer mehr Zeitungen waren in den vergangenen Jahren wie Pilze aus dem Boden gesprossen. Silas grüßte den Hofbeamten und fragte nach den Nachrichten.

»Dies hier kann ich Euch geben«, sagte der Mann und reichte ihm die Blätter.

Nachdem er sich bedankt hatte, ging Silas ein paar Schritte abseits, um ungestört lesen zu können. »Bericht aus Pommern« lautete die Überschrift. Silas wusste, dass die Magdeburger die friedliche Übergabe an Generalissimus Johann T'Serclaes von Tilly gefordert hatten, der die Stadt seit Monaten belagerte. Doch Magdeburgs Kommandant, Dietrich von Falkenberg, hatte sich dagegen ausgesprochen, glaubte er doch fest an die Unterstützung durch die schwedischen Truppen. Auch der Stadtrat war sich zum wiederholten Mal uneins gewesen. Zwar war Falkenberg an der Weser geboren, bekleidete jedoch seit Jahren das Hofmarschallamt am schwedischen Hof. Doch der Schwedenkönig hatte keine Kämpfer gesandt, um den Magdeburgern zu Hilfe zu kommen. Die Kaiserlichen unter Anführung von Tilly und Pappenheim beschossen die Stadt, konnten schließlich eindringen und die Tore öffnen. Drei Tage lang wüteten die Söldner, denen Tilly Magdeburgs Plünderung versprochen hatte.

Silas' Augen weiteten sich, als er aus dem *Bericht durch Pommern was newlichst vorgegangen* erfuhr, was am zwanzigsten Mai geschehen war.

> *Was weiters alhier umgehet, ist das grosse Lamentiren des Kläglichen und erbärmlichen zustandes oder der zerstörung Magdeburg/ wovon 10. tage hero so unterschiedliche und erbärmliche und klegliche zeitungen einkommen/ daß einem die Haare zu berge stehen und das Herz brechen mag/ ja daß es einem Stein in der Erden erbarmen möchte.*

Niemals zuvor hatte es solch ein Morden gegeben. Die Stadt war in Brand gesteckt worden, ein Flammenmeer hatte einem Inferno gleich gen Himmel geschlagen. Kaum ein Stein stand noch auf dem andern, Magdeburg war nur noch Schutt und Asche. In den Straßen waren unzählige Männer, Frauen, Kinder und Greise gestorben. Vor nichts und niemandem hatten die Schlächter haltgemacht. Oft zu mehreren hatte sie Mädchen und Frauen vor aller Augen in den Gassen geschändet, ihnen die Kehlen aufgeschlitzt, Schwangeren die Leibesfrucht aus dem Bauch geschnitten. Männer und Knaben wurden erschossen, erschlagen, erstochen und Kinder auf Spieße gesteckt. Es war gar die Rede davon gewesen, dass Menschenfleisch gegessen worden war. Die Mörder und Mordbrenner rühmten sich ihrer Schandtaten, johlten und grölten ob ihrer Lust am Abschlachten. Keine Münze, kein Schmuck, gar nichts war vor den Söldnern sicher. Es hieß, nur einige hundert von einstmals dreißigtausend Menschen seien am Leben geblieben.

Silas schauderte am ganzen Körper, als er über die grausigen Geschehnisse las. Seine Augen wanderten zum Datum: sechster Juni. Vor zwei Wochen hatte sich die Magdeburger Bluthochzeit zugetragen, wie Tilly die Erstürmung der Stadt im Bericht einer anderen Zeitung nennen sollte.

Der Schwedenkönig würde sich bitter und blutig rächen, davon war Silas überzeugt. Niemals würde Gustav II. Adolf den Vorwurf, er habe seinen eigenen Kommandanten mitsamt den Magdeburgern Hilfe verwehrt, auf sich sitzen lassen.

Hufschläge erklangen, Silas faltete die Blätter zusammen und wandte sich neugierig um. Plötzlich schlug sein Herz schneller. Da war sie wieder. Gräfin Alexandrine von Taxis. Hastig brachte er die Zeitungen zurück und näherte sich dann betont gelassen der Reiterin und ihren Begleitern, die noch zwei Packpferde mit sich führten. Ein kaum wahrnehmbares Lächeln erschien auf ihrem Gesicht, als sie ihn erkannte. Die Gräfin sah müde und erschöpft aus, unter den Augen hatten sich dunkle Schatten gebildet, ihre braunen Haare fielen in zusammengedrillten Strähnen auf ihre Schultern.

»Silas von Maringer, seid gegrüßt. Unsere Pferde benötigen dringend eine Unterkunft, Futter und Wasser.« Ächzend stieg sie aus dem Sattel, ebenso ihre Begleiter. Silas nahm ihr das Pferd ab.

»Willkommen in Mainz, Gräfin, es ist lange her. Umso mehr bin ich erfreut, Euch zu sehen«, grüßte er. »Ich kümmere mich um alles. Eure Rösser sind bei mir in guter Obhut.«

»Ich weiß«, lächelte sie. »Ihr seid kein Pferdeknecht mehr, wie ich sehe.«

Seit seiner Ernennung zum stellvertretenden Stallmeister trug er hohe Stulpenstiefel, ein feines schwarzes Wams mit silbernen Knöpfen und dem Wappen des Erzbischofs über dem Hemd, darüber einen kurzen Umhang. Auf seinem blonden Haar saß ein breitkrempiger Hut mit einer weißen Straußenfeder.

»Man hat mich zum Stellvertreter meines Vaters ernannt«, antwortete er bescheiden.

»Steht Euch gut zu Gesicht«, erwiderte sie und löste die Riemen eines ledernen Sacks, der auf dem Rücken eines Packpferdes lag. »Lasst den Pferden die doppelte Portion Futter geben, sie haben sie sich redlich verdient. Raimund, Gottlieb, sucht euch einen Platz für die Nacht und etwas zu essen.« Damit kehrte sie ihnen den Rücken und strebte der Residenz zu, den ledernen Sack geschultert wie ein Mann, was Silas einen anerkennenden Pfiff entlockte.

»Bewundernswert, nicht wahr?«, raunte Raimund ihm zu.

»Allerdings. Ich kenne keine Frau und schon gar keine von hohem Stand, die solch ein Auftreten hat«, erwiderte Silas, während er ihr nachsah.

»Das ist noch gar nichts, Ihr müsstet sie einmal erleben, wenn sie sich über jemand ärgert. Da wird die gute Gräfin auch mal handgreiflich«, bemerkte Gottlieb.

Silas hob zweifelnd die Augenbrauen, aber Raimund bestätigte die Aussage und gab die Geschichte mit Feist zum Besten, was Silas zum Lachen brachte.

»Kommt mit in den Stall.« Silas ging mit dem Pferd der Gräfin voraus, gefolgt von den Männern und den vier anderen Rössern.

»Kuno, Heribert«, rief Silas durch die Gasse, »hier sind fünf müde und hungrige Tiere, die versorgt werden müssen. Füttert das Doppelte, sie haben einen anstrengenden Weg hinter sich.«

Die Knechte kamen mit großen Schritten herbei und nahmen Silas die Zügel aus der Hand. »Im anderen Stallgebäude sind genügend Stände frei«, meinte Kuno.

Silas nickte wissend. »Geht mit den beiden«, sagte er zu Raimund und Gottlieb, »sie werden sich um alles kümmern. Wenn Ihr etwas Anständiges zu essen wollt und eine Kammer braucht, fragt im Weißen Großen Ross. Die Herberge ist nicht weit von hier.«

»Habt Dank, aber wir sind nicht zum ersten Mal in Mainz«, zwinkerte Raimund und klopfte ihm auf die Schulter.

Dann war es Zeit, nach den Pagen zu sehen, deren Unterricht Silas mittlerweile übernommen hatte. Meist hatte er Freude daran, sein Wissen weiterzugeben. Doch an manchen Tagen glaubte er, sich im Kreis zu drehen, wenn seine Schüler scheinbar alles vergessen hatten, was er ihnen beigebracht hatte. In der Reitbahn warteten drei Jungen im Alter von elf und zwölf Jahren auf ihn. Zwei Stunden ließ er sie Neues lernen und Bekanntes wiederholen, ihre Wangen röteten sich vor Anstrengung, unter den Armen bildeten sich dunkle Schweißflecke. Dazwischen gönnte Silas den Pferden kleine Pausen.

»Ihr seid ein guter Lehrer«, hörte er plötzlich die Gräfin hinter seinem Rücken sagen, die unbemerkt hinzugekommen war.

Silas fuhr herum und strahlte sie an, spürte das wohlbekannte Kribbeln in seinem Bauch.

»Ich versuche es zumindest. Manchmal wünsche ich mir die Ruhe, die mein Rittmeister verbreitet. Ihn scheint nichts zu erschüttern oder zu ärgern. Viktor von Eisenberg hat Nabil und mich viel gelehrt.«

Die Gräfin hatte sich offenbar erfrischt und ihr schwarzes Reitkleid gegen ein dunkelrotes getauscht, dessen Ausschnitt mit breitem Spitzenrand verziert war. Ihre Haare waren offensichtlich einem Kamm begegnet und quollen unter dem schwarzen Hut hervor, fielen weich bis zu ihren Schultern. Die Erschöpfung, die ihr vorhin noch anzusehen gewesen war, schien verschwunden.

»Genug für heute«, rief Silas den Schülern zu, »bringt die Pferde zurück in den Stall.« Dann wandte er sich an die Gräfin. »Kann ich etwas für Euch tun?«

Ihr Mund verzog sich zu diesem unwiderstehlichen Lächeln, an dem er sich nicht sattsehen konnte.

»Das könnt Ihr tatsächlich. Der Erzbischof sitzt noch mit seinen Räten zusammen, und es kann morgen werden, bis er mich empfängt. Was ich nicht hoffen will, denn dann verliere ich einen weiteren Tag. Würdet Ihr mir die Zeit vertreiben?«

Verblüfft starrte er sie an. »Ich?«

Verschmitzt zwinkerte sie ihm zu. »Nur wenn Ihr wollt.«

»Stets zu Diensten, Gräfin. Doch ehrlich gestanden weiß ich nicht, wie. Außer, Ihr wollt am Rhein entlangreiten, es ist schön, über die Wiesen zu galoppieren«, antwortete er verlegen.

»Alles, nur das nicht, verehrter Stallmeister. Seit Monaten sitze ich Tag für Tag stundenlang im Sattel, verschont mich.«

Silas senkte den Kopf. »Verzeiht, wie dumm von mir. Es ist nur, ich … Nabil …«, fing er an zu stammeln.

»Ist er krank?«, fragte Alexandrine. Ihre Freundlichkeit wandelte sich in Besorgnis.

»Nein, nein«, entgegnete er hastig, »ich hatte heute noch keine Zeit, mich mit ihm zu beschäftigen …«

»Das ist meine Schuld«, fiel sie ihm ins Wort. »Schließlich sind wir hier unangemeldet aufgetaucht. Ich mache Euch einen Vorschlag: Ihr holt Euer Pferd, und wir spazieren entlang dieser Wiesen. Nabil spielt die Anstandsdame zwischen uns.« Da war es wieder. Dieses Lächeln.

Silas spürte, wie seine Wangen und Ohren heiß wurden und sein Herz die Schlagzahl erhöhte. Plötzlich dachte er an Amalia, und ein Schatten legte sich über sein Gesicht. Wenn er sich in ihrer Nähe aufgehalten hatte, war es ihm nie so ergangen.

»Es dauert nicht lange, Gräfin«, brachte er hervor und verschwand eilig in den Stall.

Wenig später schlenderten sie die Wiesen entlang, Nabil ging gemütlich zwischen ihnen, die Nase auf Silas' Schulterhöhe.

»Ihr saht vorhin nicht glücklich aus, wenn ich das bemerken darf«, sagte Alexandrine.

»Ach, was ist schon Glück?« Er zuckte mit den Schultern. Dann klopfte er Nabils Hals. »Er hier ist mein einziges Glück, nicht wahr, mein Schöner? Es sind düstere Zeiten, Gräfin, und unsereins kann froh sein, sich nicht als Söldner verdingen zu müssen. Oder, noch schlimmer, Bürger einer Stadt zu sein, die belagert wird und nicht standhält. Heute habe ich mit Entsetzen über das Grauen in Magdeburg gelesen, und mir wurde angst und bang.«

»Ich verstehe Euch gut. Seit dem vergangenen Sommer bin ich entlang der Poststrecken unterwegs. Unzählige Nachrichten haben mich ereilt, und ich habe mit vielen Menschen gesprochen. Die Angst vor einer Ausweitung des Krieges nach Süden sitzt tief. Man spricht schon von Magdeburgisieren, wenn ein Ort in Schutt und Asche gelegt wird. Und trotzdem, man darf nicht aufgeben und sich wegducken. Hat nicht Jesus gesagt: ›Fürchtet euch nicht. Der Herr, euer Gott, steht euch bei?‹«, entgegnete die Gräfin. »Ich weiß nicht, was noch geschehen wird, Silas von Maringer, aber zu jeder Zeit, und war sie noch so dunkel, mussten die Menschen ihr Schicksal annehmen. Das gilt auch für uns.«

Silas dachte kurz darüber nach. »Ihr seid fest im Glauben.«

»Ja, das bin ich, und auch Ihr solltet nicht wanken.«

Er rümpfte die Nase. »Mein Leben hat sich in den vergangenen Monaten auf den Kopf gestellt. Heiraten wollte ich, doch ihr Vater hat mir ihre Hand verweigert«, begann er, ohne Namen zu nennen. Diese taten nichts zur Sache. »Ihr wisst schon, der Standesunterschied. Dabei habe ich allein ihretwegen dem Wunsch meines Vaters entsprochen, sein Stellvertreter zu werden. Vor Kurzem ist meine Mutter gestorben, und ich weiß nicht, wer ich bin. Und was ist das für ein Gott, der solch schändliche Gräuel zulässt, wie sie in Magdeburg geschehen sind? Hat der Herr uns Menschen nicht längst den Rücken gekehrt?«, brach es aus Silas hervor.

»Das dürft Ihr nicht denken, die Mörder werden ihre gerechte Strafe erhalten. Die Hölle ist ihnen sicher«, sagte sie bestimmt und musterte ihn eindringlich. »Euer Verlust ist bedauernswert, Silas. Doch wer zu welchem Zeitpunkt abberufen wird, liegt allein in Gottes Hand. Wollt Ihr mir verraten, was Ihr damit meint, Ihr wüsstet nicht, wer Ihr seid?«

»Ich bin nur ein Bastard, Gräfin, immerhin ein Bastard in den Diensten des Erzbischofs«, antwortete er bitter und schüttete ihr sein Herz aus. Alexandrine war eine gute Zuhörerin, und es tat wohl, sich Dinge von der Seele zu reden.

»Eure Offenheit ehrt mich, Silas«, sagte sie sanft, als er geendet hatte. »Wollen wir allmählich umkehren? Es ist spät geworden.«

Schweigend gingen sie den Weg zurück, jeder mit seinen Gedanken beschäftigt. Vor den Stallungen fasste Alexandrine Silas' rechte Hand und drückte sie kurz, gleichzeitig strich sie mit ihrer Linken über Nabils weiche Nase. »Ich danke Euch.« Dann war sie verschwunden.

Bis spät in die Nacht glaubte Silas, die Berührung zu spüren. Sie war so voller Trost, Mitgefühl und Zuversicht gewesen und hatte sein Herz leichter werden lassen.

Alexandrine blieb länger in Mainz, denn der Erzbischof hatte sie wissen lassen, dass sie sich einige Tage gedulden solle, bis er Zeit fände, sich ihr Anliegen anzuhören. Wie sehr sie die Kinder vermisste. Die beiden fehlten ihr, dennoch waren sie in Brüssel besser aufgehoben, wurden erzogen und erhielten eine gute Ausbildung.

Mehr und mehr hatte ein Gedanke in ihrem Kopf Gestalt angenommen. Was weder ihrem Schwiegervater noch ihrem verstorbenen Gatten gelungen war, wollte sie in Angriff nehmen. Heute würde der Reichserzkanzler sie endlich empfangen. Ein letzter Blick in den Spiegel. All die Wochen war sie mit wenig Gepäck gereist, nun bedauerte sie die Entscheidung für einen Moment. Denn außer ihrem schwarzen Reitkleid und dem dunkelroten hatte sie kein weiteres mitgenommen. Das schwarze zeigte deutliche Spuren der vielen Stunden im Sattel, damit konnte sie sich auf keinen Fall bei von Umstadt blicken lassen. Zu dem dunkelroten Kleid blieben ihr zur Auswahl noch ein mitternachtsblaues Wams mit Silberknöpfen, ein Hemd mit weiten Ärmeln und einem großen Spitzenkragen und ein kurzer schwarzer Umhang, dessen Saum mit Silberfäden bestickt war. Die Haare hatte sie gebürstet, bis sie glänzten, und ein dunkelblaues Band hielt ihr die Locken aus der Stirn. Bis auf ihren Ehering an der rechten Hand trug sie keinen Schmuck. All die schönen Goldschmiedearbeiten, die sie besaß, waren aus Gründen der Vernunft in Brüssel geblieben. Es war gefährlich genug auf den Straßen, und deshalb war es besser, den Räubern nicht noch mehr Anlass für einen Überfall zu geben.

Alexandrine atmete tief durch, straffte ihren Körper und machte sich auf zur kurfürstlichen Kanzlei. Sie musste nicht lange warten und wurde vorgelassen.

»Gräfin von Taxis, nehmt Platz«, forderte Anselm Casimir Wambolt von Umstadt sie auf.

Kaum hatte sie sich auf einem aufwendig gedrechselten Stuhl mit rotem Samtpolster niedergelassen, fragte der Erzbischof: »Was ist Euer Begehr, Gräfin?«

»Exzellenz, ich bin hier, da ich weitere Schutzbriefe für die Reiter und Streckenposten benötige, und zudem wünsche ich eine Route durch hessisches Gebiet einzurichten. Darmstadt, Frankfurt, Gießen, Marburg, Kassel. Dafür brauche ich Eure Unterstützung.«

Der Reichserzkanzler zupfte nachdenklich an einem Ende seines Schnurrbarts. »Das ist eine Angelegenheit, die der Kaiser entscheiden muss, wie Ihr wohl wisst.«

»Es wird Wochen dauern, bis Seine Majestät zustimmt. Im Nordosten marschieren die Schweden von einer Stadt zur andern. Uns fliegt die Zeit davon. Ihr seid der zweitmächtigste Mann im Reich und verwahrt das Kaiserliche Siegel. Wenn Ferdinand stirbt, seid Ihr der Reichsverweser bis zur Wahl seines Nachfolgers. Stellt mir die Urkunden aus, ich bitte Euch. Wir brauchen schnelle und verlässliche Verbindungen quer durch das Land, und ich kann dafür sorgen«, erwiderte Alexandrine eindringlich.

»Ihr seid hartnäckig, das muss ich Euch zugestehen. Aber erzählt mir nichts, was ich nicht bereits weiß. Eure Boten werden zwischen die Fronten geraten. Landgraf Wilhelm von Hessen-Kassel hat Männer angeworben, um die Kaiserlichen aus seinen Gebieten zu vertreiben. Zudem liegt Wilhelm im Erbstreit um Hessen-Marburg mit Landgraf

Georg von Hessen-Darmstadt, der wiederum an Habsburgs Seite steht. Und die Hessen verfügen über ihre eigenen Boten, Gräfin.« Anselm bedeutete einem Diener, der stumm in der Ecke verharrte, Gläser und Wein zu bringen. Nahezu geräuschlos verschwand der junge Mann, um kurz darauf wieder mit dem Gewünschten zu erscheinen, und schenkte ein.

»Riesling vom Johannisberg, ein Hochgenuss, Gräfin«, erklärte der Erzbischof und hob sein Glas.

Der Wein schimmerte golden im Licht der durch die Fenster einfallenden Sonnenstrahlen. Alexandrine nippte daran und spürte dem Geschmack mit der Zunge nach. Fruchtig, eine feine Note, die an einen unbeschwerten Sommertag erinnerte, gepaart mit einem Hauch Säure. Ein großer Wein, wie man ihn nicht allzu oft fand.

»Exzellent«, lautete ihr Urteil. »Wenn Ihr den besten Wein aus Eurem Keller kommen lasst, bedeutet dies, Ihr werdet meinem Wunsch entsprechen?«, fragte sie und setzte ihr Lächeln ein.

»Die Landgrafen gewährten Euch schon vor Jahren das Durchgangsrecht für Eure Postreiter. Damals lebte Euer Schwiegervater Graf Lamoral noch«, wich der Reichserzkanzler aus.

»Das ist mir durchaus bewusst, Exzellenz. Jedoch unterlaufen protestantische Landesherren mehr und mehr das Kaiserliche Postregal, das nur den von Taxis zusteht. Das ist nicht rechtens«, schnaubte sie.

Anselm Casimir Wambolt von Umstadt legte den Kopf schief und schwieg für einen Moment, bevor er eine Antwort gab. »Ich werde wegen Eures Ansinnens weder einen Streit mit den hessischen Landgrafen noch einen mit dem Kaiser heraufbeschwören. Noch ein wenig Wein, Gräfin?«

Alexandrine kochte vor Wut und hätte ihm am liebsten

den letzten Schluck aus ihrem Glas ins Gesicht geschleudert. Doch sie beherrschte sich.

»Seid bedankt für Eure Zeit. Gestattet mir, mich zurückzuziehen.«

»Gewährt. Die *Salvae guardiae* lasse ich ausfertigen.« Der Erzbischof schien ein wenig verstimmt.

Sie verabschiedete sich und verließ mit hocherhobenem Kopf die Kanzlei. Draußen atmete sie einige Male tief durch.

»Gott strafe die verdammten hessischen Sturköpfe mit Aussatz«, fluchte sie ganz gegen ihre Art vor sich hin.

»Gräfin, habe ich das gerade richtig gehört?« Plötzlich stand Silas neben ihr und grinste.

»Ich weiß nicht, wovon Ihr redet«, erwiderte sie grimmig. Dann glätteten sich ihre Zornesfalten, und in ihren Augen blitzte der Schalk.

»Ihr sagtet, Ihr habt nur dieser Frau wegen das Amt des Stellvertreters angenommen ...«, knüpfte sie an ihr Gespräch von vor Tagen an.

»Sie meinte, ich sei dumm, es nicht zu tun«, fiel er ihr ins Wort und fühlte sich durch ihre Nachfrage mehr als geschmeichelt.

»Aber es ist Monate her, dass Ihr um ihre Hand angehalten habt. Trotzdem seid Ihr immer noch hier?«, fuhr sie unbeirrt fort.

»Wollt Ihr mich ein Stück begleiten? Ich muss nach einem Fuhrknecht sehen, der vor Wochen einen Pferdetritt abbekommen hat. Ihr habt recht, es ist Monate her, aber was hätte ich tun sollen? Meinen Vater im Stich lassen? Vor allem jetzt, nachdem meine Mutter gestorben ist?«

Alexandrine schritt neben ihm her.

»Schiebt Ihr nicht all das vor, um nicht endlich eine Entscheidung für Eure Zukunft treffen zu müssen?«, wagte sie zu sagen. Eigentlich ging sie Silas' Leben überhaupt nichts an, aber sie mochte ihn. Mochte ihn sehr. Fühlte sich wohl in seiner Nähe, träumte immer wieder von ihm, hatte sündige Gedanken.

»Gräfin, bei allem Respekt …« Silas hielt inne und funkelte sie wütend an.

Unbeeindruckt sprach sie weiter: »Wolltet Ihr Mainz nicht schon verlassen haben? Die Pferde tanzen lassen an fürstlichen Höfen? War das nicht Euer Traum?«

Seine Wut fiel in sich zusammen wie ein Häufchen Asche. »So bitter es klingt, aber daraus wird wohl nie etwas werden. Ich versuche, mich damit abzufinden. Es herrscht Krieg, kein Fürst braucht Vorreiter, eher berittene Soldaten. Wer weiß schon, wie lange es dauern wird, bis wieder Frieden einkehrt. Vielleicht bin ich dann schon alt und grau oder sogar tot.« Vor einem Gebäude hielt er an. »Hier sind die Unterkünfte der Knechte. Ich muss nach Justinus sehen.«

»Wartet.« Alexandrine fasste nach seinem Ärmel und sah ihm fest in die blauen Augen. Das schickte sich nicht, aber es war ihr gleich. »Ihr seid jung und voller Leben, lasst nicht zu, dass die Schwermut von Euch Besitz ergreift. Ich suche Männer wie Euch, die die Felleisen sicher und zuverlässig befördern. Denkt darüber nach. Spätestens in zwei Tagen reise ich ab.«

Grübelnd saß Silas auf seinem Bett, drehte im Schein der Lampe den Ring hin und her. Noch immer war ihm nicht eingefallen, wo ihm dieses Wappen schon untergekommen war. Aber war es wirklich so wichtig zu wissen, wer ihn gezeugt hatte? Vielleicht lag derjenige längst auf dem Friedhof? Der Reif wanderte zurück in seinen Münzbeutel. Seine Gedanken wandten sich dem verletzten Fuhrknecht zu. Das Pferd hatte ihn gegen die Hüfte getreten, und Justinus war nur noch teilweise arbeitsfähig. Den Rest seines Lebens würde er hinken und Schmerzen haben. Silas hatte Justinus angewiesen, künftig den anderen Knechten beim Putzen von Geschirren, Sätteln, Zäumen und allen anderen Lederwaren zu helfen, um nicht so viel gehen zu müssen.

Die Worte der Gräfin beschäftigten ihn ohne Unterlass. Wie nur sollte er seinem Vater beibringen, dass er nie das Amt des Oberstallmeisters ausüben wollte? Vorausgesetzt, der Erzbischof würde ihn bestallen. Botenreiter könne er werden, hatte die Gräfin gesagt. Silas legte sich auf den Rücken und schloss die Augen, die Hände hinter dem Kopf verschränkt. Er sah sich selbst auf Nabil dahingaloppieren, schneller als jeder andere Bote, das Posthorn an den Lippen, um sein Kommen anzukündigen. Mutig zog er seinen Degen gegen Räuber, verteidigte die ihm anvertrauten Nachrichten mit seinem Leben, und Alexandrine gewährte ihm für seine Tapferkeit und Treue einen Kuss. Wie es sich wohl anfühlen würde, sie zu küssen, sie in seinen Armen zu halten? Eine erregende Vorstellung.

Silas riss sich mit Gewalt aus seinem Traum. »Du bist und bleibst ein Narr, Silas von Maringer«, schimpfte er sich. »Sie ist eine Gräfin und du nur ein Bastard.«

»Vater, ich muss mit dir reden«, sagte er, während sie das Morgenbrot einnahmen. Es war gerade einmal kurz nach vier Uhr, draußen begann es zu dämmern, und die Vögel pfiffen ihre Lieder.

»Dann sprich, wir haben nicht viel Zeit. Der erste Schnitt wird heute eingefahren, es gibt viel zu tun. Wir müssen das Wetter nutzen, um das Heu die nächsten Tage trocken in die Scheunen zu bekommen«, brummte Karl.

»Ich … ich …« Sein Mund fühlte sich trocken an, seine Zunge klebte am Gaumen, und er spürte sein Herz bis in seine Kehle klopfen. »Ich verlasse die Stadt.« Nun war es heraus. Meta fiel der Löffel aus der Hand, Karl verschluckte sich an seiner Milchsuppe.

»Was soll das heißen, du verlässt die Stadt?«, fragte seine Schwester. »Für immer?« Fassungslos sah sie Silas an.

»Ob für immer, weiß ich nicht. Aber ich will endlich meine eigenen Entscheidungen treffen«, antwortete Silas. »Vater, bitte sag doch etwas.«

»Was gibt es noch zu sagen? Du hast deine Entscheidung getroffen, das ist es doch, was du willst, wie du eben bemerkt hast. Also, dann geh. Ich werde dich nicht aufhalten.« Karl hielt seinen Blick auf seinen Teller gesenkt.

»Bitte, sei nicht enttäuscht oder gram mit mir«, flehte Silas. Langsam sah Karl auf. »Ich verstehe dich einfach nicht. Die Entlohnung ist gut, und wenn ich einmal nicht mehr bin, bist du der Herr über Pferde und Maultiere, Knechte, Reiter, Fuhrmänner und Pagen. Mainz ist dein Zuhause, hier ist deine Familie. Wonach strebst du? Ruhm und Ehre? Die sind schon längst abhandengekommen in diesem verdammten Krieg. Und du willst für ein paar lumpige Briefe dein Leben aufs Spiel setzen?«

»Ich will das Nest verlassen wie ein Vogel, der das Fliegen lernt. Möchte wissen, ob ich allein auf mich gestellt leben kann. Du darfst nicht glauben, du und meine Schwestern seien mir gleich. Ihr seid die wichtigsten Menschen für mich«, versuchte Silas einen Erklärungsversuch. »Und trotzdem zieht es mich schon lange fort von hier, das weißt du.«

Unerwartet kam ihm Meta zu Hilfe. »Ich kann Silas verstehen, Vater, denn auch mir ist schon öfter der Gedanke gekommen, von hier fortzugehen, ein Leben woanders zu führen, Neues kennenzulernen. Lass ihn ziehen und wünsche ihm Glück. Eines Tages wird mein Bruder zurückkehren, und wir sollten ihn mit offenen Armen empfangen und nicht im Streit auseinandergehen.«

Karl sah von Meta zu Silas und wieder zurück. Hinter seiner Stirn schien ein Kampf zu toben. »Hat dein Entschluss mit dem zu tun, was deine Mutter dir hinterlassen hat?«, fragte er schließlich.

Silas schüttelte den Kopf.

»Verrätst du uns wenigstens, bevor du Mainz verlässt, was es ist?« Meta sah ihn neugierig an. Bis zum heutigen Tag hatte keiner der Familie nachgefragt, doch offenbar hatte es jeden beschäftigt.

Er griff in den Beutel an seinem Gürtel, holte den Ring hervor und legte ihn auf den Tisch. »Er soll von meinem leiblichen Vater stammen, hat sie mir geschrieben.«

Karl nahm den Reif und betrachtete das Wappen.

»Ich kenne es nicht.«

»Sie hat dir keinen Namen genannt?«, fragte Meta erstaunt.

»Nein, hat sie nicht. Wahrscheinlich werde ich nie erfahren, wer er ist oder war. Aber das ist nicht wichtig.« Er streckte die Hand nach seinem Vater aus. »Du bist mein Vater, Karl. Hast mich großgezogen und mir alles beigebracht, was ich weiß und was ich kann. Dafür liebe ich dich und bin dir auf ewig dankbar.«

Karl stand auf, riss Silas in seine Arme und vergrub sein Gesicht an dessen Schulter.

»Gott schütze dich, mein Sohn.«

Meta rannen Tränen der Rührung die Wangen hinunter. Auch Silas kämpfte mit seinen Gefühlen, spürte, wie seine Augen feucht wurden. Karl machte sich los und fasste ihn an beiden Oberarmen. »Gib mir noch etwas Zeit, einen würdigen Nachfolger für dich zu finden. Außerdem muss dich der Kurfürst aus seinen Diensten entlassen.«

Silas' Herz wurde leicht, fest erwiderte er den Blick seines Vaters. »Versprochen.«

Als sie zu den Stallungen kamen, begegneten sie der Gräfin.

»Ihr brecht schon auf?«, fragte Silas erstaunt, als Raimund und Gottlieb mit ihren Rössern und den Packpferden um die Ecke bogen.

»Das Wetter ist günstig, und wir haben einen weiten Weg vor uns. Ich war zu lange fort von Brüssel, Zeit, nach Hause zu kommen«, antwortete Alexandrine von Taxis.

Karl von Maringer wünschte ihr eine gute Reise und machte sich auf zu den Scheunen. Silas blieb stehen, bat um einen Augenblick ihrer Zeit.

»Ich nehme Euer gestriges Angebot an, aber werde noch so lange in Mainz bleiben, bis mein Vater Ersatz für mich gefunden hat. Das bin ich ihm und mir schuldig.«

Alexandrines strahlendes Lächeln war die Belohnung. »Ihr überrascht mich tatsächlich, und ich freue mich. Sehr sogar. Meldet Euch bei Postverwalter Gérard Vrints in Frankfurt. Ich sende ihm Nachricht, dass er mit Euch zu rechnen hat. Hoffentlich dauert die Suche nach einem Nachfolger für Euch nicht allzu lange.«

Enttäuschung machte sich breit, er hatte davon geträumt, sie würde ihn gleich nach Brüssel kommen lassen. Aber nun gut. Vielleicht später.

»Mein Vater und ich haben einst einen Mann namens Diethard Neustadt kennengelernt, er erzählte, er arbeite für Vrints«, erinnerte sich Silas.

»Neustadt, ich erinnere mich, ein guter Mann.«

Kuno brachte das gesattelte Pferd der Gräfin und wartete in gebührendem Abstand. Alexandrine winkte ihn herbei, und er half ihr in den Sattel. Raimund und Gottlieb stiegen ebenso auf, jeder ein Packpferd neben sich. Sie beugte sich zu Silas hinunter und sah ihm tief in die Augen. Sein Herz schlug schneller, und am liebsten hätte er sie geküsst.

»Bevor Ihr aufbrecht, Silas von Maringer, bittet den Kurfürsten um einen Schutzbrief. Ihr werdet ihn brauchen. Gott sei mit Euch.« Für einen winzigen Augenblick legte sie ihm die Hand auf die Schulter, dann richtete sie sich auf und ließ ihr Pferd kehrtmachen. Silas blickte ihr nach, bis sie außer Sichtweite war. Sein Herz wurde schwer, denn er wusste nicht, wann er sie wiedersehen würde.

Endlich war es so weit. Silas schloss nacheinander seine Schwestern in die Arme und klopfte Leopold auf die Schultern.

»Gib gut acht auf Hella und euer Kind«, sagte er zum Abschied.

Hellas Bauch zeigte eine kleine Rundung, und laut Meta würde das neue Familienmitglied höchstwahrscheinlich im November das Licht der Welt erblicken. Silas hatte sich für seine Schwester und ihren Mann gefreut, als er von Hellas werdender Mutterschaft erfahren hatte. Doch war ihm auch durch den Kopf gegangen, in was für eine gefährliche Welt dieses Kind hineingeboren werden würde.

Meta und Hella schnieften und wischten sich die Tränen aus den Augenwinkeln, Leopold brummte, Silas solle sich keine Sorgen machen. Dann wandte Silas sich seinem Vater zu, fasste ihn an beiden Oberarmen, sah im fest in die Augen. »Ich danke dir für alles, was du für mich getan hast, Vater.«

Karl von Maringer drückte ihn so fest an sich, dass ihm beinahe die Luft wegblieb. »Ich wünsche dir Glück, mein Sohn, bei allem, was du tust«, raunte er heiser. »Möge der Herrgott seine Hand schützend über dich halten.«

»Ich sende euch Nachricht, wenn ich in Frankfurt bin«, antwortete Silas und machte sich von ihm los. Geschmeidig schwang er sich in den Sattel, lächelte noch einmal den geliebten Menschen zu, wendete Nabil und ritt los. Silas drehte sich um, zog den Hut vom Kopf und winkte so lange, bis sie aus seinem Blickfeld verschwanden. Sein Pferd lenkte er flussaufwärts, wollte Mainz nicht verlassen, ohne sich von seinem alten Freund und Lehrmeister zu verabschieden. Viktor von Eisenberg wohnte in einem der drei Häuser, die dem Rentmeister gehörten, und lag krank zu Hause.

Vor dem Haus stieg er ab, pochte gegen die mit Schnitzereien verzierte Tür. Ein Schlurfen war dahinter zu vernehmen, und eine in die Jahre gekommene Dienstmagd öffnete.

»Sag deinem Herrn, Silas von Maringer möchte ihn sprechen.«

Wenig später erschien Viktor. Vor zwei Wochen war er auf den regennassen Pflastersteinen in der Stadt ausgeglitten und hatte sich das Bein gebrochen. Nun humpelte er auf zwei Krücken, die unter seinen Achseln klemmten, mühsam herbei.

»Ich hatte gehofft, dich noch einmal zu sehen, Silas.«

»Nie würde ich verschwinden, ohne mich bei dir für all deine Mühen zu bedanken«, entgegnete Silas. »Was macht dein Bein?«

Viktor zuckte mit den Schultern. »Es schmerzt, aber das ist auszuhalten. Der Chirurg sagte, ich werde wohl bis zum Ende meines Lebens einen Stock brauchen. Es gibt Schlimmeres. Ich denke, im Sattel werde ich von dem gebrochenen Knochen nichts merken«, sagte er grinsend.

»Steig nicht zu früh auf ein Pferd«, mahnte Silas.

»Nein, nein, ich höre schon auf Doktor Koch und kann von Glück sagen, dass er in Heidelberg studiert hat. Nicht an jeder Universität wird auch die handwerkliche Medizin gelehrt. Und, ehrlich gesagt, dem Barbierchirurgen hier traue ich nicht.«

Silas lachte, dann umarmte er Viktor. »Gib auf dich acht, alter Freund.«

»Du auch. Ich habe dir genügend beigebracht. Du und Nabil seid gut gerüstet, solltet ihr in Schwierigkeiten geraten.« Viktor tätschelte den Pferdehals. »Guter Junge, vergiss nicht, was du alles gelernt hast.«

Silas verabschiedete sich, saß auf und ritt von dannen.

Der Weg nach Frankfurt war ihm bekannt. Er passierte das Galgentor ohne Schwierigkeiten, während ihm allerlei Volk unterwegs begegnete, zu Fuß, zu Pferde oder mit Ochsenkarren. Bald würde die Herbstmesse stattfinden, und Händler aus unterschiedlichen Ländern zogen gen Frankfurt, um ihre Waren feilzubieten. Im größeren Umkreis der Stadt bestand für Besucher und Kaufleute Geleitschutz, ein jahrhundertealtes kaiserliches Privileg. Die Händler aus Nürnberg, Bamberg und Worms kamen gar in den Genuss, keine Zölle auf ihre Waren bezahlen zu müssen. Zwei Messen wurden jährlich abgehalten, einmal im Frühjahr und einmal nach Ende der Erntezeit. Im Frühling wurden meist nur Erzeugnisse aus Wolle und Flachs gehandelt, aber auch Wein, der im Jahr zuvor gekeltert worden war. Während der Herbstmesse wurden Hunderte Stände aufgebaut, und es gab alles, was das Herz begehrte: Stoffe jeglicher Art, jede Menge Bücher, Silber, Gold, Perlen, Gewürze, Schnitzereien, Töpferwaren. Mit den Händlern kamen auch Musikanten, Gaukler, Schauspieler und Huren in die Stadt, die bald aus allen Nähten platzte.

Silas zügelte seinen Hengst und stieg vor dem Gasthof gegenüber der Poststation ab. Zuerst wollte er Nabil ein Dach über dem Kopf und Futter verschaffen, bevor er sich um seine eigenen Belange kümmerte. Er führte sein Reittier in den Hof, wo ihm ein Knecht mit einer Karre voll Pferdemist entgegenkam.

»Sag, kann ich mein Ross hier unterbringen?«, fragte Silas.

»Sicher, kommt mit«, antwortete der Mann, dessen Sprache etwas verwaschen klang, da ihm einige Zähne fehlten. Er stellte die Karre ab, ging voraus in den Stall und leitete Silas zu einem leeren, mit Stroh eingestreuten Stand. In einer Ecke lag frisches Heu. Das Pferd daneben beäugte den Neuankömmling neugierig.

»Ist das ein Wallach?«, wollte Silas wissen.

»Ja, alle Pferde hier sind Wallache, Stuten sind keine untergestellt.«

Silas war zufrieden und führte Nabil in den Stand, nahm Zaum und Sattel ab, schob ein Halfter über die Ohren und band ihn an.

»Gib ihm ordentlich zu fressen«, wies er den Knecht an und sah in den Wassereimer. Er drückte dem Mann eine Münze in die Hand. »Das Wasser dort ist nicht frisch, tausch es aus.«

Eilfertig nahm der Knecht den Eimer, während er mit der anderen Hand die Münze unter seinem Kittel verschwinden ließ und nach draußen ging. Silas zog aus seinem Bündel eine Bürste hervor und fuhr damit in großen Strichen über Nabils Fell, der die Nase ins Heu steckte und zu fressen begann. Wenig später kehrte der Knecht mit frischem Wasser zurück. Nachdem er sein Pferd gut versorgt wusste, warf Silas sich seinen Reisesack über die Schulter und machte sich auf zur Herberge.

Der Erste, der ihm begegnete, war Diethard Neustadt, welcher ihn entgeistert anstarrte.

»Klappt den Mund wieder zu«, lachte Silas.

»Was führt Euch denn hierher? Pferdemarkt ist keiner, oder seid Ihr unter die Buchhändler gegangen?«, erwiderte Neustadt und grinste. »Vielleicht wollt Ihr ja auch die neuesten Hüte sehen und erwerben.«

»Weder noch. Ich brauche eine Kammer, mein Pferd habe ich schon eingestallt. Wisst Ihr, wer hier der Wirt ist?«

Diethard tippte sich auf die Brust. »Steht vor Euch.«

»Ihr?«, fragte Silas verblüfft.

»Hermann ist im Frühjahr verstorben, er war schon einige Jahre Witwer. Keiner seiner Söhne wollte den Gasthof führen, lieber wollten sie sich den Söldnern anschließen und für den Schwedenkönig kämpfen«, erklärte Diethard. »Seither leite ich die Herberge, und mir gefällt das ganz gut. Kommt, setzt Euch, wir trinken einen Becher Bier.«

Das ließ sich Silas nicht zweimal sagen, und flugs stand ein würzig schmeckendes Bier vor ihm.

»Das tut gut nach dem langen Ritt. Ihr sagtet, die Söhne wollten für die Schweden kämpfen? Warum kämpft wohl jemand für einen Eindringling in unser Land?« Verständnislos schüttelte er den Kopf.

»Sie sind protestantischen Glaubens«, Diethard verzog den Mund, »aber ich glaube, es ist eher der Sold, der sie lockt. Angeblich sollen die schwedischen Kämpfer mehr erhalten als die Kaiserlichen. Den Löwen aus Mitternacht, den Befreier nennen die Protestanten den Schwedenkönig schon.«

Silas nahm einen Schluck. »Beide Seiten wissen längst nicht mehr, woher sie das Geld für den Sold nehmen sollen. Deshalb kommt es zu Plünderungen.«

Diethard seufzte. »Es ist schrecklich, allmählich fürchte ich mich vor jeder neu gedruckten Zeitung, denn die schlechten Nachrichten nehmen immer mehr zu.« Er griff nach seinem Becher und tat einen tiefen Zug. »Seid Ihr auf der Durchreise?« Der Wirt wischte sich mit dem Handrücken den Schaum vom Mund.

»Nein, ich soll mich bei Gérard Vrints melden, offenbar sucht er Botenreiter. Die Gräfin selbst hat mich nach Frankfurt geschickt«, gab er stolz preis.

»So erfüllt sich Euer Wunsch doch noch. Vrints kann jede Unterstützung gebrauchen. Von den Birghden macht ihm das Leben schwer, wo er kann. Dauernd versucht er, ihm Boten abspenstig zu machen«, seufzte Neustadt. »Im zweiten Stock ist eine Kammer frei. Wenn Ihr bei Vrints wart, dann kommt wieder in die Gaststube. Ich kann Euren Magen schon knurren hören«, zwinkerte er und leerte seinen Becher.

»Wohl wahr. Nennt mich Silas«, bot er an und streckte seine Rechte aus.

Diethard schlug ein. »Diethard. So, und nachdem dies geklärt ist, geh zum Postverwalter, und ich kümmere mich derweil, dass Gundel die Töpfe auf den Herd bringt.«

An der Wand der Poststation hing ein großes Plakat, das den Tag und die genaue Zeit der ankommenden und abgehenden Post verkündete. Dienstagvormittag wurde die Ordinaripost von Frankfurt nach Augsburg, Prag, Regensburg, Venedig, Trient, Rom und Mailand versendet, wie dort zu lesen stand. Am selben Tag kamen die Boten aus Köln, Brüssel, Amsterdam, Hamburg und Bremen nach Frankfurt. Auch die Preise waren angegeben. So kostete ein einfaches Schreiben auf der Route nach Augsburg zweieinhalb Unzen.

Silas wischte mit der Hand einige Pferdehaare von seinem Wams und trat ein.

Gérard Vrints war ein kleiner, schmaler Mann mit einem Bauchansatz. Seine Oberlippe zierte ein dichter Schnurrbart, dessen Enden weit über die Mundwinkel hinausragten, an seinem Kinn zeigte sich ein Spitzbart. Seine braunen Augen blickten freundlich, als er von seinem Schreibtisch aufsah. Silas stellte sich vor.

»Ah, Gräfin von Taxis hat mir von Eurem Kommen berichtet. Allerdings hoffte ich, Ihr tauchtet früher auf. Nun ja, jetzt seid Ihr hier. Setzt Euch.«

Silas nahm gegenüber Platz und sah den Postverwalter erwartungsvoll an. »Sagt mir, was ich wissen muss.«

»So kühn? Wohl denn. Ihr werdet von Frankfurt über Aschaffenburg, Würzburg und Nürnberg bis nach Regensburg reiten und hierher zurückkehren. Eure Abreitzeiten müsst ihr festhalten und mit Euch führen.« Vrints zeigte ihm einen Stundenzettel. »Verspätungen werden mit einer Geldstrafe geahndet, die Ihr bezahlen müsst. Alle siebeneinhalb Meilen wechselt Ihr das Pferd oder ruht Euch aus. Unsere Reiter sind Tag und Nacht unterwegs. Wenn Ihr schlafen müsst, übergebt das Felleisen einem anderen Boten. An den Wechselstationen erhaltet Ihr Euren Lohn von den dortigen Posthaltern. Es ist Euch selbstverständlich verboten, das Felleisen zu öffnen. Ich sehe, Ihr führt einen Haudegen mit Euch und einen Dolch, hoffentlich werdet Ihr weder den einen noch den anderen brauchen.«

»Ich trage auch einen Schutzbrief bei mir«, unterbrach Silas den Redefluss.

Vrints machte eine wegwerfende Handbewegung. »Diese *Salvae guardiae* sind heutzutage bald das Papier nicht mehr wert, auf dem sie geschrieben sind. Die Überfälle auf Boten häufen sich, also seid gewappnet und vor allem vorsichtig. Ihr habt einen gefährlichen Weg vor Euch.« Dann runzelte der Postverwalter die Stirn. »Sagt, könnt Ihr ein Posthorn blasen? Schließlich müsst Ihr Eure Ankunft ankündigen.«

Silas zuckte mit den Schultern. »Ich hab es noch nie versucht. So schwer wird es schon nicht sein.«

Vrints stand auf, nahm ein Horn von der Wand, blies hinein und erzeugte einen Dreiklangton. Dann hielt er es Silas hin, auf seinem Gesicht lag ein aufmunterndes Grinsen. Silas nahm es und setzte das Mundstück an seine Lippen. Außer einem zischenden Geräusch brachte er nichts zustande, was Vrints ein Lachen entlockte.

»Nicht so schwer, wie?«, spöttelte er. »Ihr müsst die Lippen anspannen, und vergesst das Atmen nicht. Je mehr Spannung, desto höher der Ton. Gebt mir das Horn und seht genau her.« Wieder blies Vrints hinein und ließ das Instrument erklingen. »Los, jetzt Ihr.«

Immerhin schaffte es Silas, wenigstens einen Ton hervorzubringen. Nach weiteren zehn Versuchen konnte man einen Unterschied zwischen den einzelnen Klängen hören.

»Nicht schlecht. Mit der Zeit gelingt es Euch dann immer besser«, lobte Vrints. »Ihr müsst noch diesen Vertrag unterschreiben, dann sind wir fertig. Morgen früh um acht Uhr haltet Ihr Euch zur Übernahme des Felleisens bereit.«

Silas überflog die Zeilen. Im Grunde stand dort das, was Vrints ihm gerade erzählt hatte. Er tauchte die Feder ins Tintenfass und setzte seinen Namen darunter.

»Der Knecht wird eines der Pferde für Euch satteln, damit Ihr sogleich losreiten könnt, wenn der andere Bote eintrifft und die Sendungen auf die weiteren Strecken verteilt worden sind«, sagte der Postverwalter und reichte ihm eine Gewandschließe, von der das Wappen derer von Taxis baumelte. »Heftet Sie an Eure Brust, sie weist Euch als Postreiter aus.«

Silas nahm die Schließe und steckte sie mit der Nadel an seinem Wams fest. Stolz befiel ihn plötzlich, dieses Wappen zu tragen.

»Ich reite mein eigenes Pferd und werde es auch selbst satteln, der Knecht braucht sich darum nicht zu kümmern.«

»Ist mir gleich, Hauptsache, Ihr schafft die Strecke in der erforderlichen Zeit«, gab Vrints zurück und entrollte eine Karte, die er an den Ecken mit Büchern beschwerte. »Hier sind die einzelnen Stationen verzeichnet.« Er fuhr mit dem Zeigefinger von Frankfurt ausgehend die Strecke bis nach Regensburg entlang. »Durch kurmainzisches Gebiet bis Dettingen, von dort geht es weiter über Bessenbach und Esselbach nach Würzburg«, erläuterte er und zeigte Silas, der sich über die Karte beugte, wo er entlangzureiten hatte.

»Prägt Euch die Orte gut ein. Ich gebe Euch zudem Karten mit, der Drucker hat vor einer Woche neue fertiggestellt.«

Nachdem Vrints ihn entlassen hatte, sah Silas noch nach Nabil, der in seinem Stand alle viere, so gut es ging, von sich gestreckt hatte und schlief. Er gab dem Knecht Anweisung, den Hengst bei Einsetzen der Dämmerung gut zu füttern, alles Weitere würde er selbst übernehmen.

In der Gaststube roch es verführerisch nach gebratenem Speck. Diethard deutete auf einen Tisch in der Ecke, und Silas setzte sich auf die Bank, lehnte den Kopf müde an die Wand. Der Wirt selbst brachte ihm einen ordentlichen Teller Eintopf aus Möhren, Lauch und Kohlrabi, in dem zwei dicke Scheiben Speck schwammen, und einen Kanten Brot. Erst jetzt bemerkte Silas, wie lange seine letzte Mahlzeit her war, und bildete sich ein, noch nie ein so köstliches Gericht gegessen zu haben. Diethard setzte sich mit einem Krug Bier zu ihm.

»Und wo wirst du hingeschickt?«, fragte er.

»Bis nach Regensburg soll ich reiten und wieder zurück. Erst mal muss ich bis Dettingen kommen«, antwortete Silas kauend.

»Du wirst auf allerhand Volk treffen. In Seligenstadt, zwischen Obertshausen und Aschaffenburg, soll eine Brücke über den Main geschlagen werden, damit neu angeworbene Truppen den Fluss queren können. Das *Ordinari Dienstags Journal* schreibt von achtzehntausend Mann. Ihre Aufgabe soll es sein, den Hessen aufzuhalten, der sich mit Kursachsen verbinden will. So soll Franken offen bleiben, damit General von Tilly Nachschub erhalten kann.«

»Achtzehntausend«, echote Silas. »Sie werden die Straßen bevölkern und meinen Weg verstopfen. Hinzu kommen noch all die Handwerker, die Familien der Männer, Marketender und jede Menge Vieh.«

»Vergiss die Huren nicht, die den ganzen Tross begleiten«, zwinkerte Diethard.

Das letzte Stück Speck wanderte mit einem Bissen Brot in Silas' Mund. »Was gibt es sonst an neuen Nachrichten?«

»Eine Abtei nahe Fulda, die Kurmainz gehört, wurde gebrandschatzt. Die hessische Armee unter dem Herzog von Weimar ist ins Hochstift Fulda eingefallen und fordert zwölftausend Reichstaler, ansonsten wird es zu Plünderungen kommen«, erzählte Diethard weiter. »Wer auch immer das bezahlen soll. Noch einen Krug Bier?«

»Lieber nicht, ich sollte zu Bett gehen. Sei bedankt.«

Alexandrine hatte im vergangenen Jahr für die Umsiedlung von Wolfgang Thenn, dem Postverwalter von Regensburg, gesorgt. Bis dahin war die Poststation in der Englburgergasse gewesen, nun befand sie sich in der Goldenen Bärengasse am südlichen Ende der Steinernen Brücke. Nachts war das Tor des Katharinenhospitals geschlossen, aber durch einen kleinen Durchlass wurden die Felleisen aus der Stadt befördert und gelangten so in nördlicher Richtung auf dem Böhmerwaldpostkurs bis nach Prag. Wolfgang Thenn meldete immer häufiger Überfälle auf die Postreiter, die Räuber scherten sich nicht um die *Salvae guardiae*. Nachrichten und teils auch Pferde gingen verloren, und mancher Reiter erlitt so schwere Verletzungen, dass er seine Pflicht nicht mehr erfüllen konnte.

Der Krieg breitete sich immer weiter aus, und die Bevölkerung litt. Bewohner von Städten und Dörfern mussten Opfer bringen und ächzten unter der Last, die Versorgung der Regimenter übernehmen zu müssen, hatten sie selbst doch kaum genug, nachdem die Ernten der vergangenen Jahre schlecht ausgefallen waren. General von Tilly lag mit seinen Truppen vor Leipzig, hatte die umliegenden Ortschaften eingenommen und geplündert. Vom Leipziger Rat hatte er täglich achtzigtausend Pfund Brot für seine Mannen verlangt, was ihm abgeschlagen worden war. Danach habe Tilly Geschütze aufgefahren, hieß es. Zwei Wochen später hatte es das Gerücht gegeben, Tilly sei tot, er habe seinen Geist in Erxleben aufgegeben. Doch das hatte sich kurz darauf als Falschnachricht herausgestellt. Vom schwedischen Heer hörte man, dass Tilly in Breitenfeld vernichtend geschlagen worden sei und der kaiserliche General zwölftausend Männer verloren habe. Und der Schwede rückte weiter nach Süden vor.

Alexandrine gestand sich ein, sich um Silas von Maringer zu sorgen. Hätte sie nicht so eindringlich auf ihn eingeredet, wäre er jetzt sicher in Mainz und nicht irgendwo als reitender Bote unterwegs. Von Vrints hatte sie erfahren, er habe Silas auf der Linie von Frankfurt nach Regensburg eingesetzt. Sie machte sich Vorwürfe, Silas nicht selbst auf eine andere und vielleicht weniger gefährliche Strecke geschickt zu haben.

Die Tage in Mainz hatten ihr gutgetan, und sie dachte mit Wehmut daran zurück. Die zwanglosen Gespräche mit dem deutlich jüngeren Mann hatten sie manche Sorge vergessen lassen. Oft hatte sie bewundernd zugesehen, wenn Silas mit seinem Hengst gearbeitet hatte. Und in etlichen Nächten war er ihr in ihren Träumen erschienen. Alexandrine sehnte sich nach einer Schulter zum Anlehnen. Angebote dafür gab es, ohne Frage. Doch niemals würde sie das Erbe ihrer Kinder in Gefahr bringen, nur weil sie schwache Momente hatte.

»Ach, Silas, lebten wir doch in ruhigeren Zeiten und hätte ich nicht das Joch zu tragen, das mir König Philipp auferlegt hat ...«, murmelte sie leise vor sich hin.

»Comtesse«, scheuchte Benedikt Grotheer sie aus ihren Gedanken, als er in ihre Schreibstube kam, in der Hand die neuesten Zeitungen. »Der Schwedenkönig steht mit dreißigtausend Mann zu Fuß und zehntausend zu Pferde vor Bamberg«, rief er aufgeregt.

»Von wann stammt die Nachricht?«, fragte Alexandrine besorgt.

Grotheer blätterte in den Seiten. »Vom ersten Oktober.«

»Das ist zehn Tage her«, überlegte sie. »Vermutlich ist er schon in Würzburg angelangt.«

Unaufgefordert ließ sich Grotheer in einen Sessel fallen. »Die Leute fliehen, wenn die Schweden anrücken. Wo Gustav Adolfs Regimenter auftauchen, hinterlassen sie nur verbrannte Erde. Felder und Dörfer, alles brennen sie nieder.«

»Was sie nicht gebrauchen können, zerstören sie. Die Menschen stehen vor einem Hungerwinter«, seufzte Alexandrine. »Ich fürchte um unsere Posten, Grotheer. Wir brauchen Umwege, damit die Felleisen weiterbefördert werden können.«

»Das wird nicht einfach werden.«

»Wir müssen es versuchen«, erwiderte die Gräfin grimmig. »Schlimmer als der König ist sein vermaledeiter Kanzler, dieser Axel Oxenstierna. Gestern Abend war ich bei einem Empfang der Infantin, dort wurde erzählt, Oxenstierna habe von Gustav Adolf die Führung über die Rheinregion erhalten, ausgestattet mit Vollmachten, als wäre er der Herrscher selbst.«

»Hätte Schweden im pommerschen Bärwalde nicht mit Richelieu den Vertrag geschlossen, wäre der Krieg längst entschieden. Gustav Adolf verfügte doch schon letztes Weihnachten nicht mehr über genügend Mittel, um die Versorgung seines Heeres zu gewährleisten«, ärgerte sich Grotheer.

»Hättet Ihr an Richelieus Stelle anders entschieden? Frankreich bezahlt, während die Schweden den Kopf hinhalten, und sichert so die Ostgrenze seines Landes«, entgegnete Alexandrine und deutete auf die Anrichte.

Grotheer lächelte, er wusste, was sie wollte. Er erhob sich, nahm zwei Gläser und eine Flasche Muskateller aus dem Schrank. Schweigend tranken sie einen Schluck.

»Um Eure Frage zu beantworten: Nein, vermutlich hätte ich genauso entschieden wie der Kardinal. Ein ausgefuchster Mann, dieser Richelieu«, sagte Grotheer.

»Ohne diesen klugen Kopf wäre Ludwig XIII. verloren …«, hob Alexandrine an.

»Den seine auch nicht gerade dümmliche Mutter ins Spiel gebracht hat«, unterbrach Grotheer.

Die Gräfin lachte. »Wohl wahr, nur ist ihr einstiger Günstling ihr zum Verhängnis geworden, und ihr eigener Sohn hat sich gegen sie gewandt. Maria de' Medici hat eine Schlange an ihrem Busen genährt. Wenigstens hat sie bei Infantin Isabella Zuflucht gefunden. Vorerst.«

»Wie meint Ihr das? Immerhin ist Isabella eine Medici-Enkelin.« Grotheer nippte an dem würzig schmeckenden Wein.

»Ach, mein lieber Grotheer, Verwandtschaft ist nichts wert, schlimmer noch, oft ist sie tödlich oder zumindest ein gelungener Anlass, um Krieg zu führen. Ludwig hat seiner Mutter keinen Livre gelassen, und deshalb wird kein Fürstenhaus Maria länger als notwendig aushalten.«

»Da mögt Ihr wohl recht behalten. Gérard Vrints hat sich übrigens erneut über Johann von den Birghden beschwert.« Grotheer leerte sein Glas.

»Dieselbe Leier wie immer, fürchte ich.«

Grotheer nickte. »Immer wieder kommt von den Birghden mitsamt einem Notar vorbei, der die Vorwürfe an Ort und Stelle niederschreiben und beglaubigen soll. Vrints breche die an von den Birghden adressierte Post auf und verletze das Postgeheimnis, manche Sendung leite er nicht einmal weiter. Außerdem erhalte von den Birghden seine Briefe immer mit erheblicher Verzögerung.«

Der Gräfin entfuhr ein undamenhaftes Stöhnen. »Meine Güte, kann von den Birghden es nicht endlich gut sein lassen? Der Kaiser hat doch den Verdacht des Verrats längst zurückgenommen. Schreibt Vrints, er solle von den Birghden seine Briefe ohne Forderung des Portos aushändigen, damit er ein für alle Mal Ruhe gibt.«

Silas war noch nie so erschöpft gewesen. Er befand sich auf dem Rückweg von Regensburg, und eigentlich hätte er heute Lauf an der Pegnitz erreichen sollen. Doch die gesamte Region mitsamt der Freien Reichsstadt Nürnberg war inzwischen in schwedischer Hand. Auf Hilfe konnte er in der Markgrafschaft nicht hoffen, hier herrschte der protestantische und mit den Schweden verbündete Christian von Brandenburg-Bayreuth. Bereits in Amberg war Silas zu Ohren gekommen, die kleinen Wechselstationen bis nach Nürnberg seien vom gegnerischen Heer übernommen worden. Daher hatte er sich querfeldein nach Südwesten durchgeschlagen.

Der Wald war immer dichter geworden, zuletzt hatte Silas absteigen müssen und Nabil am Zügel genommen. Links hielt er die Lederleinen und mit der Rechten umklammerte er den Griff seines Haudegens. Der Winter hatte es dieses Jahr eilig und war früher eingekehrt als sonst. Seit Stunden fiel Schneeregen, und ihm war eiskalt. Bohrender Hunger und eisige Kälte quälten Mann und Pferd, wenigstens ihren Durst konnten sie an den zahlreichen Bächlein stillen, die die Wälder durchkreuzten. Nabil stolperte öfter, auch der Hengst gelangte ans Ende seiner Kräfte. Bisher hatte Silas sein Ross nie an einem Posten zurücklassen müssen, da genügend Boten unterwegs gewesen waren, die das Felleisen weiterbeförderten. Aber in Amberg hatte keiner bereitgestanden. Schließlich hatte sich Silas nach einigen Stunden Ruhe entschlossen, den Postsack selbst zu nehmen und sich bis Würzburg durchzuschlagen. Die Strafe wegen der Verspätung würde er wohl bezahlen müssen. Inzwischen zweifelte er erheblich an seiner Entscheidung, diesen Weg gewählt zu haben, doch nun war sie nicht mehr zu ändern.

Er steckte den Degen weg. Außer ein paar Eichhörnchen und aufgescheuchten Rehen gab es nur ihn und sein Pferd. Kein Grund, mit gezückter Waffe herumzulaufen.

»Nabil, mein Freund, lichtet sich da vorne der Wald, oder bilde ich mir das nur ein?«, murmelte er und betete, es möge kein Hirngespinst sein.

Der schmale Bachlauf vor ihm war zugefroren, zu früh für diese Jahreszeit. Wieder stand ein eisiger, harter Winter bevor. Nabils Hufe brachen durch das Eis, als sie den Bach querten. Silas glitt aus, landete auf dem Hintern.

»Ich bin ohnehin schon durchnässt, darauf kommt es jetzt auch nicht mehr an«, seufzte er und stemmte sich wieder hoch. Das Wasser quatschte in seinen Stiefeln, und er begann in seinen nassen Kleidern zu schlottern. »Wir holen uns in diesem verdammten Wald noch den Tod«, schimpfte Silas vor sich hin, doch er kämpfte sich mit zusammengebissenen Zähnen weiter. Seine Augen hatten ihn nicht getrogen, tatsächlich machten die Bäume Platz, gaben den Blick auf ein Dorf frei, in dessen Mitte der Turm einer kleinen Kirche emporragte. »Gepriesen sei der Herr«, stieß Silas hervor.

Nach einer knappen halben Stunde erreichten Bote und Pferd die Ortschaft. Unweit des Gotteshauses befand sich ein stattlicher Gasthof, und Silas führte Nabil zum angrenzenden Stall.

»Grüß dich Gott«, sagte er erleichtert zu einem Knecht mit gebeugtem Rücken. »Sag, gibt es hier Platz für mein Ross und mich?«

Der Mann blinzelte ihn freundlich an, brummte etwas Unverständliches, das Silas aber als Zustimmung nahm. Er folgte ihm in den düsteren Stall zu einem freien Stand, befreite Nabil von dem nassen Sattel und dem durchweichten Zaum. Sein Hengst hatte für die Nacht nur ein paar Kühe und ein Schwein zur Gesellschaft, aber Nabil war nicht wählerisch. Besser, als allein zu sein, war das allemal. Außerdem verströmten die Tiere Wärme. Silas gab dem Knecht eine Münze, der daraufhin zahnlos lächelte und eilfertig Heu in die vordere rechte Standecke schob. Gierig steckte der Hengst die Nase ins Futter. Silas griff sein Bündel, warf das Felleisen über seine rechte Schulter und ging hinüber zum Gasthaus Hirsch. Er begrüßte den Wirt, der sich als Hans Scharrer vorstellte, und fragte nach einer Kammer.

»Sicher, Ihr seid der einzige Gast in diesen Tagen, Botenreiter«, stellte er mit Blick auf Posthorn und Felleisen fest und reichte ihm einen Schlüssel. »Erster Stock, zweite Tür rechts.«

Silas nickte. »Kann ich meine Kleider irgendwo trocknen? Mein Pferd und ich sind nass bis auf die Knochen.«

»Bringt Eure Sachen in die Gaststube. Die Magd wird sich darum kümmern.«

Dankbar stapfte Silas die knarrenden Treppenstufen hinauf und betrat die kleine Kammer. Scharrer hatte ihm eine Leuchte mitgegeben, denn inzwischen war es ziemlich dunkel geworden. An der Wand stand ein schmales Bett mit einer Decke, die ihre besten Tage schon lange hinter sich hatte, doch Silas war es gleich. In einer Ecke gab es eine Waschschüssel und ein Tuch, das wahrscheinlich einmal weiß gewesen war. Ächzend entledigte er sich seiner Kleider, rieb seinen Körper mit dem Handtuch, bis er wieder Leben in sich spürte.

In seinem durch Bienenwachs wasserdichten Bündel fanden sich nur ein Hemd und eine Hose, aber kein Unterzeug. Er legte die trockenen Sachen an, packte die nassen Kleidungsstücke samt den Stiefeln und stieg barfuß die Treppe hinab.

»Adelheid«, rief der Wirt nach der Magd, die kurz darauf angeschlurft kam.

Silas drückte ihr seine Kleider und Stiefel in die Hand. »Die Stiefel nicht zu nah ans Feuer, das Leder wird sonst rissig.«

Adelheid schenkte ihm einen Blick, der besagte, als ob sie das nicht längst wüsste, und verschwand nach nebenan.

»Ich sterbe vor Hunger«, sagte Silas zu Hans Scharrer.

»Dem kann abgeholfen werden, Ihr müsst Euch nur noch etwas gedulden, meine Frau steht bereits am Herd.«

Angesichts seines knurrenden Magens hoffte Silas, seine Geduld würde ausreichen. Scharrer stellte einen Krug Bier vor ihm ab, den er dankbar entgegennahm.

»Wie heißt dieser Ort?«, fragte Silas den Wirt.

»Burgthann. Nach der Burg der Thanner oben auf dem Göckelsberg.«

Silas hatte keine Burg gesehen. »Wie weit ist es von hier nach Nürnberg?«

»Etwa fünf Stunden Fußmarsch.«

Dann bin ich näher an Nürnberg als gedacht, bemerkte Silas bei sich. Die Tür zur Gaststube öffnete sich, eine Handvoll Männer kam herein, begleitet von nassen Blättern, die der Wind hereinwehte. Silas hielt ihren forschenden Blicken stand. Fremde im Ort lösten oft Argwohn bei den Dorfbewohnern aus. Ein beleibter, glatzköpfiger Mann, den seine Kleidung als Priester auswies, musterte ihn aber freundlich.

»Hans, bring uns Bier«, orderte er und setzte sich zu den anderen, die bereits Platz genommen hatten. Der Gottesdiener runzelte belustigt die Stirn, als er Silas' nackte Füße sah.

»Ein wenig zu kalt, um barfuß zu gehen, findet Ihr nicht?«

»Ebenso wie barhäuptig bei diesem Wetter vor die Tür zu treten«, erwiderte Silas und setzte ein schiefes Grinsen auf, was die Männer zum Lachen brachte.

»Setzt Euch zu uns und erzählt, was Euch hierhergeführt hat«, lud ihn der Priester ein.

Die Männer rückten näher zusammen, hoben ihre Krüge, um mit ihm anzustoßen.

»Gerhard, Thomas, Richard, Manfred«, stellte der Priester die anderen vor, »und mein Name ist Gottlob.«

»Wie passend für einen Mann der Kirche. Ich bin Silas und auf der Durchreise, musste allerdings einen Umweg in Kauf nehmen, deshalb bin ich hier gelandet«, erklärte er.

»Wo wollt Ihr denn hin?«, fragte Gerhard, ein grobschlächtiger Mensch mit einer dicken Warze über der linken Augenbraue.

»Nach Frankfurt. Mein nächstes Ziel ist es aber, nach Würzburg zu gelangen«, antwortete Silas und trank einen Schluck.

Hans Scharrer brachte zwei weitere Krüge Bier, da Richard und Manfred ihre bereits geleert hatten. »Wollt ihr auch etwas essen?«, fragte er in die Runde. »Reingard hat einen Kessel voll Wurzelsuppe gekocht.«

Gottlob und Thomas verlangten nach einem Teller, die anderen lehnten ab.

»Was führt Euch nach Frankfurt?«, fragte Manfred neugierig, der immer wieder die Augen zusammenkniff, weil er offenbar schlecht sah.

»Silas ist Postreiter«, rief Hans zu ihnen herüber.

»Da seid Ihr aber ganz schön vom Weg abgekommen«, sagte der Priester und rülpste.

»Mir blieb nichts anderes übrig, es waren zu viele schwedische Soldaten unterwegs«, erwiderte Silas, dem der Wurzelgeruch durch die geöffnete Küchentür in die Nase stieg.

Thomas hob zweifelnd die Augenbrauen. »Nach Würzburg? Der Schwedenkönig hat die Stadt bereits eingenommen, sogar die Festung Marienberg ist gefallen, wie man hört. Jetzt soll er weiter gen Westen ziehen. Ich fürchte, Gustav Adolf ist vor Euch in Frankfurt.«

Silas schluckte. Die vor ihm liegende Strecke war gänzlich Feindesland. Wie um alles in der Welt sollte er seine Aufgabe erfüllen?

Scharrer brachte die Teller an den Tisch, und Silas verbrannte sich vor lauter Gier die Zunge an der dampfenden Suppe, die gut und gerne noch etwas Salz vertragen hätte. Aber heutzutage durfte man nicht wählerisch sein.

»Es ist eine Schande, dass der Fürstbischof mitsamt dem Klerus aus Würzburg geflohen ist, so hatten diese protestantischen Hurensöhne leichtes Spiel«, ereiferte sich Thomas, während er seine Suppe schlürfte.

»Leichtes Spiel? Es soll viele Tote gegeben haben, die Würzburger wollten nicht kampflos aufgeben. Aber angesichts der Übermacht musste der Rat schließlich die Tore öffnen. Angeblich soll versprochen worden sein, man werde die Stadt nicht plündern. Von wegen«, warf Manfred ein und entließ einen deutlich hörbaren Furz.

»Und, Thomas, wärest du als Fürstbischof geblieben? Was denkst du, hätte dieses ehrlose Rattenpack mit dir gemacht? Gefoltert und ermordet hätten sie dich«, tat Gerhard seine Meinung kund.

Die Männer redeten sich die Köpfe heiß, während Silas in aller Ruhe einen zweiten Teller Suppe aß und darüber nachsann, wie er das Felleisen sicher nach Frankfurt bringen konnte. Er würde seine Karten befragen müssen. Der Weg über Würzburg war offenbar auch versperrt. Je mehr Bier floss, desto grausiger wurden die Geschichten. Der Krieg war das beherrschende Thema. Inzwischen hatte sich auch der

Wirt dazugesetzt, und jeder der Männer wusste von schrecklichen Vorgängen zu erzählen. Silas war froh, als Adelheid mit seinen getrockneten Sachen erschien.

»Die Stiefel sind noch klamm und auch Euer Umhang, morgen sollte aber alles trocken sein«, sagte sie.

Dankbar nahm er die Kleider entgegen, schlüpfte in die wollenen Strümpfe und genoss die Wärme an seinen kalten Füßen. Nach und nach leerten die Männer ihre Krüge, bezahlten und machten sich auf den Heimweg, nicht ohne Silas viel Glück zu wünschen.

»Gott schütze Euch«, gab Gottlob ihm mit schlurrender Sprache mit auf den Weg.

Bei Tagesanbruch packte Silas seine Sachen zusammen. Nach einigen Stunden Schlaf und einer Schüssel Getreidebrei fühlte er sich erfrischt und gestärkt genug, um weiterzureiten.

»Euer Pferd ist bereits gefüttert«, sagte der Wirt, während Silas die Rechnung beglich. »Und wohin wollt Ihr heute?«

»Ich werde mich erst einmal weiter westwärts halten«, antwortete Silas.

Im Traum war ihm die Gräfin erschienen, hatte ihn anklagend angestarrt, weil er von der Strecke abgewichen war. »Ihr enttäuscht mich, Silas von Maringer«, hatte sie gesagt. Dann war die Ernüchterung einem Ausdruck von Sorge gewichen, und sie hatte die Arme nach ihm ausgestreckt. »Ich habe Angst um dich, Silas.« Alexandrines Miene hatte sich erneut verdüstert. »So leicht lasst Ihr Euch entmutigen?« Verwirrt war er aufgewacht, hatte sich eine Zeit lang hin und her gewälzt, um dann endgültig in einen tiefen und erholsamen Schlaf zu fallen.

Scharrer zählte die Münzen nach und nickte zufrieden.

»Bis nach Ansbach sind es weniger als zwei Tagesritte, haltet Euch nach Westen. Reingard hat Brot gebacken, wenn Ihr wollt, verkaufe ich Euch einen Laib.«

Silas nahm das Angebot an. Wer wusste schon, wann er wieder etwas in den Magen bekam, und Brot konnte er verspeisen, während er im Sattel saß. Er erstand auch noch etwas Futter für Nabil und verabschiedete sich von Scharrer. Sein Pferd begrüßte ihn mit einem tiefen Wiehern.

»Hoffe, du hast dich ausgeruht, mein Freund. Es wird wieder ein langer, anstrengender Tag werden, aber wenigstens ist es trocken«, sagte Silas, während er den Hengst bürstete.

Gut eine Woche später näherte er sich dem Main. Wohin er auch immer kam, zogen Tausende Menschen umher, die einen auf der Flucht, die anderen, um sich zu Musterungsplätzen zu begeben. Silas dauerten vor allem die Kinder, deren Augen das zu erduldende Elend widerspiegelten. Hunger und Kälte waren die stetigen Begleiter, Krankheiten gesellten sich dazu, und die Furcht peitschte die Menschen voran. Niemand bot ihnen Schutz vor den Söldnern, gleich, welchem Herrn diese dienten. Mitleid und Nächstenliebe waren längst Opfer des Krieges geworden.

Silas zog die Karte heraus, entfaltete sie. Schließlich entschied er sich, den Fluss nicht zu queren, sondern erneut einen Umweg in Kauf zu nehmen und weiter nach Westen Richtung Michelstadt auszuweichen und von dort nach Norden bis Frankfurt. Nach vier Stunden kamen die Stadtmauern von Michelstadt in Sicht. Er gönnte Nabil eine Rast und sich das letzte Stück des inzwischen fast hart gewordenen Brots, das er vor zwei Tagen erstanden hatte. Erneut zückte er die Karte. Von hier konnte es nicht mehr weit bis nach Umstadt sein, dort hoffte er, über Nacht bleiben zu können. Nabils Futter war längst aufgefressen, und während sein Pferd das dürftige, harte Gras zupfte, schweiften Silas' Gedanken einmal mehr zu Alexandrine von Taxis.

Es schien ihm eine Ewigkeit her, dass er sie gesehen hatte. Dabei waren nur wenige Monate vergangen. Doch ihr Gesicht trat so klar vor seine Augen, als stünde sie vor ihm. Was hätte er darum gegeben, ihr näherkommen zu können. Die Erinnerung daran, wie sie ihm die Hand auf die Schulter gelegt hatte, jagte einen wohligen Schauer durch seinen Körper. Die Gräfin hatte seine Nähe gesucht, dessen war Silas sich sicher, und er bildete sich ein, Alexandrine empfand dasselbe für ihn wie er für sie.

Nabils samtene Nase in seinem Nacken riss ihn aus seinem Tagtraum. »Du hast recht, ich sollte sie mir endlich aus dem Kopf schlagen.« Er schwang sich in den Sattel und lenkte sein Pferd vom Mainufer in den nahen Odenwald.

Der Pfad war schmal und ausgetreten, der Untergrund rutschig durch den vielen Regen und Schnee der vergangenen Tage und Wochen. Hin und wieder glitt Nabil aus, fing sich aber sogleich wieder. Silas' Zügelhand ruhte auf dem Vorderzwiesel des Sattels, und er überließ es zum Großteil Nabil, den besten Weg zu finden. Wenigstens zeigte sich heute eine fahle Sonne an dem winterlich grauen Himmel, und Silas konnte sich anhand ihres Standes orientieren. Ein Bach kreuzte ihren Weg, Nabil stapfte vorsichtig hindurch, stieß mit den Hufen an dicke Steine im Bachbett. Die Böschung des anderen Ufers war hoch, und der Hengst machte einen Satz aus dem Wasser hinauf auf den Weg. Nur wenige Augenblicke später sprangen unvermittelt zwei Männer aus dem Gebüsch, in den Händen schwangen sie dicke Keulen. Nabil stockte und stieg, Silas hatte Mühe, sich im Sattel zu halten, und versuchte, seinen Haudegen zu ziehen. Zu spät. Die Männer droschen auf ihn ein, zerrten an den Zügeln. Ein Schlag traf sein linkes Knie, ein glühender Schmerz schoss durch seinen Körper und ließ ihn aufschreien. Sein Pferd bemühte sich, loszukommen, doch einer der Männer riss an den Lederleinen und damit am Mundstück. Obwohl dies keineswegs ein scharfes Gebiss war, verursachte es durch die Grobheit Schmerzen. Nabil fuhr zurück, stellte sich erneut kerzengerade auf die Hinterhand. Silas stürzte zu Boden. Das Letzte, was er wahrnahm, war der Hufschlag des davongaloppierenden Pferdes.

Die Stirn sorgenvoll gefurcht, las Alexandrine die Zeitungen.

Hanau, dreizehnter November: Vorgestern früh sind Stadt und Schloss vom schwedischen Obristen Christoph Hauboldt mit sechs Reiterkompanien und eintausendfünfhundert Dragonern erobert worden. Fünfunddreißig Personen sind tot, darunter elf Bürger, etliche Häuser wurden geplündert. Die Kaiserlichen mussten sich ergeben und gefangen nehmen lassen. Der Kaiser bleibt bei Tilly in Ochsenfurt, es ist also keine Hilfe von dieser Seite zu erwarten.

Aus Franken, neunzehnter November: Der Schwedenkönig ist noch in Würzburg, wird aber in wenigen Tagen mainabwärts ziehen, derweil weitere Truppen in Rothenburg ob der Tauber sich täglich mit den Kaiserlichen Scharmützel liefern. Rothenburg ist gänzlich ausgeplündert. Tillys Hauptquartier ist in Ansbach, Tilly'sche Regimenter kämpfen in der Markgrafschaft, gleichwohl sollen aber auch welche nach Böhmen ziehen. Ein weiterer Teil zieht gen Schwabach, ein anderer nach Dinkelsbühl. Engländer rücken auf beiden Seiten der Oder vor, haben zweitausend kaiserliche Soldaten erlegt und dreihundert gefangen genommen.

Franken, zwanzigster November: Spanische Soldaten

brutal in Speyer von den Schweden geschlagen. Der
Herzog von Weimar hat Bamberg eingenommen,
übelst geplündert und gehaust und rückt jetzt gen
Nürnberg vor.

Sie vergrub das Gesicht in ihren Händen und atmete tief
durch, um den Druck von ihrer Brust zu nehmen und die Tränen zurückzuhalten. Die Nachrichten bedeuteten wahrhaftig nichts Gutes für die Frankfurter Linie nach Regensburg.
Ob es dem jungen von Maringer gut ging? Kaum hatte sie
sich gefasst, als Grotheer hereinstürmte, sein Gesicht hoch-
rot vor Aufregung.

»Gerade brachte ein Eilbote diese Nachricht aus Frankfurt. Die Schweden haben die Stadt übernommen.«

»Heiliger Jesus«, krächzte die Gräfin und streckte auffordernd die Hand nach dem Schreiben aus. Schnell überflog sie
die Zeilen. »Vrints ist geflohen. Das Postamt ist unter schwedischer Kontrolle«, las sie laut und sah auf.

»Grundgütiger, Grotheer, die Ämter in Frankfurt, Leipzig und Hamburg sind verloren. Ich fürchte um Augsburg.
Gustav Adolf rückt immer weiter gen Süden vor.«

»Euch wird eine Menge Geld abhandenkommen«, lautete
Benedikt Grotheers Antwort. »Einzig bleibt Euch, die Strecken neu auszurichten.«

Sie nickte und senkte ihren Blick wieder auf das Schreiben. Einige Felleisen seien verlustig gegangen, berichtete der
geflüchtete Postverwalter, zwei Reiter seien schwer verletzt
und ihre Pferde gestohlen worden. Einer werde vermisst.
Seit Silas von Maringer Amberg verlassen habe, fehle von
ihm jede Spur.

Alexandrines Herz setzte einen Schlag aus. Nicht Silas,
lieber Herr Jesus, nicht Silas, schoss es ihr durch den Kopf.
Jetzt vergoss sie doch ein paar Tränen.

»Gräfin«, sagte Grotheer leise und hilflos. Dann zupfte er ein sauberes Tuch hervor und reichte es ihr wortlos.

Sie tupfte sich Augen und Wangen trocken, schnäuzte hinein und knüllte es in ihrer linken Hand zusammen.

»Ich … Wir müssen ihn suchen«, stammelte sie.

Grotheer sah sie fragend an.

»Den Reiter. Silas von Maringer. Wir können ihn doch nicht im Stich lassen«, brachte sie hervor.

»Bei allem gebührenden Respekt, Comtesse, dieser Mann wird vermutlich tot sein. Selbst wenn er einen Überfall überlebt hat, wo wollt Ihr ihn suchen lassen? Er kann überall zwischen Amberg und Frankfurt sein. Hunderttausende Söldner und Soldaten sind im Süden unterwegs«, entgegnete Grotheer kopfschüttelnd. »Entweder er taucht von sich aus irgendwo auf, oder …«, er räusperte sich, »wir werden ihn niemals finden.«

Erneut brachen sich die Tränen Bahn.

»Es liegt Euch viel an ihm«, stellte Grotheer beunruhigt fest.

Alexandrine benutzte noch einmal das Tuch und sah mit geröteten Augen auf. »Ja, weil ich ihn selbst davon überzeugt habe, für Vrints zu arbeiten. Ich kenne Silas von Maringer schon lange, das kann ich von keinem der Reiter sagen. Die meisten habe ich nie gesehen. Das soll nicht bedeuten, sie sind weniger wert«, beeilte sie sich hinzuzufügen. »Es ist nur …«

»Ich verstehe Euch, es ist etwas anderes, wenn man jemandem schon öfter begegnet ist. Kein namenloses Gesicht.«

Schließlich straffte sie ihren Rücken. »Aber Ihr habt recht, ich kann nichts für ihn tun, außer zu beten.«

Silas erwachte aus einem Fiebertraum und starrte auf die verschnörkelten Ranken der Stuckdecke über ihm. Er drehte den

Kopf nach rechts. Der Preis dafür war ein rasender Kopf-schmerz mit einhergehendem Brechreiz. Schnell schloss er die Augen, bemühte sich, gleichmäßig und tief zu atmen. Ein weiterer Schmerz durchzuckte ihn, der von seinem Brust-korb ausging. Wenn er ganz flach atmete, ging es besser, und allmählich ebbte die Pein ab. Langsam öffnete er erneut die Lider und erblickte einen großen, mit Intarsien verzierten Nussbaumschrank an der Wand. Äußerst vorsichtig bewegte er seinen Kopf in die andere Richtung und erhaschte eine Zimmertür, bevor der Schmerz zurückkam und ihn die Augen wieder schließen ließ.

Gelobt sei der Herr, ich bin am Leben. Aber wo um alles in der Welt bin ich, fragte er sich. Finger und Zehen konnte er bewegen, stellte er erleichtert fest.

Das Letzte, woran er sich erinnerte, war ein Bach in einem Wald, den er durchritten hatte. Nabil! Wo war sein Hengst? Ging es ihm gut? Lebte er noch?

Er hörte, wie die Tür geöffnet wurde und jemand herein-kam. Ruhig und leise, als ob man ihn nicht stören wollte.

»Wer seid Ihr?«, fragte er und erkannte seine Stimme kaum. Sie klang dünn und schwach.

»Ihr seid wach? Wie wunderbar, das wird meinen Herrn freuen. Ich bin Brunhilde, die Magd.«

Eine Hand betastete seine Stirn. Kühl und trocken fühlte sie sich an. Es tat gut, einen anderen Menschen zu hören und zu spüren.

»Noch warm, aber nicht mehr heiß, gepriesen sei Jesus Chris-tus.« Brunhilde nahm ihre Hand weg. »Ich bin gleich zurück.«

Silas war wieder allein. Ich bin in einem herrschaftlichen Haus, die Stuckdecke und der Schrank deuten darauf hin, über-legte er, bevor er wieder eindämmerte.

Eine tiefe Stimme weckte ihn, die ihm irgendwie vertraut vorkam.

»Silas von Maringer, hört Ihr mich?«

Zuerst wollte Silas nicken, entschied sich aber aus Angst vor dem Kopfschmerz sogleich dagegen und hielt die Augen geschlossen. »Ja.« Sein Mund fühlte sich völlig ausgetrocknet an. »Wasser, bitte.«

Jemand träufelte Wasser auf seine Lippen, das er dankbar ableckte. Ein Rinnsal floss an seinem Kinn hinab, und er öffnete den Mund, damit mehr von dem kostbaren Nass hineingelangte.

»Wer seid Ihr?«, fragte er.

»Baron August Wambolt von Umstadt.«

Silas hob nun doch die Lider und blickte in das bekannte Gesicht.

»Ihr? Wie bin ich hierhergelangt?«, wollte er völlig verblüfft wissen.

»Zufall. Schicksal. Gleich, wie Ihr es nennen mögt, Ihr hattet großes Glück und den Herrn auf Eurer Seite. Männer in meinem Dienst haben Euch halb tot im Wald gefunden.«

»Was ist geschehen?«

»Ihr erinnert Euch nicht«, stellte der Baron fest. »Ihr wurdet überfallen. Diese Schurken haben Euch nur Hose und Hemd gelassen. Selbst das Posthorn haben sie mitgenommen. Im Schlamm steckte dies hier, das haben sie offenbar übersehen.« August Wambolt von Umstadt zog die Gewandschließe hervor, von der das Taxis'sche Wappen baumelte, und legte sie in seine linke Hand. Fest umschloss Silas sie mit seinen Fingern.

»Es hat Euch vermutlich das Leben gerettet. Ohne das Wappen hätten meine Männer sich wahrscheinlich nicht um Euch geschert. Seit wann steht Ihr in den Diensten derer von Taxis?«

»Gott segne Euch und Eure Männer, ich stehe tief in Eurer Schuld, Baron. Ich bin erst seit wenigen Wochen Botenreiter.« Das Reden war anstrengend, doch trotzdem sprach er weiter. »Wie lange bin ich schon in Eurem Haus? Und wo ist mein Pferd? Nabil, der Fuchs, Ihr erinnert Euch doch noch an ihn?«

August Wambolt von Umstadt sah ihn mit hochgezogenen Brauen an. »Wie könnte ich nicht? Er hat damals Amalia abgeworfen. Vor zwei Wochen haben meine Männer Euch halb erfroren hergebracht.«

»Zwei Wochen«, echote Silas.

»Euer Hengst ist ein schlauer Kerl, er kam bis zu den Stadttoren von Umstadt. Vielleicht hat er sich erinnert, dass Ihr öfter hierhergeritten seid, wer weiß. Die Wachen haben ihn zu fassen bekommen und zu mir gebracht, weil das Felleisen noch am Sattel befestigt war und ihn so als Postpferd auszeichnete«, erklärte der Baron und zog sich einen Stuhl heran.

»Dem Himmel sei Dank. Ist er unverletzt?«

»Er hat viele Schrammen, aber sonst ist er unversehrt. Den Zaum muss er sich im Wald abgestreift haben. Euch dagegen hat es mehr erwischt. Euer linkes Knie hatte die Größe eines kleinen Kürbisses, vermutlich haben die Räuber mit einem Knüppel daraufgeschlagen, Doktor Rothermels Meinung nach. Schlimmer war das Fieber, das nicht weichen wollte. Außerdem habt Ihr Euch zwei Rippen auf der rechten Seite gebrochen und ziemlich den Schädel angeschlagen.«

»Ich werde Euch jeden Pfennig zurückzahlen«, sagte Silas. Müde schloss er die Lider.

»Ihr solltet Euch ausruhen, darüber reden wir später.«

Einige Stunden danach erschien Brunhilde mit einer warmen Brühe, in der nur etwas Gemüse schwamm.

»Auch der Adel muss den Gürtel enger schnallen«, seufzte sie, »aber die Suppe wird Euch guttun. Glaubt Ihr, Ihr könnt Euch mit meiner Hilfe aufsetzen?«

»Ich werde es versuchen«, antwortete Silas. Die gebrochenen Rippen meldeten sich und ließen ihn aufstöhnen, und die

Kopfschmerzen kehrten zurück. Aber nach einer gefühlten Ewigkeit saß er dank Brunhilde aufrecht, im Rücken gestützt durch ein Kissen.

Die junge Magd war ein hübsches Mädchen und sehr um ihn bemüht. Als Silas sie um einen Löffel bat, hob sie zweifelnd die Augenbrauen und deutete ein Kopfschütteln an.

»Ich werde Euch die Brühe einflößen. Schwach, wie Ihr seid, könnt Ihr weder Teller noch Löffel halten.«

»Aber …«

»Nichts da«, unterbrach sie ihn bestimmt, »wir wollen doch, dass Ihr die Suppe esst und nicht auf dem Laken verteilt. Ihr müsst erst zu Kräften kommen.«

Silas ergab sich in sein Schicksal, beschämt, wie ein Kind gefüttert werden zu müssen. Doch das Essen tat gut, und er glaubte regelrecht zu spüren, wie seine Lebensgeister zurückkehrten.

»Sag, Brunhilde, was macht der Krieg? Wo stehen die Schweden?«

Die Magd stellte den Teller, den Silas bis zur Gänze geleert hatte, auf den kleinen Tisch neben dem Bett.

»Frankfurt ist eingenommen worden. Ich fürchte mich«, gab sie leise zu und wandte den Blick ab.

»Kein Grund für falsche Scham. Jeder, der sich nicht fürchtet, ist entweder dumm oder ein Lügner, Brunhilde. Besonders für euch Frauen sind dies furchterregende Zeiten, und wenn sie so hübsch sind wie du, umso mehr.«

»Ihr seid ein Schmeichler, aber jedes Mädchen hört solche Worte gerne«, lächelte sie.

»Brunhilde, meinst du, du könntest mir einen Gefallen erweisen?«, fragte er. »Ich möchte wissen, wo das Felleisen hingekommen ist. Daran geknüpft war eine lederne Hülse, die ich wiederhaben will.«

»Ich werde sehen, was ich herausfinden kann, und nun

ruht Euch aus.« Sie tastete kurz nach seiner Hand. »Es ist schön zu sehen, dass es Euch besser geht.« Dann nahm sie hastig den Teller und verschwand.

Nun war Silas derjenige, der sich geschmeichelt fühlte. Offenbar hatte sich die junge Magd in ihn verguckt.

Am nächsten Tag brachte Brunhilde ihm eine Milchsuppe und ließ ihn wissen, der Baron verwahre Felleisen und Lederhülse für ihn. Silas bedankte sich bei ihr und hoffte, Amalias Vater würde zu ihm kommen. An seiner statt erschien unverhofft Amalia, während Brunhilde ihm das Kissen aufschüttelte. Dabei kam die Magd Silas sehr nahe, und er spürte den Druck ihres Busens an seinem Arm.

»Brunhilde, geh, du wirst in der Küche gebraucht«, scheuchte Amalia sie aus dem Zimmer, noch bevor sie Silas begrüßte.

Belustigt stellte er fest, dass Amalia eifersüchtig war.

»Amalia, ich hätte nicht gedacht, dass wir uns wiedersehen, und schon gar nicht auf diese Weise«, sagte er. »Hübsch bist du, wie eh und je.« Silas sprach die Wahrheit, selbst wenn ihm die einzelnen silbrig glänzenden Haare, die sich in Amalias dunkelbraune Locken geschlichen hatten, nicht verborgen geblieben waren. Dabei war sie noch so jung, gerade einmal einundzwanzig Lenze zählte sie. Unter ihren Augen lagen tiefe Schatten, und sie war noch dünner als in seiner Erinnerung.

Sie setzte sich auf den Stuhl neben dem Bett, die Hände in ihren Schoß gelegt.

»Es scheint eine halbe Ewigkeit her, Silas, und doch sind nicht einmal zwei Jahre vergangen. Du hast dich kaum verändert.«

»Äußerlich vielleicht, das mag sein. Aber tief in meinem Herzen schon. All das Leid und Elend, das man zu sehen bekommt, rühren auch an meiner Seele. Ich habe meine Strecke verlassen, weil ich mich vor den feindlichen Heeren ebenso fürchtete wie vor den Kaiserlichen. Nie hätte ich gedacht, ich sei feige«, gestand er freimütig.

In den einsamen Stunden in diesem Zimmer hatte er viel Zeit zum Nachdenken gehabt und war zu dem Schluss gekommen, dass er ein Feigling war. Immer wieder hatte er das Taxis'sche Wappen in seinen Händen gedreht und der Gräfin stumm Abbitte geleistet. Sie hatte auf den falschen Mann gesetzt, als sie ihn nach Frankfurt geschickt hatte, im Glauben, er sei ein verlässlicher Botenreiter.

»Das war nicht feige, Silas, es war mutig und klug. Sonst lägest du vermutlich längst irgendwo in einem namenlosen Grab verscharrt«, erwiderte sie. Unruhig knetete sie ihre Hände. »Du hast recht, Leid verändert die Menschen. Zum Guten oder zum Schlechten. Aus manchen Männern werden jämmerliche Gestalten, und aus manchen Frauen erwächst eine Kraft, derer sie sich nie bewusst waren.«

Silas bemerkte, wie Amalia mit den Tränen kämpfte. Sie redete von sich, ging ihm auf. Ohne darüber nachzudenken, ob es sich schickte, eine verheiratete Frau anzufassen, nahm er ihre Hände. Ihre Finger waren kalt.

»Was ist geschehen, Amalia? Solltest du nicht in der Rhön sein?«

Ihre Unterlippe zitterte verdächtig, und die ersten Tränen lösten sich von ihren dunklen Wimpern, rannen ihre blassen Wangen hinab. Dann entzog sie ihm ihre Hände, schlug sie vors Gesicht und schluchzte hemmungslos. Silas wusste nicht, was er tun sollte. Wahrscheinlich brauchte Amalia eine Schulter, um sich auszuweinen. Nur konnte er sich kaum rühren, und daher war er dazu verdammt, hilflos abzuwarten, bis sie sich beruhigte. Nach einer Weile waren nur noch vereinzelte Schluchzer zu vernehmen. Amalia zupfte ein Tuch aus dem Beutel an ihrem Gürtel, wischte sich damit über das Gesicht und sah ihn an.

Silas musste unwillkürlich an ein waidwundes Reh denken, dem er vor langer Zeit begegnet war, als Karl und er den verstorbenen Erzbischof von Kronberg zur Jagd begleitet hatten. Jäh war das angeschossene Tier aus einem Gebüsch vor ihm aufgetaucht, und in seinem Blick hatte das Flehen gelegen, es von seinem Leid zu erlösen. Silas hatte es nicht übers Herz gebracht, das Reh zu töten, und war davongelaufen. Zwölf Jahre alt war er damals gewesen. Lange hatten ihn die schmerzerfüllten Augen verfolgt.

»Es war schrecklich, Silas. Noch nie habe ich solches Grauen erlebt. Die Schweden rückten gegen Fulda vor, Schlitz liegt nördlich davon. Dahin kamen sie zuerst. Mein Gatte, Alfons«, sie spie den Namen regelrecht aus, »hat mit den Schweden verhandelt, Geld geboten, damit sie die Stadt verschonen. Der Feind dachte nicht ans Verhandeln, er war in der Übermacht und konnte sich nehmen, was er wollte. Was er auch tat. Noch immer gellen mir die Schreie der verzweifelten und sterbenden Menschen in den Ohren, Silas. Nachts wache ich schweißgebadet auf und finde keinen Schlaf mehr.« Ihr Blick wurde seltsam glasig, als könnte sie durch ihn hindurchsehen.

»Das muss furchtbar gewesen sein, Amalia, doch dem Herrn sei Dank, dass dir nichts geschehen ist.«

»Das ist noch nicht alles, Silas. Der Kommandant und seine Hauptleute besetzten die Vorderburg, unseren Wohnturm. Sie leerten unseren Weinkeller, fraßen sich satt an den Vorräten, drangsalierten die Dienerschaft. Am Abend waren sie sturzbetrunken und verteilten sich überall in der Burg, kaum ein Winkel, wo nicht irgendeiner seinen Rausch ausschlief. Ich flehte Alfons an, die Gelegenheit zu nutzen und zu fliehen. Doch er zögerte.« Amalia fasste Halt suchend nach seiner Hand. »Schließlich war es mir gleich, ob er mitkam oder nicht. Ich rief nach der Dienerschaft, drei Knechte und vier Mägde. Wir rafften nur wenige Dinge zusammen und schlichen uns durch die Halle, wo der Obristwachtmeister allein an einem Tisch nahe dem Ausgang schnarchte, den Kopf auf den verschränkten Armen. Einer nach dem anderen schlüpften wir durch die Tür nach draußen. Ich ging als Letzte.« Sie holte tief Luft.

Silas wagte nicht, sie zu unterbrechen, fürchtete, sie würde es nicht fertigbringen, zu erzählen, was weiter geschehen war.

»Ich war nur noch wenige Schritte von der Tür entfernt, als der Schlafende sich bewegte und einen leeren Becher vom Tisch fegte, der auf den Steinboden fiel«, fuhr Amalia fort. »Es klang wie Kanonendonner, und der Kerl erwachte sofort aus seinem Suff. Ich stand da wie erstarrt, statt einfach weiterzugehen. Nie hätte ich geglaubt, wie behände so ein dicker Mann sein kann. Plötzlich war er bei mir, packte mich und warf mich rücklings auf den Boden, schob meine Röcke nach oben …«

Silas schluckte, wappnete sich für die nächsten Worte. Ganz bestimmt hatte dieser Fettsack Amalia geschändet.

Sie drückte seine Hand noch fester. »In diesem Augenblick erschien Alfons, ein Bündel auf der Schulter. Offenbar hatte er sich entschlossen, doch mit uns zu kommen. Ich schrie um Hilfe. Alfons zerrte an der Jacke des Dicken, aber dieser hieb ihm die Faust ins Gesicht, so heftig, dass Alfons zu Boden ging und benommen liegen blieb. Dann winselte mein Gatte um Gnade. Kannst du dir das vorstellen?« Sie schüttelte noch immer ungläubig darüber den Kopf, schluckte hart, bevor sie weitersprach. »Alfons bot dem Obristwachtmeister an, er könne mich haben, wenn er uns dann gehen ließe.«

»Was hat er getan?«, rief Silas ungläubig.

Amalia stieß ein bitteres Lachen hervor. »Dieses fette Schwein hat sich das nicht zweimal sagen lassen und seine

Hose geöffnet. Alfons stand nur da und sah zu. Doch bevor der Widerling ... du weißt schon ...« Sie brachte es nicht über sich, das Unsägliche auszusprechen. »Dann kam Franz zurück, einer unserer Knechte. Er trieb ein Messer tief in den Rücken des Schweden, wälzte ihn von mir herunter und zerrte mich hinaus ins Freie. Alfons kam uns nach. Wir schafften es bis zum Niedertor am südlichen Ende der Stadt. Zwei Soldaten hielten Wache, aber auch sie waren betrunken. Trotzdem versperrten sie uns den Weg. Franz und Ernst haben sie überwältigt, und uns allen gelang die Flucht.«

»Grundgütiger, wie konnte dein Gatte dies nur tun?«, flüsterte Silas fassungslos.

»Tagelang waren wir unterwegs, immer wieder mussten wir Umwege machen, um nicht irgendwelchen Truppen in die Hände zu fallen«, setzte Amalia ihre Erzählung fort. »Hunger und Angst waren stets unsere Weggefährten. Wir schlugen uns durch die Wälder, ernährten uns von Beeren und den ersten Pilzen in diesem Jahr. Die Knechte und Mägde konnten mit den Entbehrungen weit besser umgehen als Alfons und ich.« Bitter lachte sie auf. »Erst da wurde mir wirklich bewusst, was für eine bevorzugte Stellung der Adel einnimmt. Wir sind es nicht gewohnt, uns zurückzunehmen, haben immer genug und tafeln fürstlich, während andere für uns arbeiten und von ihrem kargen Lohn kaum leben können«, gestand sie, und Silas bewunderte Amalia für ihre Offenheit.

»Alfons hat wohl einen giftigen Pilz erwischt und starb unter Qualen«, berichtete sie. »Glaub mir, solch einen Tod wünsche ich niemandem, auch ihm nicht. Dennoch habe ich keine Träne vergossen, geschweige denn nur einen Augenblick um ihn getrauert. Nicht ein einziges Wort kam über seine Lippen, um mich für sein schändliches Verhalten um Verzeihung zu bitten, und dafür habe ich ihn noch mehr gehasst.«

»Das kann ich gut verstehen«, pflichtete Silas ihr bei.

»Ich habe die Führung übernommen und es geschafft, alle lebend nach Umstadt zu bringen. Du hättest meinen Vater erleben sollen, als wir völlig abgerissen und ausgezehrt auftauchten. Franz, Ernst und eine der Mägde sind bei uns auf dem Schloss untergekommen, die anderen in Umstadt.«

Silas vermochte sich Baron Augusts Gesicht nicht auszumalen, welches er beim Anblick dieser Gestalten wohl gezogen hatte. »Es tut mir schrecklich leid, dass du so etwas erleben musstest. Aber du kannst wirklich stolz auf dich sein.« Er dachte an seine Familie in Mainz und an Viktor. Hoffentlich ging es ihnen gut. Er bangte um sie, seit er erfahren hatte, dass Frankfurt unter schwedischer Herrschaft stand. Mainz lag nicht weit entfernt und war Sitz des Reichserzkanzlers. Allein deswegen würde der Schwedenkönig die Stadt nicht verschonen. Es war nur noch eine Frage der Zeit, bis der Feind vor Mainzens Toren auftauchte.

Amalia erhob sich. »Ich muss jetzt gehen. Danke, dass du mir Gehör geschenkt hast. Neben dir weiß nur Franz, was Alfons getan hat. Ich habe es nicht über mich gebracht, diesen Teil unserer Flucht meiner Mutter oder gar meinem Vater zu erzählen. Bitte behalte auch du es für dich.«

»Meine Lippen sind versiegelt, Amalia«, versprach Silas.

Als sie gegangen war, schälte er sich vorsichtig aus der Decke und versuchte, sich auf die Bettkante zu setzen. Beim zweiten Anlauf gelang es, der Schmerz in seinem Brustkorb war auszuhalten. Dann stützte er sich auf die Stuhllehne und drückte sich langsam hoch. Schwindel erfasste ihn und zwang ihn, sich wieder niederzulassen. Erschöpft atmete er flach ein und aus. Tiefe Atemzüge brachten den Schmerz zurück, wie er gelernt hatte. Nach einer Weile schaffte er es, aufzustehen, und wieder gönnte er sich eine Atempause, bevor er sich allmählich zum Fenster bewegte, um hinunter in den Hof zu sehen. Könnte er die Treppe hinunter und bis zu den Stallungen gehen?, fragte er sich. Silas sah an sich hinunter. Auf jeden Fall nicht nur in Unterhosen und Hemd gekleidet. Sein Blick fiel auf den großen Schrank, vielleicht fand er dort etwas zum Anziehen. In dem Augenblick, als er die Schranktür öffnen wollte, kam die Magd zurück ins Zimmer, in der Hand einen Krug und einen Becher.

»Ihr solltet noch nicht aufstehen. Der Doktor sagte, Ihr müsst noch warten«, tadelte sie ihn stirnrunzelnd.

»Mir geht es gut«, gab Silas zurück, »ich habe die Gastfreundschaft und Hilfe des Barons schon viel zu lange genossen. Würdest du mich bitte nicht so anstarren?«

»Ich starre nicht. Glaubt mir, ich habe gesehen, was sich unter Eurem Hemd befindet«, grinste sie schelmisch.

Silas spürte, wie ihm die Röte ins Gesicht stieg.

»Kein Grund, Euch zu schämen. Aber wer, denkt Ihr, hat Euch in den letzten Wochen gesäubert?«

Jetzt wurde er noch röter. Darüber hatte er überhaupt nicht nachgedacht. Silas räusperte sich verlegen.

»Brunhilde, kannst du mir Hose, Hemd und Hut besorgen und, wenn möglich, auch ein paar Stiefel und einen Umhang? So wie ich jetzt aussehe, kann ich wohl kaum das Zimmer verlassen, oder?«

Sie drehte sich zu ihm um und lächelte spitzbübisch. »Warum nicht? Steht Euch gut.«

»Was ist in diesem Krug?«, lenkte er ab und bemerkte, wie schwach er noch auf den Beinen war. Unauffällig lehnte er sich gegen den Schrank.

»Verdünnter Wein.« Sie stellte den Becher auf den Tisch neben dem Bett und goss ihn voll. »Ihr solltet Euch wieder hinlegen. Trinkt den Wein, und ich kümmere mich derweil um Kleider für Euch.«

»Du bist ein wahrer Engel, Brunhilde.«

»Und Ihr solltet nicht so tun, als ob es Euch gut ginge. Wenn ich den Schrank zur Seite schieben könnte, würdet Ihr umfallen«, entgegnete sie und lachte herzlich.

Zähneknirschend ließ er zu, dass sie ihm zum Bett half.

»Der Mann, der dich einmal bekommt, kann sich glücklich schätzen«, befand er und meinte es ernst.

Der Blick, den sie ihm daraufhin schenkte, sagte mehr als tausend Worte, und Silas schimpfte sich stumm einen eitlen Pfau, weil ihm ihre Verliebtheit gefiel. Er sollte der jungen Frau nicht solche Dinge sagen. Er würde ihr nur das Herz brechen.

Der Baron selbst brachte ihm Kleider, ebenso wie das Felleisen und die Lederhülse.

»Ich hoffe, die Stiefel passen«, meinte er und stellte sie neben das Bett.

Silas bedankte sich, öffnete die Hülse und fasste hinein. Neben den Avisi hatte er seinen Geldbeutel dort verstaut, weil dieser ihn beim Reiten gestört hatte. Was für ein Glück. Ansonsten wäre er den Dieben in die Hände gefallen.

»Ich kann Euch bezahlen, und für die Kosten des Arztes werde ich ebenfalls aufkommen«, sagte er und zog den Beutel hervor.

Baron August nickte wohlwollend. »Meine Tochter war bei Euch.« Es war eine Feststellung und keine Frage.

»Ja. Ich habe mich gefreut, Amalia wiederzusehen. Aber sie ist sehr blass und dünn geworden und nicht glücklich«, antwortete Silas.

»Sie hat Schreckliches erlebt, und dazu ist sie nach so kurzer Ehe schon zur Witwe geworden, mein armes Kind«, klagte August.

Wenn du wüsstest, dachte Silas, hielt aber sein Versprechen.

»Amalia wird darüber hinwegkommen, in ihr steckt mehr Kraft, als man vermutet«, erwiderte er. »Sie wird wohl hierbleiben müssen, zurück in die Rhön kann sie nicht.«

»Gewiss nicht so lange, wie dieser Krieg noch dauern mag. Wer weiß, ob die Schweden Schlitz nach der Plünderung nicht auch noch niedergebrannt haben. Dieses Schicksal hat bereits viele Orte ereilt. Ich kann nur hoffen, dass Landgraf Georg sich mit dem Schwedenkönig einig wird«, seufzte der Baron.

»Was hat er vor?«, fragte Silas neugierig und streifte vorsichtig das Hemd über. Mühselig und mit zusammengebissenen Zähnen gelang es ihm, in Strümpfe und Hose zu steigen.

»Georg will Gustav Adolf die Festung Rüsselsheim überlassen, dafür soll der König Hessen-Darmstadt Neutralität zusagen. Das wäre für alle in der Landgrafschaft eine große Erleichterung«, erklärte August.

»Die Stiefel sind ein wenig zu groß, aber besser als zu klein oder überhaupt keine zu haben«, stellte Silas fest und fühlte sich allmählich wieder wie ein Mensch.

»Ich hoffe für Euch, dass Ihr und die Euren verschont bleiben und der König sich auf den Vorschlag einlässt. In ein paar Tagen werde ich aufbrechen, dann seid Ihr mich los. Viel zu lange habe ich Eure Gastfreundschaft in Anspruch genommen.«

»Was habt Ihr vor? Das Felleisen könnt Ihr nicht nach Frankfurt bringen, nun, da dort die Schweden hausen.«

»Als Erstes werde ich nach Mainz reiten, um mich zu vergewissern, dass meine Familie wohlauf ist. Dann werde ich versuchen, mich bis Brüssel durchzuschlagen«, erwiderte Silas entschlossen. Diesen Plan hatte er vergangene Nacht gefasst.

»Wenn Ihr meint. Trotzdem rate ich Euch, zuvor noch einmal mit Doktor Rothermel zu sprechen. Eure gebrochenen Rippen sind noch nicht verheilt«, empfahl der Baron. »Er wollte ohnehin morgen noch einmal nach Euch sehen.«

Doktor Rothermel drückte behutsam auf die untersten beiden Rippen am rechten Brustkorb. Silas ließ es mit verengten Augen und zusammengekniffenen Lippen über sich ergehen.

»Habt Ihr noch Schmerzen beim Atmen?«, fragte der Arzt.

»Kaum«, antwortete Silas nicht ganz wahrheitsgemäß. Rothermel hob zweifelnd die Augenbrauen. Silas gab sich geschlagen. »Ja, aber mir geht es täglich besser. Denkt Ihr, ich kann reiten?«

»Es sollte möglich sein, aber mir wäre lieber, Ihr würdet es lassen. Doch ich schätze, Ihr werdet nicht auf mich hören«, seufzte der Arzt.

»Seid bedankt für Euren Rat«, sagte Silas und zog sein Hemd herunter.

Der Baron hatte ihn in seine Schreibstube beordert. Silas vermutete, dass der Schlossherr mit ihm über die entstandenen Arztkosten sprechen wollte. Zufrieden stellte er fest, dass er die Treppenstufen hinunter zur Stube im ersten Geschoss mit sicheren Tritten bewältigen konnte. Sein linkes Knie war nur noch ein wenig geschwollen und hatte die Farbe gewechselt. Statt bläulich-grün schimmerte die Haut nun gelb.

Entspannt saß August hinter seinem Schreibtisch aus Walnussholz und winkte ihn zu sich, als Silas eintrat.

»Nur herein mit Euch, nehmt Platz. Ein Glas Wein? Noch habe ich welchen im Keller«, bot er an und schenkte zwei Gläser voll, ohne eine Antwort abzuwarten.

Silas setzte sich gegenüber und nahm den Weißwein entgegen.

»Ein guter Jahrgang, dieser Tropfen vom Draiser Hof, der zum Kloster Eberbach bei Eltville gehört, nahe Eurer Heimatstadt«, plauderte der Baron und griff nach seinem Glas.

Silas tat es ihm gleich, und die beiden Männer prosteten sich zu.

»Ihr seid ein willkommener Gast in meinem Haus, Silas, das seid Ihr schon früher gewesen. Ich hoffe, Euch überreden zu können, noch etwas zu bleiben und vollständig zu gesunden«, begann der Baron, während Silas sich fragte, wohin dieses Gespräch führen sollte.

»Seid bedankt für Eure Großzügigkeit, doch ich denke, ich bin Euch genug zur Last gefallen«, erwiderte er. Sein Herz zog ihn nach Mainz. Mit jeder Stunde, die verstrich, wuchs die Sorge um seine Familie.

»Ihr wollt aufbrechen, das verstehe ich.« Der Baron räusperte sich. »Ich habe Euch hergebeten, um über meine Tochter zu sprechen. Amalia ist Euch noch immer zugetan, und ich denke, das wisst Ihr. Wartet«, er hob die Hand, als Silas den Mund öffnete. »Ich habe Euch gedemütigt, als Ihr um ihre Hand anhieltet. Doch zu diesem Zeitpunkt konnte ich nicht anders handeln, hatte ich doch Alfons von Schlitz bereits Amalia versprochen. Durch tragische Umstände ist mein einziges Kind früh zur Witwe geworden, und ich wünsche mir, dass sie wieder glücklich wird und ihr fröhliches Wesen wieder zum Vorschein kommt. Ich bin nicht mehr jung, Silas, und weiß nicht, wie lange ich noch zu leben habe. Niemand vermag das von sich zu sagen. Deshalb möchte ich Euch Amalia zur Frau geben, das heißt, wenn Ihr sie noch wollt.« Baron August nahm einen großen Schluck. Es war ihm anzumerken, wie viel Mut ihn diese kurze Rede gekostet hatte.

Schon bei Augusts ersten Sätzen hatte Silas geahnt, worauf der Baron hinauswollte. Was zum Henker sollte er darauf antworten? Ja, sicher mochte er Amalia, und sie war eine hübsche junge Frau. Dass sie Witwe war, störte ihn nicht, und dennoch versetzte es ihm einen Stich, weil er damals nicht gut genug für sie gewesen war. Augusts Angebot ehrte ihn trotzdem, zudem leistete der Mann sogar Abbitte. Wenn er Amalias Hand ausschlug, demütigte er nicht nur den Baron, sondern verletzte auch Amalia. Ihre Eifersucht auf Brunhilde war nicht zu übersehen gewesen, und Amalias Hände hatten dankbar die seinen gehalten, als sie ihren Kummer ausgeschüttet hatte. Dennoch ...

»Was sagt Ihr?«, unterbrach der Baron seine Gedankengänge.

»Ich ... Wenn es auch Amalias Wunsch ist, dann soll es so sein«, hörte er sich antworten.

»Großartig«, freute sich sein künftiger Schwiegervater. »Dann steht einer Verbindung nichts mehr im Wege. Ihr beide solltet heiraten, noch bevor Ihr nach Mainz aufbrecht. Davon werde ich Euch kaum abhalten können, verstehe ich doch Euer Drängen, Eure Familie zu sehen. Lasst uns darauf trinken.«

Silas stieß mit ihm an, der Klang der Gläser hörte sich seltsam hohl in seinen Ohren an.

Drei Tage später gaben sich Amalia und Silas das Jawort. Die junge Braut strahlte, und auf ihren Wangen zeigte sich eine feine Röte. Baronin Margaretha bekam feuchte Augen, auch August schien sehr gerührt. Lange hatten die beiden ihre Tochter nicht mehr so glücklich gesehen.

Noch an dem Tag, als er der Hochzeit zugestimmt hatte, war es Silas wichtig gewesen, die Arztkosten zu begleichen und den ein oder anderen Reichstaler für die entstandenen Ausgaben für sich und Nabil obendrauf zu legen. Nachdem er sich mit seinem zukünftigen Schwiegervater einig geworden war, sah er endlich nach seinem Pferd. Nabil begrüßte ihn wiehernd, und Silas vergrub sein Gesicht in der dichten Mähne, sog tief den lange vermissten Duft ein.

»Mein lieber Nabil, wie froh ich bin, dass dir nicht mehr geschehen ist als diese Kratzer«, sagte er, während er sich die bereits gut verheilten Schrammen ansah. »Bald werden wir wieder unterwegs sein. Es geht nach Hause, Nabil, was meinst du dazu? Du wirst deinen alten Gefährten wiederbegegnen, Ariald und Areion, Talos und Halvor und all den anderen.«

Der Hengst blies ihm sanft ins Ohr, die feinen Haare an seinem Maul kitzelten seine Wange. Silas pfiff einem Pferdeknecht und fragte nach seinem Sattel.

»Ich bringe ihn Euch«, antwortete der Bursche und stob davon. Wenig später kehrte der vielleicht dreizehn Jahre alte Knecht zurück, legte den Sattel auf, gurtete ihn fest.

»Junge, ich muss mir einen Zaum leihen, meiner ist verloren gegangen.«

»Ja, Herr, ich war dabei, als Euer Pferd hergebracht wurde, nur den Sattel auf dem Rücken, keinen Zaum, verstört und blutend aus zahlreichen Schmissen«, erzählte er eifrig.

»Wie heißt du?«

»Josef. Ich mag Euer Pferd, es ist so feinfühlig, nicht wie die groben Wagenpferde, die einen schubsen.«

»Das ist sehr freundlich von dir. Geh und finde einen Zaum mit einem sanften Gebiss.«

Kurze Zeit später saß Silas endlich wieder auf Nabils Rücken. Es war wie Nachhausekommen, und für eine Weile vergaß er seine Sorgen um die Familie und die bevorstehende Hochzeit.

Nach einem guten Essen und einigen Gläsern Wein führte Silas seine Braut hinauf in die Schlafstube. Amalia konnte es kaum erwarten. Als die Tür ins Schloss fiel, schlang sie ihre Arme um seinen Hals und bedeckte sein Gesicht mit Küssen.

»Nicht so stürmisch«, mahnte Silas lächelnd, »du brichst mir sonst wieder meine Rippen.«

»Verzeih, so lange musste ich darauf warten, dies tun zu dürfen«, erwiderte sie ein wenig atemlos. »Meinst du, wir könnten trotz deiner Verletzung unsere Ehe besiegeln?« Ihre

Lippen glänzten feucht, und in ihren Augen loderte das Verlangen.

»Ich glaube schon, nein, ich bin mir sogar sicher«, erwiderte er heiser.

Wie lange war es her, dass er einer Frau beigelegen hatte? In Regensburg war er zu einem Hurenhaus gegangen, doch als er über die Schwelle getreten war und sich umgesehen hatte, war ihm die Lust vergangen. Unverrichteter Dinge war er wieder in seine Herberge zurückgekehrt.

Er half Amalia aus dem Hochzeitskleid, das einst ihre Mutter getragen hatte. Bewundernd ließ er seine Blicke über ihren nackten, makellosen Körper schweifen.

»Du bist wunderschön, Amalia«, flüsterte er und ließ zu, dass sie ihn aus Hemd und Hosen schälte.

Achtlos fielen die Kleider zu Boden, und sie krochen unter die Decke.

»Ich liebe dich, Silas«, murmelte sie, als er seine Hände über ihre zarte Gestalt wandern ließ.

Er gab keine Antwort, drehte sie auf den Rücken und küsste sie.

Als sie irgendwann in seinen Armen einschlief, dachte er an Alexandrine von Taxis und wünschte sich, sie läge neben ihm. Schuldbewusst verbot er sich diesen Gedanken und starrte in die Dunkelheit.

Amalia hatte gefleht und gebettelt, Silas möge wenigstens noch zwei Tage nach der Hochzeit bleiben, und er hatte nachgegeben. Aus den zwei Tagen war eine Woche geworden, doch heute würde er endlich nach Mainz aufbrechen. Seinen Geldbeutel, der nach der Arztrechnung schmaler geworden war, hatte er wieder in der Lederhülse verstaut. Die Gewandschließe heftete Silas an sein Wams und verbarg sie unter dem aus Wolle gewirkten warmen Umhang, den der Baron ihm gegeben hatte. Außerdem hatte sein Schwiegervater ihm einen Haudegen geschenkt, da sein eigener bei dem Überfall abhandengekommen war.

Er hob den Fuß in den Steigbügel und schwang sich in den Sattel. Von seinen Verletzungen merkte er so gut wie nichts mehr, nur wenn er niesen musste, spürte er seine Rippen noch.

»Lebt wohl, und möge Gott Euch alle behüten«, verabschiedete er sich von seiner neuen Familie.

Amalia unterdrückte ein Schluchzen und versuchte ein tapferes Lächeln.

»Gib auf dich acht, Silas, der Herr sei mit dir auf all deinen Wegen«, brachte sie hervor.

Silas wendete Nabil und trabte davon. Schnell ließen sie Zimmer und Roßdorf hinter sich und schlugen den Weg nach Darmstadt ein. Es hatte zu schneien begonnen, und ein eisiger Wind trieb die Schneeflocken vor sich her. Silas zog die Kapuze des Umhangs tief ins Gesicht, um sich vor den Eiskristallen zu schützen, die ihm die Haut zu zerschneiden schienen. Nabil konnte das Wetter nichts anhaben, längst hatte er sein kurzes, glänzendes Sommerfell gegen einen dichten Pelz getauscht. Seine Tritte waren kraftvoll, und es war ihm anzumerken, wie froh er darüber war, sich wieder ausgiebig bewegen zu können.

Lange hatte Silas mit seinem Schwiegervater darüber gesprochen, welchen Weg er wählen sollte, um nicht in Feindeshand zu gelangen. Die schwierigste Aufgabe war, über den Rhein zu kommen. Zunächst hatte August überlegt, ob Silas nicht in nördliche Richtung reiten sollte, um bei Rüsselsheim den Main zu queren, doch Silas hatte dagegengehalten.

»Wenn ich nach Norden reite, muss ich später erneut über den Fluss. Außerdem ist die schwedische Armee in der Nähe, man sagt, der Schwedenkönig hat Höchst plündern lassen.«

»Dann bleibt Euch nur der Weg nach Westen über Darmstadt. Bei Nierstein gibt es eine Furt, allerdings führt der

Rhein viel Wasser nach all dem Regen. Vielleicht müsst ihr beide schwimmen, Ihr und Euer Pferd«, meinte August sorgenvoll.

»So schlimm wird es schon nicht werden. Außerdem kann ich mich Mainz von Süden nähern, das ist vermutlich besser als von Norden«, erwiderte Silas achselzuckend.

Darmstadt passierte er südlich und gelangte nach Riedstadt. An einer Herberge nahe dem Philippshospital machte er halt. Notgedrungen würde er hier die Nacht verbringen müssen. Der Schneefall nahm immer mehr zu, inzwischen türmte sich die weiße Pracht beinahe kniehoch. Unbehelligt war Silas bisher durchgekommen, vielleicht lag es daran, dass die Menschen, denen er zuhauf begegnete, das Felleisen erkannten und ihn deshalb ungehindert passieren ließen.

Durchgefroren und müde brachte er Nabil in den dunklen Stall, sattelte ab, bat den Knecht, den Hengst zu füttern und zu tränken. Das Heu roch muffig, als Silas sich eine Handvoll unter die Nase hielt. Innerlich leistete er bei seinem Pferd Abbitte, das für seine treuen Dienste nur minderwertiges Futter erhielt.

In der kleinen Gaststube saßen drei Männer beim Würfelspiel, die ihre besten Jahre längst hinter sich hatten. Silas setzte sich abseits an einen Tisch, erstand eine fade schmeckende Suppe und ein dünnes Bier. Das Felleisen lag samt Bündel und Lederhülse zu seinen Füßen. Aus den Augenwinkeln bemerkte er, wie die Männer ihn argwöhnisch musterten und flüsternd die Köpfe zusammensteckten. Als Silas seinen Teller geleert und seinen Becher zur Hälfte ausgetrunken hatte, rief er dem Wirt zu: »Werden Eure Gäste hier immer so beäugt?«

Schuldbewusst stand einer der Alten auf und kam zu ihm an den Tisch.

»In diesen Zeiten kann man nicht vorsichtig genug sein. Früher, als ich noch jung war, haben wir jeden Fremden willkommen geheißen. Verzeiht, junger Herr.«

»Schon gut«, erwiderte Silas versöhnlich.

»Bringt Ihr gute Nachrichten? Ihr seid doch ein Bote, oder nicht?«, fragte der Mann und deutete mit dem Kinn auf das Felleisen.

Hielt er Silas etwa für einen Dieb?

»Ob es gute oder schlechte Nachrichten sind, vermag ich nicht zu sagen. Es ist verboten, die Felleisen zu öffnen, das geschieht nur bei den großen Stationen, um die einzelnen Sendungen weiterzuverteilen«, erklärte Silas und ließ sich seinen Unmut nicht anmerken.

»Setzt Euch zu uns«, bot der Alte freundlich an.

Silas tauschte seinen Platz. »Sagt, weiß einer von euch, ob die Furt bei Nierstein noch passierbar ist?«

»Nein, der Rhein führt zu viel Wasser«, antwortete sein Gegenüber, ein Mann mit schlohweißem Haar und Bart. »Wohin wollt Ihr?«

»Ich muss nach Mainz. Gibt es eine andere Möglichkeit, über den Fluss zu kommen?«, fragte Silas hoffnungsvoll.

Der Dritte ließ die Würfel in einen Lederbecher gleiten.

»Zwei Stunden Fußmarsch nördlich von hier lebt mein Schwiegersohn. Christoph betreibt einen Bauernhof nicht weit vom Rheinufer und besitzt eine Fähre. Für zwölf Kreuzer setzt er Pferd und Reiter über.«

Silas war entzückt, was für ein Glücksfall. »Beschreibt mir, wie ich dorthin komme.«

Bei Tagesanbruch ritt er los, die Schneedecke war über Nacht noch höher geworden, aber wenigstens hatte es gegen Morgen zu schneien aufgehört. Nabil kämpfte sich prustend durch die weiße Pracht. Silas stieg ab, um seinem Pferd nicht noch mehr Kräfte zu rauben. Nur sehr langsam kamen sie voran, und nach anstrengenden vier Stunden entdeckte er endlich den einsam liegenden Hof. Silas hörte den Hofhund bellen, bevor er ihn sah, ein großes braunes Tier mit zotteligem Fell. Ein Mann trat aus dem Bauernhaus und rief den Hund zu sich. Abwartend standen sie nebeneinander, bis Silas und Nabil näher gekommen waren.

»Wer seid Ihr, und was wollt Ihr hier?«, rief der Mann misstrauisch.

Silas hielt an. »Seid Ihr Christoph Rieder? Euer Schwiegervater, Eberhard Stock, sendet Euch Grüße«, antwortete er mit lauter Stimme.

Der Bauer winkte ihn zu sich, packte den Hund vorsorglich am Nackenfell.

»Woher kennt Ihr ihn?«, wollte er wissen. »Gunter, setz dich«, befahl er dem Hund.

»Ich habe die Nacht in Riedstadt verbracht, in der Gaststube habe ich Eberhard getroffen. Mein Ziel ist Mainz, und der Rhein führt zu viel Wasser, um die Furt bei Nierstein zu queren. Deshalb riet er mir, Euch aufzusuchen, damit Ihr mich und mein Pferd übersetzt.«

»War es schon einmal auf einer Fähre oder einem Schiff?«, fragte Christoph mit Blick auf den Hengst.

»Nabil kennt Fähren.« Silas klopfte seinem Pferd den Hals.

»Gut. Wir werden aber erst bei Einbruch der Dunkelheit losfahren, vorher ist es zu gefährlich. Tagsüber sind jede Menge Schiffe unterwegs.«

»Einverstanden.«

»Wenn ich im Dunkeln steuern muss, kostet es das Doppelte. Vierundzwanzig Kreuzer«, sagte Christoph bestimmt.

Silas nickte. »Kann ich Nabil so lange unterstellen, und habt Ihr etwas Futter für ihn?«

»Bringt ihn dort in den Stall zu meinen Kühen, viel Heu

habe ich nicht. Es muss über den Winter reichen, also haltet ein.«

Nachdem Nabil versorgt war, nahm Christoph Silas mit ins Haus, Gunter folgte ihnen und legte sich in eine Ecke. Die vier Kinder der Familie starrten vor Schmutz, Christophs Frau war verhärmt, gealtert vor ihrer Zeit. Auch der Bauer war für einen Mann seiner Größe viel zu mager. Trotzdem teilten sie mit Silas das Wenige, das sie hatten. Obwohl er hungrig war, aß er kaum etwas von der dünnen Grießsuppe, schob seinen Teller dem ältesten Jungen zu. Silas hatte erwartet, Christophs Sohn würde darüber herfallen, doch weit gefehlt. Löffel für Löffel verteilte er den Tellerinhalt auf seine drei Geschwister, behielt nur wenig für sich übrig.

»Setzt Ihr öfter Leute über den Rhein?«, wollte Silas von Christoph Rieder wissen.

»Früher waren es mehr, Menschen aus Trebur, die nach Mainz wollten. Ihr seid seit Langem der Erste, der hinüberwill. Meist nutze ich die Fähre, um zu fischen. Aber seit die Schweden mit ihren Schiffen den Rhein bevölkern, fahre ich kaum mehr hinaus«, antwortete der Bauer. »Nun möchte ich Euch etwas fragen: Was treibt einen reitenden Boten in diese gottverlassene Gegend?«

Silas erklärte ihm in wenigen Sätzen, warum er so weit fernab der Strecke unterwegs war.

»Ich verstehe. Jüngst war ich in Trebur, um zwei Säcke Gerste zu erstehen, und habe die letzten Nachrichten gehört. Trebur wurde schon einmal heimgesucht in diesem verfluchten Krieg …«

»Christoph«, mahnte seine Frau.

»Ach, ist doch wahr, anders kann man dieses Elend doch nicht nennen. Wie dem auch sei, der Erzbischof ist mit anderen hohen Klerikern von Mainz nach Köln geflohen, sagt man.

Angeblich wollte er mit dem Schwedenkönig keine Vereinbarung treffen, was die Stadt angeht. Mainz soll danach wohl beschossen worden sein, heißt es, um den Rat zu zwingen, eintausendfünfhundert Mann aufzunehmen. Dies wurde vereinbart, aber als die Schweden übersetzten, eröffneten die Soldaten in der Stadt das Feuer. Das Schiff ging unter, und alle sind ersoffen. Die Schweden haben Rache geschworen und verlangen zudem fast zwei Millionen Reichstaler. Mainz wird stark belagert, und wie Ihr da hineingelangen wollt, weiß ich nicht«, endete der Bauer seine Erzählung.

Silas lief ein eiskalter Schauer über den Rücken. »Niemand kann diese gewaltige Summe aufbringen. Was wisst Ihr sonst noch Neues?«

»Die Protestanten belagern Mergentheim und Heidelberg, und der Niedersächsische Reichskreis ist nun endgültig zusammengeschlossen, nachdem der Bremer Bischof Lilienthal, Verden und Ottersberg eingenommen hat. Die Schwedischen setzen die Kaiserlichen immer mehr unter Druck, überall heuern sie Tausende und Abertausende Fußsoldaten und Reiter an. Wallenstein soll wieder eingesetzt werden, sofern der Kaiser seine Forderungen erfüllt.«

»Ihr seid gut informiert«, sagte Silas und fügte im Stillen hinzu: »für einen Bauern«.

»Wenn ich einmal von hier fortkomme, dann sauge ich Neuigkeiten geradezu auf, und ich habe ein gutes Gedächtnis. Ich will vorbereitet sein, wenn der Krieg hierhergetragen wird. Tief in den Wäldern habe ich eine einfache Hütte gezimmert, dorthin werde ich rechtzeitig meine Familie bringen. Beim letzten Marsch der Soldaten durch Trebur sind wir davongekommen, aber ein zweites Mal haben wir vielleicht nicht so viel Glück.« Christoph strich seinem Jüngsten, der neben ihm saß, über den Schopf. Eine zärtliche Geste, die Silas ahnen ließ, wie teuer dem Bauern seine Familie war.

»Es wird Zeit«, sagte Rieder. « Lasst Euer Pferd unge-
sattelt, falls es das Schaukeln nicht aushält und über Bord
springt«, riet er

Silas bedankte sich bei Christophs Frau für das Essen und
gab ihr drei Kreuzer, die sie dankbar entgegennahm. Dann
lud er seine Habseligkeiten auf die Fähre und ging in den Stall,
um Nabil zu holen. Ein wenig mulmig war ihm zumute, als er
den Hengst zum Ufer führte. Inzwischen war es fast dunkel
geworden, und die Wasser des Rheins flossen wie schwarze
Schatten dahin. Eine schmale Mondsichel zeigte sich, und
nur wenige Sterne prangten am Firmament.

»Euer Pferd muss in der Mitte der Fähre bleiben«, mahnte
der Bauer.

Silas nickte. »Nun, dann komm, mein Freund, wir machen
eine Flussfahrt«, meinte Silas und streichelte Nabil noch einmal kurz über die Stirn. Dann stapfte er zielstrebig zur Fähre,
zögerlich folgte ihm der Hengst. Silas setzte einen Fuß auf
das Holz, zupfte am Strick. Der Fuchs stand nun mit beiden Vorderhufen auf der Fähre, doch dann verließ ihn offenbar der Mut.

»Nabil, wir haben nicht ewig Zeit«, mahnte Silas freundlich und zog bestimmt am Führseil.

Nach einer Weile gab der Hengst nach und stieg ein,
schnaubte aufgeregt, als er den schwankenden Boden unter
den Hufen spürte. Silas lobte ihn, und Christoph drückte
eine lange Stange gegen das Ufer, um die Fähre in Bewegung
zu setzen. Silas spürte Nabils Anspannung und sprach leise
mit ihm, strich ihm über die samtenen Nüstern.

»Es ist nicht weit«, sagte Christoph schwer atmend, denn
die Strömung verlangte ihm viel ab. »An dieser Stelle des
Rheins liegen zwei Sandinseln. Auf einer davon steht ein
Gehöft mit Wiesen, die andere, das Sändchen, wie wir sie
nennen, ist mit Bäumen bewachsen. Dort steigt Ihr aus, wäh-

rend ich auf die andere Seite steuere und euch beide wieder auflade.«

Kaum knirschte der Sand unter dem Holz, sprang Nabil mit einem Satz von der Fähre und hätte Silas beinahe den Strick aus der Hand gerissen.

»Ruhig, mein Freund, ruhig«, brummte er und tätschelte den Hals des Hengstes, der sich schweißnass unter seinen Händen anfühlte. Dann führte er das Tier durch das lichte Wäldchen, und Nabil schien sich zu beruhigen. In kürzester Zeit erreichten sie die andere Seite und warteten auf Christoph. Nabil knabberte hungrig an einer Baumrinde, Silas ließ ihn gewähren, denn auch sein Magen knurrte. Nach einer Weile konnte er die Fähre in der Dunkelheit ausmachen, die nördlich von ihm anlegte.

»Komm, Nabil, genug davon, wir müssen weiter.«

Als der Hengst erneut die Fähre besteigen sollte, weigerte er sich standhaft. Immer wieder versuchte Silas, ihn davon zu überzeugen, doch der Fuchs blieb stur.

»Das andere Ufer ist viel näher als die erste Strecke, vielleicht schwimmt Euer Pferd nebenher«, schlug der Bauer vor.

»Na schön, zur Not muss ich selbst ins Wasser«, seufzte Silas.

»Ihr würdet Euch den Tod holen, der Rhein ist eiskalt.«

»Mir bleibt keine Wahl, Christoph, also versuchen wir es.« Er führte Nabil in die Fluten, hier war es noch seicht genug, dass ihm das Wasser nicht oben die Stiefel lief. Der Hengst kam mit, ihn störte das kalte Nass nicht. Christoph streckte eine Hand aus und half Silas auf die Fähre. Als sich das hölzerne Gefährt in Bewegung setzte, zögerte das Pferd einen Augenblick, folgte dann aber ins tiefe Wasser und schwamm schließlich.

»Nabil, guter Junge, immer weiter so. Bald hast du wieder festen Boden unter den Hufen«, lockte Silas, dessen Finger steif vor Kälte waren. Er spürte nicht, wie ihm das Seil entglitt, bis es zu spät war.

»Ich habe ihn verloren«, rief er entsetzt, als sich Nabil immer weiter entfernte. »Kannst du näher an ihn heransteuern?«

»Nein, wir kommen sonst zu weit flussabwärts«, ächzte der Bauer. »Er wird es schon schaffen, es ist nicht mehr weit«, fügte er tröstend hinzu.

Silas war fassungslos, als er in der Dunkelheit Nabil aus den Augen verlor.

»Gütiger Jesus, lass ihn nicht sterben«, flüsterte er.

Dann spürte er, wie die Fähre den Grund berührte und wenige Augenblicke später ans Ufer glitt.

»Helft mir, sie an Land zu ziehen«, forderte Christoph ihn auf und warf Silas das dicke Tau zu.

Silas fing es auf und sprang von Bord, hielt die Fähre, bis auch der Bauer den sandigen Grund erreicht hatte. Mit vereinten Kräften hievten sie das Gefährt ein Stück weit aus dem Wasser, und Christoph schlang das Tau um einen Baum. Silas packte seine Sachen und hängte sie an einen Ast. Aus seinem Beutel förderte er die Münzen hervor und reichte sie dem Bauern.

»Hier, Euer Lohn«, sagte er niedergeschlagen.

»Geht nach Norden, der Rheinarm wird dank der Insel noch ein wenig schmaler, bestimmt hat Euer Pferd es dort ans Ufer geschafft«, meinte Christoph und steckte die Münzen ein. »Ich muss zurück, lebt wohl, ich hoffe, Ihr findet es.«

Silas löste das Tau, warf es an Bord, und der Bauer verschwand im Dunkel der Nacht. Die Lederriemen, die an Felleisen, Lederhülse und seinem Bündel befestigt waren, streifte er sich so über den Kopf, dass sie quer über seinem Oberkörper zu liegen kamen. Den Zaum nahm er auf die linke Schulter, den Sattel trug er vor seinem Bauch. Dann stapfte er durch den Schnee, merkte nicht, wie Tränen seine Wangen hinunter in seinen Bart rannen.

Ich hätte Nabil hinterherspringen müssen, dachte er verzweifelt. Wenn er dem Rhein entkommen ist, ist er eiskalt und wird krank werden, falls er keinen warmen, trockenen Platz bekommt.

Mehr als eine Stunde wanderte er am Ufer entlang, seine Last wurde von Schritt zu Schritt schwerer. Immer wieder blieb er stehen, um zu verschnaufen und zu lauschen, in der Hoffnung, einen Laut zu vernehmen, der von einem Pferd stammen könnte. Doch nichts dergleichen drang an seine Ohren, und Silas blieb nichts anderes übrig, als weiterzugehen und stumm für den Hengst zu beten. Nabils Namen zu rufen, traute er sich nicht, denn am anderen Flussufer war hin und wieder Feuerschein auszumachen. Silas vermutete dort ein Lager der Schweden und zog sich hinter die ersten Baumreihen zurück. Das machte das Durchkommen zwar beschwerlicher, beladen, wie er war, doch er fühlte sich sicherer.

Unvermittelt ragte ein einsames Gehöft vor ihm auf, und nach kurzer Überlegung schlug er einen großen Bogen darum. Nachdem er sich eine Weile vorwärtsgeschleppt hatte, konnte er weitere Häuser ausmachen, und ihm wurde bewusst, dass er nach Laubenheim gelangt sein musste, einen kleinen Ort südlich von Mainz. Nur vereinzelt war Licht hinter den Fenstern zu sehen. Silas atmete auf. In Laubenheim wohnte der Bruder seines Schwagers Leopold, erinnerte er sich. Krampfhaft dachte er über dessen Namen nach. Schließlich fiel er ihm ein. Ludwig Wagner, seines Zeichens Küfer. Er ging durch die Gassen, strebte die Ortsmitte an. An den Marktplätzen waren meist Herbergen zu finden, dort hoffte er, würde man ihm sagen können, wo Ludwig Wagner wohnte. Tatsächlich stand am Rande des Platzes das Gasthaus Zur Roten Sonne.

Silas legte den Sattel auf den Boden, drückte die Klinke, aber die Tür war verschlossen. Er klopfte mit den Fingerknöcheln gegen das Holz. Nachdem er zwei weitere Male dagegengepocht hatte, öffnete sich ein Fenster im ersten Stock.

»Was wollt Ihr zu nachtschlafender Zeit?«, rief eine tiefe Stimme missmutig.

»Bitte, ich brauche nur eine Auskunft«, antwortete Silas, den Kopf in den Nacken gelegt. Im Schein der Lampe, die der Mann aus dem Fenster hielt, erkannte er ein rundes, faltiges Gesicht und einen dichten Bart.

»Bisschen spät, findet Ihr nicht? Kommt morgen wieder.« Der Arm mit der Lampe drohte zu verschwinden.

»Ich flehe Euch an, ich möchte nur wissen, wo der Küfer Ludwig Wagner wohnt«, bettelte Silas.

»Ludwig? Was wollt Ihr von ihm?« Die Stimme klang misstrauisch, aber wenigstens hatte ihr Besitzer entschieden, nicht das Fenster zu schließen.

»Er ist der Bruder meines Schwagers, Leopold Wagner«, erwiderte Silas.

»So. Und warum wisst Ihr dann nicht selbst, wo seine Werkstatt ist?«

Allmählich hatte Silas genug von den Fragen. Er war am Rande der Erschöpfung, hatte Hunger, fror erbärmlich und war dazu in großer Sorge um sein geliebtes Ross. Doch er fasste sich in Geduld. »Ich habe Ludwig nur ein Mal auf der Hochzeit meiner Schwester Hella in Mainz gesehen, woher soll ich denn wissen, in welcher Laubenheimer Gasse er seine Küferei hat?«

»Schon gut, geht zum Ende der Pfarrgasse, sie liegt genau gegenüber der Roten Sonne. Der letzte Hof auf der linken Seite ist Ludwigs Haus. Gute Nacht.«

Bevor Silas sich bedanken konnte, verschwand das Licht, und das Fenster wurde zugeschlagen. Er nahm den Sattel auf seine schmerzenden Arme und schlug den angegebenen Weg ein. Vor dem beschriebenen Haus stand ein altes Weinfass, und Silas seufzte erleichtert. Erneut ließ er den Sattel zu Boden gleiten, pochte gegen die Tür. Aber auch nach mehrfachem Klopfen öffnete niemand. Unschlüssig stand Silas da, dann entschied er, den angrenzenden Hof zu betreten. Wie erwartet, fand sich dort eine Scheune. Wenigstens bekam er so ein Dach über dem Kopf für die Nacht. Das Tor war unverriegelt. Vorsichtig ging Silas hinein, tastete sich in der Finsternis voran. Es roch angenehm nach Holz. Prompt stieß er gegen einen Stapel Dauben oder rohe Bretter. Zwei Schritte weiter rempelte er ein leeres Fass um, welches einen Höllenlärm verursachte, als es über den Scheunenboden rollte und irgendwo dagegenrummste. Leise fluchte Silas vor sich hin.

Plötzlich wurde das Tor aufgerissen, und eine Stimme bellte:

»Elender Dieb. Na warte, bis ich dich in die Finger bekomme. Lukas, heb die Lampe höher«, wies der Mann offenbar eine weitere Person an.

Silas wandte sich um, erkannte im Lichtschein einen großen Mann mit einem hocherhobenen Bandhaken, dem Werkzeug der Küfer, um die eisernen Reifen über die Dauben der Fässer zu ziehen. Neben ihm ein etwa sechs Jahre alter Junge.

»Haltet ein, ich bin kein Dieb«, rief er. »Ihr müsst Ludwig Wagner sein. Euer Bruder hat meine Schwester Hella geheiratet, ich bin Silas von Maringer.«

Ludwig stieß einen verblüfften Laut, ließ den Bandhaken sinken, war aber immer noch auf der Hut.

»Tretet näher, damit ich Euer Gesicht sehen kann.«

Silas machte drei Schritte auf die beiden zu und blieb stehen.

»Tatsächlich, du bist es. Was in drei Teufels Namen tust du hier?«

»Es ist eine lange Geschichte, die ich dir morgen erzählen werde. Jedenfalls habe ich beim Übersetzen über den Rhein mein Pferd verloren und bin von Nackenheim bis hierher gelaufen. Kann ich in der Scheune die Nacht verbringen?«, antwortete Silas, der mit einem Mal todmüde war, als die Anspannung von ihm abfiel.

»Komm mit rein, hier holst du dir nur das Lungenfieber.« Silas trottete dem Küfer und seinem Sohn hinterher ins Haus.

»Setz dich, Silas, ich wecke Hedwig. Lukas, du gehst wieder ins Bett«, scheuchte er den Jungen die Treppe hinauf.

Silas rutschte in die Küchenbank, den Rücken gegen die Wand gelehnt, und schloss die Augen. Stimmen schreckten ihn hoch, er musste sogleich eingenickt sein, kaum dass er die Lider gesenkt hatte.

»Hedwig, verzeih, dass ich dir den Schlaf raube«, sagte Silas zur Begrüßung und rieb sich die Augen.

»Ich bin Kummer gewohnt«, zwinkerte sie. »Du bist sicher hungrig. Brot und geräucherten Fisch kann ich dir geben.« Sie verschwand nebenan in die Vorratskammer und kehrte mit dem Essen zurück, stellte es vor Silas hin.

»Der Herr hat dir einen Engel zur Frau gegeben, Ludwig.« Gierig brach er das Brot und zückte sein Messer, um den Fisch zu entgräten.

»Da hast du wohl recht, meine Hedwig ist die beste Ehefrau, die ein Mann sich wünschen kann«, brummte Ludwig vergnügt und brachte zwei Krüge Bier an den Tisch.

»Hört, hört«, spöttelte Hedwig. »Ich mache dir eine Schlafstatt in der Diele zurecht, Silas.«

Den Mund voll Brot und Fisch, blieb Silas nur, ihr ein dankbares Lächeln zu schenken. Als sie verschwunden war, beharrte Ludwig trotz der vorgerückten Stunde darauf, genau zu hören, was Silas widerfahren war. Nach einem weiteren Becher Bier hatte Silas den Küfer ins Bild gesetzt.

»Was wirst du nun tun?«, wollte Ludwig wissen.

»Schlafen«, gähnte Silas. »Morgen muss ich versuchen, mein Pferd zu finden. Nabil ist wie ein Freund für mich, so schnell gebe ich nicht auf.«

»Gut, dann lass uns zu Bett gehen, in der Früh sehen wir weiter.«

Kaum hatte sich Silas hingelegt und die Decke über sich gezogen, fiel er in einen tiefen Schlaf. Gegen Morgen kamen die Albträume. Nabil, der ihn mit aufgerissenen Augen anklagend ansah und sich in den dunklen Wassern angstvoll wiehernd von ihm entfernte und schließlich verschwand. Dann verfolgten ihn die hungrigen Gestalten der vier Bauernkinder, die bittend die Hände ausstreckten. Vorwurfsvoll erschien plötzlich das Gesicht seines Schwiegervaters, der ihm vorhielt, Amalia nur aus Mitleid geheiratet zu haben, er, Silas, liebe doch längst eine andere. Bevor er erwachte, sah er einen Mund mit einem unwiderstehlichen Lächeln: Alexandrine von Taxis.

Noch vor Tagesanbruch stand er steif und mit schmerzenden Gliedern auf, ging die wenigen Stufen hinunter zur Küche, wo Hedwig bereits das Feuer geschürt hatte. Wohlige Wärme empfing ihn und Gerstenbrei, den sie ihm auf einen Teller lud.

»Ludwig hat mir schon erzählt, wie es dir ergangen ist«, sagte sie und setzte sich zu ihm. »Gott muss die Hand schützend über dich halten, sonst wärst du längst nicht mehr am Leben. Wahrscheinlich hat der Herr noch einiges mit dir vor.«

»Vielleicht. Aber warum musste er mir Nabil nehmen? Dieses treue Pferd kann nichts für den Krieg, der sicher nicht gottgewollt ist«, brachte er zwischen den einzelnen Bissen hervor.

»Ich habe nachgedacht. Wenn dein Pferd es ans Ufer geschafft hat, dann habe ich eine Vorstellung, wo du es finden könntest.«

Silas verschluckte sich beinahe am letzten Löffel Brei.

»Hedwig, wenn du recht hast, dann bin ich mir endgültig sicher, dass du ein Engel auf Erden bist.« Er fasste nach ihren Händen und bedeckte sie mit Küssen.

»Silas, nicht doch.« Sie entzog sich ihm. »Es gibt ein einsames Gehöft, weniger als eine Viertelmeile vor Laubenheim. Dort lebt Kunibert, er hält Kühe, besitzt aber auch zwei schwere Pferde. Wenn deinem Ross der Geruch seiner Artgenossen in die Nase gestiegen ist, ist es vielleicht dorthin gelaufen.«

Silas Herz tat einen Sprung. Es musste sich um den Hof handeln, den er umgangen hatte.

»Ich werde sogleich aufbrechen. Wenn Nabil bei diesem Kunibert ist, werde ich dich für immer in meine Gebete einschließen.«

Sie lächelte. »Geh nicht allein, Kunibert ist ein grantiger Kauz. Nimm Ludwig mit«, riet sie.

Ludwig Wagner erklärte sich bereit, ihn zu begleiten, und nach einem kurzen Fußmarsch erreichten sie Kuniberts Hof. Im Stall muhten die Kühe, irgendwo spaltete jemand Holz. Die beiden Männer folgten dem Geräusch und trafen auf einen bulligen Kerl mit gerötetem Gesicht, der die Axt schwang.

»Kunibert«, rief Ludwig von Weitem, »ich bin es, Ludwig Wagner, Küfer aus Laubenheim.«

Der Bauer hielt inne und wandte sich ihnen zu, die Axt vor seinem Körper haltend.

»Was willst du auf meinem Hof? Wenn du Milch brauchst, frag woanders«, scholl seine Stimme missmutig zu ihnen herüber.

Ludwig und Silas näherten sich Kunibert weiter, und Silas bemerkte, wie sich der Griff des Mannes um den Axtstiel verstärkte.

»Er wird uns doch nicht angreifen?«, raunte er Ludwig zu.

»Ich hoffe nicht«, gab Ludwig leise zurück. »Kunibert, ist dir gestern ein Pferd zugelaufen? Wir suchen den Hengst meines Schwippschwagers«, erklärte er dann laut.

Kuniberts Augen verengten sich. »Warum soll der Gaul bei mir sein?«

Das war kein Nein.

»Mir ist das Führseil bei der Überquerung des Rheins entglitten, und meine Hoffnung ist, dass Nabil es ans Ufer geschafft hat. Euer Hof ist der nächstliegende«, sagte Silas.

»Wer ist so dumm und kommt bei diesem Wetter über den Fluss? Wenn Ihr Euer Pferd verloren habt, seid Ihr selbst schuld«, entgegnete der Bauer verächtlich.

»Kunibert, ist das Pferd hier oder nicht?«, fragte Ludwig mit fester Stimme.

»Und wenn, wer sagt, dass es sein Gaul ist?« Er wies mit dem Kinn auf Silas. »Bei all dem Kriegsvolk laufen ab und an mal reiterlose Pferde herum.«

Silas holte tief Luft, er spürte, dass Nabil hier war. »Darf ich einen Blick in Euren Stall werfen?«

»Nein, und nun schert Euch von meinem Land.«

In diesem Augenblick kam ein kleines Mädchen aus dem Stall gelaufen. »Vater, das neue Pferd frisst nicht.«

»Ah, ein neues Pferd also. Was für ein Zufall«, höhnte Ludwig.

»Geht zum Teufel«, fuhr Kunibert auf. »Und du, mach, dass du ins Haus kommst«, herrschte er seine Tochter an.

»Mädchen, was ist das denn für ein Pferd? Welche Farbe hat es?«, fragte Silas das Kind.

»Ein Fuchs mit einem Stern auf der Stirn, wunderschön ist er«, strahlte Kuniberts Tochter. Dann wurde ihre Miene traurig. »Aber ich glaube, er ist krank.«

»Geh, Adelheid, sonst kannst du was erleben«, drohte der Bauer und versetzte ihr einen derben Stoß.

Adelheid schluckte und lief davon.

»Wir überzeugen uns selbst davon, ob es Silas' Pferd ist oder nicht.« Ludwig machte einen Schritt in Richtung Stall. Doch Kunibert vertrat ihm den Weg. »Nichts werdet ihr beide. Verschwindet, sonst mach ich euch Beine.«

»Nabil!«, rief Silas, so laut er konnte. »Nabil, mein Freund.«

Die Antwort erfolgte sogleich. Ein schwaches Wiehern drang durch die Holzwände.

»Ist das Beweis genug? Mein Pferd ist dort drin, und ich werde es mitnehmen. Ihr könnt von Glück sagen, dass ich Euch nicht des Diebstahls bezichtige.« Silas Körper spannte sich, bereit, sich zu verteidigen.

Als Kunibert die Axt hob, trat Silas ihm in den Bauch. Kunibert klappte zusammen, und einen Wimpernschlag später traf Silas' Stiefelabsatz das rechte Handgelenk des Bauern. Die Axt fiel ihm aus der Hand, und Silas kickte sie blitzschnell außer Reichweite. Nichts hatte er von Viktor von Eisenbergs Kampfübungen verlernt, und stumm dankte er dem alten Freund. Hin und wieder war er auf seiner Reise in Schwierigkeiten geraten, und jedes Mal hatte Viktors Schule ihn gerettet.

»Pass auf ihn auf, Ludwig, während ich Nabil hole.«

Ludwig bückte sich nach der Axt und blieb drohend über dem Bauern stehen, der sich langsam mit schmerzverzerrtem Gesicht aufrappelte.

Silas rannte in den Stall, und der Hengst wieherte erneut. Nabil stand zwischen zwei stämmigen Kaltblütern, die sich an dem wenigen Stroh gütlich taten.

»Nabil, gepriesen sei Jesus Christus.« Seine Kehle war vor Glück und Dankbarkeit wie zugeschnürt. Kurz drückte er sein Gesicht in das dichte Fell. Dann betrachtete er die Augen des Hengstes. Sie waren matt und glanzlos. Kein Zweifel, Nabil war krank, wie Adelheid schon gesagt hatte. Vermutlich fieberte er. An einem Haken entdeckte er Führseil und Halfter, streifte beides seinem Pferd über. Silas zog seinen Umhang aus, legte ihn Nabil auf den Rücken. Lieber würde er frieren, als sein fieberndes Ross der Kälte preiszugeben. Er fand einen langen Strick, band damit den Umhang unter dem Pferdebauch zusammen.

»Wir können los, Ludwig, ich brauche so schnell wie möglich einen warmen Platz für ihn und Arznei«, rief er, als er den Stall verließ.

Ludwig nickte, schleuderte die Axt weit von sich. »Kunibert, wir verstehen uns jetzt, nicht wahr?«

Der Bauer nickte heftig und trat eiligen Schrittes den Rückzug ins Haus an.

»Er war leichenblass, was hast du zu ihm gesagt?«, wollte Silas zitternd wissen. Der kalte Wind ging durch Mark und Bein.

Ludwig grinste. »Ich habe ihn gefragt, ob er wisse, was ein Kastrat sei, und nebenbei mit dem Daumen die Schärfe der Axt geprüft. Das hat er verstanden.«

Das Lachen hatte etwas Befreiendes und tat gut. Doch es war nur von kurzer Dauer, denn Silas machte sich Sorgen. Nabil war schwach und kam nur langsam mit, hin und wieder hustete er. Sie brauchten einige Zeit länger, bis sie Ludwigs Haus erreichten.

»Bring ihn zu meinen Wagenpferden, sie stehen neben der Scheune«, sagte der Küfer.

Silas füllte einen Bottich mit frischem Wasser und bot ihn seinem Ross an. Dann eilte er ins Haus und rief nach Hedwig.

»Hedwig, du hattest recht«, rief er laut.

Freudestrahlend kam sie aus der Küche. »Vergiss nicht, jeden Tag für mich zu beten«, zwinkerte sie.

»Das werde ich nicht. Aber Nabil ist krank, ich brauche Mädesüß oder Weidenrinde und, wenn möglich, Spitzwegerich«, erwiderte Silas. »Und heißes Wasser.«

»Lukas kann die Nachbarin drei Häuser weiter nach den Kräutern fragen. Ich schicke ihn hin«, sagte sie und setzte einen Kessel mit Wasser auf.

Eine Stunde später hatte Nabil den Kräutersud getrunken. Silas hatte Hedwig Geld für die Nachbarin gegeben. Allmählich schrumpfte seine Barschaft ziemlich zusammen. Wenn er das Felleisen jemals abliefern konnte, würde er vermutlich keinen Kreuzer mehr besitzen, denn jeder Tag Verzögerung kostete.

»Sagt, kann ich mich bei euch nützlich machen? Ihr gewährt mir und Nabil ein Dach über dem Kopf, das soll nicht ohne Gegenleistung sein.«

Sie saßen in der Küche bei Brot, Schmalz und Dünnbier.

»Wenn du dich um die Pferde kümmern würdest, wäre das schon eine Hilfe«, antwortete Ludwig kauend. »Und das Geschirr muss auch gepflegt werden, bevor das Leder rissig wird. Beim Fassbau kannst du mir nicht helfen.«

Weihnachten stand vor der Tür. Nabil war wieder gesund, hustete kaum noch, das Fieber war längst verschwunden, und er machte einen munteren Eindruck. Die Zeit war gekommen, Abschied von den Wagners zu nehmen und den Weg nach Mainz anzutreten. Die Nachrichten der letzten Tage waren jedoch mehr als besorgniserregend, und Silas fragte sich nicht zum ersten Mal, wie er in die Stadt kommen sollte.

»Jeder weiß, was die Schweden in Würzburg angerichtet haben, und wenn du mich fragst, wird der Mainzer Rat bald die Tore öffnen und der Forderung nachkommen, zehntausend Soldaten aufzunehmen, bevor die Stadt in Schutt und Asche gelegt wird. Es kann nicht mehr lange dauern«, überlegte Ludwig laut. »Vielleicht solltest du dem König deine Dienste anbieten, um ungeschoren nach Mainz hineinzugelangen.«

Silas runzelte die Stirn. »Ich werde doch nicht die Seiten wechseln.«

»Musst du nicht, du kannst nur so tun. Ständig wechseln die Leute die Seiten, schau dir nur die Söldner an. Und hast du nicht selbst gesagt, es geht in diesem gottverdammten Krieg längst nicht mehr um die Religion? Mach dir dies zunutze.«

»Man darf nicht fluchen, Vater«, warf Lukas ein und erntete einen tiefen Seufzer.

Ludwig wuschelte ihm durch die Haare. »Stimmt schon. Nun, Silas, was hältst du davon? Sie werden dich mit Freuden aufnehmen. Einen Boten, der gar noch über ein eigenes Ross verfügt.«

»Ich weiß nicht …« Silas leckte das Schmalz von den Fingerspitzen.

»Ludwig hat recht, Silas«, warf Hedwig ein, »und zum Zeichen, dass du es ernst meinst, gib ihnen das Felleisen.«

»Was? Niemals! Es wurde mir anvertraut«, empörte er sich.

»Denkst du wirklich, du kannst die Briefe noch ihren Empfängern bringen? Sei nicht albern. Seit Wochen schleppst du sie mit dir herum, und wozu? Nur aus Pflichtgefühl, ja, ich weiß. Aber wenn du deine Familie wiedersehen willst, dann solltest du dir Hedwigs Worte durch den Kopf gehen lassen«, entgegnete Ludwig.

»Nürnbergs Postmeister wurde festgenommen, wie lange wird es noch dauern, bis wir diese Strecke endgültig aufgeben müssen?«, fragte die Gräfin Benedikt Grotheer. »Reicht es nicht, dass Hamburg, Leipzig und Frankfurt längst verloren gegangen sind?«

»Ich weiß es nicht, wir können nur hoffen, dass es Tilly gelingt, Nürnberg zurückzuerobern. Um Mainz ist es auch schlecht bestellt, die Schweden schlagen Brücken über den Rhein, wie man liest. Der gesamte Rheingau ist von den Schwedischen besetzt, Speyer und Worms ebenso, und fast die ganze Bergstraße bis auf Heidelberg«, wusste Grotheer.

»Tilly ist in Donauwörth, Heerführer von Fürstenberg und Fürst Maximilian von Sachsen liegen in Eichstätt und Weißenburg. Sie sollen nach Böhmen aufbrechen, um dort die Kaiserlichen zu verstärken, nachdem Limburg nicht mehr zu retten ist. Warum nach Böhmen, wenn doch hier in den deutschen Landen die Schlachten am schlimmsten toben?« Alexandrine von Taxis stützte die Ellbogen auf ihren Schreibtisch, vergrub das Gesicht in ihren Händen und sah wieder auf. »Übermorgen feiern wir den Heiligen Abend, Christi Geburt. Ich bin ein gläubiger Mensch, Grotheer, aber allmählich denke ich, Gott hat uns allen den Rücken gekehrt.«

Bestürzt sah Grotheer die Gräfin an. »Zweifelt nicht. Besucht die Heilige Messe mit Euren Kindern. Wankt nicht in Eurem Glauben an Gott.«

Alexandrine schenkte ihm ein gequältes Lächeln. »Meine Kinder wachsen in einer Welt auf, die ich selbst kaum mehr verstehe. Wie soll Lamo je das Erbe seines Vaters antreten, wenn ich es nicht zu retten vermag?«

»Comtesse, ich bin zutiefst davon überzeugt, dass Euer Sohn einmal in die Fußstapfen des Grafen treten und Generalerbpostmeister werden wird. Und Ihr solltet auch darauf vertrauen. Seit Graf Leonhards Tod habt Ihr schon vieles erreicht. Auch wenn die Zeiten dunkel sind und Posten aufgegeben werden müssen, wird sich das Blatt wieder wenden.« Grotheer fasste kurz nach ihren Händen und drückte sie.

Alexandrine wusste die tröstliche Berührung zu schätzen. »Ihr seid mein Fels in der Brandung, Grotheer, was würde ich ohne Euch tun?«

Benedikt Grotheer lachte leise. »Dasselbe wie bisher. Auch ohne mich würdet Ihr alles daran setzen, dass der junge Graf sein Erbe bekommt.« Er schwieg einen Moment. »Doch ich muss zugeben, ich habe Euch selten so niedergeschlagen erlebt, und das über längere Zeit. Comtesse, Ihr habt eine kämpferische Natur, gebt Euch nicht geschlagen, nur weil ein machthungriger Schwede glaubt, sich hier auf ewig breitmachen zu können. Wir haben Posten verloren und werden noch mehr verlieren, aber die Strecken von Brüssel nach Köln und vor allem der Hauptkurs bis ins ferne Rom bestehen.«

Alexandrine ließ die Worte in sich nachklingen, dann gab sie sich einen Ruck. »Ihr habt recht, Grotheer, ich werde Wege finden, damit nicht alles in die Hände des Feindes gelangt.«

Vielleicht geschieht ein Wunder, und Silas von Maringer lebt noch, dachte sie. Immer wieder schlich er sich in ihre Gedanken und Träume, manches Mal glaubte sie gar, ihn im Spiegel neben sich stehen zu sehen. Dann stellte sie sich vor, wie er den Arm um ihre Schultern legte und sie an sich zog.

Silas fühlte sich wie ein Verräter. Doch eine bessere Lösung, wie er nach Mainz gelangen konnte, als vorzugeben, er wechsle die Seiten, war ihm nicht eingefallen. Die Gewandschließe hatte er mitsamt seinem Geldbeutel in seiner Gürteltasche verstaut, denn sicherlich würden die Schweden ihm Felleisen und Lederhülse mit den Begleitschreiben abnehmen.

Das Herz schlug ihm bis zum Hals, als er ein weißes Tuch schwenkend zu den feindlichen Stellungen ritt. Nabil war unruhig, spürte die Aufregung seines Reiters. Vier Soldaten vertraten ihm den Weg, ihre Piken vorgereckt.

»Ich komme in friedlicher Absicht«, sagte Silas, »senkt Eure Waffen.«

»Was willst du?« Rüde herrschte einer der Männer ihn an. Die Piken blieben auf Pferd und Reiter gerichtet.

»Ich möchte euren Kommandanten sprechen«, antwortete er und strich beruhigend über Nabils Hals.

»Er hat keine Zeit für einen Dahergelaufenen wie dich. Wir sind im Begriff, Mainz einzunehmen, scher dich zum Teufel, wenn dir dein Leben lieb ist«, entgegnete der Mann, der offenbar der Wortführer der Gruppe war.

Silas gab nicht nach. »Ich bin ein reitender Bote und verlange, vorgelassen zu werden.«

»Ein reitender Bote«, höhnte der Pikenier, »wir brauchen Soldaten und keine Bürschchen, wie du eines bist.«

»Boten sind ebenso wichtig für den Krieg wie Kämpfer, sie sind diejenigen, die die Heerführer über den Stand der Dinge unterrichten.« Silas bemühte sich, ruhig zu bleiben, obwohl er dem Mann am liebsten seine Faust ins Gesicht geschmettert hätte.

»Was geht hier vor?«

Ein Mann, dessen Kleidung ihn als Ranghöheren auswies, kam näher.

»Nichts weiter, Profos«, lautete die Antwort des Pikeniers.

Silas war erleichtert. Er wusste, dass es zu den Aufgaben des Profos' gehörte, unter den Soldaten und dem gesamten Tross für Ruhe und Ordnung zu sorgen. Er bestimmte, wann sich die Menschen zur Nachtruhe begaben, welche Preise für die von den Marketenderinnen angebotenen Waren verlangt werden sollten, und er prüfte, ob das Gewicht der Brote stimmte. Der Profos war der Gesetzeshüter in den Soldatenlagern, und man hatte sich seinen Befehlen unterzuordnen.

»Wenn dem so wäre, richteten nicht vier Männer ihre Waffen auf einen Reiter, der ein weißes Tuch trägt. Weg mit den Piken.« Eine herrische Geste begleitete seine Worte. Die Soldaten gehorchten, und der Profos wandte sich an Silas. »Wer seid Ihr?«

»Silas von Maringer, reitender Bote. Ich möchte dem König meine Dienste anbieten«, antwortete er.

»Als Soldat?« Der Profos hob fragend die Augenbrauen.

»Nein, als Bote. Mein Pferd ist schnell und leicht, deshalb kann es längere Strecken bewältigen als die herkömmlichen schwereren Rösser.« Stolz strich er dem Hengst über die Mähne.

»Steigt ab und kommt mit. Und ihr geht auf eure Posten«, befahl er den Männern, die sich daraufhin trollten, nicht ohne Silas noch scheele Blicke über die Schultern zuzuwerfen.

Der Profos führte ihn durch das Lager, und Silas sah sich um. Zehntausende Menschen waren hier, Frauen kochten und versorgten Verwundete, Männer vertrieben sich die Zeit beim Würfelspiel oder mit den Hübschlerinnen. Andere reinigten ihre Waffen, prüften ihren Kugel- und Pulvervorrat. Fuhr- und Reitknechte kümmerten sich um die zahlreichen Pferde. Jüngere Kinder halfen, zerrissene Kleider zu flicken, versorgten das mitgeführte Schlachtvieh, die älteren gingen den Handwerkern im Tross zur Hand oder pflegten die Kürasse der berittenen Soldaten. Maler hatten ihre Staffeleien aufgebaut, hielten die Szenerie und die gefochtenen Schlachten fest. Tausende Zelte waren aufgestellt worden, viele Leute jedoch hausten nur zwischen ein paar notdürftig an Bäume gebundene Stoffbahnen, die kaum Schutz vor der Unbill des Wetters boten. Silas konnte in einiger Entfernung unzählige Geschütze ausmachen, deren Kanonenrohre gen Mainz gerichtet waren.

»Bindet Euer Pferd hier an«, wies der Profos ihn an und

deutete auf einen Pfosten neben einem größeren Zelt. Dann schlug er die Plane zurück und ließ Silas vor sich eintreten.

»Obristleutnant Müller, dieser Mann bietet seine Dienste an, er ist ein reitender Bote, gar mit eigenem Ross«, stellte der Profos ihn vor.

Der Obristleutnant sah von seinen Aufzeichnungen auf. »Nennt Euren Namen.«

»Silas von Maringer, ich war Reiter für die Generalpostmeisterin von Taxis.« Es schmerzte beinahe, das Wort »war« auszusprechen, denn sein Herz schlug noch immer für die Gräfin.

»Und wie kommt es, dass Ihr nun für Seine Königliche Majestät von Schweden Dienst tun wollt?« Eingehend betrachtete der Offizier seine schwarz geränderten Fingernägel.

»Weil ich mir Frieden für mein Land wünsche, und König Gustav Adolf vermag es, ihn meiner Heimat zu schenken. Ich habe gehört, er erlaubt den Einwohnern der Städte und Dörfer, ihre Religion auszuüben, nicht wie Kaiser Ferdinand, der glaubt, alle Menschen in den Katholizismus zwingen zu müssen.« Er hatte lange darüber nachgedacht, was er auf diese Frage antworten sollte, denn dass sie gestellt würde, war gewiss.

»Wohl gesprochen, von Maringer. Aber es sind nur Worte. Wie wollt Ihr Eure Ehrlichkeit unter Beweis stellen?« Seine Nägel interessierten ihn nicht mehr, seine Aufmerksamkeit galt nun Silas.

»Draußen an meinem Sattel hängt ein Felleisen, das ich Euch überlasse. Zudem will ich offen zu Euch sein: Meine Familie lebt in Mainz, und ich wünsche, mich davon zu überzeugen, dass es ihr gut geht. Es heißt, die spanischen Truppen, die in der Stadt sind, richten großen Schaden an«, erwiderte Silas und hielt dem Blick des Obristleutnants stand.

Müller leckte sich über die von der Kälte aufgesprungenen Lippen. »Bringt mir das Felleisen, der Profos wird Euch einen Platz im Lager zuweisen.«

Silas hatte es geschafft, ihm fiel ein Stein vom Herzen. Die Nacht verbrachte er mit zwanzig Pferdeknechten in einem der Zelte. Der harte Boden ließ ihn kaum ein Auge zutun, und die eisige Feuchte kroch durch die dünne Decke in seine Knochen. Wenigstens hatte er einen Teller dicker Linsensuppe und einen Becher Bier ergattert, um seinen knurrenden Magen zu besänftigen. Nabil war in einem Pferch mit Dutzenden Wallachen untergebracht worden, und Silas hoffte, er würde nicht allzu viele Bisse oder gar einen schlimmen Tritt abbekommen. Der Hengst vertrug sich gut mit Artgenossen und besaß eine freundliche Natur, doch nicht alle Pferde verhielten sich so friedlich wie er.

Das Leben im Lager erwachte, noch bevor die Morgendämmerung einsetzte. Ächzend quälte sich Silas auf die Beine, schlang seinen Umhang um die Schultern und sah nach seinem Pferd. Nabil hatte die Nacht gut überstanden, Silas fand nur eine kleine Schwellung am Hals, einer der Wallache musste den Fuchs wohl gezwickt haben. Silas bot sich an, den Pferdeknechten zu helfen, die Rösser zu füttern, da er sonst nichts tun konnte. Die Arbeit wärmte ihn auf, und er spürte das Leben in seine kalten Glieder zurückkehren. Plötzlich entstand Unruhe. Überall wurden Befehle gebrüllt, hastig wurden die Pferde gesattelt, Ess- und Kochgeschirre zusammengeräumt.

»Was geht hier vor?«, fragte er niemanden Bestimmten.

»Wir übernehmen Mainz«, jubelte einer der Knechte. »Der Stadtkommandant lässt die Tore öffnen. Die Spanischen rennen davon wie die Hasen.«

Ein Laufbursche näherte sich Silas. »Haltet Euch bereit,

bis Obristleutnant Müller Euch holen lässt. So lange bleibt Ihr beim Tross.«

Am liebsten wäre Silas sogleich mit den Soldaten nach Mainz eingerückt, er konnte es kaum erwarten, nach Hause zu kommen. Stunde um Stunde verging, und er fragte sich, wie lange es wohl dauern würde, zehntausend Soldaten in die Stadt zu bringen. Mainz würde aus allen Nähten platzen und jeder Winkel genutzt werden, um die Männer einzuquartieren. Auch das Haus, das seine Familie bewohnte, würde nicht verschont bleiben. Silas betete, dass die raubeinigen Gesellen die Finger von seinen Schwestern ließen und sie nicht anrührten. Es war bei Todesstrafe verboten, Frauen und Mädchen zu schänden, doch in Magdeburg und in anderen Städten hatte dies keinen gekümmert.

Erst am nächsten Tag erschien endlich der Laufbursche und hieß ihn, ihm zu folgen. Silas nahm Nabil an die Hand und ging neben dem Jungen her. Es mutete seltsam an, die Stadt zu betreten, in der er friedlich gelebt hatte. Entsetzt nahm er wahr, wie viel Unrat sich in den Straßen türmte. Der Gestank raubte ihm beinahe den Atem. Viel zu viele Menschen und Tiere lebten hier auf zu engem Raum. Zwar hatten die Spanischen das Feld geräumt, doch jetzt nahmen noch mehr Soldaten, die für die schwedische Sache kämpften, ihren Platz ein. Nach wie vor strömten Unzählige durch die Tore in die Stadt, und in den vertrauten Gassen war kaum ein Durchkommen. Der Bursche schlug den Weg zur kurfürstlichen Residenz ein, dort hatten die ranghohen Offiziere Quartier bezogen.

»Morgen ist Heilig Abend, und der König kommt nach Mainz. Er ist der Erlöser von all dem Übel, das der Kaiser hervorgebracht hat. Ich kann es kaum erwarten, den Löwen aus Mitternacht endlich zu sehen und ihm zuzujubeln«, plauderte der Junge aufgeregt, während er neben Silas herging.

Silas gab keine Antwort. Erlöser. Es klang wie Ketzerei in seinen Ohren. Ein Kriegsherr war kein Erlöser und kein Heilsbringer. Mit gemischten Gefühlen betrachtete er die kurfürstlichen Stallungen, die er von Kindesbeinen an kannte. Alles schien verändert, und Silas konnte nicht glauben, dass er erst vor wenigen Monaten nach Frankfurt aufgebrochen war. So viel war geschehen, nichts war mehr so, wie er es in Erinnerung hatte. Vor und neben den Scheunen und Ställen türmte sich der Mist.

»Euer Pferd könnt Ihr hierlassen«, hörte er den Jungen sagen, »Obristleutnant Müller befindet sich in der Residenz, sie liegt nicht weit von hier.«

Als ob Silas das nicht wüsste. Aber der Bursche konnte nicht ahnen, dass Mainz seine Heimatstadt war und Silas in kurfürstlichen Diensten gestanden hatte. Er führte Nabil in den Stall, verzog das Gesicht. Nie hatte es hier drin derart nach den Ausscheidungen der Tiere gestunken. Der scharfe Geruch stach ihm in Augen und Nase. Er fand einen freien Platz, nahm Sattel und Zaum ab.

»Tut mir leid, mein Freund, ich fürchte, du wirst es hier aushalten müssen«, raunte er Nabil zu. Kurz sah er sich um. Kein Ariald, kein Areion, keines der früher eingestallten Pferde war zu sehen. Vermutlich hatte Kurfürst Anselm Casimir Wambolt von Umstadt alle mit nach Köln genommen.

»Du Faulpelz, dir renke ich das Kreuz aus, dann kannst du deinen Arsch in der Schlinge tragen«, schimpfte jemand lautstark.

Silas grinste, diese Stimme und die derbe Ausdrucksweise kannte er gut. Er entdeckte den Pferdeknecht am Ende der Gasse und rief: »Kuno, gibt es genug Futter für ein weiteres Pferd im Stall?«

Kuno fuhr herum und strahlte über das ganze Gesicht.

»Ja leck mich doch am Arsch«, rief er. »Silas, seid Ihr es wirklich?«

Auch Silas freute sich, den Mann zu sehen. »In Fleisch und Blut, Kuno.«

»Eilt Euch, Obristleutnant Müller ist kein geduldiger Mensch«, schallte die Stimme des Laufburschen vom Stalltor zu ihm herüber.

Der Knecht wandte den Kopf, dann sah er verwirrt zu Silas.

»Hör zu, Kuno, ich weiß, du hast viele Fragen, die habe ich auch. Aber kannst du dich um Nabil kümmern? Ich muss weiter, komme aber, so schnell es mir möglich ist, zurück. Dann wird hoffentlich Zeit für Erklärungen sein«, sagte Silas hastig mit gesenkter Stimme.

Der Knecht nickte. »Macht Euch keine Sorgen.«

»Eines noch. Wie geht es meinem Vater?«

Kuno verzog schmerzlich das Gesicht und legte ihm die Hand auf den Unterarm. Eine eiserne Faust schien Silas' Herz zu umklammern. Sogleich wusste er, was geschehen war.

»Gott hat ihn zu sich geholt.« In Kunos Augen lagen Mitleid und Trauer.

Silas schloss die Augen, holte stoßweise Atem. »Wann? Wie?«

»Herr, wo bleibt Ihr?« Der Laufbursche zappelte ungeduldig vor der Stalltür.

»Geht, Silas, wir reden später.«

Müller empfing ihn in einem der vielen Zimmer der Residenz. Die Beine hatte er auf einen wertvollen Tisch gelegt, in der Hand hielt er ein Glas Wein aus den Kellern des Erzbischofs.

»Von Maringer, da seid Ihr ja endlich«, brummte er missgelaunt. »Die Sendungen im Felleisen sind alt, warum kamt Ihr erst gestern zu mir?«

»Ich war Wochen unterwegs, musste große Umwege

wegen der umherziehenden Trosse in Kauf nehmen«, erwiderte Silas, dessen Gedanken um seinen Vater kreisten.

Müller knurrte Unverständliches, trank einen großen Schluck, räusperte sich. »Morgen kommt Seine Königliche Majestät für einige Tage in die Stadt, und ich werde ihm eine Verwendung für Euch vorschlagen.«

»Darf ich erfahren, was Ihr vorhabt?«, wollte Silas wissen.

»Nein. Wo kommt Ihr unter, damit ich einen Burschen schicken kann, Euch zu holen?« Müller leerte das Glas und goss aus einem Krug nach.

»Ich gedachte, im Haus des Oberstallmeisters zu nächtigen.«

»Warum gerade an diesem Ort?«

»Ich bin dort aufgewachsen, mein Vater war der Oberstallmeister, und meine Schwester lebt dort.« Hoffentlich, dachte er, wer weiß, wo Meta jetzt ist, nachdem Vater gestorben ist.

»Sucht Euch einen Platz in den Scheunen bei den Reitknechten, in solch noblen Häusern sind die ranghöheren Soldaten untergebracht. Und jetzt hinaus mit Euch.« Müller unterstrich seine Worte, indem er mit der Linken Richtung Tür wedelte.

Wie betäubt machte sich Silas auf den Rückweg zu Kuno. Sein Vater tot, sein Zuhause besetzt. Wo war seine Schwester? Vielleicht ist sie bei Leopold und Hella untergeschlüpft, kam es ihm hoffnungsvoll in den Sinn. Hella musste Mutter geworden sein, erinnerte er sich. Hatte sie nicht gesagt, im November würde ihr Kind zur Welt kommen? Warum dachte er erst jetzt daran?

Im Stall suchte er Kuno und fand ihn schließlich schnarchend zwischen zwei Strohhaufen. Silas fasste ihn an der Schulter, um ihn zu wecken.

»Kuno, ich bin es, Silas.«

Schlaftrunken setzte sich der Knecht auf, und Silas ließ sich neben ihm nieder.

»Ich brauche einen Schlafplatz in den Scheunen, und dann will ich wissen, was mit meinem Vater geschehen ist.«

»Heribert und ich rücken zusammen, wir nächtigen mit den anderen verbliebenen Knechten auf dem Heuboden. Auf einen Mann mehr oder weniger kommt es nicht an«, sagte Kuno und seufzte. »Euer Vater hat sich mit einem Soldaten der Spanischen Niederlande angelegt, die die Stadt besetzt hielten. Eine Stute hatte sich das linke Vorderbein aufgerissen, und er wollte sie versorgen. Dazu brauchte er saubere Leinentücher und Honig. Eure früheren Wohnräume haben die Spanischen genutzt, um Verletzte unterzubringen, weil die Spitäler zu voll wurden. Eure Schwester hilft dort, und als Euer Vater kam, um Verbandszeug für die Stute zu holen, hat Meta ihm heimlich etwas gegeben. Der Soldat aber bemerkte es und verlangte die Sachen zurück. Er hat Meta ins Gesicht geschlagen und ihr die Nase gebrochen. Der Oberstallmeister war völlig außer sich und ist mit bloßen Händen auf ihn losgegangen.« Er schluckte. »Der Kerl hat Euren Vater abgestochen wie ein Schwein«, endete er mit belegter Stimme.

In Silas wallten verschiedene Gefühle auf. Zorn, Trauer, Fassungslosigkeit, Hass und Rache. Seine Eingeweide brannten, als hätte er flüssiges Blei getrunken.

»Wo ist dieser Mörder? Ich bringe ihn um!«, stieß er zornbebend hervor.

»Längst fort. Die Spanischen sind davongelaufen, als die Schweden kamen«, winkte Kuno ab.

»Wo ist meine Schwester, ist sie noch dort?«, fragte Silas dann, mühselig begreifend, dass er seinen Vater nie wiedersehen würde. Wäre er doch bloß nie fortgegangen. Mit einem Mal fühlte er sich schuldig.

Kuno nickte, und Silas straffte die Schultern, trat den Weg zu seinem ehemaligen Elternhaus an. Niemand hielt ihn auf, als er durch die Tür trat. Auf dem Boden lagen schmutzige

Decken, Eimer mit blutigen, eitrigen Verbänden standen herum, andere waren angefüllt mit Ausscheidungen und Erbrochenem. Hier würden sicher keine hochrangigen Soldaten unterkommen wollen, wie Müller gemeint hatte. Ein bestialischer Gestank beherrschte die Luft, und Silas unterdrückte ein Würgen. Frauen waren dabei, die Eimer hinauszubringen, andere nahmen sich der dreckigen Wäsche an, wieder andere kümmerten sich um Verletzte und Kranke. Silas sprach eine der Frauen an.

»Kennt Ihr Meta? Meta von Maringer?«

»Ja, sie ist in der ehemaligen Stube.« Neugierig musterte sie ihn. »Ihr seid kein Soldat«, stellte sie fest. »Was wollt Ihr von Meta?«

»Ich bin ihr Bruder.«

Damit ließ er die Frau stehen und eilte die Treppe hinauf, zwei Stufen auf einmal nehmend. Die Stubentür stand offen, drei Frauen kümmerten sich um mehr als zwanzig Männer, kühlten ihnen die Stirn, sprachen ein paar leise Worte mit ihnen, spendeten Trost.

»Meta«, rief er und sah eine der beiden sich umdrehen.

Seine Schwester war zwanzig Jahre jung, doch ihre Augen hatten zu viel Leid und Elend gesehen und ließen sie viel älter erscheinen.

»Silas«, flüsterte sie ungläubig. Dann stürzte sie auf ihn zu, warf sich in seine Arme, vergrub ihr Gesicht an seiner Schulter und schluchzte hemmungslos.

Er hielt sie umschlungen, drückte sie fest an sich, wartete, bis sie sich beruhigt hatte, den Kopf zurücklegte und ihn ansah. Sie nahm sein Gesicht in beide Hände und flüsterte unentwegt: »Du bist es, du bist es wirklich.«

»Können wir irgendwo ungestört reden?«, fragte er leise.

Meta packte ihn bei der Hand und zog ihn mit sich. Über die Schulter gewandt, rief sie einer der beiden Frauen zu:

»Ada, es dauert nicht lange, ich bin gleich wieder zurück.«
Die junge dunkelhaarige Frau nickte ergeben und hielt
einem Fiebernden einen Becher an die Lippen. Meta und
Silas kletterten die Stiege zum Dachboden hinauf, dort war
keine Menschenseele, nur jede Menge Leinenstreifen waren
zum Trocknen aufgehängt, um sie für den nächsten Verwundeten zu nutzen. Sie setzten sich auf den Boden, den Rücken
an die Wand gelehnt.

»Ich kann immer noch nicht glauben, dass du zurück bist«,
sagte Meta und umfing seine Rechte mit ihren Händen. »Wir
alle hatten Angst um dich, als wir hörten, dass die Heere
nach Nürnberg gezogen sind und fast ganz Franken in Auf-
ruhr ist.«

»Es war nicht einfach, zurück nach Mainz zu kommen,
aber ich habe es geschafft, indem ich mich vor zwei Tagen
in den Dienst der Schweden stellen ließ. Warte, lass es mich
dir erklären.«

In hastig gesprochenen Sätzen berichtete er seiner Schwester, was seine Beweggründe für den Seitenwechsel waren.

»Ich hoffe nur, die schwedische Besatzung haust nicht so
wie die Spanischen Niederländer. Sie haben uns fast alles
genommen, sich wie die Schweine aufgeführt«, seufzte Meta.
Dann drückte sie fest seine Hand. »Einer von ihnen hat mich
geschlagen, und Vater wollte mich verteidigen. Der Saukerl
von einem Soldaten hat ihn, ohne mit der Wimper zu zucken,
erstochen. Dabei hatte Vater nicht einmal eine Waffe. Es war
so schrecklich mitanzusehen, Silas.« Tränen rannen ihre Wangen hinab.

Er zückte ein Tuch aus seiner Jacke und tupfte Metas
Gesicht ab, ihre Nase würde für immer schief bleiben.

»Ich weiß, Kuno hat mir schon davon erzählt, und ich
werde ewig bereuen, nicht hier gewesen zu sein, um Vater
zu helfen.«

»Du hättest nichts tun können, Silas, sonst wärst auch du tot. Ich habe gesehen, wie sie Adas Bruder ausgepeitscht haben, bis ihm das Fleisch in Fetzen vom Rücken hing. Nur weil er gewagt hat, einen Laib Brot für ihre kranke Mutter verschwinden zu lassen. Adas Bruder war Bäckerlehrjunge und erst vierzehn Jahre alt. Jetzt lebt er nicht mehr, der Wundbrand hat ihn dahingerafft.« Sie schüttelte den Kopf, als ob sie dadurch das Grauen vertreiben könnte.

Silas war erschüttert. »Und trotzdem habt ihr diesen elenden Quälteufeln geholfen, wieder auf die Beine zu kommen?«

»Es sind nicht alle so, viele von ihnen waren dankbar, dass wir sie heilen konnten. Es sind Menschen, und man darf ihnen keine Hilfe versagen, gleich unter welchem Banner sie kämpfen. Heißt es nicht, liebe deinen Nächsten wie dich selbst? Für mich ist es das größte Gebot«, antwortete sie mit der Inbrunst der Überzeugung.

»Du bist in deinem Glauben wirklich unerschütterlich. Ich weiß nicht, ob ich das könnte, kleine Schwester«, erwiderte Silas bewundernd.

»Wer weiß das schon. Ich muss wieder nach unten. Wenn es dunkel wird, gehe ich in die Scharngasse. Komm dorthin, dann können wir weiterreden«, schlug sie vor.

»Du wohnst bei Hella und Leopold«, stellte er erleichtert fest.

»Ja, seit ich unsere Schwester von einem Jungen entbunden habe. Selbstredend beherbergt Hella auch dort Soldaten, aber sowohl die Spanischen Niederländer als auch die, die dem Schwedenkönig folgen, sind freundlich, weil sie Leopold brauchen. Einen Waffenschmied in Zeiten des Krieges behandelt man gut.«

»Wie schön, ich habe einen Neffen«, freute sich Silas.

»Sie haben ihn Jeremias getauft«, verriet Meta, als sie die Stiege hinunterkletterten.

»Jeremias? Ich hoffte auf Karl Silas«, spöttelte er, um sie zum Lachen zu bringen.

Doch Meta verzog keine Miene. »Jeremias, wie der Prophet. Der Prophet für die Völker. ›Gedanken des Friedens und nicht des Leides, dass ich euch gebe Zukunft und Hoffnung‹«, zitierte sie den Bibelvers.

Als es beinahe dunkel war, machte sich Silas auf den Weg in die Scharngasse. Er freute sich auf seine Familie und hegte die vage Hoffnung, dort irgendetwas zwischen die Zähne zu kriegen. Nabil hatte er, so gut es ging, versorgt. Auch die Pferde bekamen weniger zu fressen, als sie es gewohnt waren. Meta hatte er darum gebeten, nichts zu erzählen, wollte er doch Hella und Leopold überraschen.

Hella selbst öffnete ihm die Tür und stieß einen spitzen Schrei aus.

»Gütiger Jesus im Himmel, Silas«, sie fasste sich an die Brust, als litte sie unter Herznot. Dann flog sie ihm um den Hals. »Gott hat meine Gebete erhört, du lebst«, brachte sie mit trockenem Mund hervor, als sie sich von ihm löste und ihn ins Innere des Hauses zog.

»Leopold, Leopold, sieh nur, wer gekommen ist«, rief Hella und schob Silas vor sich her in die Küche. Außer Leopold und Meta drängten sich fünf Soldaten an dem Tisch in der Ecke. Es roch nach eingelegtem Kohl und verschüttetem Bier. Leopold entfuhr ein »Heilige Mutter Gottes«, als er Silas erkannte. Ein Söldner mit eisengrauem Haar musterte den Neuankömmling mit zusammengekniffenen Augen.

»Wer ist er denn? Der Erlöser? Wohl kaum.«

»Er ist unser Bruder, und Ihr solltet Gott nicht lästern«, fuhr Meta ihn unerschrocken an, woraufhin der Mann betreten auf den Tisch sah, wie Silas erstaunt feststellte.

Hella sah von ihrer Schwester zu Silas und wieder zurück. »Wusstest du, dass er zurück ist?«, fragte sie Meta.

»Ja, wir wollten euch überraschen«, freute sie sich.

»Das ist euch gelungen.« Sie zog eine Holzkiste unter der Bank hervor. »Setz dich. Willst du einen Teller Kohl? Mehr haben wir nicht.«

»Kohl wäre wunderbar, Hella. Es ist schön, euch beide gesund und unversehrt zu sehen. Wo ist mein Neffe?«

»Er schläft in der Wiege in der Diele im ersten Geschoss«, antwortete sie und reichte ihm den Teller.

Silas zwang sich, nicht zu schlingen. Kauend sah er in die Runde der Söldner.

»Wollt ihr nicht für eine Stunde verschwinden und uns die Wiedersehensfreude allein genießen lassen?«

Es folgte ein kurzer Blickwechsel unter den Männern, dann erhoben sie sich und verließen die Küche. Silas setzte sich an den Tisch, und plötzlich redeten alle durcheinander, Fragen über Fragen prasselten auf ihn ein. Er hob die Hand.

»Nicht alle auf einmal, ich erzähle Euch, wie es mir ergangen ist, dann möchte ich wissen, was hier geschehen ist. Von Kuno und Meta habe ich bereits erfahren, dass Vater nicht mehr lebt«, fügte er traurig hinzu.

Als er seinen Bericht beendet hatte, klopfte ihm Leopold auf die Schulter.

»Es tut gut, zu hören, dass es meinem Bruder und seiner Familie gut geht. Seit der Krieg in diese Gegend gekommen ist, habe ich keinerlei Nachricht mehr von Ludwig.«

Hella erzählte von der Geburt ihres Sohnes und der Arbeit im Alexiusspital, das längst nicht mehr nur alt und krank gewordenen kurfürstlichen Bediensteten zur Verfügung stand.

»Seit unser Jeremias auf der Welt ist, kümmere ich mich nur noch um die Männer, die unser Haus bevölkern«, erklärte sie. »Wenigstens hat der neue schwedische Kommandant die Order des Königs ausgegeben, die Mainzer gut zu behandeln. Und wer von seinen Soldaten plündert, Bürger misshandelt oder den Gottesdiensten fernbleibt, wird hart bestraft. Gustav Adolf erlaubt auch die Ausübung beider Religionen. So sind wir etwas besser dran als unter der vorherigen Besatzung.«

»Wir sind bisher davongekommen, weil die Spanischen mich als Waffenschmied gut gebrauchen konnten. Das wird sich auch unter den Schwedischen sicher nicht ändern«, fügte Leopold hinzu. »Von früh bis spät stehe ich in der Werkstatt und schärfe Piken, Messer, Degen, baue Luntenschlösser aus und wieder ein.«

»Was hast du nun vor?«, wollte Meta von ihrem Bruder wissen.

»Ich muss abwarten, bis dieser Müller mich holen lässt«, erwiderte Silas.

»Die Stunde ist um«, brummte der eisengraue Soldat, der gerade hereinkam.

Silas erhob sich. »Bevor ich gehe, möchte ich noch einen Blick auf meinen Neffen werfen«, bat er.

Der Soldat verdrehte die Augen, nickte aber. Silas folgte Hella nach oben. In der Ecke stand eine Wiege, und ein kleines rosiges Gesicht lugte unter der Decke hervor. Jeremias schlief, die kleinen Lippen brachten leise Schmatzgeräusche hervor.

»Er ist wunderbar«, flüsterte Silas und drückte den Arm seiner Schwester.

»Ich wünschte nur, er würde in anderen Zeiten aufwachsen«, gab sie leise zurück. »Morgen ist Heilig Abend, lass uns zusammen die Christmette besuchen.«

Vier Tage wartete Silas darauf, von Obristleutnant Müller zu hören. So lange vertrieb er sich die Zeit damit, die Ställe zu misten, Pferde zu versorgen und Nabil etwas Bewegung zu verschaffen. Erleichtert hatte er festgestellt, dass der König seinen Soldaten das Rauben untersagt hatte, denn schon einige Männer hatten begehrliche Blicke auf den Hengst geworfen. Die Einwohner von Mainz ächzten unter den Forderungen des Königs, je achtzigtausend Taler sollten Klerus und Bürger aufbringen, um der Plünderung zu entgehen. Selbstredend konnte die Summe nicht zusammengeklaubt werden, und so waren alle verlassenen Häuser beschlagnahmt worden. Sämtliche Bücher, insbesondere die kurfürstliche Bibliothek, hatte der Löwe aus Mitternacht einpacken und nach Schweden verschiffen lassen.

Die Abende verbrachte Silas mit seiner Familie, und keiner unter ihnen hatte es glauben können, dass er Amalia geehelicht hatte. Diesen Teil seiner Reise hatte er beim ersten Wiedersehen ausgelassen. An einem Tage hatte er Viktor von Eisenberg aufgesucht, nur um entsetzt zu erkennen, dass sein einstiger Lehrer vom Tode gezeichnet war und nicht mehr lange zu leben hatte.

Jetzt stand er im großen Saal der Residenz, wo Gustav II. Adolf Hof hielt. Ebenso war Landgraf Wilhelm V. von Hessen-Kassel in Mainz eingetroffen, längst ein Verbündeter des Königs. Silas war zu Ohren gekommen, der Schwede habe dem Landgrafen zwar unter anderem die Stifte Fulda und Paderborn zugesprochen, doch die erhoffte Überlassung des Gebietes seines Verwandten, Landgraf Georg II. von Hessen-Darmstadt, war ausgeblieben. Georg hatte lediglich die Festung Rüsselsheim verloren. Silas schickte ein Stoßgebet zum Himmel, Amalias Familie möge von schlimmen Heimsuchungen verschont bleiben. Denn sicherlich war Wilhelm mit der Entscheidung des Schweden nicht einverstanden.

Zwei Stunden wartete Silas bereits, genügend Zeit, um den Herrscher in Augenschein zu nehmen. Ein lang gezogenes Gesicht, das durch den schmalen Kinnbart, die hohe Stirn und den zurückgewichenen Haaransatz noch verstärkt wurde. Die Oberlippe zierte ein dichter, an den Enden gezwirbelter Schnurrbart. Haare und Bart rötlich blond, eine gerade Nase, dunkle Augen unter den schweren Lidern – ob blau oder braun, vermochte Silas auf die Entfernung nicht zu erkennen. Der König war überwiegend in Schwarz gekleidet, nur unter dem Rock mit den geschlitzten Ärmeln trug er ein weißes Hemd mit üppigem, bis über die Schultern reichendem Spitzenkragen. Ein schmaler, goldbeschlagener Gürtel umschlang seinen Rumpf am Bauchansatz, die Beine steckten in seidenen Strümpfen, die Füße in Absatzschuhen, verziert mit einer dicken Schleife. Seine durchdringende Stimme erfüllte den Raum.

Endlich winkte Obristleutnant Müller Silas zu sich, und gemeinsam traten sie vor den Schwedenkönig.

»Majestät, ich möchte Euch Silas von Maringer vorstellen, er war ein berittener Bote der Taxis«, sagte Müller. Silas beeilte sich, den Hut zu ziehen und das Knie zu beugen. Blaue Augen musterten ihn freundlich.

»Und was wollt Ihr von mir?«

»Ich wünsche, in Eure Dienste zu treten, Majestät.«

Gustav II. Adolf stützte seinen Kopf in die rechte Hand, zupfte an seinem Kinnbart. »Nennt mir den Grund.«

Silas gab dieselbe Antwort, die er vor Tagen schon Müller gegeben hatte.

»Ich hätte einen Vorschlag zu machen«, mischte sich der Obristleutnant ein. Auf ein Nicken des Königs fuhr er fort: »Er«, Müller wies mit dem Kinn auf Silas, »könnte helfen, die Flugblätter weiter unters Volk zu bringen, die Eure Majestät drucken lässt.«

»Das ist ein guter Einfall, Obristleutnant«, lobte der König, »kümmert Euch, dass er Pferd und Lohn bekommt und das

königliche Wappen trägt. Gebt ihm außerdem einen Schutzbrief.«

Müller neigte untertänig den Kopf. Silas war erstaunt, wie
gut Gustav II. Adolf der deutschen Sprache mächtig war,
doch dann erinnerte er sich, dass der König eine deutsche
Mutter hatte. Zudem war er mit der Tochter des Kurfürsten
von Brandenburg verheiratet, was ihm zum Vorteil gereicht
hatte, die deutsche Sprache zu pflegen. Sein Schwager, Georg
Wilhelm von Brandenburg, hatte sich gezwungen gesehen,
deswegen seine Neutralität aufzugeben und sich auf die Seite
des protestantischen Schweden zu schlagen.

»Seid bedankt für die Aufgabe. Eines Pferdes für mich
bedarf es nicht, ich besitze ein eigenes, Majestät«, sagte Silas,
womit er wieder die Aufmerksamkeit des Königs hatte.

»Tatsächlich? Erzählt mir davon …«

»Mit Verlaub, Eure Majestät, es warten noch …«, unterbrach Müller.

»Sollen sie warten, und unterbrecht mich nicht wieder,
Müller«, entgegnete Gustav II. Adolf unwirsch. »Nun, von
Maringer, ich bin ganz Ohr.«

Silas beschrieb Nabil, hielt auch nicht damit hinter dem
Berg, was der Hengst alles beherrschte.

»Ihr seid zu Recht stolz auf Euer Ross.« Unvermittelt erhob
sich der König. »Ich brauche frische Luft, warum gehen wir
nicht nach draußen und Ihr zeigt mir Euer Pferd …«

»Aber, Majestät, ich muss protestieren …«

»Müller, haltet den Rand, ich warne Euch«, fuhr der Schwede
seinen Untergebenen an, um sich sogleich wieder in freund-
lichem Ton an Silas zu wenden. »Und dann solltet Ihr Streiff
kennenlernen, eines meiner Rösser. Er ist großartig, und wisst
Ihr, woher ich ihn habe? Aus Oldenburg, ja, da staunt Ihr.«

Silas war verblüfft. Dieser Mann an seiner Seite führte einen
erbarmungslosen Krieg, und jetzt plauderte er von seinem

Pferd, als ob alles in bester Ordnung wäre. Kein Elend, kein Hunger, keine Toten.

»Graf Anton Günther züchtet ganz außerordentliche Pferde«, erzählte der König weiter, »kräftig und ausdauernd, so wie ich sie gerne habe ...«

Silas hörte nur mit halbem Ohr zu, fragte sich, worauf er sich eingelassen hatte.

1632

Der Krieg hatte beinahe ganz Deutschland erfasst, nur wenige Landstriche blieben weitestgehend verschont, weil ihre Herrscher Neutralität bewahrten. Gustav II. Adolf eilte von Sieg zu Sieg. Augenblicklich befand sich das Hauptheer im Süden, nachdem es bei Rain am Lech die ligistischen Truppen unter Tilly vernichtend geschlagen hatte. Tilly hatte die Überquerung des Flusses nicht verhindern können, und seine Soldaten waren geflohen, ebenso wie das bayerische Heer. Der Heerführer selbst war schwer verwundet worden, eine Kugel hatte ihm den Oberschenkel zerschmettert. Jetzt lagerte der Löwe aus Mitternacht vor dem gut befestigten Ingolstadt.

Silas war beständig mitgeritten, kam seiner Aufgabe nach, die Flugblätter unter der Bevölkerung zu verteilen. Es gab genügend Druckereien in den Städten, und der königliche Schreiber fand stets die richtigen Worte für ein weiteres Blatt. Tausende Tote hatte Silas gesehen, erschlagen, erstochen, erschossen und verstümmelt. Pferde im Todeskampf oder schwer verletzt. Es hatte ihm beinahe das Herz gebrochen. Die Schreie der Schwerverwundeten, die von der Schlacht ins Lager gebracht und dort von den Feldscheren behandelt wurden, verfolgten ihn, wenn er nachts Schlaf zu finden suchte. Zu alldem kam noch die Rotewehe, wie der Volksmund die Dysenteria nannte. Männer, Frauen und Kinder wanden sich ob der peinigenden Krämpfe in ihrem Leib, starben in ihren blutig-schleimigen Exkrementen. Oftmals rief er sich dann die Gesichter seiner Familie und das der Gräfin ins Gedächtnis, um die schrecklichen Bilder zu vertreiben. Und nur selten dasjenige seiner Frau.

In den vergangenen Monaten war Silas fast zu einem Vertrauten des Königs geworden und stets dabei, wenn Briefe diktiert wurden, um sie sogleich zu einem Drucker zu bringen. Wider Willen bewunderte er Gustav II. Adolf, der mit seinen Männern in die Schlacht ritt und sich nicht zurückhielt und verschanzte. Er fror und hungerte mit ihnen, versank knöcheltief im Schlamm, wenn die Erde den Regen nicht mehr aufzunehmen vermochte. Der Schwede teilte Silas' Liebe zu den Pferden, und manches Mal ließ er ihn neben sich reiten, um sich über die Reitkunst zu unterhalten.

Heute war ein in München residierender französischer Gesandter im Lager eingetroffen, um mit dem Löwen über die Rolle des Bayernherzogs zu sprechen. Silas stand stumm in einer Ecke und lauschte den Worten von Monsieur Etienne.

»Eure Majestät, wir bitten Euch untertänig, gegenüber Herzog Maximilian von Bayern neutral zu bleiben. Selbiger steht in einem Bündnis mit Frankreich, das wohlgemerkt auch mit Schweden paktiert.«

Gustav Adolf blies durch die Nase wie ein gereizter Stier.

»Der Herzog hat sich uns entgegengestellt, wo ist da Bayerns Neutralität geblieben? Wollte sich Bayern nicht aus dem Krieg heraushalten? Kardinal Richelieu hat den Vertrag mit Maximilian für nichtig erklärt, nachdem er sich gegen unsere Armee gewandt hat.«

»Maximilian wäre bereit, Zahlungen zu leisten, bliebe sein Land verschont«, brachte Monsieur Etienne vor. »Und Ihr würdet Frankreich einen Gefallen tun, wenn Ihr Bayerns Neutralität wahren würdet.«

»Er hat unsere Truppen in Bamberg verfolgt«, erwiderte

Gustav Adolf unwirsch. Auf seinen Wink hin füllte ein Diener die Becher mit Wein.

»Davon habe ich keine Kenntnis. Meines Wissens nach wurde auch Graf von Tilly nicht nach Bamberg kommandiert, die Entscheidung einer Verfolgung Eurer Soldaten wurde gänzlich vom Bamberger Bischof getroffen.« Der Franzose nippte an seinem Becher.

»Wenn Tilly keinen Befehl erhielt, hat er eigenmächtig gehandelt. Allein deswegen frage ich mich, warum Seine Kaiserliche Majestät ihn nicht hängen lässt. Scheint, als hätte Ferdinand nicht mehr die Befehlsgewalt über seine Feldherren. Lässt sich vom Herzog von Friedland zwingen, ihn mit solch großer Macht auszustatten, die Wallenstein erlaubt, Verhandlungen zu führen, Offiziere zu ernennen, und gibt ihm gar die alleinige Befehlsgewalt über die Armee«, höhnte der König. »Ferdinand macht sich doch dadurch zu Wallensteins Marionette.«

Die Feder des Schreibers flog über die Seiten, um nur jedes Wort festzuhalten.

»Graf von Tilly ist nicht Gegenstand meines Besuches, ebenso wenig sind es die Entscheidungen des Kaisers. Ich habe nur den Auftrag, eine Lösung für Bayern zu finden. Dieser Wein ist übrigens vorzüglich.« Etienne hob anerkennend seinen Becher.

»Das ist er tatsächlich. Er stammt aus den Kellern von Würzburg. Einige Fässer lasse ich mitführen. Schlechter Wein gebiert schlechte Laune.«

»Wohl gesprochen, doch nun zurück zu Herzog Maximilian. Ihr solltet darüber nachdenken, ihn Euch nicht zum Feind zu machen. Eine Einigung mit einem Kurfürsten des Heiligen Römischen Reiches ist überaus wichtig. Schließlich wird er, wenn die Zeit gekommen ist, über Kaiser Ferdinands Nachfolge mitentscheiden. Das ist, unter uns gesagt, ein gut gemeinter Rat.«

Eine ausgeprägte Ader auf der königlichen Stirn schwoll an. Ein untrügliches Zeichen, dass er sich ärgerte, wusste Silas.

»Hütet Eure Zunge und überlegt, mit wem Ihr sprecht, Monsieur. Ich benötige keinen weiteren Ratgeber.«

»Verzeiht, Majestät«, murmelte der Gesandte.

Der Schwede leerte seinen Becher. »Maximilian soll das Gewehr niederlegen und seine Armee abschaffen, das sind meine Bedingungen. Ich weiß sehr wohl, dass Ihr nur gekommen seid, Aufschub zu erbitten, bis sich meine Feinde stärken können.« Ein dünnes Lächeln umspielte seine Mundwinkel, seine Augen erreichte es nicht. »Bedenkt, wenn ein armer Sünder vor Seine Himmlische Majestät tritt und fleht, seine Verfehlungen sollen ihm vergeben werden, ohne zuvor Buße zu tun, wird er damit nichts erreichen.«

Der französische Gesandte verstand den Wink und verzog schmerzhaft das Gesicht.

Der kurzsichtige König kniff die Augen zusammen, als er einen Moment zu seinem Schreiber hinübersah. Wie so oft trug er aus Eitelkeit keine Augengläser. Dann schenkte er seine Aufmerksamkeit wieder Monsieur Etienne.

»Wenn der Herzog nicht binnen zwei Tagen akkordiert und glaubt, er kann mich weiter hinhalten, bis der Friedländer mit seiner Armee kommt, werde ich Bayern mit Verwüstung sengen und brennen, ausplündern und morden. Bestellt dies Maximilian von Bayern, au revoir, Monsieur.«

Der Gesandte öffnete den Mund, um einen letzten Versuch zu unternehmen, den König umzustimmen, besann sich aber eines Besseren und schloss ihn wieder. Dann klärte er seine Kehle und verabschiedete sich.

»Von Maringer, sattelt Euer Pferd und bringt den Brief zur Neuen Zeitung. Dort soll er kopiert und gedruckt werden«, befahl Gustav Adolf. »In zwei Tagen marschieren wir nach Augsburg, um die Stadt aus den Händen der ligistischen Truppen zu befreien. Ihr werdet vorausreiten und den Bewohnern mein Kommen ankündigen. Nehmt die dafür schon gedruckten Flugblätter mit.«

Silas war unter der Vorgabe, er befördere eilige Briefe, in die Stadt gelangt. Mühelos fand er den Weg zu einem stattlichen Bürgerhaus, das ihm einer der Männer aus Gustav Adolfs Truppe beschrieben hatte. Er stammte aus Augsburg, kannte die Straßen und Gassen wie seine Westentasche, hatte der Stadt jedoch den Rücken gekehrt, als es für die protestantische Bevölkerung immer ungemütlicher geworden war, nachdem der Kaiser das Restitutionsedikt erlassen hatte.

Das Haus gehörte dem Kupferstecher und Verleger Wolfgang Kilian, wie sein Bruder Lucas ein begnadeter Künstler. Nicht nur hatte er einen Vogelschauplan von Augsburg gezeichnet, sondern auch vor Jahren das Titelblatt des berühmten Prachtbandes Hortus Eystettensis geschaffen, ein einzigartiges Werk über den fürstbischöflichen Garten um die Willibaldsburg in Eichstätt.

Silas saß ab und pochte gegen die Tür. Eine etwa fünfzig Jahre alte Frau öffnete und musterte ihn argwöhnisch.

»Ich möchte zum Kupferstecher Wolfgang Kilian, mein Name ist Silas von Maringer«, sagte er freundlich.

»Was wollt Ihr von meinem Mann?«, fragte sie misstrauisch.

Silas senkte die Stimme. »Der Löwe aus Mitternacht schickt mich, er rückt gen Augsburg, um die Stadt aus den Klauen der Katholischen zu befreien.«

»Bringt Euer Pferd in den Hof, dort wird man sich darum kümmern.« Sie drückte die Tür ins Schloss.

Wenig später klopfte er erneut. Die Frau gab den Weg frei und ließ ihn ein.

»Wolfgang ist in der Werkstatt, folgt mir.«

Bevor sie die Wirkstätte des Kupferstechers erreichten, kam ihnen der Meister entgegen. »Susanne …« Abrupt blieb er stehen und sah seine Frau fragend an, die daraufhin Silas vorstellte und dessen Worte wiederholte.

»Und warum wurdet Ihr zu mir geschickt?«, wollte Kilian wissen.

Silas griff in seine Ledertasche und holte eines der Flugblätter hervor. »Euer Bruder ist im Rat, und Eure Familie gehört zu den angesehensten der Stadt. Je mehr Unterstützung König Gustav Adolf von den Protestanten erhält, desto eher werden die Truppen des Bayernherzogs sich kampflos ergeben. Der Schwede möchte unnötiges Blutvergießen vermeiden. Er wird den Frieden zwischen Katholischen und Protestanten wiederherstellen.«

Wolfgang Kilian betrachtete eingehend das Flugblatt. Es zeigte den gerüsteten Schwedenkönig vor Augsburg, der seinen rechten Fuß auf den Kopf eines von ihm mit dem Schwert erschlagenen Widders stellte. Der Widder, das Symbol des Ordens der Ritter vom Goldenen Vlies, dem auch der Kaiser angehörte. Im Hintergrund des Bildes waren München, Würzburg und Mainz dargestellt, neben dem toten Tier eine mehrköpfige Bestie, gegen welche der König seine Waffe schwang. Das schlangenartige antichristliche Tier symbolisierte den Papst und die Katholischen. Über dem Bild prangte in großen Lettern: *Die durch Gottes Gnad erledigte Stadt Augsburg.*

»Endlich«, murmelte der Kupferstecher. »Sämtliche protestantischen Ratsmitglieder wurden längst entlassen, müsst Ihr wissen, trotz allem geben wir nicht auf. Wie viele von diesen Flugschriften habt Ihr?«

»Fünfhundert«, antwortete Silas.

»Gebt sie mir, ich werde für ihre Verteilung sorgen. Habt Dank.«

Silas überließ dem Mann die Flugblätter und trat hinaus in die fahle Aprilsonne. Endlich bekam er Gelegenheit, einen Brief aufzugeben, den er seit Monaten mit sich herumtrug. Augsburg war eine der wichtigsten Poststationen derer von Taxis. Noch. Denn ihr würde es genauso ergehen wie Frankfurt und Leipzig, wäre die Stadt erst einmal in schwedischer Hand. Er stieg in den Sattel, passierte das Jakobertor und trabte den Stadtgraben entlang bis zur Poststation. Dort band er Nabil an, strich ihm über den Hals und eilte in das Gebäude. Vier Männer sortierten die Sendungen, packten sie in verschiedene Felleisen, damit die Botenreiter sie schnellstmöglich weiterbefördern konnten.

»David Frey?«, rief Silas fragend in den Raum, und ein hagerer Mann drehte sich um und kam auf ihn zu.

»Der bin ich. Was kann ich für Euch tun?«

Silas senkte die Stimme und holte das versiegelte Schreiben hervor. »Ich möchte diesen Brief aufgeben und Euch vorwarnen.«

Stirnrunzelnd sah Frey ihn an. »Warnen? Wovor?«

»Die Schweden stehen vor Augsburg, und sie werden die Stadt einnehmen. Euch wird es ebenso ergehen wie Gérard Vrints in Frankfurt. Gustav Adolf wird die Poststation samt Strecke in andere Hände legen. Ich bin Silas von Maringer und war reitender Bote für Alexandrine von Taxis.«

»War? Aber jetzt offenbar nicht mehr. Warum warnt Ihr mich?« David Frey zog ihn in eine ruhige Ecke.

»Es ist eine lange Geschichte, die zu erzählen ich keine Zeit habe. Ich bitte Euch, schickt diesen Brief auf den Weg, bevor es zu spät ist, Augsburg zu verlassen.«

»Nun gut, bezahlt das Porto, und Eure Post wird den Weg zu ihrem Empfänger finden.« Der Postverwalter ließ die Münzen, die Silas ihm gab, in einer Kassette verschwinden. Dann notierte er peinlich genau die Einnahme.

»Wann rechnet Ihr mit dem Angriff der Schweden?«

»Morgen«, antwortete Silas knapp und verabschiedete sich von Frey, der sich bei ihm für die Warnung bedankte.

Nach nur kurz andauerndem Kanonenbeschuss ergab sich Augsburg, und Gustav II. Adolf ritt triumphierend in die Stadt, umjubelt von Menschen protestantischen Glaubens. Er ließ sich als Befreier von Gottes Gnaden feiern, glaubte selbst, von Gott gesandt worden zu sein. Die ligistischen Besetzer verließen die Stadt, und der König berief umgehend einen Schweden zum Statthalter, einen Vetter seines Kanzlers Oxenstierna, welcher sich gegenwärtig mit einer Armee in Böhmen aufhielt. Katholische Räte wurden durch protestantische ersetzt, lutherische Kirchen wiederhergestellt. Der Löwe aus Mitternacht lauschte gar andächtig der Predigt und dem *Te Deum* in der Kirche St. Anna. In der Stadt sollte wieder jeder seine Religion ausüben dürfen, wie es einst im Augsburger Religionsfrieden bestimmt worden war. Ja, der Schwede ließ sogar eigens Münzen mit seinem Bild prägen.

Enttäuscht stellte Silas jedoch fest, dass der König von den Augsburgern hohe Zahlungen forderte. Die meisten standen längst vor dem Nichts, niemand war in der Lage, die Summe von siebentausend Gulden je Monat zu bezahlen. Die Bewohner konnten zwar wieder ihre Predigten hören, und einige hatten ihre Ämter zurückbekommen, aber viel besser war ihr Leben dadurch nicht geworden. Hunger herrschte nach wie vor in und um Augsburg.

Nur wenige Tage blieben die Schweden in der Stadt, dann brachen sie auf. Nächstes Ziel war München.

»Ich bringe Nachricht von Frey.«

Ohne Ankündigung kam Grotheer aufgeregt in das Studierzimmer, wo Alexandrines Kinder Unterricht erhielten. Lamo und Veva sollten bestmöglich auf ihr Leben und ihr Erbe vorbereitet werden, und die Gräfin wohnte heute den Lehrstunden bei, um sich von den Fortschritten zu überzeugen.

»Grotheer, könnt Ihr nicht anklopfen?«, tadelte sie ihn. »Eure Manieren sind kein Vorbild für meine Kinder.«

Er bat um Verzeihung und zwinkerte den Geschwistern zu, für die sein Hereinplatzen eine willkommene Abwechslung zu sein schien, denn sie grinsten verschwörerisch zurück.

»Ihr müsst ohne mich fortfahren«, sagte Alexandrine zu Magister Hugo Stevin, der Mathematik lehrte. Sie erhob sich von ihrem Stuhl und bedeutete Grotheer, ihr zu folgen. Die Gräfin bezwang ihre Neugier, außerdem wollte sie ihn noch ein wenig zappeln lassen, denn es war augenscheinlich, dass er es kaum erwarten konnte, ihr Bericht zu erstatten.

»Lasst uns in den Garten gehen, ein wenig frische Luft und Sonne tun mir gut. Und so grau wie Euer Gesicht ist, schadet dies Euch auch nicht.«

Kaum saßen sie jedoch auf der schmiedeeisernen Bank, sagte sie: »Los, raus mit der Sprache.«

»David Frey ist aus Augsburg geflohen …«, begann Grotheer.

»Das war zu erwarten, nachdem Gustav Adolf die Stadt vor Monaten eingenommen hat. Seither haben wir nichts mehr von Frey gehört. Wo ist er jetzt?«

»Er befindet sich in der Nähe des Ammersees und fängt jeglichen feindlichen Botenreiter ab, der von Augsburg in Richtung Innsbruck unterwegs ist«, grinste Grotheer.

Alexandrine klatschte in die Hände. »Endlich einmal eine gute Botschaft.«

»Er schreibt, die Posten müssen neu eingerichtet werden, um die Linie nach Venedig, Rom und Neapel aufrechterhalten zu können. Wir werden große Umwege in Kauf nehmen müssen«, berichtete Benedikt Grotheer und tupfte sich den Schweiß von der Stirn. Für einen Tag Ende September war es ungewöhnlich warm.

»Kaiser Ferdinand ist schon ungehalten und hat mir Abmahnungen geschickt, weil kaum mehr Postsendungen durchkommen. Die Streckenänderung nimmt viel Zeit in Anspruch, vom Geld einmal ganz abgesehen. Aber gut, dann soll es so sein.« Alexandrine gestattete sich ein Augenrollen. »Wann reist Ihr nach Calais?«, gab sie dem Gespräch eine Wendung.

Seit einiger Zeit korrespondierte sie mit dem Königlichen Postmeister Thomas Witherings von England, um eine Reiterstafette von Brüssel über Gent und Antwerpen bis nach Calais einzurichten.

»Witherings liegt wieder im Streit mit William Frizzell«, klagte Grotheer.

Letztgenannter war ebenso von König Karl I. zum Postmeister ernannt worden. Eigentlich waren die beiden Männer zuständig für Briefsendungen zwischen der Insel und dem Festland, für Briefe, die politischen Inhalt besaßen. Doch Frizzell und Witherings waren Kaufleute und nutzten die willkommene Gelegenheit, auch Schriftstücke und Waren von Handelspartnern bis nach London zu befördern. Was natürlich zum Streit führte, denn damit ließ sich zusätzliches Geld verdienen.

»Witherings will dem König einen Vorschlag unterbreiten. Eine Route nicht nur bis Calais, sondern einen Streckenverlauf für Sendungen zwischen London und sämtlichen Herrschaftsgebieten Englands. Der Gewinn soll in die Staatskasse fließen.«

»Damit wird er Frizzell ausschalten können. Karl kann ebenso wenig wie jeder andere Herrscher auf klingende Münze verzichten«, überlegte Alexandrine. Dann stand sie auf und strich ihre Röcke glatt. »Ich muss zurück zu meinen Kindern, Grotheer.«

»Einen Augenblick noch, Comtesse.« Grotheer fasste in seine Jackentasche und zog einen Brief hervor. »Dieser kam zusammen mit Freys Nachricht. Ich bin überzeugt, Ihr werdet Euch sehr darüber freuen.« Damit strebte er ohne ein weiteres Wort dem Ausgang des Gartens zu.

Ihr Herz setzte einen Schlag aus, als sie im Siegelwachs die mit einem Messer eingeritzten Buchstaben erkannte. Schwindel erfasste sie, und Alexandrine ließ sich zurück auf die Bank fallen. Silas. Er lebte. Ihre zitternden Finger brachen das Siegel, falteten die Bögen auseinander.

»Gepriesen seist du, oh Herr«, flüsterte sie, während Tränen der Erleichterung aufstiegen. Ungeduldig rieb sie sich die Augen und begann zu lesen.

Silas berichtete ausführlich darüber, wo es ihn überall hin verschlagen hatte. Als er beschrieb, wie er Nabil im Rhein verloren hatte, schluckte sie und unterdrückte ein Schluchzen. Alexandrine wusste, wie sehr Silas an seinem Hengst hing. Doch erleichtert stellte sie einige Zeilen weiter fest, wie die beiden wieder zueinandergefunden hatten. Sie las über seinen Entschluss, in die Dienste des Schwedenkönigs einzutreten.

»Wie konntest du das tun?«, murmelte sie und presste die Lippen gegeneinander. Doch dann erklärte er den Grund dafür. Seine Familie. Silas hatte keine andere Wahl gehabt. Seither ritt er mit dem Hauptheer, war sogar eine Art Vertrauter des Königs geworden.

»Du verteilst Flugblätter, die das Volk für Gustav Adolf einnehmen sollen?« Ungläubig schüttelte sie den Kopf. Sie erfuhr von den Gräueln, von Hunger und Durst, dem allgegenwärtigen Dreck, dem Elend, den überall lauernden Krankheiten und seiner Angst, den nächsten Tag nicht zu überleben. Ihre Augen flogen über den letzten Absatz.

Verehrte und geliebte Comtesse, ich lebe in der Hoff-
nung, dieser Brief wird Euch irgendwann erreichen.
Nur der Gedanke an Euch lässt mich all das ertragen.
Wenn mir die Schrecken des Krieges nachts den Schlaf
rauben und ich die Bilder der Toten und grausam
Verstümmelten nicht abschütteln kann, stelle ich mir
Euer Antlitz vor, Eure strahlenden grauen Augen und
Euer unwiderstehliches Lächeln. Ich bete inbrünstig,
der Tag unseres Wiedersehens möge nicht allzu fern
sein. Was auch immer geschehen mag, ich war und
bin stets der Eure. Möge Gott Euch behüten und seine
schützende Hand über Euch halten.
Silas

Nun weinte sie doch.

Monate waren vergangen, seit Silas mit den Schweden Augsburg verlassen hatte. Auf dem Weg nach München hatten sie Kunde von Tillys Tod in Ingolstadt erhalten. Die bayerische Hauptstadt war nahezu kampflos eingenommen worden, und drei Wochen lang hatte Gustav II. Adolf in der kurfürstlichen Residenz verbracht. Der Weg nach Wien schien vorgezeichnet, doch dann war die Versorgung des in und um Nürnberg lagernden Haupttheeres gefährdet worden. Der vom Kaiser wiedereingesetzte Herzog von Friedland hatte mit seinem gewaltigen Heer Nürnberg belagert, geradezu umringt. Die

Reichsstadt war der wichtigste Standort der Schweden, doch Wallensteins Armee blockierte nach und nach die Handelswege in alle Richtungen. Und damit auch die Rückzugswege. Erstmals waren sich Wallenstein und der Schwedenkönig in der Schlacht westlich von Nürnberg begegnet. Auf schwedischer Seite waren erheblich mehr Tote zu verzeichnen gewesen, und der Löwe hatte sich zurückgezogen.

Silas hatte einen Brief auf den Weg nach Sachsen bringen müssen. *Cito, cito, citissime.* Sein Dienstherr suchte die dringende Unterstützung des sächsischen Kurfürsten, mit dem er vor Jahren ein Bündnis geschlossen hatte. Hunger herrschte schon länger in Nürnberg, doch die Lage hatte sich mehr und mehr verschlimmert. Wochenlang hatten Mensch und Tier innerhalb und außerhalb der Reichsstadt ausgeharrt, zahllos waren sie verendet, gestorben an Unterernährung und Krankheiten. Schließlich war Gustav II. Adolf nach Norden in Richtung Sachsen aufgebrochen. Sein Kanzler Axel Oxenstierna hatte mit einigen Tausend Mann die Stellung in Nürnberg gehalten, um die Bewohner vor der Heimsuchung durch feindliche Söldner zu schützen. Tage später war Wallenstein mit seinem Heer dem Schwedenkönig gefolgt.

Inzwischen war der Herbst heraufgezogen, Nebel, Kälte und eiskalter Regen kündeten vom bevorstehenden Winter. Der Gasthof Zum Scheffel in Naumburg diente dem Löwen aus Mitternacht und seinen Hauptleuten als Unterkunft, auch Silas und der Schreiber hatten dort ein Plätzchen gefunden. Silas war froh, bei diesem Wetter nicht in irgendeinem löchrigen Zelt übernachten zu müssen, und Nabil hatte ebenso ein Dach über dem Kopf in der angrenzenden Scheune bekommen, während die meisten Pferde draußen vor der Stadt im Lager bleiben mussten. Im Augenblick befanden sie sich in der Gaststube, wo der Wirt sich mühte, die Anwesenden satt zu bekommen.

»Der Friedländer liegt jetzt nordöstlich von uns, das gefällt mir nicht«, brummte Gustav Adolf und tippte mit dem rechten Zeigefinger auf eine Stelle der Landkarte, die in der Tischmitte lag.

»Er wird sein Winterquartier dort beziehen«, meinte einer seiner Ratgeber, der mit beiden Händen einen dampfenden Becher mit heißem Wein umfasste, um die klammen Finger zu wärmen. »Wallenstein verteilt sein Heer auf mehrere Städte, ich denke, er will sich den Rückzug nach Böhmen offenhalten.«

»Ich bin anderer Ansicht«, erwiderte der König finster. »Ich kann Euch sagen, was er im Schilde führt. Zum einen will er verhindern, dass wir die Elbe queren, und zum anderen will er den Herzog von Sachsen auf seine Seite ziehen.«

»Aber, Majestät, wir haben ein Bündnis mit Herzog Johann Georg von Sachsen. Eugen hat recht, Wallenstein zieht ins Winterquartier, und Georg Eisenhand hält unsere Stellung in Torgau«, widersprach ein anderer Rat und meinte mit Letztgenanntem den Welfenherzog Georg von Braunschweig und Lüneburg. Der Ratgeber zeigte auf verschiedene Stellen der Karte. »Hier, hier und hier hat Wallenstein seine Männer hingeschickt.«

Gustav Adolf schnaubte verächtlich. »Es fragt sich, was dieses Bündnis noch wert ist. Der Sachse ist wankelmütig, ich traue Johann nicht. Was ist Eure Meinung?« Auffordernd sah er Herzog Bernhard von Sachsen-Weimar an, der sich gleich nach des Schwedenkönigs Ankunft in den deutschen Landen auf dessen Seite geschlagen hatte. Ein exzellenter Heermeister, der das Leibregiment zu Pferde anführte.

»Johann interessiert sich vor allem fürs Fressen, Saufen und Jagen«, antwortete Bernhard und sah in die Runde der Ratgeber. »Habt Ihr vergessen, wie schändlich er im letzten Jahr von der Schlacht bei Breitenfeld floh? Hat sein Pferd fast zu Tode geritten, um so schnell wie möglich zu entkommen. Ein mutiger Jäger ist er, ja, aber ein mieser Feldherr. Und ich stimme Eurer Majestät zu: Dem Herzog von Sachsen ist nicht zu trauen. Vor allem dann nicht, wenn Wallenstein ihm ein gutes Angebot macht. Bedenkt, bevor Seine Königliche Majestät deutschen Boden betrat, hat Johann für den Kaiser gekämpft. Dieser Wendehals wird die Seite wechseln, wann immer es ihm günstig erscheint.«

Bernhard hatte offenbar die anderen überzeugt, denn ein zustimmendes Raunen klang durch die Gaststube. Der König biss von der Hasenkeule ab und trank einen Schluck. Dann sah er zu Silas und dem Schreiber, Jakob von Germann, hinüber, die abseits in einer Ecke warteten.

»Von Germann, setzt ein paar Zeilen auf, ich will den Herzog von Sachsen erneut daran erinnern, mit wem er ein Bündnis eingegangen ist. Und Ihr, von Maringer, könnt schon einmal Euer Pferd satteln. Bringt die Nachricht an die Elbe zu Johann Georg. Sein Heer steht weniger als zwei Tagesritte von hier entfernt. Herzog Bernhard wird Euch den Weg auf der Karte zeigen.«

Schon kratzte die Feder des Schreibers über das Papier, und Silas eilte hinaus.

Während Silas sich auf den Weg an die Elbe machte, erließ Gustav II. Adolf den Befehl, dem Herzog von Sachsen entgegenzuziehen. Bis zum Sonnenaufgang waren es noch fast vier Stunden, als sich das Heer in Bewegung setzte. Sechzig Kanonen von je einem Pferd gezogen und an die zwanzigtausend Männer, von denen zwei Drittel Fußsoldaten waren, marschierten Richtung Leipzig. Ihre Gesichter grimmig, gezeichnet von den andauernden Strapazen und Entbehrungen, dem Hunger und der Kälte. Stunde um Stunde trotzten sie dem nebligen und nasskalten Wetter. Im Tross war es seltsam still, nicht einmal das Greinen eines Kindes war zu vernehmen, nur das Schnauben der Pferde und Ochsen.

Plötzlich kam Unruhe auf. Befehle wurden gebrüllt, Musketen abgefeuert, Männer schrien durcheinander.

»Vorwärts, lasst sie nicht entkommen!« Bernhard von Sachsen-Weimar wirbelte sein Pferd herum und setzte den feindlichen Truppen nach, auf die sie unvermittelt gestoßen waren. »Das sind Colloredos Soldaten, schlagt sie nieder!«

»Rückzug! Rückzug zum Fluss! Schützt die Brücken!«, erklang die Stimme des kaiserlichen Feldherrn Rudolf von Colloredo.

Berittene preschten vor, folgten dem Befehl ihres Anführers, und auch die schwedischen Fußsoldaten liefen nun schneller. Am Fluss Rippach kam es zu Gefechten, doch Colloredo hielt stand, verteidigte die Brücken, um den Weg nach Leipzig zu versperren. Aber es gab Gefangene aus seinem Gefolge, die der Herzog von Sachsen-Weimar sogleich zum Zelt des Königs bringen ließ. Gustav II. Adolf musterte die Männer und entschied sich für einen Soldaten, der keine zwanzig Lenze zählte.

Der Gefangene war verwundet, sein rechter Arm stand in einem merkwürdigen Winkel zum Körper, und Blut floss aus einer Kopfverletzung, rann über seine Stirn hinab in den kaum vorhandenen Bart. Er stöhnte vor Schmerzen, sein Gesicht zu einer Grimasse verzogen.

»Was hat Wallenstein vor? Wo ist sein nächstes Ziel?«, herrschte der König ihn an.

Der Gefangene gab keine Antwort. Der König wechselte einen Blick mit einem Obristleutnant seiner Truppen. Dieser verstand und packte den Verwundeten am Arm. Ein Aufbrüllen, das von einem Tier hätte stammen können, entrang sich dessen Kehle.

»Redet!«, fauchte der Obristleutnant.

Doch wieder verweigerte sich der Mann.

»Wenn Ihr mich in Eure Armee aufnehmt, dann sage ich Euch, was Ihr wissen wollt«, rief ein anderer Gefangener, der unverletzt schien.

Der Schwedenkönig wandte sich zu ihm um.

»Du Verräter«, presste der Verletzte hervor.

»Bringt ihn weg«, ordnete Gustav Adolf über die Schulter gewandt an, und der Bursche wurde grob hinausgezerrt. »Nun, ich bin ganz Ohr.«

»Wallenstein hat alle ins Winterquartier geschickt, an die Elbe, nach Meißen und ins Erzgebirge. Wir sollten nach Weißenfels«, erzählte der Gefangene.

Der König zwirbelte seinen Schnurrbart. »Wo ist General von Pappenheim?«

»Er ist nach Halle gesandt worden«, erwiderte der Mann, dessen Zungenschlag darauf schließen ließ, dass er aus Bayern stammte.

»Und wo ist der Herzog von Friedland? In Leipzig?«

»Er ist in Lützen, nicht weit von hier«, gab der Bayer zurück.

»Obristleutnant, lasst dem Mann zu essen geben und ihn in unsere Armee aufnehmen«, befahl der König zufrieden und schickte nach Herzog Bernhard, der wenig später die Zeltplane zurückschlug.

»Bernhard, gute Neuigkeiten«, freute sich der König, seine Augen glänzten vor Aufregung. »Wallensteins Heer ist aufgeteilt, und Pappenheim marschiert nach Osten. Wir stellen uns auf und werden den Friedländer zum Teufel jagen. Ihr übernehmt den linken Flügel, ich den rechten, in der Mitte sollen sich die Kanoniere platzieren.«

Am Morgen führte Gustav II. Adolf seine Truppen in die Schlacht. Über dem weißen Hemd mit dem großen Spitzenkragen trug er sein gelbbraunes Elchkoller, dazu passende lange Handschuhe, einen breitkrempigen Hut und Stiefel, deren Stulpen bis weit über die Knie reichten. An seiner Seite hing sein kostbares Rapier. Auch Streiff war für den Kampf herausgeputzt worden, rot sein Vordergeschirr und seine Zügel, die ebenso rote Schabracke mit Ornamenten bestickt.

Wie eine Daunendecke lag dichter Nebel über den Feldern, behinderte die Sichtweite, doch der Schwedenkönig ließ sich nicht beirren. Er zügelte Streiff, zog das Rapier, zeigte mit dessen Spitze zum Himmel und sprach ein Gebet. Dann wurde ein Lied angestimmt.

»Verzage nicht, du Häuflein klein,
obschon die Feinde willens sein,
dich gänzlich zu verstören,
und suchen deinen Untergang,
davon wird dir recht angst und bang,
es wird nicht lange währen.«

Als das Amen der letzten Strophe verklungen war, rief Bernhard von Sachsen-Weimar: »Vorwärts, Männer, für Gott und den König!«

»Für Gott und den König«, scholl es aus den rauen Kehlen zurück.

Die Fußsoldaten stellten sich in sieben Reihen hintereinander auf, damit ein stetiger Wechsel vollzogen werden konnte. Die vordere Reihe sollte sich, sobald sie geschossen hatte, zurückziehen, damit die Männer ihre Waffen wieder neu laden konnten, und die zweite Reihe rückte vor. So war ein nahezu ununterbrochenes Dauerfeuer möglich.

Als sich der Nebel zu verziehen begann, zerriss Geschützdonner die Luft, und Kürassiere sprengten mit gezogenen Degen los, ihr Kriegsgeschrei weithin hörbar. In kürzester

Zeit hieben sie Wallensteins berittene Soldaten in Stücke und drängten sie auseinander. Sie hatten leichtes Spiel, trugen die Kroaten und Polen doch keine Brustpanzer wie die schwedischen Söldner. Die Fußsoldaten drangen vor, schossen ihre tödlichen Bleikugeln ab. Der linke Flügel der Kaiserlichen wankte, und erste Geschütze, die sie wie ihr Gegner in der Mitte aufgestellt hatten, gingen verloren. Gustav II. Adolf lenkte sein Ross hierhin und dorthin, von seinem Rapier troff das Blut seiner Feinde. Der Lärm war ohrenbetäubend: Kanonendonner und Musketenschüsse, das Stampfen der Hufe, die Schreie der Verwundeten. Es versprach, ein leicht errungener Sieg zu werden.

Doch plötzlich trat Unruhe in den hinteren Reihen der Schweden auf. Kroatische Reiter griffen den Tross an, und der feindliche linke Flügel erstarkte wieder. Allen voran ritt Graf Gottfried Heinrich von Pappenheim, den Wallenstein zurückbeordert haben musste. Teufel noch eins!

»Haltet stand!«, brüllte Gustav Adolf und jagte mit Streiff entlang der vordersten Linie.

»Pappenheim ist getroffen!«, hörte er kurz darauf einen Kürassier jubeln.

Kaum war der Feldherr gefallen, geriet die Schlachtordnung der Pappenheimer Reiter durcheinander, und sie begannen das Weite zu suchen.

»Der Herr ist mit uns! Seht nur, sie fliehen! Vorwärts, der Sieg ist nah!« Der König trieb seine berittenen Soldaten und das Fußvolk voran.

Immer mehr bedrängten sie Wallensteins Truppen, doch dann kehrte der Nebel zurück, und das Blatt wendete sich gegen die Schwedischen. Brandgeruch lag in der Luft, Rauch und Qualm brennender Hütten des nahen Dorfes beeinträchtigten zusätzlich die Sicht. Pulverdampf von Musketen, Pistolen und Kanonen kam erschwerend hinzu.

»Majestät, Herzog Bernhard kann den linken Flügel nicht mehr lange halten.« Ein Reiterbote tauchte neben Gustav Adolf auf. »Wallenstein selbst führt den Angriff.«

Der König wendete Streiff und befahl seinem Regiment smålandischer Reiter, ihm zu folgen, um dem Herzog von Sachsen-Weimar beizustehen. Dann jagte er davon, das Rapier in der Rechten, bereit zu töten. Unvermittelt durchzuckte ein glühender Schmerz seinen linken Arm, und unfähig, die Zügel weiter zu halten und sein Pferd zu lenken, galoppierte der Braune führerlos weiter. Für einen Lidschlag schoss dem König der Gedanke durch den Kopf, dass von Maringers Hengst auf feinste Gewichtshilfen reagierte und sich so lenken ließ. Nicht jedoch Streiff. Gleichzeitig verfluchte Gustav II. Adolf seine Kurzsichtigkeit. Die Brille lag wohl verwahrt in seinem Zelt.

»Franz, Franz, bringt mich aus diesem Hexenkessel«, brüllte er hinüber zum Prinzen von Sachsen-Lauenburg, der nur wenige Armlängen von ihm entfernt auf gleicher Höhe ritt.

Der Prinz erkannte des Königs Not und lenkte sein Ross näher, griff sich Streiffs Zügel und zog sie ihm über den Kopf, damit er das Pferd besser mit sich führen konnte. Verzweifelt suchte er einen Weg zwischen all den Kämpfenden, um den verwundeten König in Sicherheit zu bringen. Unversehens tauchten aus dem Nebel feindliche Reiter auf, ihre Pistolen schussbereit.

Silas jagte zurück Richtung Naumburg, schonte weder sich noch sein Pferd. In seinem Wams steckte die Botschaft des Kurfürsten von Sachsen.

»Wir stehen fest an Schwedens Seite«, hatte Johann Georg seinem Schreiber diktiert.

Als er sich seinem Ziel zu nähern begann, stieg Silas Brandgeruch in die Nase, Nabil schnaubte unruhig. Versprengte Pferde liefen aufgescheucht herum, andere wiederum zupften am spärlichen Gras. Silas wurde bewusst, dass es während seiner Abwesenheit eine Schlacht gegeben haben musste. Eine gewaltige Schlacht, denn schon bald konnte er auf dem Boden Leichen erkennen. Tausende. Er zügelte Nabil, ließ ihn in Schritt fallen und sah sich erschüttert um.

Männer suchten nach Überlebenden, schleppten Verletzte vom Schlachtfeld und fingen Pferde ein. Ein Reittier erkannte Silas auf Anhieb. Streiff, das Streitross des Königs. Er stieg ab, nahm Nabil am Zügel, bewegte sich auf den kräftigen Braunen zu. Dieser hob den Kopf und stieß ein leises Wiehern aus, als er den Dunkelfuchs wahrnahm. Blut klebte in der dichten Mähne, vorsichtig tastete Silas nach einer Wunde. Streiff riss den Kopf hoch und wich aus.

»Ruhig, mein Freund, ruhig, ich werde dir nicht wehtun.« Streiff ließ zu, dass seine Finger ihn weiter berührten.

»Eine Kugel muss dich gestreift haben«, murmelte Silas, als er die oberflächliche Wunde ertastete. »Komm, mein Junge, wir bringen dich ins Lager.« Er fasste nach den Lederleinen, und das Tier kam bereitwillig mit. Silas sah hinüber zu den Soldaten und rief: »Wo ist Seine Majestät? Ich habe sein Pferd.«

Einige Köpfe wandten sich um, und ein Mann kam mit schweren Schritten zu ihm.

»Wir haben ihn noch nicht gefunden, der König ist gefallen.« Sein Gesicht war aschgrau, seine Kleider blutbefleckt.

»Gütiger Jesus, ich habe es befürchtet«, gab Silas zurück. »Wer hat den Sieg davongetragen?«

»Wir haben bis zum Anbruch der Dunkelheit gekämpft,

dann haben sich Wallenstein und seine Armee zurückgezogen. Fast die ganze Nacht haben wir damit verbracht, Verwundete zu bergen. Und noch immer liegen welche dort draußen.«

»Wie viele sind tot?« Silas ließ den Blick über das Feld schweifen, wo die Leichen teils übereinanderlagen.

»Noch wissen wir es nicht genau, aber die Rede ist von mehr als dreitausend Mann. Bringt die Pferde ins Lager, nehmt den Weg dort lang.« Er deutete mit dem ausgestreckten Arm nach Westen. »Und kommt mit einer Schaufel zurück, wir müssen die Toten begraben.«

Silas stieg wieder in den Sattel und führte Streiff an seiner linken Seite mit sich. Er konnte seine Augen kaum vom Schlachtfeld abwenden, sein Gehirn schien sich dem Gesehenen zu verweigern. Gesichter, die zur Hälfte weggeschossen waren, starrten mit leeren Augen in den grauen Himmel, abgeschlagene Gliedmaßen lagen nicht weit von den Körpern, mit denen sie einst verbunden gewesen waren. Grotesk ausgestreckte Pferdekadaver mit gebrochenen Beinen, durch den Todeskampf aufgerissene Augen und Mäuler. Silas schauderte. Ein halb nackter Körper unter den Gefallenen erweckte seine Aufmerksamkeit, und er wendete sein Ross. Als er auf den Toten hinunterstarrte, erkannte er entsetzt den König. Fast gänzlich entblößt, die Augen leblos, das Gesicht aschfahl. Nur die Strümpfe und das Hemd hatte man ihm gelassen. Noch im Tod hatten seine Feinde ihn gedemütigt. Silas stieg ab, kniete sich neben den Leichnam, sah die tödliche Stichwunde auf der Brust. Er zog den toten König in seine Arme, um ihn aufzuheben, und bemerkte die Schusswunde. Dem Feldherrn musste zuerst von hinten in den Rücken geschossen worden sein, dann war er vom Pferd gestürzt. Wehrlos hatte er dagelegen, bis der Feind ihn erstochen hatte. Silas schlug das Kreuz über dem Verstorbenen und murmelte ein Gebet.

»Herr, gib ihm die ewige Ruhe, das ewige Licht soll ihm leuchten. Ruhe in Frieden, Gustav II. Adolf von Schweden.«

Dann brüllte er über das Feld. »Der König! Hierher!«

Mehrere Männer kamen hurtig herbei und bekreuzigten sich, als sie keuchend neben der Leiche innehielten. Einer von ihnen deutete auf einen Toten ganz in der Nähe, in dessen Brust ein Spieß steckte.

»Das ist Moritz von Falkenberg, er war bis vor wenigen Tagen ein Gefangener. Seine Königliche Majestät hat ihn laufen lassen, weil er ein Verwandter von Dietrich von Falkenberg war. Dietrich stand in schwedischen Diensten und hielt in Magdeburg gegen die Kaiserlichen die Stellung.«

»Scheint, sein Vetter hat dem König die Gnade der Freiheit, die ihm gewährt wurde, mit dem Tod vergolten«, mutmaßte ein anderer grimmig.

»Helft mir, Seine Majestät über den Pferderücken zu legen«, sagte Silas.

Ein Mann erbot sich, das Streitross mit dem Leichnam zu führen, Silas schritt mit Nabil neben ihm her. Schweigend brachten sie den toten Feldherrn zum Lager. Als wäre ihnen die Kunde von ihrem schrecklichen Fund vorausgeeilt, kam ihnen Herzog Bernhard von Sachsen-Weimar entgegen, der den Oberbefehl übernommen hatte, und dankte ihnen.

»Bringt den König zur Steinkirche in Meuchen. Dort soll sein Körper gesäubert und einbalsamiert werden. Schickt nach dem Schreiber Jakob von Germann. Ihre Majestät, die Königin, und ihre Tochter Kristina müssen vom Tod Gustav Adolfs unverzüglich unterrichtet werden, ebenso Kanzler Oxenstierna. Und jemand kümmere sich um Streiff.«

»Ich würde mich des Pferdes gerne annehmen, Hoheit«, bot Silas an.

Jetzt erst schien Bernhard ihn zu erkennen.

»Von Maringer, Ihr seid es. Welche Botschaft Ihr auch immer von der Elbe bringt, sie kommt zu spät«, sagte er ernüchtert.

»Johann Georg von Sachsen steht fest an Schwedens Seite«, erwiderte er und zog ein gefaltetes Schriftstück aus seiner Jacke.

Bernhard steckte es ein, ohne einen Blick darauf zu werfen. »Geht, von Maringer, Streiff muss versorgt werden, auch wenn er seinem Herrn kein Glück gebracht hat.«

1633

ALEXANDRINE VON TAXIS feierte mit ihren Kindern und Benedikt Grotheer das Zustandekommen des Vertrags mit Englands Königlichem Postmeister Witherings. Die Tafel war festlich gedeckt, feinstes Geschirr war aufgelegt worden, und die Köchin hatte sich ins Zeug gelegt. Rücken und Keulen vom Lamm, geschmort in einer dunklen, mit Rotwein und teuren Gewürzen verfeinerten Soße, dazu gab es in Butter gegarte Erbsen, Mairübchen und zarte Möhren. Auch gebratener Fisch auf silbernen Platten und frisches Brot durften nicht fehlen, ebenso wenig wie die Süßspeisen.

»Endlich, Grotheer, endlich können wir den Postverkehr nach England wieder verbessern, nachdem uns Infantin Isabella gar Vergünstigungen für die Reiterstafette nach Calais eingeräumt hat«, freute sich Alexandrine und hob ihr Glas. »Das ist allein Euer Verdienst, mein Lieber.«

»Aber nicht doch, zu viel der Schmeichelei, Comtesse. Die Verhandlungen mit der Infantin habt Ihr geführt, nicht ich«, wiegelte Grotheer ab. Doch es war ihm anzusehen, wie stolz ihn das Lob machte.

»Wir müssen über weitere Streckenumlagerungen nachdenken.« Alexandrine ließ genießerisch ein Stück Spargel in ihrem Mund verschwinden. »Es wird immer schwieriger, Briefe nach Köln zu befördern.«

»Darf ich dieses Mal mitkommen, wenn du auf Reisen gehst?«, fragte Lamo und leckte sich die Fingerspitzen ab, an denen Zucker klebte.

»Nein, das ist zu gefährlich. Außerdem hast du viel nachzuholen, sagt Magister Stevin, weil du so lange krank gewesen bist. Auch deine anderen Lehrmeister klagen.« Lamo lernte neben der Mathematik mehrere Sprachen und erhielt Unterricht im Rechtswesen.

»Aber ...«

»Nein.« Dann wandte sie sich an ihre Tochter. »Veva, bald wird es einen Ball zu Ehren des Geburtstages der Infantin geben. Alle Familien von Rang und Namen werden geladen sein, und du bist nun alt genug, um mitzukommen.«

»Wirklich?«, freute sich Veva.

Die Gräfin nickte. »Maître van Snijder kommt morgen vorbei und wird Maß für ein neues Kleid für dich nehmen. Schließlich wollen wir, dass du das hübscheste Mädchen bist.«

Vevas Miene verfinsterte sich. »Du willst mir dort einen Ehemann suchen, hab ich recht?«

»Umsehen kann man sich doch«, erwiderte Alexandrine lächelnd.

»Ich suche mir meinen Gatten selbst aus«, entgegnete Veva. »Du hast das schließlich auch getan.«

»Das waren andere Zeiten ...«

»Ja, wenn es um dich geht, ist immer alles anders. Du nimmst dir jegliches Recht, aber was Lamo und mich anbelangt, müssen wir uns dir stets unterordnen«, schnitt Veva ihr das Wort ab.

»Untersteh dich, so mit mir zu reden. Was soll Benedikt Grotheer von dir denken?«, zürnte Alexandrine. »Und nun Schluss damit. Es ist ja nicht so, dass du morgen an den Haaren vor den Altar geschleppt würdest und einen zahnlosen Greis heiraten müsstest.«

Bevor ihre Tochter erneut Widerworte geben konnte, öffnete sich die Tür, und ein älterer Mann mit einem Holzbein hinkte herein.

»Da komme ich gerade richtig, ich habe einen Bärenhunger«, dröhnte er lachend.

»Claude?« Ungläubig starrte Alexandrine ihn an. »Wie kommst du hierher?« Vor Überraschung vergaß sie, ihn vorzustellen. Sie konnte sich kaum erinnern, wie lange es her war, dass sie ihren dreizehn Jahre älteren Bruder gesehen hatte.

»Zu Pferd, ich bin nicht so gut zu Fuß, Schwester«, scherzte er und setzte sich an den Tisch, während ihre Kinder verblüffte Blicke tauschten.

»Jean, mein Bruder braucht einen Teller und ein Glas«, bat Alexandrine den Mann, der aufrecht und stumm abseits am Fenster stand.

Kaum hatte Jean das Gewünschte aus der Palisanderholzanrichte geholt und dem Neuankömmling Fleisch und Gemüse aufgelegt, zückte Claude sein Essmesser und musterte seine Nichte, die zu seiner Linken saß.

»Ein hübsches Mädchen bist du geworden. Zuletzt habe ich dich gesehen, da warst du vielleicht zwei Jahre alt. Ich weiß es nicht mehr so genau.«

Veva lächelte scheu, gab keine Antwort.

»Ihr seid unser Onkel?« Lamo blieb der Mund offen stehen.

»Ganz richtig, Junge, und du warst noch nicht einmal geboren, als ich das letzte Mal in Brüssel war. Du siehst deiner Mutter sehr ähnlich.« Claude de Rye de la Palud, Baron von Valançon, langte kräftig zu und ließ es sich schmecken. Sein Glas mit dem dunklen Rotwein hatte er schon fast zur Gänze geleert.

»Wenn ich mich nicht täusche, ist Euer Name Grotheer, nicht wahr?« Er sah hinüber zu Benedikt.

»Ihr täuscht Euch nicht, Baron. Ihr verfügt über ein außerordentliches Gedächtnis«, gab dieser zurück.

»Wohl wahr. Reicht mir den Weinkrug«, sagte er zu Jean, der pflichtschuldigst der Aufforderung nachkam und Claudes Glas füllte.

»Was führt dich hierher, Claude?«, wollte Alexandrine wissen.

»Claudine geht es schlecht, der Arzt sagt, sie hat nicht mehr lange zu leben. Ich hoffe, sie noch einmal sehen zu können«, antwortete ihr Bruder. »Vor zwei Jahren ist sie von Breda zurück nach Valançon gezogen, nachdem man mich zum Generalkapitän der Artillerie ernannt hatte. In Breda mochte sie nicht bleiben und wollte nach Hause.«

Claude war schon in jungen Jahren für die Spanischen Niederlande in den Krieg gezogen und hatte unter seinem ältesten Bruder gedient. Anfang des Jahrhunderts hatte er bei der Schlacht von Ostende sein Bein verloren.

»Das tut mir leid, Claude«, sagte Alexandrine, die ihre Schwägerin nur bei deren Hochzeit zu Gesicht bekommen hatte.

»Ich reise übermorgen weiter, zuvor treffe ich mich noch mit Sigismondo Sfondrati, er ist, wie meine Wenigkeit, Generalkapitän der Streitkräfte.«

»Möchtest du hier übernachten, oder hast du eine andere Bleibe?« Alexandrine nippte an ihrem Glas.

»Es wäre mir eine Freude, dann kann ich vielleicht meine Nichte und meinen Neffen etwas besser kennenlernen.«

Alexandrine nickte. Besuch war eine willkommene Abwechslung, auch wenn sie genug zu tun hatte. Die Reise nach Köln musste vorbereitet werden.

Silas bat Herzog Bernhard, ihn aus dem Dienst zu entlassen, nachdem Heidelberg Anfang Juni von den schwedischen Truppen besetzt worden war. Er war es leid, den Boten zu spielen.

Von Lützen war er mit dem Heer immer weiter nach Süden gezogen, und seine Hoffnung, nach dem Tod des Schwedenkönigs könnte es zu Friedensverhandlungen kommen, hatte sich zerschlagen. Die Armeen beider Seiten wüteten schlimmer als je zuvor. Es wurde geplündert, gebrandschatzt und geschändet, vor allem die Bauern mussten das größte Leid ertragen. Nie war es den Söldnern genug, was sie ihnen zu geben hatten, und wenn die Soldaten den letzten Sack Getreide an sich brachten, brannten sie die Felder nieder. Nichts konnte geerntet werden, und die Hungersnot steigerte sich ins Unermessliche. Nebenbei trugen die Söldner Seuchen in die Dörfer. Pocken, Rotewehe, Morbus Gallicus und nicht zuletzt den Schwarzen Tod.

Obwohl er schon des Grauen zu viel gesehen hatte, war Silas stets fassungslos ob der Verrohung der Menschen, die, ohne zu zögern, folterten und ihren Nächsten abschlachteten. Und dabei johlten sie, als gäbe es Freudiges zu feiern. Nicht zum ersten Mal dachte er an die Offenbarung des Johannes, in der sieben Engel die Welt mit Plagen überzogen, um die Menschen den Zorn Gottes spüren zu lassen. Fürchterlich war es in Landsberg am Lech gewesen. Tagelang war die Stadt belagert worden, dann hatte Herzog Bernhard den Befehl zur Erstürmung gegeben. Ein unvorstellbares Gemetzel hatte sich abgespielt. Männern wurde ein Trichter in den Rachen geschoben, und oben gossen die Söldner Jauche hinein, die der Gepeinigte schlucken musste. War sein Bauch bis zum Bersten aufgequollen, schlugen sie mit Stöcken darauf oder trampelten auf ihm herum. Ein grauenhafter Tod. Der Krieg raubte den Männern die Menschlichkeit und ließ sie zu Bestien werden. Reichte es nicht, den Bewohnern alles zu nehmen, was sie besaßen?

Kindergesänge jagten ihm Schauer über den Rücken. Wo auch immer er mit dem Tross hinzog, erklangen die Lieder.

*»Die Schweden sind gekommen, haben alles mitgenom-
men, haben's Fenster eingeschlagen, haben's Blei davongetragen, haben Kugeln daraus gegossen und die Bauern
erschossen.«*

Gar schauerlich fand er die Verse über den schwedischen
Kanzler, steckte doch so viel Zynismus darin.

*»Bet, Kindl, bet, morgen kommt der Schwed, morgen
kommt der Oxenstierna, wird den Kindln 's Beten lerna. Bet,
Kindl, bet.«*

Der so besungene schwedische Kanzler hatte nach dem
Tod seines Herrn den Oberbefehl über die Truppen übernommen und führte den Feldzug erbarmungslos fort.

»Ihr wollt uns also verlassen«, brummte der Herzog.

»Ich möchte zu meiner Familie, sie braucht mich mehr
denn je, nachdem im letzten Jahr mein Vater gestorben ist«,
antwortete Silas.

»Ihr seid aus Mainz, nicht wahr? Dort sollten die Euren
in Sicherheit sein«, erwiderte Bernhard von Sachsen-Weimar. »Nun gut, so sei es, ich entlasse Euch aus dem Dienst.
Gott sei mit Euch.«

Aufatmend verließ Silas das Quartier. Morgen würde er
losreiten. Doch nicht nach Mainz, wie er gesagt hatte, sondern nach dem nur etwa einen Tagesritt entfernten Umstadt.
Das schlechte Gewissen Amalia gegenüber trieb ihn dorthin. Seit seiner Abreise vor mehr als eineinhalb Jahren hatte
er ihr nicht einmal geschrieben. Sie musste glauben, er sei
tot. Warum hatte er ihr nicht auch einen Brief von Augsburg geschickt, wenigstens nur ein paar Zeilen, damit sie ein
Lebenszeichen von ihm hatte? Wichtiger war ihm erschienen,
die Gräfin wissen zu lassen, dass er noch auf Erden weilte.
Er war ein schlechter Ehemann, gestand sich Silas ein, doch
jetzt wollte er sich eines Besseren bemühen.

Wieder einmal musste er durch den Odenwald und hoffte, diesmal unbeschadet nach Umstadt zu kommen. Noch immer besaß er die Wappen und die Schutzbriefe, die des Schwedenkönigs und die der Taxis. Wann auch immer es für ihn günstig war, zückte er die passenden aus seinem Wams. Hauptsächlich querte er schwedisch besetztes Gebiet, aber seinen Erfahrungen nach scherten sich marodierende Söldner nicht, wessen Wappen er trug oder welcher Religion er angehörte. Hauptsache, sie erbeuteten Geld und Nahrung oder gar ein Pferd. Und wenn man nebenbei noch eine Frau schänden konnte, war das ganz nach ihrem Geschmack. Doch das Glück war Silas hold, denn er traf kaum eine Menschenseele, nur eine Familie mit fünf Kindern, die sich halb verhungert vorwärtsschleppte. Alles, was er ihnen geben konnte, war ein Laib Brot, den er bei einer Marketenderin vor seinem Aufbruch erstanden hatte.

»Vergelt's Gott«, sagte der Vater mit zitternder Unterlippe, seine Augen tränenfeucht.

Silas nickte der Familie zu und trieb Nabil weiter. Gegen Abend erreichte er Umstadt im schwindenden Tageslicht. Ächzend stieg er ab, versprach seinem Pferd eine mit Hafer angefüllte Krippe, wohl wissend, dass er froh sein konnte, wenn er ein paar Hände voll bekam. Es erstaunte ihn immer wieder aufs Neue, wie viel Kraft in diesem Tier steckte, obwohl Heu und Getreide überall knapp waren und es weniger zu fressen hatte.

Ein dürrer Junge hastete auf ihn zu, um ihm das Pferd abzunehmen.

»Josef«, erinnerte sich Silas, »ich hoffe, der Baron hat genügend Futter in den Scheunen. Nabil hat Hunger.«

Josef riss die Augen auf. »Ihr! Der Herr sei gepriesen, alle dachten, Ihr wäret längst tot.«

»Nun, wie du siehst, bin ich lebendig«, lachte Silas und gab ihm die Zügel, klopfte Nabil den Hals und Josef auf die

Schulter. Dann ging er mit großen Schritten zum Schloss und sah sich an der Tür erneut einem bekannten Gesicht gegenüber, das ihn ungläubig ansah.

»Brunhilde, schön, dich zu sehen.«

»Junger Herr, ich kann es nicht glauben, kommt herein, kommt herein.« Sie trat zurück, ließ ihn an sich vorbeigehen und rief außer sich: »Baronesse, seht nur, wer hier ist.«

»Brunhilde, was fällt dir ein, so herumzuschreien«, zeterte Margaretha, die gerade die Treppe hinunterstieg, um dann verblüfft innezuhalten. Ihre Lippen formten lautlos Silas' Namen, dann wandte sie den Kopf und tat genau das, wofür sie die Magd gerade getadelt hatte. »Amalia, eil dich, er ist zurück!«

Wenige Augenblicke später erschien seine Frau, bleich und mit dunklen Schatten unter den Augen.

»Silas.« Die letzten Stufen lief sie, stolperte beinahe über ihre Röcke und warf sich schluchzend in seine Arme.

Silas wechselte einen warnenden Blick mit seiner Schwiegermutter, an deren Miene er ablesen konnte, dass sie den Gefühlsausbruch ihrer Tochter als unziemlich empfand. Margaretha biss sich auf die Lippen, schwieg und verschwand. Silas gestattete sich ein feines Lächeln, während er Amalia beruhigend über den Rücken strich. Das Schluchzen verebbte, und sie löste sich von ihm, strahlte ihn aus tränennassen Augen an, nahm sein Gesicht in beide Hände und küsste ihn.

»Wo bist du all die Zeit gewesen, Liebster?«, fragte sie atemlos und zog ihn mit sich zur Stube. »Brunhilde, bring Wein und etwas zu essen«, befahl sie der Magd.

Schwer ließ sich Silas auf einen Stuhl fallen, und Amalia setzte sich neben ihn, seine Hand fest umklammert.

»Bist du unversehrt? Ich bin vor Angst um dich beinahe gestorben. Manchmal hatte ich die Hoffnung ganz aufgegeben, dich je wiederzusehen. Jeden Tag habe ich gebetet, der Herr möge dich beschützen und zu mir zurückschicken. Endlich wurde ich erhört. Gepriesen sei Jesus Christus.«

Brunhilde erschien mit Brot, verdünntem Wein und einem Teller Linsen. Auch hier im Schloss war der Verzicht längst eingekehrt. Das Brot war mindestens drei Tage alt, aber es stillte den Hunger. Als die Magd verschwand, erschienen Margaretha und August, der genau wie alle anderen um Fassung rang, als er Silas gegenüberstand.

»Grundgütiger, ich wollte es nicht glauben, als man mir von Eurer Heimkehr berichtete. So erzähl uns, wie es Euch ergangen ist.« Er rückte seiner Frau einen Stuhl zurecht, bevor er sich am Kopfende des Tischs niederließ.

»Besser als vielen anderen«, brachte Silas zwischen zwei Bissen hervor. »Vieles habe ich gesehen, was ich keinem wünsche, dass er dies je erblicken muss.« Als er die Mahlzeit verzehrt hatte, schilderte Silas, was ihm widerfahren war, die schlimmsten Ereignisse sparte er aus. Die Frauen sollten aus seinem Mund nichts von den Schändungen und dem Landsberger Schwedentrunk erfahren. Wahrscheinlich war die Kunde von den unsäglichen Qualen, die die Menschen erdulden mussten, ohnehin längst bis nach Umstadt gedrungen. Nachdem er geendet hatte, verlangte er zu erfahren, was sich in hier abgespielt hatte.

Baron August räusperte sich.

»Wir wurden nicht verschont, wie Euch sicher aufgefallen ist. Die Tafel in meinem Hause war schon üppiger gedeckt, Soldaten sind hier durchgezogen, haben vieles an sich gerissen. Doch nicht alles. Tief in den Kellern haben wir noch Vorräte, die wir einteilen. Und ich habe die Bürger angehalten, ihre Getreidesäcke in die Gruft unter der Friedhofskapelle zu bringen. Auch wenn die Söldner Kirchenschätze geraubt haben, in der kleinen Kapelle gibt es nur ein Holzkreuz mit unserem Erlöser. Diese Bestien sind unverrichteter Dinge wieder von dannen gezogen.«

»Was für ein großartiger Einfall«, lobte Silas seinen Schwiegervater. »Nichts ist sonst vor diesen Scheusalen sicher.«

Amalia lächelte. »Vater war schon immer ein vorausschauender Mann.« Dann warf sie Silas einen verstohlenen Blick zu. »Ich bin müde und möchte mich zur Ruhe begeben.«

Silas begriff, dass sie mit ihm allein sein wollte, und gähnte herzhaft, wobei er dies nicht einmal vortäuschen musste. Auch ihm steckten der Ritt und die Anspannung in den Knochen.

Kaum waren sie in ihrem Schlafgemach angekommen, schlang Amalia die Arme um seinen Hals und drückte sich an ihn.

»Ich kann es immer noch kaum glauben, dass du zu mir zurückgekehrt bist. Lass uns zu Bett gehen.«

Sie krochen unter die Decke, hielten sich in den Armen. Es tat gut, einen Menschen nahe bei sich zu spüren, stellte Silas fest, und seit Langem fühlte er sich sicher im Schutze der Mauern.

»Wir hatten einen Sohn«, murmelte Amalia, den Kopf an seine Schulter gebettet.

Er legte sich auf die Seite, stützte sich auf den Unterarm. »Einen Sohn? Du hast ein Kind geboren?« Damit hatte er nicht gerechnet.

»Er kam zu früh zur Welt, Silas, und ist nur wenige Stunden danach gestorben. Es war schrecklich.« Sie schluckte. »Ich war so glücklich, als ich bemerkte, dass ich ein Kind von dir empfangen hatte. War es doch das Einzige, was mir blieb, als du fortgegangen warst.«

»Oh, Amalia«, hauchte er, unfähig, tröstende Worte zu finden. Er zog sie wieder an sich und strich ihr übers Haar.

»Das ist noch nicht alles, Liebster. Unser Sohn war missgebildet, sein Kopf, er war … er war wie ein aufgeblähter Sack, viel zu groß.« Sie kämpfte mit den Tränen.

»Es muss grausam gewesen sein. Wurde unser Kind wenigstens getauft, bevor …«

»Die Hebamme hat eine Nottaufe vorgenommen, unser Sohn wurde von der Erbsünde freigesprochen und ruht in geweihtem Boden.« Sie holte tief Luft. »Jetzt, da du wieder bei mir bist, wünsche ich mir noch sehnlicher ein Kind.« Ihre Hand glitt unter sein Hemd, aber Silas hielt sie fest.

»Nicht heute, Amalia, ich bin erst angekommen und schrecklich erschöpft, lass uns schlafen.«

»Ich möchte das Grab unseres Sohnes sehen«, bat Silas am nächsten Morgen. Irgendwie erschien es ihm wichtig.

Amalia freute sich darüber und führte ihn zum Friedhof. In einer Ecke unter schattigen Tannen lagen die Verstorbenen der Familie. Ein Grabstein war sichtbar neueren Datums. »Michael von Maringer« war darauf eingemeißelt, darunter ein Kreuz. Auf dem Stein thronte ein Engel, der seine Schwingen schützend ausbreitete. Andächtig verharrten sie und hielten sich an den Händen.

»Es ist ein schönes Grab«, sagte Silas leise. »Ich wünschte, ich wäre in dieser schweren Stunde bei dir gewesen.«

Amalia drückte seine Hand. »Wir werden einen weiteren Sohn bekommen, oder eine Tochter. Und unser Kind wird gesund sein. Daran glaube ich ganz fest.«

Seine Augen schweiften über die anderen Gräber, stumm las er die Namen. Auf einem der Grabsteine erregte etwas seine Aufmerksamkeit. Anna von Reiffenberg. Darunter die Geburts- und Sterbedaten. Geliebte Frau von Eberhard Wambolt von Umstadt. Und zwei Wappen. Das der Wambolt von Umstadt, das andere ein sechsmal schräg geteilter Schild, der im oberen Drittel einen dreilatzigen Turnierkragen zeigte. Silas bekam eine Gänsehaut. Er zeigte mit dem Finger auf den Stein.

»Wer war diese Frau?«, fragte er.

»Sie war meine Großmutter, sie ist lange vor meiner Geburt gestorben«, antwortete Amalia. »Warum fragst du?«

»Dein Großvater muss sie sehr geliebt haben, nicht nur die Inschrift deutet darauf hin, sondern auch die eingemeißelten Rosenranken. Eine wunderbare Steinmetzarbeit.« Das war nur die halbe Wahrheit, mehr wollte er nicht preisgeben. »Lass uns umkehren, ich muss noch nach Nabil schauen. Ich bin froh, Michaels letzte Ruhestätte gesehen zu haben«, sagte er mit rauer Stimme und hauchte Amalia einen Kuss aufs Haar.

Im Stall lehnte er sich an sein Pferd und versuchte, seine wirbelnden Gedanken zu ordnen. Dieses Wappen ähnelte nicht nur demjenigen auf seinem geerbten Ring, sondern es war genau gleich. Das bedeutete nichts anderes, als dass Anna von Reiffenberg auch seine Großmutter gewesen war. Dann war sein Schwiegervater sein leiblicher Vater und hatte einst Lina geschwängert. Und demzufolge war Amalia seine Halbschwester. Gütiger Gott im Himmel. Sie hatte ein missgestaltetes Kind geboren. Unwissentlich hatten Amalia und Silas die Sünde der Blutschande auf sich geladen.

»Heilige Mutter Gottes, sag mir, was ich tun soll«, flüsterte er.

Eine Weile erwog er, das Pferd zu satteln und Umstadt so schnell wie möglich den Rücken zu kehren. Aber das wäre feige. So viel Leid hatte Amalia schon erduldet. Er durfte sich nicht einfach davonmachen. Sie hatte ein Recht auf die Wahrheit, auch wenn sie noch so schwer zu ertragen war. Sein Magen fühlte sich an, als hätte er einen Ziegelstein verschluckt. Sein Herz wog schwer, und er ertappte sich dabei, dass er seine Mutter stumm verfluchte, als er sich auf den Weg zurück ins Schloss machte.

Wenn du mir den Namen meines Vaters nicht verschwiegen hättest, wäre all dies nie geschehen. Wie konntest du nur? Spätestens als ich um Amalias Hand angehalten habe, hättest du mir reinen Wein einschenken müssen. Oder hast du darauf vertraut, dass der Baron mich abweist? Weiß er überhaupt, wer ich bin? Nein, natürlich nicht, sonst hätte er mir Amalia niemals zur Frau gegeben. Der Teufel soll deine Geheimniskrämerei holen, Mutter, dachte er.

»Warum macht Ihr so ein finsteres Gesicht?« Die Stimme des Barons, der unvermittelt vor ihm stand, riss ihn aus seinen Gedanken.

Silas schluckte. War das ein Zeichen Gottes, dass er gerade jetzt auf August traf? Er war zu aufgewühlt, hatte sich erst noch Gedanken machen wollen, wie er ihm begegnen sollte. Doch dann hörte er sich sagen: »Ich muss mit Euch sprechen.«

»Ich bin auf dem Weg zum Stadtrat, wir reden später«, erwiderte August.

»Bitte. Die Sache duldet keinen Aufschub«, drängte Silas.

August runzelte die Stirn, gab aber nach. »Kommt, wir gehen in die Schreibstube.« Kaum hatte der Baron die Tür hinter sich geschlossen, fragte er: »Nun, was ist so dringlich?«

Silas gab keine Antwort, fischte in seinem Säckel nach einem weiteren kleinen Beutel und zog den silbernen Reif hervor. Wortlos reichte er ihn August.

Dieser erbleichte. »Was zum … Wie kommt Ihr an diesen Ring?« Halt suchend stützte er sich mit einer Hand gegen die Schreibtischkante.

»Ihr erkennt ihn also?«

»Natürlich, er gehörte meiner Mutter. Und nun redet!«

Silas fuhr sich mit gespreizten Fingern über seine bärtige Wange. »Meine Mutter hat ihn mir vermacht.«

»Ich verstehe nicht … Woher hatte Eure Mutter dieses

Schmuckstück?« August sah von dem Reif zu Silas und wieder zurück.

Silas ging zum Fenster und blickte hinaus. Dann kramte er das zusammengefaltete Stück Papier aus dem Beutel, das er seit drei Jahren darin verwahrte.

»Ihr solltet doch eigentlich die Antwort auf Eure Frage kennen«, erwiderte er bitter. »Oder habt Ihr Eure Sünden vergessen? Wie viele Mägde habt Ihr sonst noch ins Heu gezerrt? Wahrscheinlich wusstet Ihr nicht einmal ihre Namen.« Silas war richtig wütend.

»Was fällt Euch ein, so mit mir zu reden? Ich habe keine Ahnung, was Ihr mir vorwerft.« Dann lachte er freudlos auf, als er begriff. »Ihr glaubt, ich habe Eure Mutter geschwängert? Macht Euch nicht lächerlich. War sie eine Magd in den Diensten der Wambolt von Umstadt? Wahrscheinlich hat sie den Ring gestohlen und sich zu irgendeinem Knecht ins Bett gelegt.«

»Meine Mutter war eine Sünderin, ja, aber keine Diebin. Hier, lest selbst.«

August legte das Erbstück auf den Tisch, nahm das vergilbte Papier, faltete es auseinander, las die wenigen Zeilen. Schweißperlen traten auf seine Stirn, und seine Hände begannen zu zittern. Achtlos segelte das Schreiben zu Boden, und August fasste sich an die Brust. Schwer atmend ließ er sich in einen Stuhl fallen. »Holt mir etwas zu trinken«, krächzte er.

Silas eilte hinaus, getrieben von der Furcht, des Barons letztes Stündlein hätte geschlagen. In Windeseile kehrte er mit einem Becher Wasser zurück. August nahm kleine Schlucke, dann stellte er den Becher auf den Schreibtisch und sah Silas an.

»Wie hieß Eure Mutter?«

»Lina. Lina Hafner.« Silas zog sich einen Stuhl heran. »Alles, was ich weiß, ist, dass sie Magd in einem herrschaftlichen Haus war und mein Vater, vielmehr mein Stiefvater, sie geheiratet hat, obwohl sie, Ihr wisst schon …«

»Lina. Lina Hafner«, wiederholte August langsam, seinen Blick nach innen gerichtet. »Sie hatte weizenblondes Haar, so wie das Eure, nicht wahr? Von zierlicher Gestalt und bildschön. Ich erinnere mich an sie.«

»Also habe ich recht. Ihr seid mein Vater. Gütiger Jesus.« Stöhnend schlug Silas die Hände vors Gesicht.

»Nein. Mein Name beginnt zwar auch mit A, aber der Buchstabe steht hier nicht für August. Er steht für Anselm. Unser Vater war voll des Zorns, als er erfuhr, dass mein Bruder eine Magd geschwängert hatte und sie gar ehelichen wollte. Jeder hat damals versucht, ihm aus dem Weg zu gehen. Ich entsinne mich auch, dass meine Mutter irgendwann beklagte, ihren Ring verlegt zu haben oder er ihr aber gestohlen worden war.« Kopfschüttelnd trank August einen Schluck.

»Euer Bruder?« Silas konnte kaum einen klaren Gedanken fassen.

»Ihr kennt ihn. Anselm. Der Erzbischof von Mainz. Damit seid Ihr Amalias Vetter und mein Neffe.« Der Baron schien in seinem Stuhl geschrumpft zu sein, saß mit hängenden Schultern und gebeugtem Haupt in seinem Stuhl.

»Heilige Jungfrau Maria«, entfuhr es Silas entsetzt.

Eine Weile war es in der Schreibstube so still, man hätte eine Nadel zu Boden fallen hören können.

»Mein armes Kind«, brachte August dann mit rauer Stimme hervor. »Die Ehe muss aufgelöst werden. Ich darf gar nicht darüber nachdenken, dass ihr beide Blutschande getrieben habt. Deswegen hat der Herr auch euren Sohn zu sich genommen.«

»Noch einen Schicksalsschlag wird Amalia kaum verkraften. Aber sie muss davon erfahren, nur weiß ich nicht, wie ich ihr so eine Nachricht beibringen soll.« Es hielt Silas nicht auf seinem Platz, und wieder ging er zum Fenster, lehnte sich mit dem Rücken an den gemauerten Sims. »Gestern sagte sie mir, wie sehnlich sie sich ein Kind wünscht. Es wird ihr das Herz zerreißen.«

»Du musst nach Köln.« August ließ die Förmlichkeiten sein. »Eure Ehe für nichtig zu erklären, fällt in die Zuständigkeit deines ...« Es fiel ihm schwer, das Wort auszusprechen. »... Vaters.«

»Wirst du es Amalia sagen?« Silas schluckte so hart, dass sein Adamsapfel deutlich hervortrat.

»Wir werden dies gemeinsam tun, aber zuvor werde ich Margaretha davon unterrichten müssen, wovor mir fast noch mehr graut. Sie hat ein schwaches Herz, und ich fürchte um ihre Gesundheit.«

Silas stieß sich vom Sims ab, nahm den Ring an sich, hob den Brief auf und verstaute beides in seinem Beutel. »Dann lass uns zur Tat schreiten, je länger wir es hinausschieben, desto schwieriger wird es werden.«

»Deine Tochter ist eine hübsche junge Frau geworden, hast du dich bereits für einen geeigneten Mann für sie entschieden?«

Alexandrine saß mit ihrem Bruder auf einer Bank im Garten, und sie genossen die wärmenden Sonnenstrahlen.

»Nein, noch nicht. Wir sind zu Feierlichkeiten anlässlich des Geburtstages der Infantin geladen, und ich gedenke, mich dort nach einem Heiratskandidaten für Veva umzusehen. Gestern, just bevor du aufgetaucht bist, haben wir uns deswegen gestritten. Sie ist ein Sturkopf und hat ein aufbrausendes Wesen. Es wird nicht einfach werden, einen Ehegatten für sie zu finden«, seufzte sie.

Claude brach in schallendes Gelächter aus. »Sie kommt ganz nach dir, Schwester. Ich kann mich sehr gut erinnern, wie du dich geweigert hast, in einen Damensattel zu steigen. Vor Wut warst du puterrot im Gesicht.«

Widerwillig stimmte Alexandrine in sein Lachen ein. »Man kann in diesen elenden Dingern auch nicht schneller als Schritt reiten. Das macht keinen Spaß. Wo wirst du dich mit dem Generalkapitän treffen?«, gab sie dem Gespräch eine andere Wendung.

»Ich hoffe, es macht dir nichts aus, ich habe Sfondrati hergebeten. Das wollte ich dir gestern schon sagen«, antwortete Claude und gab den Zerknirschten.

»Nein, das Palais ist groß genug. Ich stelle euch Leonhards Schreibzimmer zur Verfügung, dann seid ihr ungestört«, antwortete sie. »Ich gebe der Köchin Bescheid, dass wir einen weiteren Gast haben und ein zusätzliches Gedeck aufgelegt werden soll.«

»Sei bedankt.« Dann sah er sie mit zur Seite geneigtem Kopf an. »Vermisst du ihn?«

»Leonhard? Es ist fünf Jahre her, Claude. Anfangs ja, jetzt nicht mehr. Er fehlte, weil er so voller Tatendrang war und wir vieles gemeinsam entschieden haben. Nun hängt alles von mir ab …« Ihre Stimme verlor sich, als sie die Vergangenheit vor ihrem inneren Auge auferstehen ließ. Wie so oft spielte ihr Gehirn ihr einen Streich und ersetzte Leonhards Gesicht durch das von Silas von Maringer. Ein wehmütiges Lächeln umspielte ihre Mundwinkel.

»Du vermisst ihn doch, das kann ich dir ansehen«, erwiderte Claude.

Eine feine Röte zierte ihre Wangen, woraufhin ihr Bruder sie forschend ansah. »Du denkst an einen anderen«, stellte er fest, als sie keine Antwort gab. »Nun sag schon, gibt es einen Mann in deinem Leben?«

»Nur in meinen Träumen, Claude, mehr darf ich mir nicht zugestehen«, erwiderte sie und streckte den Rücken durch.

»Aber du bist doch der Vormund deiner Kinder, niemand kann dir dies streitig machen«, entgegnete Claude verwirrt.

»Schon, aber das Lehen und die Vormundschaft sind nur so lange gültig, wie ich Witwe bleibe und bis Lamo volljährig ist. Das hat König Philipp von Spanien so verfügt. Und welcher Mann wartet noch dreizehn Jahre auf eine Frau, deren Blüte längst zu welken begonnen hat?« Sie spielte mit einem Ring an ihrer Hand. »Und nie würde ich das Erbe meiner Kinder nur um meiner selbst willen aufs Spiel setzen.«

»Weiß dieser Mann, wie es um dich steht?«, fragte Claude neugierig.

Sie zuckte mit den Schultern. »Ich denke, nein. Nie habe ich ihm Anlass dazu gegeben. Aber er empfindet dasselbe für mich, dessen bin ich mir sicher.«

»Willst du mir von ihm erzählen? Wie heißt er überhaupt, und woher kennst du ihn? Ist er hier in Brüssel?«, feuerte Claude seine Fragen ab. Er erweckte den Anschein, froh zu sein, einmal über etwas anderes zu reden als über Geschütze und Schlachtaufstellungen.

Alexandrine lächelte traurig. »Ich weiß nicht, wo er ist. Zuletzt habe ich vor etwa einem Jahr einen Brief von ihm bekommen. Vielleicht ist er bereits tot, doch das will ich nicht glauben. Sein Name ist Silas«, ihre Lippen kosteten es aus, den Namen auszusprechen. »Silas von Maringer.«

Einmal mehr war Silas auf gefährlichen Wegen unterwegs. Wäre er doch nie mit Amalia zum Friedhof gegangen und hätte das Grab seiner Großmutter gesehen. Zum hundertsten

Mal ging ihm dieser Gedanke schon durch den Kopf. Dann säße er jetzt unwissend im Wambolt'schen Schloss, hätte ein Dach über dem Kopf und zu essen. Wenn auch spärlich, aber ausreichend. Und Nabil müsste ihn nicht erneut tagelang über Stock und Stein tragen. Andererseits würde dann unter Amalias Herzen vielleicht eine weitere Missgeburt heranreifen.

Durch den Taunus hatte er sich geschlagen, die steilen Hänge hinauf und wieder hinab. Oftmals war er abgestiegen, um Nabil zu entlasten. Von dort hatte es ihn durch den Westerwald und weiter ins Siebengebirge gezogen. Städte und Dörfer hatte er vorwiegend gemieden und sich die mitgenommenen Brotlaibe eingeteilt. Wasser fand sich zur Genüge in Bachläufen, und Nabil zupfte Gras auf den Lichtungen. Nur abends suchte er den Schutz innerhalb von Stadtmauern auf, und seine Geleitbriefe und Wappen verschafften ihm einen Vorteil. Seine müden Glieder streckte er in einer Scheune oder einem Stall neben seinem Pferd aus, denn er fürchtete, Nabil könnte ihm gestohlen werden, wenn er selbst die Nacht in einer Herberge verbrachte. Außerdem sparte er damit Geld.

Immer wieder dachte er an die Stunde zurück, als August und er Amalia die entsetzlichen Neuigkeiten überbracht hatten. Ein fast unmenschlicher spitzer Schrei hatte sich ihrer Kehle entrungen, ein Aufjaulen, dem Wimmern eines getretenen Hundes gleich. Und in ihren Augen hatte ein Schmerz gelegen, der an ein dem Tode geweihtes Tier erinnerte. Am ganzen Leib zitternd war sie dagestanden, ihre Arme um ihre Körpermitte geschlungen, als ob sie sich selbst Halt geben wollte. Erst als ihre Mutter sie an sich gezogen hatte, waren die Tränen gekommen. Amalia hatte geheult und gleichzeitig so weitergeschrien, dass es Silas durch Mark und Bein gegangen war. Hilflos hatte er zusehen müssen, zur Unfähigkeit verdammt, ihr Trost zu spenden. Aber was hätte er tun können? Sein Mitleid mit ihr hatte ihm körperliche Qualen bereitet, und seine Kehle war wie zugeschnürt gewesen. Margaretha hatte Amalia auf ihr Zimmer begleitet, selbst einer Ohnmacht nahe. Noch vor dem nächsten Sonnenaufgang war Silas in den Sattel gestiegen und von dannen geritten, in der Hoffnung, Amalia würde irgendwann darüber hinwegkommen.

Bei Königswinter hatte Silas sein Pferd auf den Leinpfad am Fluss gelenkt und hielt gebührend Abstand zu den Treidelpferden und ihren Führern. Auf dem Rhein waren allerlei Handelsschiffe flussaufwärts unterwegs, aber auch flussabwärts wurde getreidelt. Köln war eine florierende Handelsstadt. Kaufleute brachten Stoffe, Wein, Tabak und allerlei andere Waren, was dem Stadtrat zu verdanken war, denn diesem war es gelungen, Neutralität zu wahren. Genau deshalb hatte auch der Erzbischof von Mainz mitsamt dem Domkapitel in der Reichsstadt Schutz gesucht, ebenso wie weitere hohe Geistliche aus anderen Städten. Silas war froh, dass die Schweden sich schon vor Monaten nach erbittertem Kölner Widerstand zurückgezogen hatten. Zudem hatte der schwedische Feldmarschall Baudissin seinen Dienst quittiert. Seither wurde das Gebiet von spanischen und stadteigenen Truppen besetzt, was Silas zugutekam. Köln unterhielt eine der wichtigen Poststationen der Taxis. Es sollte ein Leichtes für ihn sein, in die Stadt zu gelangen.

Der Treidelpfad führte ihn bis nach Deutz, das gegenüber der Reichsstadt lag. Das neu errichtete Bollwerk um die kleinere Stadt war beeindruckend. Silas wandte den Kopf nach links und sah eine lange Reihe Schiffsmühlen, die fast bis zum anderen Ufer reichte. Die Mühlen waren fest am Grund des Flusses verankert und mit Leinen vertäut. Schiffsmühlen boten gegenüber Landmühlen einen entscheidenden Vorteil, waren doch Letztere abhängig vom Wasserstand der Flüsse und Bäche, während große Flüsse wie der Rhein immer genügend Wasser führten, um die Mühlräder anzutreiben.

Sein Blick schweifte über den Fluss zum Bayenturm, der im Süden der Stadt an die Verteidigungsanlage grenzte und den Abschluss der Rheinmauer bildete. Er stieg ab, nahm Nabil am Zügel und führte ihn zu mehreren Booten, die am Ufer festgemacht hatten. Von den einen wurden Mehlsäcke entladen, andere von kräftigen Burschen mit Getreidesäcken bestückt, um sie zu den Mühlen zu bringen. Er sprach einen der Männer an: »Verzeiht, ich suche jemanden, der mein Pferd und mich zum anderen Ufer übersetzen kann.«

»Jost«, rief der Mann und winkte einen anderen herbei. »Dieser Herr will rüber zur Stadt.«

Jost war ein vierschrötiger Geselle, der ein grob gewirktes Hemd und knielange Hosen trug. Um seine Körpermitte schlang sich ein breiter Gürtel, an dem ein Beutel hing.

»Dreißig Pfennige«, nannte er seinen Preis. »Wenn Euer Gaul nicht stillhält und wir kentern, bekomme ich zusätzlich einen Reichstaler.«

Ein Reichstaler war eine Menge Geld dafür, dass man nass wurde und schwimmen musste.

»Gut«, erwiderte Silas, fischte die Münzen aus seinem Säckel und ließ sie auf Josts ausgestreckte Handfläche klimpern, der schnell die Finger darum schloss und sie verschwinden ließ.

»Kommt, mein Kahn liegt dort drüben.« Er zeigte mit ausgestrecktem Arm flussabwärts.

Silas war nicht sicher, ob Nabil einsteigen würde, nachdem er sich zuletzt geweigert hatte und nebenher hatte schwimmen müssen. Bilder von dem in der Dunkelheit verschwindenden Hengst tauchten vor seinem inneren Auge auf, die er gewaltsam unterdrückte. Doch Nabil folgte ihm, ohne zu zögern, und Silas ließ langsam die Luft aus seinen Lungen entweichen, die er unbewusst angehalten hatte. Der Fuchs stand ruhig, hielt den Kopf leicht gesenkt und genoss das Kraulen zwischen seinen Ohren.

Silas betrachtete während der Fahrt die Umgebung. Auf einer Rheininsel grasten Schafe und Ziegen, alles wirkte so friedlich und ließ ihn für eine Weile den Krieg vergessen. Etwas südlich des Rheinauhafens gab es eine günstige Stelle, um auszusteigen und das Pferd sicher auf festen Grund zu führen. Im Hafen selbst legten nur die größeren Schiffe an. Der Hafenmeister wies den Kapitänen mit lauter Stimme die Ankerplätze zu, und nachdem die Schiffe vertäut worden waren, kassierte er die Hafengebühr. Männer bedienten Kräne, um die Schiffe zu be- und entladen, andere standen bereit, die Waren auf Wagen zu packen und zu den Märkten zu bringen. Gleich nahe dem Hafen lag der Holzmarkt, wohin kräftige Pferde die dicken Baumstämme zogen.

Silas dankte Jost, der freundlich Unverständliches brummte und sich sogleich auf die Rückfahrt machte. Eine Weile beobachtete er begeistert das bunte Treiben und die vielen Menschen, die ihrer Arbeit nachgingen. Dann raffte er sich auf und führte sein Pferd die befestigte Uferstraße entlang bis zum Salzgassentor in der Stadtmauer. Zwei Wachen kreuzten ihre Helmbarten, einer fragte nach seinem Begehr.

»Ich bin ein reitender Bote der Generalpostmeisterin Alexandrine von Taxis und habe eine Nachricht für den Erzbischof von Mainz«, antwortete Silas und zeigte das Wappen.

Die Wachen wechselten einen Blick, dann zogen sie ihre Waffen zurück, und Silas konnte passieren. Er musste noch durch ein zweites Tor, um ins Stadtinnere zu gelangen, aber auch hier ließen ihn die Wachen ungehindert hindurch. Silas folgte der Stadtmauer nach Norden in Richtung Dom. Vom rechten Rheinufer hatte er den Baukran und den Nordturm

ʿgesehen. Sehr wahrscheinlich befanden sich die Gebäude für die hohe Geistlichkeit nicht weit vom Dom entfernt.

Am Fischmarkt war kein Durchkommen, schon gar nicht mit einem Pferd, und er bog nach links ab. Wenig später stieß er auf einen weiteren Markt. Buden reihten sich dicht an dicht, die Luft war erfüllt von allen möglichen Gerüchen. Silas' Augen wurden groß, als er sich umsah. Es gab ein Brothaus, vielmehr eine Brothalle, und ein Gebäude, in welchem Fleisch gehandelt wurde. Obst und Gemüse sowie Butter und Käse wurden an Ständen verkauft. Am westlichen Rand des Markts erhob sich das stolze Rathaus mit seinem hohen Turm, der von einer Vielzahl steinerner Figuren geschmückt wurde. Hier war vom Krieg nichts zu spüren.

»Aus dem Weg!«, riss eine raue Stimme ihn aus seinen Betrachtungen.

Hastig verzog er sich abseits in eine schmale Gasse und ging weiter. Mal bog er nach links, mal nach rechts ab, hoffte, sich nicht im Gassengewirr zu verirren. Bald schon erreichte er den Domplatz und erstarrte in Ehrfurcht, obwohl das Gotteshaus mehr einer verlassenen Baustelle glich. Trotzdem war allein der Anblick des Chores überwältigend. Langsam bewegte er sich weiter, ohne die Augen von dem gewaltigen Bau zu nehmen, bis er am Ende des Langhauses stand.

»Wahrlich eine Kirche, die Gottes würdig erscheint, Nabil, nur leider schert sich niemand darum, sie fertigzustellen. Vielleicht irgendwann, doch ich werde es sicher nicht erleben. Sieh dir das an, die hohen Fenster und diese Steinmetzkunst«, sagte er ergriffen.

Jemand lachte. »Ich glaube, Euer Pferd wäre entzückter über einen Sack Hafer.«

Silas wandte sich um und fand sich einem Mönch gegenüber, dessen Habit ihn als dem Dominikanerorden angehörig auswies.

»Ja, bestimmt. Nur weiß ich nicht, wo ich Futter und einen Stall herbekommen soll. Ich bin erst weniger als eine Stunde in der Stadt.«

»Nicht weit von hier gibt es das Gasthaus Zum Esel, dort solltet Ihr einen Platz bekommen.« Der Mönch erklärte Silas den Weg und fügte mit einem Augenzwinkern hinzu: »Gleich nebenan wird übrigens gutes Bier gebraut.«

Silas lächelte. »Könnt Ihr mir noch sagen, wo die hohe Geistlichkeit untergekommen ist? Ich habe eine Botschaft für den Erzbischof von Mainz.«

Der Dominikaner zeigte auf ein stattliches Gebäude schräg gegenüber. »Ihr seid schon fast da. Dort im Kölnischen Hof haben Ihre Exzellenzen Quartier bezogen, nachdem die Schweden gekommen sind und den Krieg in die Lande getragen haben. Wir beten jeden Tag darum, dass die Kaiserlichen siegen werden.«

Silas bedankte sich und beschloss, zuerst zu dem empfohlenen Gasthaus zu gehen. Wie der Mönch gesagt hatte, war es nur ein kurzer Weg dorthin. Über dem Eingang prangte ein schmiedeeisernes Schild mit einem Esel, und daneben gab ein Durchgang den Weg zum Hinterhof mit seinen Stallungen frei. Ein Knecht war dabei, Mist zu einem Haufen zusammenzukehren, und sah auf, als er die Hufschläge vernahm.

»Sag, ist ein Platz frei für mein Pferd?«, fragte Silas.

Der Mann nickte und bedeutete ihm mitzukommen. »Dort hinten in der Ecke könnt Ihr es einstellen.«

Silas zog den Zaum über den Pferdekopf und sattelte ab. Kaum war Nabil das Lederzeug los, legte er sich ins Stroh, wälzte sich ausgiebig, stand auf, ließ sich erneut hinsinken, um der linken Seite dasselbe angedeihen zu lassen. Sein wohliges Grunzen verriet, wie sehr der Hengst die Gelegenheit genoss. Dann kam er auf die Beine, schüttelte sich und fand sogleich den Wassereimer. Silas ging hinaus zu dem Mann, der den Haufen in eine Mistkarre schaufelte.

»Mein Hengst braucht Hafer und genügend Heu, wir haben einen langen Weg hinter uns, auf dem es nicht allzu viel zu fressen gab.«

Der Knecht sah hinauf in den Himmel, schätzte die Zeit nach dem Sonnenstand. »Gefüttert wird in einer Stunde.«

»Kann er nicht wenigstens bis dahin etwas Heu haben?«, bat Silas.

»Er wird sich gedulden müssen, ansonsten soll er Stroh fressen. Wenn ich ihm jetzt etwas gebe, werden die anderen Rösser unruhig.«

Silas sah ein, dass der Knecht keinen Ärger bekommen wollte, und packte sein Bündel, um im Gasthaus nach einer Kammer zu fragen. Der Wirt gab ihm den Schlüssel zu einem Zimmer im zweiten Geschoss. Als Silas die Treppen hinaufstapfte, merkte er, wie die Müdigkeit ihn überfiel. Achtlos ließ er sein Bündel fallen, nachdem er die Kammertür hinter sich geschlossen hatte, und streckte sich auf dem einfachen Bett aus. Er trat die Stiefel von den Füßen, zog die Decke über sich und war in kürzester Zeit eingeschlafen.

Nach etwa einer Stunde erwachte er, verschränkte die Hände hinter dem Kopf und starrte stumm an die Decke.

Jetzt bin ich in Köln und habe keine Ahnung, wie ich weiter vorgehen soll. Wird der Erzbischof mich überhaupt empfangen? Und wenn ja, was dann? Ich kann kaum sagen, sei gegrüßt Vater, überlegte er.

Bislang hatte er keine Zeit darauf verschwendet, was er tun würde, wenn er dem Reichserzkanzler erst einmal gegenüberstand. Die vergangenen Tage hatte Silas damit verbracht, ungeschoren hierherzugelangen, aber weiter hatte er nicht gedacht. Seine Gedanken wanderten unruhig umher. Wie es wohl Amalia ging? Und sollte er in Köln bleiben? Hier schien es einigermaßen sicher zu sein. Andererseits, wovon sollte er leben? Unterkunft, Stall und Essen kosteten Geld. Noch hatte er genug von dem schwedischen Sold, aber der würde schnell zusammenschrumpfen.

Silas erhob sich von der Schlafstatt und ging nach unten in die Gaststube, um etwas zu essen. Wenig später saß er bei einem Eintopf mit einer dicken, kräftig schmeckenden Wurst und mahnte sich, nicht zu schlingen.

»Sagt«, sprach er den Wirt an, »habt Ihr eine Zeitung, die ich mir ausborgen dürfte?«

Der Esel-Wirt nickte und fasste hinter sich in ein Regal, reichte ihm die Blätter. »Eine ist vom vergangenen Dienstag, die andere vom Mittwoch. Neu gedruckte Nachrichten wird es in drei Tagen geben.«

Silas bestellte ein Bier. Das hellbraune Getränk schmeckte würzig und vollmundig. Während er hin und wieder einen Schluck nahm, las er in der Zeitung. Hessische Truppen auf der Seite der Schweden hatten bei Osnabrück ein kaiserliches Regiment überfallen und einen Rittmeister gefangen genommen. Axel Oxenstierna, Herzog Bernhard und der hessische Landgraf Wilhelm V. befanden sich noch in Frankfurt. Bayerische Soldaten plünderten gar ihr eigenes Land, trieben ihr Unwesen im Altmühltal. Und der sich in Glückstadt befindende dänische König plante, sich auf die Reise zum Kaiser zu begeben, um über einen möglichen Friedensschluss zu reden.

»Gib Gott, dass sie zu verhandeln verstehen«, murmelte Silas vor sich hin.

Doch die nächsten Zeilen machten seine leise Hoffnung zunichte. Aus Stockholm lautete die Nachricht, fünfundzwanzigtausend Schweden, Finnen und Lappländer hätten sich nach Stralsund eingeschifft. Spanische, italienische und Tiroler Truppen bereiteten sich vor, das Elsass wieder einzunehmen, so eine Zeile aus Schaffhausen. Dann wurde behauptet, Wallenstein sei todkrank. Silas traute dem nicht. Zeitungen waren mit Vorsicht zu genießen, das wusste er, seit er für Gustav II. Adolf die Flugblätter verteilt hatte. Menschen waren einfach zu verführen und glaubten, was sie glauben wollten. Seine Augen blieben an dem Wort »Mainz« hängen. Dort hatten Jesuiten und Franziskaner sich geweigert, der schwedischen Krone zu huldigen, woraufhin sie der Stadt verwiesen und ihre Kollegien und Klöster mit Soldaten besetzt worden waren.

Es ist mir gleich, ob die Besitztümer der Geistlichen in schwedische Hände gefallen sind, wichtig ist nur, dass meiner Familie nichts geschieht, dachte Silas und nahm sich die andere Zeitung vor.

Hier machte der angeblich dem Tode geweihte Herzog von Friedland von sich reden. Wallenstein sah sich selbst als großer Friedensstifter und schlug folgende Punkte vor, wie dieser Frieden erreicht werden könnte: freie Religionsausübung im Reich. Ausrottung der Jesuiten. Rückkehr der verjagten Böhmen. Und die Kurpfalz sollte wieder dem Erben des im letzten Jahr verstorbenen Winterkönigs zugesprochen werden. Silas schüttelte unbewusst den Kopf. Darauf würde sich niemand einlassen, der Kaiser nicht und der Bayernherzog Maximilian erst recht nicht. Schließlich war er mit der Ober- und Unterpfalz nach Friedrichs Flucht ins Exil vom Kaiser belehnt worden.

Die letzten Zeilen galten dem Schwedenkönig. Endlich wurde er in sein Heimatland überführt, begleitet von einer großen Prozession. Traurig stimmte Silas, dass Streiff unvermittelt gestorben war, und das königliche Streitross sollte seinem Herrn nach Schweden folgen. Er faltete die Blätter zusammen, gab sie dem Wirt zurück und begab sich zum Stall, um sich vor dem Zubettgehen davon zu überzeugen, dass es Nabil gut ging.

Vor dem Kölnischen Hof standen zwei Wachmänner, auf der linken Seite ihres Umhangs war das Kurkölner Wappen eingestickt. Ein schwarzes Kreuz auf silbernem Grund. Sie vertraten Silas den Weg mit gekreuzten Helmbarten, als er sich näherte. Nach dem Morgenmahl war er die kurze Strecke vom Gasthof zu Fuß gegangen, gönnte er doch Nabil die verdiente Ruhe nach den vergangenen harten Wochen.

»Wer seid Ihr?«, fragte einer der Männer, der einen roten Bart trug.

»Ich bin ein Bote und bringe eine Nachricht für den Erzbischof von Mainz«, antwortete er.

»Ich kenne alle städtischen Boten, aber Ihr gehört nicht dazu«, erwiderte der andere misstrauisch.

Silas schlug seinen Überwurf zurück, deutete auf die Gewandschließe an seiner Brust.

»Das ist das Wappen der Gräfin von Taxis, ihres Zeichens Generalpostmeisterin, ich komme in ihrem Auftrag«, flunkerte er.

»Das bedeutet nichts. Ihr könntet es gestohlen haben«, meinte der Erste.

Silas zog den Schutzbrief hervor, auf dem das erzbischöfliche Siegel von Anselm Casimir Wambolt von Umstadt zu sehen war. »Genügt Euch dies hier?«

Der Zweite legte den Kopf schief. »Auch dieses könntet Ihr einem echten Boten abgenommen haben. Vielleicht habt Ihr einen überfallen und ausgeraubt und wollt Euch nun Zutritt verschaffen, um Seine Exzellenz zu ermorden?«

Silas fragte sich, ob der Mann noch alle Sinne beisammenhatte. »Denkt noch mal nach. Ich wäre vermutlich tot, bevor ich Seiner Exzellenz zu nahe kommen könnte«, entgegnete er.

»Und wenn es Euer Auftrag ist, bei der Ermordung des Erzbischofs zu sterben? Die schwedische Ochsenstirn ließe Euch sicher dafür eine Messe lesen«, grinste der Wachmann.

»Paul, ich weiß, du denkst dir gerne Geschichten aus, aber lass es gut sein«, mischte sich Rotbart ein. »Gebt Eure Waffen ab, dann könnt Ihr passieren.«

Silas nahm den Haudegen vom Gürtel, zog gar sein Essmesser heraus und legte beides auf den Boden. Im Inneren nahm ihn ein Bediensteter in Empfang und geleitete ihn durch einen langen Flur und eine geschwungene Treppe hinauf. Viele Menschen begegneten ihnen.

»Wartet hier.« Der Dienstmann verschwand hinter einer weißen, mit goldfarbenen Ornamenten bemalten Tür, um kurz darauf zurückzukehren.

»Ihr müsst Euch gedulden. Wann Seine Exzellenz Euch anhören wird ...« Er zuckte mit den Schultern. »Er berät sich mit Erzbischof Ferdinand, dem päpstlichen Nuntius Carafa und weiteren hohen Würdenträgern. Richtet Euch darauf ein, dass es lange dauern kann.«

Silas dankte ihm und begann, den Gang entlangzuschlendern. Als er sich einer anderen Tür näherte, hielt ihn eine Wache auf.

»Hier geht es nicht weiter.«

Seufzend machte er kehrt. Er vertrieb sich die Zeit damit, eingehend die Gemälde an der Wand zu betrachten. Eines zeigte zwei fast nackte Menschen, eine blonde Frau und einen Jüngling mit braunem Haar, der offenbar zu einer Jagd aufbrechen wollte, hielt er doch einen Speer in der Hand. Jagdhunde sprangen um ihn herum. Zu seinen Füßen fand sich ein unbekleideter, blond gelockter Engel, der sich am Oberschenkel des Mannes festkrallte, als wollte er diesen vor irgendetwas warnen. Ein rotes Tuch verbarg geschickt das Geschlecht des muskulösen Jägers. Die Blonde hatte ihre Arme um seinen Hals geschlungen, auf ihrem Gesicht lag etwas Flehendes. Geschickt hatte es der Maler verstanden, das Bild nicht schamlos wirken zu lassen, obwohl so viel nackte Haut dargestellt war. Silas spürte förmlich die Spannung zwischen den Liebenden. Die junge Frau wollte den Jäger nicht ziehen lassen, weil sie sich um seine Sicherheit sorgte. Er dagegen schien sie beruhigen zu wollen, gleichzeitig aber zu begehren.

In der unteren Ecke entdeckte er die Signatur des Künstlers: »PPR«. Silas hatte keine Ahnung, wer dies sein sollte, aber ihm gefiel das Bild. Er stellte sich vor, er wäre der Jäger und hielte die Gräfin in seinen Armen, nackt, wie Gott sie geschaffen hatte. Nur nicht von solch üppiger Gestalt wie die Liebende auf dem Gemälde. Eine erregende Vorstellung.

»Seine Exzellenz ist bereit, Euch zu empfangen«, riss ihn ein Bediensteter aus seinem angenehmen Tagtraum und öffnete ihm die Tür, um ihn eintreten zu lassen.

Silas' Herz schlug schneller, Schweißperlen traten auf seine Stirn, und in seinem Magen breitete sich ein flaues Gefühl aus. Seine Augen huschten durch den Raum, niemand sonst war hier, nur der Mann, den er zu sprechen suchte. Er entdeckte eine Seitentür, durch die vermutlich die anderen Würdenträger verschwunden waren, hatte er doch während der Wartezeit niemanden auf den Flur treten sehen. Der Mainzer Erzbischof stand mit dem Rücken zu ihm, die Hände auf den Sims gestützt, und sah zum geöffneten Fenster hinaus. Hereinströmende Sonnenstrahlen tauchten den weißen Marmorboden in ein fahles Licht. Als die Tür ins Schloss fiel, stieß sich der Kurfürst ab, machte das Fenster zu und wandte sich um.

»Ich habe Euch schon irgendwo gesehen«, sagte er stirnrunzelnd, »helft meinem Gedächtnis auf die Sprünge.«

»Silas von Maringer, Exzellenz, mein Vater war Oberstallmeister in Mainz«, antwortete er mit trockenem Mund.

Wambolt von Umstadt setzte sich in einen bequem aussehenden Sessel, bot Silas jedoch keinen Platz an. Er zupfte mit zwei Fingern an seinem schmalen Spitzbart.

»Ich erinnere mich. Ihr seid es gewesen, der meine Nichte auf dieses wilde Tier gesetzt hat. Amalia hätte zu Tode kommen können«, meinte er mit finsterer Miene.

In Silas regten sich Widerworte. »Nabil ist kein wildes Tier, er ist es nur nicht gewohnt, hart angefasst zu werden.«

Der Erzbischof wischte den Einwand beiseite. »Man sagte mir, Ihr habt eine Botschaft für mich. Gebt sie mir und verschwindet.«

»Es ist kein Schreiben, es handelt sich um eine mündliche Nachricht«, sagte Silas mit fester Stimme.

»Von wem?« Missmutig sah Anselm ihn an.

»Von Eurem Bruder«, antwortete Silas, dem gerade der Gedanke gekommen war, dem Mann im Sessel auf diese Weise die Wahrheit nahezubringen.

»August schickt Euch?« Jetzt war der Kurfürst verblüfft und wies einladend auf einen Stuhl.

Silas setzte sich. »Es geht um Amalia«, begann er zögernd.

»Ich hoffe, sie ist wohlauf.« Verblüffung wandelte sich in Besorgnis.

»Sie ist gesund, aber ihre Seele ist verwundet«, erwiderte Silas und knetete unbewusst seine Hände in seinem Schoß.

»Heraus mit der Sprache, was hat Euch mein Bruder aufgetragen?«

»Er bittet Euch, dafür zu sorgen, dass Amalias Ehe aufgelöst wird. Eure Nichte ist mit ihrem Gatten verwandt.«

Entgeistert stieß Anselm die Luft aus. »Was für ein Unsinn! Alfons von Schlitz ist nie und nimmer verwandt mit den Wambolt von Umstadt. Hat August den Verstand verloren?«

Silas legte sich die nächsten Worte zurecht. »Von Schlitz ist tot, gestorben auf der Flucht vor den Schwedischen. Amalia hat wieder geheiratet, und niemand ahnte von den Blutsbanden, bis es zu spät war. Sie hat ein missgestaltetes Kind geboren, das der Herr in seiner Gnade zu sich genommen hat.

Erst danach kam die enge Verwandtschaft mit ihrem zwei-ten Gatten ans Licht. Er ist ihr Vetter.« Die Nervosität war nun gänzlich von ihm abgefallen.

»Wer ist der Mann? Einer aus der Sippe der von Hutten oder von Dietz?«

»Anna von Reiffenberg war die Großmutter.«

»Ich bitte Euch. Sie war meine Mutter. Also sollte ich wis-sen, ob sie außer meinem Bruder und mir einem weiteren Spross das Leben geschenkt hat. Oder will August damit sagen, dass er die Ehe gebrochen und mit einer anderen Frau einen Sohn gezeugt hat?«

Silas gestattete sich ein winziges Lächeln. »Dann wäre die-ser der Halbbruder Amalias und kein Vetter ersten Grades.«

Im Gesicht des Erzbischofs spiegelten sich die unterschied-lichsten Gefühle wider. Unverständnis, Grübeln, Erinnerung, Verstehen, Entsetzen.

»Was hat Euch August noch gesagt?«, krächzte er heiser.

»Dass Ihr einst eine Magd liebtet, sie gar heiraten wolltet. Und als sie ein Kind empfangen hatte, habt Ihr ihr einen Ring Eurer Mutter gegeben und sie nie wiedergesehen.« Beinahe tat ihm der Mann leid, der mit versteinerter Miene dasaß.

»Wo ist Amalias Gatte jetzt?«, fragte Anselm nach lan-gem Schweigen.

»Hier. Ich bin Lina Hafners Sohn. Euer Sohn.« Nun war es heraus.

»Das ist eine schamlose Lüge. Verschwindet, bevor ich Euch hinauswerfen lasse.« Die Augen seines Vaters wurden zu schmalen Schlitzen.

Silas erhob sich, wandte sich zum Gehen, während er den Ring und das Schreiben aus seinem Beutel hervorholte. Dann drehte er sich wieder um. »Das ist der Ring, er trägt das Wappen der von Reiffenberg. Und das hier«, er faltete den Bogen Papier auseinander, »habt Ihr geschrieben. Das ist

Eure Handschrift, ich habe sie mit dem Schutzbrief vergli-
chen. Dies zu leugnen ist zwecklos.«

»Ihr werdet mir jetzt beides aushändigen und Stillschweigen bewahren. Ansonsten ...«

»Was dann? Willst du mich töten lassen?« Silas lachte
freudlos auf und verzichtete auf die Förmlichkeiten, während er Ring und Papiere verstaute. »Ich bin dein Sohn, dein
eigen Fleisch und Blut. Du bist nicht der erste Geistliche,
der ein Kind gezeugt hat. Niemand hat bisher davon Kenntnis erlangt außer deinem Bruder. Und niemand wird jemals
davon erfahren. Alles, was ich will, ist, dass du diese Ehe
annullierst. Oder vielmehr dafür sorgst. Soweit mir bekannt
ist, wohnt in diesem Palast auch der päpstliche Nuntius.« Er
schüttelte den Kopf. »Einst hast du meine Mutter geliebt.
Sehr sogar. Und ich wette, sie war bei dir zur Beichte. Ich
erinnere mich an den Tag, als sie aus der Kirche kam. Ungewöhnlich war das gewesen, denn zur Beichte ging sie sams-
tags und nicht, wie an jenem Tag, an einem Mittwoch. Sie
hat gestanden, dass Karl von Maringer nicht mein leiblicher
Vater ist. Bis zu ihrem Tode hat sie nie verlauten lassen, wer
mich gezeugt hat.«

Plötzlich änderte sich Anselms Haltung. Er schien regelrecht in sich zusammenzufallen.

»Setz dich wieder hin.« Kraftlos deutete er auf den Stuhl.
Aus dem unnahbaren Erzbischof war ein einfacher Mann
geworden, der seiner Sünden gewahr wurde. »Ja, sie kam zu
mir zur Beichte. Woher sie wusste, dass ich hinter dem Vorhang saß ...?« Hilflos zuckte er mit den Schultern. »Ich hörte
ihr zu, dachte, sie sei eine unbekannte Sünderin, doch dann hat
sie ihren Namen genannt. Ich besaß nicht den Mut, ihr von
Angesicht zu Angesicht zu begegnen. Bevor ich deiner Mutter Absolution erteilen konnte, ist sie gegangen.« Ein trauriges Lächeln huschte über seine Züge. »Du siehst ihr ähnlich.«

Für eine Weile schwiegen sie, jeder mit seinen eigenen Gedanken beschäftigt.

»Ich werde mit dem Nuntius sprechen, damit eure Ehe aufgehoben wird«, sagte Anselm dann.

»Gut. Amalia leidet sehr, denn sie liebt mich. Ich hoffe, sie findet einen anderen Mann und kann mich vergessen.«

Silas erhob sich. Alles war gesagt.

»Was wirst du nun tun?«, wollte der Erzbischof wissen.

»Ich weiß es nicht. Vielleicht nehme ich meine Arbeit wieder auf und bringe Botschaften von Ort zu Ort.«

»Johann von Coesfeld ist der Postverwalter von Köln, sein Haus befindet sich in der Brückenstraße«, meinte Anselm. Dann stand er auf und kam zu ihm. »Brauchst du Geld?«

»Ich komme zurecht«, schwindelte er. Denn wie lange seine Habe noch reichen würde, wusste er nicht.

Sein Vater ging zum Tisch und zog eine Schublade auf, nahm einen Lederbeutel heraus, aus dem ein leises Klimpern drang. »Hier, nimm!« Er drückte Silas den Geldsäckel in die Hand.

Silas schluckte. »Sei bedankt … Vater.« Es fühlte sich seltsam an, ihn »Vater« zu nennen.

Anselm hob seine Rechte und legte sie auf Silas' Haupt.

»Gott schütze dich, mein Sohn.«

Alexandrine hatte Nachforschungen über den Generalkapitän Sigismondo Sfondrati einholen lassen, nachdem er in ihrem Hause zu Gast gewesen war. Er sah gut aus, besaß höfliche Umgangsformen und hatte ihr Interesse geweckt. Sfondrati war etwa zehn Jahre älter als Veva, unverheiratet, und soweit sie im Bilde war, gab es keine bereits ausgesuchte Ehefrau. Seine Familie stammte aus Mailand. Darunter fanden sich Gouverneure, ein Kardinal, Reichsgrafen, gar hatten die Sfondrati einmal den Papst gestellt. Es bestanden weitläufige Familienbande zu den hoch angesehenen Visconti, und Sigismondo selbst gehörte dem Orden vom Goldenen Vlies an.

Noch war Veva zu jung, aber vielleicht konnte die Gräfin die Weichen schon stellen, damit sie die künftige Frau an der Seite des Generalkapitäns wurde. Einmal mehr kam ihr der Gedanke, dass ihre Kinder nicht altem Adel entstammten. Die Erhebung ihres Großvaters und Vaters in den Reichsgrafenstand war nicht genug. Für einen weiteren Aufstieg ihrer Familie wäre der Nachweis einer Adelsfamilie im Stammbaum der Taxis wertvoll. Doch dazu waren Nachforschungen vonnöten, und im Augenblick sollte sie sich eher darum kümmern, die Poststrecke von Brüssel nach Köln neu zu überdenken. Seufzend verstaute sie die Papiere in der Schublade ihres Schreibtischs und holte mehrere Landkarten hervor, die sie auf der Tischplatte ausbreitete.

Unbewusst schob sich ihre Zungenspitze zwischen die Lippen, während sie mit dem rechten Zeigefinger die bestehende Strecke auf den Karten nachzeichnete und überlegte. Maastricht war im letzten Sommer an die Niederländer gefallen, ebenso wie Venlo, Sittard und Roermond. Die Truppen waren in Windeseile durch das Maastal marschiert und hatten den Spanischen eine Niederlage nach der anderen zugefügt. Nur Jülich und Geldern waren den Spanischen Niederlanden in diesem Gebiet geblieben.

Sie nahm eine Feder, tauchte sie in Tinte und schrieb mehrere Orte auf ein Stück Papier, löschte mit Sand. Die Liste und die Landkarten rollte sie zusammen und machte sich auf zu Benedikt Grotheer.

»Comtesse«, sagte er erstaunt, als sie plötzlich sein Schreibzimmer betrat. »Bitte nehmt Platz.« Hastig räumte er einen Stuhl frei.

Doch Alexandrine wollte sich nicht setzen, stattdessen entfaltete sie die Landkarten und verdeckte damit die Papiere auf Grotheers Tisch.

»Seht her, ich denke, wir verlegen die Posten nach da, da und da.« Sie tippte mit einem Finger auf die Orte, die sie sich notiert hatte. »Brüssel – Löwen – Tienen – Waremme – Lüttich. Von dort weiter nach Welkenrath und über die Eifel nach Stolberg, Düren und Köln.«

Benedikt Grotheer folgte ihrem Finger. »Das gefällt mir, es gefällt mir sogar sehr. Ich werde sogleich Schreiben an die Infantin aufsetzen, damit die neuen Stationen eingerichtet werden. Der Postverwalter, der aus Maastricht vertrieben wurde, könnte Lüttich leiten. Und der Erzbischof von Köln wird sicher der Einrichtung eines Postamtes in Lüttich zustimmen.«

»Er hat keinen Grund, dies nicht zu tun. Schließlich ist er Fürstbischof dieser Stadt«, erwiderte Alexandrine. »Es geht wieder auf Reisen, Grotheer.«

»Comtesse, verzeiht, aber solltet Ihr nicht besser jemand anderen ...«

»Oh nein, Ihr haltet hier die Stellung, die Kinder sind versorgt und sicher, und ich habe eine Schar Männer um mich, die mich beschützen. Versucht nicht weiter, mich davon abzuhalten.«

Grotheer seufzte inbrünstig. »Ich bin nur um Euer Wohl besorgt. Wenn Euch etwas geschieht, waren all Eure Mühen umsonst, das Erbe Eurer Nachkommen zu retten.«

Sie klopfte ihm kurz auf die Schulter, ein seltener Gunstbeweis. »Ihr seid eine gute Seele, aber Gott ist mit mir. Und Raimund und Gottlieb«, fügte sie augenzwinkernd hinzu. Auch wenn die Reise Gefahren barg, war sie froh, endlich wieder aus Brüssel herauszukommen.

Nach wenigen Tagen hielt sie die Erlaubnis der Infantin in Händen, in besagten Orten Postämter einzurichten. Alexandrine hatte der Statthalterin selbst ihre Aufwartung gemacht, was die Sache beschleunigt hatte. Isabella schätzte immer einen Besuch der Gräfin. Etwas beunruhigt hatte Alexandrine den Palast verlassen, denn die Infantin war ihr krank und zerbrechlich erschienen. Sie war alt geworden, und die stetigen Bemühungen um Frieden schienen sie zermürbt zu haben. Wenn sie starb, fielen die Spanischen Niederlande an König Philipp IV. zurück, so war es damals vertraglich vereinbart worden.

»Elise, du gibst acht, dass der Unterricht eingehalten wird«, trug sie der ehemaligen Kindsmagd auf, die über die Jahre zur Gouvernante aufgestiegen war. Die Kinder liebten sie nach wie vor und fügten sich ihr.

»Ihr könnt Euch auf mich verlassen, Comtesse«, antwortete Elise.

»Ich wünsche, dass noch mehr Lehrstunden abgehalten werden, die Magister wissen davon. Lamos Deutsch- und Italienischkenntnisse lassen zu wünschen übrig. Wenn ich zurück bin, möchte ich deutliche Fortschritte erkennen«, sagte Alexandrine mit Nachdruck. »Und nach dem Unterricht soll er sich bei Benedikt Grotheer einfinden.«

»Sehr wohl, Comtesse.« Elisa machte ein unglückliches Gesicht.

»Was?«, fragte die Gräfin ungehalten.

»Es ist nur … Der junge Graf möchte sich gerne im Kampf mit dem Degen üben«, traute sich Elise zu äußern.

»Diesen Unsinn hat ihm mein Bruder ins Ohr gesetzt. Lamo wird eines Tages Generalerbpostmeister und kein Soldat. Wenn er Bewegungsdrang verspürt, dann soll er reiten. Ich will nichts mehr davon hören.«

Elise senkte demütig das Haupt.

»Dasselbe gilt für meine Tochter«, fügte Alexandrine hinzu und verfluchte Claude, der ihren Kindern Geschichten von kämpfenden Amazonen und griechischen Halbgöttern erzählt hatte.

Endlich waren sie aufgebrochen. Das Wetter war günstig, trocken und sonnig, wenn auch ein kühler Wind wehte. Neben Raimund und Gottlieb begleiteten sie weitere kampferprobte Männer und ihre langjährige Zofe Louise. Vor Beginn der Reise hatte sie geeignete Leute für die kleineren Postämter gefunden, und der einstige Postverwalter von Maastricht hatte nur zu gerne die Lütticher Station übernommen. Alexandrine hielt sich nur für ein, zwei Nächte in den jeweiligen Orten auf, und nach gut zwei Wochen erreichten sie Köln.

»Comtesse, welche Ehre«, freute sich Johann von Coesfeld, dem die Überraschung über den unangekündigten Besuch ins Gesicht geschrieben stand.

»Wir haben uns lange nicht gesehen, Johann«, sagte Alexandrine. »Es gibt einiges zu besprechen, doch für jetzt belassen wir es. Die Reise war anstrengend, und ich sehne mich nach einem Bad und einem sauberen Bett.«

»Natürlich, natürlich. Anna wird entzückt sein, Euch zu beherbergen.«

Ihre Begleiter und die Pferde kamen im nahe gelegenen Gasthof unter, nur die Zofe Louise folgte Alexandrine und Coesfeld in dessen stattliches Haus. Der Postverwalter schickte nach einer Magd, die Zimmer und Bad bereiten sollte, und nach einem Knecht, der sich um das Reisegepäck kümmerte.

»Anna«, rief er die geschwungene Treppe hinauf, »wir haben hohen Besuch.«

Eine kleine, rundliche Frau mit rosigen Pausbäckchen erschien, und ihr Mund formte ein überraschtes O. Nachdem sie die Ankömmlinge begrüßt hatte, bat sie die Gräfin und ihre Zofe in die Stube, ließ Wein, Brot und Käse auftischen.

»Setzt Euch und ruht Euch etwas aus, bis der Badezuber gefüllt ist. Ich hoffe, Ihr hattet keine Schwierigkeiten auf der Reise«, sagte Anna von Coesfeld.

»Nein, dem Himmel sei Dank. Am Rande der Eifel wurden wir zwar von einem schauerlichen Gewitter überrascht und kamen bis auf die Knochen durchnässt in Stolberg an, doch sonst ereilten uns keine nennenswerten Unannehmlichkeiten«, erzählte Alexandrine und nahm sich ein Stück Käse.

Sie plauderten über die Kinder, und bald erschien die Magd, um zu verkünden, der Badezuber sei bereit. Alexandrine erhob sich, dankte Anna und verschwand mit Louise aus der Stube. Die Zofe half ihr aus den Kleidern, und mit einem wohligen Seufzer tauchte die Gräfin in das warme Wasser. Die Magd hatte an alles gedacht. Ein Stück duftende Seife lag auf einem kleinen Schemel neben der Wanne, darunter ein sauberes Tuch, um sich abzutrocknen. Im Wasser schwammen Minzblätter, die einen angenehmen Geruch verströmten.

»Louise, geh und bring mir ein frisches Hemd und das dunkelblaue Kleid. Ich komme zurecht«, sagte sie, als Louise nach der Seife griff, um ihr den Rücken zu waschen.

Die Zofe verschwand, und Alexandrine gab sich dem nassen Vergnügen hin. Viele hielten es für überflüssig, ja geradezu für schädlich, den Körper zu reinigen, aber sie gab nichts auf derartiges Geschwätz. Nachdem sie ausgiebig das Bad genossen hatte und Louise ihr beim Anziehen behilflich gewesen war, überließ sie den Zuber ihrer Zofe, damit auch sie sich säubern konnte.

Am nächsten Morgen erwachte Alexandrine erfrischt vom tiefen Schlaf, und nach dem Morgenmahl folgte sie Johann von Coesfeld in die Poststation. Ein Mann war dabei, den Inhalt eines Felleisens zu sortieren, damit dieser so schnell wie möglich weiterverteilt werden konnte.

»Gleich kommen die städtischen Boten, der erste Reiter ist schon unterwegs«, sagte Coesfeld.

»Ich hoffe, Ihr habt ihm von der Umlagerung berichtet«, meinte Alexandrine trocken. Noch am Abend zuvor hatte sie Johann über den geänderten Postenlauf unterrichtet.

»Selbstredend, Comtesse, der Mann reitet nach Düren«, erwiderte er.

»Die Umleitungen kosten uns sechs bis sieben Tage mehr Zeit als auf der ursprünglichen Route.« Sie machte ein finsteres Gesicht. »Es bleibt zu hoffen, dass die Kaiserlichen beizeiten unsere Gebiete zurückerobern und wir unsere alten Streckenposten wieder übernehmen können.«

Silas hatte es sich gut gehen lassen, seit er bei seinem Vater gewesen war. Auch sein Pferd hatte sich von den Strapazen erholt und wieder an Gewicht zugelegt. Silas lebte in den Tag hinein, ging mit Nabil durch die vielen Obstwiesen innerhalb der Stadtmauern spazieren, erfreute sich an seligem Nichtstun und schlenderte über die vielen Märkte. Einzig einen langen Brief an seine Familie hatte er geschrieben.

Den Dom hatte er sich genauer angesehen, und obwohl er längst nicht fertiggestellt war und mehr einer Baustelle, gar teils einer Ruine glich, war Silas erneut überwältigt gewesen. Ehrfürchtig hatte er im Hochchor den Kopf in den Nacken gelegt und zu dem Kreuzrippengewölbe aufgesehen. Noch nie war er in einer so großen Kirche gewesen. Die Pfeilerfiguren waren von hohem künstlerischem Wert, und Silas hatte sich eingebildet, ihre Gewänder leise rascheln zu hören. Seine Blicke waren den langen Reihen des mit Schnitzereien versehenen Chorgestühls gefolgt. Gezählt hatte er die Plätze für die Domherren nicht, aber er schätzte sie auf einhundert Sitze. Im Chorumgang gab es einen Pilgerweg, und die Kapellen waren mit strahlend bunten Glasfenstern ausgestattet, die die Heiligen und ihre Bedeutung darstellten. Silas hatte sich an den Farben kaum sattsehen können.

Es war eine angenehme Zeit gewesen, die ihn den Krieg beinahe hatte vergessen lassen. Doch jetzt verspürte er den Drang, wieder etwas Sinnvolles zu tun. Vielleicht sollte er darüber nachdenken, bei Johann von Coesfeld vorstellig zu werden. Aber zuerst musste er nach Nabil sehen, der heute noch nicht aus dem Stall gekommen war. Der Hengst begrüßte ihn mit einem tiefen Brummeln, und Silas rieb ihm über Stirn und Nase.

»Was meinst du, sollen wir auf Reisen gehen und uns mal wieder allen Widrigkeiten und Gefahren aussetzen? Oder lieber hierbleiben, und ich versuche, Arbeit zu finden?« Leise sprach Silas zu seinem Pferd, während er mit einer Bürste über das Fell strich.

»Knecht, wenn du das Ross zu Ende gestriegelt hast, dann kümmere dich um unsere«, hörte er eine Stimme sagen.

Silas fühlte sich nicht angesprochen und pflückte Strohhalme aus Nabils Schweif, pfiff nebenbei ein Liedchen.

»Ich rede mit dir.« Eine Hand packte ihn an der Schulter.

Er fuhr herum, bereits eine scharfe Antwort auf den Lippen, und sah sich plötzlich einem bekannten Gesicht gegenüber.

»Ihr?«

Die Augen des Mannes verengten sich, er schien zu überlegen, wo er Silas schon einmal begegnet war.

»Erkennt Ihr mich nicht? Ich bin Silas von Maringer aus Mainz, und Ihr hört auf den Namen Raimund, nicht wahr?«

»Da hol mich doch der Teufel, sicher, Ihr seid der Sohn des Oberstallmeisters. Was um alles in der Welt hat Euch hierher verschlagen?« Jetzt grinste Raimund.

»Lange Geschichte. Dasselbe könnte ich Euch fragen«, erwiderte Silas.

»Gottlieb und ein paar andere Männer haben die Gräfin nach Köln begleitet. Und jetzt Ihr«, forderte Raimund.

»Eine Angelegenheit persönlicher Natur, über die ich nicht sprechen möchte. Verzeiht.« Seine Gedanken rasten. Sie war hier. Hier in Köln. Alexandrine.

»Nun, es geht mich auch nichts an«, brummte Raimund gutmütig. »Was haltet Ihr von einem Bier? Gottlieb wird auch gleich dort sein.«

»Warum nicht? Das Bier im Esel ist würzig und das Essen gut.« Nabil würde auf seinen Spaziergang erst einmal verzichten müssen. Silas würde ihn später abholen.

Kurz darauf saßen sie mit Gottlieb in der Gaststube, der genauso verblüfft über Silas' Anwesenheit war. Auch die anderen Begleiter gesellten sich nach und nach dazu, und bald entspann sich ein Gespräch über die Neuigkeiten.

»Leipzig wurde von den Kaiserlichen eingenommen«, erzählte Gottlieb, der eine Zeitung erworben hatte. »Feldmarschall von Holk führte die Truppen.«

»Er ist Wallensteins bester Mann, seit Pappenheim in Lützen gefallen ist«, steuerte ein anderer am Tisch bei, der nur ein Auge besaß.

Der Name der Stadt beschwor schreckliche Bilder herauf. Silas sah erneut den halb nackten Leichnam des Königs vor seinem inneren Auge, die unzähligen Toten auf dem Schlachtfeld und die Verheerungen. Besser, er behielt für sich, dass er in schwedischen Diensten gestanden hatte.

»Der Kaiser hat gut daran getan, Wallenstein im letzten Jahr wieder einzusetzen«, sagte ein grauhaariger Mann mit pockennarbigem Gesicht und rülpste. »Dieser Kerl versteht das Kriegshandwerk.«

Raimund runzelte die Stirn. »Das tut er, und er ist sehr

mächtig, seit der Kaiser ihn mit allumfassenden Vollmachten ausgestattet hat. Ich bin nicht sicher, was ich davon halten soll.«

Gottlieb stieß seinen Krug gegen Raimunds. »Aber ich kann dir sagen, was der Bayernherzog davon hält: nichts, gar nichts. Maximilian und der Friedländer können sich nicht ausstehen.«

Raimund nickte. »Ganz deiner Meinung. Und wo ist Wallenstein seit Lützen? Hat sich nach Prag zurückgezogen. Wie man hört, umgibt er sich dort mit Astrologen und Ärzten, anstatt weiter Siege für den Kaiser zu erringen. Schwer krank soll er sein und kaum mit jemandem sprechen.«

Silas lauschte stumm.

»Lange wird sich der Kaiser das nicht mehr bieten lassen. Den Reichsfürsten hat es damals schon nicht behagt, dass Wallenstein ihnen gleichgestellt wurde. Deshalb haben sie auf dem Regensburger Reichstag für seine Entlassung gesorgt«, fuhr Raimund fort.

»Ganz recht«, meinte der Einäugige, »die Fürsten fürchten schon lange, dass der Friedländer nach der Kaiserkrone strebt. Er versucht gar, Friedensverhandlungen aufzunehmen.«

»Das ist sein gutes Recht«, fuhr das Narbengesicht dazwischen, »er besitzt die Vollmachten dazu.«

»Ein Friedensschluss wäre nicht das Schlechteste, wenn Wallenstein dies zustande brächte«, sagte Gottlieb und orderte bei der Schenkmagd ein weiteres Bier.

»Dazu bedarf es aber des Kaisers. Vollmachten hin oder her, Ferdinand muss Frieden schließen, nicht der Herzog von Friedland«, warf Einauge ein.

»Wallenstein wird dafür sorgen, dass die Protestantische Liga mitsamt den Schwedischen aus unseren Landen verschwindet.« Der Mann mit den Narben hieb mit der Faust auf den Tisch, seine Sprache klang verwaschen.

»Lebrecht, ich denke, du hattest genug Bier.« Beruhigend legte Gottlieb ihm die Hand auf den Unterarm.

»Ich hab noch lange nicht genug«, wehrte Lebrecht ab.

Raimund sah den Mann scharf an. »Gottlieb hat recht.«

»Wer bist du? Mein Vater?«, erwiderte Lebrecht aufgebracht und schob den Stuhl zurück, um aufzustehen. Leicht schwankend hielt er sich an der Tischkante fest und sah Raimund herausfordernd an. »Wir können das auch draußen austragen.«

Plötzlich stand der Wirt am Tisch, ein großer Mann mit breiten Schultern. »Ihr bezahlt jetzt Euer Bier und verschwindet, verstanden?«

Lebrecht gab knurrend nach, warf ein paar Münzen auf den Tisch und verließ die Gaststube.

»Ich will keinen Ärger in meinem Wirtshaus, das gilt für alle«, brummte der Wirt und steckte die Münzen ein.

»Schon gut, Ihr habt das Richtige getan«, erwiderte Raimund. Der Wirt nickte und widmete sich den anderen Gästen.

»Was habt Ihr sonst noch aus der Zeitung erfahren?«, fragte Silas, um von der unangenehmen Situation abzulenken.

Gottlieb rollte mit den Augen. »Anstatt dass sich der Kaiser um Frieden bemüht, feiert man in Wien den Geburtstag seiner Schwiegertochter, der ungarischen Königin. Maria Anna habe sich zum Abend einen großen Aufzug gewünscht, hernach ein Rossballett und im Anschluss ein Ringelrennen. Windlichter seien dafür entzündet und bis Mitternacht sei gefeiert worden. Den Tag zuvor war man zur Jagd geritten.«

Klatsch und Tratsch waren immer willkommen.

»Die Königin ist zur Jagd? Sie steht doch kurz vor ihrer Niederkunft.« Kopfschüttelnd leerte der Einäugige seinen Krug.

»Ach, die Jagd wurde sicher nur für die Herren veranstaltet«, erwiderte Gottlieb und wandte sich wieder dem Kriegsgeschehen zu. »Ein fünfzehntausend Mann starkes spanisches Heer soll bereits auf deutschem Boden sein und mit zehntausend Soldaten des Herzogs von Lothringen zusammenstoßen.«

»Das sollte reichen, um die Franzosen aus dem Elsass zu vertreiben«, überlegte Raimund. »Ich bin müde und habe genug. Wirt, was bin ich schuldig?«

Auch Silas bezahlte und tippte an seine Hutkrempe. »Habt Dank für eure Gesellschaft«, sagte er in die Runde und eilte mit schlechtem Gewissen zu Nabil, der nun ziemlich lange auf ihn hatte warten müssen.

Später lag Silas mit hinter dem Kopf verschränkten Armen auf seinem Bett und dachte nach.

Ich hätte Raimund oder Gottlieb nach der Gräfin fragen sollen. Wo sie wohl untergekommen ist?

Dann gab er sich selbst die Antwort. Vermutlich bei Johann von Coesfeld, schließlich besaß dieser ein stattliches Haus neben der Poststation. In den vergangenen Tagen war er hin und wieder daran vorbeigekommen, hatte sich aber jedes Mal dagegen entschieden, den Postverwalter nach Arbeit zu fragen. Doch morgen würde er in die Brückenstraße gehen.

Bei Morgengrauen stand Silas auf, tauchte sein Gesicht in die Waschschüssel und schöpfte Wasser mit den Händen, um seine Haare nass zu machen. Er wollte ordentlich aussehen, bevor er der Gräfin begegnete. In Ermangelung eines Kamms fuhr er sich mit gespreizten Fingern durch die feuchte Haarpracht. Als er sich über die Wangen rieb, befand er seinen Bart für zu lang und beschloss, einen Barbier aufzusuchen.

»Bartscherer gibt es kaum noch«, teilte der Esel-Wirt ihm mit, als Silas sein Morgenmahl verzehrte. »Seit die Badehäuser geschlossen wurden, sind die meisten mit den Trossen gezogen. Aber am Eisenmarkt gibt es noch einen, Otto Scheer heißt der Mann.«

Silas ließ sich den Weg erklären und machte sich auf. Otto Scheer war ein vom Alter gebeugtes, schmächtiges Männlein, dessen Hände ein schwaches Zittern zeigten, woraufhin Silas sich fragte, ob es eine gute Entscheidung gewesen war, hierherzukommen. Doch er brachte es nicht über sich, wieder zu gehen, denn der Alte freute sich über seinen Besuch. Während Scheer ihm ein Tuch um den Hals legte und sich an den Bart machte, plauderte er in einem fort. Erzählte von früheren und besseren Zeiten, von seinem Sohn, der sein Leben verloren hatte.

»Was ist geschehen?«, fragte Silas, als der Barbier für einen Moment das Schermesser absetzte.

»Im letzten Dezember griffen die Schweden Deutz an, drüben auf der anderen Rheinseite. Mein Sohn gehörte den Stadtsoldaten an, und der Angriff war so heftig, dass sich die Städtischen nach St. Urban zurückzogen, wo ein Haufen Pulver lagerte. Es hat ein Feuer gegeben, und der Turm der Pfarrkirche flog in die Luft. Dreihundert gute Männer und Frauen sind umgekommen. Es war ein schrecklicher Tag.«

Das Messer schabte erneut seine Wangen entlang und weiter zum Kinn. Bisher hatten die zitternden Hände des Barbiers keinen Schaden angerichtet. Schließlich wischte Otto Scheer mit einem Tuch Silas' Gesicht und Hals sauber und gab ihm einen Handspiegel.

»Zufrieden?«

Silas betrachtete sich eingehend, drehte den Kopf nach links und rechts. Der Barbier hatte, wie von ihm gewünscht, einen Spitz- und einen Oberlippenbart stehen lassen. Silas gefiel, was er sah.

»Ja, sehr. Gute Arbeit, Scheer.«

Das Augenpaar in dem runzligen Gesicht leuchtete freudig auf. »Dann wollen wir uns mal an Eure Haare machen und sie kürzen. Köln wirbt sechstausend Männer an, habe ich gehört«, berichtete Scheer, während die blonden Locken der Schere zum Opfer fielen. »Werdet Ihr Euch auch melden?«

»Nein. Ich bin nicht aus der Stadt, eigentlich stamme ich aus Mainz. Es ist eine lange Geschichte.«

Der Barbier besaß offenbar genug Feingefühl, um nicht weiter nachzufragen.

»Ein Gesandter aus Trier hat dem Stadtrat und der Geistlichkeit angetragen, sich gemeinsam unter französischen Schutz zu begeben«, schwatzte er weiter. »Doch wie es scheint, stößt dies nicht auf offene Ohren. Wenn Ihr mich fragt, ich würde zustimmen. Die Franzosen haben ein starkes Heer, und dieser Kardinal – wie heißt er noch? Ach ja, Richelieu – ist schlau und gerissen. Lieber sich mit den Franzosen zusammentun als mit den Schweden. Ein barbarisches Volk, was man so hört. Allein die Berichte über ihre Art zu foltern, sind grauenhaft. Jauche schlucken, bis man verreckt.«

»Glaubt mir, die Kaiserlichen sind keinen Deut besser«, erwiderte Silas.

»Da mögt Ihr recht haben. So, nun schaut in den Spiegel.«

Auch mit dem Haarschnitt war Silas zufrieden, es fühlte sich etwas ungewohnt an, aber sah gut aus.

Silas bezahlte, verabschiedete sich und machte sich auf den Weg in die Brückenstraße. Als er das Postamt betrat, hörte er Raimunds Stimme aus einem angrenzenden Raum, dessen Tür offen stand.

»Ihr solltet Lebrecht entlassen, er trinkt zu viel und ist ein Raufbold. Gestern Abend hat er wieder versucht, Streit anzufangen, wie schon in jedem Ort, den wir aufsuchten. Der Wirt hat ihn rausgeworfen.«

»Dann sucht einen Ersatz, Raimund, wir brauchen jeden Mann. Lebrecht mag das Bier vielleicht ein wenig zu gerne, aber er ist ein vortrefflicher Reiter und kann mit einem Degen umgehen. Wenn Ihr Ersatz gefunden habt, entlasse ich ihn.«

Silas verspürte ein angenehmes Kribbeln in seiner Magengegend. Alexandrine, sie war hier. Plötzlich wusste er, was er tun wollte.

»Kann ich Euch helfen?«, sprach ihn ein Mann an, den Silas bisher nicht wahrgenommen hatte.

»Ich möchte mit der Gräfin reden«, antwortete er.

»Kommt später wieder.«

»Es ist wichtig«, beharrte Silas.

»Wer seid Ihr überhaupt?«

»Ein alter Freund.«

Der Mann zuckte mit den Schultern, gab nach und ging nach nebenan.

»Gräfin, hier ist jemand, der Euch zu sprechen wünscht. Er sagt, er sei ein alter Freund«, drang es an Silas' Ohren.

»Wer auch immer es ist, ich habe im Augenblick zu tun.«

Silas hielt es nicht mehr auf seinem Platz bei der Tür. »Ihr sucht einen Ersatzreiter, der mit einer Waffe umgehen kann? Hier ist er.« Mit diesen Worten betrat er das benachbarte Zimmer.

Alexandrine, die mit dem Rücken zur Tür stand, fuhr herum und machte ein Gesicht, als sähe sie einen Geist. »Heilige Mutter Gottes, Ihr lebt«, stammelte sie fassungslos.

»Ich erfreue mich bester Gesundheit, Comtesse«, erwiderte er und verschlang sie mit seinen Augen.

»Grüßt Euch, Silas. Wart Ihr beim Barbier? Gestern hattet Ihr noch deutlich mehr Haare, vor allem im Gesicht«, grinste Raimund.

Alexandrine sah ihren treuen Begleiter verständnislos an. »Was meinst du mit *gestern*?«

»Der Zufall wollte, dass wir uns in den Stallungen über den Weg gelaufen sind, und dann haben wir mit den anderen in der Gaststube zusammengesessen.«

Die Gräfin hatte sich wieder gefangen, ihre Miene war undurchdringlich. »Nun denn, Silas von Maringer, Ihr wollt Euch uns anschließen? Dass Ihr des Reitens mächtig seid, weiß ich, allerdings seid Ihr nicht so kampferprobt wie meine Männer.«

Er erinnerte sich an den Ritt von Naumburg an die Elbe. Unterwegs war er angegriffen worden, hatte sich jedoch erfolgreich verteidigen können. Das räuberische Gesindel hatte aufgeben müssen. Einem Mann hatte Silas den Haudegen in die Brust gerammt, ein anderer war nach einem Stich in den Hals zusammengebrochen. Den dritten hatte Nabil mit den Vorderhufen am Kopf erwischt, als Silas den Hengst zum Steigen aufgefordert hatte. So stolz war er auf sein Pferd gewesen, das die Lektion der Pesade nicht verlernt hatte.

»Vergebt mir, Comtesse, aber darüber steht Euch kein Urteil zu«, erwiderte er etwas verstimmt. Hielt sie ihn für einen Schwächling, einen unerfahrenen dummen Jungen? Er fing Raimunds Blick auf. Respekt vor seiner Antwort und zugleich Missfallen darüber, so anmaßend gegenüber der Gräfin zu sein, lagen darin.

Ihre grauen Augen musterten ihn belustigt. Tatsächlich schien sie amüsiert und nahm ihm seine Worte nicht übel. »Raimund, ich überlasse Euch und Gottlieb, darüber zu befinden, ob Silas von Maringer statt Lebrecht mit uns reiten soll. Und jetzt hinaus mit euch allen.«

Draußen vor der Tür befahl ihm Raimund, mit ihm zu kommen. »Gottlieb besorgt Vorräte, da wir bald wieder aufbrechen werden. Wir treffen ihn in einer Stunde im Esel. Und bis dahin erzählt Ihr mir, was Ihr die letzten Jahre getrieben habt. Lasst uns gehen.«

Eine halbe Woche später waren sie unterwegs nach Brüssel, und Silas fühlte sich selig, Alexandrine in seiner Nähe zu haben. Sein Platz war hinter ihr, neben ihm saß der einäugige Gabriel im Sattel eines unauffälligen Braunen. Die Führung übernahm Raimund, hinter Silas und Gabriel ritten Gottlieb und Amadeo, ein Mann aus den Spanischen Niederlanden. Amadeo bedeutete nichts anderes als Gottlieb, nur gefiel Silas der Klang deutlich besser. Gabriel war vierzig Jahre alt und beherrschte das Französische besser als das Deutsche.

»Wie hast du dein Auge verloren?«, wollte Silas wissen. Die Männer verzichteten untereinander auf die förmliche Anrede, was Silas als angenehm empfand.

»Durch einen Unfall. Ich war noch ein kleiner Junge, acht Jahre alt. Meine Brüder und ich hatten uns aus Haselnusszweigen Bogen gemacht und um die Wette auf eine Scheibe gezielt. Als ich loslief, um meine verschossenen Pfeile einzusammeln, feuerte mein ältester Bruder seinen letzten Pfeil ab. Er wollte sich einen Spaß daraus machen, mich in den Hintern zu treffen. Dummerweise drehte ich mich im selben Moment um, um zurückzuschauen.« Er zuckte mit den Schultern. »Und da hatte ich schon den Pfeil im Auge stecken.«

Silas schüttelte sich bei der Vorstellung. »Das muss furchtbar gewesen sein.«

»Es ist lange her, und ich hatte Glück im Unglück. Das Auge war zwar nicht zu retten, aber wenigstens hat sich kein weiteres Gewebe entzündet. Ob es nun der Kunst des Arztes gedankt ist oder Gottes Fügung, ich weiß es nicht. Ich lernte schnell, nur mit einem Auge zu leben.«

»Und dein Bruder? Wie ging es ihm damit?«

»Alfonse? Ich glaube, für ihn war es fast schlimmer als für mich. Er hat die ganze Nacht geheult, dabei war er schon vierzehn. In diesem Alter sollte ein Mann nicht mehr weinen. Aber das sind alte Geschichten.« Er räusperte sich. »Du hast ein schönes Ross, wo hast du es her?«

Silas erzählte von dem Tag auf dem Frankfurter Rossmarkt,

und es kam ihm vor, als ob es erst letzte Woche gewesen wäre. Dabei waren zehn Jahre vergangen.

Schwer beladene Karren kamen ihnen entgegen, einer nach dem anderen.

»Das sind Leute aus Stolberg«, erklärte Gabriel. »Dort gibt es jede Menge Kupfer, Eisen und ein besonderes Erz. Frag mich nicht nach dem Namen, aber die Kupfermeister nutzen es, um Messing herzustellen. Das meiste wird in die Niederlande und nach Frankreich verkauft.«

»Woher weißt du das alles?«, fragte Silas erstaunt.

Gabriel lachte. »Ich habe mit einem der Meister ein, zwei Becher Bier geleert, als wir in Stolberg haltmachten. Man kommt viel herum auf einer solchen Reise.«

»Viel herumgekommen bin ich in den letzten Jahren auch, mehr, als mir lieb war«, seufzte Silas. »Sag, könntest du mir Französisch beibringen oder, besser gesagt, dich mit mir in dieser Sprache unterhalten? Mein Vater hat zwar darauf bestanden, dass ich sie als Junge erlernte, aber ich fürchte, ich habe das meiste vergessen.«

»Warum nicht?«

Nach zehn Tagen erreichten sie Brüssel. Silas hatte sich erhofft, einmal Gelegenheit zu bekommen, mit Alexandrine sprechen zu können. Doch nichts dergleichen. Die Gräfin gab ihre Anweisungen, traf Entscheidungen und zog sich nach Einnahme der Mahlzeiten zurück. Nur einmal hatte sie das Wort an ihn gerichtet, als sie aufgebrochen waren.

»Ihr habt Nabil immer noch, wie schön. Wie alt ist er jetzt?«

»Vierzehn Jahre, Comtesse, und voll bei Kräften, nachdem er eine entbehrungsreiche Zeit durchmachen musste.«

Sie hatte nicht weiter nachgefragt, nur wissend genickt. Dann hatte sie ihr Pferd vorangetrieben und ihren Platz hinter Raimund wieder eingenommen.

Er fragte sich, was er in dieser großen Stadt tun sollte, jetzt, nachdem sie sicher angelangt waren. Die anderen hatten ihre Familien und Höfe zu versorgen, aber er selbst?

»Von Maringer, Ihr kommt mit mir«, forderte Alexandrine ihn auf, als sie die Pferde den Stallburschen übergeben hatten.

Sein Herz tat einen Sprung, doch zugleich fürchtete er, sie könnte seine Dienste nicht mehr benötigen.

»Ihr werdet erst einmal im Palais unterkommen«, sagte sie und winkte einem Bediensteten und einer Magd.

»Jean, Silas von Maringer wird bis auf Weiteres hier wohnen bleiben. Ihr sorgt dafür, dass er weiß, wo die Mahlzeiten eingenommen werden und welche Räumlichkeiten ihm zugänglich sind. Anike, richte ein Zimmer für unseren Gast im Ostflügel her.« Dann wandte sie sich an Silas. »Geht mit Jean, er ist der gute Geist des Hauses.«

Bevor er vor lauter Verblüffung ein Wort des Dankes hervorbringen konnte, war Alexandrine längst enteilt. Jean sprach nur Französisch, und Silas dankte stumm dem einäugigen Gabriel, der ihm einiges beigebracht und anderes wieder von seinen verschüttet geglaubten Sprachkenntnissen hervorgeholt hatte.

»Ihr habt Zutritt zum Badezimmer«, erläuterte Jean, während sie durch die Gänge schritten, »zur Bibliothek und zum kleinen Salon. Das Essen wird in der großen Stube hier in der ersten Etage serviert. Morgens um sieben, zu Mittag um zwölf und abends um fünf. Die Comtesse legt höchsten Wert auf Pünktlichkeit. Solltet Ihr ein Bad nehmen wollen, ruft eine der Mägde, sie wird sich darum kümmern.«

Silas folgte ihm eine elegante Steintreppe hinauf in den zweiten Stock. Überall an den Wänden hingen Gemälde, die denjenigen ähnelten, welche er im Kölnischen Hof gesehen hatte.

»Jean, wisst Ihr, wer der Maler dieser Bilder ist?«

»Ihr kennt Peter Paul Rubens nicht?« Jeans Miene ließ erkennen, dass er Silas für einen ziemlich ungebildeten Mann hielt.

»Einer der großen Künstler unserer Zeit, ein enger Freund der Comtesse und in diplomatischen Diensten für Infantin Isabella unterwegs. Einer seiner Schüler, Anthonis van Dyck, ist heutzutage Hofmaler des englischen Königs.«

Ein enger Freund. Wie eng, wollte Silas lieber nicht wissen und verspürte die Nadelstiche der Eifersucht. Dann schalt er sich stumm einen Dummkopf, als er weiter Jeans Ausführungen lauschte.

»Ein großer Maler, wie gesagt, aber«, Jean senkte die Stimme, »auch ein Mann, der die jungen Frauen liebt, wenn Ihr versteht, was ich damit sagen will. Der Mann war über fünfzig, als er die erst siebzehn Jahre alte Hélène heiratete.«

Jean hielt vor einer geöffneten Tür. Die Magd war dabei, frische Laken auf ein Bett zu ziehen.

»Dies ist Euer Zimmer. Wenn es Euch an etwas fehlt, dann schickt nach Anike. Die Dienerschaft wohnt in der dritten Etage, und Ihr braucht nur an dieser Kordel zu ziehen, um jemanden zu rufen«, erklärte Jean und deutete auf ein rotes, aus Wolle gewirktes Band, an dessen Ende eine bronzene Ringöse hing.

Die blonde Magd strich die Laken glatt, schüttelte Kissen und Decke auf. »Ich hoffe, es ist alles zu Eurer Zufriedenheit, Monsieur«, sagte sie und bedachte ihn beim Knicks mit einem Augenaufschlag.

Es fühlte sich seltsam für Silas an, so hofiert zu werden, und er dankte ihr.

»Ich zeige Euch jetzt noch den Garten«, sagte Jean, »den Ihr jederzeit aufsuchen könnt.«

Bis zur Abendmahlzeit vertrieb sich Silas die Zeit in der Bibliothek. Noch nie hatte er so viele Bücher an einem Ort gesehen. Wahllos zog er eines heraus, schlug es auf und schob es zurück, da er es nicht lesen konnte.

»Sucht Ihr etwas Bestimmtes?«

Silas hatte den Jungen nicht bemerkt, der in einem bequemen Sessel saß, ein aufgeschlagenes Buch auf den Knien.

»Nein, ich bin, ehrlich gesagt, der Sprache nicht mächtig, in der dieses geschrieben wurde«, antwortete er, stellte sich vor und erklärte sein Hiersein. »Und wer bist du?«

Der Junge klappte das Buch zu, legte es auf einen kleinen Tisch neben sich. »Ich bin Lamoral Claudius Franz von Taxis.«

»Oh, vergebt mir, junger Graf, ich hatte keine Ahnung«, sagte Silas peinlich berührt.

Der Junge winkte ab. »Nennt mich Lamo. Welches Buch hattet Ihr gerade noch in der Hand?«

Silas nahm das Buch aus dem Regal und reichte es dem Grafensohn.

»Ah, eine gute Wahl. ›Der spanische Zigeuner‹ von Thomas Middleton. Bedauerlich, dass Ihr es nicht zu lesen vermögt.«

»Aber vielleicht darf ich Euch bitten, mir davon zu erzählen?«

»Zu gerne, setzt Euch, und ich werde Euer Wissen erweitern.« Augenzwinkernd wies er zur Ecke, wo sich die Sessel befanden. Das Buch hielt er in seinen Händen, ohne es aufzuschlagen.

Silas war erstaunt, was der Junge alles zu erzählen wusste, und fühlte sich dumm und unwissend. Dann sah Lamo auf die Kaminuhr.

»Zeit, das Abendbrot einzunehmen«, bemerkte er und stellte das Buch zurück an seinen Platz. »Darf ich Euch Silas nennen?«

»Natürlich, junger Graf.«

»Lasst die Förmlichkeiten«, grinste Lamo und hielt ihm die Hand hin.

Silas schlug ein und freute sich. Der Junge hatte im Nu sein Herz erobert.

»Hast du meine Schwester schon kennengelernt?«, fragte Lamo, während sie die Gänge entlanggingen.

»Nein, aber das wird sich sicher beim Abendessen ändern«, gab Silas zurück.

Sie betraten die große Stube, wo bereits aufgedeckt worden war. Silas fühlte sich plötzlich unsicher, als er Alexandrine und ein junges Mädchen am Tisch sitzen sah. Das war sicherlich Lamos Schwester.

»Nehmt Platz.« Die Gräfin deutete auf einen Stuhl gegenüber ihrer Tochter. »Offensichtlich habt Ihr schon Bekanntschaft mit meinem Sohn geschlossen.«

»Zu meiner Freude«, antwortete Silas schüchtern und blickte zu dem Mädchen. »Und Ihr seid die junge Gräfin, nehme ich an.«

»Genoveva Anna, aber alle nennen mich Veva«, antwortete sie freundlich.

Das Essen wurde aufgetragen, Käse, geräucherte Würste, Brot, in Essig eingelegte Gurken, dazu gab es Wein.

»Greift zu«, lud ihn Alexandrine ein, und Silas bemühte sich, nicht zu hastig zu essen. »Ich hoffe, Eure Kammer ist zu Eurer Zufriedenheit.«

»Sehr, seid bedankt.« Noch nie in seinem Leben hatte er ein solch großes und mit edlen Möbeln und Stoffen ausgestattetes Zimmer bewohnt.

»Ich habe einige Zeit hier zu tun, bevor ich wieder aufbreche und Ihr mich begleiten werdet«, sagte Alexandrine zwischen zwei Bissen.

»Darf ich erfahren, was Ihr vorhabt?«, fragte er und genoss den sauren Geschmack des Gemüses.

»Das bleibt vorerst mein Geheimnis. Seht Euch in der Stadt um, wenn Ihr mögt. Es gibt auch genügend Grünflächen, wenn Euch der Sinn danach steht, Nabil zu bewegen.«

»Oder du kannst Vevas und meinem Unterricht beiwohnen«, zwinkerte Lamo und fing einen stirnrunzelnden Blick seiner Mutter auf. Gefiel es ihr nicht, dass Lamo so ungezwungen mit ihm sprach?

Silas lachte. »Ja, warum nicht? Deine Lehrstunde heute Nachmittag war sehr aufschlussreich.«

»Was hast du ihm beigebracht?«, wollte Veva wissen.

»Ach, nichts weiter, wir sind uns zufällig in der Bibliothek begegnet«, winkte Lamo ab und schob sich ein Stück Wurst in den Mund, »und haben uns über Middleton unterhalten.«

Silas unterdrückte ein Grinsen. Der Junge gefiel ihm. Lamo hätte ihn auch bloßstellen können, aber stattdessen ließ er die anderen im Glauben, Silas kenne sich in der Literatur aus.

»Ich erlaube es nicht, mein Sohn. Ihr beide sollt euch auf die Magister konzentrieren. Ein Besucher würde euch nur ablenken«, warf Alexandrine mit strengem Ton ein.

»Aber …«

»Nein!« Ihr Blick genügte, um Lamo verstummen zu lassen. »Ihr könnt zusammen reiten, wenn der Unterricht vorbei ist«, sagte Alexandrine versöhnlich und zauberte damit ein Leuchten auf das Gesicht ihres Sohnes.

Zwei Wochen verbrachte Silas die Tage damit, durch Brüssel zu schlendern und die prachtvollen Gebäude zu bewundern. Die Zunfthäuser am Markt, das stattliche Rathaus und den Palast, den die Infantin bewohnte. Er sah hinauf zu den Türmen der Kathedrale St. Michel et Gudule, bestaunte aufs Neue, was Baumeister zustande brachten. Auf den Märkten herrschte buntes Treiben, und oft nutzte er die Gelegenheit, sich mit den Marktfrauen auf Französisch zu unterhalten.

Jeden Tag verstand er die Sprache mehr und scheute weniger davor zurück, sie zu benutzen. Einmal führte ihn sein Weg an einem Brunnen vorbei, dessen Bronzefigur ihm ein Lächeln entlockte. Ein kleiner Junge mit frechem Gesicht thronte über dem Brunnen und schlug sein Wasser ab, das in hohem Bogen in das steinerne Becken plätscherte. Eine Frau beugte sich neben Silas ächzend über den Brunnenrand, um ihren Eimer zu füllen. Er bot ihr seine Hilfe an, und zum Dank erzählte sie ihm eine Geschichte über den wasserlassenden Knaben. Doch außer »le Petit Julien« hatte er kaum ein Wort davon verstanden, was die nuschelnde, nahezu zahnlose Alte von sich gegeben hatte.

Gleich gegenüber des Palais der Familie von Taxis befand sich eine beeindruckende Kirche. Auch hier entzückten ihn die bunten Glasfenster und die hochaufstrebenden Säulen. In der Kapelle der heiligen Ursula fand er sich unversehens bei der Grablege der Grafen von Taxis wieder. Ihm wurde erstmals bewusst, wie lange die Post sich in ihren Händen befand. Vor mehr als hundert Jahren war Franz von Taxis hier zu Grabe getragen worden. Vier kostbare Tapisserien zierten die Wände der prachtvoll ausgestatteten Kapelle, auf denen der Gründer dargestellt war. Auf einem kniete er vor Kaiser Maximilian I. und hielt in seiner linken Hand einen versiegelten Brief, in seiner Rechten ein Barett. Um seine Schultern lag ein pelzverbrämter Umhang, der darauf hinwies, dass Franz von Taxis schon damals zu Reichtum gekommen war. Auf seinem Gesicht spiegelte sich trotz der knienden Haltung vor dem Kaiser keinerlei Zeichen von Unterwürfigkeit.

Hier hatte auch Alexandrines Gatte Leonhard seine letzte Ruhestätte gefunden. Ob sie ihn wohl vermisste? Hatte sie ihn sehr geliebt? Bestimmt. Vor fünf Jahren war der Graf gestorben, und sie war Witwe geblieben und schien es auch weiterhin bleiben zu wollen. Gedankenverloren strebte Silas gemäßigten

Schrittes dem Ausgang zu. Er bekam Alexandrine nur zu den Mahlzeiten zu Gesicht, manchmal erschien sie erst gar nicht, weil sie über den Büchern saß und nicht gestört werden wollte. Trotzdem legte sie Wert darauf, dass die Kinder pünktlich ihr Essen einnahmen. Immer wieder fiel der Name eines Mannes, den sie offenbar sehr schätzte: Benedikt Grotheer, seit Jahren ein Vertrauter derer von Taxis. Konnte es sein, dass er Alexandrine mehr bedeutete? Silas schüttelte die Vorstellung ab, denn sie bereitete ihm schlechte Laune. Was er jetzt brauchte, war ein Ritt über die grünen Wiesen entlang der Stadtmauer.

Zum Abendbrot war er zurück, hatte sich umgezogen, Hände und Gesicht gewaschen. Die Kinder waren schon in der großen Stube, und er setzte sich zu ihnen.

»Ich war heute in der Kirche gleich hier in der Nähe«, erzählte Silas. »Sie ist wundervoll.«

»In Notre-Dame du Sablon sind unsere Vorfahren zur Ruhe gebettet worden«, sagte Veva, »und unser Vater.«

»Ich habe die Grabstätten gesehen. Ihr vermisst ihn sicher sehr«, erwiderte er.

»Es war ein schlimmer Tag für uns.«

»Ich erinnere mich, auf Mutters Schoß gesessen und geweint zu haben«, tat Lamo kund. Dann seufzte er. »Aber allmählich beginne ich zu vergessen, wie er ausgesehen hat.«

»Ihr müsst wissen«, erklärte Veva, »unser Vater war viel auf Reisen, oft wochen- oder monatelang. Es gibt leider kein Porträt von ihm, das wir uns hin und wieder ansehen könnten. Nie fand er Zeit, sich malen zu lassen.«

»Das ist bedauerlich«, erwiderte Silas und dachte an seinen Stiefvater.

»Was ist bedauerlich?«, fragte die Gräfin, die just in diesem Augenblick hereinkam und sich ans Kopfende des Tischs setzte. Die Uhr auf der Anrichte schlug fünf Mal.

»Wir sprachen gerade darüber, dass es kein Bildnis von Vater gibt«, antwortete Lamo.

Die Magd kam mit den Speisen und einer Karaffe Wein, platzierte sie in der Tischmitte und verschwand.

»Ja, in der Tat, es gibt kein Porträt von Leonhard. Rubens hätte ihn gerne in Öl gemalt«, sagte Alexandrine und nahm sich ein Stück Käse. »Übermorgen reisen wir ab«, gab sie dem Gespräch eine andere Wendung, »und ihr beide kommt dieses Mal mit.«

Veva klatschte entzückt in die Hände, Lamo schaute seine Mutter ungläubig an. »Tatsächlich? Wohin gehen wir? Und wie lange werden wir fortbleiben?«

»Ihr werdet es auf dem Weg erfahren, Lamo. Wir werden etwa drei Tage benötigen, um unser Ziel zu erreichen. Wie lange wir dort sein werden, weiß ich selbst nicht. Das hängt davon ab, was alles geschieht.«

»Was meinst du damit, Mutter?«, fragte Veva und nippte am Wein.

»Ihre Kaiserliche Majestät und die Kurfürsten von Sachsen und Brandenburg sollen Friedensgespräche führen, zumindest lautet so eine Meldung aus Schlesien. Bayerische Soldaten haben Neuburg an der Donau erobert, berichten Boten aus Regensburg. Auch habe ich im *Neuankommenden Kurier aus Wien* gelesen, dass Wallenstein sich fröhlich mit dem Herzog von Sachsen und Graf von Gallas unterhalten habe.«

»Das weckt Hoffnungen, oder nicht?«, meinte Silas und aß ein letztes Stück Schinken.

»Ein wenig vielleicht. Fünfzehn Jahre Krieg sind mehr als genug.« Sie seufzte. »Abertausende sind tot oder verkrüppelt, Felder und Städte verwüstet. Schon längst gibt es keinen Sold mehr für die Soldaten, deshalb nehmen sie sich, was sie kriegen können. Das muss ein Ende finden.«

»Wer ist Graf von Gallas, Mutter?«, fragte Lamo dazwischen.

»Ein kaiserlicher Feldherr«, lautete die Antwort, die überraschend von Veva kam, »und Wallensteins Stellvertreter.« Stolz sah sie in die Runde.

Anerkennend neigte Alexandrine ihren Kopf. »Ich stelle fest, der Umgang mit Benedikt Grotheer trägt Früchte.«

Silas wusste, dass die Geschwister viel Zeit bei Grotheer verbrachten, der sämtliche Zeitungen erwarb, die er bekommen konnte.

»Wenn die Kurfürsten sich mit dem Kaiser einigen, dann können sie doch gemeinsam die Schweden in die Flucht schlagen«, überlegte Lamo, »und deine Heimat würde wieder friedlicher, Silas.«

»Vielleicht, aber ich fürchte, die Schweden ersuchen dann Frankreich um Hilfe. Das Bündnis zwischen beiden wurde im April erneuert«, erinnerte er sich an seine Zeit beim schwedischen Heer.

»Das möge Gott verhüten«, murmelte die Gräfin.

Seit mehr als zwei Tagen ritten sie schon in südwestlicher Richtung, und noch immer hatte Silas keine Ahnung, wohin Alexandrine wollte. Die Gräfin war in keiner guten Stimmung, nachdem ihre Zofe Louise nur Stunden vor der Abreise die Treppe hinuntergestürzt war und sich den Arm gebrochen hatte. Zudem hatte Alexandrine am Tag zuvor Elise erlaubt, nach Löwen zu reisen, um ihrer Schwester bei der bevorstehenden Niederkunft beizustehen. So hatte es Jean Silas erzählt. Statt Louise war nun Anike dabei, die Magd, die die Zimmer in Ordnung hielt. Sie war hübsch anzusehen mit

347

ihrem runden Gesicht, den himmelblauen Augen und dem kleinen Mund. War Jean nicht in der Nähe, plauderte sie ganz gerne mit Silas. Auch der einäugige Gabriel, Amadeo, Raimund und Gottlieb begleiteten die Gräfin und ihre Kinder, und die Männer hatten sich gefreut, Silas wiederzutreffen.

Zur Mittagsstunde machten sie Rast an den Ufern der Ourthe, einem munter dahinfließenden Fluss, dem sie schon geraume Zeit folgten. Die sich bereits verfärbenden Blätter der Laubwälder kündigten den Herbst an, aber die Sonne sandte nach wie vor ihre wärmenden Strahlen herab. Silas gefiel die Gegend. Es war ruhig, nur wenige kleine Städte und Dörfer hatten sich an der Ourthe angesiedelt. Anike und Gabriel waren am Morgen von Alexandrine losgeschickt worden, Brot und Käse zu erstehen, während Raimund dafür gesorgt hatte, dass die Wasser- und Weinschläuche gefüllt waren. Silas, Gottlieb und Amadeo hatten sich um die Pferde gekümmert.

Alexandrine ließ sich auf einer Decke im Gras nieder, den Rücken an den Stamm einer Rotbuche gelehnt.

»Lamo, was weißt du über Karl V.?«, fragte sie plötzlich ihren Sohn, der neben ihr im Schneidersitz saß.

»Er war Kaiser des Heiligen Römischen Reiches«, antwortete Lamo. »Geboren in den Burgundischen Niederlanden, wurde er schon mit sechzehn König von Spanien und nach Maximilians Tod zum Kaiser gekrönt.«

»Sehr gut. Und nun sag mir, wer von deinen Vorfahren hat während Karls Kaiserzeit gelebt?«

Lamo zog die Stirn kraus, während er angestrengt überlegte. »Franz? Nein, warte. Johann Baptista«, strahlte er dann.

Alexandrine lobte ihn ein weiteres Mal. »Und der Kaiser belehnte Johann Baptista für seine Dienste mit der Grafschaft La Roche in den Ardennen. Und genau sie ist unser Ziel.«

Veva fand als Erste die Sprache wieder. »Und warum reisen wir dorthin? Es muss einen triftigen Grund geben.«

»Den gibt es, aber noch werdet ihr euch ein wenig in Geduld üben müssen. Silas, seid so gut und gebt mir noch etwas von dem Wein.«

Er schenkte ihr ein und fing ihren Blick auf, den er nicht zu deuten wusste.

Sie erreichten La Roche-en-Ardenne am frühen Abend, eine kleine Stadt, direkt an einer großen Schleife der Ourthe gelegen. Über dem Fluss thronte eine Burganlage, ein steinerner Kirchturm überragte die dicht aneinandergedrängten Häuser. Außerhalb der Stadt erstreckten sich Wiesen und Felder bis zum Waldrand. Kühe und Pferde grasten friedlich, ein paar wenige Schweine suhlten sich im Schlamm. Ein beschaulicher Ort. Silas konnte sich bei diesem Anblick einen Moment schwer vorstellen, dass nur wenige Tagesritte entfernt Menschen um ihr Leben fürchteten oder abgeschlachtet wurden.

Die Straße wand sich den Hügel hinauf zum Burgtor. Offenbar machten sich die Bewohner keine Sorgen vor einem Eindringen feindlich Gesinnter, denn das Tor stand offen und niemand hielt Wache. Zwei Knechte, die keine große Eile an den Tag legten, kamen ihnen entgegen und nahmen ihnen die Pferde ab, während ein gut gekleideter Mann auf sie zustrebte und den federgeschmückten Hut zog.

»Willkommen in La Roche, Comtesse. Wir haben Euch schon vor ein paar Tagen erwartet.«

»Armand Dubois, seid gegrüßt. Unsere Abreise hat sich verzögert«, antwortete Alexandrine. »Ich möchte Euch meine Kinder vorstellen: Lamoral Claudius Franz und Genoveva Anna.«

Nach ein paar höflichen Worten geleitete Dubois sie in die Burg. Zwei Diener erschienen und führten sie zu ihren Unterkünften. Alexandrine, die Kinder und Anike erhielten Gemächer in den Kemenaten, Silas und die anderen bezogen in der Vorburg ihre Räume. Wenig später wurden im Palas die Speisen aufgetragen.

»Früher war unsere Tafel üppiger«, entschuldigte sich Dubois, dessen Familie schon seit drei Generationen die Burg verwaltete. »Auch hier im beschaulichen La Roche spüren wir seit Jahren die Auswirkungen des Krieges und der zu kühlen und nassen Sommer.«

»Glaubt mir, verehrter Armand, das ist mehr und abwechslungsreicher als das, was wir die vergangenen Tage zu uns nahmen«, meinte Alexandrine und griff sich ein Stück Ziegenkäse.

Silas und die anderen Männer saßen an einem Tisch abseits, auch Anike war ein Platz bei ihnen zugewiesen worden.

»Hat einer von euch eine Ahnung, warum wir hier sind?«, fragte Silas, während er einen Schluck Weißwein trank. Er schmeckte würzig und fruchtig und erinnerte ihn an zu Hause.

»Nein, aber mir ist es allemal lieber, in den Ardennen zu sein als irgendwo in den deutschen Landen«, antwortete Raimund kauend. »Wenn die Gräfin die Zeit für gekommen hält, werden wir den Grund erfahren.«

Ein Bediensteter stellte einen weiteren Krug zwischen sie auf den Tisch.

»Sag, weißt du, woher dieser Wein stammt?«, wollte Silas von ihm wissen.

»Von der Mosel, Herr, ein Riesling. Mundet er Euch etwa nicht?«

»Doch, sehr, außerordentlich sogar.«

Gottlieb schenkte sich nach. »Ein guter Tropfen. Das Moseltal ist nur drei Tagesritte von hier entfernt, vielleicht vier. Ich war einmal mit der Gräfin in Lieser, dort ist eine Station des Niederländischen Postenlaufs. Schöne Gegend.«

»Wie lange seid ihr eigentlich schon in ihren Diensten?« Silas nahm sich eine süße Waffel und bat Anike um den Honig.

Sie reichte ihm den kleinen irdenen Topf, dabei berührte sie seine Hand, und in ihren himmelblauen Augen lag eine Einladung. Ihm war schon in Brüssel aufgefallen, dass die junge Frau ihm zugetan war, und er fühlte sich an Brunhilde im Haushalt des Barons in Umstadt erinnert.

»Anike«, rief die Gräfin sie zu sich. »Die Kinder sind müde, bring sie hinauf und hilf Veva beim Auskleiden.«

Anikes Miene verfinsterte sich einen Lidschlag lang. Man konnte ihr ansehen, dass sie nur ungern ihren Pflichten nachkam. Noch einmal sah sie Silas vielsagend an, bevor sie von der Bank aufstand. Ihm wurde heiß, und er verspürte ein Ziehen in den Lenden, als er sich Anikes pralle Brüste unter dem Kleid vorstellte.

»Sie ist ein hübsches Ding, nicht wahr?«, raunte Raimund, dem der Blickwechsel nicht entgangen war. »Ich frage mich nur, warum sie nicht längst verheiratet ist.«

Silas ging nicht darauf ein und sah in die Runde. »Ihr habt meine Frage noch nicht beantwortet.«

»Wir dienten schon dem verstorbenen Grafen Leonhard. Er suchte in Innsbruck nach Männern zum Geleitschutz. Wie lange ist das her, Raimund?«

»Lass mich überlegen, Gottlieb. Der Graf ist seit mehr als fünf Jahren tot ...« Er nahm sein bärtiges Kinn zwischen Daumen und Zeigefinger. »Dann haben wir ihn vor acht getroffen.«

»Richtig. Der Kaiser hatte Wallenstein just zum Generalissimus ernannt«, stimmte Gottlieb zu.

»Ich bin erst in Köln dazugestoßen, so wie du«, ließ Amadeo verlauten.

»Und du, Gabriel?«, wandte sich Silas an den Einäugigen.

»Zehn Jahre etwa, genau weiß ich es nicht mehr, aber ich habe meinen Entschluss nie bereut, mich in die Dienste derer von Taxis zu stellen.« Er gähnte herzhaft und erhob sich. »Ich werde mich langmachen und eine Mütze voll Schlaf nehmen.«

»Ich denke, das werde ich auch tun«, schloss sich Silas an.
Raimund packte ihn am Ärmel. »Ich gebe dir einen Rat,
mein Freund. Unsere Gräfin schätzt es nicht, wenn sich ihre
Leute miteinander vergnügen.«

»Ich weiß nicht, was du meinst«, gab Silas zurück und
machte sich los.

»Doch, das weißt du sehr genau.«

Tatsächlich war ihm der Gedanke gekommen, sich irgendwie in einem verstohlenen Winkel mit Anike zu treffen. Doch
nachdem ihn Raimund durchschaut hatte, nahm er davon
Abstand und wollte lieber noch einmal nach Nabil sehen.

»Silas von Maringer, wir werden heute ein Stück zusammen
reiten, ich möchte Euch etwas zeigen. Nabil lasst Ihr im Stall,
Armand Dubois wird eines seiner Pferde für Euch satteln
lassen«, überraschte ihn Alexandrine nach dem Morgenbrot.

»Aber er muss sich bewegen, warum …?«

»Ihr könnt Euch später um ihn kümmern«, schnitt ihm
die Gräfin das Wort ab, und Silas fügte sich.

Es fühlte sich seltsam an, nach so vielen Jahren ein anderes Pferd zu reiten, zumal dieses nicht so fein war wie sein
Hengst. Der stämmige dunkelbraune Wallach trottete gemütlich hinter Dubois und Alexandrine her, neben ihm ritt der
Stallmeister Maurice. Außerhalb des Städtchens schlugen
sie einen Pfad ein, der sie nach kurzer Zeit zu üppigen Wiesen mit einem Bachlauf führte, auf denen Pferde weideten.

»Das sind unsere Zuchtstuten«, sagte Maurice voller Stolz.
»Bald wird es Zeit, die Fohlen abzusetzen. Die meisten Stuten sind wieder tragend, nur zwei von ihnen haben nicht aufgenommen, sondern rossen nach wie vor.«

Silas ließ seine Augen schweifen und erfreute sich an den
spielenden Füllen. Nun verstand er auch, warum er Nabil
im Stall hatte lassen müssen.

»Schöne Pferde«, lobte Silas, »sie sind nicht so schwer wie die Rösser, die mir auf dem Weg hierher aufgefallen sind.«

»Wir züchten keine Arbeitspferde wie die meisten in den Ardennen, sondern vielmehr Reitpferde«, erklärte Maurice.

»Sie gefallen Euch also?«, fragte Alexandrine, die ihr Pferd neben seines lenkte.

»Ja, vor allem diese beiden Rappstuten«, er zeigte mit dem ausgestreckten Arm auf die grasenden Tiere.

Alexandrine lächelte geheimnisvoll. »Erratet Ihr nun den Grund, warum ich Euch nach La Roche mitgenommen habe?«

Silas hob die Augenbrauen. »Wollt Ihr meine Meinung hören, wie gut sie sich oder die Fohlen verkaufen lassen?«

Sie lachte leise. »Nein, das ist die Aufgabe von Maurice. Wäre es für Euch denkbar, dass Nabil die Aufgabe eines Deckhengstes übernimmt?«

Entgeistert sah er sie an. »Ich weiß nicht, was ich darauf antworten soll, Gräfin.«

»Überlegt es Euch. Stellt Euch seine Söhne und Töchter vor, Ihr müsst diese Entscheidung nicht jetzt fällen«, erwiderte sie.

»Ich denke darüber nach«, antwortete er knapp. Wie konnte sie nur glauben, er würde seinen Hengst aufgeben? Sie musste doch wissen, dass dieses Pferd ihm alles bedeutete. Nabil diente ihm treu und ergeben, war sein Freund, der ihn durch dick und dünn begleitet hatte, jeglichen Widrigkeiten zum Trotz. Der Hengst hatte gelitten und gehungert, gefroren in den eisigen Wintern und wäre fast ertrunken. Nie könnte sich Silas von ihm trennen.

Am nächsten Tag erschien ein Bote aus Brüssel mit eiligen Nachrichten. Grotheer musste ihn eigens beauftragt haben.

Alexandrine nahm die Schreiben ungeduldig entgegen und verzog sich in Armands Schreibstube. Die Inhalte der Briefe glichen sich. Die Posthalter der Niederländischen Linie entlang des Rheins beklagten die Übernahme ihrer Stationen durch die Schweden. Es war zum Haareraufen. Schon im vergangenen Jahr hatte sie die eine oder andere Routenverlagerung in Kauf nehmen müssen, nun standen weitere an. Die Umwege würden immer größer werden, was bedeutete, die Felleisen wären noch länger nach Süden unterwegs, und der Transport kostete zusätzlich mehr Geld.

Ihre Gedanken schweiften ab. Hatte sie Silas verstimmt? Auf jeden Fall überrumpelt mit ihrem Ansinnen, er solle Nabil als Deckhengst einsetzen. Es kostete sie Mühe, sich ihm gegenüber neutral zu verhalten, trotzdem genoss sie es, ihn um sich zu haben. Zudem freute es sie, dass er mit ihren Kindern zurechtkam, vor allem Lamo sah zu ihm auf. Alexandrine war bewusst, dass dem Jungen der Vater fehlte, doch das war nun einmal nicht zu ändern. Was gäbe sie darum, König Philipp von Spanien hätte ihr diese Fesseln nicht angelegt, sich nicht wieder zu verheiraten. Zumindest, bis ihr Sohn volljährig war. Dann wäre sie siebenundfünfzig Jahre alt. Wer wollte so eine alte Frau? Weiteres schwirrte ihr durch den Kopf. Sie hatte erste Kontakte zu Männern aufgenommen, die Ahnenforschung betrieben und nachweisen konnten, dass die von Taxis adliger Herkunft waren, und das seit Generationen. Dies würde ihren Kindern einen höheren Rang verschaffen und damit bessere Voraussetzungen, in der Gunst der Mächtigen zu steigen. Bisher hatte sie noch von keinem eine Nachricht erhalten, aber das nahm kein Wunder, sie war einfach zu ungeduldig. Solche Dinge benötigten Zeit. Alexandrine schüttelte den Kopf und zwang sich, über die drängende Frage nachzudenken, wie der Postenlauf nach Wien und Innsbruck und weiter nach Italien gestaltet werden konnte. Vor ihr lagen mehrere Nachrichtenblätter, und sie begann, das *Ordinari Dienstags Journal* zu lesen.

Die Zeitung schrieb, Rheingraf Otto Ludwig sei mit Reitern in Lothringen unterwegs, während der König von Frankreich Truppen nach Mömpelgard sandte, um die Grafschaft zu bewahren. Alexandrine rümpfte die Nase. Es hieß immer noch Montbéliard, und die Verballhornung ärgerte sie. Ein kleiner Lichtblick allerdings waren die Zeilen, die verlauten ließen, die Festung Breisach werde nicht mehr lange standhalten können. Was bedeutete, die Schweden mussten diese Schlüsselstelle am Rhein bald den Kaiserlichen überlassen. Zudem standen Letztere auch schon in Waldshut und Tiengen.

»Das trifft sich gut«, murmelte sie vor sich hin. »Rheinhausen ist seit geraumer Zeit in schwedischer Hand und für die bisherige Strecke verloren. Wenn ich meine Boten nach Breisach schicke, können sie weiter durch den Schwarzwald und das Höllental reiten.«

In dem kleinen Ort Hinter der Straß am Ende der Höllentalschlucht gab es seit beinahe einhundertfünfzig Jahren eine Poststation. Alexandrine kannte das fleißige Ehepaar nicht, das seit letztem Frühjahr das Gasthaus samt Posten leitete. Katharina und Franz-Gustav Riesterer schrieben peinlichst genau auf, was sie an Ausgaben hatten und wie viel sie der Gräfin schuldig waren. Nie hatte Alexandrine nur den kleinsten Anlass gesehen, dass die Eheleute zu betrügen versuchten. Auch waren noch nie Klagen aus dem Schwarzwald gekommen.

Sie las weiter. Truppen aus Bayern befanden sich auf dem Vormarsch nach Breisach, nachdem sie durch Württemberger Land bis zum Bodensee gezogen waren. Erfreuliche Nachrichten. Der schwedische Reichskanzler Oxenstierna habe bereits in Frankfurt sein Winterquartier bezogen, lauteten die nächsten Zeilen, während Herzog Bernhards Männer mit dem Regiment eines anderen Obersten zusammengetroffen seien und vor Eichstätt lagerten. Eine riesige Armee sei nun im Altmühltal, bereit, nach Regensburg zu ziehen, um die Bayern daraus zu vertreiben.

Die Gräfin hob die Augenbrauen, wusste sie doch, wie Nachrichten gemacht wurden. Je nachdem, welchem Herrscher der Verleger nahestand, dementsprechend waren die Berichte. Als Nächstes griff sie nach der *Gazette,* einem Blatt, das seit gut zwei Jahren in Frankreich gedruckt wurde. Was darinstand, beunruhigte sie, denn ein offener Krieg zwischen Spanien und Frankreich könnte bald Wirklichkeit werden. Obwohl beide Länder dem katholischen Glauben anhingen, würde Richelieu die Schweden unterstützen. Zu groß war die Angst, dass die Spanische Krone nach mehr Macht strebte, ohnehin war Frankreich von drei Seiten bedroht – Spanien im Süden, die Spanischen Niederlande im Norden und Deutschland entlang der Ostgrenze. Andererseits fürchtete Olivares, Conde-Duque aus Spanien und führender Minister des Königs, an zwei Fronten kämpfen zu müssen – gegen die Vereinigten Niederlande und das Königreich Frankreich. Auf Hilfe von Kaiser Ferdinand II. konnte König Philipp IV. nicht hoffen, Habsburger Verwandtschaft hin oder her. Ferdinand hatte genug eigene Sorgen.

Lachen drang durch das geöffnete Fenster, und Alexandrine stand auf, streckte den Rücken und sah hinunter in den Hof. Lamo spielte mit Armands Kindern Ball, Veva, Anike und Silas standen am Rand und feuerten sie an. Die Unbeschwertheit ihrer Kinder gefiel ihr, was ihr gar nicht behagte, war, dass Anike Silas schöne Augen machte. Verdammt, warum hatte sich Louise auch verletzen und Elise ihrer Schwester beistehen müssen. Zu Alexandrines Missfallen schien auch Silas sich für die blonde Anike zu erwärmen. Sein Lächeln, seine Gestik, alles deutete darauf hin. Mit einem Knall schloss sie das Fenster.

»Wir treten morgen die Heimreise an«, verkündete sie beim Abendbrot.

»Aber wir sind doch kaum angekommen«, begehrte Lamo auf.

»Dringende Angelegenheiten zwingen mich, nach Brüssel zurückzukehren und mich mit Benedikt Grotheer zu beraten«, erwiderte Alexandrine.

»Mir gefällt es hier«, sagte Veva. »Können Lamo und ich nicht noch hierbleiben? Monsieur Dubois hat sicher nichts dagegen.« Sie warf dem Verwalter ein gewinnendes Lächeln zu.

»Natürlich nicht, junge Gräfin, doch darüber hat Eure geschätzte Mutter zu befinden und nicht ich«, entgegnete Dubois.

»Sehr freundlich von Euch, aber daraus wird nichts.« Alexandrine stach mit ihrer Messerspitze in ein Stück geräucherten Fisch und schob es sich in den Mund.

»Bitte«, flehte Lamo, »wir können auch hier lernen, falls es das ist, was dich stört. Maurice hat mir versprochen, dass ich dabei sein darf, wenn die jungen Pferde angeritten werden. Morgen will er damit anfangen, sie an den Sattel zu gewöhnen.«

»Lamo, es geht nicht, und jetzt will ich nichts mehr davon hören.«

Ihr Sohn zog eine finstere Miene und verschränkte die Arme vor der Brust.

»Anike«, rief sie hinüber zum anderen Tisch, »der junge Graf möchte auf sein Zimmer.«

Die Magd nickte verdrossen und ließ ihren halb vollen Teller stehen. Kaum waren die beiden verschwunden, erhob Veva ihre Stimme.

»War das notwendig? Es ist der letzte Abend, und du beschwörst einen Streit herauf.«

Alexandrine hätte ihr am liebsten eine Ohrfeige verpasst. Was war denn in ihre Tochter gefahren, sie vor aller Augen anzugreifen? »Du kannst Lamo folgen. Jetzt«, gab sie eisig zurück und war sich der vor Peinlichkeit hochgezogenen Augenbrauen der anderen bewusst. Die Fünfzehnjährige schenkte ihrer Mutter einen vernichtenden Blick, griff nach einem dicken Apfel und rauschte mit wehenden Röcken hinaus.

»Nun, dann können wir endlich in Ruhe weitertafeln«, sagte Alexandrine mit unbewegter Miene und nahm sich ein Stück Ziegenkäse.

In der Nacht bekam Lamo Fieber, und Alexandrine entschied sich schweren Herzens, ihre Kinder und Anike in La Roche zu lassen. Auch Gabriel und Amadeo sollten bleiben und mit den Kindern und Anike nach Brüssel aufbrechen, sobald ihr Sohn wieder genesen war. Schweigend ritt Silas neben Gottlieb, blieb hinter Raimund und Alexandrine. Kaum ein Wort war gefallen, seit sie losgeritten waren. Das schöne Herbstwetter war stetigem Nieselregen gewichen, begleitet von einem kalten Wind. Die Pferde hielten die Köpfe gesenkt, und die Reiter hatten ihre Kapuzen hochgeschlagen.

Lamo hatte gebettelt, Silas möge an Gabriels Stelle treten, doch Alexandrine war hart geblieben. Wenn sie ehrlich zu sich war, dann bestand der einzige Grund, ihrem Sohn nicht nachzugeben, darin, Anike und Silas nicht zusammen auf der Festung zu lassen. Die Vorstellung der blonden Magd in seinen Armen war zu viel für sie.

In Flamisoul machten sie Rast, und Posthalter Paul d'Esbeeck wartete mit neuen Nachrichten auf, als er sie in sein Haus einlud. »Die Kaiserlichen haben sich der Stadt Liegnitz bemächtigt, und wie man hört, sollen sie nun Richtung Frankfurt ziehen. Der Herzog von Friedland hat Landsberg erobert und Regimenter nach Dresden gesandt, um die Stadt anzugreifen und in Sachsen dann Winterquartier zu nehmen. Noch etwas Wein, Comtesse?«

Alexandrine nickte gnädig und schob ihm ihren Becher zu. »Was gibt es sonst an Neuigkeiten?«

»Kursachsen hat die Seite gewechselt und sich mit den Kaiserlichen zusammengetan. Auch geht die Kunde aus Köln, Herzog Albrecht und der Brandenburger von Burgsdorff seien von Wallenstein ersucht worden, sich mit ihm zu treffen. Außerdem hat der Friedländer Oxenstiernas Angebot abgelehnt, die böhmische Krone zu nehmen.«

»Alles andere wäre auch Verrat gewesen. Trotzdem hat sich Wallenstein sehr lange Zeit für diese Antwort genommen. Wenn mich meine Erinnerung nicht trügt, dann hat der schwedische Reichskanzler ihm schon im Mai Böhmens Krone angetragen.« Alexandrine trank einen Schluck. »Das klingt hoffnungsvoll. Wenn sich Kursachsen und Brandenburg wieder mit den Kaiserlichen vereinigen, können die Schweden weiter zurückgedrängt werden.«

»Immerhin haben diese schon Leipzig mit Sack und Pack verlassen, schreibt das *Ordinari Dienstags Journal*. Meine Herren«, wandte er sich an Raimund und Silas, »greift zu. Der Bohneneintopf meiner Frau ist unübertroffen.«

Das ließen sie sich nicht zweimal sagen und füllten ihre Teller mit dem schmackhaften Essen.

»Wisst Ihr, wie es in Mainz steht?«, wollte Silas wissen.

»Nur, dass vierzig Schiffe mit Fußsoldaten den Rhein entlang kommen, mehr nicht«, antwortete d'Esbeeck.

»Dann werden sie Mainz belagern«, äußerte sich Silas hoffnungsvoll, »und meine Heimatstadt bestenfalls von den Schweden befreien.«

»Oxenstierna und sein Feldmarschall erleiden mehr und mehr Verluste. Aus Nürnberg hört man, dass sie die Steinauer Schanz verloren haben, angeblich durch Verrat der kursächsischen Armee. Gebe Gott, dass endlich Friedensverhandlungen aufgenommen werden. Wie lange soll dieses Elend noch andauern?«, seufzte der Posthalter.

»Wenn sich Frankreich einmischt, dann wird der Krieg weiter angefacht«, meinte Alexandrine düster. »Möge Gott verhüten, dass Kardinal Richelieu eine Armee entsendet.«

1634

»HABT IHR SCHON die Neuigkeiten gehört?«

Aufgeregt stürmte Benedikt Grotheer ganz gegen seine Art in die große Stube des Brüsseler Palais. Dabei rempelte er eine Bedienstete an, die just ein Tablett mit Gläsern und einer Weinkaraffe hereintrug. Der Wein schwappte über, die Gläser wackelten bedenklich, eines fiel um und riss die anderen mit sich. Klirrend krachten sie auf den Boden.

»Verzeiht, Comtesse, ich …«, stammelte sie aus Angst, man gäbe ihr die Schuld daran.

»Schon gut, beseitige die Scherben, bring neue Gläser, auch eines für Monsieur Grotheer«, winkte Alexandrine ab und bedeutete Benedikt, sich zu setzen. »Was versetzt Euch in helle Aufregung?«

»Wallenstein ist tot!«, stieß er hervor und rückte sich einen Stuhl zurecht.

»Was? Wie?«, rief Lamo, der vor Kurzem seinen dreizehnten Geburtstag begangen hatte und noch immer Kaiser Ferdinands Entscheidung nicht billigte, Wallenstein zu Beginn des Jahres aus seinen Diensten entlassen zu haben.

»Wisst Ihr mehr? Ist er unglücklich vom Pferd gestürzt, oder hat ihn seine Krankheit dahingerafft?«, fragte Alexandrine betroffen, ganz vergessend, dass der Generalissimus aufgrund seiner schweren Gicht schon längst nicht mehr in den Sattel gestiegen war. Jedermann wusste, dass der Herzog von Friedland nach seiner Absetzung auf seiner Flucht vor den Anklägern ins böhmische Eger in einer Sänfte hatte transportiert werden müssen.

Die Magd kehrte mit Gläsern und einem Besen zurück, stellte Erstere auf den Tisch, fegte die Scherben zusammen und gab sie in einen mitgebrachten Eimer. Alexandrine bedeutete Jean mit einer Geste, er möge den Wein einschenken.

»Man hat ihn umgebracht. Und nicht nur ihn, seine engsten Getreuen samt Diener hat man zuvor ermordet. Was für ein feiger Hinterhalt«, ereiferte sich der meist gelassene Grotheer. »Der Stadtkommandant hatte sie zu einem Festmahl auf Burg Eger eingeladen, während Wallenstein in dessen Haus weilte.« Er trank einen großen Schluck Wein, fuhr sich ganz gegen seine Art mit dem Handrücken über den Mund, statt ein Tuch zu nehmen, was ihm einen missbilligenden Blick seitens der Gräfin einbrachte, wie Silas leicht belustigt feststellte. Alexandrine schien in Grotheer nicht mehr als einen Vertrauten der Familie zu sehen, stellte er zudem beruhigt fest.

»Der Kaiser konnte wohl nicht abwarten, bis man Wallenstein wegen Hochverrats hinrichtet«, sagte Alexandrine kopfschüttelnd.

Der Generalissimus hatte nach seiner Absetzung auch die Unterstützung seiner Soldaten und Befehlshaber verloren. In Prag war er wenige Tage nach Lamos Geburtstag angeklagt worden. Zuvor hatte der Herzog von Friedland lange versucht, sein eigenes Süppchen zu kochen und Frieden mit Kursachsen zu erreichen. Zudem waren die Schweden erneut in Regensburg eingefallen, während Wallensteins Armee tatenlos zugesehen hatte. Überhaupt war Wallenstein nicht geneigt gewesen, den Hilferufen der Bayern Gehör zu schenken. Und den vermeintlichen Vormarsch der Schweden auf Wien hatte er als keine große Sache abgetan. Man brauche nur in Passau die Stellung zu halten. Zu alldem hatte er sich noch den Zorn der Spanier und den des Kaisersohns, Ferdinand Ernst, zugezogen. Deren Bitten um Schützenhilfe für die durch Herzog Bernhard von Sachsen-Weimar gefährdeten Nachschubwege von Italien in die Spanischen Niederlande waren bei ihm auf taube Ohren gestoßen. Um alldem die Krone aufzusetzen, hatte Wallenstein gar Verhandlungen mit Bernhard aufgenommen.

»Er hat sich das selbst zuzuschreiben. Jeden hat Wallenstein vor den Kopf gestoßen, und man kann es keinem verübeln, wenn man ihm nicht mehr traute«, meinte Grotheer, »doch einen ordentlichen Prozess hätte er verdient gehabt und nicht, einem heimtückischen Mordanschlag zum Opfer zu fallen.«

»Wird nun Ferdinand Ernst Wallenstein nachfolgen?«, fragte Silas.

»Sehr wahrscheinlich«, antwortete Alexandrine, »der Erzherzog von Österreich hat schon länger ein Auge auf diese Stellung geworfen. Und ich fürchte, Friedensverhandlungen werden in weite Ferne rücken. Ferdinand Ernst wird alles daransetzen, die Schweden aus Bayern zu vertreiben.«

Die Gräfin sollte recht behalten. Im selben Jahr fegte der Kaisersohn durch die Lande, eroberte Regensburg, Donauwörth und gemeinsam mit spanischen Regimentern auch Nördlingen. Zwei große schwedische Heere wurden vernichtet, Tausende Soldaten gefangen genommen, und mehr als zehntausend fielen in den Kämpfen. Doch damit nicht genug. Die Kaiserlichen kamen wie der Zorn Gottes über die Schweden und brachten in den darauffolgenden Jahren zuerst Augsburg, dann Speyer, Mainz und Frankfurt wieder in ihre Gewalt.

Über furchtbares Geschehen in Augsburg im Herbst und Winter wurde in den Zeitungen berichtet, welches bis in den Frühling hinein andauerte. Silas war speiübel geworden, als er im März des Jahres 1635 darüber gelesen hatte. Die Hungersnot in der von den Schweden besetzten Stadt trieb die

Menschen dazu, nicht nur alles, was vier Beine besaß, zu ver-
zehren, sondern sie buken aus Verzweiflung Brot aus Leim,
Wicken und Stroh. Das Elend war so groß, dass sie auch die
Toten aßen, selbst jene, die schon begraben worden waren,
holte man wieder an die Erdoberfläche.

Zäh und langwierig waren die Friedensverhandlungen zwischen dem Kaiser und der Katholischen Liga mit den protestantischen Reichsfürsten, aber nach mehr als eineinhalb Jahren unterschrieben alle den Prager Friedensvertrag. Bis auf
Herzog Bernhard von Sachsen-Weimar und Wilhelm V. von
Hessen-Kassel. Und Frankreich erklärte Spanien den Krieg.

1636

»Was mache ich nur verkehrt?«, rief Lamo, während Nabil einmal mehr nach rechts traversierte, anstatt geradeaus zu laufen.

»Du sitzt schief«, grinste Silas, als er in Lamos verzweifeltes Gesicht sah.

Seit zwei Jahren verdiente er sich sein Geld, indem er Adelssprösslingen Reitunterricht erteilte, und bezahlte eine Miete an die Gräfin. Zudem waren Nabil und er ein begehrtes Paar und wurden des Öfteren eingeladen, ihre Kunst zur Erbauung der Gäste zu zeigen. Sei es zu einer Geburtstagsfeier eines hochrangigen Adligen oder verdienten Bürgers der Stadt oder zu anderen festlichen Anlässen. Hier in Brüssel schien es den Krieg nicht zu geben. Vor allem Prinz Ferdinand von Spanien und Portugal war entzückt über die Sprünge, die Silas seinen Hengst vollführen ließ. Der Habsburger war nach dem Tod von Infantin Isabella Statthalter der Spanischen Niederlande und ein verdienter Feldherr und Kardinal.

Heute hatte Silas endlich Lamos lang gehegten Wunsch erfüllt und ihn auf Nabil gesetzt. Der junge Graf war kein schlechter Reiter, doch der auf die kleinste Gewichtsverlagerung reagierende Hengst machte ihm das Leben schwer. Silas winkte Lamo zu sich und griff nach einem dünnen Stab. »Das wird dich lehren, gerade zu sitzen und deine linke Faust zu kontrollieren. Immer wieder zeigt dein Handrücken zum Himmel, das soll er nicht.«

Er schob den Stab zwischen Lamos angewinkelte Ellbogen, sodass er am Rücken zu liegen kam.

»Du machst mich lächerlich«, murrte der Grafensohn.

»Und du kannst dir überlegen, ob du etwas lernen oder absteigen möchtest«, entgegnete Silas.

Lamo seufzte und gab nach.

»So, und jetzt reite.« Silas klopfte seinem Fuchs den Hals. Befriedigt stellte er fest, dass Nabil nun nicht mehr versuchte, Lamo irgendwelche Seitengänge anzubieten, sondern schnurgerade schritt.

»Ein Bote hat dies für Euch abgegeben.«

Plötzlich stand Anike neben ihm, zwei versiegelte Schreiben in Händen. Dann raunte sie ihm zu:»Mein Monatsfluss ist vorbei. Komm heute Abend in die Laube, die Gräfin ist bei einem Empfang.« Dann gab sie ihm die Briefe und entfernte sich.

Silas nickte unmerklich. Seit mehr als einem Jahr unterhielt er eine Liebschaft mit der blonden Anike. Lange hatte er ihr widerstanden, doch irgendwann konnte er es nicht mehr. Er spielte mit dem Feuer, denn wenn Alexandrine davon erfuhr, würde sie ihn hinauswerfen. Aber er schaffte es nicht, sich Anikes Anziehungskraft zu entziehen, und wurde jedes Mal schwach. Dabei gehörte sein Herz nach wie vor der Gräfin.

Er steckte die Briefe in seine Tasche.

»Lamo, komm her, ich nehme dir den Stab ab, dann werden wir sehen, ob du auch ohne gerade sitzen kannst.«

Nach dem Abendbrot zog er sich in sein Zimmer zurück, entledigte sich seiner Stiefel und machte es sich auf dem Bett bequem. Neugierig betrachtete er eines der Siegel und erkannte das Wambolt'sche Wappen. Endlich. Silas öffnete den Brief, lehnte den Kopf gegen die Rückwand, stopfte sich ein Kissen in den Rücken.

Gegrüßt seist du, Silas,
deine Ehe mit Amalia Wambolt von Umstadt wurde
von unserer Heiligkeit, Papst Urban VIII., annulliert.
Eine beglaubigte Abschrift lege ich dir bei. Ich habe
meiner Nichte oder vielmehr meinem Bruder geschrie-
ben, auch er hat eine Abschrift erhalten. Amalia hat
sich vor zwei Jahren entschlossen, ihr Leben künftig
als Stiftsdame zu verbringen, und ist nach Frankfurt
ins St. Katharinen- und Weißfrauenstift gezogen.
Ich bin zurück in Mainz, nachdem im Januar end-
lich der letzte Schwede die Stadt verlassen hat. Viele
Gebäude sind zerstört oder unbewohnbar geworden,
weil die feindlichen Soldaten das Holz herausgerissen
haben, um es in ihren Öfen zu verbrennen. So viele
Bewohner sind hungers gestorben oder wurden von
der Pest dahingerafft, die einmal mehr Kurmainz im
vergangenen Jahr heimgesucht hat. Doch mit Gottes
Hilfe werden wir unsere Stadt und das Kurfürsten-
tum wieder zum Blühen bringen, auch wenn es vie-
ler Hände Mühen bedarf und das Unterfangen eine
ungeheure Menge Geld verschlingen wird. Ein Anfang
ist gemacht, die Universität hat ihre Arbeit wieder-
aufgenommen, obwohl einige Bauten großen Schaden
während der schwedischen Besetzung erlitten haben.
Gott schütze dich,
Anselm Casimir Wambolt von Umstadt, Erzbischof
von Mainz

Die Zeilen erfüllten Silas mit Erleichterung, und er begrüßte Amalias Entscheidung, in ein Stift eingetreten zu sein. Hoffentlich fand sie dort ihren Seelenfrieden wieder. Dann erbrach er das Siegel des zweiten Briefes.

Lieber Bruder,

ich weiß nicht mehr, wie viel Zeit vergangen ist, seit ich zuletzt eine Nachricht von dir bekommen habe. So viel Schreckliches ist geschehen, und meine Augen vermögen keine Tränen mehr zu vergießen, habe ich doch Abertausende vergossen. Jeremias und Leopold sind an einem heimtückischen Fieber gestorben, nun bin ich allein mit unserer kleinen Tochter, der ich vor vier Monaten das Leben schenkte. Ich habe sie nach unserer Mutter genannt. Lina. Sie ist ein schwaches Kind, und meine Brüste geben zu wenig Milch, weil wir hungern. Ich fürchte, Lina wird ihrem Vater und ihrem Bruder bald folgen. Die Pest hat in Laubenheim gewütet und Ludwig und seine Familie ausgelöscht und viele mehr. Tausende sind gestorben, entweder an der Seuche oder am Hunger. Es gibt Tage, an denen ich mir vor Kummer nicht mehr zu helfen weiß. Die Trauer scheint mich aufzufressen. Und nun hat uns auch noch Meta verlassen. Am letzten Januartag hat sie sich von uns verabschiedet, um dem schwedischen Soldaten Arvid im Tross zu folgen. Alles habe ich versucht, um sie davon abzuhalten, doch sie blieb stur und beschimpfte mich. Dabei habe ich es nur gut gemeint. Was geschieht mit ihr, wenn Arvid im Krieg umkommt? Sie sind nicht verheiratet, und unsere kleine Schwester macht sich zur Hure des Feindes. Noch immer kann ich nicht fassen, dass sie tatsächlich verschwunden ist.

Jeden Tag flehe ich unsere Jungfrau Maria an, bitte sie, dich und Meta zu beschützen und diesen schrecklichen und grausamen Krieg zu beenden. Doch nach so vielen Jahren habe ich jegliche Hoffnung verloren. Du bist der Einzige in unserer Familie, den ich

*jetzt noch habe, und ich träume von einem Wieder-
sehen. Vielleicht wird mir wenigstens dieser Wunsch
erfüllt. Manches Mal hoffe ich gar, Gott möge mich
und Lina zu sich holen, denn ich bin des Lebens leid.
Behüt dich Gott, Silas.
Deine Schwester Hella*

Fassungslos ließ Silas die Blätter sinken.

»Mein Gott, Hella, was musstest du alles erdulden«, flüsterte er und stand auf. Neben der Waschschüssel hing ein
filigran geschnitztes Kreuz, und Silas kniete sich mit gefalteten Händen davor nieder. Er sah hinauf zu Jesus, der für
die Menschen am Kreuz gestorben war. Der Holzbildhauer
hatte es vermocht, dem Gottessohn so unendlich viel Leid
auf seine Gesichtszüge zu legen, dass es Silas fröstelte. Sein
schlechtes Gewissen, Hella nicht öfter geschrieben zu haben,
lastete schwer auf ihm.

»Gütiger Jesus im Himmel, ich flehe dich an, lass nicht
zu, dass meine Schwester die Todsünde begeht, ihr Kind
zu töten und sich selbst zu entleiben.« Dann betete er das
Vaterunser, langsam und inbrünstig, wieder und wieder, bis
er sich mit schmerzenden Knien erhob und zu Bett ging.
Das heimliche Treffen mit Anike in der Gartenlaube hatte
er längst vergessen.

»Kann ich mit Euch sprechen?«, bat Silas die Gräfin am darauffolgenden Tag, als er ihr in der Halle begegnete.

Alexandrine runzelte die Stirn. »Ich habe viel zu tun …«,
wehrte sie ab.

»Bitte, es ist wichtig.«

»Nun gut, dann kommt mit in mein Schreibkontor.«

Er folgte ihr den Gang entlang, öffnete ihr die Tür und
ließ die Gräfin an sich vorbeigehen.

»Setzt Euch.« Sie wies auf einen gepolsterten Stuhl und nahm selbst hinter ihrem Schreibtisch Platz. »Sprecht.«

»Ich muss nach Mainz, meiner Schwester Hella geht es schlecht.«

»Das dauert mich. Ist sie krank?« Sie sah ihn nicht an, ihre Augen wanderten stattdessen über einen Stapel Papiere.

»Die Schwermut hat sie ergriffen, und sie und ihre kleine Tochter leiden Hunger. Hella befürchtet, die kleine Lina wird sterben.«

Alexandrine hob den Blick. »Was ist mit Eurer Familie? Wenn ich mich recht entsinne, habt Ihr noch eine Schwester.«

»Mein Schwager und mein Neffe sind tot, und Meta, meine jüngere Schwester, ist mit den Schweden von Mainz fortgezogen. Hella hat niemanden mehr.« Die Ellbogen auf die Oberschenkel gestützt, vergrub Silas sein Gesicht in den Händen.

Die Gräfin gab keine Antwort. Dann hörte Silas das Rascheln ihres Kleides, als sie sich erhob, und gleich darauf spürte er ihre Hand auf seiner Schulter. Warm und tröstend.

»Reitet nach Mainz und bringt Eure Schwester und ihr Kind nach Brüssel.« Die Hand verschwand.

Silas sah zu ihr auf. »Wo sollen sie hin? Ich kann keine Unterkunft für sie bezahlen, dafür reichen meine bescheidenen Einkünfte nicht.«

»Dieses Palais ist groß genug.«

Unwillkürlich umfasste Silas ihre Rechte mit beiden Händen und küsste ihren Handrücken.

»Ihr seid eine unglaubliche Frau, Comtesse, und habt ein großes Herz. Wie kann ich Euch jemals danken?« Mit jagendem Puls stellte er erfreut fest, dass sie sich ihm nicht entzog.

»Indem Ihr mir ehrlich antwortet. Einst habt Ihr mir geschrieben. Der letzte Absatz Eures Briefes begann mit den Worten ›Verehrte und geliebte Comtesse …‹.«

»Ja, und jedes Wort ist wahr«, unterbrach er sie leidenschaftlich. »Ich denke, Ihr wisst, wie sehr ich Euch verehre und …«

Die großen grauen Augen schienen tief in sein Herz zu sehen, und er glaubte, in ihnen zu versinken.

»… und ich liebe Euch«, brachte er den Satz flüsternd zu Ende.

»Und ich dich«, formte ihr Mund die Worte, die er sich unzählige Male gewünscht hatte.

Silas schob seinen Stuhl zurück und stand nun so dicht vor ihr, dass er ihren Atem auf seinem Gesicht spüren konnte. Er neigte seinen Kopf, und seine Lippen strichen sanft über die ihren. Plötzlich trat Alexandrine einen Schritt zurück, und der Zauber des Augenblicks war vorüber.

»Das ist nicht geschehen«, sagte sie mit belegter Stimme.

»Aber …«

»Es darf nicht sein, Silas.«

Wieder griff er nach ihren Händen. »Alexandrine«, sagte er leise und genoss es, ihren Namen auszusprechen. »Warum? Bin ich nicht standesgemäß?«

»Das ist es nicht. Ich darf nicht wieder heiraten, bis Lamo die Volljährigkeit erreicht hat. Ansonsten bin ich die längste Zeit Generalpostmeisterin gewesen, und meine Kinder verlieren ihren Erbanspruch auf diesen Titel. So hat es der König von Spanien verfügt«, klärte sie ihn auf und machte sich von ihm los.

»Dann warten wir eben noch zehn Jahre«, grinste er. »Was sind schon zehn Jahre? Ich träume davon, dich zu küssen, seit ich dich das erste Mal gesehen habe. Und das ist dreizehn Jahre her.«

Seine Worte entlockten ihr dieses unwiderstehliche Lächeln, das ihn von Anfang an gefangen genommen hatte.

Sie legte ihre rechte Hand an seine linke Wange. »Warte

nicht auf mich. Schon jetzt bin ich eine alte Frau und bis dahin endgültig verwelkt.«

Er küsste ihre Handfläche. »Das wirst du niemals sein, und daran wird sich nichts ändern. Und wenn es hundert Jahre dauert. Nur die Gedanken an dich haben mich die Kriegsgräuel ertragen lassen.« Er liebkoste ihre Hand mit seiner Zungenspitze und spürte, wie sie erschauerte, derweil es ihm genauso erging.

Es klopfte an der Tür, und Alexandrine schrak zurück. Tief atmete sie durch und straffte ihren Rücken.

»Tretet ein«, sagte sie mit lauter Stimme, während Silas einen deutlichen Abstand zwischen sie brachte.

Benedikt Grotheer erschien, wie immer seine lederne Tasche in der Hand, die mit Papieren angefüllt war.

»Comtesse, Monsieur de Maringer«, nickte er ihnen zu. »Ich bringe gute Neuigkeiten.«

»Ich denke, wir waren hier fertig, alles Weitere besprechen wir später«, wandte sich die Gräfin an Silas, der sich mit einer angedeuteten Verbeugung zurückzog.

Auf dem Weg zu den Stallungen schien der Boden unter seinen Füßen luftig und weich, als ginge er über Daunenkissen, so leicht war ihm ums Herz. Sie liebt mich, dachte Silas, und noch immer spürte er ein Ziehen in seinen Lenden. Was, wenn Grotheer nicht gekommen wäre? Hätten sie sich geküsst? Oder gar mehr?

»Wo warst du gestern Abend?«, zischte Anike, die unvermittelt vor ihm stand und Silas aus seinem Tagtraum riss.

»Anike, sei nicht böse …«

»Denkst du, es bereitet mir Freude, ewig in der Dunkelheit auf dich zu warten?« Wütend funkelte sie ihn an.

»Hör zu …«

»Du warst bei einer anderen. Hab ich recht? Bei Elise vielleicht? Die ach so liebe und hübsche Elise, die alle gernhaben?« Der höhnische Zug um ihren Mund ließ das sonst so anziehende Gesicht hässlich erscheinen.

»Jetzt beruhige dich.« Allmählich hatte er genug von ihrer Eifersucht. Immer wieder unterstellte sie ihm, er träfe sich auch mit anderen Frauen. Dabei war er sich ziemlich sicher, dass er nicht der Einzige für sie war. Jedem gut aussehenden Mann schenkte Anike ein verführerisches Lächeln. Längst hätte er die Treffen beenden sollen.

»Ich habe einen Brief von meiner Schwester Hella bekommen, der mich traurig stimmte. Sehr traurig. Kurzum, darüber habe ich dich vergessen. Es tut mir leid. Zufrieden?« Wieso musste er sich eigentlich rechtfertigen? Anike besaß keinen Besitzanspruch an ihn.

»Vergessen? Du hast mich einfach vergessen?« Die blonde Magd starrte ihn fassungslos an. Kein Wort zu seiner Schwester. Was für ein selbstsüchtiges Ding sie war. Silas spürte Ärger in sich aufsteigen.

»Ich habe gesagt, es tut mir leid. Wenn dir das nicht genügt, dann eben nicht. Geh mir aus dem Weg, ich muss zu den Pferden«, schleuderte er ihr entgegen.

Plötzlich wandelte sich ihre finstere Miene, und sie gab sich verständnisvoll.

»Verzeih mir. Sehen wir uns heute Abend, und du erzählst mir von deinem Kummer?«

»Vielleicht«, antwortete er und ließ sie stehen.

»Ich muss nach Lieser«, eröffnete Alexandrine ihren Kindern und Silas, nachdem das Tischgebet gesprochen worden war und alle zu essen begonnen hatten. »Wenn Ihr nach Mainz wollt, könnt Ihr mich bis dorthin begleiten, von Maringer. Von Lieser sind es etwa noch zwei Tagesritte.«

»Wo liegt dieses Lieser?«, wollte Silas wissen und hoffte, niemand sah ihm an, wie er Alexandrine mit seinen Augen verschlang.

»Lieser liegt an der Mosel, dort befindet sich eine unserer wichtigsten Posthaltereien«, gab Lamo stolz sein Wissen preis. »Oder vielmehr befand. Vor vier Jahren musste die Strecke wegen des Krieges umgelegt und Lieser gemieden werden.«

Jetzt erinnerte sich Silas, dass Gottlieb den Namen einmal erwähnt hatte.

»Ganz recht, mein Sohn.« Alexandrine aß ein Stück Melone. »Doch nun können wir eine Rückverlagerung vornehmen. Auch Rheinhausen ist seit Kurzem frei, was bedeutet, ein Teil der alten Strecke kann wieder benutzt werden, und die Boten sparen Zeit ein. Endlich erhalten wir wichtige Stationen zurück.«

Im vergangenen Herbst war Gérard Vrints zur Posthalterei in Frankfurt zurückgekehrt, nachdem die Stadt wieder in kaiserlicher Hand und Johann von den Birghden von Ferdinand II. entlassen worden war.

»Darf ich mitkommen?«, fragte Lamo hoffnungsvoll.

»Leider nicht, ich brauche dich hier. Du wirst mit Benedikt Grotheer Brüssel leiten, solange ich fort bin. Und auf deine Schwester achtgeben.«

»Was soll das heißen? Lamo ist mein kleiner Bruder, ich sollte wohl eher auf ihn aufpassen«, fuhr Veva auf.

Lamo grinste zufrieden. Es gefiel ihm sichtlich, während der Abwesenheit seiner Mutter das Familienoberhaupt zu geben.

»Mäßige deinen Ton, Schwester, sonst wirst du nicht zum Palais unseres Bürgermeisters gehen«, neckte er sie.

»Du hast mir überhaupt nichts zu sagen. Natürlich gehe ich dorthin, schließlich ist Marie de Taye meine Freundin, und ich werde ihre Verlobungsfeier nicht versäumen.« Mit Nachdruck spießte sie ein Stück Lamm auf und schob es sich in den Mund, während ihre Augen Funken sprühten.

Silas verkniff sich ein Grinsen.

»Die Feier«, stöhnte Alexandrine und rieb sich die Stirn. »Daran habe ich gar nicht mehr gedacht. Ich werde dann schon unterwegs sein. Lamo, du begleitest deine Schwester, und ihr beide zeigt euch von eurer besten Seite. Ich werde Englebert de Taye schreiben und meine Abwesenheit entschuldigen.«

Jean goss auf ihren Wink Wein nach.

»Wann gedachtet Ihr an die Mosel zu reiten? Ich möchte so schnell wie möglich nach Mainz«, sagte Silas und drehte sein Glas hin und her, betrachtete den im Kerzenlicht funkelnden Rotwein.

»In zwei Tagen. Ich habe bereits Raimund und die anderen Männer darüber in Kenntnis gesetzt«, antwortete Alexandrine und hielt seinen Blick für einen Lidschlag lang fest, und ihm wurde am ganzen Körper schlagartig heiß.

»Warum reiten wir nicht über Lüttich?«, fragte Silas den einäugigen Gabriel, als ihm erst nach einigen Stunden auffiel, dass sie auf derselben Straße unterwegs waren wie damals, als Lamo und Veva sie begleitet hatten.

Gabriel zuckte ahnungslos mit den Schultern.

»Wir werden in La Roche übernachten, und zudem kann ich mir die jungen Pferde ansehen. Mein Wallach kommt allmählich in die Jahre, dies wird seine letzte große Reise sein«, gab die Gräfin über die Schulter gewandt zurück. »Reitet ein Stück neben mir, von Maringer.«

Erfreut lenkte er Nabil neben die Gräfin, hielt aber gebührend Abstand.

»Vielleicht solltet Ihr endlich darüber nachdenken, ob Ihr Euer Pferd nicht dortlassen wollt. Nabil hätte es gut.«

»Er ist noch nicht so weit«, wiegelte Silas ab, der davon nichts hören wollte.

Alexandrine schüttelte den Kopf. »Nabil wird nicht ewig leben. Aber so würde sein Blut in den Adern seiner Nachkommen fließen und seine Schönheit und Eleganz weitervererbt werden. Stellt Euch nur einmal vor, wie viele Fohlen er noch zeugen könnte.«

»Kein Ross kommt ihm gleich. Aber wenn Ihr das Wunder vollbringt, ein Pferd für mich zu finden, das Gnade vor meinen Augen erringt, dann werde ich vielleicht darüber nachdenken, Comtesse.«

Belustigt sah sie ihn an. »Ihr seid ein Sturschädel und benehmt Euch wie ein Hundewelpe, dem sein Knöchlein weggenommen werden soll.«

Raimund, der wie immer die kleine Gruppe anführte, begann schallend zu lachen, und Silas musste wider Willen grinsen.

Nur weniger als eine halbe Meile trennte sie von La Roche. Begleitet vom Rauschen der Ourthe, die ordentlich Wasser führte, ritten sie durch ein dicht bewaldetes Tal. Plötzlich brachen zerlumpte Gestalten durch das Unterholz, bewaffnet mit Mistgabeln und angespitzten Stöcken, und stürmten auf sie los. Die Männer zogen ihre Degen, während Alexandrines Pferd erschrocken kehrtmachte und gegen Louises Ross rempelte, dabei wurde die Zofe aus dem Sattel gehebelt. Mit einem spitzen Schrei stürzte sie zu Boden und fiel

Nabil vor die Hufe. Geistesgegenwärtig sprang der Hengst nach links, um Louise nicht zu treten. Die Gräfin wurde von einem Mann vom Pferd gezogen, der sogleich nach der Kette an ihrem Hals griff.

Silas rammte ihm seine Waffe zwischen die Rippen. Der Kerl kippte nach vorn und begrub Alexandrine unter sich. Bevor Silas sich um die Gräfin kümmern konnte, stach ein anderer Schurke nach Nabil, verfehlte den Hengst jedoch. Silas brüllte vor Wut, ließ sein Pferd auf der Stelle kreiseln und trat dem Angreifer mit voller Wucht seinen Stiefel ins Gesicht. Doch ein weiterer Geselle mit einem langen, verfilzten Bart bis hinunter zur Brust packte Silas an der Wade und beförderte ihn aus dem Sattel. Nabil vollführte eine Vierteldrehung, keilte aus und traf den Mann in den Bauch. Mit einem gurgelnden Schrei ging dieser zu Boden. Silas kam auf die Beine, stürzte zu Alexandrine und zog den Sterbenden von ihr herunter. Gerade wollte er ihr aufhelfen, als Raimund seinen Namen brüllte.

Silas fuhr herum. Im letzten Augenblick vermochte er dem Stock auszuweichen. Raimund stieß dem Bauern seinen Degen in den Hals, und eine blutige Fontäne ergoss sich auf den Waldboden. Gottlieb und Amadeo machten den beiden Letzten den Garaus, die sich der herrenlosen Pferde zu bemächtigen versuchten. Nur der Mann mit dem Bauchtritt war noch am Leben und wand sich unter Schmerzen. Gabriel half der vor Angst schlotternden Louise auf die Beine, die sich schluchzend an ihn drückte. Silas bot der totenbleichen und schwer atmenden Alexandrine die Hand, die sie zitternd ergriff.

»Seid Ihr verletzt?«, fragte Silas und wischte sich den Schweiß von der Stirn.

»Nein, es geht mir gut«, antwortete sie und klopfte den Dreck aus den Kleiderfalten.

Amadeo hatte inzwischen die Pferde eingefangen, Silas nahm ihm Nabils Zügel aus der Hand und tätschelte dem Hengst dankbar den Hals.

»Was machen wir mit dem da?«, fragte er Raimund und wies mit dem Kinn auf den flach und schnell atmenden Mann, den Nabil außer Gefecht gesetzt hatte. Sein Gesicht war blutleer, und die Haut schien wächsern, die Augen hielt er geschlossen.

Raimund zuckte mit den Schultern.

»Wir lassen ihn liegen, lange wird er es sowieso nicht mehr machen. Oder willst du ihn etwa mitnehmen?«

»Nein, aber vielleicht sollten wir ihm einen schnellen Tod gewähren«, erwiderte Silas.

»Dann tu es. Ich denke, er hat es nicht anders verdient, als elendig zu verrecken«, mischte sich Gottlieb ein.

»Wir sollten weiter, bevor es dunkel wird«, vernahm Silas Alexandrines Stimme, der man den gerade erlebten Schrecken nicht anmerkte. Seine Hochachtung vor der Gräfin stieg noch mehr. Gott, wie sehr er sie liebte. Was gäbe er darum, sie jetzt und hier vor allen in die Arme nehmen zu können.

Silas zögerte. »Aber, ist es nicht unsere Pflicht als Christen, sie zu begra…?«

»Lass gut sein, Junge«, brummte Gabriel, der noch immer die Zofe umfangen hielt. »Geht es wieder, Louise?« Alexandrines treue Dienerin nickte und schniefte.

Bevor sie losritten, warf Silas noch einen letzten Blick auf den Sterbenden. Er brachte es nicht über sich, dem Mann seinen Degen ins Herz zu stoßen. Dann stieg er in den Sattel und nahm seinen Platz hinter Alexandrine ein. Nach wenigen Schritten bemerkte er, dass sein Pferd lahmte.

»Ich muss absteigen«, rief er nach vorn. »Nabil muss in dem Getümmel einen Schlag abbekommen haben.«

Die Gruppe hielt an, Silas glitt vom Rücken seines Hengstes und warf einen kurzen, prüfenden Blick auf die Pferdebeine. Hinten links zeichnete sich eine Schwellung auf der Strecksehne ab, die durchaus von einem Stockhieb herrühren könnte. Silas lockerte den Sattelgurt, an Reiten war so nicht zu denken.

»Ich gehe den Rest des Weges zu Fuß«, sagte er, froh darüber, dass sie es nicht mehr weit hatten.

Wohlbehalten gelangten sie nach einer halben Stunde in La Roche an, der Schreck des Überfalls steckte ihnen zwar noch in den Knochen, aber es war niemand zu Schaden gekommen. Abgesehen von Nábil, doch dieser würde sich hoffentlich schnell erholen.

»Maurice, gibt es hier in der Gegend Beinwell? Oder, wie die Alten sagen, Knochenwallen?«, fragte er den Stallmeister. Da er den Namen auf Französisch nicht wusste hatte, er ihn einfach direkt übersetzt. Jambe se développer. Bein für Knochen und wallen für wachsen.

»Kenne ich nicht.«

»Ein Kraut mit violetten Blüten und borstigen Stängeln, es hilft gegen stumpfe Verletzungen«, versuchte Silas dem Stallmeister zu erklären, was er benötigte.

Maurice schüttelte hilflos den Kopf. »Lasst Euer Pferd zur Ader«, schlug er vor.

»Auf keinen Fall«, widersprach Silas. »Der Aderlass schwächt die Tiere, das habe ich nur allzu oft beobachtet.«

»Maître Maurice, ich glaube, Monsieur meint Consoude. Es wächst büschelweise unten an der Ourthe«, mischte sich ein Stallbursche ein, der offenbar ihr Gespräch mit angehört hatte.

»Lauf und hol einen Korb voll«, wies der Stallmeister ihn an, »dann werden wir sehen, ob es sich um dasselbe Kraut handelt.«

Silas warf dem Jungen noch einen dankbaren Blick zu, bevor dieser den Berg hinunterlief. Nach einer Stunde war der Bursche zurück, und Silas lobte ihn.

»Woher kennst du die Pflanze?«

»Meine Großmutter hat mich viel über Kräuter gelehrt, als ich noch ein Kind war. Ich bin bei ihr aufgewachsen, nachdem meine Mutter gestorben war.«

Silas schnippte ihm eine Münze zu und nahm den Korb, um ihn zur Burgküche zu bringen. Dort bat er eine der Mägde, Wasser aufzusetzen, während er die Wurzeln und Blätter zerkleinerte. Eine halbe Stunde später war der zähe Brei fertig, und Silas trug einen Teil davon auf die Schwellung auf. Bevor er zu Bett ging, würde er die Prozedur wiederholen.

»Wir können nicht warten, bis Nabil wieder gesund ist«, sagte Alexandrine, als er in die Halle kam, wo sich alle versammelt hatten. »Ihr müsst entweder hier ausharren oder Euch ein anderes Pferd nehmen.«

Silas rang mit sich, doch dann entschied er sich schweren Herzens, seinen Hengst in Maurices Obhut zu lassen. Nach einem Schluck Wein machte er sich erneut auf den Weg zu den Stallungen.

»Ich brauche ein anderes Pferd, Nabil wird hierbleiben müssen, bis ich zurückkehre.«

Der Stallmeister nickte. »Kommt mit, ich glaube, ich habe das richtige Ross für Euch.«

Maurice ging voraus zu einem Stand am Ende der Stallgasse. »Das ist El Corazón.«

Im Stroh stand ein bildschöner rabenschwarzer Hengst mit großen dunklen Augen, üppiger Mähne und Schweif. Der Stallmeister band den Rappen los und ließ ihn rückwärts heraustreten.

»Wie alt ist er?«, fragte Silas hingerissen.

»Sieben. Monsieur Dubois hat ihn vor zwei Jahren gekauft, um mehr edles Blut in die Zucht zu bekommen. Ihr erinnert Euch an unsere Stuten, die von eher stämmiger Statur sind. Wenn Ihr wollt, zeige ich Euch den ersten Nachwuchs von El Corazón.«

»Zuerst möchte ich sehen, wie er sich bewegt«, antwortete Silas mit leuchtenden Augen.

Nachdem Silas den Rappen auch unter dem Sattel gehabt und seine überzeugenden Abkömmlinge begutachtet hatte, sah er nochmals nach Nabil.

»Keine Sorge, alter Freund, du bist hier gut aufgehoben, aber ich muss dir eine Weile untreu werden, was mir tatsächlich Gewissensbisse verschafft. Doch du bist krank, und ich möchte so schnell wie möglich nach Mainz«, murmelte er, während er Nabil bürstete. Den Fuchs schienen seine Worte nicht zu bekümmern, denn er steckte seine Nase ins Heu und malmte genüsslich.

»Unter einer Bedingung«, meinte Armand Dubois, als Silas ihn darum bat, der Verwalter möge ihm El Corazón eine Zeit lang überlassen.

»Wie immer sie lautet«, erwiderte Silas.

»Niemand weiß, wann und ob Ihr zurückkehrt. Die Straßen sind gefährlich, wie Ihr heute am eigenen Leib zu spüren bekamt. Deshalb werde ich Nabil zur Zucht einsetzen und in Besitz nehmen, bis Ihr mir El Corazón gesund wiederbringt.«

»Einverstanden.« Silas bot Dubois die Hand, und dieser schlug ein.

Als sie am nächsten Tag aufbrachen, forderte Alexandrine Silas auf, neben ihr zu reiten.

»Nun, es war doch gar nicht so schwer, Nabil zu ersetzen«, spöttelte sie. »Der Rappe hat sehr schnell Gnade vor Euren Augen gefunden.«

Misstrauisch musterte er sie und erkannte den Schalk in ihrem Gesicht.

»Ihr habt El Corazón gekauft, nicht Armand Dubois. Habe ich recht?«

Sie lachte. »Und wenn es so wäre?«

»Dann hättet Ihr schon vor zwei Jahren diesen Tausch vorhergesehen«, erwiderte Silas.

»Nun, ich konnte natürlich nicht wissen, dass sich Nabil verletzen würde. Allerdings hoffte ich, Ihr würdet selbst erkennen, dass Nabil es verdient hat, sich zur Ruhe zu setzen. Und ich wäre nicht Generalpostmeisterin, wenn ich nicht vorausschauend handeln könnte.«

Silas wusste nichts darauf zu sagen. Diese Frau überraschte ihn immer wieder.

»Dubois und Maurice waren eingeweiht«, fügte Alexandrine hinzu, »und sie haben ihre Rollen gut gespielt.«

»Nicht zu fassen«, brummte Silas, »und ich Dummkopf bin darauf hereingefallen.«

»Ihr habt doch einen guten Tausch gemacht, oder nicht? Es steht Euch frei, Nabil wieder mitzunehmen, wenn Ihr zurückkehrt.« Damit ließ sie ihr Ross in einen leichten Galopp fallen.

Die Poststation in Lieser bestand aus mehreren Gebäuden, die einen Innenhof an drei Seiten umschlossen: Stallungen, Wohnhäuser, Scheune. Angrenzend an das links stehende Fachwerkhaus fanden sich ein Brunnen und ein Schleifstein. Eine Schiefermauer mit einem Tor zur Mosel hin umzog die Anlage. Hier lebten der Fährmann und der Postmeister mit ihren Familien. Im vergangenen Jahr war Postmeister Nicolaus Ludwig verstorben, wie Alexandrine von dessen Witwe Bernadette erfahren hatte.

Eine zierliche Frau und ein vierschrötiger, vom harten Leben gezeichneter Mann empfingen die Gruppe und begrüßten die Gräfin und ihre Begleiter.

»Gräfin, es ist mir und meinem Vater eine Ehre, Euch willkommen zu heißen.«

Der ältere Mann war der Fährmann und zugleich Bernadettes Vater, erinnerte sich Alexandrine, die ein gutes Gedächtnis besaß.

»Bernadette Ludwig, noch einmal möchte ich Euch mein Beileid zum Tode Eures Gatten aussprechen«, sagte Alexandrine und stieg ab.

»Seid bedankt, Gräfin. Matthias, hilf dem Knecht mit den Pferden«, rief Bernadette über die Schulter gewandt einem etwa zehn Jahre alten Jungen zu, der sich schüchtern in einer Ecke des Innenhofs herumdrückte. »Mein Sohn«, erklärte sie dann, »er ist noch nicht über den Tod seines Vaters hinweg.«

»Bitte die Gäste herein, Bernadette«, brummte Henrich Clais, »die Herrschaften können sicher einen Becher Moselwein vertragen, um den Straßenstaub hinunterzuspülen.«

Alsbald saßen sie in der Stube, drängten sich um den groben Holztisch. Catharina, Bernadettes Tochter, brachte Brot, geräucherten Fisch und Wein.

»Selbst gefangen und in den Kaminrauch gehängt, greift nur zu«, pries Clais – einst ein einfacher Fischer – die Speisen an. Längst war er der reichste Mann im Dorf, gehörte ihm doch das ganze Anwesen.

»Es schmeckt vorzüglich«, lobte Alexandrine, »habt Dank. Dieser Wein ist wirklich besonders.«

»Die Trauben gedeihen kaum zwei Fußstunden von hier, in Kröv. Mit meiner Fähre bin ich allerdings schneller«, zwinkerte er. »Über die steilen Hänge ist der Weg bei Weitem beschwerlicher.«

»Bernadette, nun, da die Station in Rheinhausen auch wieder von meinen Boten angesteuert werden kann, ist die Zeit gekommen, den ursprünglichen Niederländischen Postenlauf wiederaufzunehmen«, wandte sich Alexandrine an die Witwe. »Ich ernenne Euch zur Postmeisterin, sofern Ihr Euch der Aufgabe gewachsen fühlt.«

»Ich fühle mich geehrt, Gräfin, aber ich denke, Ihr solltet Philipp Umbescheiden zum Postmeister machen. Er ist ein guter Mann und hat meinen verstorbenen Gatten in allen Dingen unterstützt.« Eine feine Röte zierte Bernadettes Wangen, und Alexandrine verstand. Die junge Witwe und Umbescheiden waren sich zugetan.

»Wo ist dieser Mann?«

»Er ist nach Platten gegangen, dort lebt sein Bruder. Er sollte aber bald zurück sein«, antwortete sie, und im selben Augenblick waren Tritte auf den Stufen der Holztreppe zu hören. »Das wird er sein.« Ein freudiges Lächeln huschte über Bernadettes Gesicht.

Einen Augenblick später erschien ein junger Mann mit breiten Schultern, das dunkle Haar kurz geschnitten. Verblüfft hielt er inne, als er die vielen Menschen sah.

»Seid gegrüßt«, sagte er in die Runde.

»Philipp, das ist Gräfin Alexandrine von Taxis«, wisperte Bernadette. Offenkundig war es ihr peinlich, dass Umbescheiden keine Ahnung hatte, wer am Tisch saß.

»Vergebt mir, Comtesse«, murmelte er und zog seinen Hut vom Kopf.

Die Gräfin nickte gnädig. »Setzt Euch, meine Begleiter werden Euch Platz machen.«

Silas und die anderen Männer verstanden den Wink und verließen die Stube, nur Louise blieb sitzen. Auch Henrich Clais erhob sich und raunte: »Kommt mit ins Fährhaus, dort habe ich noch einen guten Tropfen.«

»Bernadette Ludwig hat mir vorgeschlagen, Euch zum

Postmeister zu ernennen«, begann Alexandrine ohne Umschweife, kaum dass die anderen zur Tür hinaus waren.

Philipp Umbescheiden sah von einer zur anderen. »Es wäre mir eine Ehre. Nicolaus hat mir alles beigebracht, was ich wissen muss, um eine Station zu führen.«

»Das trifft sich gut. Lieser wird wieder angeritten werden. Wie viele Pferde habt Ihr für die Boten?« Alexandrine zupfte an einem Stück Brot und schob es sich in den Mund.

»Drei.«

»Drei sind zu wenig, kauft noch zwei weitere. Einer meiner Begleiter wird nach Mainz aufbrechen und dafür sorgen, dass neue Schutzbriefe ausgestellt werden. Auch für Euren Vater, Bernadette. Louise, sei so gut und bring mir das Siegel, Papier, Tinte und Feder, damit ich einen Vertrag aufsetzen kann.« Als Louise verschwunden war, wandte sie sich an die beiden, die ihr gegenübersaßen. »Ihr solltet bald heiraten, und Ihr, Philipp Umbescheiden, Bernadettes Kinder annehmen. Eure Ernennung zum Postmeister gilt, bis Matthias alt genug ist, um das Erbe seines Vaters anzutreten.«

»Woher wisst Ihr …?«, stammelte die Witwe.

»Es ist nicht zu übersehen, dass ihr beide euch zugetan seid«, lächelte die Gräfin. »Und nun lasst uns anstoßen.«

»Kümmert Euch um Eure Schwester und ihr Kind, gebt die Schutzbriefe für die Lieser Station und den Fährmann einem Boten. Ich habe einen Brief an den Erzbischof aufgesetzt, damit Ihr vorgelassen werdet«, sagte Alexandrine zum Abschied und reichte Silas ein versiegeltes Schreiben. »Gott schütze Euch und Raimund.«

Gemeinsam schwangen sich die Männer in den Sattel. Raimund tippte sich an die Hutkrempe und wendete seinen braunen Wallach. Auf Alexandrines Wunsch hin sollte Raimund ihn begleiten, worüber Silas froh und dankbar war. Er nahm die Zügel auf, schenkte der Gräfin einen letzten liebevollen Blick und ließ den Rappen kehrtmachen. Während sie die Straße entlangritten und den Ort hinter sich ließen, dachte Silas an gestern Nacht.

Er hatte nicht schlafen können und war nach draußen gegangen, um den Sternenhimmel zu betrachten. Ganz unverhofft war er Alexandrine begegnet, der es offenbar ähnlich ergangen war. Unter ihrem Umhang hatte sie nur ein dünnes Seidenhemd getragen, und Silas hatte vor Erregung gezittert. Kurz entschlossen hatte er nach ihrer Hand gegriffen, sie in die dunkle Ecke gezogen, wo sich der Brunnen befand, und sie geküsst. Zuerst war ihre Erwiderung eher zögerlich gewesen, doch dann hatte sie offenbar alle Bedenken verworfen und sich seinem Kuss innig hingegeben. Wieder und wieder hatten sie sich geküsst, während seine Hände unter ihren Umhang geglitten waren und die Formen ihres Körpers durch die Seide erforscht hatten. Atemlos hatten sie sich irgendwann voneinander gelöst.

»Du bist für mich der Einzige, keinem Mann schenkte ich jemals mein Herz, auch nicht Leonhard. Nur dir. Alles, was mir nun bleibt, ist die Erinnerung an dein Gesicht und die Hoffnung, dich wiederzusehen. Versprich mir, dass du gesund zu mir zurückkehrst«, hatte sie geflüstert und ihn ein letztes Mal zärtlich geküsst.

»Schläfst du?«, unterbrach Raimund seinen Tagtraum.

»Nein, ich habe nur nachgedacht«, antwortete Silas und riss sich zusammen.

»Worüber?«

»Nichts von Belang. Komm, lass uns einen Galopp einlegen, damit wir vorankommen.«

Silas erkannte Mainz kaum wieder. So viele Gebäude waren abgerissen worden, Berge von Schutt türmten sich in den engen Straßen und Gassen, mancherorts war kein Durchkommen. Die Menschen versuchten teils mit bloßen Händen, die Häuser wiederaufzubauen, ausgezehrt, gezeichnet von Elend und erlittenem Leid. Kinder mit vom Hunger aufgetriebenen Bäuchen spielten im Dreck, ihre Augen wirkten unnatürlich groß in den bleichen Gesichtern mit den hohlen Wangen. Der Anblick seiner Heimatstadt brachte sein Herz schier zum Zerreißen, und in seiner Kehle verspürte Silas einen dicken Kloß, der ihn zu ersticken drohte.

Raimund und Silas stiegen ab, führten ihre Pferde über Umwege zum Haus des verstorbenen Leopold. Auch hier waren deutliche Spuren des Krieges zu sehen, aber wenigstens stand es noch. Silas war froh über Raimunds Gesellschaft, und ihre lose Freundschaft hatte sich auf dem Weg nach Mainz vertieft. Er gab ihm El Corazóns Zügel in die Hand und drückte vorsichtig die schief in den Angeln hängende Tür auf.

»Hella! Ich bin es, Silas«, rief er und lauschte angestrengt. Dann vernahm er das schwache Greinen eines Kindes aus dem oberen Stockwerk. Zwei Stufen auf einmal nehmend sprang er die Treppe nach oben. »Hella! Ich bin zurück.«

Aus der Schlafstube, die Hella einst mit Leopold geteilt hatte, trat eine bis auf die Knochen abgemagerte Frau, die Silas erst auf den zweiten Blick als seine Schwester erkannte. Sie starrte ihn an, als ob er der Leibhaftige selbst wäre, und begann zu zittern. So sehr, dass sie sich an die Wand lehnen musste. Mit einem Satz war er bei ihr, zog sie in seine Arme.

»Hella, meine liebe Hella, ich bin so froh, dass du lebst«, murmelte er in das vor Dreck starrende und verfilzte Haar. Lange hielt er sie umfangen, wartete darauf, dass das Zittern und das haltlose Schluchzen nachließen und schließlich abebbten. Sie sah mit geröteten Augen zu ihm auf, die Tränen hatten helle Spuren auf ihren schmutzigen Wangen hinterlassen.

»Der Herr sei gepriesen, du bist es wirklich«, flüsterte sie und nahm sein Gesicht in beide Hände. »Silas. Ich kann nicht glauben, dass Gott mich erhört hat, aber du bist es. Du bist es«, wiederholte sie immer wieder.

Das Greinen verstärkte sich, und Hella nahm ihn bei der Hand und zog ihn in die Schlafkammer. Auf einer zerschlissenen Matratze am Boden lag ein Säugling, notdürftig in eine löchrige Decke gewickelt.

»Sie ist so schwach und immer hungrig. Das ist deine Nichte Lina.« Hella bückte sich und hob das Kind auf, drückte ihm das kleine Wesen in die Arme.

Das Weinen verstummte, als Silas sanft mit dem Zeigefinger über die zarten Wangen strich.

»Ein hübsches Mädchen, so wie du, Schwester.« Zumindest könnte Lina es sein, wäre sie nicht so schrecklich dünn, kaum spürte er ihr Gewicht.

»Ich habe nichts zu essen, Silas, du wirst hungern müssen, so wie ich.«

»Wir haben noch Brot und Wein in unseren Säcken«, lächelte er. »Ab jetzt wird alles gut, Hella.«

»Wir?«, echote sie.

»Mein Freund Raimund Wachter hat mich begleitet. Komm, du musst ihn kennenlernen, er wartet unten mit den Pferden.«

Hella fuhr sich mit gespreizten Händen durch die Haare, wischte sich mit dem Ärmel ihres Kleides über das Gesicht. Es machte keinen Unterschied, denn auch ihr Kleid war dreckig, das Rot des Stoffes unter der Schmutzschicht kaum zu erahnen. Doch Silas wurde warm ums Herz, denn offenbar hatte sich Hella nicht aufgegeben und versuchte, wenn auch vergeblich, hübsch auszusehen, bevor sie einem Fremden begegnete. Die kleine Lina hielt die Augen geschlossen, nuckelte an ihrem Daumen, und Silas schickte ein Stoßgebet zum Himmel, sie möge am Leben bleiben.

»Seid willkommen in meinem Haus, Raimund Wachter, oder zumindest war es das einmal. Ich fürchte, es fällt bald in sich zusammen. Ihr seht ja selbst, dass die Fenster teils herausgebrochen wurden«, begrüßte Hella Raimund und setzte ein schiefes Lächeln auf.

»Ich freue mich, endlich die Schwester meines Freundes kennenzulernen, bitte lasst die Förmlichkeiten. Wo können wir die Rösser unterbringen?«

»Hinten im Hof, aber ich habe weder Heu noch Hafer«, antwortete Hella und nahm Silas das Kind aus den Armen.

Silas knüpfte die Taschen von den Sätteln los und trug sie ins Haus.

»Darin findest du etwas zu essen, Hella. Raimund und ich bringen die Pferde weg und werden versuchen, Futter für sie aufzutreiben.«

»Ich warte auf euch. Weißt du, wenn man lange nichts gegessen hat, spürt man den Hunger kaum noch«, antwortete sie leise und trat über die Schwelle.

Raimund und Silas sattelten die Pferde im Innenhof ab und brachten sie in die Scheune, wo noch Reste von schimmligem Stroh auf dem Boden lagen.

»Dieses Zeug muss weg, bevor sich die Rösser noch den Magen verderben«, sagte Silas und begann die Streu einzusammeln und nach draußen zu bringen.

»Einer von uns sollte hierbleiben«, meinte Raimund, während er Silas half, »um die Pferde, Sättel und Zäume zu bewachen. Was nützt es uns, wenn wir Futter finden und sie uns gestohlen werden?«

»Du hast recht«, überlegte Silas und wischte sich die Hände

an seiner Hose ab. »Bleib du hier, ich kenne mich in der Stadt aus.«

Er schlug den Weg zu den kurfürstlichen Stallungen ein. Wenn es noch Futter in der Stadt gab, dann dort. Die Frage war nur, ob er welches bekommen und, wenn ja, wie viel es ihn kosten würde. El Corazón war zwar ein zäher Bursche, aber um diese großen Strecken zu bewältigen, benötigte er genügend Heu und besser noch eine Schüssel Hafer oder Gerste dazu. Überrascht stellte er fest, dass sämtliche Gebäude, die zum kurfürstlichen Eigentum gehörten, keinerlei Schaden genommen hatten. Doch wenn er darüber nachsann, hatte er nichts anderes erwartet. Schließlich bezogen der Feldmarschall und andere hochrangige Soldaten, gleich welchen Herren sie dienten, die fürstlichen Häuser, sorgten für ihre Reittiere und vor allem für sich selbst.

Silas ging mit festen Schritten zu den Ställen und spähte hinein. Erleichtert vernahm er das Geräusch mahlender Pferdezähne. Ein Mann schleppte Wassereimer, ein anderer schob Heu in die Stände.

»Wo finde ich den Futtermeister?«, rief er den Männern zu.

Der Heuschieber drehte den Kopf, und im nächsten Augenblick fiel die Gabel klappernd zu Boden.

»Heiliger Josef, da soll mich doch der Blitz beim Scheißen treffen. Silas von Maringer, wie er leibt und lebt«, stieß er entgeistert hervor.

Diese derbe Ausdrucksweise und dazu mit schwäbischem Zungenschlag kannte Silas nur zu gut. Ächzend bückte sich der Knecht nach der Heugabel, hob sie auf und lehnte sie gegen die Wand. Der Wasserträger sah kurz zu ihnen herüber, kümmerte sich dann aber wieder um seine Eimer.

»Kuno, noch immer führst du unflätige Worte, das wird sich wohl nie ändern«, tadelte Silas ihn gutmütig und klopfte dem Mann auf die Schulter.

»Dazu ist es längst zu spät«, grinste Kuno. »Endlich mal etwas Erfreuliches. Willkommen in Mainz.«

»Danke. Sag, kann ich dem Futtermeister Heu und vielleicht auch Getreide für zwei Pferde abschwatzen? Gegen Bezahlung, versteht sich.«

Der Knecht legte den Kopf schief und sah ihn listig an. »Ich denke schon, der Futtermeister ist ein guter Mann und mag es nicht, wenn die Gäule schlecht behandelt werden.«

»Wo finde ich ihn?«, wollte Silas wissen.

»Hier.«

»Natürlich hier, aber wo genau? In der Scheune oder …?« Kuno tippte sich auf die Brust. »Steht vor Euch.«

»Was? Du?« Silas konnte es nicht glauben.

Der Mann zuckte mit den Schultern. »Die Pest hat es möglich gemacht. Nicht nur den Futtermeister hat sich der Schnitter geholt, auch Heribert und viele andere sind tot. Kurzerhand wurde ich zum Futtermeister ernannt, weil kaum jemand übrig geblieben ist. Deshalb schiebe ich Heu und lege überall mit Hand an, wo es nötig ist. Außer mir gibt es nur fünf alte Männer und junge Burschen, die sich um die Rösser kümmern.«

»Das tut mir leid, ich mochte Heribert, er war ein guter Kerl«, sagte Silas.

Kurz legte sich Schweigen zwischen sie, jeder für sich gedachte Menschen, die sie verloren hatten.

»Wo habt Ihr Eure Pferde, Silas?«, fragte Kuno dann.

»Im Augenblick sind sie bei meiner Schwester, dort gibt es zwar Platz, aber sonst nichts. Nur ein paar Handvoll schimmliges Stroh.«

»Wenn Ihr genug Geld habt, bringt sie her. Es sind Stände frei, Heu und Stroh haben wir auch. Nicht im Überfluss, aber es reicht. Für wie lange noch, weiß ich nicht«, schlug Kuno vor. »Auf den Bleichwiesen steht genügend Gras, dorthin führen wir die Rösser immer für ein paar Stunden. Es ist mühselig, aber spart Futter.«

Silas war einverstanden und machte sich auf den Rückweg.

In der Stube saßen Hella und Raimund auf dem Boden, zwischen sich eine umgedrehte Kiste, die als Tisch diente. Möbel gab es längst keine mehr, sie alle hatten ihr Ende im Kamin gefunden. Seine Schwester hielt ihr schlafendes Kind im Schoß.

»Wir haben dir etwas übrig gelassen«, empfing ihn Raimund und deutete auf ein Viertel Laib Brot, »und im Weinschlauch gibt es auch noch einen Schluck.«

»Hella, behalte das Brot für dich, ich bin nicht hungrig.« Das war zwar gelogen, aber seine Schwester hatte die Nahrung nötiger als er. Nur einen Schluck Wein ließ er durch seine Kehle rinnen.

»Wir können deinen Wallach und El Corazón in den kurfürstlichen Stallungen unterbringen, es ist zwar teuer, aber wir sind nicht lange hier«, wandte er sich an seinen Freund.

»Du bist kaum angekommen und willst schon wieder fort? Aber ich dachte, du bleibst und …« Hellas Stimme wurde brüchig, und Tränen füllten ihre Augen.

Er setzte sich neben sie und nahm ihre Hand. »Wir werden dich mitnehmen. Nach Brüssel. Dort bist du sicher, und es gibt genug zu essen für Lina und dich.«

Entgeistert sah sie ihn an und riss ihre Hand zurück. »Ich kann nicht von hier fort. Hier liegen Vater und Mutter begraben, und mein Sohn und Leopold.«

»Willst du dich bald dazulegen? Samt deiner Tochter? Die Toten werden nicht wieder lebendig«, entgegnete Silas hitzig. »Nichts und niemand kann daran etwas ändern, sie kehren nicht zurück. Aber wir leben noch und können einen sicheren Ort aufsuchen.«

»Wie kannst du nur so etwas sagen? Hier in Mainz bin ich meinen Liebsten nahe. Was soll ich in einer Stadt anfangen, die ich nicht kenne und deren Bewohner ich nicht verstehe? Ich habe genug von Menschen, die eine fremde Sprache sprechen. Nur Leid und Tod haben sie über uns gebracht. Was, wenn Meta zurückkehrt und niemanden mehr vorfindet?«, erwiderte Hella nicht minder erbost.

»Hella, vielleicht solltest du in Ruhe darüber schlafen«, mischte sich Raimund ein. Seine tiefe Stimme schien beruhigend auf sie zu wirken. »Silas will nur das Beste für dich und dein Kind. Das musst du mir glauben. Er hatte kaum deinen Brief gelesen und sogleich beschlossen, so schnell wie möglich nach Mainz zu reiten.«

Hella sah stumm hinunter auf das kleine Wesen, Tränen rannen ihre Wangen hinab, tropften auf die Decke. Dann schniefte sie hörbar. »Gib mir etwas Zeit, Silas. Es war heute alles zu viel für mich.«

Am Morgen nach einer unbequemen Nacht auf dem harten Holzboden marschierte Silas zur Residenz, in der Tasche Alexandrines Brief für den Erzbischof. Raimund wollte sich darum kümmern, etwas zu essen und vielleicht sogar einen Schluck Milch für Lina aufzutreiben. Silas war seinem Freund dankbar und pries stumm die Gräfin, die ihm Raimund zur Seite gestellt hatte.

Die Torwache ließ ihn durch, nachdem er sein Geleitschreiben vorgezeigt hatte, und er querte den Hof. Doch der Einlass in die Residenz wurde ihm trotzdem verwehrt. Silas suchte in seinem Beutel nach dem Ring.

»Ich komme im Namen des erzbischöflichen Bruders. Dieses Wappen gehört zur Familie der Wambolt von Umstadt, und jetzt lass mich durch.« Offenbar war er überzeugend genug, denn schließlich konnte jeder behaupten, irgendein wenig bekanntes Wappen gehöre zur erzbischöflichen Familie.

Ein Amtmann geleitete ihn zu dem elegant ausgestatteten Vorraum, im angrenzenden Zimmer hielt der Erzbischof seine Audienzen. Mehr als dreißig Männer und Frauen warteten bereits darauf, vorgelassen zu werden. Silas wusste, er würde sich in Geduld fassen müssen. Mit halbem Ohr lauschte er den Gesprächen der anderen, die sich, wie sollte es anders sein, um den Krieg drehten. Kurfürst Johann Georg von Sachsen, der seit zwei Jahren wieder an der Seite Habsburgs stand, hatte bei Wittstock große Truppenverbände zusammengezogen, und es war zu befürchten, dass es bald zu einer weiteren blutigen Schlacht mit den Schwedischen kam. »Ich hoffe, der Sachse jagt die Schweden zum Teufel«, hörte er einen Mann ganz in seiner Nähe seine Meinung kundtun. Silas' Gedanken schweiften ab, und er dachte an Alexandrine.

»Ihr könnt jetzt eintreten«, sagte der Gardist nach einer gefühlten Ewigkeit und öffnete ihm die Tür.

Anselm Casimir Wambolt von Umstadt saß hinter seinem großen Schreibtisch, ein Schreiber an einem Nebentisch. Vor ihm Tintenfässchen, Federhalter, Papier und Siegel. Zwei Wachen standen an der Wand.

»Wie lautet Euer Name?«, wollte der Schreiber wissen, während Silas und sein Vater einen kurzen Blick wechselten. Die Überraschung in Anselms Augen entging Silas nicht, ansonsten blieb die Miene des Erzbischofs ausdruckslos.

»Silas von Maringer«, antwortete er.

»Was ist Euer Begehr?«, fragte sein Vater.

»Ich komme im Auftrag der Generalpostmeisterin, sie bittet um neue Geleitbriefe.« Er zog den Brief hervor und reichte ihn an den Schreiber, der das Siegel erbrach und ihn dann weitergab. Anselm überflog die Zeilen und erteilte die Anweisung, die *Salvae guardiae* auszustellen.

»Lasst uns allein«, winkte er die Wachen und den Schreiber hinaus, die gehorsam seiner Aufforderung folgten.

»Du stehst also wieder in den Diensten der Gräfin«, stellte der Erzbischof fest. »Bist du meinetwegen hier?«

»Ich bin nach Mainz gekommen, um meiner Schwester zu helfen. Meiner Halbschwester«, verbesserte er sich. »Sie hat alles verloren und ist allein mit einem Säugling. Es hat sich so gefügt, dass die Gräfin mir auftrug, die Schutzbriefe ausstellen zu lassen, nachdem die Niederländische Postroute wieder zurückverlagert werden kann.«

Anselm schien ein wenig enttäuscht, bildete sich Silas ein.

»Das ist eine gute Nachricht. Komm morgen in die Kanzlei, dort werden die Geleitschreiben für dich bereitliegen. Kann ich sonst noch etwas für dich tun?«

Silas schüttelte den Kopf. »Aber ich würde gerne wissen, ob es Amalia gut geht.«

Anselm legte seine Stirn in Falten. »Nach ihrem Entschluss ins Stift zu gehen, habe ich keine weitere Nachricht erhalten. Das Kloster blieb aber meiner Kenntnis nach von Soldaten unbehelligt. Hast du etwa vor, nach Frankfurt zu reiten?«

»Nein. Das würde nur schlechte Erinnerungen heraufbeschwören, mir genügt zu wissen, dass sie dort ihren Frieden gefunden hat. Das hoffe ich zumindest«, antwortete Silas.

»Da stimme ich dir zu. Du musst jetzt gehen, Sohn, Gott sei mit dir«, verabschiedete ihn der Erzbischof.

Als Silas in die Scharngasse zurückkehrte, staunte er nicht schlecht. Raimund hatte das Wunder vollbracht, Hella dazu zu bringen, Mainz den Rücken zu kehren. Sie strahlte geradezu vor Zuversicht und Tatendrang.

»Sieh nur, was Raimund für uns gefunden hat.« Aufgeregt zeigte sie auf eine Decke, die nicht neu war, aber wenigstens keine Löcher aufwies, und die kleine Lina einhüllte. »Und ein Schälchen Milch gab es obendrauf.«

»Ich muss schon sagen, Raimund, du bist ein wahrer Genius.« Was auch immer sein Freund bezahlt oder getan hatte, um die Dinge zu erstehen, wollte er gar nicht so genau wissen.

»Wir brauchen ein weiteres Pferd«, überlegte Silas. »Oder wenigstens ein Maultier oder einen Ochsenkarren für Hella und das Kind.«

Raimund schüttelte den Kopf.

»Hier in der Stadt wirst du das nicht bekommen. Wir wechseln uns ab. Deine Schwester kann mit dem Kind reiten, einer von uns geht nebenher. Wir werden zwar länger brauchen, aber es ist einfacher, als noch ein weiteres Ross versorgen zu müssen.«

»Gut, dein Vorschlag klingt vernünftig. Übermorgen brechen wir auf.«

Zu Fuß kamen sie nur langsam voran, alle drei Stunden wechselten sich Raimund und Silas ab. Hella hielt ihr Kind an sich gedrückt, während sie im Sattel von Raimunds Wallach saß. Immer wieder mussten sie Umwege in Kauf nehmen. Bei Bingen hatten sie dem Rhein noch für zwei Meilen flussabwärts folgen wollen. Am Bingener Hafen waren jedoch zu viele Soldaten unterwegs gewesen, und Raimund hatte entschieden, sich gleich westwärts zu wenden. Lieber schlugen sie sich durch Wälder und Felder, als ein Aufeinandertreffen zu riskieren.

»Ich kann nicht mehr«, klagte Hella. »Meine Arme sind lahm, und ich habe mich wundgeritten. Lasst mich zu Fuß gehen, das schaffe ich schon.«

»Du bist zu schwach. Es ist nicht mehr weit bis zur Mosel, halte durch, Schwester. Wir werden dort rasten, und du kannst dich ausruhen. Gib mir einstweilen Lina, ich trage sie«, erwiderte Silas.

Sie befanden sich seit geraumer Zeit in einem Tal, begleitet von einem kleinen Bach. Drei Tage waren sie bereits unterwegs, und bei dieser Geschwindigkeit würden sie eine halbe Ewigkeit bis nach Brüssel brauchen.

»Mit einem Kind in den Armen kannst du keinen Degen ziehen, sollte dies notwendig werden«, wandte Raimund stirnrunzelnd ein.

»Wenn wir überfallen werden, stehen unsere Chancen so oder so nicht gut«, brummte Silas und lenkte seinen Rappen neben den Wallach. Er streckte die Arme aus, um das Bündel an sich zu nehmen.

»Sie ist ganz heiß«, bemerkte er, »ich glaube, Lina hat Fieber. Ist dir das nicht aufgefallen?«

Hella schüttelte schuldbewusst den Kopf. »Ich bin so müde, bitte, können wir nicht hier Rast machen?«

Raimund und Silas wechselten einen Blick.

»Gut, halten wir«, sagte Raimund. Er half Hella vom Pferd, dann nahm er Lina von Silas entgegen, damit auch dieser absteigen konnte. Erleichtert ließ Hella sich unter den Bäumen in Ufernähe nieder, lehnte erschöpft ihren Kopf gegen einen Buchenstamm. Silas legte das Kind in Hellas Schoß, Raimund tränkte die Pferde und füllte die Wasserschläuche mit dem kristallklaren Wasser.

»Linas Haut ist zu heiß und muss gekühlt werden«, sagte Silas besorgt und zog ein schmutziges Tuch aus seinem Wams. Er ging zum Bach, kniete sich nieder, wusch es aus und kühlte damit dem Kind die Stirn. Das Mädchen verzog nur kurz das Gesicht, hielt die Augen geschlossen. Nachdenklich betrachtete er das kleine, hilflose Wesen. Suchend sah er sich um, hoffte, eine Weide zu entdecken. Ihre Rinde half gegen Fieber, aber nirgends entdeckte er einen solchen Baum. Er zückte sein Messer. »Ich brauche ein Stück von deinem Unterkleid.«

»Wozu?«, fragte Hella stirnrunzelnd.

»Du hast kaum Milch, und Lina braucht Wasser, an einem nassen Stück Stoff kann sie wenigstens nuckeln.«

Hella nickte und ließ ihn gewähren.

»Hier, Hella, auch du musst trinken.« Raimund gab ihr den Wasserschlauch, in der anderen Hand hielt er die Pferde an den Zügeln, die genüsslich am Gras zupften.

Lina saugte schwach an dem feuchten Stoff, dann drehte sie den Kopf weg.

»Sie muss Nahrung haben«, jammerte Hella, »sonst wird sie sterben.«

»Nicht nur das«, brummte Silas, »sie benötigt auch Arznei. Nur wo zur Hölle sollen wir die für sie auftreiben?«

»Hör auf zu fluchen, das macht es auch nicht besser«, schimpfte seine Schwester und gab Raimund den Schlauch zurück.

»Mir knurrt der Magen. Immerhin wächst hier genügend Brunnenkresse, das ist besser als nichts.« Raimund deutete auf das Bachufer.

»Du überraschst mich immer wieder, mein Freund«, sagte Silas anerkennend. »Gib mir die Pferde.«

Raimund reichte ihm die Zügel, ging zu dem munter dahinplätschernden Gewässer und begann die Pflanzen auszureißen. Wenig später kauten sie die Blätter, die erstaunlich scharf schmeckten.

»Ein Hasenbraten wäre mir bedeutend lieber«, meinte Silas.

»Dann geh und fang einen«, lachte Raimund. »Doch vermutlich sind längst alle in den ausgelegten Schlingen verendet. Wir sind nicht die einzigen Hungerleider in diesem verdamm… in diesem Land. Aber genug geruht, wir sollten weiter.«

Silas half seiner Schwester in den Sattel des Rappen. Raimund reichte ihr das Kind, das vor sich hindämmerte. Dann schwang er sich auf seinen Braunen, während Silas Cor, wie er den Hengst inzwischen nannte, am Zügel nahm und losstapfte. Nach einer Weile kam eine Burg in Sicht, die hoch über der Mosel thronte. Links und rechts davon waren Weinberge zu erkennen.

»Kennst du diese Burg?«, wollte Silas wissen.

Raimund zuckte mit den Schultern. »An der Mosel stehen an jeder Wegkreuzung Gemäuer irgendwelcher Herren. Wir sollten versuchen, einen Weg bergab zu finden. Am Fluss gibt es sicher ein Dorf, in dem wir die Nacht verbringen können.«

Nach einer Weile stießen sie auf einen verschlungenen Pfad, der sie in engen Schleifen ins Tal brachte. Tatsächlich gab es ein kleines Dorf, doch dieses befand sich am gegenüberliegenden Ufer. Eine Fähre, die sie hinüberbringen konnte, war nicht zu entdecken. Seufzend folgten sie dem Pfad flussaufwärts und gelangten nach einer halben Stunde in einen Ort. Sie lenkten ihre Schritte zu einer hübschen, weiß verputzten Kirche mit einem Fachwerkanbau. Gleich daneben fand sich das Pfarrhaus. Silas pochte an die Tür.

»Ist hier jemand?«, rief er und trat einen Schritt zurück, als über ihm ein Fenster geöffnet wurde.

»Was wollt Ihr?« Ein Mann mit einem kahlen Kopf sah zu ihnen hinunter.

»Wir sind Reisende auf dem Weg nach Brüssel und suchen einen Platz für die Nacht.«

Der Kahlköpfige zog sich zurück und schloss das Fenster, um kurz darauf die Tür zu öffnen.

»Ich bin Vater Ignatius«, stellte er sich vor. »Und Ihr seid?«

»Silas von Maringer, und das sind meine Schwester Hella und mein Freund Raimund Wachter. Das Kind hat Fieber. Könnt Ihr uns helfen?«

»Woher kommt Ihr?«, fragte Ignatius, ohne auf die Frage zu antworten.

»Aus Mainz«, erwiderte Silas.

»Eure Schwester sieht auch krank aus. Ihr schleppt doch nicht etwa eine Seuche in unser schönes Briedern?« Argwöhnisch musterte er sie.

»Hella ist nur erschöpft, sie hat in Mainz alles verloren. Bitte seid barmherzig.« Er zog seinen Geleitbrief aus einer Satteltasche. »Ich stehe in den Diensten der Generalpostmeisterin, ebenso wie mein Freund Raimund.«

Vater Ignatius studierte eingehend ihre Gesichter, schließlich nickte er. »Folgt mir.«

Er zückte einen großen Schlüssel und schloss die Tür hinter sich ab. Dann ging er voraus zum nächsten Haus und führte sie in den dahinterliegenden Hof.

»Fritz?«, rief er. »Er ist einer der Schiffbauer hier im Dorf und hat den größten Hof«, erklärte er.

Ein stattlicher Mann mit breiten Schultern kam aus der Scheune. »Gegrüßt seid Ihr, Vater Ignatius.«

Der Priester stellte die Reisenden vor und fragte nach Platz für sie und die Pferde.

»Hmm, in der Scheune würde es gehen. Habt Ihr Geld?«

Silas nickte. »Ich gebe Euch zwanzig Kreuzer, wenn Ihr uns und den Tieren Obdach gewährt, fünf weitere für etwas zu essen und Milch für das Kind.«

Der Schiffbauer überlegte. »Acht für Brot, Wein und Milch.«

Halsabschneider, dachte Silas, stimmte aber zähneknirschend zu. »Ich gebe euch die Hälfte jetzt und die andere morgen früh.«

Fritz erklärte sich einverstanden, und Silas ließ die Münzen in dessen fordernd ausgestreckte Hand klimpern.

Sie betraten die Scheune mit ihrem festgestampften Boden.

»Dort hinten an dem Balken könnt ihr die Pferde anbinden«, sagte Fritz. »Hiltrud, meine Frau, wird euch später das Essen bringen.«

»Das Kind fiebert. Gibt es in Briedern einen Heilkundigen?«, fragte Raimund.

»Geht zum Ende der Straße, in der letzten Hütte auf der linken Seite lebt Hilde. Ich weiß nicht, ob sie euch helfen kann, aber ihr könnt es versuchen«, meinte Fritz.

»So ist es«, sagte der Priester. »Einen Arzt werdet ihr hier nicht finden.«

Als Fritz und Vater Ignatius verschwunden waren, sattelte Raimund die Pferde ab. Ihre Bündel schleppte er in eine Ecke.

»Silas, ich bleibe hier, geh du mit Hella zu dem Weib.«

Bevor sie aufbrachen, fasste Silas an Linas Stirn. Glühend heiß. Seitdem sie gerastet hatten, war kein Mucks mehr von seiner Nichte zu hören gewesen, immerhin hatte sie an dem feuchten Tuch genuckelt.

Hildes Hütte war schäbig und erweckte den Eindruck, als würde sie vom nächsten Windstoß zu Fall gebracht werden. Silas traute sich kaum, anzuklopfen. Schlurfende Schritte näherten sich, und eine steinalte Frau mit schneeweißem Haar öffnete einen Spaltbreit. Misstrauische Augen blinzelten Silas und Hella aus einem zerfurchten Gesicht an.

»Der Schiffbauer Fritz und Vater Ignatius schicken uns«, erklärte Silas, »das Kind meiner Schwester fiebert und benötigt Eure Hilfe.«

Der Ausdruck der dunklen Augen wurde milder und der Türspalt größer.

»Kommt herein«, krächzte Hilde.

Innen war es düster. Von der Decke baumelten getrocknete Pflanzensträuße, auf dem Herd köchelte irgendetwas in einem eisernen Topf vor sich hin und verströmte einen süßlichen Duft.

»Gib mir das Kind«, forderte die alte Frau und streckte die Arme aus. Sie scherte sich nicht um die richtige Anrede.

Silas bemerkte ein winziges Zögern, bevor Hella Hilde das Kind übergab, die ihre Wange an dessen Stirn legte. »Ihr Name ist Lina«, sagte Hella.

»Deine Tochter brennt. Wie lange geht das schon so?«

»Bemerkt haben wir es heute um die Mittagszeit«, antwortete Hella. »Aber vielleicht fiebert sie auch schon länger. Ich bin eine schlechte Mutter.« Sie begann zu weinen.

»Heulen nützt nichts«, meckerte Hilde, legte Lina auf einen groben Holztisch und wickelte sie aus der Decke und dem Hemdchen. An dem kleinen dünnen Körper und an den Armen zeigten sich glänzende dunkelrote Pusteln. Lina schlug die Augen auf und begann zu greinen.

»Was ist das?«, wollte Silas wissen, während Hella ihrer Tochter den kleinen Finger in den Mund steckte, damit sie daran saugte.

Hilde zuckte mit den Schultern. »Ich habe diese Papeln schon öfter gesehen, doch woher sie rühren, weiß ich nicht. Vor allem die Trossleute leiden darunter. Ich gebe ihr Mädesüß zu trinken und eine Salbe aus demselben Kraut für die Haut.«

Hella runzelte argwöhnisch die Stirn. Dann schob sie ihren Ärmel zurück, Reste von verkrusteten, runden Hautveränderungen waren zu sehen.

»Ich hatte so etwas Ähnliches, das Fieber war nicht schlimm, nur die Kopfschmerzen. Es ging auch ohne Arznei vorbei.«

»Traust du mir etwa nicht?«, fragte Hilde erbost. »Du kommst in mein Haus, plärrst und bettelst um Hilfe. Und jetzt schlägst du meinen Rat aus?«

Silas warf Hella einen warnenden Blick zu. »Meine Schwester hat es nicht so gemeint. Sie sorgt sich und ist am Rande ihrer Kräfte.«

Hilde brummelte vor sich hin und stapfte zu einem Holz-brett, auf dem größere und kleinere Tiegel Platz gefunden hatten. Sie angelte einen herab und entfernte den Holzde-ckel. Mit einem Spatel nahm sie von der Salbe und begann die Pusteln zu bestreichen. Lina hielt ganz still, als wüsste sie, dass Hilde ihr helfen wollte.

»Dieses Hemdchen ist völlig verdreckt und verlaust«, schimpfte die alte Frau und deckte Lina zu. »Draußen hin-ter dem Haus steht ein Trog, geh und wasch es aus. Es kann hier drinnen neben dem Herd trocknen«, befahl sie Hella, die ohne Murren der Aufforderung nachkam.

Während seine Schwester das Hemd säuberte, hielt Silas seine Nichte auf dem Arm. Hilde nahm derweil den Kessel vom Feuer und goss einen kleinen Becher voll. »Ganz fri-sches Mädesüß, vor Morgengrauen geerntet, dann ist es am wirksamsten. Noch ist der Trank zu heiß für deine Nichte. Erzähl mir, woher ihr seid und wo ihr hinwollt. Am bes-ten weit weg, so wie alle«, sie lachte bitter. »Fort von die-sem elenden Krieg, den keiner gewinnen kann. Bauern und Handwerker, Frauen, Kinder und Alte, alle leiden seit so vie-len Jahren. Abertausende hat der Sensenmann geholt. Wofür mussten sie sterben? Für den richtigen Glauben? Gibt es die-sen denn? Nein, gestorben sind sie für machtgierige Männer, und noch viele werden ihnen folgen. Hunger und Seuchen erledigen den Rest.«

Erstaunt sah Silas sie an. Er hätte nicht gedacht, dass sich Hilde über den Krieg groß Gedanken machte.

»Du bist wirklich eine weise Frau.«

»Dazu gehört nicht viel Weisheit, Junge.«

Dann berichtete er von sich und den anderen und ihrer Reise von Mainz.

»Wir in Briedern hatten Gott auf unserer Seite, als die Spanischen hier durchkamen. Vater Ignatius hat die Kirchenschätze von St. Servatius in unserem Brunnen versenkt, sodass es nichts zu plündern gab. Und der Herr hat unser Dorf dafür vor der Pest verschont«, erzählte Hilde, nachdem er geendet hatte.

Hella brachte das nasse Hemd herein und hängte es zum Trocknen an einen Nagel neben der Herdstelle. Sie setzte sich zu Silas, der ihr das Kind reichte. Hilde prüfte mit dem Finger, ob der Trank genügend abgekühlt war. Dann füllte sie etwas davon in einen Becher mit einem schmalen Ausguss, der einer Kanne ähnelte.

»Stütze den Kopf deines Kindes«, forderte sie Hella auf und schob die Tülle vorsichtig in Linas Mund. Immer wieder setzte sie ab, damit das Mädchen Luft holen konnte. Nach und nach leerte sich der Becher. »Alle paar Stunden muss sie davon trinken.«

Silas bat Hilde darum, den Becher ausleihen zu dürfen.

»Lasst sie bei mir. Hier ist es wärmer als bei Fritz in der Scheune. Außerdem ist das Hemdchen noch nicht getrocknet«, schlug die alte Frau vor.

Hella runzelte die Stirn, und Silas konnte ihr ansehen, was sie dachte.

»Hab Dank, Hilde, aber dann sollte Hella auch hierbleiben dürfen. Ich glaube nicht, dass meine Schwester ihre Tochter allein lassen will.«

»Schon gut, viel Platz habe ich nicht, aber du kannst dich dort in die Ecke legen«, wandte sich die Alte an Hella.

Über Nacht war das Fieber gesunken, und Hilde hatte Lina noch eine kleine Schale Bucheckernbrei gegeben. Hella weinte Tränen des Glücks, als Raimund und Silas am Morgen mit den Pferden zum Haus der alten Frau kamen. Silas zeigte sich dankbar und drückte Hilde zwei Kreuzer mehr in die Hand, als sie verlangt hatte.

»Wie weit, schätzt du, ist es bis Lieser?«, fragte er die alte Frau.

Raimund und er hatten am Vorabend beschlossen, die Posthalterei anzusteuern, auch wenn sie dadurch zu weit nach Süden gelangten.

»Ich weiß es nicht genau, vielleicht sieben oder acht Meilen. Ihr solltet noch bleiben, das Fieber kann zurückkommen«, riet Hilde.

»Das sind kaum zwei Tagesritte«, überlegte Silas.

»Findet sich flussaufwärts eine Brücke?«, fragte Raimund.

Hilde schüttelte den Kopf. »Nein, Ihr müsst der Mosel am diesseitigen Ufer folgen. Bei Pünderich gibt es eine Fähre, aber vielleicht haben die Soldaten sie auch zerstört.«

»Ich möchte lieber noch nicht weiter«, wandte Hella zaghaft ein.

»Lina bekommt ihren Trank, und sie ist stark. Deine Tochter hat es mit Fieber bis nach Briedern geschafft, nun wird sie auch bis Lieser durchkommen«, entgegnete Silas. »Wir brechen auf.«

Hella fügte sich, und bald stiegen sie in den Sattel. Silas führte den Rappen und winkte Hilde noch einmal zu. Gut drei Stunden später waren Gebäude auszumachen, nachdem sie eine kurze Rast am Moselufer eingelegt und Lina ihr Mädesüßelixier aus einem Wasserschlauch eingeflößt hatten. Noch immer war ihre Stirn warm, aber nicht mehr heiß, stellte Hella zufrieden fest.

Eine Kapelle überragte die vielleicht vierzig Häuser der Ortschaft. Silas überkam ein seltsames Gefühl.

»Irgendwas stimmt hier nicht. Keine Menschenseele ist zu sehen.«

Der Wind frischte auf und blies ihnen entgegen, trug einen süßlichen Geruch mit sich.

Raimund verzog das Gesicht. »Es stinkt nach Verwesung.«

Kaum hatten sie die ersten Häuser und Hütten passiert, verstärkte sich der Gestank, und sie entdeckten eine am Boden liegende Gestalt. Vorsichtig ging Silas darauf zu, doch der Rapphengst blieb abrupt stehen und verweigerte jeden weiteren Schritt.

»Raimund, nimm die Zügel, ich sehe nach.«

»Lass es sein, wir sollten hier schleunigst verschwinden«, warnte sein Freund. »Der Kerl ist tot.«

Doch Silas hörte nicht. Als er neben der Leiche stand, erfasste ihn Entsetzen. Ein Schwarm dicker schwarzer Fliegen stob auf und gab das Gesicht frei. Schwarze, teils aufgebrochene Beulen zeigten sich an Stirn und Wangen. Silas fuhr zurück.

»Weg hier, schnell, dieser Mann hatte die Pest. Deshalb ist auch niemand hier, wahrscheinlich sind alle tot. Gib mir das Kind und halt dich fest, Hella.«

Mit Lina auf dem linken Arm und die Zügel in der rechten Hand lief er los, der Rappe trabte neben ihm her. Lina begann zu weinen, Hella kreischte aus Angst, herunterzufallen, doch Silas nahm keine Rücksicht. Erst als sie sich weit genug von dem Dorf entfernt hatten, verlangsamte er seine Schritte, und Cor parierte durch.

»Ich will absteigen, auf der Stelle«, fauchte Hella ihn an. »Bist du völlig von Sinnen, einfach so draufloszurennen?«

Silas hielt den Hengst an. »Hätte ich etwa in aller Seelenruhe durch dieses pestverseuchte Dorf schlendern und das Risiko eingehen sollen, dass doch noch jemand lebt und uns den Schwarzen Tod bringt? Du sitzt noch oben, also kann der Trab nicht so schlimm gewesen sein«, gab er schnell atmend zurück.

»Ab jetzt gehe ich zu Fuß«, erwiderte Hella und rutschte von Cors Rücken. »Gib mir mein Kind.«

Silas drückte ihr Lina in die Arme, woraufhin das Greinen verstummte.

»Hella, du bist nicht bei Kräften«, mischte sich Raimund ein, »du kannst auf meinem Pferd reiten.«

Stur schüttelte Hella den Kopf. »Bis Lieser schaffe ich es.«

»Wir werden mehr Rast einlegen müssen und dadurch Zeit verlieren. Und unsere Reise ist dann noch lange nicht zu Ende.« Verärgert blies Silas hörbar die Luft durch die Nase.

Hella war nicht zu überreden, und schließlich setzten sie schweigend ihren Weg fort. Schwer drückte die Missstimmung auf ihre Gemüter, und zu allem Übel fing es an zu regnen. Bald waren sie bis auf die Haut durchnässt und froren erbärmlich. Immer öfter mussten sie haltmachen, denn Hella wurde langsamer und langsamer.

»Wir werden die Nacht irgendwo dort oben verbringen.« Silas zeigte mit dem ausgestreckten Arm zu dem steilen Hang. »Im Wald sind wir geschützter.«

Nach einer halben Stunde bergauf ließ sich Hella völlig erschöpft auf einer kleinen Lichtung ins Moos sinken. Raimund knüpfte einen Lederbeutel und den Wasserschlauch von seinem Sattel und trank.

»Wir haben nichts zu essen, ich sehe mich um, ob ich etwas Nahrhaftes finden kann. Kümmere du dich um deine Schwester und die Pferde«, raunte er Silas zu und verschwand zwischen den Bäumen.

Silas lockerte die Sattelgurte, nahm den Pferden den Zaum ab, halfterte sie auf und band sie an einen dicken Ast. Zufrieden zupften sie am Gras. »Hier, das ist der Rest von Hildes Arznei.«

Er reichte seiner Schwester den Schlauch, den sie Lina an die Lippen hielt, und setzte sich neben Hella. Als das Kind getrunken hatte, legte Silas den Arm um Hellas Schultern, um sie zu wärmen. Zitternd drückte sie sich an ihn.

»Ich glaube, das Fieber kommt zurück, ihre Augen sind glasig, wenn sie sie öffnet.«

Er fasste nach Linas Stirn. »Du hast recht, sie ist wieder heiß. Und wir haben nichts mehr, was wir ihr geben können«, sagte er leise und trostlos. Schuldgefühle machten sich breit, war doch er derjenige gewesen, der zum Aufbruch gedrängt hatte, anstatt auf Hildes Rat zu hören.

»Und dazu kommt noch dieses elende Wetter.« Hellas Stimme klang brüchig. Sorgsam schützte sie ihre Tochter mit ihrem Umhang vor dem Regen.

Nach einer Weile kehrte Raimund zurück. In seinem Beutel fanden sich Spitzwegerich und Sauerklee, sogar einige Beeren hatte er gepflückt.

»Viel ist es nicht, ihr könnt alles teilen. Ich habe während des Sammelns gegessen.«

Der Spitzwegerich schmeckte bitter, und der Klee machte seinem Namen alle Ehre, aber trotzdem waren die Blätter besser als gar nichts. Raimund setzte sich auf Hellas andere Seite, und die drei rückten nahe zusammen, um sich, so gut es ging, Wärme zu spenden. Wenigstens hatte der Regen aufgehört. Silas übernahm die erste Wache und lauschte den Geräuschen des Waldes: dem Rascheln einer Maus, dem entfernten Grunzen einer Wildschweinrotte, den Rufen eines Kauzes und eines Uhus, dem Knarren der Bäume im Wind. Er dachte an Alexandrine und rief sich den Kuss in Erinnerung. Langsam fielen ihm die Augen zu, und er dämmerte vor sich hin. Ein seltsames tiefes Grollen ließ ihn zusammenschrecken und hellwach werden. Die Pferde wurden unruhig. Gespannt hielt er den Atem an. Das Knurren kam näher, und wenige Augenblicke später erhaschte Silas im schummrigen Mondlicht einen Blick auf dessen Urheber. Ein Dachs, der offenkundig verärgert war. Was das Tier verstimmte, wusste Silas nicht. Vielleicht hatte es Junge und fühlte sich durch die Menschen gestört. Dann verschwand es zwischen den Bäumen.

»Silas«, flüsterte Raimund, »hast du das gehört?«

»Nur ein Dachs«, gab er leise zurück.

»Gut. Leg dich schlafen, ich übernehme die Wache bis zum Morgengrauen.«

Hellas Schrei riss Silas noch vor der Dämmerung aus dem Schlaf. Die Pferde hoben aufgeregt die Köpfe und spitzten die Ohren. Als nichts weiter geschah, senkten sie ihre Hälse wieder.

»Hella, hast du schlecht geträumt?« Schlaftrunken rieb sich Silas die Augen.

»Lina ist tot. Mein Kind ist tot«, schluchzte sie herzzerreißend und hielt den kleinen Leichnam an sich gedrückt.

Silas nahm sie in die Arme und wartete, bis sie sich beruhigt hatte. Der Verlust seiner Nichte schmerzte ihn, aber wenn er ehrlich war, hatte er nicht damit gerechnet, sie lebend nach Brüssel zu bringen, schwach und krank, wie Lina gewesen war. Es hatte ohnehin an ein Wunder gegrenzt, dass der Säugling so lange am Leben geblieben war.

»Es tut mir so leid, Hella«, sagte Raimund mit belegter Stimme und berührte sie tröstend an der Schulter.

Als es hell wurde, schaufelten Silas und Raimund mit bloßen Händen ein Grab. Sie hofften, es war tief genug, damit keine wilden Tiere das kleine Mädchen wieder ausgruben.

»Ich denke, das reicht«, meinte Raimund und wischte sich mit seinem rechten Ärmel den Schweiß von der Stirn. »Ich sehe mich nach ein paar schweren Steinen um, die wir aufs Grab legen können.«

Während Raimund nach Steinen suchte, band Silas zwei dickere Äste mit Efeuranken zu einem Kreuz zusammen. Hella saß mit rot geweinten Augen auf dem Boden, den Rücken an einen Stamm gelehnt, das tote Kind im Schoß.

»Meinst du, sie hätte überlebt, wenn wir in Briedern geblieben wären?«, fragte sie leise.

»Ich weiß es nicht, Hella, aber ich glaube nicht. Lina war

schon durch den Hunger sehr geschwächt«, gab er zurück und betrachtete sein Werk. »Bist du so weit?«

Hella schluckte. »Ja«, brachte sie hervor und stand ächzend auf. Behutsam legte sie ihr Kind in die feuchte Grube, faltete die kleinen blassen Hände auf dem Bauch, strich ein letztes Mal über die fahlen Wangen, während die Tränen sich erneut Bahn brachen. »Nun habe ich alles verloren, was mich noch an Leopold erinnerte.«

Silas trat zu ihr und sprach ein paar Sätze aus dem Markus-Evangelium, die ihm gerade in den Sinn kamen. »Lasst die Kinder zu mir kommen, hindert sie nicht daran, denn für solche wie sie ist das Reich Gottes. Amen. Ich sage euch: Wer das Reich Gottes nicht annimmt wie ein Kind, wird nicht hineingelangen.« Er schlug das Kreuz über dem offenen Grab, bückte sich nach einer Handvoll Erde. »Möge Gott deiner armen Seele gnädig sein, Lina Wagner. Ehre sei dem Vater, dem Sohn und dem Heiligen Geist, wie im Anfang, so auch jetzt und alle Zeit und in Ewigkeit. Amen.«

»Amen. Das hast du gut gemacht, Silas«, lobte Raimund, der seinen Umhang als Sack für die gesammelten Steine nutzte. Auch er warf Erde in die Grube, zuletzt Hella. Sie bemühte sich, tapfer zu sein. Der Tod war allgegenwärtig, wie sie aus bitterer Erfahrung wusste. Doch beide Kinder zu verlieren, war mehr, als sie ertragen konnte. Sie sackte zusammen, und Raimund konnte gerade noch verhindern, dass sie vornüber auf das Grab kippte. Eng hielt er sie umschlungen und wechselte einen Blick über ihren Kopf hinweg mit Silas, der dankbar nickte.

Schließlich gewann Hella ihre Fassung zurück.

»Ich möchte nicht sehen, wie ihr die Erde auf Lina schaufelt.« Mit diesen Worten entfernte sie sich und ging zu den Pferden.

Schnell war das Grab geschlossen, die Steine aufgelegt und das Kreuz am Kopfende eingesteckt. Hella kehrte zurück, verharrte noch einen Augenblick an der letzten Ruhestätte ihrer Tochter. Dann sattelten die Männer die Pferde, und gemeinsam schlugen sie den Weg bergab ein.

Die Fähre in Pünderich bestand noch, stellten sie erleichtert fest, und gegen Abend erreichten sie Lieser. Hella hatte entschieden, sich doch lieber auf Raimunds Pferd zu setzen, denn ihre Beine fühlten sich noch kraftloser als am Vortag an.

»Willkommen in Lieser«, empfing Bernadette Ludwig die Reisenden. »Matthias, hilf dem Knecht mit den Pferden«, wies sie ihren Sohn an und bat die Ankömmlinge ins Haus. »Ihr müsst Silas von Maringers Schwester aus Mainz sein«, sagte sie und musterte die viel zu dünne und verhärmte Hella sorgenvoll.

»Ich bin Hella, habt Dank für Eure Freundlichkeit.«

Bernadette rief nach einer Magd und trug ihr auf, Brot, geräucherten Fisch und verdünnten Wein zu bringen. Bald machten sich die drei hungrig über das Essen her. Silas und Raimund berichteten abwechselnd von den vergangenen Tagen, erwähnten aber Linas Tod mit keinem Wort. Als sie gesättigt waren und Bernadette ein weiteres Mal für ihre Gastfreundschaft gedankt hatten, schob Hella ihren Stuhl zurück.

»Ich möchte mich zurückziehen«, bat sie.

»Sicher, folgt mir«, erwiderte Bernadette und überließ die beiden Männer ihrem zukünftigen Gatten Philipp Umbescheiden, der soeben in die Stube kam und sich an den Tisch setzte.

»Sagt, kann man in der Mosel baden?«, fragte Raimund den Postmeister nach einer Weile.

»Der Fluss ist nicht ungefährlich, er hat Unterströmungen. Ich rate Euch, in Ufernähe zu bleiben«, gab Philipp zurück.

»Kommst du mit?«, wandte sich Raimund an Silas, der ihn

anstarrte, als hätte er verlangt, mit bloßen Händen ein Huf-
eisen zu schmieden. »Ich jedenfalls brauche dringend ein Bad.
Was dir übrigens auch nicht schaden würde.«

Silas gab den Empörten, stimmte dann aber lachend zu.

Wenig später stiegen sie splitternackt und prustend ob des
kalten Wassers ans Ufer. Schnell legten sie ihre Kleidung an
und fühlten sich herrlich erfrischt.

»Du solltest deiner Schwester nahelegen, auch ein Bad
zu nehmen«, sagte Raimund auf dem Weg zurück zur Postmeisterei. »Nichts für ungut, aber sie starrt vor Dreck, und
das Blond ihrer Haare kann man nicht einmal erahnen. Sie
ist zu hübsch, um sich unter dem Schmutz zu verstecken.«

»Sie gefällt dir«, stellte Silas augenzwinkernd fest.

»Hella ist eine schöne Frau, mehr nicht«, erwiderte Raimund und hielt den Blick geradeaus gerichtet.

Silas grinste in sich hinein. War sein Freund etwa dabei,
sich in seine Schwester zu verlieben?

Während die Männer sich den Dreck in der Mosel abge-
schrubbt hatten, war Bernadette mit Hella in eine kleine
Kammer gegangen.

»Hier könnt Ihr Euch ausruhen. Wenn Ihr etwas braucht,
dann sagt mir Bescheid.«

»Seid bedankt«, antwortete Hella knapp. Doch als Bernadette den Raum verlassen wollte, fügte sie leise hinzu: »Ich
musste heute Morgen meine kleine Tochter begraben.«

Bernadette hielt inne und schloss die Tür. »Das dauert
mich. Wie alt war sie denn?« Sie setzte sich auf das schmale
Bett und klopfte einladend neben sich auf die Matratze. Dann
schüttete Hella ihr Herz aus, berichtete vom Verlust ihrer
ganzen Familie, schilderte tränenüberströmt die glückliche
Zeit mit Leopold und ihrem Sohn Jeremias, die nie wieder-
kehren würde. Die Tochter des Fährmanns war eine einfühl-

same Frau, hörte zu und nahm Hellas Hand in die ihre, bis diese ihre Erzählung geendet hatte.

»Auch ich habe meinen Mann verloren, aber wenigstens sind mir meine Kinder geblieben. Das Schicksal hat Euch übel mitgespielt, dennoch müsst Ihr nach vorne schauen und die Vergangenheit ruhen lassen. Euer Verlust wiegt schwer, aber Ihr seid noch jung genug und könnt weitere Kinder bekommen. Selbst wenn Ihr darüber im Augenblick nicht nachdenken wollt«, riet Bernadette.

»Ihr wisst gar nichts. Nie wieder werde ich einen Mann wie Leopold finden, und ich will auch keinen anderen«, schnappte Hella, um sogleich für ihren rüden Ton um Verzeihung zu bitten.

Bernadette nahm es ihr nicht übel. »Versucht, etwas zu schlafen. Wenn Ihr wollt, kann Euch die Magd ein Bad bereiten. Es reinigt nicht nur den Körper, sondern auch die Seele.«

Täglich erwartete Alexandrine die Rückkehr von Silas. Doch jedes Mal wurde sie enttäuscht, und ihre Sorge um ihn, seine Schwester und Raimund wuchs. Nicht einmal eine Nachricht hatte sie erreicht.

Seit ihrer Rückkehr von Lieser war sie damit beschäftigt, auf Wunsch des Kaisers neue Streckenposten errichten zu lassen, um das Netz weiter zu verzweigen. Nicht nur reitende Boten waren dazu nötig, auch ausdauernde und verlässliche Männer, die die Briefe in die kleineren Städte im näheren Umfeld der Stationen zu Fuß verteilten. Außerdem brauchten die Boten bewaffneten Begleitschutz, die *Salvae Guardiae* reichten schon lange nicht mehr aus, um sie ihre Felleisen sicher von Ort zu Ort bringen zu lassen. Kaiser

Ferdinand II. hatte ihr sein Wohlwollen über die Rückverlegung der Niederländischen Postroute ausgedrückt. Lamo und Benedikt Grotheer unterstützten sie mit all ihrer Kraft, und sie freute sich darüber, wie gut ihr Sohn in seinen jungen Jahren schon über vieles Bescheid wusste. Grotheer war ihm ein guter Lehrer.

Ständig trafen neue Nachrichten aus Regensburg ein. Reichserzkanzler Anselm Casimir Wamboldt von Umstadt hatte einen Kurfürstentag einberufen. Köln und Bayern mühten sich um einen Friedensschluss mit Frankreich. Der Brandenburger Kurfürst Georg Wilhelm I. wollte einen Ausgleich mit Schweden, zumal seine Gattin, Elisabeth Charlotte von der Pfalz – Schwester des Winterkönigs – und seine Schwester Maria Eleonore, die einst Gustav II. Adolf geehelicht hatte, die Lage für ihn nicht einfacher machten. Seine Ehefrau – durch und durch protestantisch – bekämpfte stets seinen wichtigsten Berater und Minister, Adam von Schwarzenberg, der auf des Kaisers Seite stand, reich war und Georg Wilhelm I. gar Kredite gewährte. Für wen der Brandenburger sich auch entschied, irgendjemanden verprellte er immer.

Es klopfte kurz an der Tür, und fast zeitgleich kam Lamo herein, unter dem Arm mehrere Zeitungen.

»Der Papst schlägt einen Friedenskongress vor«, sagte er, legte die Journale auf den Schreibtisch und nahm ihr gegenüber Platz.

»Und wo soll dieser laut Urban VIII. stattfinden?«, fragte Alexandrine und rieb sich die Augen. Schon seit dem frühen Morgen arbeitete sie im Kontor, es wurde Zeit für eine Pause. »Lass uns in den Garten gehen, ich sitze schon viel zu lange hier drin.«

Lamo half ihr in den halblangen pelzverbrämten Umhang. Draußen wehte ein kalter Wind, der Herbst hielt Einzug. Das Wetter versprach einen weiteren langen, kalten Winter.

»In Köln«, beantwortete er ihre Frage auf dem Weg hinaus. »Kardinal Ginetti ist bereits in der Reichsstadt eingetroffen, ihm obliegt die Aufgabe des päpstlichen Vermittlers.«

Alexandrine zog fröstelnd die Schultern hoch und ließ ihre Hände in den weiten Ärmeln verschwinden.

»Ginetti? Hat der Papst keinen geeigneteren Mann gefunden?«

»Wer ist er?«, fragte Lamo interessiert, wie so oft fasziniert vom Wissen seiner Mutter.

Sie schritten die gepflegten Wege zwischen den Sträuchern entlang.

»Ein Günstling, er und der Papst kannten sich schon lange, bevor Barberini den Stuhl Petri einnahm. Kaum vorstellbar, dass ausgerechnet Ginetti eine Einigung zwischen den protestantischen und katholischen Mächten erzielen kann. Wenn überhaupt, dann nur zwischen Frankreich und Habsburg, doch selbst das halte ich eher für ausgeschlossen. Vorneweg wird Kardinal Richelieu Ferdinand Ernst niemals als zukünftigen Kaiser schon bei Verhandlungsbeginn anerkennen, und genau dies wird aber dessen Vater mit päpstlicher Unterstützung verlangen. Dabei ist der Kaisersohn noch nicht einmal zum König gewählt worden.«

Mit ihrer Einschätzung lag sie richtig, wie sich Jahre später herausstellen sollte, als der päpstliche Gesandte Ginetti erfolglos zurück nach Rom reiste. Allmählich wurde ihr wieder wärmer, und tief sog Alexandrine die frische Luft in ihre Lungen.

»Wenigstens wird ein neuer Versuch unternommen, endlich Frieden in Europa zu schaffen«, seufzte Lamo. »Meinst du, die Kurfürsten wählen ihn überhaupt zum König?« Ein Windstoß erfasste Lamos Hut und riss ihn vom Kopf. Hastig setzte er ihm nach, bekam ihn zu fassen, wischte ein paar Blättchen und Erdkrumen von dem fein gewirkten schwarzen Filz und verzichtete darauf, ihn wieder aufzusetzen.

»Da hege ich keinen Zweifel. Ferdinand Ernst wird seinem Vater folgen und nach dessen Tod zum Kaiser gekrönt werden.« Sie senkte ihre Stimme, bevor sie weitersprach. »Die Gesundheit des Kaisers soll angeschlagen sein, ich für meinen Teil hoffe, dass sein Sohn ihn bald beerbt. Ferdinand Ernst ist der Frieden wichtiger als die Religion, obwohl auch er ein überzeugter Katholik ist. Jedoch stand er dem Einfluss der Jesuiten am Wiener Hof immer kritisch gegenüber. Lamo, Ferdinand Ernst könnte der Kaiser sein, der den Krieg beendet.«

Ihr Sohn nickte bedächtig. »Er ist ein besonnener Mann und ein äußerst gewiefter Feldherr. Ich denke, du hast recht, er könnte tatsächlich dem Krieg ein Ende setzen.« Eine Zeit lang gingen sie schweigend nebeneinanderher, bis Lamo das Wort ergriff. »Ich vermisse Silas, seinen Unterricht, sein Lachen. Überhaupt ist er mir ein guter Freund geworden. Hoffentlich geht es ihm und Raimund gut.«

»Sie sollten längst hier sein, und ich bete darum, dass ihnen nichts zugestoßen ist«, teilte Alexandrine seine Sorge. »Kaiserliche und spanische Truppen rücken immer weiter nach Frankreich vor, ebenso wie bayerische Soldaten. Möge Gott verhüten, dass sie mitten hineingeraten, noch dazu mit einer Frau und einem Säugling.«

»Raimund ist ein alter Haudegen, er wird am besten wissen, wie sie ungeschoren durchkommen«, erwiderte Lamo zuversichtlich, während sie den Weg zurück einschlugen.

Kurz vor dem Eingangsportal kam ihnen ein Reiter entgegen. Alexandrine erkannte den Mann auf dem dunkelbraunen Wallach sogleich.

»Capitaine général Sfondrati«, begrüßte sie ihn. Der Ankömmling stieg vom Pferd, das ein Stallknecht in Empfang nahm. »Welche unerwartete Ehre.«

»Zu gütig, Comtesse«, erwiderte er und nickte Lamo höflich zu. »Comte Lamoral, erfreut, Euch zu sehen. Ich hätte meinen Besuch ankündigen sollen. Komme ich etwa ungelegen?«

»Aber nein, lasst uns ins Haus gehen, hier draußen ist es zu ungemütlich«, lud die Gräfin ihn ein.

Im Palais verabschiedete sich Lamo und versprach, eine Magd mit Wein und Wasser ins Schreibkontor zu schicken, wohin Alexandrine den Generalkapitän bat.

»Nehmt Platz, général. Was kann ich für Euch tun?«

Sfondrati zog seinen eleganten Hut vom Kopf und legte ihn auf seine Oberschenkel. Er trug einen dunklen Rock, darunter ein schwarzes Wams und ein feines Hemd mit üppigem Spitzenkragen. Seine Beine steckten in blank geputzten Stiefeln mit silbernen Sporen.

»Ich möchte nicht lange um den heißen Brei herumreden«, begann er, als just Anike erschien und das Gewünschte brachte. Alexandrine bedeutete ihr, das Tablett auf den Schreibtisch zu stellen. »Du kannst gehen, Anike, ich schenke meinem Gast selbst ein«, scheuchte sie die Magd mit einer Handbewegung hinaus.

Sie füllte die Gläser und stieß mit dem Generalkapitän an.

»Ich bin gespannt.« Erwartungsvoll sah sie den hochgewachsenen Mann an.

»Eure Tochter ist eine ganz entzückende junge Dame, hübsch, klug, gebildet, und sie verfügt über einen spritzigen Humor. Kurz und gut, ich bitte Euch hiermit um Genovevas Hand.«

Am liebsten hätte Alexandrine einen Jubelschrei ausgestoßen, endlich war ihre Saat aufgegangen. Zu jedem Empfang, jedem Ball hatte sie Veva mitgenommen und vorher Erkundigungen über die Gästeliste eingezogen. Und sie hatte dafür gesorgt, dass ihre Kinder und sie des Öfteren an Sfondratis Tisch platziert worden waren.

»Ich bin außerordentlich erfreut über Eure Bitte und gewähre sie gerne. Habt Ihr mit meiner Tochter schon darüber gesprochen?« Alexandrine nahm einen weiteren Schluck Wein.

»Selbstverständlich nicht, aber ich habe zumindest angedeutet, wie sehr sie mir am Herzen liegt«, lächelte Sigismondo Sfondrati. »Ich glaube, auch Veva ist mir zugetan. Zumindest hoffe ich den Ausdruck ihrer Augen und ihre Worte, wann immer wir aufeinandertrafen, richtig gedeutet zu haben.«

»Esst mit uns zu Abend, général, dann werden wir es herausfinden. Bis dahin erzählt mir von Euch und Eurer Familie.« Er musste nicht wissen, dass sie darüber längst genau im Bilde war.

Alexandrine ließ Fleisch, Fisch, verschiedene Gemüse, Brot und Süßspeisen auftischen und den besten Wein aus ihrem Keller holen. Zuvor hatte sie ihre Tochter aufgesucht, die in der Bibliothek saß und ein Buch las.

»Veva, wir haben einen besonderen Gast, zieh dir ein anderes Kleid an. Am besten das dunkelgrüne mit dem Ausschnitt und dem Spitzenbesatz, dazu die zweireihige Perlenkette. Und Elise soll dir die Haare bürsten.«

Ihre Tochter ließ das Buch sinken. »Wer isst mit uns zu Abend?«

»Das bleibt mein Geheimnis«, zwinkerte Alexandrine, »und jetzt geh, ich schicke Elise in dein Zimmer.«

An Vevas Gesicht konnte die Gräfin das Entzücken ihrer Tochter ablesen, als sie Sigismondo Sfondrati gewahr wurde.

»Capitaine général, was für eine Ehre«, begrüßte ihn Veva. Auf ihren schmalen Wangen zeigte sich eine feine Röte, während er ihr einen Stuhl an der Tafel zurechtrückte.

Auch Lamo hatte seinen feinsten Rock angelegt und warf

seiner Schwester einen belustigten Blick zu, als sich das Rot in ihrem Gesicht vertiefte.

Man plauderte über dies und jenes, Sigismondo erzählte von den Ländereien seiner Familie und gab Anekdoten zum Besten. Schließlich hob Alexandrine ihr Glas und sah in die Runde. »Nachdem wir nun so vorzüglich gespeist haben, kommen wir zum eigentlichen Grund des Besuchs unseres geschätzten Capitaine général Sfondrati. Ich erteile Euch das Wort, Sigismondo.«

Sfondrati nahm sein Glas, das im Kerzenschein des Lüsters funkelte, und erhob sich. »Genoveva Anna von Taxis, ich habe Eure verehrte Mutter um Eure Hand gebeten, und sie hat zugestimmt.«

Veva entfuhr ein leiser spitzer Schrei, und sie fasste sich an die Halsgrube. Dann legte sich ein Strahlen über ihre Züge. »Ich fühle mich zutiefst geehrt und dankbar«, brachte sie hervor, während sie mit den Freudentränen kämpfte.

Sie tranken auf das Wohl der zukünftigen Eheleute, dann zog Sigismondo ein Kästchen hervor, klappte den Deckel auf. »Dieser Ring soll mein Heiratsversprechen unterstreichen.«

In dem mit schwarzem Samt ausgeschlagenen Kistchen ruhte ein dünner Goldreif mit einer Perle, den er herausnahm und Veva über den linken Ringfinger schob. Begeistert betrachtete sie den Ring an ihrer Hand, drehte ihn im Lichtschein hin und her. Alexandrine lächelte zufrieden. Die Heirat würde im kommenden Jahr stattfinden. Über die Höhe der Mitgift hatte sie mit ihrem künftigen Schwiegersohn noch im Kontor gesprochen. Sfondrati würde eine reiche Frau bekommen. Und Alexandrine konnte sich ihrer nächsten Herzensangelegenheit zuwenden, den Nachforschungen zum Stammbaum derer von Taxis.

Sie waren länger in Lieser geblieben als geplant. Bernadette hatte sich für Hella bei Silas stark gemacht.

»Eure Schwester muss zu Kräften kommen, gebt ihr Zeit, bevor ihr aufbrecht.«

Zähneknirschend hatte er zugestimmt, denn eigentlich hatte er so schnell wie möglich weiterreiten wollen. Doch der Aufenthalt hatte Hella gutgetan. Die fetten Fische, die Raimund und er aus der Mosel gezogen hatten, viel Schlaf und Ruhe hatten Hella wieder aufblühen lassen. Auch der tägliche Gang zur Kirche, um für das Seelenheil ihrer verstorbenen Familie zu beten, und die Gespräche mit Bernadette hatten ihren Teil dazu beigetragen.

Silas und sein Freund hatten geholfen, das Dach der Scheune zu reparieren. Manch übrige Stunde hatte Silas genutzt, um Cor Neues beizubringen. Der Hengst war gelehrig, aber hin und wieder auch widersetzlich, und oft dachte Silas an die Zeit zurück, als Nabil jung gewesen war und ihn hin und wieder abgeworfen hatte.

Schließlich hatten sie von Bernadette, ihren Kindern, Philipp und dem Fährmann Henrich Clais Abschied genommen und für den Rückweg die Strecke über La Roche gewählt. Wie schon zuvor ging mal der eine, mal der andere zu Fuß, denn ein weiteres Pferd für Hella stand nicht zur Verfügung. Dort erfuhr Silas, dass Nabil zwar munter war und zwei Stuten gedeckt hatte, jedoch zeigte sich die Lahmheit immer noch, wenn sie auch weniger geworden war. Er musste ihn erneut zurücklassen. Silas war dankbar, dass Maurice sich gut um den Dunkelfuchs kümmerte, doch als sie La Roche wieder verließen, wurde ihm das Herz schwer, obwohl er in Cor ein wunderbares Pferd gefunden hatte.

Von Armand Dubois hatten sie in Erfahrung gebracht, dass südlich der Ardennen Truppen und Regimenter immer weiter nach Frankreich vorrückten, und so gelangten sie unbehelligt nach Brüssel. Nur das Wetter war ihnen nicht hold. Kalter Nieselregen verwandelte die Pfade zum Teil in Morast, immer wieder glitten die Pferde aus. Völlig durchnässt, mit Schlammspritzern befleckt und erbärmlich frierend erreichten sie erschöpft das Palais.

»Gott segne Euch, Ihr seid wohlbehalten zurück«, begrüßte Jean die Reisenden und pfiff nach den Stallburschen, ihnen die Rösser abzunehmen.

»Das wird nicht nötig sein«, wehrte Raimund ab, »ich muss weiter.«

Raimund wohnte in Anderlecht vor den Toren der Stadt und am anderen Ufer der Senne, wo sein Schwager einen Gasthof unterhielt. Er umarmte Silas und verabschiedete sich herzlich von Hella.

»Ich werde dich vermissen«, sagte sie leise.

Silas verfügte über ein gutes Gehör und grinste verstohlen. Seine Schwester hatte wohl ebenso Gefallen an seinem Freund gefunden.

»Komm mit Silas nach Anderlecht, in der Auberge sous les tilleuls gibt es immer Platz für euch beide. Die alten Linden sind so groß, dass ihr sie nicht verfehlen könnt.« Damit stieg Raimund wieder in den Sattel und wendete seinen Wallach. Hella sah ihm gedankenverloren hinterher, bis er aus ihrem Blickfeld entschwand.

Am Eingangsportal wartete Jean geduldig gemeinsam mit einem jungen Burschen, der ihnen ihre in Lederbeuteln verstauten Habseligkeiten abgenommen hatte.

»Komm, Hella«, forderte Silas sie auf, »drinnen ist es trocken und warm. Du holst dir noch den Tod bei diesem Wetter.«

Jean führte sie zu ihren Kammern. »Paul, stell die Sachen hier ab und richte der Gräfin aus, dass Monsieur de Maringer zurück ist.« Dann wandte er sich an Silas. »Wünscht Ihr ein

heißes Bad? Anike wird es Euch bereiten. Bis zum Abendessen bleibt noch genügend Zeit.«

»Jean, dies ist meine Schwester Hella Wagner«, fand er endlich Gelegenheit, sie vorzustellen. »Und ja, ein heißes Bad ist
mehr als willkommen, nicht wahr, Hella?«

Sie nickte abwesend. Seiner Schwester erging es ähnlich
wie ihm, als er erstmals das Palais betreten hatte. Die prächti-
gen Bilder in den Gängen, die erlesen eingerichteten Zimmer
mit den bequem aussehenden Betten, ihren sauberen Laken
und dicken Decken und die Teppiche auf den Böden ließen
Hellas Augen staunend umherirren und schüchterten sie ein.

Als Jean verschwunden war, sagte Hella leise: »Das ist ein
Palast, Silas, und ich habe nur dieses schmutzige, zerschlis-
sene Kleid zum Anziehen. Was nützt es mir, mich zu waschen,
um wieder in denselben Dreck zu steigen? Ich schäme mich
und möchte lieber in einer Herberge unterkommen. Außerdem verstehe ich kein Wort Französisch. Bitte bring mich
hier weg.«

»Wir werden ein anderes Kleid für dich finden, nimm ein
ausgiebiges Bad. Ich sehe nach, was ich tun kann.«

Er machte sich auf die Suche nach Veva, sie würde sicher
eine Lösung für Hellas Problem finden. Sich wundernd,
warum die Gräfin ihn nicht längst begrüßt hatte, konnte er
es doch kaum erwarten, Alexandrine wiederzusehen, begegnete ihm in einem der Gänge Elise.

»Monsieur de Maringer, ich habe schon gehört, dass Ihr
heil und gesund zurückgekehrt seid.« Sie war ehrlich erfreut.

»Elise, dich schickt der Himmel, du musst mir helfen«,
erwiderte er und schilderte Hellas Lage.

Sie lächelte. »Eure Schwester kann von mir etwas zum
Anziehen bekommen, wenn sie möchte.«

Silas fasste spontan nach ihren Händen und wirbelte sie
wie beim Tanz herum, und ihr entfuhr ein Juchzen.

»Du weißt nicht, wie dankbar ich dir dafür bin, Elise.«

Just in diesem Augenblick erschien Anike, in den Händen zwei dampfende Wassereimer, die sie zur Badstube schleppte. Abrupt blieb sie stehen, ihre Augen blitzten vor Eifersucht. Sie öffnete den Mund, um etwas zu sagen, entschied sich aber dagegen. Mit zorngerötetem Gesicht setzte sie ihren Weg fort. Silas seufzte innerlich auf. Anike hatte ihm schon früher unterstellt, er würde Elise beiliegen. Nun fühlte sie sich in ihren haltlosen Anschuldigungen bestimmt bestätigt.

Elise befreite sich aus seinen Händen. »Ich bringe Kleid, Unterhemd und Strümpfe zur Badstube und helfe Eurer Schwester beim Anziehen«, erbot sie sich.

Silas dankte ihr noch einmal und beschloss, zur Bibliothek zu gehen, hoffte, dort auf Lamo zu treffen. Tatsächlich saß Alexandrines Sohn in einem Sessel vor dem Kamin. Es war dem jungen Grafen anzusehen, dass er Silas am liebsten um den Hals gefallen wäre, sich aber besann. Solch überschwängliche Gefühle gehörten sich nicht. Dafür setzte er ein strahlendes Lächeln auf und klopfte Silas auf die Schulter, um kurz darauf die Nase zu rümpfen.

»Du solltest dich waschen, bevor du Mutter unter die Augen trittst. Oder hast du sie etwa schon getroffen?«

»Wie wäre es mit: Schön, dich zu sehen, ich habe dich vermisst?«, entgegnete Silas augenzwinkernd.

»Das habe ich, Silas, glaub mir. Auch meine Mutter betete täglich für euer aller Rückkehr.«

Silas wurde warm ums Herz. »Zu deiner Frage, nein, ich habe die Comtesse noch nicht zu Gesicht bekommen. Und ich nehme selbstredend ein Bad, sobald meine Schwester aus dem Zuber gestiegen ist.«

Sie setzten sich vor den Kamin, und Lamo erzählte von den vergangenen Wochen.

»Mutter hat Tausende ausgeben, um Boten und bewaffnete Begleiter anzuheuern, die Stationen einzurichten und geeignete Posthalter zu finden.«

»Bewaffnete Begleiter?«, echote Silas.

»Überfälle auf die Boten sind an der Tagesordnung, das ist ja bekannt, aber schlimmer denn je zuvor«, antwortete Lamo. »Oh, und das Neueste habe ich dir noch gar nicht verraten: Meine Schwester wird im kommenden Jahr heiraten.«

»Sieh an, wer ist er?«

»Sigismondo Sfondrati, Generalkapitän der Artillerie und Markgraf von Montafià. Gut aussehend und reich, seine Familie hält Besitztümer in Italien, was den Vorstellungen meiner Mutter ganz entspricht«, berichtete Lamo mit feinem Spott.

»Ich hoffe, deine Schwester wird glücklich.«

»Veva läuft seit der Verlobung nur noch mit einem dümmlichen Lächeln im Gesicht durch die Gegend und kann den Tag der Hochzeit kaum erwarten.«.

»Du solltest dich nicht über deine Schwester lustig machen«, tadelte Silas. »Sie ist verliebt, und auch du wirst einmal von Amors Pfeil getroffen werden.«

Silas und Hella fanden sich pünktlich im ersten Geschoss zur Einnahme der abendlichen Mahlzeit ein. Seine Schwester war zwar immer noch zu dünn, sah aber trotzdem in Elises dunkelblauem Kleid entzückend aus. Ihre blonden Haare glänzten nach dem Waschen mit denen ihres Bruders um die Wette. Schüchtern begrüßte sie die Gräfin und ihre Kinder, setzte sich neben ihren Bruder, der seine Augen kaum von Alexandrine nehmen konnte, die ihn und Hella mit ihrem unwiderstehlichen Lächeln bedachte, das er so liebte. Silas berichtete von der Reise und seinem Besuch bei Nabil, während das Essen aufgetragen wurde. Er könne es kaum erwarten, die ersten Fohlen zu sehen.

»Ich habe vernommen, dass im nächsten Jahr eine Hochzeit stattfindet«, wandte er sich dann augenzwinkernd an Veva.

»Kannst du nicht einmal etwas für dich behalten, Lamo? Du bist geschwätziger als ein Marktweib.« Die Grafentochter verdrehte die Augen. »Aber ja, ich heirate Generalkapitän Sfondrati und werde Markgräfin von Montafià. Ihr solltet ihn unbedingt kennenlernen, er ist ein Pferdenarr so wie Ihr.«

Hella saß stillschweigend daneben, sagte kein Wort, nahm nur zaghaft von den Speisen.

»Jetzt ist es schon zu spät, aber morgen möchte ich Eure kleine Tochter kennenlernen«, wandte die Gräfin ihre Aufmerksamkeit Hella zu. »Ihr esst kaum etwas, schmeckt es Euch nicht?« Sie erntete nur einen scheuen Blick.

Silas stöhnte auf. Warum hatte er nicht daran gedacht? Er selbst sprach nach all der Zeit in Brüssel fließend die fremde Sprache. Trotzdem war er froh, dass Hella kein Wort verstanden hatte.

»Ich bitte euch, lasst euch alle nichts anmerken, fragt nicht nach dem Kind.« Eindringlich sah er in die Runde. »Hella versteht kein Französisch. Wir mussten meine Nichte begraben, noch bevor wir Lieser erreichten.« Nur ein kurzes Weiten der Augen war in den Gesichtern zu erkennen, ansonsten zeigten weder die Gräfin noch ihre Kinder eine Regung, stellte er erleichtert fest. »Vielleicht könnten wir ab jetzt die Unterhaltung in unserer Sprache fortsetzen?«

»Wie traurig, Eure Schwester dauert uns alle«, sagte Alexandrine und wandte sich an Hella. »Verzeiht unsere Unaufmerksamkeit, ab jetzt reden wir Deutsch. Mögt Ihr die Speisen nicht?«

»Doch, Gräfin, es schmeckt sehr gut, aber mein Hunger ist nicht allzu groß«, gab Hella leise zurück und hielt die Augen gesenkt.

Alexandrine drang nicht weiter in sie. »Außer der künftigen Verbindung unseres Hauses mit dem Markgrafen von Montafià gibt es einen weiteren Grund zur Freude. Die Genealogen Alonso Lopez de Hara, Francesco Zazzera und Pietro Crescenzi haben in meinem Auftrag Ahnenforschung betrieben, und ihre bisherigen Erkenntnisse erwecken den Anschein, die von Taxis entstammen der mächtigen Mailänder Familie der Torriani«, erzählte sie dann.

»Aber bewiesen ist es nicht.« Lamo tunkte ein Stück Brot in die dunkle Soße.

»Noch nicht. Ich hege die Absicht, Julius Chifletius mit weiteren Nachforschungen zu beauftragen. Als Kanzler des Ordens vom Goldenen Vlies verfügt er über einen ausgezeichneten Ruf.«

»Ich verstehe nicht ganz, worum es hier geht«, wagte Silas einzuwerfen.

»Mutter möchte den Beweis, dass die Familie meines Vaters nicht erst durch Kaiser Ferdinand einen Adelstitel hält, sondern schon Hunderte von Jahren«, klärte Lamo ihn auf.

»Ist das denn so wichtig?« Silas nahm von dem kandierten Obst und genoss jeden Bissen. Wie lange war es her, dass sein Gaumen mit solchen Köstlichkeiten verwöhnt worden war?

»Wenn wir das belegen können, steht einer Erhebung in den Fürstenstand nichts im Wege. Was einen erheblichen Aufstieg für die Familie von Taxis bedeuten würde, ebenso wie mehr Einfluss und Macht«, erläuterte Veva und sah hinüber zu seiner Schwester. »Ich möchte Euch ein Angebot machen, Hella. Wenn Ihr mögt, dann bringe ich Euch Französisch bei.«

Hellas Gesicht leuchtete auf. »Es ist sehr großzügig von Euch, mir Eure Zeit opfern zu wollen, und gerne nehme ich an.«

Silas warf Alexandrines Tochter einen dankbaren Blick zu. Veva besaß wie ihre Mutter ein großes Herz.

Noch vor Tagesanbruch stand Silas auf, um sich zu erleichtern. Nachdem er seine Blase entleert hatte, ging er fröstelnd durch die Gänge zurück zu seinem Zimmer, um wieder unter die Decke zu kriechen.

»Silas«, hörte er jemanden leise seinen Namen sagen und drehte sich um.

Anike, die bereits ihren Dienst aufgenommen hatte, kam auf ihn zu. Ihr Gesicht war etwas rundlicher geworden, auch sonst schien sie ihm verändert. Ihre Brüste wirkten größer, als er sie in Erinnerung hatte.

»Ich habe dich sehr vermisst, komm zu mir in die Wäschekammer, wenn es dunkel ist.« Sie schenkte ihm einen verführerischen Augenaufschlag.

»Verzeih mir, Anike, aber ich denke, wir sollten uns nicht mehr treffen«, antwortete er mit gesenkter Stimme.

Ihre Miene verwandelte sich und zeigte einen zutiefst verletzten Ausdruck, gepaart mit mühsam unterdrücktem Zorn.

»Es ist Elise, hab ich recht? All die Zeit wusste ich, dass du auch sie …«

»Das ist nicht wahr«, fiel er ihr unwirsch ins Wort. »Und jetzt lass mich gehen, mir ist kalt.« Er blies warmen Atem in seine Hände und rieb sie gegeneinander.

»Ich bekomme ein Kind, Silas, und du bist der Vater«, zischte sie ihm zu, machte auf dem Absatz kehrt und enteilte, noch bevor Silas ihre Worte richtig begriffen hatte.

Entgeistert starrte er der Magd hinterher. Langsam sickerte das Gesagte in sein Gehirn. Ihm war ohnehin schon kalt, aber jetzt überkam ihn das Gefühl, in seinem Magen läge ein Eisklumpen. Seine Gedanken rasten, während er in seine Kammer ging, die Tür hinter sich schloss und die Decke über sich zog.

Bestimmt hat sie gelogen, weil sie wütend ist, dachte er. Und wenn nicht? Ihr Körper hat sich verändert, ist das nicht ein Zeichen dafür, dass sie die Wahrheit spricht? Gütiger Jesus, wenn die Gräfin davon erfährt, nicht auszudenken. Ich muss mit Anike reden, bevor sie es Alexandrine selbst erzählt. Lange kann sie nicht mehr verheimlichen, dass sie neues Leben in sich trägt. Aber vielleicht bin ich gar nicht der Vater, schöne Augen hat sie auch anderen gemacht. Hat sie einen anderen unter ihre Röcke gelassen und will nun mir den Bastard unterschieben? Wann habe ich ihr das letzte Mal beigelegen?

Doch alles Überlegen und Rechnen nützte nichts, stellte er nach einer Weile fest. Ganz sicher konnte er die Vaterschaft nicht ausschließen.

Nach dem Mittagsmahl beorderte Alexandrine ihn in ihre Schreibstube. Zornbebend herrschte sie ihn an.

»Schließ die Tür.«

Sie bot ihm keinen Platz an, ließ ihn wie einen Bittsteller vor ihrem Schreibtisch stehen.

»Wie konnte ich mich nur so in dir täuschen«, grollte sie kopfschüttelnd.

»Würdest du mir bitte erklären, worum es hier geht?«, fragte er und gab sich arglos. Doch tief in seinem Inneren spürte er, dass die Magd bereits bei Alexandrine gewesen war und ihr Leid geklagt hatte.

»Ich denke, das weißt du sehr gut«, zischte die Gräfin. »Du wirst Anike heiraten und eine ehrbare Frau aus ihr machen. Und du verlässt mein Haus. Heute noch. Deine Schwester kann bleiben, sie hat mit deinen Torheiten nichts zu tun.«

Silas lehnte sich nach vorn, stützte sich mit den Händen auf die Tischplatte.

»Alexandrine, du hast dich nicht getäuscht. Ja, ich gebe zu, ihr beigelegen zu haben, aber nicht mehr, seitdem wir uns unsere Liebe gestanden, uns geküsst …«

Sie wischte seine Worte mit einer ungeduldigen Handbewegung beiseite.

»Bitte, hör mir zu!«, flehte er mit klopfendem Herzen. »Anike ist zutiefst verletzt, weil ich ihr sagte, ich möchte sie nicht mehr sehen. Das Kind muss nicht von mir stammen, und ich bin nicht willens, den Vater für das Balg eines anderen zu spielen.«

Alexandrines Gesichtszüge entspannten sich etwas, und sie bedeutete ihm, sich zu setzen. Langsam ließ Silas seinen angehaltenen Atem entweichen. Die Gräfin schwieg lange und saß regungslos mit nach innen gekehrtem Blick da. Silas unternahm keinen weiteren Versuch, sie von seiner Ehrlichkeit zu überzeugen. Irgendwann sah sie hoch.

»Ich glaube dir. Doch nichtsdestotrotz gibt Anike dich als Vater an.«

»Deswegen muss ich sie nicht heiraten. Soll sie das Kind zur Welt bringen. Wenn es mir ähnelt, werde ich mich darum kümmern, damit es ihm an nichts fehlt«, erwiderte Silas.

Alexandrine kam hinter ihrem Schreibtisch hervor, und Silas stand auf. So nah waren sie sich seit Lieser nicht mehr gewesen. Die Gräfin legte eine Hand auf seine Brust. »Ich werde nachforschen lassen, wen Anike noch in ihr Bett gelassen hat. Sollte sich herausstellen, dass sie neben dir andere Männer hatte, werfe ich sie hinaus.«

Einige Wochen später verließ eine heulende Anike das Palais. Inzwischen war ihr Bauch gewachsen, jeder konnte sehen, dass sie ein Kind unter ihrem Herzen trug.

Silas hatte ihr nach dem Gespräch in der Schreibstube die kalte Schulter gezeigt und jegliche weiteren Annäherungsversuche ihrerseits zurückgewiesen, was sie ihm sehr übelgenommen hatte. Wann immer Anike ihm begegnet war, hatten ihre Augen vor Zorn gesprüht und um ihren Mund hatte ein verbitterter Zug gelegen. Silas hatte sich nach einigen Tagen daran erinnert, dass die Magd ihn zuletzt mit den Worten »mein Monatsfluss ist vorbei« in die Laube eingeladen hatte, doch er war nicht hingegangen. Danach hatte er ihr nicht mehr beigelegen, was bedeutete, er konnte gar nicht der Vater ihres Kindes sein.

Alexandrine hatte mit Jean über Anike gesprochen.

»Ich habe Anike mehr als einmal mit Arthur, dem Gärtner, in eindeutiger Pose in der Laube erwischt, Comtesse, und beide gewarnt. Doch offenbar haben sie meine Drohung, Euch davon zu berichten, sollten sie künftig die Finger nicht voneinander lassen, nicht ernst genommen. Vergebt mir, Comtesse, ich hätte Euch sogleich davon unterrichten sollen.«

Auch Arthur hatte sein Bündel schnüren müssen. Jean hatte Silas geflüstert, Arthur sei längst verheiratet und Vater von fünf Kindern. Und die Gräfin verabscheute Ehebrecher. Sie hatte Silas verziehen, wenn auch zähneknirschend. Schließlich hatte sie ihm ihre Liebe erst gestanden, nachdem er die Tändelei mit Anike bereits beendet hatte.

Silas wartete auf der Straße, um sich von Anike zu verabschieden, denn sie tat ihm leid.

»Anike, warte«, sagte er, als die Magd schniefend das Tor zum Palais hinter sich ließ, und trat aus einem Hauseingang hervor.

»Was willst du?«, fuhr sie ihn mit vom Weinen geröteten Augen an.

Er zog einen Beutel mit Münzen hervor und reichte ihn ihr. »Hier, du wirst Geld gebrauchen können.«

Sie spie ihm vor die Stiefel. »Was ich brauche, ist einen Vater für mein Kind! Was soll aus mir und ihm werden?

Bald kann ich nicht mehr arbeiten, weil mein Bauch zu dick wird und ich mich kaum bewegen kann. Wenn ich überhaupt Arbeit finde. Wer nimmt schon eine schwangere Magd?«

»Sei nicht dumm, Anike, nimm den Beutel. Es ist genügend darin, damit du erst einmal für euch sorgen kannst«, erwiderte er.

»Du hättest mich heiraten sollen, dann wäre mir geholfen gewesen«, zischte sie zurück, riss ihm aber das Säckchen aus den Händen und ließ es unter ihrem Umhang verschwinden.

»Du hast mir eine Lüge aufgetischt, und jetzt wirfst du mir vor, ich sei schuld an deinem Unglück?« Fassungslos sah er sie an.

Plötzlich wandelte sich ihre Haltung, ihre Züge wurden weicher, und sie fasste nach seiner Hand. »Silas, du weißt, ich liebe dich. Ich würde dir eine treue Ehefrau sein. Wäre es so schlimm für dich, das Kind eines anderen großzuziehen? Wir könnten noch gemeinsame Söhne oder Töchter haben«, säuselte sie und schenkte ihm einen treuherzigen Augenaufschlag.

Für einen Moment dachte er an seine Mutter und an Karl, der ihm ein guter Vater gewesen war. Lina hatte eine glückliche Ehe mit dem Oberstallmeister geführt, warum sollte dies bei Anike und ihm anders sein? Sie war ein hübsches Ding und im Liebesspiel erfahren, viel Spaß hatten sie in der Laube gehabt. Der Unterschied aber war, seine Mutter hatte nie den Versuch unternommen, Karl zu täuschen. Er entzog ihr seine Hand. »Deine Lüge würde immer zwischen uns stehen, Anike, das kann ich dir nicht verzeihen. Du hättest ehrlich zu mir sein sollen.«

»Ach, und das hätte etwas geändert? Das glaubst du doch selbst nicht«, lachte sie bitter auf. »Du liebst mich nicht, hast mich nie geliebt. Ich war für dich immer nur die willfährige dumme Magd, die dich unter ihre Röcke ließ, wann immer dir der Sinn danach stand. Gütiger Gott im Himmel, ich habe mich selbst belogen. Und das viel zu lange.«

»Dafür hast du dich aber schnell mit Arthur getröstet. Du dauerst mich, Anike, aber was du für Liebe hältst …« Er brachte den Satz nicht zu Ende.

In ihren Augen dämmerte eine plötzliche Erkenntnis. »Du liebst eine andere, schon lange. Und es ist nicht Elise, wie ich immer annahm.« Prüfend musterte sie ihn. »Die Gräfin.«

»Du bist von Sinnen, Anike, wenn du das denkst«, entgegnete er gelassen. Doch seine Mundwinkel zuckten verräterisch.

»Oh nein, ganz und gar nicht. Warum hätte sie mir keinen Glauben schenken sollen, als ich ihr beichtete, ich bekäme ein Kind von dir? Alexandrine von Taxis kann es doch gleich sein, wer der Vater ist. Sie hätte uns beide hinauswerfen können oder verlangen, dass wir heiraten, um weiterhin in ihren Diensten zu stehen. Aber was tat sie stattdessen? Sie hat mich auskundschaften lassen. Und warum? Weil du ihr Gespiele bist und sie dich für sich haben will.«

Er versuchte, sich nicht anmerken zu lassen, dass sie ins Schwarze getroffen hatte. »Leb wohl, Anike, Gott schütze dich und dein Kind«, sagte er und strebte dem Tor zu.

Teil III

1645–1648

OBWOHL ES IN den vergangenen Jahren immer wieder Bemühungen um einen dauerhaften Frieden gegeben hatte, gingen die Schlachten und Belagerungen unvermindert weiter. Land und Menschen waren ausgelaugt, Städte verwüstet und geplündert. Der Hunger und die wiederkehrenden Seuchen hatten mehr Todesopfer als der Krieg selbst gefordert, Millionen waren dahingerafft worden. Feldherren hatten den Tod auf dem Schlachtfeld gefunden und waren durch andere ersetzt worden.

Ferdinand II. war verschieden, an seiner statt regierte nun sein Sohn Ferdinand III., der kaum zwei Monate nach dem Ableben seines Vaters zum Kaiser gewählt worden war. Alexandrine hatte eiligst ein Schreiben an Fabian Ponzon auf den Weg gebracht, der für sie in Wien die Bestätigung im Amt der Generalpostmeisterin entgegennehmen und dafür sorgen sollte, dass auch Veva im Falle eines zu frühen Todes ihres Bruders das Erbe ihres Vaters antreten konnte.

Auch Bernhard von Sachsen-Weimar lebte seit sechs Jahren nicht mehr, und es wurde gemunkelt, Kardinal Richelieu habe dabei seine Hände im Spiel gehabt. Vergiftet habe man den für die Schweden kämpfenden Bernhard, weil er mit Richelieu im Streit um Breisach lag und die Stadt für sich beanspruchte, während der Kardinal ihn daran erinnerte, Geld für deren Eroberung sei aus der französischen Staatskasse geflossen, und deshalb solle Breisach an Frankreich fallen. Doch Bernhard hatte sich verweigert, gar die Möglichkeit ausgeschlagen, die Nichte des Kardinals zu heiraten. Richelieu war drei Jahre später selbst dem Tod anheimgefallen, der König von Frankreich nur wenige Monate danach, und nun saß dessen fünfjähriger Sohn Ludwig XIV. unter der Vormundschaft seiner Mutter auf dem Thron. In Schweden führte seit einem Jahr Kristina, die Tochter von Gustav II. Adolf, das Land. Doch all diese Veränderungen hatten nichts zum Frieden beigetragen. Aber es gab auch erfreuliche Nachrichten: Hella und Raimund hatten geheiratet, und ihre Tochter Katharina war im vergangenen Herbst zwei Jahre alt geworden. Silas hatte sich sehr über die Verbindung zwischen seinem Freund und seiner Schwester gefreut und hoffte, seine Nichte werde in einer friedlicheren Zeit aufwachsen.

»Hast du schon die Zeitungen gelesen?«, fragte Lamo beim Morgenmahl.

»Wie sollte ich? Du bekommst sie immer zuerst und brauchst eine Ewigkeit, bis du sie studiert hast«, grinste Silas, sah verstohlen zu Alexandrine, und seine Gedanken schweiften ab.

Wie in den vergangenen Jahren raubte er ihr, wann immer sich die Gelegenheit bot, einen Kuss. Und jedes Mal spürte er, wie viel Kraft es sie kostete, ihm zu widerstehen und sich ihm nicht gänzlich hinzugeben. Er sollte es aufgeben, mit ihr darüber zu streiten. Erst vor zwei Tagen war es wieder so weit gewesen.

»Die Vereinbarung lautet, dass du keine neue Ehe eingehen darfst, ehe Lamo volljährig ist. Es steht aber nicht geschrieben, dass du Enthaltsamkeit üben musst«, waren einmal mehr seine Worte gewesen. Doch Alexandrine war und blieb standhaft.

»Silas, es ist entgegen meiner Überzeugung, dass Mann und Frau sich ohne kirchlichen Segen vereinigen. Versteh das doch endlich. Hab noch ein wenig Geduld.«

»Graf von Trauttmansdorff ist auf dem Weg nach Münster, und der Herzog von Longueville hat angekündigt, dort schwedisch-französische Verhandlungen aufnehmen zu wollen«, holte ihn der junge Graf in die Gegenwart zurück.

»Das würde bedeuten, Gesandte aller gekrönten Häupter finden erstmals an einem Ort zusammen, oder nicht?« Silas beendete seine Mahlzeit und trank einen Schluck Wasser.

Alexandrine winkte ab. »Bestimmt wird zuerst wieder darum gestritten, wen der kaiserliche Gesandte zuerst visitiert. Die Schweden oder die Franzosen. Es ist zum Verzweifeln.«

»Wäre es nicht sinnvoll, eine Reitpost zwischen Münster und Osnabrück einzurichten? Eine Nachricht zu den Verhandlungen jagt die nächste, und die Boten sind zu langsam zu Fuß, um die Neuigkeiten zu überbringen«, meinte Silas.

»Zu Beginn des nächsten Jahres wird es Reiter geben«, tat Lamo kund. »Vorgesehen ist ein Postkurs von Brüssel nach Münster über Roermond. Von Roermond wird Postmeister Goswin Dulken weitere Strecken von Brüssel über Nimwegen und Utrecht nach Amsterdam einrichten.«

»Ist dies rentabel?«, fragte Silas nach.

»Oh, sicher, es war Lamos Einfall«, lächelte Alexandrine stolz. »Zweimal in der Woche werden von Brüssel die meisten Briefe aus Deutschland nach Frankreich, England und Spanien verteilt, sogar bis nach Portugal. Neue Posten kosten viel, aber die Erträge, die wir durch die zusätzlichen Linien erhalten, werden erheblich mehr abwerfen.«

»Und warum soll es erst im nächsten Jahr losgehen?«

Lamo schob seinen Teller von sich. »Weil wir unbedingt Sicherheit für die Poststationen und die Boten brauchen, und diese müssen uns der Kaiser und der König von Frankreich garantieren. Nach wie vor gibt es zu viele Überfälle.«

»Und was ist mit Osnabrück?«

»Dort werden doppelte Reitposten nach Münster eingerichtet. Der Kaiser ist zufrieden, seit die Boten von Münster
nicht mehr den Umweg über Köln nach Frankfurt nehmen,
sondern direkt nach Süden reiten, um die Sendungen weiter
nach Nürnberg und Linz bis nach Wien zu befördern«, gab
Alexandrine zur Antwort und erhob sich. »Benedikt Grotheer erwartet Lamo und mich«, erklärte sie.

Auch Silas stand auf, um sich auf den Weg zu seiner Schwester nach Anderlecht zu machen. Cor begrüßte ihn mit einem
freundlichen Brummeln, als er in den Stall kam. Wie immer
verzichtete er darauf, einen Stallburschen damit zu beauftragen, den Hengst zu satteln, das besorgte er lieber selbst. Der
Rappe war nun sechzehn, und sie beide waren über die Jahre
zusammengewachsen. Oftmals verglich Silas Nabil und Cor,
die so unterschiedliche Eigenheiten besaßen und sich doch so
ähnlich waren. Der Fuchs war inzwischen mehrfacher Vater,
und in jedem Frühling reiste Silas gespannt nach La Roche,
um sich den Nachwuchs anzusehen.

Im letzten Herbst hatte ihn jedoch die Nachricht vom
Tod seines geliebten Pferdes erreicht, und Silas war unendlich traurig gewesen. Den einzigen Trost hatte er in den Worten von Armand Dubois gefunden, Nabil sei friedlich eingeschlafen. Stolze fünfundzwanzig Jahre war der Hengst
geworden, was auch nicht jedem Ross vergönnt war. Alexandrine hatte vorgeschlagen, Silas solle sich einen von Nabils
Söhnen nach Brüssel holen. Aus diesem Einfall war die Idee
entstanden, nicht nur ein Pferd, sondern gleich mehrere aus
La Roche hierherzubringen, um sich ihrer Ausbildung anzunehmen. Damit stiegen die Pferde im Wert und sorgten für
größere Gewinne. Doch in den gräflichen Ställen war nicht
genügend Platz gewesen, woraufhin Raimund eine Lösung
gefunden hatte.

»Führ sie nach Anderlecht, Silas. Mein Schwager besitzt

nicht nur den Gasthof und Stallungen, sondern auch Land. Was hältst du davon?«

Silas war begeistert gewesen, und gemeinsam mit seinem Freund, Gabriel, Amadeo, Gottlieb und zwei Pferdeknechten hatten sie vier Jungpferde nach Anderlecht gebracht, drei Wallache und eine Stute. Die neue Aufgabe erforderte viel Zeit, aber davon besaß Silas genügend. Die wenigen Reitschüler der illustren Brüsseler Gesellschaft reichten nicht aus, um ihn jeden Tag von morgens bis abends zu beschäftigen, und oft hatte er sich stundenlang in die Bibliothek zurückgezogen, um zu lesen, was ihm allerdings auch nicht geschadet hatte. Trotzdem war er unausgeglichen gewesen.

Als er mit Cor aus dem Stall kam, fuhr eine Kutsche auf den Hof, und ein äußerst gut gekleideter Mann stieg aus. Seine Beine steckten in Seidenstrümpfen, an den Füßen trug er knöchelhohe Schuhe, geschmückt mit einer großen grünen Schleife. Sein Rock war mit silberfarbenen Borten verziert, und auf dem schulterlangen Haar saß ein dunkelgrüner breitkrempiger Hut, an welchem zwei Pfauenfedern steckten. Der Pferdeknecht lief eilig herbei, um dem Kutscher zu helfen, die beiden Braunen auszuschirren. Der Franzose, wie Silas anhand seiner Kleidung vermutete, blickte sich um.

»Kann ich Euch behilflich sein?«, fragte er und trat näher.

»Ich muss die Comtesse sprechen, mein Name ist Julius Chifletius.«

Der Name kam Silas vage bekannt vor, aber mehr auch nicht. »Werdet Ihr erwartet?«, fragte er.

»Nein, aber ich denke, die Comtesse wird über meinen Besuch hocherfreut sein«, gab der Franzose zurück.

»Michelle«, rief Silas nach dem Bediensteten, der gerade aus dem Palais trat. »Nimm dich bitte dieses Herrn an und geleite ihn hinein.« Er tippte sich an den Hut und stieg in den Sattel. Er würde später erfahren, welch gute Neuigkeiten der Mann wohl zu berichten hatte.

Alexandrine, Lamo und Grotheer saßen um den großen Schreibtisch, vor ihnen mehrere Karten ausgebreitet. Sie besprachen noch einmal die neuen Routen. Daneben lagen die Verträge und die Ernennungsurkunden für die zukünftigen Posthalter, die zu den reichen Männern der jeweiligen Städte gehörten. Eine Station kostete viel Geld, die Posthalter mussten Pferde kaufen und unterhalten, Boten entlohnen, Plakate mit den An- und Abreitzeiten drucken lassen. Darüber hinaus gab es nicht wenige, die Schulden bei ihnen anschreiben ließen, was bedeutete, die Posthalter streckten ihr eigenes Geld vor, um die vierteljährliche Abrechnung mit Brüssel zu machen. Oftmals warteten sie sehr lange, bis die Schuldner ihre Rechnungen beglichen.

Grotheer hatte ein ledergebundenes Notizbuch zu seiner Rechten, in welches er akribisch nach und nach die zu bezahlenden Summen für die neuen Posthaltereien und die vereinbarten Löhne für deren Betreiber eintrug.

»Es wird immer teurer, Comtesse«, stöhnte er.

»Dann verpfänden wir eben Land aus der Herrschaft Businghen«, entgegnete Alexandrine.

Fragend sah Lamo sie an.

»Dein Urgroßvater war in zweiter Ehe mit Louise verheiratet, einer Tochter des Generalschatzmeisters Pierre Boisot, und erhielt dadurch Businghen«, erläuterte sie ihrem Sohn. »Ich dachte, inzwischen kannst du deine Familiengeschichte im Schlaf aufsagen.«

Bevor Lamo noch eine Erwiderung geben konnte, klopfte es an der Tür.

»Wir wollen nicht gestört werden, Jean«, sagte Alexandrine laut.

»Verzeiht, Comtesse, aber Monsieur Chifletius ist eingetroffen und wünscht Euch dringend zu sprechen«, drang es durch das dicke Holz der Schreibstubentür.

»Großartig, nur herein mit ihm«, rief sie erfreut und wandte sich an ihren Vertrauten. »Mein lieber Grotheer, macht eine Pause und lasst Euch von der Küche etwas zu essen geben. Ich werde nach Euch schicken, wenn Lamo und ich mit Monsieur Chifletius gesprochen haben.«

Als der Franzose eintrat, verließ Benedikt Grotheer das Kontor, nicht ohne anzumerken, er werde eine Magd beauftragen, Wein zu bringen.

»Monsieur Chifletius, was für eine willkommene Überraschung, nehmt Platz.«

»Comtesse, Comte, verzeiht, wenn ich unangekündigt in Euer Haus komme, aber ich habe gute Nachrichten.« Umständlich zog er ein dickes Bündel Papiere aus einer Ledertasche hervor und legte es auf seinen Schoß. Er klopfte mit den Fingern auf die Schriften. »Es ist mir gelungen, das Haus der Torriani mit den von Taxis in Verbindung zu bringen.«

Die Magd brachte die edelsten Gläser und den besten Wein, und die Gräfin zollte Grotheer für seine Umsicht einmal mehr Respekt. Ihr langjähriger Vertrauter wusste, wofür sie den Franzosen eingespannt und was sein Besuch zu bedeuten hatte.

Alexandrines Wangen röteten sich vor Aufregung, und Lamo lehnte sich gespannt nach vorn.

»Die Torriani oder auch della Torre regierten das Herzogtum Mailand«, dozierte Chifletius. »Der Erzbischof von Mailand belehnte sie zusätzlich mit der Grafschaft Valsassina. Ihre Herrschaft über Mailand endete zwar vor langer Zeit, aber die Familie ist weitverzweigt. Es finden sich Nachkommen in Venedig, Bergamo, Innsbruck und Madrid, um nur einige Städte zu nennen.«

»Hervorragende Arbeit, verehrter Monsieur Chifletius«, sagte Alexandrine begeistert, während Lamo zustimmend nickte.

Der Franzose nahm das Lob mit einem feinen Lächeln zur Kenntnis und pochte wieder auf das Papierbündel. »All dies habe ich hier zusammengetragen und werde es in Antwerpen drucken lassen. Ich habe bereits einen Titel: die Ehrenzeichen des Hauses von Tassis.«

»Wirklich beeindruckend«, meinte die Gräfin und hob anerkennend die Augenbrauen.

»Ihr habt schon alle übrigen Zweige nachverfolgt und niedergeschrieben?«, fragte der junge Graf ungläubig.

»Aber nein, dies bedarf weiterer Arbeit, die viel Zeit benötigt. Mein Werk ist jedoch ein guter Anfang, um darauf hinzuweisen, dass Eure Familie einem alten Adelsgeschlecht entstammt und Eurem Wappen noch andere hinzugefügt werden müssen«, erwiderte der Kanoniker. »Es wird sicher noch einige Jahre dauern, bis der Kaiser und der spanische König einem neuen Namen zustimmen. Ich dachte an von Thurn und Taxis. Ratsam ist es, Wappenherolde zu beauftragen und Gutachten einzuholen und zudem die Grafen von Thurn und Valsassina um ihr Einverständnis zu bitten, künftig Titel und Wappen tragen zu dürfen.«

»Thurn?« Lamo runzelte die Stirn.

»Angelehnt an das Deutsche. Torre, der Turm. Von Torre und Taxis klingt sperrig, finde ich«, erläuterte Chifletius seinen Vorschlag.

Alexandrine hob ihr Glas und drehte es im Lampenschein. Der neue Name gefiel ihr.

»Dann lasst uns auf die zukünftigen Grafen von Thurn und Taxis trinken.«

und je stand sie am Ende des Saals, rechts und links von ihr ihre Kinder. Alexandrine trug ein weinrotes Seidenkleid, das locker bis zum Boden fiel. Der rechteckige Ausschnitt war verziert mit einem großen Spitzenkragen, die breiten Ärmel waren mit Silberfäden bestickt und endeten in derselben fein geklöppelten Reliefspitze, die filigrane Blütenornamente zeigte. Um ihren Hals lag eine Goldkette, an deren Ende ein in Gold gefasster Rubin hing, umrahmt von winzigen Perlen. An ihren Ohrläppchen baumelten kleinere Ausgaben des Anhängers.

Veva stand ihrer Mutter in nichts nach, trug ein Kleid in ähnlichem Stil, nur in Dunkelgrün, passend dazu der Smaragdschmuck. Lamo dagegen war ganz in Schwarz gekleidet, bis auf die weißen Seidenstrümpfe und das ebenso weiße Spitzenhemd. Seine dunklen Haare fielen in weichen Wellen bis zu seinen Schultern, auf seinem Gesicht lag ein Ausdruck freudiger Erwartung und Stolz.

»Willkommen verehrte Gäste«, sagte Alexandrine laut, und das Gemurmel verstummte. »Heute ist ein großer Tag für das Haus von Taxis. Mein Sohn, Graf Lamoral Claudius Franz, begeht seinen fünfundzwanzigsten Geburtstag und erreicht die Volljährigkeit. Vor mehr als einem Jahrhundert begründete Franz von Taxis unsere Compagñia und trat in die Dienste Kaiser Maximilians I., gemeinsam mit seinem Bruder Janetto und seinem Neffen Johann Baptista, dem Ururgroßvater meines Sohnes. Seither steht die Familie von Taxis in den Diensten von Habsburg.« Sie machte eine kurze Pause, wartete das höfliche Beifallklatschen ab. »Viele Kaiser sind gekommen und gegangen, doch jeder von ihnen schätzte unsere Treue. Mein Schwiegervater Lamoral erhielt den Titel Generalerbpostmeister, und seitdem ist die Kaiserliche Reichspost ein Erblehen. Leider verstarb mein Ehegatte Leonhard viel zu früh, und ich fand mich unversehens als Generalpostmeisterin wieder. Das ist jedem hier hinlänglich bekannt. Heute aber lege ich diese große Aufgabe, für die ich all meine Kraft über so viele Jahre in diesen schweren Zeiten aufgewendet habe, stolz in die Hände meines Sohnes. Möge er das Haus von Taxis im Sinne seiner Vorfahren weiterführen und es eines Tages an seine Erben weitergeben. Gott schütze dich, Lamoral.«

Weiterer Beifall erklang, Hochrufe wurden ausgebracht, und alle Gäste griffen nach ihrem Glas, um auf den jungen Grafen zu trinken. Lamoral hob die Hand und bat um Ruhe.

»Auch ich möchte ein paar Worte sagen. Alle Anwesenden sind dem Haus von Taxis verbunden, in Freundschaft und in geschäftlichen Angelegenheiten. Zu verdanken habe ich all dies meiner klugen und umsichtigen Mutter, Gräfin Alexandrine von Taxis. Ich hätte mir keine bessere Mutter wünschen können, die einer Löwin gleich das Erbe unseres Vaters verteidigte. Wie viele schlaflose Nächte sie diese Arbeit, meine Schwester und ich gekostet haben, vermag ich nicht zu sagen. Doch ohne treue Gefährten wie unseren geschätzten Benedikt Grotheer und den Rechtsgelehrten Dr. Fabian Ponzon, der leider heute nicht hier sein kann, wäre es vielleicht nicht gelungen, die Reichspost durch den Krieg zu führen. Meine stets vorausschauende Mutter hat die heute so wichtige Posthalterei in Münster bereits vor Jahren eingerichtet, seither werden die Briefe dreimal in der Woche durch das ganze Reich und darüber hinaus abgefertigt. Beten wir, dass von dort bald ein Reiter die Kunde des Friedens in die Welt bringt.«

Wieder klatschten die Zuhörer, und ein schwaches Raunen ging durch den Saal.

»Mutter, ich verneige mich in Ehrfurcht vor dir. Möge unser Herr und Gott dich auf all deinen künftigen Wegen behüten.«

Lamo sank tatsächlich auf das rechte Knie und beugte das Haupt. Nun schwoll das Raunen zu einem ohrenbetäubenden Jubel an, während Alexandrine ihrem Sohn die Hand reichte, um ihn aufzuheben. Silas, der unauffällig an der Seite stand, traten Tränen der Rührung in die Augen, und er fragte sich, ob es seiner großen Liebe genauso erging.

Veva machte einen Schritt nach vorn.

»Bevor wir uns nun all den Leckereien und dem edlen Wein widmen, möchte auch ich noch kurz um Aufmerksamkeit bitten. Liebe Mutter, auch ich danke dir aus tiefstem Herzen für all die Jahre der Aufopferung und deine Liebe. Dir, mein lieber Bruder, wünsche ich dieselbe Kraft, die unserer Mutter innewohnt, um die Compagñia in ihrem Sinne weiterzuführen.«

Hochrufe schollen durch den Saal, und endlich wurden die hungrigen Gäste aufgefordert, sich an ihre Plätze zu begeben. Jean gab einem Bediensteten das Zeichen, das Essen auftragen zu lassen. Platten mit Wildbret, Ochsenfleisch, Hechten, Karpfen, Forellen und Krebsen, Schüsseln mit Gemüsen und Salaten, fein gewürzte Pasteten, Knödel, in Schmalz gebackene Kringel, Marzipan, süße Eierspeisen, Kuchen und Obst wurden gereicht, dazu Rot- und Weißwein aus dem Piemont.

Silas saß neben Sfondrati und lauschte abwesend dem Tischgespräch. Er war erstaunt, einen Platz bei der Familie bekommen zu haben. Zwar wussten viele im Saal, dass er ein Dauergast der Gräfin war, und so manch einer nutzte seine Dienste als Reitlehrer für seine Söhne und Töchter, doch trotzdem passte Silas nicht zu all den hochrangigen Gästen. Mit am Tisch saßen der Statthalter der Spanischen Niederlande, Benedikt Grotheer, der kaiserliche Vertreter und der englische Postmeister sowie Gérard Vrints aus Frankfurt mit seiner Frau und Johann von Coesfeld nebst Gattin, die den Weg von Köln auf sich genommen hatten.

Plötzlich entstand ein Tumult an der Saaltür, alle Köpfe wandten sich nach und nach um. Jean hielt eine armselig gekleidete Frau fest, versuchte, die sich mit Händen und Füßen Sträubende wieder hinauszubugsieren.

»Verdammt«, kreischte sie, »lass mich los.«

Es dauerte einen Moment, bis Silas die Stimme erkannte. Es war Anike. Was zum Teufel wollte sie hier? Verstohlen sah er hinüber zu Alexandrine, die mit versteinerter Miene dasaß. Offenbar hatte auch sie erfasst, um wen es sich bei dem Störenfried handelte.

Anike trat Jean mit voller Wucht gegen das Schienbein und fuhr ihm mit ihren Krallen durchs Gesicht. Der Hausverwalter stieß einen Schmerzensschrei aus, und Anike befreite sich aus seinem Griff. Schnellen Schrittes steuerte die ehemalige Magd auf den Tisch der Familie zu. Keiner rührte sich, und endlich erwachte Silas aus seiner Erstarrung, schob seinen Stuhl zurück, um sie aufzuhalten. Kaum hatte Anike ihn erkannt, keifte sie los.

»Du, du liederlicher Hundsfott. Wag es nicht, mich anzufassen. Du bist doch schuld an allem, was mir widerfahren ist. Hört alle gut her.« Sie zeigte mit dem Finger auf Silas. »Dieser Mann und die von euch ach so geschätzte Gräfin treiben es seit Jahren miteinander. Mir hat er ein Kind gemacht, und sie hat mich deswegen hinausgeworfen. Eine Schande für ihr Haus sei ich, hat sie gesagt. Dabei ist sie doch die größte Schande.«

»Anike! Genug. Verschwinde!«, zischte Silas und machte einen Schritt auf sie zu, sah sich plötzlich einem Messer in ihrer Rechten gegenüber. Abrupt blieb er stehen. Ein widerlicher Gestank schlug ihm entgegen, der von ihren zerlumpten Kleidern herrührte. Was war nur aus der hübschen Magd geworden? Als sie weiterzeterte, bemerkte er Zahnlücken, die noch verbliebenen Zähne bereits faulig.

»Die Gräfin von Taxis hat über Jahre ihren Eid gebrochen, den sie König Philipp von Spanien geschworen hat. Und der lebende Beweis dafür ist dieses dahergelaufene Fratzengesicht.« Anikes Stimme klang schrill und drohte sich zu überschlagen.

Schließlich erhob sich Alexandrine mit eisiger Miene. »Verschone uns mit deinen Lügen und verlass auf der Stelle mein Haus. Dann werde ich davon absehen, dich ins Loch werfen zu lassen.«

Anike öffnete den Mund, um ihr eine Erwiderung entgegenzuschleudern, doch der Statthalter der Spanischen Niederlande kam ihr zuvor. Manuel de Moura Corte-Real war seit zwei Jahren im Amt, ein portugiesischer Adliger in den Diensten des spanischen Königs.

»Bevor Ihr geht«, sagte er und benutzte bewusst die förmliche Anrede, die Anike nicht zustand, war sie doch nur eine Magd, »möchte ich Euch sagen, dass die Comtesse keinen Eid gebrochen hat. Was auch immer Ihr mit Eurem ungebührlichen Betragen bezwecken wollt, weiß ich nicht. Aber es ist an der Zeit, diesen Saal zu verlassen. Zu unser aller Wohl.«

Silas zollte dem Mann Hochachtung ob seiner Gelassenheit.

»Wer bist du denn?«, fauchte Anike und fuchtelte mit dem Messer herum. »Ich will Geld für meinen Sohn, den ich zehn Jahre lang allein großgezogen habe, und Silas soll dafür bezahlen. Es ist seine Brut. Hier sitzt er am Tisch der reichsten Frau, die ich kenne, und stopft sich mit all den Leckereien voll, die so viel kosten, dass ich und mein Sohn ein Jahr davon leben könnten. Ein widerliches Gezücht seid ihr, du, Silas, und die Comtesse«, geiferte sie.

»Beruhigt Euch, wir werden eine Einigung erzielen. Nun, Monsieur de Maringer«, wandte sich Manuel an Silas, ohne Anike aus den Augen zu lassen, »entspricht es der Wahrheit, was sie sagt?«

»Nein. Ein anderer Mann hat das Kind mit ihr gezeugt. Arthur war sein Name, und er hat zugegeben, der Vater zu sein.«

Für einen Augenblick war Anike abgelenkt. Blitzschnell griff der Portugiese nach ihrem Handgelenk und verdrehte ihr den Arm. Scheppernd fiel das Messer zu Boden.

»Sfondrati, jetzt halte ich es für richtig, wenn Ihr als Generalkapitän Euch ihrer annehmt«, meinte Manuel de Moura Corte-Real mit feinem Spott und wich elegant zur Seite, um Anikes Spucke zu entgehen. Zäher, gelblich gefärbter Schleim landete auf dem Fußboden. Ein Diener kam hastig hinzu, um ihn mit angewiderter Miene aufzuwischen. Peinlich berührt war inzwischen Vevas Mann aufgesprungen und hatte Anike mit eisernem Griff gepackt. Sie heulte vor Schmerz auf, versuchte, nach ihm zu beißen, woraufhin Sfondrati ihr eine Ohrfeige verpasste. Anike verstummte, und der Generalkapitän schob sie zur Tür, wo Jean ihn mit einem weiteren Diener erwartete und die ehemalige Magd übernahm. Alexandrine hob die Hand, und die Musiker spielten eine Melodie, um das einsetzende Raunen und Murmeln zu übertönen.

Der Statthalter setzte sich und tauchte seine Fingerspitzen in die Schälchen mit Zitronenwasser, trocknete sie mit einer leinenen Serviette. Auch Sfondrati und Silas hatten ihre Plätze wieder eingenommen und aßen weiter, als ob nichts geschehen wäre.

»Seid bedankt, Marquis, für Euer beherztes Eingreifen«, sagte Alexandrine und hob ihm ihr Glas entgegen.

»Mit Vergnügen, Comtesse. Verzeiht meine Neugier, aber ich würde zu gerne wissen, was es mit der Anschuldigung dieser armen Frau auf sich hat.«

Alexandrine trank und stellte bedächtig ihr Glas ab. »Sie diente lange, sehr lange in meinem Haus. Zuerst oblag ihr die Aufgabe, sich um meine Kinder zu kümmern. Doch nachdem sie diese mehr schlecht als recht erfüllte, habe ich sie für andere Dienste eingesetzt und ihr den Lohn gekürzt. Das hat sie mir übelgenommen. Vor zehn Jahren kam sie zu mir, beichtete ihre Sünde und beschuldigte Monsieur de Maringer der Vaterschaft. Es stellte sich heraus, dass sie gelogen hatte.

Anike hatte einen der Gärtner unter ihre Röcke gelassen. Daraufhin habe ich beide hinausgeworfen. Was danach mit ihr geschehen ist, entzieht sich meiner Kenntnis.«

Manuel de Moura sah von Alexandrine zu Silas und wieder zurück. »Ich frage mich, warum diese Frau so viele Jahre mit ihren Vorwürfen gewartet hat. Hat diese Magd die Geschichte erfunden, Ihr und Monsieur de Maringer teiltet das Lager?«, fragte er unverblümt.

Silas hielt den Atem an, doch Alexandrine lächelte.

»Auch das war eine Lüge. Silas de Maringer ist ein guter Freund der Familie und Gast in meinem Haus, nicht mehr, nicht weniger. Vermutlich wollte sich Anike an mir für ihren Rauswurf rächen und hat ihre Anschuldigungen über die lange Zeit wie eine Schlange an ihrem Busen genährt. Welch besseren Tag als den heutigen hätte sie wählen können, um mich bloßzustellen? Seht Euch um, wie viele von Rang und Namen hier versammelt sind. Nun denn, es ist ihr nicht gelungen, und ich denke, damit beenden wir das Gespräch über diesen unrühmlichen Zwischenfall und feiern stattdessen den Geburtstag meines Sohnes.«

Manuel de Moura Corte-Real hatte derweil sein Glas ausgetrunken und sich nachschenken lassen. Der Wein schien ihm gut zu munden, aber auch zu Kopf zu steigen.

»Selbst wenn es nicht so wäre, Comtesse«, ein schelmisches Grinsen begleitete seine schwere Zunge, »es würde keine Rolle spielen. Niemand hat von Euch verlangt, das Leben einer Nonne zu führen. Schließlich lautete die Bedingung König Philipps, Ihr solltet bis heute keine weitere Ehe eingehen. Alles andere ist Eure Sache. Wir wollen doch nicht päpstlicher sein als der Papst«, zwinkerte er und leerte sein Glas. »Wobei immerhin Innozenz X. keine Nachkommen gezeugt hat, sofern wir wissen. Im Gegensatz zu manchen seiner Vorgänger.«

Silas ließ langsam die Luft aus seinen Lungen entweichen, während die anderen in heiteres Lachen ausbrachen.

Silas hatte Alexandrine Zeit gelassen, doch nun war er mit seiner Geduld am Ende. Die Feier war Wochen her, der Frühling längst eingekehrt, und er wollte endlich eine Entscheidung. Festen Schrittes ging er zum Schreibkontor, klopfte kurz und trat ein, ohne eine Aufforderung abzuwarten.

Nichts hatte sich verändert, seit Lamo Generalerbpostmeister war. Die Bestätigung von Kaiser Ferdinand III. stand zwar noch aus, aber das war reine Formsache. Der junge Graf hatte kurz nach seinem Geburtstag seinen Cousin in Augsburg als dortigen Postmeister bestätigt und trieb den Ausbau der Postlinien weiter voran. Immer mehr neue Streckenposten hatte er eingerichtet, zwischen Osnabrück und Detmold, Osnabrück und Bückeburg, und die Reiter beförderten auch Sendungen von Köln über Lünen bis nach Münster. Unermüdlich arbeitete er. Zudem hatte Lamo den Wappenherold Flacchio beauftragt, eine Schrift über die Familie zu verfassen, und spürte selbst weitverzweigten Familienmitgliedern nach. Er bedurfte der Unterstützung seiner Mutter längst nicht mehr, doch sie wollte es nicht wahrhaben.

»Comtesse, ich wünsche dringend mit Euch zu sprechen«, sagte Silas ernst.

Lamo und Alexandrine, die sich am Schreibtisch gegenübersaßen, hoben die Köpfe. Auf dem Gesicht des jungen Grafen zeigte sich ein belustigter Ausdruck.

»Silas, wir alle wissen Bescheid, also sei so gut und lass die Förmlichkeiten. Und du, liebe Mutter, solltest endlich Ja sagen.« Damit erhob er sich und überließ Silas das Feld, der ihn verblüfft anstarrte. Leise zog Lamo die Tür hinter sich zu, nicht ohne Silas zuvor noch einen freundschaftlichen Rippenstoß zu versetzen.

»Liebste, ich will und kann keinen Tag mehr länger warten. Lass uns endlich heiraten. Am besten gleich morgen.«

Alexandrine kam zu ihm, verschränkte ihre Hände in seinem Nacken, sah ihm tief in die Augen. Silas wappnete sich gegen eine erneute Ausrede, doch sie überraschte ihn.

»Aber nicht morgen und nicht hier. Wir reiten nach La Roche und heiraten in St. Pierre«, sagte sie leise und küsste ihn.

Ein Glücksgefühl durchströmte Silas. Endlich. Nach mehr als zwanzig Jahren sehnlichsten Wartens würde diese Frau die seine werden.

Bei schönstem Frühlingswetter erreichten sie La Roche-en-Ardenne, begleitet von den Trauzeugen Raimund und Hella sowie den treuen Gefährten Gottlieb und Amadeo und der Zofe Louise. Der einäugige Gabriel lag mit Fieber darnieder, statt seiner hatte Alexandrine einen Freund Amadeos angeheuert, einen bewährten Mann, der mit Waffen umzugehen wusste. Lamo war in Brüssel unabkömmlich, und Veva erwartete ein Kind. Da sie unter Übelkeit und morgendlichem Erbrechen litt, hatte sie schweren Herzens auf die anstrengende Reise verzichtet.

Armand Dubois trat ihnen freudig überrascht entgegen, hatten sie ihr Kommen doch nicht angekündigt. Er befahl den Bediensteten, schnellstens die Kammern vorzubereiten und etwas zu essen zu bringen, während sich die Stallburschen um die Pferde kümmerten.

»Was verschafft mir die Ehre Eures Besuchs?«, wollte er wissen, als Alexandrine, Silas, die Trauzeugen und Louise sich in der Stube am Tisch niederließen.

»Wer ist der Priester von St. Pierre?«, lautete Alexandrines Gegenfrage.

»Père Gilbert Durand. Soll ich nach ihm schicken lassen?« Dubois runzelte die Stirn.

»Ja. Noch heute. Und sorgt dafür, dass übermorgen Fleisch, Fisch, frisches Brot und guter Wein auf den Tisch kommen, wir haben etwas zu feiern«, erwiderte die Gräfin, als eine Magd mit einer dünnen Gemüsesuppe und nicht mehr ganz frischem Brot auftauchte.

»Das wird nicht ganz einfach …«

»Mein lieber Dubois, Silas und ich werden heiraten, und Ihr wollt doch nicht, dass wir diesen Tag nur mit trockenem Brot und Wasser begehen.« Sie knüpfte ihre Börse vom Gürtel und reichte sie ihm. »Darin sollte mehr als genug sein, um für alle Annehmlichkeiten zu sorgen.«

»Gütiger Jesus«, entfuhr es Armand, »endlich einmal eine gute Nachricht. Ich bin wahrlich entzückt. Alles wird zu Eurer Zufriedenheit sein, verlasst Euch auf mich.«

Silas stand vor dem mit einem Baldachin beschirmten Hauptaltar in der Kirche St. Pierre und wartete auf seine Braut. Sein Herz klopfte so stark, dass er es bis in seine Kehle spüren konnte. Er sah nach oben und betrachtete das mehrfarbige Deckengewölbe. Dann wanderte sein Blick zu dem Gekreuzigten, und stumm bat er um seinen Segen für sich und alle, die er liebte. Hella und Raimund hatten ihre besten Kleider angelegt, und Silas' Schwester schien fast genauso aufgeregt zu sein wie er selbst. Dubois hatte erfolglos versucht, ein paar Musiker aufzutreiben, dafür war es ihm gelungen, einen ganzen Ochsen zu bekommen, der seit dem Vortag am Spieß briet. Fast das ganze Dorf war auf den Beinen und zur Kirche geeilt.

Die Türflügel schwangen auf, und Alexandrine betrat die ehrwürdige Kirche. Armand, der mit großer Freude die Aufgabe des Brautführers übernommen hatte, bot ihr den Arm. Trotz der in der Kirche herrschenden Kälte brach Silas der Schweiß aus, und sein Herz schien jetzt aus seiner Brust springen zu wollen. Fast schmerzhaft hämmerte es gegen sein knöchernes Gefängnis. Die Braut trug dasselbe Kleid wie zu Lamos Geburtstag, den einzigen Unterschied bildete der Spitzenschleier, und in ihren Händen hielt sie einen duftenden Fliederstrauß. Silas fand sie atemberaubend schön. Dubois geleitete Alexandrine bis zum Altar, dann trat er beiseite, und Silas strich den Schleier zurück, konnte sich nicht an seiner Braut sattsehen.

»Du bist so wunderschön, Alexandrine, und demütig lege ich dir mein Herz zu Füßen«, flüsterte er.

»Ich werde es behandeln wie den kostbarsten Schatz, denn nichts anderes ist es für mich. Du machst mich zur glücklichsten Frau auf Erden, und ich schenke mich dir für den Rest meines Lebens«, gab sie kaum hörbar zurück und strahlte ihn an.

Père Gilbert räusperte sich, eröffnete mit dem Kreuzzeichen die heilige Messe und grüßte die Anwesenden. Dann sprach er das Schuldbekenntnis, und die Gläubigen antworteten mit *Kyrie eleison*. Es folgten ein Gebet, ein Lied und eine Lesung aus dem ersten Brief an die Korinther.

»Wenn ich in den Sprachen der Menschen und Engel redete, hätte aber die Liebe nicht, wäre ich dröhnendes Erz oder eine lärmende Pauke. Und wenn ich prophetisch reden könnte und alle Geheimnisse wüsste und alle Erkenntnis hätte; wenn ich alle Glaubenskraft besäße und Berge damit versetzen könnte, hätte aber die Liebe nicht, wäre ich nichts. Und wenn ich meine ganze Habe verschenkte, und wenn ich meinen Leib dem Feuer übergäbe, hätte aber die Liebe nicht, nützte es mir nichts. Die Liebe ist langmütig, die Liebe ist gütig. Sie ereifert sich nicht, sie prahlt nicht, sie bläht sich nicht auf.

Sie handelt nicht ungehörig, sucht nicht ihren Vorteil, lässt sich nicht zum Zorn reizen, trägt das Böse nicht nach. Sie freut sich nicht über das Unrecht, sondern freut sich an der Wahrheit. Sie erträgt alles, glaubt alles, hofft alles, hält allem stand. Die Liebe hört niemals auf.«

Silas schluckte hart und sah aus den Augenwinkeln eine einzelne Träne Alexandrines rechte Wange hinunterperlen. Er vernahm ein unterdrücktes Schluchzen, das nur von Hella stammen konnte, die seitlich hinter ihm stand. Nach der anschließenden Predigt und den von den Trauzeugen gelesenen Fürbitten spendete Père Gilbert die heilige Kommunion und sprach anschließend das Vaterunser. Dann segnete er die Ringe, die Raimund bereithielt, und endlich konnten sich Alexandrine und Silas das Eheversprechen geben. Die Hand des Bräutigams zitterte, als er den feinen Goldring über Alexandrines Finger schob, was ihm ein belustigtes Lächeln seitens seiner Braut eintrug. Alexandrine hingegen schien die Ruhe selbst und sah Silas tief in die Augen, als sie an der Reihe war. Wenig später verließen sie die Kirche, traten hinaus in den Kirchhof mit seinem Brunnen und konnten ihr Glück kaum fassen. Jubelrufe und Glückwünsche schollen den Frischvermählten entgegen, und bis spät in die Nacht wurde gefeiert.

Träge blinzelte Silas am nächsten Morgen, als Sonnenstrahlen durchs Fenster hereinfielen. Er wandte den Kopf, um sicherzugehen, dass er nicht geträumt hatte. Doch neben ihm lag die schlafende Alexandrine. Eine Weile ergötzte er sich nur an ihrem Anblick, dann strich er mit seiner Linken zärtlich über ihre Wange, küsste ihre Stirn. Langsam schlug sie die Lider auf und flüsterte heiser: »Ich wünsche mir, jeden Morgen fortan so glücklich zu sein wie jetzt.« Dann zog sie ihn auf sich.

1648

Zwei Jahre waren vergangen, und Alexandrine und Silas waren glücklicher als je zuvor. Die Gräfin hatte Silas nach der Hochzeit damit überrascht, für immer in den malerischen Ardennen bleiben zu wollen.

»Die Burg ist gut befestigt und groß genug.«

»Ja, es ist beschaulicher und ruhiger hier, aber denkst du, du kommst damit zurecht, dich nicht mehr um die Compagñia zu kümmern? Ich kann mir nicht vorstellen, dass du stickend am Kamin sitzt«, erwiderte Silas zweifelnd.

Alexandrine lachte auf. »Ganz und gar nicht. Wir beide widmen uns der Pferdezucht. Maurice ist in die Jahre gekommen, und sein Augenlicht wird zusehends schlechter. Du dagegen kannst schon auf den ersten Blick erkennen, ob ein Fohlen etwas taugt oder nicht. Nabils Nachkommen verkaufen sich gut, die zwei besten Hengst- und die vier Stutfohlen hat Armand behalten. Auch Cor ist ein guter Vererber, wie wir aus früheren Zeiten wissen. Pferde werden mehr denn je gebraucht, und je besser sie sind, desto mehr Geld können wir mit ihnen verdienen, ob als Kriegs- oder als Reitpferde für die adligen Damen.«

Entgeistert hatte er sie angestarrt und erkannt, dass sie diesen Plan nicht erst jetzt gefasst hatte. Er hätte es wissen müssen, eine Frau wie Alexandrine von Taxis war und blieb vorausschauend. Silas hatte ihre Körpermitte umschlungen und sie herumgewirbelt.

»Gott im Himmel, wie sehr ich dich liebe, Alexandrine. Jede Stunde, die ich mit dir verbringen darf, macht das jahrelange Warten wett.«

Die Wandlung, die Alexandrine von der Generalpostmeisterin zur Züchterin vollzogen hatte, war erstaunlich.
Sicher besaß sie noch wundervolle Kleider aus teuren Stoffen und wertvollen Schmuck, aber jetzt trug sie meist einfachere Röcke aus Barchent, scherte sich nicht darum, wenn
sie schmutzig wurden. Tatkräftig packte sie mit an, kniete
im Stroh bei einem kranken Pferd und durchwachte manche Nacht, stand eine Fohlengeburt an. An das einfachere
Leben und die deftigere Kost hatte sie sich schnell gewöhnt,
und beides bekam ihr gut. Die einstige Blässe war einer feinen Bräune gewichen, und ihre grauen Augen leuchteten vor
Lebensfreude. Für Silas war sie schöner denn je.

Der Krieg hatte die Ardennen in den letzten Jahren verschont,
die Kämpfe fanden vorwiegend im Süden Deutschlands und
dort statt, wo alles seinen Anfang genommen hatte. In Böhmen. Prag war jüngst von den Schweden erobert und zahlreiche Gefangene waren gemacht worden. Eine dreiseitige
Liste mit den Namen der Unglückseligen hatte in der Zeitung
gestanden, darunter auch Graf Adam Matthias von Trauttmansdorff samt Gattin, zwei Söhnen und einer Tochter. Der
Graf war der älteste Sohn des kaiserlichen Ministers Maximilian von Trauttmansdorff gewesen, der bis zum vergangenen
Jahr an den Friedensverhandlungen in Münster teilgenom-
men hatte. Enttäuscht war der Gesandte abgereist, nachdem
es ihm nicht gelungen war, die Landstände dazu zu bringen,
sich geschlossen hinter den Kaiser zu stellen, und die von
ihm vorgeschlagenen Gebietsabtretungen an Frankreich und
Schweden waren auch nicht angenommen worden.

Trotz aller weitergehenden Kampfhandlungen gab es
Lichtblicke. So hatte Spanien einen Vertrag mit den Vereinigten Niederlanden geschlossen, und achtzig Jahre Krieg
waren dem Frieden gewichen. Nun mussten noch Schweden,

Frankreich, Kaiser Ferdinand III. und die Reichsstände sich endlich einig werden, die Hoffnung darauf war groß.

Aufgeregt kam Alexandrine zu Silas, der ein junges Pferd anritt.

»Stell dir vor, der Herzog von Arenberg schickt seinen Oberstallmeister hierher, um sich unsere Rösser anzusehen«, rief sie schon von Weitem.

Silas ließ das Pferd halten, stieg ab, klopfte ihm den Hals und wartete, bis seine Frau ihn erreicht hatte. »Das sind erfreuliche Nachrichten.«

»Oh ja, es geht nichts über gute Beziehungen«, lachte sie. »Die Familie von Arenberg und die von Taxis kennen sich sehr lange, schließlich verfügt sie über Besitz in Rebecq und im Hennegau und stand immer treu an Habsburgs Seite, wie wir. Und es gibt noch mehr Neuigkeiten, die mein Herzbeglücken. Lamo hat geschrieben, er wird sich mit Anna Franziska Eugenia verloben.«

Fragend sah er sie an.

»Sie entstammt einem alten Adelsgeschlecht, ihr Vater ist Graf von Houtekerke, ihre Mutter ist eine von Arenberg. Du erkennst, wie sich die Kreise schließen«, erklärte sie augenzwinkernd.

»Hast du das eingefädelt?« Gewundert hätte es ihn nicht.

»Anna saß an Lamos Geburtstagsfeier mit ihrer Familie am Tisch neben uns, vielleicht erinnerst du dich an sie. Ein hübsches Mädchen mit dichten dunklen Locken.«

»Nein, ich glaube nicht, außerdem hatte ich nur Augen für dich«, erwiderte er und küsste sie auf die Wange.

Gemeinsam gingen sie zu den Stallungen zurück, der kleine Kastanienbraune schritt brav neben Silas her.

»Werden wir zur Verlobung reisen?«

»Ich habe mich noch nicht entschieden«, antwortete Alexandrine und griff nach seiner freien Hand. »Sie findet schon in drei Wochen statt, und ich weiß nicht, wann der Oberstall-meister der Arenbergs in La Roche ankommt. Diesen Mann möchte ich auf keinen Fall verpassen.«

»Wir müssen ihm dieses liebenswerte Geschöpf neben mir verkaufen, Douceur macht seinem Namen Ehre. Er ist sanft-mütig und sehr geeignet für die Damenwelt.«

»Ja, warum nicht. Auch für dich wurde ein Brief gebracht, ich habe ihn in die Schreibstube gelegt«, beschied ihm Alexandrine.

Silas betrachtete das Siegel, das er als das von August Wam-bolt von Umstadt erkannte, und drehte den Brief hin und her. Was wollte sein einstiger Schwiegervater ihm mitteilen? War Amalia etwa gestorben, und wenn ja, warum sollte er sich nach all den Jahren mühen, Silas ausfindig zu machen und ihm zu schreiben? Schließlich brach er das Wachs und faltete die Seite auseinander.

> *Sei gegrüßt, Silas,*
> *mein Bruder Anselm Casimir ist im letzten Oktober*
> *von uns gegangen. Der Herr sei seiner Seele gnädig.*

So lange war sein Vater schon tot? Das hatte er nicht gewusst. Für eine Weile gab er sich der Erinnerung an Köln hin, als er dem Erzbischof eröffnet hatte, er sei sein Sohn. Dann las er weiter.

> *Anselm ist in Frankfurt gestorben und hat sein gelieb-*
> *tes Mainz nie wieder betreten, obwohl mit den Fran-*
> *zosen wenige Monate vor seinem Ableben ein Neu-*
> *tralitäts- und Friedensvertrag abgeschlossen wurde.*
> *Es dauerte seine Zeit, bis ich sein Testament in Hän-*
> *den hielt, und sehr viel länger, bis ich herausfand, wo*
> *du dich aufhältst.*

Dein Vater hat dich bedacht, du sollst einen Teil sei-
nes Erbes bekommen. Eintausend Gulden hat er dir
vermacht, der Wechsel über diese Summe liegt die-
sem Schreiben bei.

Eintausend Gulden! Gütiger Jesus, das war eine stolze
Summe. Wolltest du damit dein schlechtes Gewissen beruhigen und dich von deiner Sünde freikaufen, schoss es Silas
durch den Kopf.

Dein Erbe ist jedoch an folgende Bedingung geknüpft:
Du musst für immer Stillschweigen über deinen Vater
wahren. Niemand soll jemals davon erfahren. Ich
vertraue auf deine Ehre, und nachdem du all die Zeit
dein Wissen für dich behalten hast, glaube ich fest
daran, dass du dies bis zu deinem eigenen Ende tun
wirst. Hättest du nicht geschwiegen, wäre die Kunde
davon längst nach Umstadt gelangt. Ich bin ein alter
Mann, Silas, und wir werden uns in diesem Leben
nicht wieder begegnen.
Gott segne dich.
August, Baron von Umstadt

Drei Tage später erschien der Bote, der zweimal in der Woche
die Zeitungen nach La Roche-en-Ardenne brachte. Silas hatte
es sich zur Aufgabe gemacht, sie früh am Abend in der einzigen Herberge der kleinen Stadt laut vorzutragen, damit jeder
Bescheid wusste, was in der Welt vor sich ging.

»Francis, ich hoffe, du bringst nur gute Nachrichten«, sagte
Silas und nahm den Packen Papier entgegen.

»Das hoffe ich auch, Monsieur«, lachte der Bote, verabschiedete sich und verließ den Burghof.

Silas setzte sich in den Schatten eines Baumes im Burggarten, um in Ruhe zu lesen. Noch war der September mild und das Laub der Buchenwälder grün, doch bald würde es in den schönsten Farben leuchten und der Herbst endgültig Einzug halten.

Aus Münster kamen hoffnungsvolle Nachrichten. Die kaiserlichen Abgesandten hatten sich mit den Reichsständen geeinigt. Alles, was zwischen den Kronen beschlossen worden war, sollte auch für die Stände gelten. Dagegen nahmen sich die Zeilen aus Regensburg nicht gut aus. Schwedische und französische Söldner lagerten vor Augsburg, bereit, die Stadt anzugreifen. In einer anderen Zeitung las er jedoch, dass jene sich bei Dachau verschanzten, zwei Meilen von München entfernt. Die gemeinsam kämpfenden Soldaten der kaiserlichen Armee und des bayerischen Herzogs hätten die Isar überschritten, um sich den Alliierten entgegenzustellen.

Silas' Augen wanderten weiter zu einer Meldung aus Kassel. Paderborn sollte umzingelt werden. Als jedoch die Kunde dorthin gelangte, Frankreich und die Stände aus Osnabrück hätten verhandelt und Frieden geschlossen, fand die Belagerung erst gar nicht statt. Aus Stettin wurde über anhaltende schwere Kämpfe in Polen berichtet. Polnische Soldaten hatten die Stadt Konstantinow im Sturm erobert und eintausendfünfhundert dort lagernde Kosaken niedergemacht.

Silas fühlte vage Hoffnung auf einen greifbaren Frieden in sich aufsteigen. Die Zeitungsverleger sammelten alles, was Boten aus unterschiedlichen Städten zu berichten hatten, und druckten es. Zudem ließen sie ihre eigenen Meinungen und Ansichten durchblicken, oft genug beeinflusst durch ihre Konfession, wie Silas schon lange bewusst war. Doch alle Nachrichten aus Münster in den unterschiedlichen Blättern ähnelten sich. Stets war die Rede von Einigung zwischen den Gesandten der an den Gesprächen Beteiligten. Was tatsächlich Grund genug war, die Erwartung auf einen Friedensschluss zu schüren.

Er faltete die Seiten zusammen und ging hinein, um sie Alexandrine zu bringen, die Briefe an ihre Familie und an den Herzog von Arenberg schrieb.

»Es sieht tatsächlich so aus, als ob eine Einigung zwischen allen erzielt werden könnte«, sagte er, als er in die Schreibstube kam, die sie sich mit dem Verwalter Armand Dubois teilte.

»›Gott gib uns endlich Frieden‹, das hat mir einer unserer Postmeister schon vor vier oder fünf Jahren geschrieben«, antwortete sie und legte die Feder weg. Erwartungsvoll sah sie ihn an. »Möchtest du mir nicht endlich erzählen, von wem der Brief stammt?«

»Baron August Wambolt von Umstadt«, antwortete er zögerlich.

Sie runzelte die Stirn. »Ist er verwandt mit dem Mainzer Erzbischof?«

»Ja, sie sind Brüder.« Er zog sich einen Stuhl heran und ließ sich nieder.

»Und was will er von dir? Woher kennst du ihn überhaupt?«

»Es ist lange her, seine Tochter war einmal für längere Zeit zu Gast bei ihrem Onkel.«

»Und?«

»Amalia ist von Nabil gestürzt, mir wurde die Schuld gegeben, und ich gab mir auch selbst die Schuld. Nabil war zu empfindsam für eine ungestüme Reiterin. Es ist ihr aber nichts Schlimmes geschehen, sie hat später eingestanden, ihre Reitkünste falsch eingeschätzt zu haben.« Er stützte den rechten Ellbogen auf die Armlehne und sein Kinn in die Hand.

»Das wird wohl kaum der Grund sein, warum er dir nach so langer Zeit schreibt. Du weichst aus«, erwiderte sie.

»Dring bitte nicht weiter in mich, Liebste. Ich kann und darf nicht darüber reden, ich habe es versprochen.«

Silas hatte für sich entschieden, den Wechsel erst dann einzulösen, wenn er jemals Geld brauchen sollte. Das wäre wahrscheinlich nie der Fall, denn Alexandrine und er hatten mehr als genug. Und es war besser so. Tauschte er ihn ein, würde dies noch mehr Fragen aufwerfen, auf die er keine einleuchtenden Antworten wusste. Und er wollte weder lügen noch posthum Anselms Ansehen schaden.

Alexandrine sah ihn lange an. »Schön. Solltest du mir dein Herz doch ausschütten wollen, dann zögere nicht. Du weißt, ich bin eine gute Zuhörerin. Dieser Brief beschäftigt dich, was auch immer drinsteht.«

»Danke für dein Verständnis, auch dafür liebe ich dich. Und nun sag mir, welche Pferde du für den Herzog von Arenberg ausgesucht hast.«

Sie nickte langsam, schien zu überlegen, ob sie das Thema nun ruhen ließ, und entschied sich dafür. »Douceur, Rosette, Perla nera und unseren Rubens. Bist du damit einverstanden?«

Alexandrine hatte einen namenlosen Wallach Rubens getauft, nachdem er zehn Jahre lang nur Cors Sohn genannt worden war. Er stammte aus El Corazóns Zeit, bevor Silas ihn als Reithengst bekommen hatte. Sein kastanienbraunes Fell hatte Alexandrine an ihren alten und vor einigen Jahren verstorbenen Freund, den Maler Peter Paul Rubens, erinnert, dessen Haare nahezu dieselbe Farbe gehabt hatten. »Er mochte schöne Rösser und hätte sich darüber gefreut, dass ein edles Pferd seinen Namen trägt«, waren ihre Worte gewesen.

»Sicher, doch lass dem Oberstallmeister die Wahl, wir haben noch zwei, drei andere, die wir verkaufen sollten. Du willst Rubens tatsächlich abgeben?«

»Ja, es fällt mir zwar schwer, aber er ist ein zu gutes Jagdpferd, um ihn zu behalten. Er wird uns ein hübsches Sümmchen einbringen. Außerdem brauchen wir Platz in den Ställen.«

Erik von Deist, der Oberstallmeister des Herzogs von Arenberg, war vier Wochen später mit fünf Pferden wieder von dannen gezogen, hochzufrieden mit den Tieren und dem ausgehandelten Preis. Zu Lamos Verlobung hatten Alexandrine und Silas wegen von Deists Besuch nicht reisen können, aber Glückwünsche gesandt und versprochen, zur Hochzeit zu kommen. Die Gräfin zollte ihrem Sohn Hochachtung. Was weder sie noch seine Vorfahren getan hatten, war, Land zu erwerben und Bauten darauf zu errichten, und das brachte nun Lamo zustande. Damit zeigte er dem Hochadel, welche Reichtümer die Taxis besaßen. Auch die Ahnenforschung weiterer Familienzweige schritt voran. Lamo hatte gar schon eine Namensänderung beim Kaiser beantragt – Lamoral Claudius Franziskus de la Tour, Graf von Tassis – und ein neues Wappen entwerfen lassen.

Silas war froh, dass seine Frau den Brief nicht wieder erwähnte. Das Schreiben samt Wechsel und Wappenring hatte er unter einer etwas losen Diele in der Schlafstube versteckt, und dort konnten sie seinetwegen bis in alle Ewigkeit bleiben. Es gab Wichtigeres zu tun, als der Vergangenheit nachzuhängen.

An einem trüben Morgen Ende Oktober erklang mehrfach der durchdringende Ton eines Posthorns und ließ die Bewohner von La Roche-en-Ardenne auf die Straßen eilen. Gedämpfte Jubelrufe drangen bis hinauf zur Burg, dann waren Hufschläge eines sich nähernden galoppierenden Pferdes zu vernehmen, das im Burghof anhielt. Neugierig öffnete Silas das Fenster, sah hinunter in den Hof und rieb sich müde die Augen. Bis spät in die Nacht hatten sie mit den Burgbewohnern Erntedank und die guten Pferdeverkäufe gefeiert.

»In Gottes Namen, es ist noch nicht einmal richtig hell!«, rief er dem Reiter zu. »Was gibt es denn?«

»Frieden, Herr, wir haben endlich Frieden!«

Wahrheit, Dichtung und Anmerkungen

Bei den Recherchen zu »Die Farben der Welt« stolperte ich über Alexandrine von Taxis und beschloss einen Wimpernschlag später: Über diese Frau möchte ich einen Roman schreiben. Die Quellenlage zur Familie von Thurn und Taxis ist gut, vor allem das Buch »Thurn und Taxis – Die Geschichte ihrer Post und ihrer Unternehmen« von Wolfgang Behringer war mir eine sehr hilfreiche Lektüre. Über das Leben und Wirken der Gräfin ist jedoch erheblich weniger zu finden als über die männlichen Familienmitglieder. Eine Dissertation zu Alexandrine von Taxis, gefördert durch das Fürstenhaus Thurn und Taxis, ist noch nicht abgeschlossen.

Die Gräfin muss eine außergewöhnliche Person gewesen sein. Eine Frau, die ein solches Unternehmen in einer von Männern beherrschten Welt und dazu noch in den Wirren des Dreißigjährigen Krieges führte, hatte wahrlich eine ungeheuer große Aufgabe zu bewältigen.

Historisch belegt ist die Auflage, den Bund der Ehe nicht wieder einzugehen, bevor ihr Sohn die Volljährigkeit erreichte. Der Gräfin einen Mann zur Seite zu stellen, der so viele Jahre auf sie warten musste, entspringt rein meiner Fantasie. Im Roman lasse ich Alexandrine der Einfachheit halber Deutsch sprechen, obwohl sie anscheinend dessen nicht mächtig war. Zum Zeitpunkt der Übernahme der Reichspost durch ihren Sohn, Lamoral Claudius Franz, verliert sich Alexandrines Spur. Bekannt ist nur, dass sie in Brüssel in Notre-Dame du Sablon ihre letzte Ruhestätte gefunden hat. Zum Titel des Romans sei

Folgendes noch angemerkt: Erst zwei Jahre nach dem Westfälischen Frieden erteilte Kaiser Ferdinand III. die Genehmigung, das Wappen der della Torre – den Turm – dem der Taxis hinzuzufügen und den Namen zu führen. So kam es zu jenem Namen, der heute nahezu jedem präsent ist: Thurn und Taxis. Der Vorschlag, diesen Namen anzunehmen, wie Chifletius im Buch rät, ist rein fiktiv.

Viele Geschehnisse des Krieges, über die meine Figuren in den Zeitungen Kenntnis erhalten oder die in die Romanhandlung eingeflossen sind, habe ich Originalzeitungen entnommen, die in der Staats- und Universitätsbibliothek Bremen aufbewahrt werden. So ist der Beginn der Beschreibung über Magdeburgs Zerstörung im Original übernommen. Albrecht von Wallenstein wird in damaligen Zeitungen namentlich mal als Wallstein, Wallenstein oder Waldstein erwähnt, ich habe den gängigen Namen gewählt.

Baron August Wambolt von Umstadt und seine Familie sind fiktive Personen, denn Anselm Casimir hatte keine Geschwister, und es gibt auch keinen historischen Nachweis, dass der Erzbischof von Mainz ein Kind gezeugt hätte.

Wer meine bisherigen Romane kennt, weiß, dass viele namentlich erwähnte Personen, und sind sie auch nur nebenbei genannt, tatsächlich gelebt haben, wie der Bürgermeister von Brüssel, Englebert de Taye, der Posthalter von Lieser, Nicolas Ludwig, oder der dortige Fährmann Henrich Clais. Alle hier aufzulisten, wäre des Guten zu viel. Auch so manches Gasthaus hat es gegeben oder existiert gar noch, so zum Beispiel die Gasthäuser Zum Hirsch samt seinem damaligen Wirt Hans Scharrer, Zum Großen Weißen Ross mit dem Wirt Antonius von Düren oder Zum Schwarzen Bären, dessen Wirt Hans Velten Heußlin hieß. Sehr hilfreich war auch das Digitale Häuserbuch von Mainz, denn dort kann man sich online Straßen, Gebäude und deren Besitzer aus dem Jahr 1620 ansehen. Die Lieder »Bet

Kindl« (F. M. Böhme) und »Die Schweden sind gekommen« sind dem Buch »Der Dreißigjährige Krieg« von Herbert Langer entnommen. Das Trinklied bei Hellas Hochzeit stammt aus dem 16. Jahrhundert (Text: A. Scandello). Für die pferdebegeisterten Leserinnen und Leser möchte ich noch Folgendes anmerken: Antoine de Pluvinel war der Reitlehrer des Königs von Frankreich, Ludwig XIII., und ein Verfechter von gewaltfreiem Umgang mit den Tieren. Ebenso gab es am französischen Königshof den Hofstallmeister Salomon de la Broue, der seine Lehren und Ansichten niederschrieb und später nacheifernden Reitern, wie Guérinière, sein fundiertes Wissen hinterließ. Guérinière ist der eigentliche Erfinder der Lektion Schulterherein, die ich Silas reiten lasse, jedoch fußt diese Übung auf Pluvinel. Streiff, das Pferd des Schwedenkönigs, wurde tatsächlich in Oldenburg gekauft, ob allerdings von Graf Anton Günther, der die Oldenburger Zucht förderte, entzieht sich meiner Kenntnis. Heute befindet sich das Schlachtross in der Rüstkammer des königlichen Schlosses in Stockholm. Auch den erwähnten Mann namens Galiberti hat es gegeben, sein Buch *Neugebahnter Tummelplatz und eröffnete Reitschul* wurde jedoch erst 1660 vom Italienischen ins Deutsche übersetzt. Darin finden sich Kapitel über die Beurteilung und die Ausbildung von Pferden bis zur Hohen Schule, über Sattel und Zäumungen und über Behandlungen von Krankheiten sowie den Beschlag. Ich habe mir die Freiheit erlaubt, daraus ein Rezept gegen Kolik zu übernehmen und Karl von Maringer das Buch Silas ans Herz legen zu lassen.

Und zum Schluss: Silas tauscht nie das Pferd auf seiner Strecke von Frankfurt bis nach Regensburg. Als Botenreiter wäre das so nicht machbar gewesen, denn die Männer nahmen ein frisches Ross, um weiterzukommen, oder ruhten, während ein anderer das Felleisen weiterbeförderte. Aber ich habe es nicht übers Herz gebracht, Nabil und Silas zu diesem Zeitpunkt zu trennen.

Zeitstrahl
Dreißigjähriger Krieg mit ausgewählten Schlachten

1618	23. Mai, Zweiter Prager Fenstersturz
1620	08. November, Schlacht am Weißenberg nahe Prag
1625	König Christian IV. von Dänemark greift in den Krieg ein
1626	Wallenstein und Tilly drängen die Protestanten zurück
1629	06. März, Kaiser Ferdinand II. erlässt das Restitutionsedikt
1630	06. Juli, König Gustav II. Adolf von Schweden landet auf Usedom
1631	20. Mai, Magdeburger Bluthochzeit 17. September Schlacht bei Breitenfeld
1632	14. April, Schlacht bei Rain am Lech 30. April Tilly stirbt nach schwerer Verwundung in Ingolstadt

03. September, Schlacht bei Nürnberg/Fürth –
erstes Aufeinandertreffen von Gustav II. Adolf und
Wallenstein
16. November, König Gustav II. Adolf fällt in der
Schlacht von Lützen

1633   14. November, Herzog Bernhard von Sachsen-
Weimar erobert Regensburg

1634   25. Februar, Ermordung Wallensteins in Eger,
Böhmen
05. September, Schlacht bei Nördlingen

1635   30. Mai, Prager Friedensschluss zwischen Kaiser
Ferdinand II., der Katholischen Liga unter Herzog
Maximilian I. von Bayern und dem protestantischen
Kurfürsten Johann Georg I. von Sachsen Frankreich
erklärt Spanien den Krieg

1636   04. Oktober, Schlacht bei Wittstock

1637   15. Februar, Kaiser Ferdinand II. stirbt in Wien

1641   25. Dezember Hamburger Präliminarfrieden,
Münster und Osnabrück werden als Orte für
Friedensverhandlungen bestimmt

1648   17. Mai, letzte große Schlacht bei Zusmarshausen
24. Oktober, Unterzeichnung des Westfälischen
Friedens

Danksagung

Meiner begabten Schwester Iris, die auch für die Karte zur Veranschaulichung der Feldzüge verantwortlich zeichnet, meinen lieben Freundinnen Liliane und Stephanie sowie meinem wunderbaren Mann Ralf gilt einmal mehr mein herzlichster Dank für die Unterstützung, die berechtigten Fragen und die mir geschenkte Zeit. Selbstredend danke ich auch meinem Lektor Sven Lang und dem Gemeiner-Verlag, die dieses Buch überhaupt möglich gemacht haben.

Karte

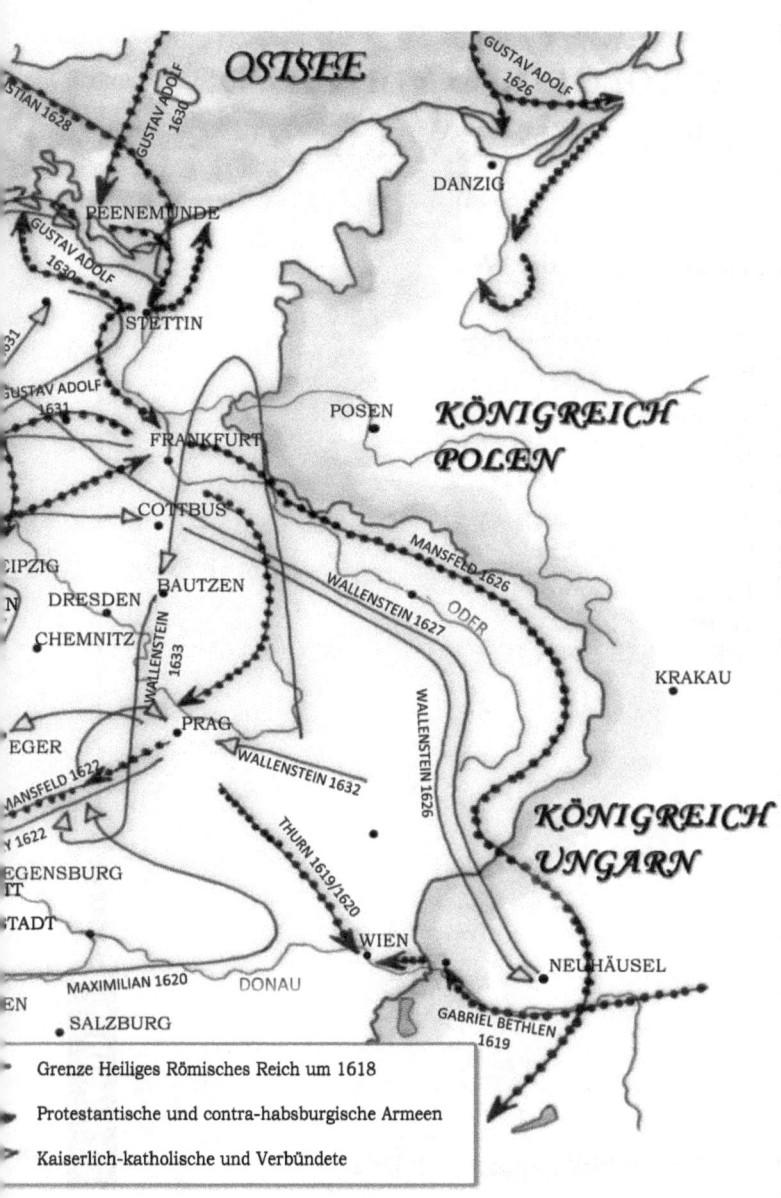

OSTSEE

KRISTIAN 1628
GUSTAV ADOLF 1630
GUSTAV ADOLF 1626
PEENEMÜNDE
GUSTAV ADOLF 1630
STETTIN
1631
GUSTAV ADOLF 1631
DANZIG
FRANKFURT
POSEN
KÖNIGREICH POLEN
COTTBUS
MANSFELD 1626
LEIPZIG
BAUTZEN
WALLENSTEIN 1627
ODER
DRESDEN
CHEMNITZ
WALLENSTEIN 1633
KRAKAU
EGER
PRAG
WALLENSTEIN 1632
MANSFELD 1622
WALLENSTEIN 1626
1622
THURN 1619/1620
REGENSBURG
STADT
KÖNIGREICH UNGARN
WIEN
NEUHÄUSEL
MAXIMILIAN 1620
DONAU
EN
SALZBURG
GABRIEL BETHLEN 1619

Grenze Heiliges Römisches Reich um 1618

Protestantische und contra-habsburgische Armeen

Kaiserlich-katholische und Verbündete

475

Historische Romane von Johanna von Wild:

Die Erleuchtung der Welt
ISBN 978-3-8392-2428-1

Der Getreue des Herzogs
ISBN 978-3-8392-2699-5

Der Pfeiler der Gerechtigkeit
ISBN 978-3-8392-0012-4

Die Farben der Welt
ISBN 978-3-8392-0250-0

Das Erbe derer von Thurn und Taxis
ISBN 978-3-8392-0434-4

GMEINER SPANNUNG

WWW.GMEINER-VERLAG.DE
Wir machen's spannend